ULRIKE RENK

EINE FAMILIE IN BERLIN
PAULAS LIEBE

atb aufbau taschenbuch

ULRIKE RENK, Jahrgang 1967, studierte Literatur und Medienwissenschaften und lebt mit ihrer Familie in Krefeld. Familiengeschichten haben sie schon immer fasziniert, und so verwebt sie in ihren Bestsellern Realität mit Fiktion.

Im Aufbau Taschenbuch liegen ihre Australien-Saga, ihre Ostpreußen-Saga, ihre Seidenstadt-Saga sowie zahlreiche historische Romane vor. *Eine Familie in Berlin – Paulas Liebe* ist der Auftakt ihrer großen neuen Familiensaga um die Dichterfamilie Dehmel.

Mehr Informationen zur Autorin unter www.ulrikerenk.de.

Berlin, 1878: Paula wächst in einem offenen jüdischen Elternhaus auf. Nach ihrem Schulabschluss kümmert sich ihre kinderlose Tante Auguste um Paula; mit ihr besucht sie Theater- und Opernaufführungen, erhält Klavierunterricht und nimmt an literarischen Salons teil. Durch ihren Bruder lernt Paula den Dichter Richard Dehmel kennen. Sie ist fasziniert von seiner Art, die Welt zu betrachten. Und auch Richard verliebt sich in die kluge junge Frau. Gemeinsam arbeiten sie an seinen Texten, er inspiriert sie, selbst zu schreiben. Doch Paulas Eltern wünschen sich für ihre Tochter einen Mann, der weniger wild und unkonventionell ist. Paula kämpft für ihre Liebe, und auch Richard tut alles, um von der Familie Oppenheimer akzeptiert zu werden. Aber ist er wirklich für ein Leben als Familienvater gemacht?

ULRIKE RENK

EINE FAMILIE IN BERLIN

Roman

PAULAS LIEBE

atb aufbau taschenbuch

MIX
Papier aus verantwortungsvollen Quellen
FSC® C083411
www.fsc.org

ISBN 978-3-7466-3555-2

Aufbau Taschenbuch ist eine Marke
der Aufbau Verlage GmbH & Co. KG

1. Auflage 2021

Umschlaggestaltung www.buerosued.de, München
unter Verwendung eines Bildes von © Ildiko Neer /
Trevillion Images und Wikicommons / Berlin_Unter_den_
Linden_Blick_von_der_Schlossbrücke_um_1900
Satz LVD GmbH, Berlin
Druck und Binden CPI books GmbH, Leck, Germany
Printed in Germany

www.aufbau-verlage.de

Für
Regina Polensky
Paulaurenkelin

KAPITEL I

Berlin, 1878

»Bald wird es Herbst«, sagte Paula, schloss die Augen und lehnte sich an den Walnussbaum, der auf der Wiese hinter dem Haus stand.

»Ich glaub, du tickst nicht richtig«, entgegnete ihr Bruder Franz, der ausgestreckt vor ihr im Gras lag und in den Himmel schaute. »Es ist erst Anfang September, eigentlich fast noch August. Also Sommer, nicht Herbst.« Er brach einen langen Grashalm ab, steckte ihn in den Mund und kaute darauf herum.

»Warum isst du Gras, Franz? Bist doch kein Hase«, sagte Elise spöttisch, die im Schneidersitz neben Paula saß.

»Heute Abend, wenn es dunkel wird, wirst du merken, dass der Herbst kommt«, murmelte Paula, öffnete träge die Augen und blickte zu Carl, dem jüngsten der Oppenheimer-Geschwister. Dann sah sie Franz an. Mit seinen dreizehn Jahren war er knapp zwei Jahre jünger als sie. Elise war gerade elf geworden und der kleine Carl erst drei. Sie alle liebten den kleinen Nachzügler und passten gerne auf ihn auf, wenn das Kindermädchen Line sie darum bat.

Heute aber hätte Paula gerne bei der großen Wäsche geholfen, die den ganzen Haushalt beschäftigte, doch Mutter hatte sie zu den Geschwistern geschickt. Paula hatte sich gefügt und war zu den anderen hinter das Haus gegangen, die im Schatten des Walnussbaumes im Gras spielten.

»Unfug. Die Abende sind lau«, gab Franz jetzt zurück. »Lau und angenehm. Da ist noch keine Spur von Herbst.«

»Doch, wenn man aufmerksam ist, kann man die ersten Anzeichen schon erahnen. Es sind immer nur feine Veränderungen, sachte und leise – der Rauchgeruch eines Feuers auf den Feldern, der mit einem Mal in der Luft liegt. Die nächtliche Kühle der Luft, die vor wenigen Tagen noch hitzeschwer war. Und warte ab, schon bald wird der Nebel über die Gärten und Straßen wabern, wie ein feuchter, kühler Schleier. Dann werden sich die ersten Blätter verfärben – wenige zuerst und nur am Rand.«

»Hach«, seufzte Elise. »Du bist immer so poetisch. Du solltest Schriftstellerin werden.«

»Ja, genau«, brummte Franz. »Dann kannst du deine Phantasien aufs Papier verbannen. Herbst – pff, es ist noch Sommer, und es wird auch noch Sommer bleiben. Ganz bestimmt noch ein paar Wochen.«

»Man kann sie nicht anhalten«, sagte Paula.

»Was kann man nicht anhalten?«, fragte Franz.

»Es läuft und hat keine Beine, es gibt viele und doch nur eine. Wer zu viel hat, kann's nicht verschenken, wer zu wenig hat, muss es beschränken. Bald geht es langsam, bald schnell, mal ist es dunkel, mal hell«, antwortete Paula grinsend. »Was ist das?«

Franz runzelte die Stirn, dann spuckte er den Grashalm aus. »Es ist die Zeit. Die kann man nicht anhalten – sie läuft, auch wenn sie keine Beine hat.«

»Gut, kleiner Bruder. Sehr gut.«

»Noch eins«, bat Elise. »Ich liebe deine Rätsel, Paula.«

»Viel Glieder hab ich, die einander gleichen. Ich helf' auf des Verbrechens dunklem Pfade, doch himmelshell führ ich empor zur Gnade, manch hohen Stand kannst du mit mir erreichen. Bist du's, so darfst du wanken nicht noch weichen, denn Ehre trägst du neben mancher Last, die arbeitsfroh du übernommen hast, ob du im Kleinen wirkst, ob hoch im Grade«, trug Paula lachend vor.

Elise runzelte die Stirn und legte ihren Zeigefinger an die Nase. »Das ist schwer.«

»Viele Glieder«, murmelte Franz. »Viele Glieder … ein Wurm?«

»Aber ein Wurm trägt keine Last«, wendete Elise ein.

»Ne, stimmt.« Wieder grübelte Franz, dann ging ein Strahlen über sein Gesicht, und er zeigte zum Apfelbaum. »Dort steht die Lösung – eine Leiter.«

Paula nickte. »Das war dann wohl zu einfach.«

Franz hob den Kopf und lauschte. »Man hört noch kein Klappern aus der Küche«, seufzte er. »Dabei muss doch schon bald Zeit fürs Abendbrot sein.«

»Du könntest immer essen, nicht wahr?«, neckte Paula ihn. »Heute musst du dich wohl noch gedulden. Vater hat Besuch von einem der Rabbiner aus der anderen Gemeinde. Sie führen bestimmt mal wieder hitzige Diskussionen.«

»Allzu lange kann es aber nicht mehr dauern«, meinte Elise. »Heute ist Freitag, und der Sabbat beginnt gleich.«

»Wie gut, dass das für uns nicht mehr gilt«, sagte Franz. »Ich muss morgen zur Schule.«

»Du Armer«, sagte Elise mitleidig, dann sprang sie auf, um Carl, der brabbelnd Richtung Gemüsegarten stampfte, hinterherzugehen.

»Eigentlich ist es gar nicht schlimm«, sagte Franz zu Paula gewandt. »Mein neuer Lehrer ist knorke. Einfach famos. Ich habe noch nie so einen Lehrer gehabt.«

»Was macht ihn denn so besonders?«, fragte Paula. »Du schwärmst dauernd von ihm, sagst aber nie, warum.«

Franz rollte zur Seite und stützte sich auf seinen Ellenbogen. »Hm«, machte er nachdenklich. »Ich weiß nicht, wie ich das beschreiben soll.«

»Versuch es einfach.« Paula lächelte.

Wie so oft verspürte sie in solchen Momenten die innige Verbindung zu ihrem Bruder. Das lag nicht nur am geringen Altersunterschied oder daran, dass sie sich seit einiger Zeit wieder ein Zimmer teilten. Es war mehr – ein Seelenband. Sie dachten ähnlich, hatten den gleichen Humor, und die Zuneigung zwischen ihnen war tief.

»Weißt du«, Franz zeigte auf das Haus. Sie wohnten am nördlichen Rand von Berlin, in der Auguststraße, auf der Rückseite der Häuser befanden sich große Gärten, und dahinter erstreckte sich Brachland bis zu den Weiden und Feldern der nah gelegenen Bauernhöfe. »Wir haben hier so viel Platz, ein eigenes Haus.«

Paula verzog das Gesicht. »Im Grunde schon. Wenn die finanzielle Situation nicht immer wieder so prekär wäre.«

»Das stimmt«, sagte ihr Bruder und nickte. »Aber eigentlich macht das nichts, denn wir haben viel Weite – viel innere Weite. Denk allein an Vaters Arbeitszimmer, es ist so viel Wissen in diesem Haus, wir müssen es uns nur aneignen.« Er sah seine Schwester an, ein ernster, aber auch fragender Blick. »Verstehst du, wie ich das meine?«

»Ja, ich verstehe dich. Wir sind schon sehr gut dran, weil wir so viele Bücher haben und unsere Eltern um unsere Bildung bemüht sind.«

»Nicht nur das, Paula.« Franz klang plötzlich ganz aufgeregt. »Wir haben so viel mehr Möglichkeiten. Nicht nur die Bücher, Zeitungen und Zeitschriften, zu uns kommen Menschen aus aller Welt und allen Schichten zu Gast. Und jeder bringt etwas mit – etwas Neues.«

»Nicht jeder«, sagte Elise und schnaufte. Sie hatte den strampelnden und krakeelenden Carl im Arm und setzte ihn neben sein Holzpferd auf den Boden. »Die Eierfrau zum Beispiel …«

»Die Eierfrau bringt Eier«, sagte Paula lachend. »Und dann redet sie noch mit der Köchin. Ich bin mir sicher, für die Köchin ist die Eierfrau wie eine Art Zeitung.«

Die Geschwister sahen sich an und prusteten los. Carl, der gerade noch beleidigt geweint hatte, starrte die drei verblüfft an, stimmte dann aber in ihr Lachen ein. Glockenhell und glücklich, aller Kummer war vergessen.

Paula liebte dieses Kleinkinderlachen, sie blickte ihn beglückt an und breitete die Arme aus. Carl sprang auf und lief zu ihr, ließ sich in ihre Arme fallen und juchzte.

»Du hast schon recht«, sagte Paula dann zu Franz. »Wir sind privilegiert. Aber was hat das mit deinem Lehrer zu tun?«

»Bisher habe ich alles gelesen. Querbeet. Was mir halt so unter die Finger kam. Bis mir Herr Voigt gezeigt hat, wie ich gezielt lernen kann, nämlich das, was mir auch etwas bringt.«

»Aber es ist doch schön, sich in vielen unterschiedlichen Bereichen auszukennen. Ich verehre Menschen wie zum Beispiel Alexander von Humboldt«, entgegnete Paula nachdenklich. »Menschen, die ein großes, fast allumfassendes Wissen haben – jedenfalls zu ihrer Zeit. Was ist dagegen einzuwenden?«

»Ist das heute überhaupt noch möglich, Schwesterlein?«, fragte Franz. »Das Allgemeinwissen wächst. Ständig werden neue Entdeckungen gemacht. Die Wissenschaft entwickelt sich fast genauso schnell wie die Maschinerie und die Gesellschaft. Wie soll man da allumfassend lernen? Voigt meint, man sollte offen sein und auch offen bleiben, sich aber dennoch auf die Bereiche konzentrieren, die einem wichtig sind. Und in diesen Bereichen seine Kenntnisse mehr und mehr vertiefen.«

Paula runzelte die Stirn, dann nickte sie. »Da ist was dran, ich glaube, ich verstehe, was du meinst. Weißt du schon, worauf du dich konzentrieren willst?«

Franz schüttelte den Kopf. »Nein«, sagte er, leise und ein wenig gequält. »Nein, das weiß ich noch nicht.«

»Du musst es ja auch noch nicht wissen«, beruhigte Paula ihn. »Du bist auch erst dreizehn. Und selbst wenn du glaubst, du hättest deinen Bereich gefunden, kann sich das immer noch ändern. Ich fänd das auch nicht schlimm, Interessen verlagern sich. Das siehst du doch an Vater und Mutter.«

»Ihr seid so langweilig«, unterbrach Elise sie maulend. »Können wir nicht noch was spielen, bevor es Essen gibt? Ihr könnt ja noch die halbe Nacht diskutieren – das tut ihr doch sowieso immer.«

Paula und Franz sahen sich beschämt an.

»Woher weißt du das?«, fragte Franz.

»Ich dachte, du schläfst«, fügte Paula hinzu.

»Ihr glaubt zwar, dass ich schlafe – aber auch wenn ihr flüstert, höre ich es, ich bin ja nicht taub«, sagte Elise. »Wenn ihr über wichtige Dinge redet, könnt ihr das ruhig ein wenig lauter machen, damit ich was verstehe. Ansonsten schlaf ich über eurem Gemurmel immer wieder ein.«

Paula und Franz sahen sich verblüfft an.

»Ich höre nun auch etwas«, sagte Paula, stand auf und nahm Carl auf den Arm. »Jemand spielt Klavier. Chopin, das kann nur Tante Guste sein«, sagte sie aufgeregt. »Oh, wäre das schön!«

Wieder verdrehte Elise die Augen. »Tante Guste, meine Güte. Auch das noch.«

Franz knuffte sie in den Arm. »Nun sei mal nicht eifersüchtig, Lischen. Ick gloob nich, dat dir dat steht, Mädel.«

»Wenn Vater hört, dass du so blöd berlinerst, holt er den Rohrstock.« Elise streckte ihm die Zunge raus.

»Wenn du es ihm sachst, mach ich dich lang …«

»Musste mich erst mal kriegen!« Sie lachte und rannte los, und Franz lief ihr johlend hinterher.

»Will auch laufen«, sagte Carl und verzog das Gesicht.

»Na dann.« Paula setzte ihn auf den Boden und folgte ihren Geschwistern Richtung Haus.

Die Klavierklänge vermischten sich mit dem Rauschen des Windes in den Blättern und dem Zwitschern der Vögel. Noch waren sie alle da, aber schon bald würden die ersten in den Süden ziehen, dahin, wo es warm war, dachte Paula wehmütig. Eigentlich mochte sie den Herbst – wenn er nur nicht immer so feuchtkalt wäre. Sie liebte es, wenn sich die Blätter erst gelb, dann rot färbten, sich an den Seiten einkringelten und zusammenzogen und schließlich trocken vom Baum fielen. Sie liebte die klaren, kälteren Abende, an denen der Himmel so viel weiter zu sein schien, so unendlich groß. Am meisten aber liebte sie die Farben, sie waren klarer als in der flirrenden Sommerhitze, alle Ränder schienen schärfer zu sein.

Vom Haus, vom Dach, von den Blättern, selbst die Grashalme, die noch einmal mit aller Kraft wuchsen, waren deutlicher voneinander zu unterscheiden. An diesen Tagen war sie am liebsten draußen und schaute genau hin, beobachtete, nahm wahr.

Wenn es jedoch nass wurde und Feuchtigkeit in der Luft lag, verzog sich Paula vor den Kamin. Dann fiel ihr das Atmen schwer. Genau wie durch den Staub- und Qualmschleier, der wegen der vielen neuen Fabrikgebäude und der Dampfmaschinen in den Hinterhöfen immer häufiger über der Stadt lag. Industrialisierung nannte man das. Immer mehr Menschen suchten Arbeit in Berlin, schnell und noch schneller wurden neue Wohnhäuser errichtet, sogar hier, am Stadtrand, wurde gebaut.

Paula war sich nicht sicher, ob sie diese Veränderungen mochte. Sie schüttelte den Kopf, jetzt war nicht der Zeitpunkt, sich darüber Gedanken zu machen. Tante Guste war zu Besuch. Weil sie und ihr Mann Werner selbst keine Kinder hatten, hatte Tante Guste die Oppenheimer-Kinder besonders ins Herz geschlossen und verwöhnte sie. Immer, wenn die Tante kam, gab es Schokolade – das war sicher.

Carl kletterte die Treppe zur Veranda hoch.

»Wie siehst du denn aus?«, fragte Line und musterte ihn gespielt streng. »So kannst du aber nicht vor Leute treten, kleiner Mann.«

»Warum nich?«, fragte Carl und blickte an sich herunter.

Seine Hose war grün vom Gras, das Hemd voller Staub und seine Hand braun von der Erde, in der er gewühlt hatte.

Mit hochgezogenen Augenbrauen blickte Line zu Paula.

»Wir haben ihn nicht durch den Garten gezogen. Er ist uns entwischt und …«, sagte Paula und versuchte ernst zu bleiben.

»Sssstimmt!« Carl nickte ernsthaft. »Bin alleene auf den Apfelbaum jeklettert.«

»Alleine geklettert bist du«, sagte Line. »Sprich vernünftig, kleiner Mann.«

»Jawoll, dat werde ick.«

Line grinste Paula an. »Noch ist es nicht hoffnungslos. Wir werden ihn schon hinbekommen. Ich zieh ihn schnell um und wasche ihm das Gesicht, dann fällt es gar nicht auf.« Sie hob Carl auf den Arm. »Ausgebüxt bist du also und auf den Baum geklettert? Lass das bloß nicht deine Mutter hören, die zieht dir die Ohren lang. Weißt doch, dass du das nicht darfst.«

Paula blieb an der Verandatür stehen und lauschte. Immer noch war das Stück von Chopin zu hören. Ihre Tante spielte wunderbar, sie vermochte dem Instrument Töne zu entlocken, die manchmal fast unirdisch klangen. Paula liebte es, Klavier zu spielen, und übte fast jeden Tag. Stundenlang. Aber die Leichtigkeit, mit der Guste die Finger über die Tasten gleiten ließ, hatte Paula noch nicht erreicht. Vielleicht würde sie es auch niemals können. Aber das war egal. Musik war ein wichtiger Teil ihres Lebens, Musik tröstete sie in dunklen Momenten und verstärkte die schönen. Nun endete das Stück. Was würde Tante Guste als Nächstes spielen? Doch es blieb still.

»Hast du noch einmal darüber nachgedacht, Toni?«, hörte Paula ihre Tante fragen.

»Über Paula?«, antwortete die Mutter, ihre Stimme klang gedrückt. »Ja, das tue ich ständig. Aber ich kann mich nicht dazu durchringen.«

Wozu durchringen?, fragte sich Paula verwirrt. Sie wusste, dass sie nicht lauschen sollte, aber es ging doch offensichtlich um sie. Nur worum genau?

»Es wäre nur zum Vorteil für das Kind. Das weißt du. Und ich liebe sie, als wäre sie mein eigen Fleisch und Blut.«

»Aber sie ist mein Fleisch und Blut«, entgegnete die Mutter so leise, dass Paula die Worte kaum verstehen konnte. »Meine Tochter, mein ältestes Kind. Du weißt, wie sehr ich sie liebe.«

»Das steht doch außer Frage, Toni. Das weiß ich und jeder, der dich kennt. Aber gerade deshalb solltest du dich dazu entscheiden. Paula wird im Winter sechzehn. Sie ist bald eine junge Frau.«

»Das dauert noch, so Gott will. Sie hat noch so viele kindliche Züge – sie ist noch immer ganz vernarrt in ihre Märchenbücher.«

»Das ist dein Mann auch.« Guste schnaufte. »Und ihre Züge sind alles andere als kindlich.« Wieder schnaufte sie. »Ich weiß, das Leben ist nicht immer gerecht, und ihr habt es nicht leicht. Aber ihr nehmt es hin, ohne zu murren …«

»Guste, es ist alles in Ordnung, wir haben es gut. Julius geht in seinem Beruf auf. Er könnte nie etwas anderes sein als Rabbiner. Und vor allem in keiner anderen Gemeinde als in dieser. Es ist so wertvoll, was sie tun, so außerordentlich wichtig für das Judentum. Er und die anderen sind wie Martin Luther für die Evangelen. Sie werden das jüdische Leben verändern – zum Besseren.«

Nun seufzte Tante Guste. »Das weiß ich doch, Schwester. Und ich bin stolz, dass er diesen Weg geht. Auch …«, nun senkte sie die Stimme, »auch wenn es euch nicht viel Geld einbringt.«

»Die Gemeinde kann einfach nicht mehr zahlen«, entgegnete ihre Mutter fast trotzig. »Und das Wort Gottes zu verbreiten, lässt sich nicht mit Geld aufwiegen.«

»Allein mit Gottes Worten lassen sich aber keine Rechnungen begleichen«, stellte Guste trocken fest.

Paula hörte, wie die Klavierbank zurückgeschoben wurde und jemand durch den Raum ging.

»Liebe Schwester, liebste Toni, ich will doch nur helfen. Ich weiß, ihr tut euer Bestes, aber wenn Paula zu uns ziehen würde, hättet ihr es doch auch ein wenig einfacher. Und auch für sie … ich meine, sie wird sechzehn und muss sich das Zimmer mit ihren Geschwistern teilen. Mit Franz … Ob das so gut ist?«

Paula hielt die Luft an. Sie sollte zu Tante Guste ziehen? Ihr wurde schwindlig. Sie liebte ihre Tante sehr, aber hier war doch ihr Zuhause. Hier war ihre Familie. Paula atmete tief ein, versuchte ihr wild pochendes Herz zu beruhigen.

»Franz und Paula lieben sich«, sagte ihre Mutter jetzt. »Außerdem sind sie Geschwister, und das Zimmer ist groß. Warst du mal in Berlin? Hast du gesehen, wie viele Familien dort inzwischen in einem oder zwei Zimmern hausen? In den Hinterhöfen?« Ihre Stimme klang empört.

»Ja, das weiß ich, und das ist ganz sicherlich nicht mit eurer Situation zu vergleichen.«

»Nein, ganz bestimmt nicht«, sagte Toni entschieden. »Und jetzt muss ich in die Küche und nach dem Essen sehen. Du bleibst doch?« Die Frage klang ein wenig spitz.

Guste lachte. »Ja, ich bleibe, Toni. Ich bleibe sehr gerne zum Essen. Ich habe die Kinder ja auch noch gar nicht gesehen.«

»Gut.«

Paula seufzte erleichtert auf. Offensichtlich war das Thema damit beendet. Wie kam die Tante nur auf so eine Idee?

Essen, dachte Paula plötzlich. Gleich gibt es Essen. Und ich habe mich noch nicht frisch gemacht und umgezogen. Außerdem sollte ich Line und Mutter beim Tischdecken helfen. Sie eilte ins Haus, nahm die Hintertreppe, um nicht gesehen zu werden.

Das Zimmer war leer, Franz war bereits nach unten gegangen, seine Sachen hatte er achtlos auf das Bett geschmissen. Mechanisch legte Paula sie zusammen.

Wer würde das tun, wenn ich nicht mehr hier wäre? Wie kommt Tante Guste nur auf die Idee, dass es Mutter entlasten würde? Ich helfe doch schließlich. Mit entschlossenem Griff zog sie sich die Schürze aus und spürte, wie sie zornig wurde.

Sie schlüpfte aus dem Kleid, wusch sich an der Waschschüssel, zog ihr besseres Kleid an und fuhr flüchtig mit der Bürste durch ihre dunklen Locken. Kurz hielt sie inne und musterte sich im Spiegel. Sie war nicht hübsch, hatte aber angenehme Gesichtszüge – das hörte sie jedenfalls immer. Ein wenig trotzig warf sie die Haare nach hinten und ging nach unten.

Im Esszimmer wurde schon mit den Tellern geklappert. Aus dem Wohnzimmer konnte sie Franz' Stimme hören, er diskutierte mit dem Vater, Tante Gustes Lachen mischte sich unter die Worte. Elise war nirgendwo zu sehen – wahrscheinlich war sie in der Küche und naschte. Mutter und Line deckten den Tisch. Paula schaute, was noch benötigt wurde, und holte die Servietten, die gebügelt auf einem Stapel auf der Anrichte lagen.

»Wir sind heute …«, Mutter hielt kurz inne und überlegte, »zu acht. Wir vier, meine Schwester, zwei der Pensionsgäste – Herr Meyer und Herr Goldschmidt. Herr Kronzweig ist nicht da, deswegen kann Elise mit uns essen, und Carl isst mit Line im Kinderzimmer.«

»Gut«, sagte Line und legte ein weiteres Gedeck auf. »Wissen Sie schon, wie lange die beiden Herren noch bleiben?«

Mutter schüttelte den Kopf. »Gezahlt haben sie bis Ende der Woche. Ich werde es heute Abend ansprechen.«

Line beugte sich vor und wisperte: »Sehen Sie zu, dass Sie den Meyer loswerden. Die Zugehfrau weigert sich schon, sein Zimmer zu reinigen. Er ist ein wahrer Dreckspatz.«

»Ja, das hörte ich. Aber er zahlt pünktlich.«

»Dann sollte er für die Reinigung noch was drauflegen«, brummte Line und rümpfte die Nase. »Grete ist wirklich nicht empfindlich, wenn selbst sie sich beschwert …«

»Ich weiß«, sagte Mutter seufzend.

»Muss er denn hier wohnen?«, fragte Paula. »Ich weiß, wir brauchen das Geld für die Zimmer, aber er …« Sie senkte den Kopf, spürte, dass sie rot wurde.

Mutter hob den Kopf und sah sie scharf an. »Warum?«, fragte sie.

»Er … er ist einfach seltsam«, murmelte Paula verlegen. »Er schaut mich immer so an. Und ich mag nicht neben ihm sitzen …«

»Warum nicht?«

»Weil er …« Es war ihr unsagbar peinlich, darüber zu sprechen, aber jetzt konnte sie nicht mehr zurück. »Weil er immer sein Knie an meins drückt. Und manchmal«, sagte sie und holte tief Luft, »manchmal legt er auch seine Hand drauf.«

Mutter runzelte die Stirn. »Ist das wahr?«, sagte sie kaum hörbar.

»Ja, Mutter, es tut mir leid. Es liegt sicher an mir …«

»Sssh!«, unterbrach Toni ihre Tochter. »Wir sprechen später darüber.«

»Es tut mir leid …«

»Nein! Es muss dir nicht leidtun. Und nun heb den Kopf und hilf Line.«

Mutter klang streng. Hoffentlich hatte sie keinen Fehler gemacht. Eigentlich hatte Paula ihr das nicht erzählen wollen. Sie sollten sich doch nicht schlecht über die Pensionsgäste äußern, aber Herr Meyer war nun schon ein halbes Jahr bei ihnen, und er wurde immer aufdringlicher. Seine Blicke, die Art, wie er sie ansah, sein Lächeln, das so aalglatt schien wie das mit Pomade eingefettete Haar – alles an ihm war unangenehm.

Mutter wechselte einen schnellen Blick mit Line. »Ich muss mal kurz mit meinem Mann reden.« Dann ging sie ins Nebenzimmer.

»Habe ich etwas falsch gemacht?«, fragte Paula Line unsicher.

»Nein, du hast das sehr richtig gemacht«, sagte Line und nahm sie in den Arm. »Ich glaube, wir beide müssen demnächst mal ein ernstes Gespräch führen«, flüsterte sie. »Es gibt Dinge, die du wissen solltest.« Sie räusperte sich. »Aber nicht hier und jetzt.«

Kurze Zeit später läutete Vater die Glocke, um alle zu Tisch zu rufen. Doch statt sich wie sonst an das Kopfende der Tafel zu setzen, blieb er im Flur und schloss die Tür hinter sich.

Schweigend saßen sie um den Tisch und warteten. Die Atmosphäre war seltsam angespannt – ein Sommergewitter, das in der Ferne grollte.

Als Esther die Suppe auftrug, sah Franz seine Schwester erstaunt an. Normalerweise wurde die Suppe erst gebracht, wenn Vater am Tisch saß. Ihre Mutter wirkte so wie immer, füllte die Teller und sprach das Tischgebet.

Plötzlich waren aus dem Flur Stimmen zu hören. Vater und Herr

Meyer, erkannte Paula. Zu gern hätte sie gehört, was gesprochen wurde, aber Mutter verwickelte Herrn Goldschmidt in ein Gespräch, und auch wenn dieser erst sehr einsilbig antwortete, konnte sie nichts verstehen.

»Und du, Paula?«, drang Tante Gustes Stimme an ihr Ohr. Sie hatte die Frage wohl bereits mehrmals gestellt.

»Entschuldigung. Ich war mit meinen Gedanken woanders. Was wolltest du wissen?«

Franz grinste. »Wo bist du denn mit deinen Gedanken?«

Wieder spürte Paula, wie sie rot wurde. Schon das zweite Mal an diesem Abend, wie peinlich. Sie war doch schon fast erwachsen und sollte gelassener reagieren. Nun straffte sie die Schultern und würdigte ihren Bruder keines Blickes.

»Ich wollte wissen, was du im Moment auf dem Klavier übst.«

»Ich habe dich vorhin spielen hören«, antwortete Paula. »Und ich denke, ich sollte mich auch an Chopin versuchen.«

»Das bekommst du mit etwas Fleiß hin. Ich liebe die Musik, seine Noten. Es klingt alles so … besonders, meinst du nicht?«

»Ich weiß nicht, ob ich ihm schon gewachsen bin«, gab Paula zu.

»Paulalein, Chopin war ein Meister der Improvisation. Man sagt, wenn er spielte, klang ein Stück nie so wie zuvor – das macht es doch leicht. Viel leichter als Bach und Beethoven.« Guste lachte leise.

»Hmmhmm«, machte Paula, ihr fiel es schwer, dem Gespräch zu folgen. Sie löffelte ihre Suppe, doch sie schmeckte nichts. Endlich kam Vater in das Esszimmer, jedoch ohne Herrn Meyer. Er schaute nur kurz in die Runde, setzte sich und sprach ein stilles Gebet. Mutter sah ihn fragend an.

»Herr Meyer verlässt uns«, erklärte Vater, seine Stimme klang merkwürdig gepresst. »Heute noch.«

Mutter nickte, auf ihrem Gesicht lag ein zufriedener Ausdruck, und Paula spürte, dass Franz die ganze Zeit zu ihr schaute, aber sie wich seinem Blick aus und senkte den Kopf.

Die Köchin brachte den Hauptgang, Mutter und Tante Guste versuchten immer wieder erfolglos, ein Gespräch zu beginnen. Etwas lag in der Luft – das Gewitter kam näher. Es hatte mit ihren Worten über den Mieter zu tun. Mutter war streng, sie hatte den Kindern wieder und wieder eingeprägt, dass die Familie auf die Pensionsgäste und das Geld, das die Zimmer einbrachten, angewiesen war. Und deshalb hatten die Kinder immer höflich, nett und zuvorkommend zu den Gästen zu sein. Immer. Egal, was sie taten – aber diesmal war es nicht egal gewesen, dachte Paula.

Nett – das war ich doch, sagte sie sich. Ich war immer freundlich zu Herrn Meyer. Ich habe ihn nie spüren lassen, wie unangenehm mir sein Verhalten war. Und ich habe es heute das erste Mal erwähnt, aber vielleicht war das mein Fehler. Vielleicht hätte ich einfach nicht darüber sprechen sollen.

Nach dem Hauptgang blickte Vater aus dem Fenster, dann auf seine Uhr. »Die Sonne geht unter. Lasst uns die Sabbatkerzen anzünden.«

Mutter holte die Streichhölzer, die in dem Kästchen auf der alten Anrichte lagen, ein Erbstück von Vaters Familie, dann sprach sie die Gebete. Sie warteten, bis die Streichhölzer in der Schale verglüht waren, setzten sich dann wieder. Nun begann der Sabbat – eigentlich. Doch die Neue jüdische Gemeinde feierte ihn nicht so wie die meisten Juden.

Zum Nachtisch gab es Apfelkompott. Langsam taute die Stimmung wieder auf.

»Was sagt denn Rabbi Rosenfeld, lieber Julius?«, fragte Tante Guste. »Er ging gerade, als ich kam.«

»Wir haben – wie immer – über die Gesetze diskutiert«, sagte ihr Vater und seufzte. Er schaute zur Anrichte, auf der der Leuchter stand. »Sabbat ist ihnen heilig und wird es immer bleiben. Sie sagen, Gott habe den Sabbat mit all seinen Regeln geschaffen, und es ist nicht an uns, sie zu brechen oder zu verändern.«

»Aber wir verändern sie doch gar nicht wirklich. Wir passen uns doch nur an«, sagte Herr Goldschmidt. Auch er war Mitglied der neuen Gemeinde, wie fast alle ihre Pensionsgäste. »Sie müssen doch endlich begreifen, dass es Zeit ist, uns zu integrieren, um einen sicheren Platz in dieser Gesellschaft zu haben. Wir können uns nicht immer auf die Thora berufen, die vor Tausenden von Jahren geschrieben wurde, als das Leben noch ganz anders war. Damals gab es das israelische Volk, später den Staat Israel, wir hatten ein Land, waren ein Volk und konnten nach unseren Gesetzen leben.« Er klang hitzig, und es war nicht das erste Mal, dass er dies vorbrachte. »Aber unser Alltag heute sieht ganz anders aus. Heute sind wir eine Religionsgemeinschaft, leben in Hunderten von Ländern verstreut, die alle ihre eigenen Gesetze haben. Wir müssen uns anpassen, um ein Teil des Staates zu sein, in dem wir leben. Und in christlichen Ländern ist nun mal der Sonntag der Ruhetag. Wir haben doch einen Gott – Jesus war schließlich Jude. Warum auch immer die Christen aus dem Sabbat, dem Tag, den Gott als Ruhetag geschaffen hat – dem siebten Tag –, den Sonntag gemacht haben und wir den Samstag – es ist egal. Gott möchte, dass wir an einem Tag die Arbeit ruhen lassen. Und das tun wir – dort, wo wir sind an dem Tag, an dem es alle anderen auch machen. So sollte es jedenfalls sein.« Er schnaufte und wischte sich mit der Serviette über das Gesicht. »Warum Rabbi Rosenfeld das nicht einsieht, ist und bleibt mir schleierhaft.«

Julius lächelte. »Beruhigen Sie sich, guter Mann«, sagte er leise. »Sie wissen, dass ich genauso denke. Und ich glaube, vielen anderen Juden geht es ebenso. Viele wenden sich sogar von unserem Glauben ab, um ein Teil der Gesellschaft zu sein. Aber es ist natürlich besser, die Gebote und Gesetze ein wenig zu dehnen und dem heutigen Leben anzupassen, als den Glauben ganz aufzugeben, denke ich und unsere Gemeinde ja auch. Deshalb ändern wir diese Dinge nach und nach. Aber diese Neuerung braucht Zeit, viel Zeit. Die Leute müssen sich an solche Gedanken erst gewöhnen.«

»So wie damals bei Luther«, sagte Franz.

Vater nickte. »Ja, er hat den christlichen Glauben auch reformiert – jedenfalls für einen Teil der Christen.«

»Einige unserer Änderungen sind ja mit seinen identisch – habt ihr es von ihm?«, fragte Franz nun. »Wie zum Beispiel die Gebete und die Thora zu übersetzen. Ich finde es schön, die Gebete auf Hebräisch zu hören, aber natürlich verstehe ich sie besser, wenn sie auf Deutsch gesprochen werden.«

»Ja, da war er uns ein Vorbild. Ich glaube, dass die Gemeinde die Worte verstehen möchte. Was wir verstehen, können wir auch eher begreifen und in unser Herz übernehmen. Deshalb predige ich auf Deutsch. Rabbi Rosenfeld sieht das immer noch anders. Für ihn und die anderen Vertreter der alten jüdischen Ordnung sind wir Ketzer. Er begreift nicht, dass wir zwar die Kerzen anzünden, doch dann die Regeln nicht weiter einhalten und erst am Sonntag ruhen ... eben weil es für viele Gemeindemitglieder schwierig ist, ihre Geschäfte am Samstag nicht zu führen, nicht am Leben teilzunehmen. Man kann das einschränken, kann sich zurücknehmen, aber sich ganz herauszunehmen ist schwer in der heutigen Zeit.«

»Ja, und genau deshalb müssen wir das auch in andere Gemeinden tragen. Wir müssen diese Ideen verbreiten, den jüdischen Glauben so verändern, dass wir ihn leben, aber dennoch ein Teil der Gesellschaft sein können«, sagte Goldschmidt. »Nächste Woche fahre ich ins Rheinland und besuche dort einige unserer Gemeinden, stelle unser Konzept vor.«

»Nächste Woche schon?«, fragte Mutter. »Dann brauchen Sie Ihr Zimmer nicht mehr?«

»Das ist richtig. Ich komme wahrscheinlich in ein paar Wochen zurück und würde mich dann gerne wieder bei Ihnen einmieten, wenn es recht ist?« Unsicher sah er sie an. »Ich weiß nicht genau, was mit Meyer vorgefallen ist, aber ich weiß, dass er manchmal ein schwieriger Zeitgenosse ist und ...«

»Lieber Herr Goldschmidt, natürlich sind Sie uns hier jederzeit willkommen«, unterbrach ihn Toni. »Machen Sie sich darum keine Gedanken. Herr Meyer wollte schon länger abreisen, und nun hat er seinen Entschluss einfach ein wenig vorgezogen. Aus rein persönlichen Gründen.« Sie lächelte, ein strahlendes Lächeln. Es erreichte nicht ihre Augen.

KAPITEL 2

»Was hast du ihm gesagt?«, fragte Mutter.

»Was hat er dazu gesagt?«, wollte Tante Guste wissen.

»Was ist hier eigentlich los? Irgendetwas ist doch passiert«, sagte Franz.

Sie hatten die Tafel aufgehoben und saßen nun alle im Wohnzimmer. Nur Elise war ins Bett gegangen.

»Weißt du, was hier los ist?« Franz nahm Paula am Arm, zog sie zu sich.

»Nein, ich ...«, murmelte Paula und versuchte sich seinem Griff zu entwinden. »Ich verstehe auch nicht so recht, was passiert ist.«

»Toni, genau aus dem Grund möchte ich, dass Paula ...«, fing Tante Guste an, doch Mutter fuhr ihr ins Wort.

»Nicht jetzt, Guste, nicht jetzt!«

»Wieso, was ist denn?«, wendete sich Vater an seine Schwägerin.

Mutter drehte sich zu ihm um. »Nicht vor den Kindern.«

»Aber ...«

»Nein!« Mutter sah Paula und Franz an. »Paula, geh in die Küche und hilf beim Abwasch. Franz, du kannst noch die Hühner in den Stall bringen und dann auf euer Zimmer gehen.« Ihr Tonfall ließ keinen Widerspruch zu.

»Jetzt schon? Es ist doch noch so früh«, maulte Franz.

»Aber es ist fast dunkel. Also höchste Zeit für die Hühner, damit der Fuchs sie nicht holt.«

»Du hast doch sicherlich noch etwas für die Schule zu tun«, fügte Vater hinzu. Franz seufzte tief auf und zog von dannen, er wusste, es wäre zwecklos, weiter zu protestieren.

Paula wartete, bis er den Raum verlassen hatte, dann drehte sie sich zu den Eltern um und holte mit klopfendem Herzen tief Luft.

»Ich weiß, dass es mit dem zu tun hat, was ich über Herrn Meyer gesagt habe.« Sie schluckte. »Die Mieter sind wichtig für uns, das ist mir sehr bewusst. Sollte mein Verhalten zu Unstimmigkeiten geführt haben, dann tut es mir leid. Ich habe das nicht mit Absicht gemacht.« Paula stocke, sie senkte den Kopf, ihre Augen brannten. Sie hörte, wie ihre Mutter sich räusperte. »Mein liebes Kind. Mach dir bitte keine Gedanken. Du hast am wenigsten Schuld.« Sie nahm Paula in die Arme, drückte sie fest an sich. »Du bist die beste Tochter, die man sich denken kann.«

»Aber …?«, fragte Paula leise. »Was ist denn überhaupt passiert?«

»Zum Glück noch nicht allzu viel«, sagte Tante Guste nun resolut. »Herr Meyer hat seine Grenzen überschritten, und du hast es erkannt. Dabei hätten wir alle es sehen müssen.«

»Meyer hat sich nicht ehrenvoll dir gegenüber verhalten, und das tut mir sehr leid«, sagte nun der Vater. »So etwas dulde ich in meinem Haus nicht. Lieber habe ich keine Untermieter, als dass so etwas passiert.«

»Er hat ja nicht wirklich etwas getan …«

»Doch, Paula, das hat er«, sagte Tante Guste und strich ihr über das Haar. »Er hat dich berührt. Und das sicher nicht in guten Absichten.«

Nun wurde Paula bewusst, dass das Verhalten des Mieters nicht so arglos gewesen war, wie sie es gehofft hatte. Sie war kein Kind mehr, sie stand an der Schwelle zum Erwachsensein, aber bisher hatten die Untermieter sie wie ein Kind behandelt. Meyer nicht, auch wenn sie das lange nicht hatte wahrhaben wollen, denn hier – in ihrem Zuhause – hatte sie sich immer geborgen und sicher gefühlt.

Erschrocken schaute Paula von Mutter zur Tante.

»Er wollte … wollte … mich …«, stammelte Paula erschrocken.

»Das wissen wir nicht. Seine Annäherungen waren auf jeden Fall unlauterer Art, mein Kind. Aber nun solltest du Esther in der Küche zur Hand gehen und danach ins Bett. Der Tag war lang und anstrengend genug. Er ist ja nun weg, und du brauchst dir keine Gedanken mehr zu machen«, sagte Mutter und räusperte sich. Ihre Stimme hatte zwischendrin unsicher gezittert, auch das war Paula neu. Sie fügte sich aber und fragte nicht noch weiter nach.

Im Souterrain klapperte Esther mit dem Geschirr. Sicherlich spülte sie schon, und eigentlich sollte sie sich sputen, um ihr zu helfen. Aber die Neugierde war stärker, und so blieb sie hinter der Tür stehen und lauschte.

»Ich habe so etwas befürchtet«, sagte ihre Tante in einem düsteren Ton. »Ich habe es dir gesagt, Toni. Paula ist kein Kind mehr – körperlich, auch wenn sie noch so ein reines Gemüt hat. Es ist kein Leben hier für sie.«

»Was?«, fragte Vater und lachte bitter auf. »Wo soll sie denn sonst hin?«

»Zu mir.« Guste machte eine Pause. »Ich nehme sie zu mir. Bei uns kann sie wohnen, und ich werde sie unterstützen. Das entlastet euch finanziell, und Paula gibt es Raum, sich zu entwickeln. Überleg doch, Julius – sie wird im Dezember sechzehn und teilt sich das Zimmer mit ihrem Bruder. Und dann sind da noch die Pensionsgäste, auf die ihr offensichtlich nicht verzichten könnt ...«

»Wir brauchen sie nicht«, sagte Toni resolut. »Ich werde noch mal das Haushaltsbuch durchgehen. Sicherlich können wir noch etwas sparen.«

»Ach Toni, Liebes«, sagte Vater, er klang erschöpft und traurig. »Wir brauchen die Untermieter. Jedenfalls in diesem Jahr. Vielleicht wird es im nächsten besser. Vielleicht kann mir dann die Gemeinde mehr Geld zahlen – aber bis dahin? Was willst du denn noch einsparen?«

»Wir könnten den Garten besser bewirtschaften und Gemüse anbauen, wir ...«

»Es ist Herbst. Was willst du jetzt noch pflanzen? Selbst wenn, es würde euch erst im nächsten Jahr helfen. Und wer soll die ganze Arbeit übernehmen? Du? Der alte Gärtner? Die Kinder?«, fragte Tante Guste.

»Du würdest also Paula zu dir nehmen wollen?« Vaters Stimme klang plötzlich brüchig.

»Ja, Julius, das würde ich. Werner und ich haben das lange diskutiert. Wir haben so viel Platz. Paula könnte noch ein paar Jahre unbeschwert leben, sich weiterbilden, lernen, Klavier spielen. Wir würden selbstverständlich alle Kosten tragen.«

»Das ist ein sehr großzügiger Vorschlag, Guste.«

»Überlegt es euch einfach. Mehr als anbieten kann ich es nicht.«

»Aber Paula sollte es auch wollen …«, sagte Toni nun. Sie klang mit einem Mal gar nicht mehr so abwehrend.

»Ich rede mit ihr …«

»Nein, das mache ich. Ich muss darüber noch nachdenken. Paula ist meine … kleine Große.« Wehmut lag in Tonis Stimme. »Irgendwann wird sie heiraten und aus dem Haus gehen, das weiß ich, und der Gedanke ist schon schwer genug. Aber schon jetzt? Sie ist noch so jung. Und sie ist doch mein Kind …«

»Sie bleibt ja dein Kind, liebste Toni. Sie wird immer dein Kind bleiben – egal, was kommt. Du bist schließlich auch mit sechzehn ins Lehrerinnenkolleg gezogen. Da warst du nur ein halbes Jahr älter, als Paula jetzt ist.«

»Das waren ganz andere Zeiten damals. Vater war schwer krank, ich war die Älteste und musste zum Einkommen beitragen. Das kann man mit heute nicht vergleichen.«

»Das stimmt«, sagte Julius nun. »Dennoch ist der Vorschlag deiner Schwester etwas, worüber es sich nachzudenken lohnt. Aber nun sollten wir alle einen Schluck trinken, um unsere Nerven ein wenig zu beruhigen.«

Paula hörte, wie sich seine Schritte der Tür näherten, und eilte nach unten.

»Na, ditt is ja n Ding«, sagte Esther lachend. »Ick hab schon jedacht, du kämst jar nich mehr. Kannst de Jläser abtrocknen. Abba schön jründlich, wa?«

»Mach ich, Esther. Tut mir leid, dass ich so spät dran bin.«

»Hauptsache, du bis jetzt da, wa? Wasisn oben los? Klang nach nem richtijen Tohuwabohu. Der olle Meyer is zum Jlück abjereist. War ne fiese Charakter, der Mann.«

Während Paula die Gläser abtrocknete, blickte sie aus dem Fenster in den Garten. Langsam legte sich Dunst auf den Rasen, und die Nacht senkte sich über die Stadt. Jeden Tag wurde es jetzt ein wenig früher dunkel.

Ob sie im Winter noch hier wohnen würde, schoss es Paula plötzlich durch den Kopf, und sie spürte, wie ihr die Tränen kamen. Nicht mehr hier wohnen? Das konnte sie sich nicht vorstellen. Mutter wollte ihr die Entscheidung überlassen – das bedeutete aber auch, dass Mutter sich schon entschieden hatte. Sie würde Paula zu ihrer Schwester geben.

Ausziehen – der Gedanke traf sie plötzlich wie ein Schlag. Sie liebte Tante Guste, aber ... bei ihr wohnen? Wie sollte das werden? Die Wohnung in der Lothringer Straße war sehr großzügig, und Tante Guste war häufig allein, weil Onkel Werner als Weinhändler häufig unterwegs war und manchmal bis nach Frankreich oder Italien reiste. Ihr Salon war so groß, dass darin nicht nur ein Klavier, sondern ein richtiger Flügel stand. Aber würde ein Flügel ihre Familie ersetzen?

Die Gedanken rasten durch Paulas Kopf, und beinahe hätte sie eins der Gläser fallen lassen. Im letzten Moment bekam sie es wieder zu fassen und stellte es behutsam auf den Tisch.

»Na, wat is denn mit dich los?«, fragte die Köchin.

»Ich war wohl nur unachtsam. Tut mir leid.«

»Nu, et war'n langer Tag, mit der jroßen Wäsche un allem. Kannst nach oben gehen, wa?«

»Nein, ich helfe noch ...«

»Ach, lasset jut sen. Mach, dat de wegkommst.«

Langsam ging Paula nach oben. Im Zimmer brannte das Petroleumlicht auf niedriger Stufe. Elise schien schon fest zu schlafen, aber Franz war noch wach und las.

»Du wirst dir die Augen verderben«, flüsterte Paula.

»Ich würde die Lampe ja aufdrehen, aber ich fürchte, dann gibt es Ärger mit Line. Wir sollen das Licht löschen, sobald du im Bett bist«, sagte Franz und setzte sich auf. »Was zum Kuckuck ist eigentlich los? Du stehst ja gänzlich neben dir.«

Elise murmelte etwas, und Franz biss sich auf die Lippen, doch sie schien nur zu träumen.

Paula ging leise hinter den Paravent und zog sich um, drehte das Petroleumlicht aus und ging dann zu Franz' Bett. »Rutsch«, flüsterte sie. Abends lagen sie meist noch zusammen in einem Bett und unterhielten sich leise. Oft rezitierten sie sich aus den Büchern, die sie gerade lasen. Paula liebte besonders Gedichte aus dem Echtermeyer, den sie fast auswendig konnte. Aber heute Abend war für Poesie nicht die richtige Zeit. Paula zog sich die Decke bis zum Kinn und überlegte kurz.

»Ich habe gelauscht«, sagte sie dann. »Als wir aus dem Garten hereinkamen. Tante Guste will, dass ich zu ihr ziehe.«

»Aber warum?«

»Damit … weil … na ja, ich schätze, weil ich dann weniger Geld koste. Tante Guste würde alle Ausgaben für mich übernehmen.«

»Was kostest du denn?«

Paula seufzte auf. »Ach Franz, Essen, Kleidung, alles, das Leben kostet Geld.«

»Aber die Eltern können dich doch nicht einfach wegschicken, du gehörst doch zu uns«, flüsterte er entsetzt.

»Daran würde sich ja nichts ändern, und von der Lothringer Straße bis hier ist es nicht weit …«.

»Willst du das etwa? Willst du zu Tante Guste ziehen?«, fragte Franz verblüfft.

»Ich glaube nicht. Ich weiß es nicht – das kommt alles so überraschend, eine große Welle, die über mich hinwegspült …«, gab Paula zu. »Aber vielleicht sollte ich mir überlegen, was ich nächstes Jahr mache, wenn ich die Schule abgeschlossen habe.«

»Mache?«

»Nun, welchen Beruf ich ergreifen soll – damit ich Geld verdienen kann.«

»Du bist erst fünfzehn.«

»Es gibt viele, die in meinem Alter schon arbeiten. Geh mal in die Stadt.«

»Ich weiß, aber … das ist doch was anderes, du willst sicher keine Blumen verkaufen oder Kohlen schleppen oder so etwas.«

»Nein«, sagte Paula leise. »Aber Mutter hat eine Ausbildung gemacht und ist dann zu einer Familie gegangen als Hauslehrerin. Da war sie nicht viel älter als ich.«

»Weil sie musste, das erzählt sie immer wieder. Weil Großvater so krank war. Vater ist nicht krank.«

»Dennoch will ich der Familie nicht auf der Tasche liegen.«

»Aber willst du überhaupt Lehrerin werden?«

»Ich weiß es nicht. Ich habe mir noch nie Gedanken darüber gemacht, wie ich mir mein späteres Leben vorstelle.« Sie hielt kurz inne. »Natürlich will ich irgendwann heiraten und Kinder haben. Aber bis dahin? Ich habe immer gedacht, es wird sich schon etwas ergeben.« Wieder seufzte sie. »Wenn ich nächstes Jahr die Schule beendet habe, kann ich noch mehr im Haushalt helfen. Vielleicht brauchen wir dann Line nicht mehr.«

»Du willst dich um Carl kümmern und um den ganzen Haushalt? Du?«

»Warum nicht?« Paula sah ihren Bruder an. Inzwischen war es so dunkel, dass sie sein Gesicht nur erahnen konnte.

»Wegen deiner Gesundheit, Paula«, sagte Franz kaum hörbar. »Was Line tut, ist anstrengend. Sehr anstrengend. Und sie ist auch viel kräftiger als du …«

»Dann muss ich halt bis zum nächsten Jahr an meiner Konstitution arbeiten.« Paula biss sich auf die Lippe. »Ich könnte Kindermädchen werden. Ich mag Kinder, und ich glaube, ich kann gut mit ihnen umgehen.«

»Ja, das stimmt. Aber überleg mal, in dir steckt doch so viel anderes, so viel mehr. Du bist klug und interessiert, du liest viel, du kannst reimen und Rätsel erfinden – die besten Rätsel der Welt. Und du spielst Klavier, du spielst so gut. Musik liegt dir im Blut, würde ich meinen.« Er stockte. »Was würdest du denn am allerliebsten machen?«

»Ja, ich liebe und liebe die Musik, aber auch die Literatur und … ich weiß es nicht. Ich glaube, darüber muss ich in Ruhe nachdenken«, sagte sie schließlich.

»Und was war jetzt mit Meyer?«

Paula fühlte sich plötzlich wie mit heißem Wasser übergossen. »Ach, der Meyer … lass uns nicht über den reden.«

»Unfug«, sagte Franz beleidigt. »Nun sag es schon.«

»Beim Tischdecken ging es irgendwie um Meyer, und dann habe ich gesagt, wie unangenehm ich ihn finde. Und … dass er immer versucht, unter dem Tisch mein Bein zu berühren …«, flüsterte sie.

»Das hat er gemacht? Die Sau«, sagte Franz laut und empört.

Elise regte sich.

»Pst«, sagte Paula erschrocken. »Leise, sonst wacht sie noch auf …«

Für eine Weile lagen sie stumm nebeneinander, dann spürte Paula, wie Franz ihre Hand nahm und sie drückte.

»Ich will nicht, dass du weggehst«, murmelte er fast tonlos.

»Ich auch nicht …« Paula wartete noch einen Moment, aber Elise blieb ruhig. Dann gab sie Franz einen leichten Kuss auf die Wange und lief hinüber zu ihrem Bett, schlüpfte unter die Decke. Sie schloss die Augen, aber ihre Gedanken spielten immer noch Fangen.

Es war eine unruhige Nacht, immer wieder wurde sie wach, drehte sich um, stopfte ihr Kissen zurecht und lauschte auf die regelmäßigen Atemzüge ihrer Geschwister.

Ich wünschte, ich hätte noch ihre Unschuld, wäre noch so jung wie sie, dachte Paula. Dass es so schwer sein könnte, eine Entscheidung über mein Leben zu treffen, hätte ich nie für möglich gehalten. Ich habe immer gehofft, dass sich ein Schritt nach dem anderen ergibt und sich das Leben fügt – so wie bisher. Franz' Weg schien vorgezeichnet – er würde die Schule beenden, studieren, zum Militär gehen und einen Beruf ergreifen. Er hatte es viel leichter als sie.

Am nächsten Morgen fühlte sie sich wie gerädert.

»Husch, husch, aufstehen, meine Lämmchen«, sagte Line und zog die Vorhänge zur Seite, öffnete die Fenster. »Heute scheint es noch mal sehr warm zu werden. Das perfekte Wetter, wir haben immer noch Wäsche zu waschen.« Sie ging zu Franz' Bett. »Du musst dich sputen, junger Mann, sonst kommst du noch zu spät zum Unterricht.«

Franz stöhnte und drehte sich zur Seite. »Muss ich wirklich?«, fragte er gequält.

»Nein, du kannst auch aufstehen und Steffens im Garten und Stall helfen. Den ganzen Tag. Und morgen und übermorgen. Alle Tage kannst du ihm helfen. Wässern und misten und den Rasen mit der Sense mähen – für den Rest deines Lebens. Oder du stehst auf und gehst zur Schule und lernst etwas Ordentliches. Du hast die Wahl.«

»Oh, Line, du hast nie Erbarmen«, seufzte Franz und schlug die Decke zur Seite.

»Nein, warum auch? Du bist jung, kräftig und wissensdurstig. Nutz die Chance, die du hast.« Line drehte sich um und ging zu Paulas Bett. »Und du, Prinzessin, was ist mit dir?«

Paula sah sie an. »Ich steh gleich auf. Versprochen. Und ich helfe auch wieder bei der Wäsche.«

Mit gerunzelter Stirn musterte Line sie und legte ihre Hand auf Paulas Stirn. »Geht es dir nicht gut? Fieber hast du nicht, aber du siehst blass aus. War wohl gestern zu viel für dich. Bleib du mal liegen und ruh dich noch ein wenig aus.«

»Aber ich will nicht zu Hause bleiben«, sagte Paula.

»Nun, ich würde mich freuen, wenn ich noch im Bett bleiben dürfte.« Damit drehte sich Line zu Elise um.

»Es ist erstaunlich, wie fest manche Menschen schlafen können«, sagte sie und lachte. »Neben dir könnte ein Baum umfallen, und du würdest trotzdem weiterschlafen.« Sie rüttelte leicht an Elises Schulter. »Guten Morgen, du kleine Fee. Es ist Zeit aufzuwachen.«

Elise räkelte sich und strahlte Line an. »Guten Morgen«, sagte sie. »Ist es wirklich schon hell?«

»Ja, das ist es. Noch. Bald schon wird es um diese Zeit dunkel sein.« Line schnaufte. »Aber solange wir noch Sommer haben, sollten wir ihn nutzen.« Sie strich Elise über die Haare. »Ich glaube«, sagte sie mit einem gespielten Flüstern, das jedoch so laut war, dass alle es hören konnten, »dass die Köchin heute früh Waffeln macht. Würde dich das zum Frühstück locken?«

»Waffeln?« Elise warf ihre Decke zur Seite und sprang auf. »O ja. Dafür decke ich auch gerne den Tisch.«

»Dann zieh dich mal an. Aber das Waschen nicht vergessen.« Line stellte einen Waschkrug mit warmem Wasser auf die Kommode.

»Warm waschen im Sommer ist was für Schwächlinge«, rief Franz, sprang auf, griff sich Hemd und Handtuch und lief in den Hof, wo die Pumpe stand. Das Wasser aus der Pumpe war eiskalt, aber das störte ihn nicht.

Elise schaute zu Paula. »Willst du zuerst?«, fragte sie ein wenig ungeduldig.

»Nein, ich lasse dir den Vortritt«, sagte Paula und lächelte. Jetzt im Spätsommer war das noch einfach. Im Winter war es anders –

dann kühlte das warme Wasser schnell aus, denn die Zimmer waren nicht beheizt, die Fenster undicht, da und dort bröckelte der Kitt aus den Rahmen, und der Wind pfiff oft kalt von Osten um das Haus.

Tante Guste wohnte in einer dicht bebauten Straße, in der die Häuser große Innenhöfe und Gärten hatten und viel moderner waren. Wäre es das wert, fragte sich Paula. Fang ich jetzt wirklich an abzuwägen? Ist das nicht falsch? Ich sollte und sollte und sollte doch bei meiner Familie bleiben wollen. Familie ist schließlich viel wichtiger als Komfort. Und ich liebe sie alle. Andererseits könnte ich zu Tante Guste ziehen und dennoch täglich herkommen und helfen … dann würde ich zwei Fliegen mit einer Klappe schlagen – die Eltern wären entlastet, und trotzdem hätten sie meine Hilfe. Aber … wäre das richtig? Was will ich in meinem Leben erreichen? Was will ich werden? Und wie finde ich das heraus?

Wie benommen lehnte sie sich in ihre Kissen zurück, hörte, wie ihre kleine Schwester sich eilig fertig machte und dann summend den Flur hinunterhüpfte.

Der Duft von Waffeln und Eiern zog durch den Flur, Esther bereitete das Frühstück zu.

Ich sollte auch aufstehen, dachte Paula und konnte sich dennoch nicht dazu aufraffen. Jeder Knochen in ihrem Körper fühlte sich auf einmal unendlich schwer an, zu schwer, um ihn zu bewegen.

Dann hörte sie Schritte auf der Treppe, und ihre Mutter öffnete die Tür.

»Line sagt, dir geht es nicht gut?«, fragte sie besorgt und setzte sich auf Paulas Bett.

»Du bist blass, hustest du?«

Paula schüttelte den Kopf. »Alles in Ordnung«, log sie. »Ich habe nur schlecht geschlafen.«

»Warum?«

»Weil … ich mir Gedanken gemacht habe.«

»Worüber?«

Paula drehte sich weg, um sich dem forschenden Blick der Mutter zu entziehen. »Ach Mutter, sei doch nicht so«, sagte sie leise. »Das ist ja wie ein Verhör.«

»Ich bin besorgt um dich, das ist alles«, antwortete ihre Mutter empört.

»Ich habe einfach nur schlecht geschlafen. Schläfst du nie schlecht?«, fragte sie und drehte sich wieder um.

»Doch. Natürlich. Manchmal. Aber selten«, sagte Toni und räusperte sich.

»Nun, siehst du – dies war eben eine dieser seltenen Nächte, in denen ich schlecht geschlafen habe«, entgegnete Paula und hoffte, dass es leicht klang, leichter, als sie sich fühlte.

Aber ihre Mutter schüttelte dann den Kopf. »Du siehst nicht nur übermüdet aus, mein Liebes.« Toni seufzte. »Es kann ja nicht allein die Geschichte mit Meyer sein, die dir so zu schaffen macht. Du hast gestern wahrscheinlich unabsichtlich mehr mitbekommen, als für deine Ohren bestimmt war, oder?«

»Ich habe ... ich wollte nicht ... ich meine«, stotterte Paula, dann riss sie sich zusammen. »Willst du wirklich, dass ich zu Tante Guste ziehe?« Sie setzte sich im Bett auf und sah ihre Mutter fest an.

Toni schloss kurz die Augen. »Nein, das will ich nicht. Natürlich nicht. Es war Gustes Idee.«

»Aber?«

Toni schüttelte den Kopf. »Kein Aber. Sie hat es vorgeschlagen, ich finde es nicht akzeptabel.« Sie griff nach Paulas Hand, ihr Blick war voller Ernst, aber auch voller Gefühl. »Ich liebe dich sehr. Ich kann mir im Moment nicht vorstellen, dich nicht mehr bei mir zu haben. Irgendwann wirst du von selbst gehen wollen – in dein Leben. Auch das möchte ich mir jetzt noch nicht vorstellen.«

»Aber du warst doch selbst kaum älter, als du angefangen hast, zu arbeiten und deine Familie zu unterstützen. Und schließlich sind wir auch nicht reich.«

»Wer ist schon reich?«, fragte ihre Mutter lachend und nahm sie in die Arme. »Machst du dir wirklich Sorgen um unsere Finanzen? Das musst du nicht. Wir haben nicht viel, aber alles, was wir brauchen.«

»Aber wir müssen Zimmer vermieten«, flüsterte Paula. »An Männer wie Meyer.«

»Wir vermieten nie mehr an Männer wie Meyer«, sagte Toni mit fester Stimme. »Falls irgendwer wieder so etwas macht, musst du es mir sagen. Sofort und nicht Tage oder Wochen später. Sofort. Keiner darf das. Niemand. Nur, dass sich manche Männer nicht daran halten«, sagte sie und biss sich auf die Lippen. »Sie glauben, sie hätten das Recht dazu. Aber sie dürfen das nicht. Es ist schwierig – diese Geschichte zwischen Mann und Frau.«

»Was ist daran schwierig?«

»Gott schuf Mann und Frau, und sie sollten sich ergänzen, das war seine Intention. Sie sollten zusammenleben, sich lieben und Kinder bekommen. Das ist Gottes Plan. Aber nicht immer geht das auf. Die Thora, das Alte Testament, beinhaltet viele Schriften aus alten Zeiten, als die Welt noch anders war, das Leben anders war. Und heute denken einige Männer immer noch, dass sie den Frauen überlegen sind und über sie bestimmen dürfen. Sie behaupten, dass es dafür Belege in den Schriften gäbe – aber das stimmt nicht. Gott hat nie gesagt, dass der Mann über die Frau bestimmen darf. Niemals.« Ihre Mutter schnaufte wütend. »Doch solche Männer wie Meyer werden das wohl nie begreifen.« Sie sah Paula an. »Deshalb ist es wichtig, dass du mir sagst, wenn sich jemand nicht benimmt.«

»Aber er hat doch nur …«

»Nein, nicht nur, so fängt es an, mein Kind. Aber das zu begreifen, bist du noch viel zu jung.«

»Aber ich sollte es besser jetzt schon begreifen, Mutter, solange es Männer wie Meyer gibt.«

Toni schaute Paula in die Augen. »Ja, vermutlich hast du recht«, sagte sie schließlich. »Lass mich aber erst darüber nachdenken, wie …«

»Du meinst diese Sache zwischen Mann und Frau … die körperliche Geschichte?«

»Das gehört dazu.«

»Aber was ist daran so schwierig?«

»Wenn man sich liebt, Paulaschatz, so wie Vater und ich uns lieben, dann ist daran nichts schwierig. Wenn man sich liebt und sich einig ist, dann ist alles gut – dann kann man sich vereinigen und … eben lieben.«

»Ich weiß, woher die Kinder kommen«, sagte Paula empört. »Ich weiß das schon lange. Es ist bei Menschen hoffentlich ein wenig schöner und liebevoller als bei den Kaninchen.«

»Bei Menschen ist es nicht so wie bei den Kaninchen, nein …« Toni biss sich auf die Lippen und unterdrückte ein Lachen.

»Was ist denn jetzt so komisch?«

»Ich muss an Fred, unseren Kaninchenbock, denken. Er hat so gar nichts mit Vater gemeinsam.« Nun prustete Mutter los.

»Mutter!«, sagte Paula entsetzt. »Wie kannst du nur?«, flüsterte sie.

Toni lachte noch immer, das Lachen perlte nur so aus ihr heraus. Sie nahm Paula in die Arme, drückte sie an sich. »Ich finde den Gedanken so lustig.« Dann räusperte sie sich.

Paula grinste. »Ich werde Fred nie wieder so sehen können wie früher.«

»Grundgütiger, Paulakind …«, Toni prustete wieder los. »Ich fürchte, er muss demnächst ins Rohr. Ich werde ihn auch nie wieder nur als Kaninchen sehen können.«

»Wir können ihn doch deshalb nicht essen«, sagte Paula entsetzt.

»Er ist eh zu zäh inzwischen«, sagte ihre Mutter und versuchte wieder ernst zu werden.

Nun prustete Paula los. »Vater?«, fragte sie kichernd.

Die beiden lagen sich lachend in den Armen. Es war ein befreiendes Lachen, ein Lachen, das die Beklemmung nahm, die seit gestern über ihnen lag.

»Was ich eigentlich sagen wollte«, meinte Toni, als sie sich wieder ein wenig im Griff hatte, »ist, dass du es nicht erlauben sollst, wenn ein Mann deine Grenzen überschreitet.« Plötzlich war sie wieder ganz ernst. »Keiner darf dich anfassen, ohne dass du das willst. Nicht am Knie, nicht am Po, noch nicht einmal am Ellenbogen. Wenn es dir unangenehm ist, dann sag es.«

Paula runzelte die Stirn. »Was sag ich denn dann?« Sie sah ihre Mutter an. »Wirklich – was sagt man in so einer Situation? ›Lassen Sie das? Gehen Sie weg? Lassen Sie mich in Ruhe?‹«

Toni biss sich auf die Lippen. »Das weiß ich auch nicht so genau«, gab sie leise zu. »Sag ›Nein‹ – wenn immer du meinst, du müsstest Nein sagen. Wenn immer es dir unangenehm ist – geh aus der Situation. Und danach kommst du zu mir.«

»Ist dir das denn auch schon mal passiert? Dass jemand komisch, aufdringlich war?«

»Ja.«

»Und was hast du gemacht?«

Toni schluckte. »Es ertragen. Weil ich hilflos war, überrumpelt. Doch niemand fasst meine Tochter in meinem Haus an.« Sie setzte sich auf, streckte das Kinn. »Niemand. Und so ein Meyer schon gar nicht.«

»Jetzt ist er weg ...«

Toni nickte.

»Aber ... aber ...« Paula schüttelte den Kopf.

»Was?«

»Aber ihr müsst das Zimmer wieder vermieten.«

»Das weiß ich noch nicht.« Toni schluckte. »Du könntest in das Zimmer ziehen.«

»Ich?«

»Du wirst sechzehn. Du bist jetzt eine junge Frau. Du solltest nicht mit deinem Bruder ein Zimmer teilen.«

»Weil Tante Guste das sagt? Mich stört es nicht, warum auch?« Paulas Stimme wurde lauter. »Wir sind Geschwister und lieben uns.«

»Dennoch wäre es besser.«

»Aber das Geld?«

»Darüber musst du dir keine Sorgen machen.«

In den nächsten Tagen kreisten Paulas Gedanken immer wieder um die Frage, aber das Thema wurde nicht mehr angesprochen. Bis ihr Vater am Sonntag nach dem Gottesdienst mit einem Zettel aus der Synagoge zurückkam und ihn seiner Frau überreichte. Er blieb immer noch länger, verstaute die Thora und sprach mit Gemeindemitgliedern, die geduldig auf ihn warteten.

»Goldschmidt zieht ja nun auch aus, aber ich habe zwei Nachfragen für die Zimmer«, sagte er.

»Und Paula?«, fragte Toni.

»Darüber sollten wir nachdenken, ja«, stimmte ihr Vater zu. »Aber das eilt ja nicht. Im Moment sind die Kinder ja noch zufrieden damit, wie es ist.«

Paula versuchte, sich ihre Erleichterung nicht anmerken zu lassen. Franz trat sie sacht unter dem Tisch und grinste sie breit an – sie lächelte zurück. Dennoch blieb ein schaler Nachgeschmack. Der Gedanke daran, wie das Leben wohl bei Tante Guste sein würde, hatte sich in ihrem Kopf eingenistet, wie eine frühe Schwalbe, die unsicher ein Nest baute. Das Leben bei Guste wäre anders. Sie wäre dort von Franz, von ihrer Familie getrennt – aber dort hätte sie andere Möglichkeiten. Die Tante hatte von Klavierunterricht gesprochen, den sie bezahlen wollte. Richtigen Unterricht – das verlockte Paula, doch im nächsten Moment schalt sie sich eitel.

KAPITEL 3

Schon zwei Tage später war Goldschmidt ebenfalls ausgezogen, und Line, Mutter und die Zugehfrau machten die Zimmer gründlich sauber, schrubbten die Böden, putzten die Fenster und wuschen die Wäsche. Die Bettdecken und Teppiche wurden im Hof ausgeklopft.

»Wer sind die neuen Mieter?«, fragte Paula ihre Mutter, als sie die Kissen in den Hof brachte.

»Sie kommen für Vorträge an der Universität, glaube ich. Rabbi Gottheil hat uns empfohlen. Vater hat inzwischen mit ihnen gesprochen, und sie werden beide morgen einziehen.«

»Ich hoffe, sie sind nett.«

»Und ich hoffe, sie verhalten sich ruhig und zahlen ihre Miete«, sagte Mutter. »Wo ist Carl?«

»Er spielt am Apfelbaum.«

»Ist er allein?«

»Franz hat kurz ein Auge auf ihn, aber ich werde mich gleich wieder um ihn kümmern.«

»Magst du nicht heute Nachmittag mit Carl ein wenig spazieren gehen?«

»Es gibt doch noch so viel zu tun, Mutter.«

»Das schaffen wir schon. Mir wäre es lieb, wenn Carl in deiner Obhut, aber uns aus dem Weg wäre. Ihr könntet Tante Guste besuchen.«

Früher hätte Paula nicht lange überlegt. Ein Ausflug in die Lothringer Straße war jedes Mal etwas Besonderes. Bei Tante Guste gab es immer alle möglichen Leckereien, und sie hatte viel Zeit. Und der Flügel lockte natürlich auch. Auf ihm zu spielen war ganz anders, als auf dem Klavier in ihrem Elternhaus zu klimpern. Aber jetzt wurde sie das Gefühl nicht los, dass ganz andere Absichten hinter dem Vorschlag steckten. »Seid rechtzeitig zum Abendbrot wieder da«, riss ihre Mutter sie aus ihren Gedanken. »Und nehmt die Karre – Carl wird nicht den ganzen Weg laufen können.«

»Ist gut«, fügte sich Paula seufzend.

Nachdem sie ihre Schürze abgelegt und die Straßenschuhe angezogen hatte, ging sie in den Garten, um Carl zu holen

»Was?«, rief Franz, der neben seinem Bruder unter dem Apfelbaum saß und lernte. »Du gehst zu Tante Guste? Ich will mit.«

»Geh du an meiner Stelle. Um ehrlich zu sein, habe ich keine große Lust«, gestand Paula.

Franz sah seine Schwester nachdenklich an. »Du glaubst, sie schickt dich zur Tante, damit du dich da schon mal eingewöhnst?«

»Irgendwie so etwas …«

»Ich dachte, das Thema sei vom Tisch?«

»Ach, Franz – aufgeschoben …«

»… ist nicht aufgehoben«, ergänzte er den Satz. »Ja, das stimmt.« Er legte die Hand über die Stirn, um nicht von der Sonne geblendet zu werden. »Soll ich mitkommen?«

»Du musst doch lernen«, entgegnete Paula. »Und vielleicht ist es wirklich eine gute Gelegenheit, um nachzudenken.«

»Ich bin immer für dich da«, sagte Franz. »Und ich werde dich auch immer unterstützen, egal, wie du dich entscheidest …«

»Das weiß ich, Franz. Danke.«

Dann schnappte sie sich Carl, wirbelte ihn durch die Luft und setzte ihn sich dann auf die Hüfte. »Wir gehen Tante Guste besuchen. Wir beide.«

»Tante Guste!« Carl strahlte. »Da gibt es Scholade!«

»Genau. Schokolade hat sie. Und kandierte Früchte. Und süßes Brot.«

»Fein!« Carl klatschte in die Hände.

»Aber du musst lieb sein.«

»Bin ick immer«, sagte er und grinste verschmitzt.

Paula stellte ihn auf den Boden und nahm seine Hand. »Du läufst, so weit du kannst, ja? Aber wir nehmen trotzdem die Karre mit.«

»Aber ick schaff dat«, sagte er ernsthaft. »Bin ja schon groß!«

»Natürlich schaffst du das. Aber was, wenn ich nicht mehr kann? Dann musst du mich nach Hause ziehen.«

Carl überlegte kurz, dann nickte er. »Mach ick.«

Paula lachte. »Du bist mein kleiner Held.«

Hand in Hand gingen sie die Straße hinunter, es war ein warmer Spätsommertag, und je näher sie der Innenstadt kamen, umso enger und dichter standen die Häuser beieinander. In der Auguststraße waren sie noch aus Sandstein gebaut, gemütliche Heime, die sich an die Straße schmiegten. Oft hatten sie nicht mehr als zwei Etagen. Doch hier wurden nun Häuserblöcke errichtet, Backsteinhäuser, die gegen den Himmel zu wachsen schienen. Hier staute sich die Hitze, und auch der Verkehr nahm zu. Pferdekarren, Reiter, manchmal sogar eine Kutsche. Carl juchzte begeistert auf, als er in der Ferne eines der seltsamen Hochräder sah, die nun immer häufiger auf den Straßen zu entdecken waren. Paula musterte sie staunend, sie würde nie den Mut haben, eines dieser Zweiräder zu besteigen. Das wäre ihr viel zu unsicher. Wacklig sah es aus, wie sich die Menschen auf den dünnen Konstruktionen durch den Verkehr bewegten, und anstrengend obendrein. Nein, das wäre nichts für sie.

Der Weg in Richtung Stadt war, wie meist, unterhaltsam und abwechslungsreich. Mägde und Mädchen gingen mit Körben oder Karren in Richtung Mitte. Wo erst nur vereinzelte Wohnhäuser standen, reihte sich nun ein Haus an das andere – sie wurden einfach aneinandergebaut – hoch neben niedrig, groß neben klein, jede noch so kleine Lücke wurde bebaut. Je weiter sie gingen, desto mehr Geschäfte und Läden kamen hinzu, sie schienen wie Pilze aus dem Boden zu schießen. Dort befand sich im Souterrain plötzlich ein Schuster, der vor drei Wochen ganz sicher noch nicht da gewesen war, durch eine Toreinfahrt entdeckte sie eine Weißwäscherin, in einem Innenhof voller dampfender Kessel. Ein kleiner Laden bot Früchte und Marmeladen an, eine Schneiderin hängte ein Kleid in ein Fenster, in dem – darauf hätte Paula schwören können – vor ein paar Tagen noch Gardinen gehangen hatten.

Reiter preschten durch den dichter werdenden Verkehr, riefen laute Warnrufe oder fluchten sogar. Der Ausflug in die Lothringer Straße war ein kleines Abenteuer.

Carl blieb immer wieder mit offenem Mund stehen, und Paula fasste seine kleine, schwitzige Hand fester, um ihn ja nicht zu verlieren.

»Komm, setz dich in den Karren«, sagte sie schließlich.

»Ick kann aber noch loofen«, gab Carl ein wenig beleidigt zurück.

»Das weiß ich. Aber im Karren ist es sicherer. Sieh doch nur, wie hier alles drunter und drüber geht. Du willst doch nicht unter einen Gaul kommen?«

In diesem Moment stieg ein Pferd laut wiehernd ein paar Meter von ihnen entfernt. Nur mit Mühe konnte der Reiter es zügeln und wieder bezwingen. Eilig und ein wenig erschrocken kletterte Carl in die Karre, klammerte sich am Rand fest und beobachtete interessiert das lebhafte Treiben um sich herum.

»Du steigst nicht aus. Egal, was ist. Verstanden?«, sagte Paula streng.

»'türlich.«

Paula schob den Wagen nun vor sich her, statt ihn zu ziehen. Das war zwar anstrengender, aber so hatte sie Carl wenigstens im Blick. Jetzt hatte sie endlich Zeit, sich ein wenig Gedanken zu machen, ohne dauernd Angst zu haben, dass ihrem kleinen Bruder etwas passierte. Das hätte ihr Mutter niemals verziehen. Toni war eine strenge, aber gerechte Mutter, doch nach dem Tod des kleinen Georg vor ein paar Jahren war sie empfindlicher geworden, noch beschützender, was ihre Kinder anging. Sie hatte Angst um sie und zeigte das auch.

Diese Ängstlichkeit, dachte sie plötzlich, die habe ich von ihr. Vor Georgs Tod war das anders, bei uns beiden. Wir durften auf der Straße spielen, im Wald, auf den Äckern – wichtig war nur, dass wir pünktlich zum Essen zu Hause waren und dass wir uns die Hände wuschen. Damals hätte ich es mir sicher sehnlichst gewünscht, einmal auf einem dieser Hochräder zu fahren. Aber dann – dann hatte den kleinen Georg die Krankheit erfasst, und in wenigen Tagen war er gestorben. Ein unschuldiges Kind, ein so süßes Kind – ihr kleiner Bruder – er war plötzlich tot. Und seit seinem Tod war ihre Unbeschwertheit verloren gegangen. Sie fürchtete sich vor unvorhergesehenen Ereignissen. Genau wie Mutter – dann, als Georg gestorben war, hatte Mutter ihre anderen Kinder kaum mehr aus den Augen gelassen. Und wenn wir doch einmal ohne sie unterwegs waren, dachte Paula, war ihr die Sorge deutlich ins Gesicht geschrieben.

Es muss schrecklich sein, als Mutter ein Kind zu verlieren. Paula sah Carl an. Er saß zufrieden in der Karre und schaute sich staunend um, lachte vor Vergnügen und zeigte auf Dinge oder Fuhrwerke, die ihm besonders erschienen. »Haste jesehen, Paula?«, rief er dann aufgeregt, ohne seinen Blick von dem bunten Trubel auf der Straße zu lösen.

Dennoch, ihre Mutter musste auch lernen, loszulassen und ihnen mehr Freiheiten zu geben – ich bin kein Kind mehr und Franz auch nicht. Sie hätte uns am liebsten immer im Blick. Immer in der Nähe ihrer Schürze. Bei dem Gedanken musste Paula ein wenig lächeln. Schon allein deswegen wird Mutter nicht wollen, dass ich zu Tante Guste ziehe. Einfach, weil ich dann nicht mehr in ihrem Fokus wäre. Aber warum schickt sie mich jetzt zu ihr? Doch sicher nicht, damit ich die Vorteile eines Lebens in der Lothringer Straße sehe und die Tante mich umgarnen kann. Oder liege ich da falsch? Vielleicht will Mutter ja tatsächlich nur Carl von den Füßen haben, und Tante Guste freut sich immer über Abwechslung.

Was macht Tante Guste eigentlich den ganzen Tag, fragte sich Paula plötzlich. Um den Haushalt kümmern sich bei ihr schließlich die Angestellten. Sie ist oft in der Stadt, im Theater, in der Oper, bei Lesungen und in Salons. Sie haben häufig Besuch oder fahren in die Sommerfrische.

Sommerfrische, dachte Paula versonnen. Allein das Wort hatte schon einen verheißungsvollen Klang. Und Tante Gustes Gesicht begann immer zu strahlen, wenn sie von den Wochen auf dem Land und an der See schwärmte. Sommerfrische war aber etwas, was sich die Oppenheimers nicht leisten konnten.

»Jleich sin wir da!«, rief Carl aufgeregt. »Da vorne is schon dat Haus. Ick kann et sehen.«

Paula lachte leise. Ja, dort vorne war es. Die Vorderseite des zweigeschossigen Gebäudes war schlicht gehalten, aber der Garten lag in Südwestrichtung, und es gab eine herrliche Veranda, die über die ganze Breite des Hauses ging.

Paula schob den Karren die letzten Meter bis zur Tür, das dumpfe Scheppern der Schelle im Inneren war zu hören, dann eine Weile nichts.

Hat uns Mutter nicht angekündigt, fragte sich Paula nach einiger Zeit und klingelte erneut. Ist Tante Guste vielleicht gar nicht da?

Endlich waren eilige Schritte zu hören, und Minna, das Mädchen, öffnete.

»Oh, Paula«, sagte sie überrascht. »Stehste schon lange hier? Kumm rinn.«

Paula hob Carl aus dem Karren, und Minna hievte ihn in den Flur.

»Ist Tante Guste nicht da?«, fragte Paula verwirrt.

»Doch, im Garten. Ham nich mit Besuch gerechnet«, sagte Minna. »Wollt ihr eine kalte Limonade?«

»Ja!«, krähte Carl begeistert.

Paula stellte ihn auf die Füße, und eilig lief er durch den Flur zum Salon und von dort auf die Veranda. »Tante Guste! Tante Guste! Ick bin daaaa!«

Paula lachte und folgte ihm. »Guten Tag, Tante«, sagte sie und gab ihr zur Begrüßung einen Kuss auf die Wange.

»Das ist aber eine schöne Überraschung«, sagte Tante Guste. »Minna, ist nicht noch Kuchen da?«

»Bring ich, bring ich.«

»Und sag Else Bescheid, dass wir Besuch haben.«

»Mutter hat gesagt, dass wir zum Essen zurück sein sollen.«

»Else wird sicherlich noch eine Kleinigkeit in der Küche finden.« Tante Guste zwinkerte ihr zu. »Damit der Magen bis dahin nicht so sehr knurrt.«

»Willste mitkommen inne Küche?«, fragte Minna Carl.

Carls Augen leuchteten auf. Er wusste, in der Küche gab es immer Leckereien.

Paula schaute ihm nach, dann blickte sie ihre Tante an. »Mutter schickt mich. Ich dachte, das wäre so verabredet. Line und sie putzen die Zimmer, weil die neuen Mieter doch bald kommen.«

»Setz dich, Kind«, sagte Tante Guste und nahm auf dem Schaukelstuhl Platz, der immer auf der Veranda stand. Von hier aus hatte man einen herrlichen Blick in den schönen Garten, der so viel gepflegter aussah als der der Oppenheimers. Natürlich gab es hier auch Kräuter- und Gemüsebeete, doch sie waren hinter einer hohen Buchsbaumhecke versteckt und lagen auf dem hinteren Teil des Grundstücks. »Deine Mutter hat nichts gesagt, aber ich freue mich immer, wenn du vorbeikommst.«

Paula setzte sich, zum ersten Mal in ihrem Leben fühlte sie sich bei ihrer Tante unwohl.

»Ich überlege, was ich nächstes Frühjahr nach der Schule machen kann, um die Familie zu unterstützen. Ich könnte eine Stellung annehmen«, platzte es plötzlich aus ihr raus.

Tante Guste zog die Augenbrauen hoch. »Eine Stellung? Als was denn?«

»Vielleicht als Kindermädchen? Ich mag Kinder sehr, und ich kann gut mit ihnen umgehen.«

»Das stimmt. Doch es ist anders, wenn du fremde Kinder betreust und nicht nur deinen Bruder. Und Kindermädchen bekommen kaum Lohn. Da wäre deiner Mutter eher geholfen, wenn du sie weiterhin bei Carl unterstützen würdest.«

Paula biss sich auf die Lippe. »So habe ich das noch gar nicht gesehen«, gab sie zu. Sie dachte nach. »Es ist schwer – es gibt wenige Berufe, die ich ausüben könnte.«

»Was macht dir denn am meisten Spaß? Was würdest du machen, wenn du alle Möglichkeiten hättest?«

»So wie ein Mann?«

Tante Guste lachte leise, dann nickte sie.

»Ich glaube, ich würde studieren. Oder Klavier spielen – Unterricht nehmen und dann Pianistin werden. Vielleicht etwas mit Sprache machen – schreiben?«

Guste schien sich über ihre Antwort zu freuen. »Studieren ist nicht so einfach. In der Schweiz ginge das, dort sind Frauen zum Studium zugelassen. Aber hier in Berlin ist das nicht möglich. Aber Sprache und Musik – das sind die Bereiche, in denen du außerordentlich begabt bist. Und ich finde, dass du auf jeden Fall Klavierunterricht bekommen solltest.«

Paula seufzte auf. Klavierunterricht – das klang wie Sahnetorte, nur schöner und unerreichbarer. »Ein wunderbarer Gedanke, doch das kostet Geld. Und ich will doch zum Familieneinkommen beitragen und es nicht noch weiter mindern. Vielleicht könnte ich bei einer Dame Gesellschafterin werden. Ich kann sehr gut vorlesen und rezitieren.«

»Ja, das ist eine gute Idee«, sagte Tante Guste und sah ihre Nichte lächelnd an. »Du bist klug, kannst Konversation betreiben. Dir fehlen noch ein wenig Schliff hier und da und eine größere Allgemeinbildung, will mir scheinen. Aber das kannst du dir sicherlich schnell aneignen.«

In diesem Moment betraten Minna und Carl die Veranda, Minna brachte ein Tablett mit Gläsern und einer Karaffe mit eisgekühlter

Limonade, Carl trug stolz die Plätzchendose, die die Köchin ihm gegeben hatte. Vorsichtig stellte er sie auf den Tisch.

»Magst du sie aufmachen?«, fragte Tante Guste.

Carl nickte eifrig und hob den Deckel ab.

»Du darfst dir natürlich auch ein Plätzchen nehmen.«

»Nein, danke«, sagte er. »Ick hat schon zwee. Un Scholade.« Er grinste breit. »Mutti wird böse, wenn ick mehr esse, wa?«

»So ein braver Junge«, lobte Tante Guste. »Aber die Limonade trinkst du doch sicher?« Sie schenkte die Gläser ein und reichte eines Carl. Er nahm es und trank glucksend. Dann leckte er sich genüsslich über die Lippen.

»Du darfst im Garten spielen, wenn du keinen Unfug machst.«

»Mach ick nie«, krähte Carl, während er schon die Treppenstufen nach unten hüpfte.

»So ein zufriedener kleiner Gesell.« Tante Guste sah ihm ein wenig wehmütig hinterher.

»Was waren deine Träume und Wünsche, als du in meinem Alter warst?«, wollte Paula wissen.

Guste schwieg einen Moment. »Ich glaube nicht, dass ich mir darüber Gedanken gemacht habe. Ich wollte natürlich immer heiraten und eine Familie haben, aber als ich fünfzehn oder sechzehn war, hatten wir große Sorgen, da war einfach keine Zeit, um Pläne zu schmieden.«

»Ja, ich weiß. Mutter redet nicht oft darüber. Aber warum sollte ich nicht wie sie eine Ausbildung machen und in Stellung gehen?«

»Vielleicht fragst du deine Mutter mal, wie es ihr damals ging. Sie war schrecklich einsam dort.«

»Warum?«

»Sie war kaum älter als du – zwei Jahre höchstens. Und dann musste sie so weit weg von uns. Sie lebte zwar bei der Familie im Haus, aber glücklich war sie dort nicht. Doch sie hatte damals keine Wahl. Wir alle hatten keine Wahl.«

»Hast du auch gearbeitet?«

»Weißt du das denn nicht?«

Paula schüttelte den Kopf. »Mutter mag nicht darüber reden. Und du erzählst auch kaum von der Zeit.«

»Unsere Mutter hat alles Ersparte zusammengekratzt und auch Geld von Verwandten annehmen müssen, damit Toni diese Ausbildung machen konnte – für mich war dann kein Geld mehr da, um ebenfalls zur höheren Schule zu gehen. Unsere Mutter hatte im Keller eine kleine Wäscherei eingerichtet. Tagaus, tagein kochte dort Seifenwasser – sie wusch die Wäsche anderer Familien. Und abends brachte sie mir die Weißnäherei bei. So habe ich dann genäht – Risse ausgebessert, Sachen gestopft – die sie gewaschen, gebleicht und geplättet hatte. Es gab dafür einen kleinen zusätzlichen Lohn. Aber nicht viel.«

»Wärst du gerne noch weiter zur Schule gegangen?«

»Natürlich. Wissen ist kostbar. Aber Erzieherin, wie Toni, wollte ich nicht werden. Ich habe gelesen, wann ich konnte – jeden Fetzen, jede Zeitung, jedes Buch. Dann habe ich Werner getroffen, wir haben uns ineinander verliebt und geheiratet. Deine Mutter lernte deinen Vater kennen – voilà!« Guste lachte, ein leises, aber fröhliches Lachen. »Nach dem Tod unseres Vaters und nach Tonis und meiner Hochzeit ging es meiner Mutter besser. Sie konnte die Wäscherei aufgeben und hat nur noch Weißnäherei gemacht.«

»Wärst du denn gerne Putzmacherin oder so etwas geworden?«

»Ach Kind, nein. Die Wäscherei war aus der Not geboren, eine Knochenarbeit. Und heute noch kann ich den Geruch von heißer, dampfender Seifenlauge nur schlecht ertragen. Auch nähe und stopfe ich nicht gerne. Ich lese und musiziere, spiele Klavier – gehe in die Oper oder ins Theater. Das kann ich alles erst seit meiner Heirat.« Sie trank einen Schluck der kühlen Limonade. »Ich habe es mit Werner gut getroffen. Wir lieben uns – was vielleicht daran liegt, dass er so viel unterwegs ist.« Sie blinzelte Paula zu und lächelte verschmitzt. Doch dann wurde ihr Gesichtsausdruck traurig, und ihr Blick wanderte in den Garten, wo Carl friedlich spielte.

»Wir hätten sehr gerne Kinder gehabt, aber es hat nicht sollen sein.« Nun schaute sie wieder Paula an. »Uns geht es gut – wir haben genügend Geld und müssen nicht rechnen oder uns Sorgen machen. Ich würde euch gerne unterstützen, ich möchte, dass es Toni auch so geht, aber davon will sie nichts wissen. Sie will keine Almosen, sagt sie.« Guste seufzte leise. »Hätten wir Kinder, könnten wir ihnen einiges ermöglichen – eine gute Ausbildung, Reisen. Aber wir haben nun mal keine Kinder. Manchmal fühle ich mich sehr allein, weißt du?«

Paula nickte beklommen. Sie hätte nie vermutet, dass Guste einsam wäre. Ihr Leben schien immer so bunt und abwechslungsreich.

»Werner hat mir vorgeschlagen, eine Gesellschafterin anzustellen.« Guste musterte ihre Nichte. »Ich finde den Gedanken gar nicht so übel. Doch mir widerstrebt es, eine fremde Person in mein Haus zu holen.«

»Das … kann ich verstehen.«

»Deshalb ist mir letztens dieser Gedanke gekommen. Ich finde ihn immer besser.«

»Welcher Gedanke?«, fragte Paula.

»Aber verstehst du denn nicht? Du könntest meine Gesellschafterin sein. Du könntest hier einziehen und mir Gesellschaft leisten. Für einige Zeit. Vielleicht gefällt es dir ja. Wir könnten ein wenig an deinem … Schliff arbeiten, ich könnte dir sicherlich noch das eine oder andere beibringen. Du müsstest dich allerdings auch weiterbilden. Ich will schließlich eine adäquate Gesprächspartnerin haben. Und nicht nur das – ich würde darauf bestehen, dass du dein Klavierspiel verbesserst, damit du mich unterhalten kannst.«

Paula öffnete den Mund, doch sie war zu erstaunt, um etwas zu sagen.

»Ich plane schon länger, einen kleinen literarischen Salon zu führen. Aber das kann ich nicht allein organisieren, da müsstest du mir helfen. Ich kenne einige Leute. Gerne gehe ich zu Marie von Olfers' ›Kaffeekreis‹ – um dorthin mitzukommen, bist du noch zu jung. Doch Oper und Theater solltest du bald regelmäßig mit mir besuchen.«

»Das sind ja ganz neue Aussichten«, sagte Paula leise. Sie war ganz überwältigt. Was Guste ihr bot, war mehr als eine simple Anstellung, es war die Einführung in die Gesellschaft und in die Künste – Literatur und Musik. Es war die Möglichkeit für sie, sich weiterzubilden. Ja, auch in ihrem Elternhaus drehte sich viel um Musik, Literatur und Kunst. Aber in einem anderen Rahmen. Freunde kamen, meist Mitglieder der Gemeinde – es wurde musiziert und diskutiert – doch so wie in einem Salon war es nicht. Die Eltern gaben ihnen alle Möglichkeiten, die sie hatten, damit sie sich bilden konnten, und dafür war Paula auch sehr dankbar. Außerdem war es ihre Familie – die konnte sie doch nicht einfach so verlassen. Im Stich lassen. »Aber ich kann doch Mutter nicht allein lassen, sie braucht auch meine Hilfe«, sagte Paula unsicher.

»Das stimmt, und das wäre auch eine meiner Bedingungen – du müsstest regelmäßig nach Hause gehen und dort helfen.« Tante Guste hob das Kinn.

»Das … oh … ich weiß nicht, was ich sagen soll.«

»Gar nichts, mein Kind. Du sagst jetzt gar nichts, sondern nimmst dir den kleinen Carl und gehst nach Hause. Und dort denkst du in Ruhe darüber nach. Du möchtest deine Familie unterstützen? Das ist lobenswert. Sie können es sich aber nicht leisten, dir eine höhere Bildung zu bezahlen. Aber ein paar Jahre bei mir wären so etwas wie eine Ausbildung. Danach kannst du ja, wenn du Geschmack daran gefunden hast, eine andere Anstellung als Gesellschafterin suchen.«

Paula biss sich auf die Lippe, nickte dann. »Ich werde darüber nachdenken.« Sie schluckte trocken, schluckte erneut. Was für Aussichten Guste ihr plötzlich eröffnete – sie konnte es gar nicht richtig fassen. »Wären die Eltern denn damit einverstanden?«

»Noch nicht so ganz«, meinte Tante Guste und lächelte wieder ihr verschmitztes Lächeln. »Aber ich finde schon einen Weg, sie zu überzeugen. Natürlich nur, wenn du das auch willst.«

»Ich … weiß es noch nicht«, gestand Paula.

»Das musst du auch nicht. Es ist eine weitreichende Entscheidung, und damit sollte man sich immer Zeit lassen. Es gibt Vor-, aber auch Nachteile, die abzuwägen sind. Man sollte so etwas auf keinen Fall übereilt entscheiden. Und jetzt nimm dir noch einen der köstlichen Schokoladenkekse, die unsere Else gebacken hat, trink deine Limonade aus, und dann mach dich auf den Weg.«

Carl saß in der Karre und plapperte munter vor sich hin, als sie nach Hause gingen, aber Paula hörte ihm nur mit halbem Ohr zu. Zu sehr beschäftigten sie ihre Gedanken.

Sie wünschte sich so sehr, ein Ziel in ihrem Leben zu haben. Und sie wollte auch der Familie helfen. Andererseits würde sie sich sehr gern auch noch weiterbilden. Sie liebte Gedichte, Literatur, lebte quasi in den Büchern, wenn sie sie las. Und Musik war ihr Leben. Doch für die Künste blieb oft zu wenig Zeit. Eine schulische Ausbildung und Zukunft waren Franz, als Sohn, als Mann, vorbehalten. Obwohl er noch nicht wusste, wohin ihn sein späterer Lebensweg führte, war jetzt schon klar, dass er studieren würde. Abgesehen davon, dass ihre Eltern nicht über die Mittel verfügten, zwei Kindern ein Studium zu finanzieren, waren Frauen in Deutschland nicht an der Universität zugelassen. Es gab zwar einige Frauenschulen, aber das war mit einem Studium nicht zu vergleichen. Die Themen, die dort gelehrt wurden, hatten alle mit Hauswirtschaft zu tun. Frauen konnten Köchinnen werden, oder Hausmamsells. Sie wurden Krankenschwestern, aber niemals Ärztin. Frauen hatten im häuslichen Bereich zu bleiben, denn das war ihre Berufung – so zumindest lautete die allgemeine Meinung. Aber wenn Paula ehrlich zu sich selbst war, war das nicht ihre Berufung.

Es gab inzwischen immer wieder Stimmen, die Gleichberechtigung forderten, aber so recht wollte Paula daran nicht glauben. Wie sollte das gehen?

Letztendlich blieb es dabei, unabhängig davon, welche Ausbildung sie absolviert hatte, wurde von einer Frau erwartet, dass ihr Ziel die Heirat und dann die Gründung der Familie war.

Das will ich doch auch, dachte Paula und runzelte die Stirn. Später. Ich bin noch keine sechzehn Jahre alt, ich habe noch nicht viel von der Welt und vom Leben gesehen, wie soll ich dann jetzt entscheiden, wie ich den Rest meines Lebens verbringen möchte? Ich möchte noch so viel lesen, sehen, hören – ja, ich möchte noch etwas erleben. Aber ist mir das als Frau überhaupt möglich?

Die Gedanken waren schwer und seltsam neu. Seit ein paar Tagen schien sich alles zu verändern, zu bewegen. Sie musste Entscheidungen treffen, die schwer wogen und den Rest ihres Lebens veränderten.

Du musst, du sollst und darfst keine übereilte Entscheidung treffen, hatte Tante Guste gesagt.

Vor allem muss ich meine Gedanken sortieren, fand Paula. Der Rückweg erschien ihr mühseliger und länger als der Hinweg, aber dann bogen sie in die Auguststraße ein, und Carl kletterte aus der Karre, lief vor bis zum Gartentor. »Wir sin wieda da!«, krähte er laut.

Mutter eilte ihnen entgegen, schloss ihn in die Arme und hob ihn hoch. Über seine Schulter hinweg sah sie Paula fragend an. »Hattet ihr einen schönen Tag? Wir sind gut vorangekommen, und bald gibt es Abendbrot.«

»Hast du mich absichtlich zu Tante Guste geschickt?«, fragte Paula. »Damit sie mit mir redet?«

Für einen Moment schwieg ihre Mutter, dann nickte sie. »Ja. Ich finde es wichtig, dass du verschiedene Aspekte und Meinungen hörst und dir dann deine eigene bildest.«

»Würdest du mich denn zu Tante Guste ziehen lassen?«

»Darüber können wir später in Ruhe reden. Das ist kein Gespräch zwischen Straße und Zaun.« Mutter drehte sich um und ging in den Hof. »Und, kleiner Mann«, sagte sie neckend. »Hast du Schokolade bekommen?«

»Ja. Un Kekse. Un Limmnade – ganz gekühlt«, sagte Carl und seufzte selig.

Für einen Moment sah Paula ihnen hinterher, was für einen herzerwärmenden Anblick die beiden abgaben. Carl hatte seine Ärmchen um Mutters Hals geschlungen, legte seine klebrige und vor Aufregung heiße Wange an ihr Gesicht – Mutter nahm es lächelnd hin. Sie ging ganz in ihrer Rolle auf, wurde Paula klar. Dann schob Paula die Karre in den Hof und schloss das Tor hinter sich. Sie war erschöpft, aber durch ihren Kopf schossen die Gedanken.

Was will ich? Was will ich wirklich? Wenn ich ganz frei entscheiden könnte? Auf die Frage hatte sie so schnell keine Antwort.

An diesem Abend war Paula beim Essen sehr schweigsam, sie spürte Tonis fragenden Blick immer wieder auf sich, wich ihm aber aus. Nach dem Essen ging Elise zu Bett, Line hatte Carl schon zu Bett gebracht. Die Eltern, Franz und Paula zogen sich ins Wohnzimmer zurück.

»Magst du noch ein bisschen Klavier für uns spielen?«, fragte der Vater Paula, nachdem sie sich gesetzt hatten.

Paula überlegte, schüttelte dann den Kopf. »Ich glaube, ich geh schon hoch und lese noch ein wenig.«

Vater wollte etwas erwidern, aber Mutter warf ihm einen kurzen Blick zu. »Mach das«, sagte sie. »Wir reden morgen. Gute Nacht, Paula.«

Auch in ihrem Bett fand Paula keine Ruhe. Sie wollte mit jemandem reden, wollte ihre Gedanken teilen, doch als Franz nach einer halben Stunde leise die Zimmertür öffnete, drehte sie sich zur Wand und stellte sich schlafend. Mit einem Mal wusste sie nicht mehr, was sie sagen sollte, dabei war er ihr engster Vertrauter.

Ich muss meine Gedanken ordnen und Prioritäten setzen. Allein, nur für mich. Schließlich geht es um mein zukünftiges Leben.

Wenn ich zu Tante Guste ziehen würde, könnte ich mich auf meine Ausbildung konzentrieren, weiter lernen und sogar Klavierunterricht nehmen. Ich hätte mein eigenes Zimmer. Dadurch würde ich aber die Nähe zu Franz verlieren. Wie oft könnte ich ihn noch sehen und mit ihm in Ruhe reden?

Aber auch Franz' Leben veränderte sich. Er ist bald erwachsen und wird seinen eigenen Lebensweg einschlagen. Schon jetzt wurden die Schulkameraden immer wichtiger für ihn, sie sprachen über Themen, bei denen Paula langsam nicht mehr mithalten konnte. Das würde sich durch ein Leben bei ihrer Tante sicherlich wieder ändern.

Wäre es einfacher für Mutter, wenn ich nicht mehr hier wohnen würde? Sie müsste sich keine Gedanken um mich machen, keine Sorge haben, ob die neuen Untermieter sich ordentlich benahmen.

Aber da war auch noch Elise. Was, wenn wieder so ein Meyer käme und Elise betatschen würde? Nein, das wird nicht passieren, darauf würde Mutter achten. Und noch war Elise ein Kind.

Elise könnte Mutter demnächst mit Carl helfen und auch mehr im Haushalt tun. Und ich kann, ich soll ja auch kommen und weiterhin helfen. Ich würde herkommen, würde die Eltern aber keinen Unterhalt kosten.

All das war so verwirrend, und die Müdigkeit übermannte Paula. Morgen ist auch noch ein Tag, dachte sie. Und morgen werde ich mit Mutter reden. Nach einer Nacht Schlaf sehe ich sicher klarer. Mit diesem Gedanken schlummerte sie endlich ein. Morgen …

KAPITEL 4

Berlin, Frühjahr 1879

»Du kannst die Bettwäsche mitnehmen«, sagte Toni nachdenklich.

»Oh, Mutter, ich brauche keine Bettwäsche, Tante Guste hat reichlich.«

Toni runzelte die Stirn. »Guste hat von allem reichlich«, murmelte sie, es klang verärgert.

»Ach Mutter, Muttchen«, rief Paula und schlang ihre Arme um die Mutter, drückte sie an sich. »Nun gräm dich doch nicht so. Ich bin doch nicht aus der Welt, sondern wohne nur ein paar Straßen weiter. Wir haben doch wieder und wieder darüber diskutiert, und eigentlich bist du doch damit auch einverstanden, nicht wahr? Das bist du doch?« Paula rückte von der Mutter ab, sah ihr forschend ins Gesicht. Tränen standen in Mutters Augen, und sie drehte sich schnell um, wischte sich mit dem Handrücken über die Wangen.

»Natürlich bin ich damit einverstanden«, sagte sie und räusperte sich, versuchte sich zu fangen. »Aber du bist doch mein Mädchen, mein Töchterchen, mein Paulakind.«

»Das bleibe ich auch. Für immer und immer und immer«, sagte Paula und nahm die Hand ihrer Mutter, drückte sie fest und zuversichtlich.

»Ich bin dumm«, sagte die Mutter und lächelte schief. »Ich weiß doch, dass es das Beste für dich ist. Dir wird es gut gehen bei Guste, und du wirst ganz sicher davon profitieren. Sie kann dir viel mehr bieten, als wir es können«, sie stockte. »Und genau das macht mich traurig. Dass du zu meiner Schwester ziehen musst, damit du weiter gefördert wirst. Ich wünschte nur, es wäre anders.«

»Es ist aber nun mal so … Wir profitieren alle davon, ich am meisten. Darüber solltest du dich freuen.«

Toni nickte. »Mein Kopf weiß das – aber mein Herz weint. Und ich schäme mich. Ich habe immer gehofft, dass wir gut für euch sorgen können würden – dass ihr euch keine Gedanken um Geld und diese Dinge machen müsst.«

Schweigend packten sie weiter. Es waren nur wenige Sachen, die Paula mitnahm. Kleidung und ein paar Bücher, ihre Tagebücher und andere Kleinigkeiten. Bei Tante Guste war schon ein Zimmer für sie eingerichtet worden.

Paula hatte lange mit sich gerungen, und sie verstand die Enttäuschung und Zerrissenheit der Mutter. Ihr Vater sah das alles etwas nüchterner. Er war einfach nur froh, dass seine Tochter diese Möglichkeit bekam.

Als die Tischglocke läutete, sah sich Paula noch einmal im Zimmer um. Hier war sie aufgewachsen. Das Zimmer war ihre Zuflucht, ihr Zuhause, hier hatte sie sich immer sicher gefühlt. Und heute Nacht würde die letzte Nacht sein, die sie hier verbringen würde. Trotz der Vorfreude wurde ihr Mund trocken und ihr Hals eng, Wehmut strömte durch ihren Körper, wie ein Schauer.

Dann aber straffte Paula die Schultern und ging nach unten. Die Tür zum Esszimmer war geöffnet. Mutter und Vater und Elise hatten bereits Platz genommen, von Franz war nichts zu sehen. Auch keiner der Untermieter war anwesend, obwohl alle Zimmer wieder belegt waren.

Paula hörte die Stimmen der Untermieter und ihr Lachen aus der Küche im Souterrain und begriff, dass Mutter um eine Familienmahlzeit gebeten hatte – ihr zu Ehren. Verlegen nahm sie Platz. Mutter wartete einen Moment, blickte auf die große Standuhr, doch nachdem die sechste Stunde geschlagen hatte, seufzte sie tief auf und nickte Vater zu. Er sprach den Segen, und Mutter verteilte die Suppe.

Es gab Hühnersuppe, so wie sie nur Esther kochen konnte, Paulas Lieblingssuppe. Doch heute schmeckte sie anders als gewöhnlich, dachte Paula. Esthers Hühnerbrühe war immer mein Seelentröster, egal, ob ich krank war oder betrübt – Esther wusste, wenn es mir nicht gut ging, und hat dann diese Brühe gezaubert, und allein von dem Duft ist es mir besser gegangen. Jetzt fühle ich nur den Verlust. Was wird meinen Magen und meine Seele trösten, wenn ich nicht mehr hier wohne? Warum habe ich nicht gelernt, diese Suppe zu kochen? Plötzlich kam Panik in ihr auf. Warum habe ich so viele Dinge nicht gelernt, Dinge, die zu diesem meinem Leben gehören, die ich wissen muss – unbedingt muss ich sie wissen und mitnehmen.

»Paula?« Mutters Stimme unterbrachen ihre hektischen Gedanken. Paula schaute auf. »Geht es dir nicht gut?«, fragte die Mutter und sah sie forschend an. »Du bist auf einmal so blass.«

»Ach ... es ist nur ... so endgültig, irgendwie«, sagte Paula, und Tränen stiegen ihr in die Augen.

»Unfug«, sagte der Vater und nahm sich nach. »Nur der Tod ist endgültig. Wenn du feststellst, dass du nicht bei Guste leben willst, kommst du eben einfach zurück. Das ist doch kein Problem. Und kein Grund für Tränen.« Nun schaute er auf den Platz neben Paula, der leer war. »Wo ist denn eigentlich Franz?«

Mutter räusperte sich, sah Paula an. »Weißt du es?« Ihre Stimme klang gepresst und verärgert. »Er weiß ja, wann wir essen. In der letzten Zeit treibt er sich mehr und mehr herum. Ich schätze das gar nicht.«

»Nein, ich weiß nicht, wo er ist«, sagte Paula. »Vermutlich bei seinen Kameraden.«

»Er ist vierzehn, das ist das Alter«, sagte Vater. »Er ist ein Junge, und er wird langsam erwachsen und hat einfach kein Interesse mehr, am Rockzipfel seiner Mutter zu hängen.« Er versuchte sein Grinsen zu unterdrücken.

Toni warf Julius einen indignierten Blick zu. »Wir haben Essenszeiten, da ist es egal, wie alt er ist. Und wir haben Regeln. Ich denke, daran sollte er sich halten, das tun die Mädchen schließlich auch. Jungs mögen ein wenig anders gebaut sein als Mädchen, aber die Regeln der Familie gelten für beide, findest du nicht?«

Nun senkte Vater den Kopf. »Doch, Toni. Natürlich. Du hast vollkommen recht«, sagte er. Paula hörte den Schalk in seiner Stimme, genauso wie die Mutter auch. Sie atmete tief ein, blieb dann aber stumm. Zum Glück kam in diesem Moment Line und trug den nächsten Gang auf.

Esther hat sich alle Mühe gegeben, mir den Abschied so schwer wie möglich zu machen, stellte Paula schmunzelnd fest. Es gab ausgebackenes Hühnchen, dazu Reis und das erste Gemüse aus dem Garten. Auch dies gehörte zu ihren Leibspeisen, aber heute schmeckte es seltsam fad.

Plötzlich hörten sie die Haustür ins Schloss fallen, und Franz stürzte ins Zimmer. Hastig ließ er sich auf den Platz neben Paula fallen.

»Entschuldigung«, murmelte er, während er die Serviette auseinanderfaltete.

Toni musterte ihren Sohn. »Du bist spät dran«, sagte sie eisig. »Heute. Ausgerechnet heute.«

»Es tut mir leid. Es ist … ich war … ich hatte …«, stammelte Franz und nahm sich hastig von dem Hühnchen.

»Deine Hände!«, sagte Toni scharf, und die Temperatur im Raum schien um weitere fünf Grad zu fallen. »Franz!«

Franz schaute auf seine Hände. Die Finger waren grau und braun vor Schmutz, die Nagelränder schwarz. Er sprang mit glühendem Kopf auf und eilte ins Bad.

Als er wieder neben Paula Platz nahm, schaute Mutter prüfend auf die nun rot geschrubbten Hände ihres Sohnes, nickte dann unmerklich. Erleichtert griff Franz zum Besteck.

»Tut mir leid«, flüsterte er Paula fast unhörbar zu. »Ich weiß, dies ist dein Abend …«

Paula seufzte auf und blickte in die Runde. Eine seltsame, gedrückte Stimmung lag in der Luft. Bisher war kein wirkliches Gespräch aufgekommen. So wollte sie nicht Abschied nehmen.

»Ihr Lieben«, sagte sie nun mit fester Stimme. »Ich finde es gerade furchtbar, wie wir hier zusammensitzen. Es fühlt sich fast wie eine Henkersmahlzeit an. Dabei ziehe ich morgen nur ein paar Straßen weiter. Ich bin nicht aus der Welt, wandere nicht aus, verschwinde nicht aus eurem – unserem Leben«, sagte Paula nun und straffte die Schultern, hob den Kopf. »Dies ist zwar irgendwie ein Abschiedsessen, aber nicht für eine Reise ohne Wiederkehr.« Sie blickte streng in die Runde. »Können wir uns jetzt bitte wie üblich verhalten und das leckere Essen genießen? Können wir bitte danach ins Wohnzimmer gehen und zusammen musizieren? So wie immer und so, wie wir es vermutlich in drei Tagen auch tun werden? Auch wenn ich dann woanders schlafe?«

Julius hob sein Glas. »Darauf trinke ich. Ein Hoch auf meine kluge Tochter. Und nun lasst uns essen, bevor es kalt ist.«

Paulas Herz pochte froh und glücklich, als sie sich zur Nacht verabschiedete und nach oben ging. Elise war schon vor zwei Stunden zu Bett gegangen und schlief nun. Franz musste noch kurz bei den Eltern bleiben – um die kleine Ansprache kam er nicht herum, auch wenn er das gehofft hatte.

Paula lag schon im Bett, als er leise die Tür hinter sich zuzog. Nachdem er sich umgezogen hatte, löschte er die Lampe, dann blieb er unsicher stehen.

»Nun komm schon«, flüsterte Paula belustigt und hob ihre Bettdecke. »Wo warst du denn heute Abend?«

»Na, ich war unterwegs, was denkst du denn?« Franz schlüpfte zu ihr ins Bett.

»Hast du mächtig Ärger bekommen?«

»Nicht mehr als sonst auch. Du kennst doch Mutter.«

»Vater hat sich heute für dich eingesetzt.«

»Ach, wirklich?«, fragte Franz erstaunt. »Dabei hat er vorhin mehr gewettert als sie.«

»Er sagte, du wärst zu alt, um an ihrem Rockzipfel zu hängen.«

»Damit hat er ein wahres Wort gelassen ausgesprochen.«

»Muttchen hat Angst um dich. Ich kann sie manchmal sogar verstehen. Du treibst dich ja mit allerlei Volk herum ...«

»Es ist kein Volk – es sind Schulkameraden. Meistens. Manchmal treffe ich mich auch noch mit anderen ...«, gestand Franz nach kurzem Zögern. »Aber das muss auch sein. Ich muss das tun.«

»Warum?«

»Damit ... weil ... wir sind schon so anders als andere. Ich brauche aber den Rückhalt und den Kontakt zu ... zu den anderen, den normalen, den wirklichen Menschen ... verstehst du das nicht?«

»Was?« Paula setzte sich im Bett auf. Der Mond schien durch das Fenster, sie hatte die Vorhänge nicht zugezogen. »Wieso sind wir nicht normal? Was ist denn in dich gefahren?«

»Paula, das musst du doch wissen, du musst es doch merken. Wir sind Juden. Aber dann sind wir auch keine normalen Juden irgendwie. Vater gehört zu den Reformern und hat nicht den Rückhalt der alten jüdischen Gemeinde.«

»Aber den der neuen Gemeinde – außerdem reformieren sich jetzt viele Juden. Nicht nur in Berlin.«

»Und doch sind es immer noch mehr orthodoxe Juden als reformierte«, sagte Franz.

»Was hat das mit dir zu tun? Du bist ein Junge, ein Pennäler, kein Rabbiner.«

»Alles hat mit mir zu tun. Ich bin ich, vierzehn, Pennäler – ja. Aber wer bin ich in der Gemeinschaft? Ein jüdischer Junge, der Sohn eines Rabbiners, der aber neue Richtungen geht. Deshalb schwimme ich ... und deshalb brauche ich Freunde und Kameraden. Verstehst du? Ich muss mich beweisen, ich muss beweisen, dass ich dazugehöre.«

»Zu was? Oder zu wem?«

»Zu den anderen.«

»Aber warum, Franz? Du musst doch nur du sein. Du reichst doch.«

»Nein, Paula. Ich muss ein Teil von einer Gruppe sein. Sonst kann man nicht überleben. Nicht hier. Nicht in Berlin. Und vermutlich auch nirgendwo anders.« Er klang resigniert. »Und ich bin es nicht – ein Teil einer Gruppe. Ich sitze zwischen den Stühlen. Nicht Fisch, nicht Fleisch – Jude, aber doch nicht so richtig. Aber auch kein Preuße, kein Protestant.«

»Ist das wirklich wichtig? Teil einer Gruppe zu sein? Ist es nicht dein Charakter, der dich ausmacht? Der Mensch, der du bist – nicht die Religion deiner Eltern und Familie?«

Franz drehte sich von ihr weg, stopfte das Kissen unter seinen Kopf und grummelte vor sich hin.

»Ich kann dich nicht hören«, flüsterte Paula. »Dreh dich um. Wir wollen doch Elise nicht wecken.«

»Du verstehst das nicht.«

»Sag ich doch, also dreh dich um.« Paula grinste.

Franz schnaufte, sah sie dann an. »Du verstehst nicht, wie das bei Jungs läuft. Man muss sich positionieren, wenn man eine Rolle spielen will.«

»Du musst keine Rolle spielen.«

»Siehst du, du kapierst es nicht. Ich will keine Rolle spielen, sondern eine Position einnehmen. Dafür muss ich aber erst einmal dazugehören. Wir leben hier in einer Nachbarschaft, und ich bin auf einer Schule, das sind zwei verschiedene Gruppen und zu keiner gehöre ich so wirklich. In beiden Gruppen bin ich anders als die anderen.«

Paula biss sich auf die Unterlippe und senkte den Kopf. »Jetzt weiß ich, was du meinst. Das war bei mir in der Schule genauso. Die orthodoxen jüdischen Mädchen haben über mich die Nase gerümpft, die protestantischen ebenso. Aber ich habe versucht, darüber hinwegzusehen, und vermutlich ist der Konkurrenzkampf unter Mädchen ein anderer als unter Jungs.«

Franz nickte und nahm ihre Hand, drückte sie. »Ich weiß, dass du mich im Grunde verstehst. Wir haben keine vorgegebene Position in der Gesellschaft, wir müssen uns selbst eine suchen und manchmal auch erkämpfen. Und das ist verdammt schwer.«

»Weißt du denn, wohin dich dein Weg führen soll?«

»Weißt du es?«

Paula dachte nach. »Nicht genau. Aber Tante Guste gibt mir die Chance, mich weiterzubilden. In einem geschützten Raum. Ich kann mich entwickeln und meinen Weg finden. Ich muss ihn nicht erkämpfen.«

»So sehr ich es hasse, dass du ab morgen nicht mehr hier wohnen wirst, so sehr freue ich mich auch für dich. Tante Guste gibt dir wirklich gute Möglichkeiten«, sagte Franz leise, er klang traurig.

»Sie könnte dich auch unterstützen … das würde sie sicher tun …«

»Die Eltern schämen sich jetzt schon, sehen das als Almosen an. Noch eins ihrer Kinder wird sicher nicht zu Tante Guste ziehen.«

»Nein, das natürlich nicht«, seufzte Paula. »So meinte ich das auch nicht …«

»Ich werde Abitur machen und dann studieren«, sagte Franz. »Ich weiß noch nicht genau, was ich studieren will, aber es könnte auf Medizin hinauslaufen.«

»Du willst Arzt werden?«, fragte Paula verblüfft.

»Ja, vielleicht. Warum nicht?«

»Naturwissenschaften … ja, das ist dein Ding, aber ich habe dich eher in der mathematischen Richtung gesehen.«

»Ach, Schwesterchen, ich muss erst einmal das Abitur schaffen, und dann sehen wir weiter. Bis dahin sind ja noch ein paar Jahre.«

Paula schlang die Arme um ihren Bruder. »Ich werde diese Abende, diese Gespräche mit dir so vermissen. So sehr, so sehr, so sehr. Das weiß ich jetzt schon.«

»Vielleicht auch nicht. Vielleicht stellst du fest, dass es bei Tante

Guste viel schöner ist als hier. Du wirst dein eigenes Zimmer haben. Und mit einer Badewanne, wie ich hörte ...« Er knuffte sie in die Seite. »Eine eigene Badewanne – ist es zu fassen? Und wir müssen hier in die Küche hinter den Paravent – in die alte Zinkwanne.«

»Du könntest kommen – zu mir, zu Guste ... zum Baden ...«

»Aber im Leben nicht, Schwesterchen. Ich geh doch nicht meine Schwester besuchen, um ein heißes Bad zu bekommen. Da springe ich lieber bei Frostgraden in die Spree.«

»Niemals. Das würdest du niemals tun.«

»Fordere mich nicht heraus ...«

Paula schluckte. Diese Art von Wetten hatte sie ihre ganze Kindheit und Jugend begleitet. Manchmal hatten sie die Wetten eingelöst, manchmal nicht. Oft hatte die Vernunft gesiegt. Dennoch gehörte es zu ihnen, war fester Teil ihres innigen Verhältnisses.

»Ich mache es, wenn du es auch machst!«, sagte Franz nun mit einem breiten Lächeln. Dann aber runzelte er die Stirn. »Nein, das nehme ich zurück. Du darfst so etwas nie machen. Nie. Du musst auf deine Gesundheit achten. Und das wird dir bei Tante Guste besser gelingen als hier. Deshalb bin ich auch froh, dass du gehst.«

»Mir geht es doch gut«, sagte Paula trotzig. »Ich bin weder krank noch schwach.«

Franz sah sie schweigend an, er wusste, jedes weitere Wort hätte nur zu einem Streit geführt, und das wollte keiner von ihnen. Und so drückte er sie nur an sich. »Ich geh jetzt in mein Bett«, sagte er leise. »Morgen ziehst du aus – aber du wirst immer mein Schwesterchen sein. Meine Beste.«

Die Dielen knarrten, als er in sein Bett schlich. Elise drehte sich murmelnd um. Paula ließ sich in die Kissen zurücksinken. Der Mond goss eine Pfütze aus Licht auf den Boden.

Ich kann nicht schlafen, dachte Paula. Ich werde nicht schlafen können. Dies ist meine letzte Nacht in diesem Bett, in diesem Zimmer, in diesem Haus. Dann fielen ihr die Augen zu.

Am nächsten Tag hatte sie keine Zeit für sentimentale Gedanken. Es gab ein kurzes Frühstück, und dann kam schon Fred, der Dienstbote von Tante Guste, der ein wahres Unikum war und deshalb auch als Kutscher fungierte. Tante Guste besaß keinen eigenen Wagen, sondern mietete bei Bedarf eine Droschke oder – wie heute – einen Leiterwagen, den Fred dann fuhr.

Fred lud die Kiste und den Koffer auf den Wagen, lächelte Paula zu. »Können wir, Jnädichste?«

»Einen kleinen Augenblick.« Paula lief noch einmal ins Haus, schaute sich um. Line stand in der Diele, Carl an ihrer Hand. Elise und Franz waren schon auf dem Weg zur Schule.

Paula nahm Carl hoch, küsste ihn. »Sei lieb, mein fast Großer. Und füg dich. Ich komm dich bald besuchen.«

»Will mit«, sagte Carl und zog den Mund zu einem Flunsch. »Will auch zu Tante Guste.«

»Du kommst bestimmt oft zu Besuch. Zusammen mit Elise. Und dann gibt es sicher eine Leckerei.«

»Na gut«, sagte er und schlang seine Ärmchen um ihren Hals, gab ihr einen feuchten Kuss.

Paula stellte ihn wieder auf den Boden. Bisher hatte sie es vermieden, Line anzuschauen, doch nun trafen sich ihre Blicke.

»Mache ich das Richtige?«, flüsterte Paula und bemühte sich, die Tränen wegzuzwinkern.

»Das wirst du feststellen, mein Mädchen. Und wenn es nicht das Richtige ist, kommst du eben zurück.« Line wollte Paula die Hand geben, doch Paula nahm sie fest in den Arm.

»Du bist nicht aus der Welt, Paula, nur ein paar Straßen weiter«, versuchte Line sie zu beruhigen.

»Weiß ich doch«, sagte Paula und wischte sich mit dem Unterarm über das Gesicht, versuchte ein Lächeln. »Pass gut auf alle auf.«

»Das mach ich, wie immer. Und nun solltest du gehen.«

Paula nickte. Draußen wartete schon Mutter und rief nun auch nach ihr.

»Was hast du denn noch gemacht?«, fragte sie unwirsch, als Paula aus dem Haus kam. Sie vermied es, Paula anzusehen, blinzelte die Tränen weg. »Fred hat nicht ewig Zeit.«

»Ich musste mich doch von Line und Carl verabschieden«, sagte Paula und fasste nach den Händen ihrer Mutter. »Jetzt … jetzt …«

»Lass uns kein großes Drama daraus machen«, sagte die Mutter, und ihre Stimme klang plötzlich sehr dünn. »Ich mag keine Abschiede. Ich habe Abschiede noch nie gemocht.«

Paula umarmte sie, stieg schweigend auf den Kutschbock. Fred schnalzte, und das Pferd setzte sich langsam in Bewegung.

»Ich habe dich lieb, Muttchen«, sagte Paula, doch ihre Mutter hatte sich schon umgedreht und ging zurück zum Haus. Paula wusste nicht, ob sie sie gehört hatte.

Es dauerte nicht lange, bis sie Tante Gustes Haus erreichten. Nicht lange genug, damit Paula ihre Gedanken hätte sortieren können. Tante Guste stand am Straßenrand und winkte Paula aufgeregt zu.

»Da bist du ja endlich«, sagte sie und sah ihre Nichte an. »Ich freue mich so sehr, dass du da bist.«

Paula nickte und stieg von dem Leiterwagen, nahm ihre Tasche.

»Komm«, sagte Tante Guste. »Komm, lass uns hineingehen.« In der Diele auf dem Tischchen stand ein Kübel mit Eis und einer Flasche Champagner, daneben zwei filigrane Gläser. »Ich dachte, wir sollten diesen Augenblick feiern.«

»Es ist frühmorgens«, entgegnete Paula überrascht, fast schon schockiert. »Ich habe gerade erst gefrühstückt.«

»Na und?« Tante Guste zuckte mit den Schultern. »Man muss die Feste feiern, wie sie fallen.«

»Aber … ist das nicht ungehörig?«

»Wer sagt das?«

»Mutter würde das sagen.«

»Deine Mutter ist nicht hier.« Mit geübtem Griff öffnete Guste die Flasche, schenkte ihnen beiden ein und reichte Paula ein Glas. »Wir werden uns nicht betrinken, meine Süße. Ich will nur mit dir auf den Anfang deines neuen Lebensabschnitts anstoßen.«

Paula nahm das Glas, sah ihre Tante an und lächelte dann. »So machen wir das. Prost.«

»Pack in Ruhe aus«, sagte Tante Guste, nachdem sie ihre Gläser geleert hatten und in Paulas neues Zimmer gegangen waren. Sie schaute sich um. »Was immer du anders haben willst, kannst du verändern. Dies ist nun dein Reich, du sollst dich hier wohlfühlen.«

»Danke, Tante Guste.«

Die Tante sah sie an. »Eins noch – du bist hier primär nicht als meine Nichte, sondern als meine zukünftige Gesellschafterin. Deshalb möchte ich, dass du mich Auguste nennst – aber nicht mehr Tante.« Sie zog die Augenbrauen fragend hoch.

»Natürlich, Ta… Auguste«, stotterte Paula.

Auguste lächelte ihr zu. »Du hast bis zum Mittagessen Zeit, dich einzurichten. Falls etwas ist, findest du mich im Wintergarten.«

Paula stellte die Tasche neben das Bett. Ihr Bett. Ihr neues Bett. Es hatte zwei große Kissen und eine fluffige Daunendecke.

Ein kleiner Schreibtisch stand am Fenster, gegenüber ein Kleiderschrank, den Paula nun öffnete. Er war leer und erschien ihr riesig. Außerdem gab es noch eine Kommode, auf der die Waschschüssel und der Wasserkrug standen. Eine Ecke des Raumes war mit einem Paravent abgeteilt. Versteckte sich dort die Badewanne? Paula schob den Paravent zur Seite. Dahinter befanden sich jedoch nur ein Stuhl und ein hölzerner Butler für ihre Anziehsachen. Sie atmete tief auf und war gleichermaßen erleichtert und enttäuscht. Erleichtert, weil sie sich ihrer Familie gegenüber ohnehin schon privilegiert fühlte. Enttäuscht, weil sie sich insgeheim auf ein ungestörtes Bad gefreut hatte. Zu Hause wurde meist samstags in der Küche hinter einem Vorhang gebadet. Zuerst Vater, dann Mutter und zum Schluss die Kinder. Sie hatten eine Zinkwanne, und das Wasser dafür wurde im großen Waschkessel erhitzt. Da das eine Menge Arbeit bedeutete, wurde natürlich nicht jedes Mal die Wanne frisch befüllt, sondern die Familie badete im selben Wasser, das mit der Zeit immer kälter und dreckiger wurde. Vor allem im Winter war das eine unangenehme Prozedur. Paula nahm ihre Kleider aus der Kiste und hängte sie in den Schrank. Sie besaß ein gutes Kleid, das allerdings am Saum und an den Ärmeln schon ein wenig zu kurz wurde, zwei Schulkleider und zwei Kleider aus festem, einfachem Stoff, die sie für gewöhnlich zu Hause trug. Außerdem natürlich noch zwei Schürzen. In dem großen Schrank wirkten die wenigen Sachen verloren. Schnell räumte Paula auch noch ihre Wäsche in die Schubladen. Dann packte sie ihre Bücher aus, legte Papier, Federmäppchen und Tintenfass auf den Schreibtisch.

Das Nachthemd steckte sie unter die Bettdecke, ihr Tagebuch auf den Nachttisch. Jetzt war alles verstaut. Noch war es viel zu früh für das Mittagessen, und Paula wusste nicht so recht, was sie mit der Zeit anfangen sollte.

Sollte sie zu Auguste gehen? Oder würde sie die Tante stören? Gab es Arbeiten im Haus, die sie übernehmen konnte? Wäre es aufdringlich, danach zu fragen, oder wurde das von ihr erwartet? Sie war ganz unruhig, und nun fehlte ihr Franz, den sie hätte um Rat fragen können.

Was würde er wohl zu ihr sagen? *Wenn du nicht fragst, wirst du nicht erfahren, was sie von dir erwarten,* würde er sagen. Also holte Paula tief Luft und ging nach unten.

Minna, das Mädchen, kam ihr entgegen und sah sie überrascht an. »Soll ich kommen und Ihnen beim Auspacken helfen?«, fragte sie.

Paula wollte sich schon umdrehen, um zu sehen, mit wem Minna sprach. Doch dann wurde ihr klar, dass sie gemeint war. Seit wann siezte Minna sie?

»Ich habe schon ausgepackt«, murmelte sie dann. »Danke.«

»Kann ich noch etwas für Sie tun?«

Paula schüttelte den Kopf und huschte an ihr vorbei durch das Wohnzimmer zum Wintergarten, wo Auguste im Schaukelstuhl saß und in einem Buch las.

Auguste hob den Kopf und sah Paula überrascht an. »Brauchst du Hilfe? Soll ich nach Minna klingeln?«

Paula setzte sich ihrer Tante gegenüber auf einen Stuhl und kaute verlegen auf der Unterlippe. »Nein«, sagte sie. »Ich brauche keine Hilfe. Ich habe schon alles ausgepackt.«

»So schnell?«

»Es ... war ja nicht viel«, murmelte Paula.

»Hast du dich denn eingerichtet?«

»Ja. Das Zimmer ist wirklich schön.«

»Ich finde es noch etwas karg. Darf ich es mir ansehen?« Auguste wartete nicht auf eine Antwort, sondern stand auf und ging zielstrebig nach oben. Paula folgte ihr eilig. Sie kannte die unvermittelte Art ihrer Tante, aber bisher hatte sie selbst das noch nie persönlich betroffen. Langsam wurde ihr klar, wie sehr sich ihr Leben nun verändern würde.

Schwungvoll öffnete Auguste die Tür zu Paulas Zimmer. »Es sieht ja immer noch so aus wie vorher.«

»Ja, natürlich. Was sollte sich denn auch verändert haben?«, fragte Paula.

»Ich dachte, du stellst vielleicht die Möbel um.«

»Bitte?« Paula sah sie ungläubig an.

»Aber ja, natürlich. Das Bücherregal, der Schreibtisch, ja, sogar das Bett – all das kannst du doch umstellen.«

»Aber die Möbel stehen doch gut da, wo sie stehen – oder etwa nicht?«

»Das weiß ich nicht«, sagte Auguste. »Das musst du selbst entscheiden. Ist es für dich schön so? Gemütlich? Ist es ein Raum, in dem du gerne bist?«

»Es ist mein Schlafzimmer. Hier steht das Bett, und das sieht sehr bequem aus.«

»Nun ja«, sagte die Tante nachdenklich und musterte Paula. »Bequem. Ja.«

Paula hatte das Gefühl, ihre Tante enttäuscht zu haben. Nur wusste sie nicht, warum.

»Es ist ein Schlafzimmer«, fing sie deshalb wieder an. »Hier werde ich meine Nächte verbringen. Weshalb sollte ich etwas umstellen? Außerdem ist es doch dein Haus ...«

Auguste drehte den Stuhl, der am Schreibtisch stand, um und setzte sich. Dann wies sie Paula mit einer Geste an, auf dem Bett Platz zu nehmen.

»Ich habe mir schon gedacht, dass wir am Anfang einige Anlaufschwierigkeiten haben werden«, sagte sie mit einem Lächeln.

Paula öffnete den Mund, wollte etwas sagen, aber Auguste unterbrach sie.

»Lass mich erst aussprechen. Bitte.« Sie holte Luft. »Du weißt, du liegst mir sehr am Herzen. Du, deine Familie, ihr alle. Wir haben so viel Zeit miteinander verbracht, und ich war und bin der Meinung, dass wir beide uns auf gewisse Weise sehr ähnlich sind. Aber jetzt wird mir klar, dass du ein Vögelchen in einem Käfig bist – bisher. Und ich werde die Tür öffnen. Ob du deine Möglichkeiten wahrnimmst und fliegst oder ob du im Käfig bleibst, bleibt dir überlassen.«

Paula schnappte nach Luft. Wie meinte die Tante das? Sie war kein Vögelchen, schon gar nicht in einem Käfig.

»Ja, ja, ich sehe schon«, sagte Auguste, »das ist jetzt alles ganz schön viel. Weißt du, ich liebe deine Mutter ja sehr innig, aber ich hätte mir gewünscht, dass sie euch doch etwas freier erzieht.«

»Aber das hat sie doch«, entgegnete Paula empört. »Wir haben zu Hause so viele Möglichkeiten ...«

»Mag sein. Aber dennoch nutzt du deine Möglichkeiten nicht. Oder?« Auguste wies um sich. »Was siehst du hier?«

Paula schaute sich um, sah sich jedes Möbelstück ganz bewusst an. Es war und blieb ein Schlafzimmer. »Ein Raum, in dem man schläft«, sagte sie und streckte das Kinn nach vorn. »Ein Raum, in dem man seine Kleider aufbewahrt, schläft und Briefe oder Tagebuch schreiben kann.«

Auguste zog die Augenbrauen hoch und lächelte. »Aha. Also nicht nur ein Schlafzimmer? Man kann hier auch Briefe schreiben?«

»Natürlich. Und lesen.«

»Das stimmt. Würdest du dich hier aufhalten, um zu lesen?«

Nun sah sich Paula kritischer um. »Vielleicht. Ja, doch.«

»Wo liest du am liebsten?«

»Zu Hause? Im Garten. Oder in der Bibliothek. Im Garten natürlich nur bei gutem Wetter. Und in der Bibliothek geht es nur, wenn Vater dort nicht arbeitet. Dann verziehe ich mich in eine Ecke. Es ist doch egal, wo.«

»Ist es das? Ist es nicht viel schöner, wenn man dort liest, wo man sich wohlfühlt?«

Paula dachte nach, dann nickte sie kaum merklich. »Ja, doch. Vielleicht. Ich habe mir bisher keine Gedanken darüber gemacht.«

»Ich möchte, dass du dir von jetzt an Gedanken über so etwas machst. Es ist wichtig.«

»Weshalb?«

»Egal, was du tust, du machst es besser, wenn du dich wohl dabei fühlst – das ist jedenfalls meine Erfahrung. Wenn mir meine Umgebung gefällt und ich mit mir selbst im Reinen bin, dann gelingen mir Dinge besser.« Sie schmunzelte. »Lesen ist nur ein Beispiel. Aber ich möchte ja, dass du hier etwas lernst – lernst, auch um gut durchs Leben zu kommen.« Sie hielt einen Moment inne. »Du liest gern, das weiß ich«, fuhr sie dann fort. »Und es ist auch wichtig, denn schließlich wollen wir ja, dass du dich weiterbildest. Wenn du dich gern an einen Platz zurückziehst, um zu lesen, wirst du mehr lesen und auch das Gelesene besser aufnehmen – so ist es bei mir. Ich lese am liebsten in der Bibliothek am Kamin oder im Wintergarten. Deshalb habe ich es mir dort so eingerichtet, wie es mir gefällt.«

Paula hörte ihr aufmerksam zu, sah sich wieder in dem Zimmer um. »Es gefällt mir hier schon – aber ich könnte doch ebenfalls im Wintergarten lesen. Dort gefällt es mir auch.«

»Das stimmt. Aber ich möchte, dass du dir hier dein Zimmer einrichtest. Ein Zimmer, das nur für dich ist und in dem du deine Seele ein wenig spiegeln kannst.«

»Oh ... ich weiß nicht ... darüber habe ich mir noch nie Gedanken gemacht ...« Paula überlegte. Nur langsam begriff sie, was die Tante von ihr wollte. Wieder sah sie sich um. Ein Schreibtisch, um daran Tagebuch zu schreiben. Ihr Tagebuch war ihr schon immer wichtig gewesen, nie aber der Platz, an dem sie es füllte. Ist es anders, wenn ich mir einen Platz einrichte? Ganz nach meinem Geschmack einrichte? Macht es etwas aus, ob das Licht von rechts oder von links kommt? Ich schreibe gern abends, am liebsten bei Mondschein. Der Mond ist wie eine Himmelsleuchte, wie ein Gesicht am Himmel, jemand, der mir zusieht, wohlwollend. Ich sollte also aus dem Fenster schauen können, wenn ich schreibe. Meint sie das so? Noch war Paula unsicher, diese Gedanken waren neu für sie.

»Du hattest ja auch noch nie die Gelegenheit dazu. Jetzt hast du sie. Du wirst vermutlich Zeit brauchen, und mit der Zeit werden sich deine Ansichten und dein Geschmack sicher auch immer wieder verändern. Das ist kein Problem, das sollte so sein. Aber irgendwann wirst du dir hier ein Zimmer eingerichtet haben, das ganz und gar deinem Geschmack entspricht.«

»Das Zimmer gefällt mir so ganz gut, wie es ist«, sagte Paula, aber ihre Stimme war nachdenklich geworden. Den Schreibtisch würde sie auf jeden Fall umstellen, und sei es auch nur probeweise.

»Liebe Paula – lass dir Zeit und denke darüber nach. Möchtest du nicht einen Sessel haben? In dem du sitzen kannst? Oder ein anderes Bücherregal? Was ist mit den Vorhängen? Magst du das Muster? Soll das Bett dort stehen, oder möchtest du es auf der anderen Seite des Zimmers haben, dann könntest du nachts aus dem Fenster schauen. Schaust du gerne nach draußen, wenn du am Schreibtisch sitzt und Briefe schreibst? Oder möchtest du dich lieber nicht ablenken lassen? Ja, das sind viele Fragen, und du wirst sie nicht auf einmal beantworten können. Das kommt erst nach und nach.« Auguste stand auf, strich sich den Rock glatt und ging zum Kleiderschrank, um ihn zu öffnen. »Was für ein betrüblicher Anblick«, murmelte sie. »So ein großer Schrank und nur so wenig Kleidung. Wir werden in der nächsten Zeit wohl häufiger in die Stadt gehen müssen. Ich kenne da eine gute Schneiderin.«

»Aber Tante Guste …«

Auguste drehte sich um und sah Paula streng an. »Wie bitte?«

»Ich meinte – ich muss mich erst daran gewöhnen, Auguste«, sagte Paula und seufzte. »Es ist alles so neu. So habe ich mir das nicht vorgestellt. Du möchtest, dass ich mich verändere – aber ich weiß doch gar nicht, wie. Ich soll dich nicht mehr Tante nennen. Und nun siezt mich Minna auch noch – als wäre ich gar nicht mehr ich, sondern jemand ganz anderes, jemand Fremdes. Dabei mag ich mich doch so, wie ich bin. Magst du mich so nicht?«

»Oh!« Auguste kam auf sie zu, nahm sie in die Arme und drückte sie an sich. Erleichtert ließ sich Paula in die Umarmung fallen – endlich fühlte sie etwas Vertrautes und ein wenig Geborgenheit.

»Es tut mir leid«, murmelte Auguste. »Es tut mir so leid. Ich weiß ja, dass ich etwas ungeduldig und ungestüm bin. Ich habe dich wohl sehr verunsichert, und das wollte ich gar nicht. Komm, wir gehen nach unten und trinken einen Tee. Und dann reden wir in Ruhe weiter.« Sie nahm Paulas Arm, zog sie mit sich. »Natürlich sollst du kein anderer Mensch werden. Das wäre verrückt. Ich will ja meine Paula behalten. Aber ich will dir die Freiheit geben, dir Gedanken darüber zu machen, wer du bist, wer du sein willst und was du magst. Es ist alles schon in dir – man muss es nur ans Licht holen.«

KAPITEL 5

Berlin, Spätherbst 1879

»Elise«, rief Paula fröhlich, nachdem sie die Tür geöffnet hatte. »Elise, wo bist du?«

Carl kam ihr entgegen, blieb dann plötzlich stehen und legte den Kopf schief. »Paula?«, fragte er lang gezogen. »Bist du es wirklich?«

»Hallo, Sonnenschein, ja, natürlich bin ich es«, lachte Paula und legte das Paket, das sie in den Armen trug, auf dem Stuhl in der Diele ab. »Erkennst du mich nicht mehr?«

»Du hast dich verkleidet«, sagte der Junge kichernd. »Du hast dich als Tante Guste verkleidet, aber ich habe dich an deiner Stimme erkannt.«

»Da bin ich ja froh.« Paula schloss ihren kleinen Bruder in die Arme und hob ihn hoch. »Wo sind denn alle, kleiner Hosenmatz?«

»Franz is oben, darf nich runterkommen.«

»Hat er wieder was ausgefressen?«

Carl zuckte mit den Schultern, dann grinste er schelmisch. »Glaub, er hat Mist gebaut. Mitte anderen Jungs voner Straße. Vater is böse mit ihm.«

»Verstehe. Und die anderen?«

»Mutter und Line sin zum Bauern, Kohl holln. Und Elise weeß ich nich.«

»Na, dann husch mal in die Küche. Esther ist doch bestimmt da.« Sie setzte den Jungen ab und strubbelte ihm durch die Haare. Er lächelte breit und lief in Richtung Souterrain.

Paula ging langsam durch die Diele zur Treppe. Bei jedem Schritt nahm sie den immer noch so vertrauten Geruch des Hauses wahr. Es roch nach Büchern und Papier, immer nach Essen – nach frischem Brot und Suppe, nach feuchten Jacken und Leder, es roch nach dem Leben, das dieses Haus füllte. Von oben hörte sie Gemurmel. Eine tiefe Stimme, die etwas rezitierte. Es waren gleichförmige Sätze – wahrscheinlich einer der Mieter, der etwas aus der Thora vortrug.

Hier war es nie still. Immer waren Gemurmel oder Stimmen zu hören, die Wände selbst schienen zu flüstern, zu singen, zu lachen. Hin und wieder weinten sie auch bitterlich. Das machte dieses Haus so besonders. Augustes Haus dagegen war schweigsam. Es war ein glückliches Haus, aber stumm.

Paula ging zu dem Zimmer, das sie früher mit ihren Geschwistern bewohnt hatte, überlegte kurz, ob sie klopfen sollte, öffnete dann aber einfach die Tür.

»Franz?«, fragte sie in den Raum hinein. »Bist du hier?«

»Hmm«, grummelte es aus der Ecke, in der ihr ehemaliges Bett gestanden hatte. Paula betrat das Zimmer. Es wirkte verändert. Kleiner irgendwie und gleichzeitig größer.

Seltsam, dachte Paula, wieso habe ich so unterschiedliche Eindrücke?

Dann bemerkte sie, dass der Kleiderschrank verrückt worden war und nun mit dem Rücken zu Franz' Bett stand. An der Schrankrückwand war ein Bücherregal angebracht worden, und quer dazu stand ein Schreibtisch, den es vorher nicht gegeben hatte. Paula spähte um den Schrank herum auf die andere Seite. Dort standen Elises Bett und ein kleiner, aufklappbarer Sekretär.

»Ihr habt zwei Zimmer aus dem Raum gemacht«, sagte Paula überrascht. »Das ist großartig.«

»Hmm«, brummte es wieder.

»Franz?« Paula ging zu seinem Bett, ihr Bruder lag mit dem Gesicht zur Wand und rührte sich nicht. »Franz, das habt ihr ja wundervoll gemacht. Ihr habt jeder euren eigenen Arbeitsbereich. Das ist grandios.«

»Hmmhmmm.«

Sie legte ihm die Hand auf die Schulter. »Magst du mich nicht mehr ansehen?«, fragte sie leise.

»Du wirst mich nicht ansehen wollen«, nuschelte er kaum verständlich. Dann setzte er sich seufzend auf und drehte sich um. Sein linkes Auge war blau und zugeschwollen, die Nase blutig verkrustet und die Lippe dick. Er versuchte zu lächeln, aber es gelang ihm nicht.

Paula schlug die Hand vor den Mund. »Um Himmels willen, was ist passiert?«

»Ich habe mich mit jemandem angelegt.« Franz ließ sich auf das Kissen zurücksinken.

»Mit wem und warum?« Paula stand auf, sah sich suchend um. Wo standen denn jetzt der Paravent und die Waschkommode? Sie füllte die Schüssel mit kaltem Wasser aus dem Krug, nahm einen Lappen und wusch vorsichtig Franz' Blessuren.

»Lass doch«, versuchte er sie abzuwehren.

»Wenn das Blut erst mal verkrustet ist, tut es viel mehr weh.«

Ihr Bruder musterte sie. »Du siehst fremd aus«, sagte er leise und runzelte die Stirn. »Wie ein ganz anderer Mensch.«

Paula spürte, wie ihr das Blut in die Wangen stieg, sie senkte den Kopf.

»Allein das, was du da auf dem Kopf hast – was ist das? Ein Wagenrad mit Federn?«

»Der Hut gehörte Auguste, sie hat ihn mir gegeben«, murmelte Paula.

»Das Kleid wahrscheinlich auch. Gestreift und dann diese Taille – Paula, das bist doch nicht du!«

Paula nahm den Hut ab, legte ihn neben sich auf das Bett. Sie kniff die Augen zusammen, musterte ihren Bruder.

»Das hast du ja mal wieder gut gedreht. Du hast dich geprügelt. Du bist der mit der blutigen Nase und dem blauen Auge. Aber was machst du? Du machst mir Vorwürfe, nur weil ich Augustes Kleider trage und plötzlich wie eine Dame aussehe.«

»Es passt nicht zu dir – die Kleidung. Das bist nicht du, Paulalein.« Franz zeigte auf sein zugeschwollenes Auge. »Aber das passt zu mir. Ich verstelle und verkleide mich nicht.«

»Ich bin kein kleines Mädchen mehr«, entgegnete Paula. »Als Frau in der Gesellschaft trägt man solche Kleidung.«

»Mutter nicht.«

»Autsch.« Paula wandte sich ab.

»Mutter trägt schlichte Kleider und würde niemals so einen Hut aufsetzen, und sie ist trotzdem damenhaft.«

»Zweimal autsch.«

»Warum musst du das anziehen?«

Paula atmete tief durch, dann sah sie ihren Bruder an. »Warum musst du dich prügeln?«

»Das verstehst du nicht.«

»Was für eine einfältige Antwort.«

Nun senkte Franz den Kopf. »Autsch.«

»Was würde Vater sagen?«

»Dann erkläre es«, sagte Franz und stöhnte auf. Er drückte sich den kalten Waschlappen gegen das zugeschwollene Auge. »Du zuerst.«

Paula schüttelte den Kopf. »Nein, du.«

»Es waren die Typen von der Johannisstraße. Sie haben Streit gesucht.« Er schob die Unterlippe vor, so weit das möglich war.

»Und du hast ihnen den Anlass dazu gegeben?«

»Sie haben über die Juden gewettert. Vor dem neuen Versammlungshaus.«

»Da konntest du nicht anders«, stellte Paula fest. »Nun gut. Kann man solche Leute nicht einfach ignorieren? Du weißt doch, dass sie blöd sind.«

»Das macht es aber nicht besser. Wir tun alles, um uns zu integrieren, und sie wollen das einfach nicht sehen, sonst könnten sie uns ja nicht mehr provozieren.«

»Das haben sie ja mal gut geschafft«, sagte Paula lakonisch und legte den Kopf schräg. »Armer Franz.«

»Was denn?«, sagte er wütend. »Ich kann doch nicht immer alles schlucken.«

»Was hat Vater dazu gesagt?«

»Er hat mich aufs Zimmer geschickt. Ich solle nachdenken«, brummte Franz.

»Und hast du?«

»Ich war dabei, aber dann kam diese Madame mit einem Hut, so groß wie ein Wagenrad, und hat mich gestört.«

Paula stand auf, nahm den Hut und ging zur Tür.

»Nein, Paula, warte. Geh nicht«, sagte Franz plötzlich erschrocken. »Du kannst doch nicht einfach weggehen.«

Sie öffnete die Tür.

»Paula …«

»Natürlich kann ich einfach gehen. Wer sollte mich aufhalten? Du? Warum und wie?«

»Bitte bleib. Bitte – ich vermisse dich so. Vermutlich bin ich deshalb so ausgerastet … mir fehlen die Gespräche mit dir.«

Paula schloss die Tür und kehrte zu ihm zurück, doch ihr Gesicht hatte sich verdüstert. »Du bist ausgerastet, weil ich hier nicht mehr wohne? Du weißt, wo ich wohne. Du kannst jederzeit zu uns kommen, Auguste wird dich immer mit offenen Armen empfangen.«

Franz rümpfte die Nase. »Das ist nicht dasselbe. Du lebst dort, ich könnte dich besuchen kommen. Es wäre aufgesetzt irgendwie. Nicht so wie früher.« Er sah sie an. »Du fehlst mir einfach.«

»Aber deshalb musst du dich doch nicht prügeln. Ich verstehe immer noch nicht, was das mit mir zu tun hat.«

»Ich merke, dass ich unausgeglichener bin, seit du weg bist. Gereizter. Deshalb habe ich auch so reagiert. Es waren nur blöde Bengel mit blöden Sprüchen. Aber sie haben mich so geärgert mit ihrer Dummheit, und ich wusste, darüber kann ich mit niemandem sprechen, außer mit dir – aber du bist ja nicht mehr da.« Seine Stimme wurde immer leiser.

»Ich bin doch da – ich wohne nur nicht mehr hier. Du kannst immer kommen und mit mir reden. Immer.«

Franz sah sie lange an. »Du hast dich verändert. Du bist nicht mehr wie früher. Vielleicht kann ich noch nicht einmal mehr mit dir sprechen.«

»Natürlich habe ich mich verändert«, sagte Paula und atmete hörbar aus. »So wie du auch. Wir beide werden älter, erwachsener, machen mehr und mehr Erfahrungen, allein dadurch ändern wir uns. Ich fühle mich wie ein Schmetterling – hier war ich noch die Raupe, gerade bin ich in der Verpuppung, und ich bin ganz gespannt, als was ich schlüpfen werde.«

»Jeder verändert sich, wenn er erwachsen wird. Aber … hier wärst du ein anderer Schmetterling geworden. Nun wirst du der von Tante Guste … Tante Guste macht dich zu einem anderen Menschen«, grummelte Franz. »Und ich weiß nicht, ob mir dieser andere Mensch gefällt. Früher hättest du mit mir über diese Kleider gelacht …«

»Die Kleider machen mich doch nicht zu einem anderen Menschen«, entgegnete Paula wütend. »Das sind alte Sachen von Auguste, sie hat sie mir überlassen. Ich weiß selbst noch nicht, ob ich mir so gefalle. Aber wie soll ich es herausfinden, wenn ich es nicht ausprobiere?«

»Warum reicht es dir denn nicht, so zu sein, wie du früher warst? Warum musst du dich denn unbedingt verändern?«

»Aber du veränderst dich doch auch, Franz. Warum darf ich es nicht? Du hast jetzt mit anderen Jungs Kontakt als noch vor zwei Jahren. Früher hättest du dich nicht so geprügelt, und schieb das bloß nicht noch einmal darauf, dass ich nicht mehr hier wohne. Wie du dich verhältst, wie du mit deiner Wut umgehst – dafür bist nur du verantwortlich. Wenn du reden willst und musst, weißt du, wo du mich findest. Und hier im Haus sind auch immer noch genügend vernünftige Menschen, mit denen du sprechen kannst. Vater wird immer ein offenes Ohr für dich haben, gerade wenn es um das Judentum geht.« Jetzt schnaufte sie.

»Vater? Das glaube ich nicht. Er schickt mich ja nur ins Zimmer und erlaubt mir nicht herunterzukommen.« Franz starrte böse gegen die Wand.

»Weiß er denn, warum du dich geprügelt hast?«

Franz schwieg. »Nein«, sagte er dann leise.

»Und warum hast du es ihm nicht gesagt?«

»Weil ich mich schäme, dass ich mich nicht beherrschen konnte. Gerade ich – der Sohn des Rabbiners.«

»Gerade du – aber genau das wird Vater verstehen. Ich bin mir sicher, dass er sehr gerne mit dir darüber sprechen würde, wenn du es zulässt.«

»Meinst du?«, fragte Franz unsicher.

»Ich weiß es, Franz.« Nun legte Paula den Arm um seine Schulter, zog ihn behutsam an sich. »Du bist und bleibst mein Lieblingsbruder, mein Seelenbruder. Doch du musst lernen, mit dir und den Menschen um dich herum anders umzugehen – versöhnlicher. Damit meine ich nicht die Bengel, die dich verhöhnt haben.«

Franz biss sich auf die Lippe und verzog dann schmerzhaft das Gesicht – er hatte die Wunde ganz vergessen. Vorsichtig legte er den Waschlappen darauf.

»Ich weiß, dass ich mich verändere – körperlich, aber auch geistig. Und manchmal gefällt mir nicht, wie ich mich verhalte und was ich fühle.« Er sah seine Schwester an. »Wie ist das bei dir?«

»Auguste bestärkt mich darin, alles Mögliche auszuprobieren. Kleidung ist nur ein kleiner Teil davon. Sie gibt mir Bücher zu lesen, Zeitschriften. Wir gehen ins Theater oder manchmal zu Lesungen und Vorträgen.« Paula dachte nach. »Es ist aufregend, aber es ist auch beunruhigend. Es ist, als würde ich einen Weg entlanggehen, der ganz viele Gabelungen hat – immerzu muss ich mich entscheiden, ohne zu wissen, wohin mich das letztendlich führt. Aber dann sage ich mir, dass ich ja immer wieder umdrehen kann, um die nächste Gabelung auszuprobieren. Im Rahmen der Möglichkeiten natürlich nur.« Sie sah Franz an. »Verstehst du, was ich meine?«

Franz nickte. »Ich glaube schon. Dein Bild gefällt mir. Ein Waldweg mit vielen Gabelungen. Ich habe nur das Gefühl, wenn ich einmal einen Weg eingeschlagen habe, gibt es kein Zurück mehr.«

»Ich glaube, ganz so arg ist es nicht. Und solange du dich nicht prügelst, scheinst du doch alles recht gut zu machen. Mutter hat letztens sehr lobend über dich gesprochen. Sie ist stolz auf dich.«

»Ist sie das? Davon merke ich nichts. Ständig schimpft sie mit mir oder weist mich zurecht.«

»Doch, sie ist sehr stolz auf dich, ganz bestimmt. Aber vermutlich macht sie sich auch Sorgen um dich – und wie man sieht, zu Recht.« Paula stand auf, denn sie hatte von unten Geräusche gehört. »Mutter scheint zurück zu sein. Ich werde ein gutes Wort für dich einlegen, vielleicht darfst du dann ja mit uns essen.«

Franz schüttelte den Kopf. »Ne, ist schon gut. Ich glaube, ich muss wirklich noch etwas nachdenken – auch über die Dinge, die du gesagt hast.«

»Gut«, sagte Paula. »Und wenn du reden willst …«

»… dann weiß ich ja, wo ich dich finde«, beendete Franz den Satz und schmunzelte. »Ja, und ich werde das bestimmt auch nutzen in der nächsten Zeit. Du fehlst mir nämlich wirklich. So wie heute mit dir habe ich lange mit niemandem gesprochen.«

»Du fehlst mir auch«, gestand Paula und hauchte ihm einen Kuss auf die Wange.

Line, Mutter und Elise trugen die Kohlköpfe körbeweise ins Haus. Esther war aus der Küche gekommen und begutachtete das Gemüse.

»Hamse och noch Rotkohl bekommen? Un Karotten?«

»Ja, Esther. Es ist noch mehr im Karren. Die Kartoffeln bringt er uns zum Glück«, sagte Toni und schaute auf. Ihr Gesichtsausdruck veränderte sich, als sie Paula sah. »Paula, mein Mädchen – ach, wie schön. Du kommst uns besuchen. Bleibst du zum Essen?«

»Wenn ich darf?«

Mutter musterte sie nun genauer und zog die Augenbrauen zusammen. »Was trägst du denn da für Kleider?«

»Es ist ein alter Rock von Auguste und eine Bluse, die sie mir gegeben hat. Ich habe die Sachen ein wenig geändert. Gefällt es dir, Muttchen?« Paula drehte sich im Kreis, so dass der Rock schwang.

»Nun, es ist sehr … farbig«, sagte Mutter. »Und der Schnitt – ich weiß nicht, ob der für dein Alter geeignet ist. Die Bluse … nun, sie schließt ja gar nicht am Hals.« Mutter räusperte sich. »Du hast hoffentlich einen Schal dabei? Es wird jetzt schon kühl abends. Und die Luft ist neblig und feucht. Nicht, dass du dich erkältest.«

Paula lächelte und suchte Elises Blick. »Ich habe dir etwas mitgebracht. Es liegt dort vorne auf dem Stuhl.«

»Was ist es?«, fragte Elise aufgeregt. »Ein Geschenk? Für mich?«

Paula nickte. »Wir haben ganz viel von Augustes Sachen sortiert. Sie hatte etliche Blusen und auch Röcke, die sie nicht mehr anzieht. Du müsstest sie umändern für dich, aber die Stoffe sind noch gut in Schuss.«

»Röcke und Blusen? So wie das, was du trägst?«, fragte Mutter, und man konnte ihr das Entsetzen anhören. »Elise kann so etwas unmöglich anziehen.«

Nun lachte Paula auf. »Weiße Blusen. Eher schlicht – aber gute Stoffe. Und einfarbige Röcke. Nicht glockenförmig.«

Mutter atmete erleichtert auf. »Wir werden sehen, was sich machen lässt. Bring die Sachen in die Waschküche«, sagte sie zu Elise, die glücklich strahlte. Dann wandte sie sich wieder Paula zu. »Kommt Guste auch zum Essen? Ich habe sie seit einiger Zeit nicht gesehen.«

Paula schüttelte den Kopf. »Sie ist heute Abend unterwegs. Im Theater, und dann hat sie noch eine Einladung. Sie hat mir freigegeben, damit ich euch besuchen kann.«

»Freigegeben, so, so«, murmelte Mutter und ging wieder zur Haustür. »Du kannst helfen, das Gemüse ins Haus zu tragen. Wir haben sehr erfolgreich gehandelt, aber der Bauer sagte auch, dass er dieses Jahr eine gute Ernte hatte.«

»Sehr erfolgreich«, stöhnte Line und stupste Paula in die Seite. »Es wird hier tagelang nach Sauerkraut riechen – aber erst müssen wir es schnippeln und stampfen.«

Paula war nicht das erste Mal seit ihrem Umzug in die Lothringer Straße in ihrem Elternhaus. Nur in den ersten Wochen war sie nicht gekommen. Es hatte sie zwar nach Hause gezogen, aber Auguste hatte sie gewarnt.

»Heimweh ist tückisch. Du suchst und sehnst dich nach dem Vertrauten. Das verstehe ich gut, und du darfst auch jederzeit gehen und deine Familie sehen. Doch ich würde dir empfehlen, ein wenig zu warten. Nur ein bisschen, bis du dich hier etwas angekommener fühlst.« Sie lächelte ihrer Nichte zu.

»Warum? Warum rätst du mir das?« Paula hatte sich angewöhnt, alle Fragen zu stellen, die ihr durch den Kopf schossen – dazu hatte Auguste sie ermutigt. Erst war es Paula schwergefallen, sie hatte den Sinn auch nicht verstanden, aber Auguste hatte ihr wieder und wieder gesagt, dass man fragen muss, um zu verstehen. Und dass man verstehen muss, um sich eine Meinung zu bilden. Eine Meinung zu haben, war wichtig – auch wenn man sie als Frau oft nicht laut äußern durfte.

»Heimweh und Sehnsüchte sind tückische Gefühle. Sie gaukeln uns vor, dass das Gras auf der anderen Seite des Weges immer grüner ist. Denk darüber nach.«

›Denk darüber nach‹, das war auch so eine Aussage der Tante, die Paula inzwischen kannte. Sie bedeutete: Denk nach, frag nicht mehr, zieh deine eigenen Schlüsse. Auguste wollte, dass Paula sich selbst Gedanken machte. Ihre ganz eigenen Gedanken. Und sie freute sich, wenn Paula später dann mit ihr darüber sprach. Auguste animierte sie regelrecht zu diesen Diskussionen. Ihr war es wichtig, dass sie einen eigenen Geist, ein freieres Bewusstsein entwickelte.

Paula fand immer mehr Gefallen an diesem Austausch, nur manchmal, fand sie, gab Auguste ihr zu wenig an die Hand. Deshalb fragte sie hin und wieder Minna um Rat. Sie war etwa in Augustes Alter und arbeitete schon, solange sie denken konnte, bei ihr. Minna war nicht ganz so einfühlsam wie Line, fand Paula, dennoch hatte sie ein großes Herz und viel Verständnis für sie. Aber meistens ging sie, wenn sie nicht weiterwusste, zu Else, der Köchin. Sie war in ihrer Ausdrucksweise ein wenig grob, doch sie hatte einen herrlich klaren Verstand und eine schnelle Auffassungsgabe.

Außerdem war es in der Küche gemütlich warm, und es duftete immer köstlich. Die Küche war kleiner als bei den Oppenheimers, aber auch hier schien zu jeder Tageszeit ein Topf mit Suppe auf dem Herd zu stehen. Und in einem großen Topf aus Steingut gab es immer das ein oder andere Plätzchen. Die Küche spendete Wärme und Trost – entweder waren es Elses Worte oder manchmal eben nur eine Schale Hühnerbrühe. Doch Hühnerbrühe war ein Heilmittel für körperliche und seelische Missstände, das hatte sie schon früh gelernt. Deswegen schlich Paula jedes Mal, wenn sie dieses tückische Heimweh übermannte, vor dem Auguste sie gewarnt hatte, in die Küche.

Dort war es fast wie zu Hause, und schon fühlte sie sich besser.

Es geht gar nicht um den Ort, wurde ihr allmählich klar. Es geht um mich selbst. Ich bin dort zu Hause, wo ich mich heimisch fühle. Warum ist die Küche – egal, ob hier oder da – so ein Ort? Weil die Küche Geborgenheit und Vertrautheit ausstrahlt. Ich muss mir also für mich Orte schaffen, an denen ich mich geborgen fühle.

Das Heimweh ließ nach, die Sehnsucht nach ihrer Familie nicht.

Nach unendlich lang erscheinenden Wochen besuchten sie dann endlich zum ersten Mal wieder ihre Familie. Es war nicht wie früher, es war kein »nach Hause kommen«, stellte Paula entsetzt fest. Mit einem Mal waren sie beide nur zu Besuch. Und weil ihre Tante sie begleitete, fühlte sie sich ein wenig wie unter Beobachtung.

Danach war Paula auch manchmal tagsüber für ein oder zwei Stunden in ihrem Elternhaus gewesen, aber der tägliche Betrieb war weitergelaufen, und keiner hatte wirklich Zeit für sie gehabt. Sie hatte einen Kaffee oder einen Tee mit ihrer Mutter getrunken, doch über ein paar Sätze war das Gespräch nie hinausgekommen, dann waren sie wieder unterbrochen worden.

Und Franz hatte sie so gut wie nie gesehen. Er war in der Schule, bei Freunden oder unterwegs. War er mal zu Hause, musste er Holz hacken, den Hühnerstall ausmisten oder im Garten helfen. Sie redeten kurz miteinander, versprachen, sich demnächst zu treffen – aber dazu war es bisher nie gekommen.

Bis heute. Heute hatte Paula Zeit. Sie konnte sogar, das hatte Auguste ihr freigestellt, im Elternhaus übernachten, wenn sie wollte.

Absichtlich hatte Paula die neuen, aber auch sehr auffälligen Kleidungsstücke gewählt. Sie hatte sie zu so etwas wie Kostümen umgearbeitet. Auguste wusste das nicht, denn Paula zog sich erst um, nachdem die Tante das Haus verlassen hatte. Sich als bunter Paradiesvogel zu verkleiden war für sie eine Art Probe – Paula wollte sehen, wie ihre Familie reagierte, aber auch herausfinden, wie es war, ganz anders als früher vor sie zu treten.

Franz hatte so reagiert, wie sie es erwartet hatte – entsetzt, vielleicht auch ein wenig belustigt. Ihre Mutter war konsterniert gewesen, hatte aber geschwiegen.

In Gedanken versunken half Paula, das Gemüse in die Küche zu tragen. Mutter hatte überhaupt nicht oder kaum reagiert. Ihr Gesichtsausdruck hatte aber Bände gesprochen. Sie trug immer schlichte, aber gute Kleidung, feste Stoffe, die etliche Wäschen aushielten – keinen Firlefanz. Auguste aber liebte es, sich hin und wieder sehr extravagant zu kleiden – auffällige Farben, dünne Stoffe – Seide, Organza – nichts, was kinder- oder haushaltstauglich war. Gewagte Schnitte, große Hüte. Nun hatte sich Paula auch so gekleidet. Wohl hatte sie sich nicht damit gefühlt. Vielleicht hatte sie

Mutter auch nur provozieren wollen – ein entsetzter Aufschrei, eine wütende Reaktion – alles hätte Paula genommen, aber das war nicht passiert. Mutter hielt sich zurück. War das klug von Muttchen, fragte sich Paula, überlässt sie mir meinen Werdegang? Oder sagt sie einfach nichts, um Auguste nicht infrage zu stellen? Ganz sicher war Paula sich nicht.

Sie nahm die nächsten Kohlköpfe und wusste, dass ihre Mutter hart gefeilscht hatte, um den besten Preis rauszuholen. Das Wurzelgemüse, der Kohl und das Obst würden in den nächsten Tagen verarbeitet werden – sie kochten und legten es ein, säuerten den geschnittenen Kohl und die geraspelten Möhren und Gurken, salzten das Gemüse zum Teil ein. Auch die paar Lagen Eier würde Esther in Salz und Essig einlegen und so haltbar machen. Sie hatten zwar Hühner im Hof, aber im Winter legten sie natürlich kaum Eier, da mussten sie jetzt schon für Vorrat sorgen. Die Kartoffeln, die der Bauer noch bringen würde, wurden ebenfalls eingelagert. Es gab dafür einen extra Kellerraum, in dem auch die Sandkiste stand, in der Möhren und anderes Wurzelgemüse eingegraben wurden – der feuchte Sand hielt es über Wochen frisch.

Woher, fragte sich Paula plötzlich, wusste Mutter das alles? Woher wusste sie, wie man Gemüse im Winter frisch hielt oder es haltbar machte? Betrieb Auguste auch so einen Aufwand? Bisher hatte sie davon noch nichts mitbekommen. Mutter besprach jeden Tag den Essensplan mit der Köchin. Manchmal packte sie auch in der Küche mit an – das hatte Auguste, soweit sie wusste, noch nie getan.

Aber ihre Tante hatte auch nicht so viele hungrige Mäuler zu stopfen. Und sie musste nicht so rechnen wie Mutter.

Schweigend half Paula die Sachen zu verräumen. Das war nur der Anfang einiger sehr arbeitsreicher Tage, wurde ihr klar. Sie würde Auguste fragen, ob sie auch morgen im Elternhaus helfen dürfte, denn hier war sicher jede Hand willkommen.

Ich verändere mich, dachte Paula plötzlich. Ich denke mehr

nach. Dinge, die ich früher einfach so hingenommen habe, hinterfrage ich nun. Ich überlege, warum manche Dinge so und andere anders sind – ich habe einen anderen Blickwinkel eingenommen. Das ist das, was Auguste von mir will. Ich soll meine Sicht ändern. Plötzlich fühlte sie sich sehr erwachsen.

Nachdem alles verstaut war, füllte Toni zwei Tassen mit Kaffee aus der Kanne, die immer auf dem Herd stand, nickte ihrer Tochter zu, und sie gingen nach oben in den kleinen Salon, wo sich Tonis Bücher in Regalen bis hoch an die Decke stapelten. Dort befanden sich ein Sofa, ein Tischchen, zwei kleine Sessel und der Sekretär ihrer Mutter mit dem Haushaltsbuch. Hierhin zog sie sich zurück, wenn sie ein wenig Zeit für sich selbst hatte – was selten genug der Fall war. Dieses Zimmer gehörte nur der Familie, während im »großen« Salon, im Wohnzimmer, auch die Mieter Zutritt hatten. Auch dort waren die Wände mit Bücherregalen bedeckt, dort stand das Klavier, wurden Gäste empfangen, wurde gefeiert. Der kleine Salon dagegen war privat.

Toni stellte die Tassen auf das kleine Kirschholztischchen, neben das Silbertablett mit Zucker und einem Kännchen mit Rahm. Sie setzte sich auf das Sofa, Paula auf eins der Sesselchen. Schweigend nahm sich die Mutter ein Stück Zucker und rührte um. Paula starrte in ihre Tasse, traute sich erst nicht, ihre Mutter anzusehen. Würde Mutter jetzt etwas zu ihrer »Verkleidung« sagen? Hob dann doch den Kopf.

Toni lächelte sie an. »Es ist schön, dass du da bist«, sagte sie. »Ich vermisse dich.«

Paula biss sich auf die Lippe. »Ich vermisse dich auch«, brachte sie heraus und senkte den Kopf wieder. Sie hatte als starke, junge Frau auftreten wollen, doch alles Selbstbewusstsein, das sie vorhin empfunden hatte, war wie weggeblasen, und sie fühlte sich wieder wie ein kleines Kind, und das ärgerte sie. Sie blinzelte die Tränen weg. »Ich vermisse euch alle. Dich, Vater, Franz und natürlich auch Elise und Carl.«

Toni nickte. Schweigen breitete sich zwischen ihnen aus. Ein stiller See im Morgengrauen, bevor der erste Fisch erwacht und zur Oberfläche schwimmt und die spiegelglatte Fläche in Kreise bricht. Paula wusste einfach nicht, wie sie das Gespräch eröffnen sollte. Sollte sie einen Stein in den See des Schweigens werfen? Das traute sie sich noch nicht.

»Geht es dir gut?«, fragte ihre Mutter schließlich.

»Es ist anders, als ich es erwartet hatte«, gestand Paula.

Erwartungsvoll sah Toni ihre Tochter an, aber Paula wusste wieder nicht, wie sie fortfahren sollte. Einerseits wollte sie ihrer Mutter das Herz ausschütten, wollte ehrlich sein – aber andererseits wollte sie auch nicht illoyal Auguste gegenüber werden. Sie erkannte sehr wohl, was die Tante alles für sie tat. Aber nun hier, hier bei der Familie, nahm das Heimweh plötzlich überhand.

»Was ist denn anders?«, fragte Toni schließlich.

Paula gab sich einen Ruck. »Das ganze Leben dort ist natürlich anders. Ich habe mein eigenes Zimmer, nur für mich allein.« Wie oft sie das Zimmer bisher umgestellt und fast neu eingerichtet hatte, erzählte sie nicht. Das würde Mutter niemals verstehen. Hier gab es Möbel, die funktional waren und es auch sein mussten – auf das Aussehen wurde nicht so sehr geachtet. Bei Auguste ging es um Schönheit, um den Anblick, um die Wirkung und nicht die Zweckmäßigkeit.

»Das hätten wir dir hier auch einrichten können«, sagte Mutter ein wenig gepresst und seufzte.

»Das weiß ich ja. Aber wegen des Zimmers bin ich nicht bei Auguste.« Sie überlegte. »Der ganze Tagesablauf ist anders. Jetzt gehe ich nicht mehr zur Schule, aber ich habe dennoch Unterricht. Auguste bezieht drei Tageszeitungen und mehrere Magazine. Es ist meine Pflicht, sie zu lesen, und am Vormittag diskutieren wir verschiedene Themen.« Sie sah die Mutter an und lächelte, ein schiefes Lächeln. »Das ist manchmal anstrengender als Unterricht. Ich weiß noch nicht so genau, was Auguste hören will.«

»Du sollst doch nicht Augustes Spiegelbild werden, Kind«, sagte Toni besorgt. »Das wäre fatal. Sag, was du zu sagen hast, nicht das, was du meinst, was Auguste hören will.«

»Das sagt sie auch. Deshalb erwartet sie immer, dass ich zu jedem Thema mindestens zwei Meinungen herausbilde und begründe. Es ist nicht leicht, aber es fordert mich.« Paula merkte, dass sie allmählich sicherer wurde, die Sorge wich. Sie hob den Kopf, streckte das Kinn ein wenig nach vorne.

»Aber was bringt das? Sie lehrt dich, wie ein Fähnchen im Wind zu argumentieren?«

»Sie versucht mir beizubringen, verschiedene Perspektiven einzunehmen. Blickwinkel und Diskussionsgrundlagen. Es ist nicht zwingend meine Meinung, die ich vertrete …«

»Frauen sind in der Politik nicht zugelassen«, warf Toni spöttisch ein.

Paula lachte. »Das ist richtig. Aber irgendwann werden auch Frauen in der Politik eine Rolle spielen. In der Bildung und in der Gesellschaft.«

»Grundgütiger, du wirst doch jetzt keine Frauenrechtlerin? Ich wusste gar nicht, dass Auguste sich in diese Richtung entwickelt.« Ihre Mutter war tatsächlich entsetzt.

»Mutter, in anderen Ländern dürfen Frauen schon an die Universitäten und studieren. Im Kaiserreich noch nicht – aber das wird kommen, da bin ich mir sicher. Frauen sind doch nicht weniger wert als Männer. Du warst Lehrerin, du musst das doch auch so sehen.«

Toni schwieg nachdenklich. Dann sah sie ihre Tochter an. »Ja, ich habe gerne gearbeitet, nicht nur, weil ich Geld verdienen musste. Dennoch war mein Lebensziel ein anderes – ich wollte eine Familie. Eine eigene Familie. Ich wollte euch.« Sie schluckte. »Willst du das nicht?«

»Wahrscheinlich schon. Wenn ich ihn treffe.«

»Ihn?«

»Den Mann meines Lebens. Meine Liebe. Den Einen.« Paula lächelte ein wenig verträumt, wurde dann wieder ernster.

»Aber noch ist das ja alles gar nicht relevant. Wer weiß, ob ›er‹ überhaupt in mein Leben tritt«, sagte Paula leichter, als sie sich fühlte.

»Du hast mir noch nicht wirklich geantwortet«, sagte Toni nun ernst. »Wie geht es dir bei Guste? Sei ehrlich.«

»Mir geht es gut.«

»Du kommst hier an, gekleidet wie ein Papagei. Das findet Guste gut und befürwortet es?«

Paula lachte leise auf. Endlich bezog ihre Mutter Stellung. »Ich denke, sie hätte mich so nicht gehen lassen. Es tut mir leid, mein Aufzug ist ein Experiment und eine Provokation meinerseits – Auguste weiß nichts davon. Es sind zwar ihre alten Kleider, aber natürlich nicht für diese Tageszeit, außerdem habe ich sie noch ausstaffiert.«

»Warum? Warum hast du das getan, warum trittst du hier so auf?«

Paula überlegte. Dann legte sie den Kopf schief. »Ich bin mir nicht sicher, ob du meine Antwort verstehst – aber ich wollte herausfinden, wie ich mich fühle, wenn ich so verändert wiederkomme – und wie ihr reagiert. Und was ich dann fühle, wenn ihr reagiert.«

Ihre Mutter zog die Stirn kraus, dachte nach, nickte dann. »Du wolltest uns testen.«

»Mich. Vor allem wollte ich mich testen. Und zwar hier, an euch … weil ihr immerhin noch meine Familie seid.«

Toni lachte auf. »Ich verstehe. Uns kannst du dich zumuten, egal, welche Experimente du wagst – ist es das?«

»Ich glaube ja«, gab Paula zu. »Und … ich habe Wechselsachen mitgebracht.«

»Wenn du wie ein Harlekin aussehen möchtest, ist es deine Sache. Für mich musst du dich nicht umkleiden. Vater wird es auch verstehen – vielleicht jedoch nicht sofort. Hat er dich schon gesehen?«

Paula schüttelte verschämt den Kopf.

»Möchtest du dich denn umziehen? Oder fühlst du dich so wohl?«

Paula verzog das Gesicht zu einem schiefen Grinsen. »Auguste will, dass ich an meine geistigen Grenzen gehe, appelliert immer wieder an meinen Verstand – aber ich glaube, der Körper und das Aussehen gehören auch dazu. Ich wollte wissen, was ich fühle, wenn ihr mich so seht. Jetzt weiß ich es. Jetzt brauche ich diese Kleider nicht mehr.« Sie lachte. »Es war ein Austesten, ein Versuch. Er ist gründlich schiefgegangen – nein«, sagte sie nachdenklich, »ist er nicht. Ich habe herausgefunden, dass es mir Spaß gemacht hat, mich so zu verkleiden. Aber mehr auch nicht.«

»War das wichtig für dich?«

Paula nickte.

»War es das wert?«

Nun biss sie sich auf die Lippe. »Weiß man das nicht immer erst später? Im Moment bin ich einerseits froh, dass ich mich getraut habe. Dass ich über meinen Schatten gesprungen bin und etwas ganz Verrücktes getan habe. Ich weiß jetzt, dass ich es kann. Aber es fühlt sich nicht besonders wichtig an – ich brauche es nicht.«

»Dann hast du eine Erkenntnis gewonnen.«

»Dazu ermutigt mich Auguste jeden Tag. In verschiedenen Bereichen.«

Toni dachte nach. »Ich glaube, es ist gut, dass du zu ihr gezogen bist.« Ihre Stimme war kaum hörbar.

»Wirklich?«

»Ich hätte dir so etwas auch gerne gezeigt. Aber Gustes Möglichkeiten habe ich nicht. Du lernst viel bei ihr – vielleicht auch Sachen, die ich dir nie beigebracht hätte, aber vor allem lernst du bei ihr zu denken. Sie kann dich anders fördern, als ich es je könnte.«

Toni seufzte auf. »Dazu habe ich schlicht weder Zeit noch Mittel.« Sie sah ihre Tochter an. »Und es ist gut, dass du von Gustes Zeit und Geld profitieren kannst, denn ich möchte stets das Beste für meine Kinder.« Nun wurde ihre Stimme heiser.

»Du weißt, dass ich dich liebe, Muttchen?«, sagte Paula und beugte sich zu ihr, nahm ihre Hand. »Immer und immer und immer. Du bist und bleibst mein Muttchen.«

Toni sah sie an und wischte sich dann verstohlen eine Träne aus dem Augenwinkel.

~

Paula war froh, dass sie das Gespräch mit ihrer Mutter hatte führen können. Nach dem Kaffee ging sie mit Carl in den Garten, der noch spätherbstlich schön war. Eigentlich hatte sie bei der Bevorratung helfen wollen, aber Carl lief allen zwischen den Füßen herum, lachte und störte.

»Nimm ihn«, bat Line Paula, »und geh mit ihm nach draußen.« Sie sah die Köchin böse an. »Ich wette, er hat den Bauch voller Zuckerkram und ist deshalb so aufgedreht.«

Esther zuckte mit den Schultern. »Ick hab zujesehen, dass er keinen Unfug macht. Hat er nicht, wa?«

»Ist gut, Line. Ich gehe mit ihm eine große Runde«, versprach Paula. Aber Carl sträubte sich mit Händen und Füßen, die Küche zu verlassen, in der es so verheißungsvoll roch und wo spannende Dinge passierten.

»Es ist mir egal«, sagte Paula schließlich streng. »Du ziehst jetzt deine Jacke an und deine Stiefel. Wir gehen nach draußen. Oder willst du, dass Mutter traurig wird?«

»Ne«, sagte der Knirps und folgte ihren Anweisungen. Immer wieder musterte er seine Schwester verstohlen. »Darf ick mir ooch verkleiden?«, fragte er schließlich.

»Ich habe mich nicht wirklich verkleidet«, meinte Paula und schmunzelte. Sie nahm seine Hand und ging mit ihm die Stufen nach unten und dann um das Haus herum. »Als was würdest du dich denn verkleiden wollen?«

Carl überlegte. »Weiß nich«, gestand er dann. »Vielleicht als Pirat. Mit 'nem Holzbein.«

»Pirat? Woher kennst du denn Piraten?«

»Lise liest mir immer Bücher vor, die sind alle aus fernen Ländern. Ich glaub, Lise möchte weg …«

»Elise liest dir vor?«

Carl nickte ernst. »Jeden Abend. Dann kann ich viel besser schlafen.«

Elise wurde auch größer, stellte Paula plötzlich überrascht fest. Sie hatte bisher mit ihrer Schwester kaum gesprochen, nahm sich aber vor, das zu ändern.

»Und sonst? Wie ist es sonst zu Hause?« Sie gingen gemeinsam über die Wiese. Am Morgen hatte Raureif den Rasen bedeckt. Nun war die Luft wieder kühl, und vermutlich würde schon bald Frost einsetzen. Paula und Carl durchquerten den Obstgarten, bis sie zu einer kleinen Pforte im Zaun kamen, hinter der der Wirtschaftsweg des Bauern lag, dessen Felder an das Grundstück angrenzten. Paula öffnete das Törchen und ging hindurch, aber Carl blieb stehen und runzelte die Stirn.

»Mutter sagt, ich darf dort nich hin.«

»Richtig. Allein darfst du nicht auf den Weg. Weißt du auch, warum?«

Carl schüttelte so heftig den Kopf, dass seine Mütze beinah herabgefallen wäre.

»Das ist der Wirtschaftsweg von Hinrich Krause, dem Bauern, der dort hinten seinen Hof hat. Er reitet hier lang, und auch die Karren vom Hof fahren hier – das ist kein Spielplatz. Aber ich bin ja bei dir und gebe acht.«

Ein wenig zweifelnd sah Carl sie an, gab sich dann aber einen Ruck und ging durch das Tor, nahm wieder Paulas Hand.

»Kommste jetzt zu uns zurück?«, fragte er leise.

»Wieso?«

»Vermiss dich …«

»Aber Elise ist doch noch da.«

»Elise is nicht wie du.«

»Nein, du hast recht, jeder ist anders.« Paula überlegte. »Ich glaube nicht, dass ich zurückkomme – ich werde auf jeden Fall nicht mehr bei euch wohnen.«

Carl seufzte auf.

»Aber ich denke, ich sollte euch häufiger besuchen kommen.«

»Das sollteste wirklich!« Ein Strahlen ging über das kleine Jungengesicht.

Sie gingen eine große Runde, beobachteten die Hasen, die über die abgeernteten Felder hoppelten, sahen die letzten Kraniche und Wildgänse, die auf ihrer Reise in den Süden hier Rast machten, und sogar ein vorwitziges Reh entdeckten sie am Waldrand. Erst als die Kühe des Bauern laut muhend mahnten, dass es Zeit für das Melken war, kehrten sie nach Hause zurück. Wahrscheinlich waren sie sogar schon zu spät dran. Paula zog Carl mit sich, versuchte, ihn bei Laune zu halten – aber er wurde zusehends müder. Schließlich gab Paula auf und trug ihn nach Hause.

»Meine Güte«, staunte sie. »Du bist schwer geworden.«

»Bin ja auch kein Baby mehr«, murmelte Carl und legte seinen Kopf auf ihre Schulter, steckte den Daumen in den Mund. »Bin schon fümpf und bald sechs.«

Nachdem sie Carl an Line übergeben hatte, ging sie erschöpft in den kleinen Salon, um dort etwas zur Ruhe zu kommen. Im Esszimmer wurde schon gedeckt, bald würde das Essen aufgetragen werden.

»Paula, Liebes.«

Die Stimme ihres Vaters ließ sie erschrocken zusammenzucken. Die Petroleumlampe im kleinen Salon brannte nur auf niedriger Flamme. Vater saß in dem großen Ohrensessel, der mit dem Rücken zum Fenster stand, und war kaum zu sehen.

»Vater …« Unschlüssig blieb sie stehen. »Ich wollte dich nicht stören.«

»Setz dich, Paulakind«, sagte er und lächelte. »Wie könntest du mich stören? Ich freue mich, dass wir uns sehen.« Er zeigte zu dem kleinen Tisch vor dem hohen Bücherregal, auf dem einige Flaschen standen. »Magst du einen Aperitif?«

Paula schluckte. Bis auf ein Glas Sekt oder ein wenig Wein hatte sie in ihrem Elternhaus keinen Alkohol getrunken. Und das waren jeweils ganz besondere Anlässe gewesen. Ihre Tante dagegen fand, dass es zur Bildung gehörte, Alkohol unterscheiden und auch trinken zu können. »Maßvoll, aber auch genussvoll«, war ihr Credo. Und so führte sie Paula allmählich und vorsichtig in die Welt des Alkohols ein. »Ein trockener Sherry ist ein guter Aperitif für eine Dame«, hatte sie gesagt, und daran erinnerte sich Paula nun.

»Ich nehme gerne ein kleines Gläschen Sherry«, sagte sie und setzte sich auf das kleine Sofa.

Vater zog anerkennend die Augenbrauen hoch. »Sherry? Gute Wahl.«

»Das sagt Auguste auch.«

»Sie bringt dir Sachen bei, an die ich nicht gedacht habe, als ich dich zu ihr habe gehen lassen.« Sein Ton war nachdenklich. Er reichte ihr das zierliche Glas, hatte sich selbst einen Bourbon eingeschenkt und setzte sich nun wieder in den Ohrensessel.

Paula biss sich auf die Lippe. War das ein Kompliment oder eine Zurechtweisung? Sie war sich nicht sicher.

»Ich trinke nicht ständig Alkohol …«, versuchte sie sich zu verteidigen.

»Oh, Paulakind, das war doch kein Angriff«, sagte ihr Vater überrascht. »Hast du es so verstanden? Dann entschuldige ich mich.«

»Ich … weiß im Moment manchmal nicht, wie ich Dinge verstehen soll«, gestand Paula. »So viel hat sich verändert.«

»Das glaube ich. Wie geht es dir denn bei Guste?«

»Mir geht es gut«, beeilte sich Paula zu sagen. Dann nippte sie an ihrem Glas, spürte die Wärme des Alkohols im Mund, im Rachen und dann im Magen. Sie lehnte sich zurück und atmete tief aus. »Ja, mir geht es gut. Ich denke viel nach, und ich weiß, dass ich noch zu wenig weiß.«

Vater lachte leise. »Das ist eine gute Erkenntnis.« Dann schwieg er für einen Moment. »Warum bist du so nervös mir gegenüber? Ich frage dich – also kannst du auch ehrlich antworten. Das ist genau wie mit dem Aperitif – ich habe dich gefragt, ob du einen möchtest, und war nicht überrascht, als du es wirklich wolltest. Wenn ich nicht wollte, dass du einen Aperitif nimmst, hätte ich dich auch nicht gefragt.«

»Du hast nie wirklich gewollt, dass ich zu Tante Guste ziehe«, sagte Paula leise.

»Das stimmt nicht«, widersprach Julius ihr. »Ich habe die Chance gesehen, die sich dir damit eröffnet. Und ich bin froh, dass du sie ergriffen hast.«

»Da ist aber ein Aber, Vater, ich höre es genau.«

Julius schwieg einen Moment, trank einen Schluck. »Ja, da ist ein Aber. Ich habe die Chance für dich gesehen, aber auch den Kummer, den diese Chance deiner Mutter bereitet. Sie hätte dir gerne ähnliche Wege und Möglichkeiten geboten – wir beide – um genau zu sein. Aber das konnten wir nicht. Und das ist kein gutes Gefühl.« Er stand auf, schenkte sich noch einmal ein. »Zum anderen bekommen wir jetzt einfach nicht mehr so viel mit. Du wählst nun deine eigenen Wege. Sherry – trockenen Sherry – ich hätte nicht gedacht, dass du das Getränk wählst, ich hätte gemeint, dass du einen Likör haben wolltest. Es sind nur Nuancen, aber sie zeigen mir, dass du erwachsen wirst und ich daran nicht teilnehme. Zumindest nicht so, wie ich es gerne hätte.«

Er lächelte – ein trauriges Lächeln. Paula stand auf, umarmte ihn. »Aber du weißt doch, dass ich immer deine Tochter bleibe? Egal, was passiert?«

»Ja, das weiß ich. Doch du wirst erwachsen, und das … ist nicht so einfach für mich als deinen Vater. Man freut sich darauf, aber manchmal wünscht man sich auch, dass die Kinder immer Kinder bleiben.« Er lachte leise. »Was natürlich eine merkwürdige Vorstellung ist, und letztendlich will man das ja doch nicht.«

Sie setzten sich wieder. »Wir werden aber erwachsen. Ich und auch Franz.« Sie hatte die Petroleumlampe etwas höher gedreht und sah ihren Vater nun an.

Julius verzog das Gesicht. »Franz ist im Moment keine Wonne in meinen Augen.«

»Hast du mit ihm geredet?«

»Darüber, dass er sich mit Pack prügelt? Was soll ich da reden?« Er klang verärgert.

»Weißt du, weshalb er sich geprügelt hat?«

»Weil er unbeherrscht ist!«

»Vater … du solltest mit ihm reden. Franz ist kein schlechter Junge. Er … er ist zerrissen und unglücklich.«

»Davon hat er mir nie etwas gesagt«, schnaufte Julius.

»Er traut sich nicht.«

»Wie bitte?« Nun klang Julius ehrlich entsetzt. »Warum nicht?«

»Du bist oft so unnahbar«, gestand Paula. »Vielleicht, weil du uns lieber als Kinder denn als langsam erwachsen werdende Menschen siehst.«

»Darüber muss ich nachdenken«, murmelte Julius.

»Und du musst mit Franz reden. Wirklich. Ohne Vorbehalte. Er hat einen Grund, weshalb er sich geprügelt hat. Er hat sich nicht geprügelt, um der Stärkere zu sein oder aus ähnlichem Unfug. So sind wir nicht, schließlich sind wir ja deine Kinder.«

Julius musterte sie. »Du hast dich verändert, Paulakind.«

Noch bevor Paula etwas antworten konnte, ging der Gong und kündigte das Essen an.

Beim Essen waren die Untermieter dabei, deshalb waren die Gespräche zwar lebhaft, aber nicht persönlich. Franz durfte nicht am

Essen teilnehmen. Mutter hatte jedoch Line mit einem Tablett nach oben geschickt. Paula bedauerte das sehr, aber sie genoss die vertraute Atmosphäre des Elternhauses.

»Darf ich heute Nacht hierbleiben?«, fragte sie nach dem Essen, als sich die Familie ins Wohnzimmer zurückgezogen hatte, zögerlich.

Mutter sah sie überrascht, aber auch erfreut an. »Natürlich darfst du das. Ich sage gleich Line Bescheid – sie soll das Bett im Kinderzimmer beziehen.«

»Im Kinderzimmer?«

»Aber natürlich. Du kannst im Zimmer schlafen.«

»Warum nicht bei Franz?«

»Das schickt sich nicht mehr«, sagte Mutter in einem Ton, der keine weitere Frage duldete. »Und außerdem ist da kein Platz mehr – wir haben das Zimmer umgestellt.«

Paula schluckte. Sie hätte zu gern mit Franz im Dunkeln geflüstert, so wie früher.

»Was wird Guste sagen?«, fragte Vater. »Musst du nicht zurück? Hast du dort keine Pflichten zu erfüllen?«

»Sie hat es mir schon vorher angeboten«, erklärte Paula. »Und mir freigestellt, ob ich hier schlafe oder abends zurückkomme.«

»Wie großzügig von ihr«, murmelte Vater ein wenig missmutig, dann aber lächelte er. »Und wie schön für uns. Magst du uns etwas auf dem Klavier vorspielen? Ich habe gehört, dass du wieder Stunden nimmst.«

Schon früh hatte Paula Klavierunterricht bekommen. Sie war sehr talentiert, traute sich selbst aber wenig zu.

Paula sah verlegen auf ihre Hände. »Ich hatte erst zwei Stunden und bin so sehr aus der Übung.«

»Na, dann ist es doch eine gute Gelegenheit, hier zu üben«, sagte Mutter. »Wir erwarten ja kein Kammerkonzert.«

Paula stand auf, setzte sich langsam an das Klavier. »Was möchtet ihr denn hören?«, fragte sie leise.

»Was spielst du denn gerade?«, fragte Vater zurück.

Paula biss sich auf die Lippe, dann hob sie die Hände und begann. Es war ein Lied aus Schuberts »Winterreise«. Sie liebte diesen Liederzyklus, aber beherrschte ihn noch nicht perfekt. Sie beendete das Lied, runzelte aber die Stirn, obwohl die Familie ihr begeistert applaudierte.

»Es ist noch zu holprig«, sagte sie unzufrieden, nahm den Stapel Noten, der auf dem Klavier lag, wählte etwas aus und begann wieder zu spielen. Es war ein einfaches Lied, das sie gut beherrschte. Mühelos glitten die Finger über die Tasten. Die Eltern und Elise lauschten voller Bewunderung. Als sie das zweite Lied begann, stand Elise auf und sang den Text, Mutter und Vater fielen ein. Und so musizierten sie eine ganze Weile – eine bunte Mischung aus Liedern und jiddischen Weisen.

Schließlich stand Paula auf. Ihre Wangen glühten, ihre Augen strahlten, doch sie spürte die Erschöpfung.

»Hier«, sagte Mutter und reichte ihr ein Glas Wasser. »Du machst tatsächlich noch Fortschritte, das hätte ich nicht gedacht. Dein Spiel hört sich reifer an.«

»Ja, ich merke auch, dass ich noch ein wenig besser geworden bin.« Paula trank durstig, ließ sich noch einmal nachschenken.

»Du solltest Konzerte geben«, meinte Elise voller Überzeugung. »Du bist so gut!«

»Nein, dazu reicht es nicht, fürchte ich. Mein neuer Lehrer ist bisher auch nicht besonders zufrieden mit mir.«

»Wer ist es denn?«, fragte Vater.

»Scharwenka. Philipp Scharwenka.«

»Wirklich?« Vater zog die Augenbrauen hoch. »Er ist doch auch Komponist und gibt zudem Konzerte.«

Paula nickte. »Auguste kennt ihn von irgendwelchen Veranstaltungen.«

Elise gähnte laut, schlug sich dann verlegen die Hand vor den Mund. Mutter schaute auf die Uhr.

»Es ist schon spät. Du solltest zu Bett gehen, Elise.«

»Ich komme mit«, sagte Paula.

»Willst du nicht noch einen Moment unten bleiben?«, fragte Vater und sah sie eindringlich an.

Paula setzte sich auf den Sessel, sah ihre Eltern an.

»Magst du noch einen Sherry?«, fragte Julius.

»Ich nehme gerne einen.« Toni nickte. »Und du darfst mit mir anstoßen.«

Paula trank einen kleinen Schluck, musterte wieder ihre Eltern. »Möchtet ihr etwas Bestimmtes mit mir besprechen?«, fragte sie.

Mutter und Vater tauschten einen Blick.

»Bist du glücklich?«, fragte Toni dann. »Bist du glücklich über die Entscheidung, die du getroffen hast?«

»Möchtest du weiterhin bei Guste leben?«, fragte Julius nun.

»Wie bitte?«, fragte Paula überrascht zurück. »Darüber haben wir doch schon gesprochen.«

»Wenn du wieder zurückkommen möchtest, dann kannst du das jederzeit«, sagte Julius mit gepresster Stimme.

Paula sah ihn an, dann ihre Mutter.

»Fühlst du dich wirklich wohl bei Guste?«, wollte Toni leise wissen.

»Ja.«

»Ganz bestimmt?«

Paula streckte den Rücken, hob das Kinn. »Ja, ganz bestimmt. Ich möchte bei ihr bleiben. Natürlich ist es anders als hier. Manches gefällt mir bei Guste besser, anderes nicht. Ich lerne gerade erst, diese Dinge zu unterscheiden.«

»Im Prinzip ist das gut.« Julius nickte nachdenklich.

»Du weißt aber, dass du jederzeit nach Hause kommen könntest?« Die Stimme ihrer Mutter klang plötzlich unsicher.

»Das weiß ich, Mutter. Und ohne dieses Wissen wäre ich nie zu Tante Guste gezogen. Sie eröffnet mir eine neue Welt, aber ich weiß auch meinen Hintergrund zu schätzen – all das, was ihr mir bisher mitgegeben habt und noch weiter mitgebt. Und dafür bin ich euch sehr dankbar.« Paula stand auf, ging zu ihrer Mutter und küsste sie auf die Wange. »Gute Nacht.« Sie nickte dem Vater zu. »Ich muss jetzt zu Bett, der Tag war sehr lang.«

Auf der Treppe nach oben seufzte sie erleichtert auf. Was erwarteten die Eltern von ihr, fragte sie sich. Wollten sie wirklich, dass sie zurückkam?

Oben im Flur blieb sie kurz vor Franz' Zimmertür stehen und lauschte. Es war nichts zu hören. Sollte sie hineingehen und mit ihm reden? Sie vermisste die Gespräche mit ihm, dann fiel ihr ein, dass sie noch ein wenig Zeit mit Elise verbringen wollte. Im Kinderzimmer brannte die Petroleumlampe auf niedrigster Stufe, flackerte schon ein bisschen. Paula stutzte den Docht, sah sich dann um. In der einen Zimmerecke stand Carls Bett. Er schlief tief und fest. Auf der anderen Seite stand ein weiteres Bett, davor ein Paravent, der zur Seite geschoben war. Auf dem Plumeau lagen zwei Handtücher – hier sollte sie also schlafen. Schnell zog sie sich ein Nachthemd an.

»Endlich siehst du wieder aus wie eine von uns.« Elises Stimme hallte durch das Zimmer, obwohl sie flüsterte, und sie hob die Bettdecke an. Sie hatte sich in das Kinderzimmer geschlichen, hatte auf ihre Schwester gewartet.

Paula schlüpfte unter die Decke, es war herrlich warm. Sie schmiegte sich an ihre Schwester. »Danke«, flüsterte sie.

»Ich bin froh, dass du hier bist«, sagte Elise. »Froh, dass du mit Muttchen gesprochen hast.«

»Warum?« Paula war überrascht.

»Weil Muttchen so unglücklich ist, seit du weg bist.«

»Das habe ich heute auch gemerkt, aber was soll ich tun?«

»Weißt du, Tante Guste war immer und immer und immer eifersüchtig auf uns – auf Muttchen.«

Paula runzelte die Stirn. »Nein, war sie nicht.« Ihre Antwort klang trotzig.

»Doch, das war sie – weil sie keine Kinder hat. Ich weiß es genau, ich habe Mutter und Guste belauscht.«

»Wann?«

»Letzte Woche. Da war Tante Guste hier, als der Liederkreis war – du hattest Klavierstunde, glaube ich –, und die beiden haben fürchterlich gestritten.«

»Wirklich?« Paula konnte es kaum fassen. Davon hatte ihr die Tante gar nichts gesagt.

»Ja. Wirklich. Guste war hier. Ich hörte die Stimmen von Mutter und ihr aus dem kleinen Salon und habe mich auf den Treppenabsatz geschlichen und gelauscht«, flüsterte Elise. »Ich weiß, das soll man nicht ...«

Paula lachte leise. »Ich habe das auch immer getan. Der Treppenabsatz ist ideal. Von unten kann einen niemand sehen, aber der Schall trägt gut dorthin.«

»Hast du auch schon mal gelauscht?«, fragte Elise verblüfft.

»Ein Mal?« Paula schmunzelte. »Ständig. Und Franz auch. An manchen Abenden waren wir permanent dort – bis uns Line erwischte und ins Bett schickte. Sie hat uns aber nie verraten.«

»Line ist besonders«, sagte Elise und räusperte sich. »Wenn ich Line nicht hätte ...«

»Du hast Mutter.«

»Ja, aber Mutter hat fast nie Zeit. Sie ist dauernd beschäftigt ... ich habe das Gefühl, ich bin immer nur lästig.«

Paula legte den Arm um ihre Schwester. »Das Gefühl hatte ich auch oft. Und Franz ebenso.«

»Ernsthaft?«

»Ja. Aber es liegt nicht an uns. Mutter hat einfach viel zu viel zu tun, und dennoch gibt sie die Liederabende, lädt die Eltern zu kleinen Treffen ein – Abendgesellschaften. Sie muss den ganzen Haushalt in Gang halten.«

»Aber darauf war Tante Guste immer eifersüchtig – hat sie zumindest gesagt.«

»Das verstehe ich nicht.«

»Ich auch nicht. Mutter hat gelacht, aber es war kein lustiges Lachen – es klang bitter. Sie sagte dann, dass Guste es ja nun geschafft hätte.«

»Guste war immer eifersüchtig auf Mutter«, murmelte Paula vor sich hin. »Weil sie keine eigenen Kinder hat. Und Mutter war vermutlich auch ein wenig neidisch auf ihre Schwester – immerhin geht es ihr finanziell besser.«

»Was wiegt mehr?«, fragte Elise. »Geld oder Kinder?«

»Kinder bedeuten Leben. Kinder sind für uns Juden essenziell – Gott möchte, dass das jüdische Volk bestehen bleibt. So sagt es die Thora.«

»Mutter ist jetzt eifersüchtig auf Tante Guste – weil sie dich hat und dir all die Dinge geben kann, die wir nicht haben.«

Für einen Moment verschlug es Paula die Sprache. Sie hatte das natürlich gewusst, aber es so ausgesprochen zu hören, hatte doch einen anderen Effekt – es macht es wahr.

»Aber ich kann doch deswegen nicht einfach alles aufgeben und wiederkommen. Ich lerne gerade so viel – über mich, über das Leben. Ich lese Bücher …«

»Wir haben das ganze Haus voller Bücher.«

»Ja, Elise, aber ich lese Bücher, und dann trifft sich Auguste mit Leuten, die über diese Bücher diskutieren, und manchmal ist auch der Autor dabei. Neulich habe ich Nietzsche gesehen – nur von Weitem, aber … das ist ganz anders als hier. Ich lerne so viel. Ich war bei einem Vortrag der Frauenrechtlerin Helene Lange, Strindberg war neulich in der Stadt – das alles lerne ich nur durch Auguste kennen.«

»Ja.« Elise atmete tief ein. »Ja, ich glaube, das ist gut für dich. Ich sehe dich nur alle paar Wochen und natürlich nur von außen.« Sie drehte sich zu ihrer Schwester um, sah ihr in die Augen, musterte sie. »Und ich sehe, wie du kämpfst – mit dir und den ganzen Erwartungen von Tante Guste, aber vor allem auch von den Eltern. Du willst und wirst deinen Weg finden.«

»Und du?«

»Ich habe es leichter. Ich muss dir nur folgen – aber ich kann deine Erkenntnisse für mich mitnehmen, ohne durch all diese Kämpfe zu gehen.« Sie drehte sich zurück auf den Rücken, verschränkte die Arme hinter dem Kopf. »Ich werde mich zum Beispiel nie als Papagei verkleiden müssen, weil ich jetzt schon weiß, dass es mir nicht gefallen würde.«

Paula spürte das Blut in ihren Kopf steigen. Sie schämte sich. Obwohl das Petroleumlicht nur schwach leuchtete, bemerkte Elise es. Sie legte ihr die Hand auf die Schulter, zog ihre Schwester zu sich. »Aber das ist doch gut für mich. Und nicht schlimm für dich. Du probierst Dinge aus, und ich lerne mit dir mit.«

»Das ist eine nette Art, es zu umschreiben«, murmelte Paula. »Ich schäme mich trotzdem, denn ich wollte provozieren. Vor allem um … Mutter eine Reaktion zu entlocken. Sie ist mir gegenüber so distanziert.«

»Jetzt weißt du, warum. Weil sie eifersüchtig ist.« Elise nickte energisch.

»Ich habe immer geglaubt, dass die beiden sich sehr nahestehen.«

Elise rieb sich mit dem Zeigefinger über ihren Nasenrücken. »Es wird sich sicherlich alles wieder einrenken.« Dann gähnte sie. »Erzähl doch mal – wie ist es so bei Tante Guste?« Sie kuschelte sich an ihre Schwester.

»Neulich hat Auguste ein Abendessen gegeben. Es war jemand von der Zeitung da. Und ein paar Leute vom Hof – nur unwichtige Leute. Aber Gisela von Arnim war auch unter den Gästen«, schwärmte Paula. »Ich habe nicht mit ihr gesprochen, aber an ihren Lippen gehangen.«

»Wer ist das?« Elises Stimme klang schläfrig.

»Eine Dichterin, sie schreibt Märchen. Eine Frau, die Bücher schreibt, Bücher, die veröffentlicht werden. Kannst du das glauben?«

»Aha«, murmelte Elise. »Und was gab es zu essen? Gibt es wirklich jeden Tag Waffeln? Das hat nämlich Franz behauptet.«

»Wie kommt er denn darauf?«, fragte Paula belustigt. »Natürlich gibt es nicht immer Waffeln. Nur an speziellen Tagen – wenn Auguste Besuch bekommt. Das Essen dort ist nicht so viel anders als hier.« Paula überlegte. Das stimmte nicht so ganz. Meist aßen ja nur ihre Tante und sie zusammen – manchmal war auch Onkel Werner da, aber nicht oft. Es gab immer eine Vorspeise – meistens eine Suppe – das war hier auch so. Dann gab es den Hauptgang. Aber während hier in großen Mengen gekocht werden musste und deshalb häufig Rüben und Kartoffeln, Wurzelgemüse und Kohl auf den Tisch kamen, gab es bei Auguste eine andere, feinere Auswahl. Frischer Salat, Tomaten und Gurken kamen ebenso auf den Tisch wie Artischocken und ausgefallenere Gemüsesorten, die die Köchin im Laden oder in der großen Markthalle kaufte. Reis und auch Nudeln wurden bei Oppenheimers nur selten angeboten, ihre Tante liebte aber diese Beilagen. Und während hier oft eine Milchspeise als Nachtisch gereicht wurde, ließ Auguste Eis und Cremes, Torten oder kandierte Früchte servieren.

Gab es tatsächlich eine Art Konkurrenzkampf zwischen Mutter und Tante, fragte sich Paula nun. Wollte Auguste ihr zeigen, wie viel besser sie es hatte als ihre Schwester? Oder nahm sie es als selbstverständlich hin, dass sie sich mehr leisten konnte? Sicher würde das Essen bei ihr auch anders aussehen, wenn sie den ganzen Tisch voller hungriger Mäuler hätte. Und wie oft war Auguste früher hier im Haus der Oppenheimers gewesen, hatte an den einfachen, aber nahrhaften Mahlzeiten teilgenommen und sich nie beschwert – im Gegenteil, sie hatte das Essen immer gelobt.

Paula merkte, dass Elises Kopf, der an ihrer Schulter lehnte, immer schwerer geworden war. Ihr Atem ging tief und regelmäßig, sie war eingeschlafen. Sachte schob sie die Schwester zur Seite, schlüpfte aus dem Bett und deckte Elise zu. Dann schlich sie auf die andere Seite des Raumes, wo der kleine Carl in seinem Bettchen lag. Auch er schlief tief und fest.

Zu gern wäre sie jetzt zu Franz gegangen, hätte noch mit ihm geredet, aber auch Paula spürte den langen und aufregenden Tag in ihren Knochen und sehnte sich nach Schlaf. Sie küsste Carl, schlich sich zurück zum Bett, das Line ihr bereitet hatte. Es duftete nach der Seife, die Mutter selbst herstellte. Es war weich und kuschelig, es roch nach Zuhause und fühlte sich auch so an. Dieses Gefühl von Heimat und Geborgenheit hatte sie bei Auguste noch nicht empfunden.

Zwar hatte Paula ihr Zimmer bereits mehrfach umgestaltet – das Bett hierhin und dorthin gestellt, ein Bücherregal gefüllt, den Schreibtisch verschoben und die Vorhänge gewechselt –, aber der Raum war noch nicht zu ihrem geworden.

Woran liegt das, fragte sie sich nun.

Was aber machte das heimelige Gefühl aus? Es war der Duft der Bettwäsche, der Geruch der gescheuerten Holzböden, das Seufzen, das nachts durch das alte Haus zog, wenn der Wind daran rüttelte – ein Seufzen, mit dem sie seit Kindertagen vertraut war. Das Rauschen der Bäume im Garten. Es waren Düfte und Geräusche und auch die Gewissheit, dass die Eltern ganz in der Nähe waren.

Aber ich kann nicht mein Leben lang in meinem Elternhaus wohnen, sagte sich Paula und drückte das Kissen zurecht. Sie hatte die Petroleumlampe gelöscht, und nur ein dünner Mondstrahl erhellte den Raum noch. Ich muss also einen Weg finden, wie ich mich dort heimelig und sicher fühle, wo ich lebe – egal, wo es ist. Aber darüber werde ich mir morgen Gedanken machen. Sie schloss die Augen und war bald eingeschlafen.

Der neue Tag begann, wie immer in diesem Haus, laut und hektisch. Elise und Franz aßen ein schnelles Frühstück und eilten dann zur Schule. Als sie das Haus verlassen hatten, setzte sich Mutter mit Carl an den Tisch. Das Frühstück nahmen sie gemeinsam ein, und Paula leistete ihnen Gesellschaft. Carl plapperte fröhlich vor sich hin. Auch mittags durfte er nun an den Mahlzeiten teilnehmen und musste nicht mehr in der Küche bei Line essen.

Mutter schenkte Paula eine Tasse Kaffee ein. »Wie hast du geschlafen?«

»Sehr gut.« Paula lächelte. »Was tust du in die Wäscheseife? Unsere Wäsche hier duftet so viel besser als Augustes.«

»Es ist einfache grüne Seife«, sagte Mutter. »Mit ein wenig Lavendel. Ich trockne jeden Herbst die Lavendelblüten und stecke sie in kleine Leinensäckchen, die ich zwischen die Wäsche lege.«

»Lavendel? Es riecht gar nicht so sehr nach Lavendel«, sagte Paula erstaunt. »Aber das muss es wohl sein.«

»Ich mache das schon so, seit ich so alt war wie du jetzt. Guste auch – wir haben es von unserer Mutter gelernt.«

»Guste kauft die Wäscheseife, sie macht sie nicht selbst.«

Mutter nickte. »Früher hat sie es gemacht. Aber das hat sie jetzt nicht mehr nötig.«

»Wärst du gerne an ihrer Stelle?«, fragte Paula leise.

Toni sah ihre Tochter nachdenklich an. »Nein«, antwortete sie dann. »Nein, das wäre ich nicht, auch wenn ich mir hin und wieder mehr Haushaltsgeld wünschen würde. Aber ich bin glücklich, mit Julius, mit euch, mit meinem Leben.« Wieder musterte sie Paula. »Du genießt es, bei Guste zu sein, nicht wahr?«

»Ja. Aber mir wird immer klarer, was wirklich wichtig ist im Leben. Und das ist nicht Geld – auch wenn es viele Dinge einfacher macht. Luxus macht nicht glücklich. Lachen macht glücklich.« Sie kitzelte Carl, der daraufhin fröhlich kicherte.

»Bleibst du noch ein wenig?« Mutters Stimme klang unsicher.

»Wenn ich darf? Ich kann doch sicherlich helfen.«

In der Küche hatte Esther schon den Sud für den Kohl angesetzt. Den ganzen Vormittag schnitten sie den Weißkohl mit einem großen Hobel, kneteten ihn mit Salz und Zucker und legten ihn dann in große Steinguttöpfe ein. Dann wurde der saure Sud darüber gegossen, und die Deckel wurden mit einem Stein beschwert.

Gegen Mittag spürte Paula ihre Muskeln, und sie musste immer wieder pausieren, um zu Atem zu kommen. Toni sah sie besorgt an.

»Warum nimmst du nicht Carl und gehst mit ihm spazieren? Es ist zwar frisch, aber trocken heute. Das wäre eine große Hilfe.«

Carl langweilte sich und hatte angefangen, allerlei Unfug zu machen. »O ja!«, rief er begeistert. »Ich will mit Paula rausgehen.«

»Ich möchte mit Paula rausgehen«, verbesserte ihn Mutter streng. »Sag es richtig. Du bist doch kein dahergelaufener Bengel.«

Carl senkte den Kopf. »Ich möchte mit Paula rausgehen«, murmelte er.

»Siehst du, du kannst es.«

»Ick weeß nich, warum Se immer dat Gör berichtigen«, meinte Esther und wischte sich die Hände an der Schürze ab. »Er kann ja beedes – Berlinerisch un Deutsch.«

»Berlinerisch hat er aber nicht von uns«, meinte Mutter und schmunzelte.

Der Spaziergang an der frischen Luft tat Paula gut. Die Küche war mit essigsaurem Dampf gefüllt gewesen, und das hatte ihre Lungen gereizt. Sie war schon lange nicht mehr krank gewesen, aber nun kam die feuchtkalte Zeit, und sie würde aufpassen müssen.

Nach dem Spaziergang aßen sie noch gemeinsam zu Mittag – es gab wie meist Brot und eine kräftige Suppe. Dann verabschiedete sie sich von ihren Eltern und machte sie auf den Weg zurück zu Auguste.

»Ich komme bald wieder«, versprach sie. »Ich werde jetzt öfter kommen.«

»Hoffentlich in ordentlicher Kleidung«, meinte Mutter und räusperte sich.

KAPITEL 6

Berlin, Frühjahr 1881

»Ganz herzlichen Glückwunsch«, sagte Paula und rückte Franz' Mütze zurecht. »Jetzt hast du dein Abitur, und die Welt steht dir offen.«

Sie saßen nebeneinander auf der Bank, die Vater unter dem Walnussbaum hatte aufstellen lassen.

»Ob mir die Welt offen steht, muss sich noch zeigen«, meinte Franz, aber er lächelte glücklich. Dann musterte er seine Schwester.

»Wie geht es dir?«

Paula zuckte mit den Schultern. »Das Frühjahr kommt und damit auch die Wärme. Ich freue mich auf den Sommer.«

»Du weißt, was ich meine«, sagte Franz ernst.

Seit drei Jahren wohnte Paula nun schon bei Tante Guste. Nach der aufregenden und anstrengenden ersten Zeit, in der sie sich hatte finden sollen und müssen, war Paula dort inzwischen angekommen. Sie besuchte die Familie oft – meist mehrfach pro Woche. Nach einiger Zeit war auch Guste wieder mitgekommen. Es dauerte ein wenig, aber dann legte sich die Angespanntheit zwischen den Schwestern endlich wieder.

Im letzten Herbst starb überraschend Werner, Gustes Mann. An sich änderte das nicht viel am Leben von Tante und Nichte, denn Werner war oft und viel auf Reisen gewesen. Die Eheleute waren immer freundschaftlich, jedoch auch distanziert miteinander umgegangen.

Dennoch trauerte Auguste um ihren Mann. Und dann erkrankte Paula. Ihre schwache Lunge war in den letzten Jahren einigermaßen stabil geblieben, nur an wenigen Tagen fühlte sie sich schwach und hatte Luftnot. Ein paar Tage im Bett reichten meist, dass sie wieder auf die Beine kam. Doch der vergangene November war ungewöhnlich feucht und kalt gewesen, und Paula war sehr krank geworden. Diesmal war es mit ein paar Tagen Bettruhe nicht getan, sie bekam kaum Luft und wurde immer schwächer. Obwohl Auguste noch trauerte, beschloss sie, mit Paula in die Berge zu fahren. Der Klimawechsel hatte ihnen beiden gutgetan, und nach einer Weile ging es Paula besser. Dennoch war sie immer noch blass und schwach, auch wenn sie das zu vertuschen versuchte. Doch Franz konnte sie nicht täuschen.

»Es war ein schlimmer Winter«, gestand Paula. »Aber nun geht es bergauf.« Sie lächelte schief. »Auguste plant, mit mir an die See zu fahren.« Dann seufzte sie. »Ich hasse es, krank zu sein. Ich habe seit Monaten nicht mehr richtig Klavier gespielt. Dabei war Herr Scharwenka so zufrieden mit meinen Fortschritten, er wollte sogar, dass ich ein Konzert gebe. Aber das kann ich vorläufig vergessen.« Sie senkte traurig den Kopf. »Ich dachte für eine Weile, dass es meine Zukunft wäre – Klavierkonzerte zu geben. Aber nun stehe ich wieder da, wo ich vor drei Jahren angefangen habe – vor dem Nichts.«

»Das stimmt ja nicht wirklich«, sagte Franz und legte ihr den Arm um die Schulter. »Du hast dich unglaublich entwickelt. Du bist eine intelligente, gebildete und sehr hübsche junge Dame geworden.«

»Und was bringt mir das? Was soll ich mit meinem Leben anfangen? Auguste meint, ich könnte in die Schweiz gehen und dort studieren. Dort sind Frauen an der Universität zugelassen. Aber was sollte ich studieren? Egal, welches Fach ich belegen würde, hier könnte ich als Frau keinen Beruf ausüben. Lehrerin könnte ich werden. Ich könnte auf die Lehrerinnen-Schule von Helene Lange gehen, aber das ist nicht meine Berufung, das weiß ich. Und nur irgendetwas zu wählen, was uns Frauen genehmigt wird, ist nicht erfüllend – nicht für mich.« Sie seufzte. »Musik machen – das würde ich, aber dafür müsste ich gesünder, stabiler sein.« Paula schnaufte. »Was ist mit dir? Hast du dich schon entschieden?«

Franz lehnte sich zurück und blinzelte in die Sonne. »Ich werde ins Breisgau gehen und Medizin studieren. Vater hat dort Freunde, bei denen ich erst einmal unterkommen kann.«

»Medizin.« Paula holte tief Luft. »Wirklich?«

»Ja. Warum nicht?«

»Siehst du dich als Arzt?«

»Siehst du mich nicht als Arzt?« Franz grinste und schaute sie an. »Frrööölein, ick gloobe, Se sind krank. Wat hamse denn da anne Backe? Oh, dat schaut abba nich jut aus.« Er zog die Augenbrauen hoch und wackelte mit dem Kopf. »Nein, keine Ahnung«, sagte er dann, wieder ernst werdend. »Ich kann es mir gut vorstellen. In der Medizin liegt die Zukunft. Wir wissen inzwischen viel mehr, und vielleicht können wir schon bald viele Krankheiten heilen. Ich möchte etwas Besonderes in meinem Leben erreichen, und vielleicht kann ich das als Arzt oder in der Forschung.«

Paula nickte. »Ja, das passt zu dir«, sagte sie schmunzelnd. Dann seufzte sie wieder. »Ich wünschte, ich könnte das auch.«

»Medizin studieren? Dann geh doch in die Schweiz.«

»Nein, das traue ich mir nicht zu. Ich fühle mich zu schwach. Und ich sehe mich auch nicht als Ärztin. Ich möchte etwas erschaffen – kreativ sein. Aber ich habe meinen Bereich noch nicht gefunden, so scheint es mir. Ich dachte, es sei das Klavierspielen, aber nun bin ich mir nicht mehr sicher.«

»Du spielst ganz wunderbar. Du bist so begabt.«

»Aber ich bin auch schwach. Im Moment bin ich froh, wenn ich ein paar Tonleitern schaffe.«

»Weil du krank warst.«

Paula sah ihn an. »Ich bin immer wieder krank. Fast habe ich gedacht, es hätte sich verwachsen und dass ich es durch das gute Leben bei Tante Guste überwunden hätte – aber dann kam der letzte

Herbst und hat mir mit aller Deutlichkeit gezeigt, dass es mich immer und immer wieder treffen kann und wird.«

»Du musst eben noch mehr auf dich aufpassen. Ein paar Wochen an der See werden dir guttun. Das Klima dort kräftigt die Konstitution. Du wirst schon sehen, bald geht es dir besser.« Er überlegte. »Du könntest schreiben. Es gibt Frauen, die schreiben, die veröffentlichen.«

»Die meisten aber unter einem Männernamen, ansonsten werden sie nicht ernst genommen. Und nein – ich kann nicht schreiben, dafür fehlt mir das Talent, Franz.«

»Du konntest schon immer herrliche Rätselgedichte verfassen.«

»Das ist doch nicht literarisch. Nein, da liegt nicht meine Zukunft.«

»Sie müssen sich aber mehr zutrauen, Fröllein, sonst werden Sie noch schwermütig«, feixte Franz.

»Jetzt redest du schon wie ein Doktor.« Paula kicherte und stieß ihn in die Seite. Dann kniff sie die Augen zusammen und schaute zum Haus. »Ich glaube, Mutter sucht uns.«

»Hoffentlich gibt es Essen«, sagte Franz, stand auf und reichte seiner Schwester die Hand. »Ich habe einen Mordshunger.«

»Hast du den nicht immer?«, neckte Paula ihn.

Gemeinsam gingen sie zurück zum Haus.

In den letzten Jahren war die Neue Jüdische Gemeinde gewachsen, und somit hatte sich auch die finanzielle Situation der Familie verbessert, da Julius nun mehr Gehalt bekam. Oppenheimers mussten keine Untermieter mehr aufnehmen, und auch für eine Zugehfrau reichte das Geld. Dennoch war der Haushalt bescheiden geblieben. Nur in Bücher hatte Julius etwas mehr investiert und die private Bibliothek nach und nach vergrößert. Auch empfingen sie jetzt hin und wieder Gäste, öfter als zuvor und nun auch mit ein wenig Bewirtung, was Toni sehr stolz und Esther glücklich machte. Oft traf man sich mit Freunden, um gemeinsam zu speisen, zu musizieren und zu diskutieren.

Vielleicht war auch deshalb das Verhältnis zwischen Toni und Auguste inzwischen entspannter, dachte Paula. Sie war jedenfalls froh, nicht mehr das Gefühl zu haben, zwischen den Stühlen zu sitzen. Ihre Tante liebte sie innig und voller Dankbarkeit, aber ihre Familie stand immer noch an erster Stelle für Paula.

»Willst du nicht mitkommen?«, hörte sie gerade Auguste zu ihrer Mutter sagen, als sie das Haus betraten. »Du mit Elise und Carl. Das Klima an der See täte euch sicher auch gut.«

Franz hielt sie zurück und legte den Zeigefinger auf die Lippen.

»Ich weiß nicht«, sagte Toni zögernd. »Ich kann Julius doch nicht allein lassen. Franz geht doch ins Breisgau …«

»Line und Esther werden schon auf ihn achtgeben«, sagte Auguste gut gelaunt. »Und vielleicht wäre dein Mann ja auch froh, wenn er ein paar Wochen Ruhe hätte und sich in seine Bücher vertiefen könnte.«

Toni schien nachzudenken. »Das könnte gut sein«, sagte sie dann leise. »Wir werden sehen.«

»Was für eine wunderbare Idee«, flüsterte Franz Paula zu. »Muttchen braucht dringend ein wenig Erholung, aber Vater noch mehr, will mir scheinen.« Er schmunzelte.

»Erholung? Ist sie krank?«, fragte Paula besorgt.

»Ach wo. Aber du weißt doch, wie das Leben hier ist. Nun haben wir keine Untermieter mehr, deshalb engagiert sich Mutter in der Gemeinde und kümmert sich um die Armen und Schwachen – und davon gibt es in Berlin ja mehr als genug.«

Du weißt doch, wie das Leben hier ist – der Satz klang Paula in den Ohren, als sie ins Esszimmer gingen, wo der Tisch reichlich gedeckt war.

Nein, dachte sie, das weiß ich nicht mehr. Ich bin ein Teil der Familie, aber bin es auch nicht. Ich bin zwar ein Teil von ihnen, sie werden vor mir kein Blatt vor den Mund nehmen, aber ob sie mich wirklich an den kleinen, aber bedeutenden Problemen teilhaben lassen, glaube ich nicht. Einen Teil von ihr machte das traurig, der andere war erleichtert. Sie hatte sich ihr eigenes Leben geschaffen, hatte Interessen, und dank Auguste konnte sie diese auch wahrnehmen. Sie durfte an Lesungen und literarischen Abenden teilnehmen und Konzerte besuchen.

»Alle meine Lieblingsspeisen«, sagte Franz begeistert und drückte Esther, die noch den Kartoffelbrei auf den Tisch stellte.

»Nu is ja jut, junger Herr«, sagte Esther lachend. »Weeß doch, wat dir schmeckt, un heute is deen Ehrentach, muss doch jefeiert werden, dat de fertich bist mitte Schule, du oller Pennäler.«

»Esther, du bist die Beste.«

»Muss ick dich nu siezen?«, fragte die Köchin und kniff ihm in die Wange. »Wode doch fast erwachsen bist?«

»Niemals. Niemals, nie! Ich werde immer und immerzu dein Franz bleiben, liebe Esther.«

»Richtig ist das nicht«, sagte Auguste, schmunzelte aber. »Du bist jetzt noch nicht erwachsen und noch lange nicht volljährig, aber du hast einen großen Schritt getan und das Abitur geschafft. Darauf sind wir alle stolz.« Sie sah in die Runde. Alle nickten. »Zur Feier des Anlasses habe ich mir erlaubt, eine Flasche Champagner mitzubringen. Ich hoffe, das ist in Ordnung?« Sie sah ihre Schwester fragend an. Toni nickte.

»Das ist eine wunderbare Idee, liebe Schwägerin«, meinte Julius euphorisch und nahm die Flasche, die in einem Kühler auf dem Tisch stand. Er öffnete sie mit einem lauten Ploppen, füllte die Gläser. »Lasst uns auf Franz trinken. Franz Oppenheimer, der noch einen großartigen Weg vor sich hat.«

»Auf Franz!«

Alle hoben die Gläser, tranken und setzten sich dann an den reichhaltig gedeckten Tisch.

»Warum darf ich keinen Champagner?«, maulte Carl. »Ich bin schon sieben und komme in die zweite Klasse.«

»Als ich so alt war wie du, durfte ich noch nicht einmal mit am Tisch sitzen«, versuchte Paula ihn zu trösten.

Carl verzog nur das Gesicht. »Das ist aber schon ewig her. Da war der Kaiser noch jung.«

Alle lachten.

»Auch da war der Kaiser schon nicht mehr ganz jung«, sagte Paula und versuchte ernst zu bleiben. »Und er war noch nicht einmal Kaiser, das wurde er erst zwei Jahre später.«

»Was du schon alles erlebt hast«, sagte Carl und klang ganz ehrfürchtig.

»Das Rad der Zeit dreht sich immer schneller. Mal sehen, was wir alles noch erleben werden«, meinte Julius und verteilte die Suppe. Es war eine gute Rinderbrühe mit Markklößchen, so wie sie Franz liebte.

»Ich denke, es wird in den nächsten Jahren viele Fortschritte geben«, sagte Franz. Seine Augen leuchteten, seine Wangen glühten, und das lag nicht nur an der heißen Suppe. »Die Welt wird sich verändern, und wir werden dabei sein. Es gibt jetzt schon das Modell einer Lampe, die nicht mit Petroleum betrieben wird, sondern mit Elektrizität – das wird unser Leben verändern. Und Robert Koch hat vor ein paar Jahren den Erreger für Milzbrand entdeckt – das ist erst der Anfang. Mikroben lösen Krankheiten aus – wir müssen sie nur finden, dann können wir sie bekämpfen.« »Bekämpft wird sich jetzt erst einmal in Afrika«, sagte Julius und klang bitter. »Da geht der Wettlauf um Länder los, wenn das nicht einen riesigen Streit auslöst ... ich fürchte Schlimmes.«

»Du fürchtest immer Schlimmes«, beschwichtigte Toni ihn. »Und Afrika ist weit weg.«

»Das sieht der Kaiser anders.«

»Der Kaiser ist alt«, sagte Auguste leichthin. »Wer weiß, wie lange er noch unser Kaiser sein wird.«

»Sein Sohn ist schwach«, gab Toni zu bedenken. »Und krank. Ob er ein würdiger Nachfolger sein wird?«

»Das wird sich zeigen. Schlimmer wäre es, wenn ihm sein Enkel auf den Thron folgt – was hoffentlich noch viele Jahre dauern wird.«

»Bis er den Thron besteigt, hat man vielleicht Mittel und Wege gefunden, seine schwache Hand zu stärken«, sagte Franz. »Vielleicht sogar durch diese Elektrizität, die Lampen erglühen lässt. Wer weiß schon, was die Zukunft noch bringt.« »Du wirst also Medizin studieren?«, fragte Auguste interessiert.

»Ja, aber ich will auch Vorlesungen in Physik und Philosophie belegen. Ich weiß noch nicht genau, wohin mich mein Weg führt.«

»Du wirst ihn schon finden«, sagte Vater. »Da bin ich mir ganz sicher. Auch wenn ich mir erhofft hatte, dass du in meine Fußstapfen trittst und Philosophie als Hauptfach nimmst.«

»Um dann Rabbiner zu werden, so wie du?«

»Warum nicht? Es ist ein ehrbarer Beruf.«

»Ich will forschen, ich möchte etwas Neues erschaffen – einen Gedanken, einen Heilungsweg – irgendetwas, was noch nie jemand vor mir getan hat. Als Rabbiner beschäftige ich mich mit dem Talmud – und den gibt es seit Tausenden von Jahren.«

»Und dennoch gibt es auch in der Religion und im Glauben Entwicklung und Neues.« Julius schmunzelte. »Aber geh du erst einmal nach Freiburg und fange dein Studium an.«

»Warum so weit weg?«, wollte Auguste wissen.

»Ich habe hier keinen Studienplatz bekommen. Doch ich hoffe, dass ich zum nächsten Semester wechseln kann. Außerdem finde ich es aufregend, den neuen Lebensabschnitt tatsächlich ganz neu zu beginnen – in einer anderen Stadt. Eine neue Umgebung, neue Freunde … ein neues Leben.«

»Hoffentlich beweist du in der Wahl deiner neuen Freunde einen besseren Geschmack als bisher«, frotzelte Paula und stieß ihn in die Seite.

Franz schnaufte, dann lächelte er ihr zu. »Das werde ich schon. Du wirst es sehen. Ich werde lauter wunderbare Leute kennenlernen.«

Paula verspürte den schmerzlichen Biss der Eifersucht. Männer hatten es immer so viel einfacher als Frauen. Sie konnte nicht einfach ein neues Leben beginnen – in einer fremden Stadt unter unbekannten Leuten. Sie konnte ja noch nicht einmal ihren Lebensunterhalt selbst bestreiten. Natürlich bekam sie von ihrer Tante eine Aufwandsentschädigung für ihre »Dienste« – aber es war kein Lohn in dem Sinne, das war Paula deutlich und schmerzlich bewusst. Sie hatte darüber nachgedacht, sich eine Anstellung als »Gesellschafterin« zu suchen, die Fähigkeiten hatte sie inzwischen hinlänglich bei Auguste erworben. Sie las täglich die Zeitung, konnte mühelos Konversation betreiben, ihre Art, Gedichte und andere literarische Texte vorzutragen, wurde immer wieder gelobt, und natürlich spielte sie Klavier. Zudem war sie in den Handwerksdingen bewandt. Sie konnte flicken und sticken, nähen und stricken. Paula seufzte. All das waren keine übermäßig aufregenden Tätigkeiten, und nur manches davon erfüllte sie. Und dann kam noch ihre geschwächte Gesundheit ins Spiel. Welche Dame aus gutem Hause würde eine Gesellschafterin haben wollen, die in den Wintermonaten krank daniederlag? Spätestens im Herbst, wenn der Husten kam, würde sie ihre Stellung wieder verlieren. Alle Mädchen in ihrem Alter gingen davon aus, dass sie geheiratet werden würden. Ein Mann würde sich schon finden, und der wäre dann für sie verantwortlich, würde sie kleiden und ernähren.

Aber was, wenn nicht? Es gab die zahllosen unverheirateten Jungfern, die Tanten, die Nichten … sie wurden von dem einen oder anderen Teil der Familie durchgefüttert, hatten gewisse Aufgaben in der Familie. Aber im Prinzip waren sie das fünfte Rad am Wagen. Als Frau hatte man wenig Chancen, unabhängig zu sein. Doch Paula wäre es gerne gewesen. Auguste war es nun, jetzt, nachdem sie verwitwet war. Sie musste keinem Ehemann mehr Rechenschaft ablegen – auch, wenn Werner selig das sowieso nie von ihr verlangt hatte.

Line hatte die Suppenteller abgetragen, und nun brachten sie und Esther die Schüsseln und Platten mit der Hauptspeise. Erbsen gab es, denn Franz liebte Erbsen. Dazu ein Braten, dicke, sämige

Soße und dampfende Stampfkartoffeln. Dazu gab es die ersten süßen Möhrchen und frischen Salat. Sogar Mairübchen hatte Esther ergattert.

Franz langte hungrig zu, aber Paula stocherte nur in ihrem Essen. Nachdenklich musterte Toni ihre Tochter.

»Fühlst du dich nicht wohl, Paulakind?«, fragte sie besorgt. »Es war ein langer Tag. Magst du dich im Salon auf das Sofa legen und dich ein wenig ausruhen?«

Paula wollte den Kopf schütteln, wollte widersprechen, aber dann spürte sie, dass ihre Kraft tatsächlich nachließ.

»Du hast recht, Mutter«, sagte sie und stand auf.

»Sollen wir fahren?«, fragte nun auch Auguste erschrocken. »Ich kann eine Droschke holen lassen.«

»Nein, nein«, wehrte Paula ab. »Das ist nicht nötig. Ein wenig Ruhe, und es wird schon wieder gehen.«

»Ich bring dir gleich den Nachtisch«, sagte Elise eifrig.

Nun musste Paula lachen. »Das ist lieb von dir.«

Tatsächlich tat es ihr gut, sich hinzulegen. Die Feier und auch die Gespräche hatten sie mehr angestrengt, als sie gedacht hatte. Sie war erst seit ein paar Tagen wieder auf den Beinen und hatte ihre Kräfte einfach überschätzt.

»Geht es dir besser?«, fragte Toni kurze Zeit später. Sie brachte Paula ein Glas Wasser und setzte sich neben sie auf das Sofa, legte ihr die Hand auf die Stirn. »Fieber scheinst du keines zu haben.«

»Ich bin nicht krank, es war nur anstrengend«, sagte Paula und nahm das Wasserglas, trank durstig. »Vielleicht hätte ich auch keinen Champagner trinken sollen, der steigt mir schnell zu Kopf.«

Toni lachte leise. »Und ich hätte gedacht, dass du dich daran inzwischen gewöhnt hättest bei Guste.«

Paula grinste. »So oft lässt sie mich nichts trinken. Nur manchmal ein Schlückchen.«

»Dann ist es ja gut.« Toni sah zur Tür, die nur angelehnt war. Aus dem Esszimmer waren Lachen und angeregte Gespräche zu hören.

»Wie geht es ihr? Ich mache mir auch Sorgen um sie. Wie verkraftet sie alles?«

»Du meinst wegen Werner? Es hat sie mehr mitgenommen, als sie und auch ich gedacht hätten. Sie trauert sehr und vermisst ihn stärker als vermutet, dabei war er so selten da. Aber sie haben sich viel geschrieben. Ich habe mich immer gefragt, worüber …«

»Sie haben sich vielleicht so gut verstanden, weil er so oft unterwegs war«, meinte Toni nachdenklich.

»Zum Glück ist alles gut geregelt, sagt Auguste. Sie muss sich zumindest finanziell keine Sorgen machen.«

»Das ist auch wichtig im Leben.«

Paula zog die Stirn kraus und seufzte.

»Worüber machst du dir Gedanken, Paulakind?«

»Über meine Zukunft. Wovon soll ich leben? Was soll ich tun, um mein Leben zu finanzieren? Franz wird studieren und danach sicher einen guten Beruf ergreifen. Er wird Arzt werden oder Wissenschaftler. Aber was werde ich machen?«

»Du bist gerade achtzehn. Du musst dir darüber keine Gedanken machen. Auch dein Weg wird sich schon noch zeigen. Im Moment bist du doch bei Guste abgesichert.«

»Ich kann doch nicht für immer ihre Gesellschafterin bleiben. Das kann doch nicht der Sinn meines Lebens sein.«

Toni lächelte. »Du wirst irgendwann deinen Weg finden. Und ganz gewiss wirst du auch irgendwann den Mann finden, der dich glücklich macht.«

Paula schüttelte den Kopf. »Das glaube ich nicht. Wer will mich schon haben?«

»Mein liebes Kind, du bist eine ganz entzückende Person. Hübsch und gebildet. Um dich werden sich die Männer reißen. Du musst nur aufpassen, dass du den Richtigen wählst.«

Paula lehnte sich zurück und schloss die Augen. »Der Richtige. Woran erkenne ich das nur?«

»Dein Herz wird es dir sagen. Meins hat es getan.«

»Hast du auf etwas geachtet? Was war dir wichtig bei Vater? Ihr könnt ja gut miteinander leben, ohne dass er ständig auf Reisen geht, so wie Onkel Werner.«

Toni dachte nach. »Es lag an seinen Augen, glaube ich. Die hatten so eine Tiefe … und dann natürlich die Gespräche. Wir konnten und können uns immer noch über so viele Dinge unterhalten – anregende Gespräche, die mich oft zum Nachdenken bringen. Wir können gut miteinander reden, aber auch schweigen. Man muss auch miteinander schweigen können.«

»Ist das nicht viel einfacher als reden?«

»Nein, Paula, es ist schwerer. Miteinander zu schweigen ist nicht dasselbe, wie sich nichts zu sagen haben.«

»Ja, vielleicht hast du recht«, sagte Paula leise, die plötzlich ganz müde wurde. Es waren zu viele Gedanken in ihrem Kopf.

Toni tätschelte ihre Hand. »Ruh dich aus.«

Paula konnte die Stimmen und das Lachen von nebenan hören, aber sie war froh, hier auf dem Sofa zu liegen.

Werde ich einen Mann treffen, mit dem ich reden und schweigen kann? Den ich lieben kann und der mich liebt? Bisher hatte sie diese Gedanken immer weit von sich geschoben. Doch nun wurde ihr klar, dass auch die Liebe zu ihrer Zukunft gehören könnte. Zumindest hoffte sie das.

Würde jemand sie lieben? Würde jemand sie lieben, so wie sie war, mit all ihren Unzulänglichkeiten? Würde sie jemanden lieben können mit all seinen Fehlern? Niemand war perfekt, das wusste sie. Aber musste nicht der Partner zumindest zum Großteil zu den eigenen Erwartungen passen, oder machte die Liebe das wett?

Die Liebe, was war das überhaupt? Nur ein romantischer Gedanke oder ein tiefes Gefühl, das einzigartig war? Sie hatte schon einiges dazu gelesen und suchte in der letzten Zeit, in der sie viel Zeit im Bett verbrachte, mehr nach Texten, die dieses Thema behandelten. Natürlich hatte sie den Werther gelesen – aber war das Liebe? War Liebe Selbstaufgabe, oder war es ein Verschmelzen der Charaktere? Oder war es nur ein banales, romantisches Gefühl?

Sie wusste es nicht, und sie wusste auch nicht, mit wem sie darüber hätte sprechen können. Zu den ehemaligen Klassenkameradinnen hatte sie keinen Kontakt mehr. Anders als Franz und Elise traf sie niemanden, der in ihrem Alter war. Eigentlich war das schon immer so gewesen. Nach der Schule hatte Paula zu Hause geholfen, hatte die jüngeren Geschwister betreut oder war Line zur Hand gegangen. Zeit für echte Freundschaften hatte sie kaum gehabt. Und nun kannte sie einfach niemanden in ihrem Alter, in ihrem Umfeld und aus ihrem Gesellschaftsstand.

Brauche ich erst eine Freundin?, fragte sich Paula und musste dann über sich selbst schmunzeln. Freundinnen, um ihren Gemütszustand zu besprechen – der Gedanke war verlockend, aber vermutlich auch ein wenig weltfremd. Oder doch nicht? Je länger sie darüber nachdachte, desto weniger fremd kam es ihr vor. Mutter hatte zwei, drei Freundinnen, die sie hin und wieder traf und mit denen sie sich auch schrieb.

Manchmal kamen sie auch hierher. Dann saßen die Frauen beisammen, tranken Kaffee und später einen Likör oder einen Schaumwein, sprachen über ... ja, fragte sich Paula nun, worüber sprachen sie wohl? Paula hatte immer gedacht, dass es Dinge aus der Gemeinde waren, denn die Freundinnen ihrer Mutter gehörten ebenfalls der Neuen Jüdischen Gemeinde an. Oder über Bücher? Doch vielleicht sprachen sie ja auch über ihre innersten Gedanken und Gefühle.

Eine Schwester hatte sie – aber obwohl sie Elise herzlich liebte, hatte sie bisher noch keinen emotionalen Zugang zu ihrer Schwester gefunden. Sie ist noch zu jung, so viel jünger als ich, tröstete sich Paula und wusste doch, dass Elise und sie mehr trennte als das Alter. Sie waren einfach zu unterschiedlich.

Eigentlich war Franz ihr einziger Vertrauter. Ihr bester Freund, ihr Seelenbruder. Bisher hatte sie über alles mit ihm reden können.

Liebe war bisher noch kein Thema gewesen. Würde sie mit ihm auch darüber reden können? Das würde sich zeigen. Paula sank in einen leichten Schlummer, erwachte wieder, als Elise mit dem Nachtisch vor ihr stand.

»Ich wollte dich nicht wecken«, sagte ihre Schwester unsicher. »Es tut mir leid.«

»Schon gut, ich habe nur gedöst.« Paula setzte sich auf und spürte, dass es ihr schon viel besser ging. Sie hatte etwas Kraft schöpfen können. »Was bringst du denn Leckeres?«

»Schokoladenkuchen und Baiser«, sagte Elise eifrig und stellte den Teller auf den kleinen Couchtisch. »Möchtest du eine Tasse Kaffee?«

»Du kannst Mutter sagen, dass es mir besser geht.« Paula zwinkerte ihr zu.

Bald schon kamen alle in das Wohnzimmer, der Kaffee wurde ausgeschenkt, und für die Erwachsenen gab es noch einen Schnaps zur Verdauung. Esthers Kuchen war natürlich köstlich.

»Schade, dass du noch so schwach bist«, sagte Vater bedauernd. »Ich hätte dich so gerne Klavier spielen gehört.«

Paula war versucht aufzustehen, aber Mutters Blick hielt sie augenblicklich zurück.

»Ich könnte …«, schlug Elise leise vor.

»Aber natürlich«, sagte Paula schnell. »Lasst Elise spielen.«

Und so spielte erst Elise, erfreute alle mit leichten, eingänglichen Liedern, die sie mitsangen. Danach setzte sich Auguste an das Klavier. Sie wählte ernstere, bedächtigere Stücke, die sie mit einer sanften Melancholie vortrug. Am Ende wischte sich Mutter Tränen von den Wangen und stand auf. Sie umarmte ihre Schwester.

»Das war so schön«, meinte sie. »Und so traurig.«

»Ja, es war traurig. Zu traurig für den heutigen Anlass«, sagte Franz und nahm den Platz auf der Klavierbank ein. Er stimmte ein lustiges Lied an, dann ein deftiges Trinklied. Vater sang lautstark mit, auch wenn Mutter ein wenig konsterniert wirkte.

Auch Auguste hatte mitgesungen und lachte nun laut. »Solche Lieder wirst du vermutlich häufiger spielen und singen in den nächsten Jahren. Mögest du eine heitere und erfolgreiche Zeit an der Universität haben.« Dann sah sie Paula an. »Und nun, mein Kind, wird es Zeit, dass wir nach Hause kommen. Du gehörst ins Bett. Ich habe dem Doktor versprochen, dass du dich noch weiterhin schonst.«

»Ja«, seufzte Paula. »Natürlich.« Zum Abschied umarmte sie ihren Bruder. »Ich hoffe, wir sehen uns noch ganz oft, bevor wir an die See und du ins Breisgau fährst. Und ich hoffe, wir singen und musizieren dann zusammen.«

»Ich will mit dir tanzen, Schwesterchen. Tanzen!« Er lachte und drehte sie im Kreis. »Ganz sicher werden wir uns noch sehen. Ihr fahrt ja nicht schon morgen.«

»In zwei Wochen.« Auguste sah ihre Schwester an. »Überleg es dir. Es würde dir guttun.«

Schweigend saßen Paula und Auguste auf dem Heimweg nebeneinander in der Droschke.

»Es würde ihr tatsächlich guttun«, meinte Paula dann leise.

»Hast du etwa gelauscht?« Auguste schmunzelte.

»Ich war im Flur, eure Stimmen waren nicht zu überhören. Hätte ich mir die Ohren zuhalten sollen?«

»Würde es dir etwas ausmachen, wenn sie mitkommen?«

»Mutter wird nicht fahren.«

Überrascht sah Auguste sie an. »Hat sie das zu dir gesagt?«

»Nein. Aber sie wird es nicht annehmen wollen, hat sie noch nie, das weißt du doch.«

Auguste schnaubte. »Es wären keine Almosen. Sie müsste für ihren und den Unterhalt der Kinder aufkommen. Nur die Miete für das Haus zahle ich – aber die zahle ich ja sowieso.«

»Hast du ihr das so gesagt?«

»Aber ja.«

Paula dachte nach. »Ich fände es schön. Ich fände es wirklich schön. Vor allem für sie.«

»Aber ob es für dich auch gut ist?«, sagte nun Guste zweifelnd.

»Wegen Elise und Carl?«

Auguste nickte.

»Sie sind doch schon viel größer. Und Elise ist vernünftig, sie wird auf Carl aufpassen – das macht sie jetzt ja auch.« Paula schluckte. »Vielleicht könnte ich dort Elise näherkommen«, fügte sie leise hinzu.

Ihre Tante sah sie überrascht an. »Ich hätte nicht gedacht, dass du das willst.«

»Wir sind uns fremd, und das bedaure ich. Ich hätte gerne eine engere Beziehung zu ihr … so wie du und Mutter sie früher hattet.«

»Ach …« Auguste schluckte.

Die Droschke hatte das Haus in der Lothringer Straße erreicht.

»Wollen wir uns noch an den Kamin setzen? Ich hoffe, Fred hat ihn angezündet. Die Nachmittage sind schon freundlich, die Abende aber immer noch kühl. Und wir müssen auf dich aufpassen.«

»Gerne.« Paula nahm ihr den Mantel ab, hängte beide in die Garderobe und kontrollierte dann die Post, die auf einem Silbertablett auf dem Tisch in der Diele lag. Inzwischen machte sie das ganz selbstverständlich. Die Post sortierte sie in persönliche Briefe, Mitteilungen und Karten, die abgegeben worden waren.

Sie brachte alles mit in den kleinen Salon, wo Auguste schon in ihrem Sessel am Feuer saß, und reichte ihrer Tante das Tablett.

Flüchtig sah Auguste die Briefe durch, legte sie dann für später zur Seite. »Ich habe Minna gesagt, dass sie dir eine heiße Milch bringen soll.« Sie musterte Paula. »Oder möchtest du dich lieber zurückziehen?«

»Mir geht es gut«, sagte Paula. »Ich würde lieber noch ein wenig mit dir reden.«

Auguste nickte nachdenklich. »Du glaubst, dass deine Mutter und ich früher eine bessere Beziehung zueinander gehabt haben.«

»Ich habe immer gedacht, dass das so sein muss unter Schwestern, und mich gefragt, warum Elise und ich uns so fremd sind.«

»Und Franz?«

»Franz ist mein Seelenbruder«, antwortete sie ohne Zögern.

Auguste lächelte. »Wie hätte Elise da einen Platz finden sollen?«

»Aber … sie ist meine Schwester …«

»Doch sie ist nicht deine Seelenschwester.«

»War Mutter das für dich?«

»Sie ist es immer noch – auch wenn wir beide uns ein wenig voneinander entfernt haben. Aber das ist manchmal so, das war schon immer so. Es ist wie … wie Wellen, weißt du? Das ist bei dir und Franz bestimmt auch so. Mal habt ihr euch mehr zu sagen, mal weniger.«

Paula überlegte. »Aber das liegt doch daran, dass wir uns mal mehr, mal weniger sehen.«

»Denk nach – ist das wirklich der einzige Grund?«

»Wie kommt es, dass du so oft die richtigen Fragen stellst?«

»Vielleicht, weil ich sie mir auch stelle, Kind.« Auguste zwinkerte ihr zu.

»Mutter und du – ihr habt euch aber eine ganze Weile nicht gut verstanden.«

»Warst du schon einmal eifersüchtig auf Franz?«

»Heute ein wenig«, gab Paula zu.

»Heute?« Auguste war überrascht. »Warum?«

»Weil er so viel mehr Chancen im Leben hat als ich. Weil er weggehen kann, studieren kann. Weil er etwas in seinem Leben erreichen kann und wird.«

»So wie du auch.«

»Aber was wird es sein?«

»Das bestimmst doch du!«

»Werde ich das? Ich kann nicht so frei wählen wie er. Ich bin eine Frau.«

»Zugegeben, ein Schicksal, das sich nicht ändern lässt.« Auguste lächelte. »Dennoch kannst du über dein Leben entscheiden.«

»Ich bin gar nicht wirklich eifersüchtig auf Franz als Person«, sagte Paula nun nachdenklich. »Sondern auf seine Stellung als Mann.«

»Mit Recht. Uns Frauen wird nicht viel erlaubt – und wenn, bestimmen meist die Männer, ob wir es auch tun dürfen. Dennoch können und müssen wir unseren eigenen Weg gehen. Die Gesellschaft ändert sich – aber manche Dinge dauern vermutlich noch ein Weilchen.«

»Glaubst du, dass Frauen und Männer irgendwann die gleichen Rechte haben werden?«

»Vermutlich nicht alle«, gab Auguste zu. »Aber nach und nach werden wir mehr Rechte bekommen.«

»Warum hast du mich das gefragt? Das mit der Eifersucht?«

»Weil ich lange, lange sehr eifersüchtig oder neidisch auf deine Mutter war. Sie ist meine Schwester, und wir standen und stehen uns nah – aber sie hat etwas, was ich nicht habe und auch mit Geld nicht kaufen kann.«

»Kinder«, sagte Paula leise und verstehend.

Auguste nickte. »Ich war oft bei euch, habe am Familienleben teilgenommen, habe versucht, zu helfen. Aber Tante zu sein ist nicht so, als sei man Mutter.« Sie seufzte. »Ich weiß, Toni hat es nicht leicht, sie arbeitet von früh bis spät. Dennoch hätte ich gerne auf viel Luxus verzichtet und ein Familienleben geführt, wie ihr es hattet.«

»Deshalb hast du mich zu dir genommen.« Es war eine Feststellung, keine Frage.

»Auch. Du warst mir schon immer nahe, Paula. Nicht wie eine eigene Tochter, auch wenn ich mir das manchmal heimlich gewünscht habe. Du bist so musisch, so künstlerisch begabt. Ich wollte dir Möglichkeiten bieten – vielleicht auch ein wenig aus Eigennutz. Deine Mutter wusste das.«

»Sie hatte lange Angst, dass ich dich plötzlich mehr lieben würde als sie.«

»Hatte? Hat sie das jetzt nicht mehr?« Auguste wirkte erstaunt.

»Ich liebe sie, und das weiß sie. Ich liebe dich auch, aber anders – und auch das weiß sie.« Paula runzelte die Stirn. »Als ich zu dir zog, hat Mutter tief in ihrem Inneren vermutlich gedacht, dass sie nun noch ein Kind verliert. Der Tod des kleinen Georg hat sie lange sehr mitgenommen.«

»Sie trauert immer noch um ihn.«

»Ihre Trauer hat sich verändert, ist milder geworden. Für eine Zeit hatte sie Angst um uns alle. Dann hat sie mich gehen lassen und gemerkt, dass ich dennoch ihre Tochter bleibe. Und nun wird Franz ausziehen. Sie kann ihn gehen lassen, weil er ja wiederkommt – so wie ich.«

»Ihr werdet erwachsen, und es liegt in der Natur der Dinge, dass ihr irgendwann das Haus verlasst und eigene Hausstände gründet. Das ist ja auch anders als der Tod, der einem das Kind wegreißt.«

»Werde ich irgendwann meine eigene Familie gründen?«, fragte Paula zögernd.

Überrascht hob Auguste den Kopf. »Aber natürlich. Wieso zweifelst du?«

»Bevor du Werner getroffen hast, hattest du da niemals Zweifel, den richtigen Mann zu finden?«

Auguste schaute aus dem Fenster in den Garten und schwieg. »Hmm«, sagte sie schließlich. »Das weiß ich gar nicht mehr so genau.«

»Wusstest du denn von Anfang an, dass Werner der Richtige war?«

Nun sah Auguste Paula an. Sie biss sich auf die Lippen. »Deine Mutter wusste sofort, dass Julius der Mann ihres Lebens ist. Darum habe ich sie auch immer beneidet. Bei Werner und mir war das anders. Er hat mich sehr geliebt. Und ich mochte ihn …«

Paula schluckte. Diese Worte hatte sie nicht erwartet.

»Aus der Zuneigung, die ich für ihn hatte, wurde im Laufe der Zeit Liebe. Eine stillere Liebe, als sie deine Eltern haben, denke ich. Vielleicht auch nicht so innig. Aber wir haben uns wohl miteinander gefühlt, auch wenn Werner oft unterwegs war. Das war er erst, als uns bewusst wurde, dass wir keine Kinder haben werden. Er hat für mich gesorgt – ich hatte keinen Mangel, zumindest nicht, was Dinge anging. Sachen. Dienstleistungen.« Ihre Stimme war leise und traurig. »Aber dann kamst du, und mein Leben hatte plötzlich einen ganz anderen Sinn.« Sie lächelte Paula an. »Auch Werner hat das so empfunden – du hast unser Leben bereichert, und ich hoffe, dass ich auch deines bereichern kann.«

Paula stand auf und ging zu ihrer Tante, umarmte sie. »Ich bin sehr, sehr froh, dass ich hier sein kann. Sehr. Und ich liebe dich, Auguste.«

»Danke, mein Kind, das weiß ich«, flüsterte Auguste und räusperte sich. Sie musterte Paula. »Du solltest zu Bett gehen«, sagte sie erschrocken. »Du bist ja ganz blass. Das war heute alles zu viel für dich. Wie dumm von mir, nicht früher darauf zu achten.« Sie stand auf und nahm Paulas Arm, führte sie nach oben. »Soll dir Minna eine Brühe bringen?«

»Noch ein Glas warme Milch wäre schön«, sagte Paula. Sie drückte Auguste an sich. »Danke, dass du für mich da bist. Und danke, dass wir so offen miteinander reden können. Das schätze ich sehr.«

»Ich habe dich sehr lieb!«

Als Paula im Bett lag, merkte sie, wie sehr der Tag sie tatsächlich angestrengt hatte. Doch sie war froh, dass sie zumindest die meiste Zeit an der Familienfeier hatte teilnehmen können.

Es gibt unterschiedliche Arten von Liebe, wurde ihr nun bewusst. Auguste hat Werner anders geliebt, als Mutter und Vater sich lieben. Aber beide Arten scheinen eine Berechtigung zu haben. Vermutlich gibt es noch viele weitere Arten und Tiefen der Liebe.

Das war ein sehr aufregender Gedanke. Wer würde ihr Herz gewinnen? An wen würde sie ihre Liebe verschenken können? Wie würde ihr Leben verlaufen? Ein ruhiger Fluss? Ein munterer Bachlauf? Ein starker Strom, der durch die Landschaft mäandrierte?

Oder würde das Wasser einfach versickern und verdunsten?

Nein, Paula schüttelte den Kopf. Nein. Das möchte ich nicht. Ich möchte von allem ein wenig – ich möchte so sein wie die Moldau. Bevor sie im letzten Herbst erkrankte, hatte ihr Klavierlehrer mit ihr ein neues, vierhändiges Stück geprobt. »Die Moldau« von dem Prager Komponisten Bedrich Smetana. Es war recht anspruchsvoll, aber Paula fand sich in der Melodie wieder und spürte jedes Mal den Strom, der erst sprudelnd aus der Quelle entspringt, über die Bachkiesel fließt und hüpft, der stärker wird, breiter, wilder, dann wieder ruhiger und gemäßigter. Ja, so würde sie sich ihr Leben wünschen. Aufregend, aber doch in einem Flussbett verlaufend und immer wieder zur Ruhe kommend – keinen Stillstand – nein – aber nur wenige Stromschnellen und hoffentlich nie einen Wasserfall …

Das Bild in ihrem Kopf von dem fließenden Gewässer gefiel Paula, und sie schlief darüber ein.

~

Am nächsten Morgen stand Paula erfrischt auf. Nach dem Frühstück setzte sie sich an den Flügel. Es war das erste Mal seit Wochen. Sie hatte sich die Noten der »Moldau« herausgesucht und begann zu üben. Nach einer halben Stunde musste sie aufhören, das Spiel hatte sie angestrengt. Aber ein wohliges Gefühl der Zufriedenheit erfüllte sie. Musik machte sie glücklich, auch wenn sie gemerkt hatte, wie sehr sie aus der Übung war.

Als sie den Deckel zuklappte, hörte sie ein leises Klatschen hinter sich.

»Bravo«, sagte Auguste und strahlte.

»Wie lange hast du schon zugehört?« Paula sah sie verlegen an. »Es war so schlecht. Meine Finger sind ganz steif, und ich mache so viele Fehler. Herr Scharwenka wäre maßlos enttäuscht von mir.«

»Er wäre stolz, dass du es wieder versuchst. Und das bin ich auch. Paula, du warst lange krank und bist immer noch geschwächt. Es ist doch kein Wunder, dass du dich erst wieder in das Spiel hineinfinden musst. Aber du solltest auch mit deinen Kräften haushalten und dich nicht überanstrengen.« Sie musterte ihre Nichte besorgt. »Leg dich in den Wintergarten auf die Chaiselongue, die Sonne scheint so freundlich.«

Von nun an spielte Paula wieder täglich, und jeden Tag konnte sie etwas länger üben. Nach und nach bekamen ihre Finger die frühere Beweglichkeit zurück, und sie wurde immer sicherer.

Eine Woche vor der Abreise hatte Auguste noch eine Überraschung für Paula.

»Wir gehen in die Oper«, sagte sie fröhlich. »Morgen Abend. Ich habe die Karten von einer Bekannten von mir, Elli von Eulenburg, eine Cousine des Grafen von Eulenburg.«

»In die Oper? Ein Stück im Schauspielhaus?«, fragte Paula. Obwohl es Schauspielhaus genannt wurde, wurden dort auch Opern und Operetten gespielt, auch Konzerte gab es. Paula war schon einige Male mit ihrer Tante dort gewesen.

»Nein, diesmal gehen wir in die Königliche Oper Unter den Linden.« Auguste strahlte ihre Nichte an, »in die Zauberflöte.«

Paula öffnete den Mund, konnte aber nichts sagen. Für einfache Bürger, wie sie es waren, war es fast unmöglich, Karten für die Königliche Oper zu bekommen – das war dem Adel und dem gehobenen Bürgertum vorbehalten.

»Wir … wirklich?«, stotterte sie dann.

»Tatsächlich!«, sagte Auguste. »Ich denke, das haben wir uns nach diesem schweren Winter verdient.«

»Morgen schon?«, fragte Paula ungläubig.

»Ja, wie gesagt, ich bin überraschend an die Karten gekommen. Aber es passt ja ganz gut jetzt noch – bevor wir fahren.«

»Ich habe aber nichts anzuziehen«, hauchte Paula.

»Das geht mir auch immer so. Immer wieder.« Nun lachte Auguste laut. »Wir werden schon etwas finden.«

»Aber … aber wir gehen in die Königliche Oper …«

»Nun beruhige dich, Paula. Es wird sicherlich eine sehr schöne Vorstellung sein.«

»Mozarts Zauberflöte«, hauchte Paula. »Ich kenne das Libretto und auch fast alle Stücke, aber gesehen habe ich sie noch nie.«

»Deshalb wird es ja jetzt auch Zeit.«

Paula lief nach oben, öffnete ihren Schrank. Es gab nichts, rein gar nichts, was sie hätte anziehen können.

Durch Auguste hatte sie schon einige bekannte Leute aus der literarischen Szene kennengelernt, mit manchen hatte sie sogar ein paar höfliche Worte gewechselt, aber dem Adel und dem gehobenen Bürgertum war sie bisher nur von ferne begegnet.

Letztes Jahr hatte es eine Parade zur Verlobung des Prinzen gegeben, dort waren sie gewesen und hatten die Kutschen und die Reiter bewundert. Manchmal erschien auch eine der Hofdamen in einem der Salons – aber das geschah eher selten.

Alle werden mich anstarren und wissen, dass ich gar nicht dorthin gehöre, dachte Paula. Ich kann nicht gehen. Aber … die Zauberflöte, ich muss gehen, ich muss dieses wundervolle Werk von Mozart aufgeführt sehen. Danach kann ich ja dann vor Scham sterben oder wenigstens im Boden versinken – aber erst danach.

Auguste war ihr gefolgt. »Hast du deine Nerven ein wenig beruhigt?«, fragte sie und reichte Paula ein Glas Sherry. »Hier, das hilft. Und dann komm mit.« Sie lächelte verschmitzt. Dann führte sie Paula in ihr Schlafzimmer. Oft betrat Paula den Raum nicht – es war Augustes ganz privates Refugium. Nun sah sie auf dem Bett zwei Kleider liegen – beide aus schillernder Seide, daneben zwei Paar weiße Handschuhe – die so lang waren wie ihre Arme. Beim zweiten Blick erkannte Paula, dass es ärmellose, elegante Abendkleider waren – Kleider, die nicht in ihre oder Augustes Garderobe gehörten.

»Ich habe sie ausgeliehen«, sagte Auguste. »Bis morgen hätte das keine Schneiderin der Welt hinbekommen. Ich denke, dir würde das Lachsfarbene ganz entzückend stehen. Magst du es anprobieren?«

Paula strich über den glatten, kühlen Stoff, der sich an ihre Finger zu schmiegen schien. »Es ist wunderschön …«

»Wir müssen es aber zurückgeben«, sagte Auguste schmunzelnd. »Meinst du, ich kann das Taubenblaue tragen?«

»Aber natürlich. Du wirst aussehen … wie eine Göttin. Oder wie eine Königin!«

»Wir wollen ja keinen Neid schüren«, lachte Auguste. Sie klingelte nach Minna. Zwar trugen sie Korsetts, wie es sich gehörte, aber für gewöhnlich waren ihre Kleider eher schlicht, und nur bei besonderen Anlässen brauchte Auguste Hilfe beim Ankleiden, deshalb übernahm Minna in solchen Fällen die Rolle des Kammermädchens.

»Schau, wie weit du ohne Hilfe kommst – aber ich warne dich, die Abendmode liegt sehr eng an und ist nicht besonders bequem. Wahrscheinlich wirst du dein Korsett enger schnüren müssen.«

Vorsichtig nahm Paula das Kleid und trug es in ihr Zimmer. Das Korsett, das sie gewöhnlich trug, wurde vorne geschnürt. Paula zog die Bänder, so eng sie konnte, wartete dann auf Minna. Bald schon kam sie, nahm das Kleid vorsichtig hoch.

»Das ist ja schön«, sagte sie. »Es wird Ihnen ausgezeichnet stehen.«

»Ich muss es nur erst anbekommen«, seufzte Paula.

Minna half ihr, aber es dauerte eine Weile, bis sie das Kleid anhatte. Zum Glück war es etwas größer geschnitten und ließ ein wenig Platz – dennoch lagen das Oberteil und die Taille sehr eng an, erst ab den Knien bauschte es sich, und nach hinten hatte es eine Art kleine Schleppe. An den Rippen kniff es.

»Das geht so nicht«, sagte Minna kopfschüttelnd und musterte Paula kritisch. »Das Korsett ist zu sehen, denn das Dekolleté ist ausgeschnitten. Sie haben doch noch ein anderes Korsett.«

Nun musste sich Paula wieder aus dem engen Stoff winden. Sie nahm das andere Korsett aus dem Schrank – bisher hatte sie es noch nicht oft tragen müssen – es wurde im Rücken geschnürt. Minna zog und kämpfte mit den Bändern. »Luft anhalten«, befahl sie mehrfach.

»Ich werde vielleicht wunderschön aussehen«, seufzte Paula gequält, »aber ich werde nichts von der Musik hören können, weil mir das Blut in den Ohren rauscht und ich keine Luft bekomme.«

»Daran gewöhnt man sich«, meinte Minna. »Am Hof trägt man so was immer, hab ich gehört.«

»Gut, dass wir nicht zum Hof gehören. Das ist ja unmenschlich.«

Aber als sie dann das Kleid anhatte und sich im Spiegel sah, war sie ganz sprachlos.

»Die Gnädigste hat für morgen eine Dame bestellt, die sich um die Frisuren kümmern wird«, sagte Minna und besah sich Paula noch einmal von oben bis unten.

Die langen Handschuhe aus feinstem Ziegenleder anzuziehen erwies sich auch als nicht ganz einfach, aber Paula meisterte es schließlich.

Minna öffnete die Tür. Mit langsamen Schritten ging Paula zu ihrer Tante, die bereits auf sie wartete. Auch Augustes Gesicht war gerötet, und sie atmete kurz, aber sie lächelte zufrieden.

»Wunderbar siehst du aus.«

»Du auch«, beschied Paula Auguste und sah ihre Tante staunend an. Auguste wirkte plötzlich ganz erhaben und so distinguiert.

»Dann haben wir das schon einmal erledigt. Nun lass uns die Kleider wieder ausziehen und vorsichtig verstauen, nicht, dass noch etwas daran kommt.«

Am nächsten Morgen wusch Minna ihnen beiden die Haare – was etwas länger dauerte. Sie seifte sie ordentlich ein, spülte mehrfach. Dann wurden die langen Haare ausgewrungen und schließlich mit Tüchern trocken getupft, dann gekämmt. Nun mussten sie noch richtig trocknen – also setzten sie sich vor den Kamin. Paula war indes so aufgeregt, dass sie kaum still sitzen konnte.

»Ich habe das Libretto der Zauberflöte«, sagte Auguste und reichte Paula ein Büchlein. »Du solltest es vorher noch einmal lesen, auch wenn du die Geschichte an sich sicherlich kennst.«

»Natürlich kenne ich die Geschichte. Pamina, die Tochter der Königin der Nacht, wird von Sarastro entführt und …«, begann Paula.

Auguste lächelte milde und legte ihr die Hand auf den Arm. »Ja, Paula, aber lies dennoch. Ganz in Ruhe.«

Paula schluckte verlegen. »Natürlich.« Dann nahm sie sich das Libretto vor. Bald schon war sie ganz darin versunken und bekam auch nicht mit, dass ihre Tante aufgestanden und gegangen war. Schließlich ließ sie nachdenklich das Büchlein sinken und sah in den Garten.

Als Auguste zurückkam, hatte sie die Haare mit Minnas Hilfe aufgesteckt und die Stirnfransen in Locken gedreht. Sie drehte sich erwartungsvoll vor Paula.

»Was sagst du?«

»Ich habe es gelesen«, sagte Paula gedankenverloren. »Aber … ich hatte die Geschichte doch anders in Erinnerung.« Nun erst sah sie Auguste an. »Oh, wie schön du aussiehst. Deine Haare … und das Diadem darin … oh!«, staunte sie.

»Nun bist du dran, wir müssen dich jetzt auch frisieren.« Auguste reichte ihr die Hand, zog sie hoch und brachte sie in das Badezimmer.

Minna kämmte Paulas Haare sorgfältig, dann flocht Auguste die eine, Minna die andere Seite zu einem dicken Zopf. Die Zöpfe wurden kunstvoll im Nacken zusammengesteckt.

»Du hast das Libretto also gelesen?«, fragte Auguste nebenbei. »Was hast du anders in Erinnerung?«

»Die Königin der Nacht – sie ist zuerst die Gute, die Arme. Ihre Tochter wird vom bösen Sarastro geraubt. Die drei Damen unterstützen sie – sie sind wie gute Geister. Aber später kehrt sich das um – die Königin ist die Böse, die drei Damen sind missgünstig und gemein. Sarastro wird der Gute, und Pamina ist eigentlich nur ein Spielball zwischen ihrer Mutter und Sarastro.«

Auguste nickte anerkennend. »Das hast du gut erkannt.«

»Ich weiß, dass das Singspiel schon einhundert Jahre alt ist, aber eigentlich ist es heute immer noch so, nicht wahr?« Paula sah ihre Tante fragend an. »Frauen, die Macht wollen – und das ist es doch eigentlich, was die Königin will – sie will ihr Erbe und damit die Macht –, sind böse. Edel sind die Männer, und ihnen steht die Macht zu.«

»So wird es oft gesehen«, gab Auguste zu. »Aber ja, das Singspiel ist schon recht alt, doch die Thematik ist immer noch aktuell. Ich bin ein wenig überrascht, aber durchaus im positiven Sinne, wie schnell du das erkannt hast.«

»Wird sich das noch ändern?«, fragte Paula leise.

»Ein wenig hat sich schon getan – in anderen Ländern haben Frauen mehr Rechte. Auch hier in Deutschland wird es kommen, aber diese harten Strukturen zu durchbrechen, braucht seine Zeit.« Sie dachte kurz nach. »Ich kann erst jetzt, nachdem ich verwitwet bin, eigene Geschäfte tätigen, bin erst jetzt rechtlich ›mündig‹. Du bist es noch nicht – was nicht allein deinem Alter geschuldet ist. Rechtlich unterstehst du deinem Vater, sollte er sterben, was Gott behüten möchte, bevor du verheiratet bist, unterstehst du rechtlich

Franz. Und hast du geheiratet, dann deinem Mann. Sollte er dann sterben … erst dann kannst du ganz und gar über dich selbst bestimmen.«

Paula schnaufte. »Darüber habe ich noch nie nachgedacht.«

»Ist jetzt auch nich die richtige Zeit dafür«, unterbrach Minna sie. »Kopf hoch und nich bewegen.« Sie nahm das heiße Brenneisen und legte Paulas Stirnhaare in Löckchen. »Vorsicht, Vorsicht«, murmelte sie. Schließlich trat sie zurück und betrachtete zufrieden ihr Werk.

Auguste zog eine feine Perlenkette aus einer Schatulle und steckte sie auf Paulas Kopf fest, so dass sie wie ein Kranz um ihre Haare lag. Dann gab sie Paula Perlenohrringe und legte eine weitere Kette um Paulas Hals.

»Jetzt fehlt nur noch die Garderobe.«

Paula besah sich staunend im Spiegel, das Gesicht, das ihr entgegenstrahlte, wirkte so anders, wie aus einer anderen Welt, fast hätte sie sich nicht erkannt.

Aber wir gehen ja auch in eine andere Welt, sagte sie sich.

»Wir essen erst eine Kleinigkeit, bevor wir uns umziehen«, sagte Auguste. »Eine gute Suppe.«

»Viel mehr wird auch nicht passen«, sagte Paula lachend, »schließlich müssen wir uns ja noch in das Korsett und Kleid zwängen.«

»So ist es«, seufzte Auguste.

Sie aßen, zogen sich an. In Paula stieg die Aufregung. Sie kam sich selbst fremd in dem engen, aber anschmiegsamen Kleid vor. Das Korsett schnürte ihr die Luft ab.

Kann man sich wirklich daran gewöhnen, zweifelte Paula. Doch dann besah sie sich im Spiegel. Wie elegant sie aussah, wie fremd und wie … schön. Die Perlen schimmerten in ihren dunklen Locken, schmiegten sich an ihren Hals. Tante Guste hatte ihr noch zwei Armreifen gegeben, einen mit Perlen, einen mit Rubinen, die sie über den langen Handschuhen trug.

Nun ging Paula langsam nach unten, wo Auguste schon auf sie wartete. Auch Auguste wirkte so anders, wie eine Fremde, in dem changierenden, taubenblauen Kleid. Zu dem glitzernden Diadem mit den Diamantsplittern trug sie eine passende Kette, Ohrringe, und auch sie hatte zwei Armbänder über den Handschuhen angezogen.

Paula stockte der Atem. »Wie darf ich Sie anreden?«, fragte sie und kicherte, um ihre Unsicherheit zu übertünchen.

»Ich bin immer noch Auguste für dich.« Die Tante öffnete eine große Schachtel, die im Flur stand. Darin waren zwei Pelzjäckchen. »Das komplettiert unsere Erscheinung«, meinte Auguste amüsiert.

Paula hatte einige Schwierigkeiten, in die Droschke einzusteigen, sich überhaupt in dem engen Kleid zu bewegen. Das Pelzjäckchen sah leicht und flauschig aus, es war aber überraschend schwer, und dadurch, dass es mit Taft gefüttert war, lag es kühl auf ihrer Haut. Doch das empfand Paula nicht als unangenehm, sie glühte vor Vorfreude und Aufregung.

Vor der Königlichen Oper stauten sich die Droschken. Endlich konnten sie aussteigen. Zielstrebig ging Auguste zum Eingang.

»Warst du schon einmal hier drin?«, fragte Paula.

Auguste nickte. »Drei oder vier Mal.« Sie sah Paula an und drückte ihre Hand. »Dennoch ist es auch für mich aufregend.«

Sie hatten Karten für den zweiten Rang, gingen direkt nach oben. Für die königliche Familie gab es ein eigenes Foyer.

»Zweiter Rang, Loge rechts«, murmelte Auguste. Vor dem Eingang wartete schon Augustes Freundin, Elli von Eulenburg.

»Auguste, wie schön, dich zu sehen«, begrüßte sie sie. »Paula! Dich hätte ich beinahe nicht wiedererkannt. Du siehst so … erwachsen aus.«

Paula nickte nur, ihr Mund war ganz trocken.

»Kommt herein. Es kommen noch zwei andere Damen, zumindest hoffe ich das. Anna vom Rath und Luise Ebstein.« Sie sah Auguste an. »Kennst du sie?«

Sie betraten die Loge. Die Sessel waren mit rotem Samt überzogen. Von hier oben hatte man einen guten Blick auf die Bühne und auch auf die große königliche Loge in der Mitte des Zuschauerrangs.

Elli sah Paula amüsiert an. »Ist es ihr erstes Mal?«, fragte sie Auguste. Die Tante nickte. »Das ist doch ein Grund zu feiern.« Sie ging nach hinten, dort stand ein Tischchen, auf dem eine mit Eis gefüllte Schale stand – darin eine Champagnerflasche. Mit einem gekonnten Griff öffnete sie ploppend die Flasche, schenkte ihnen allen ein.

»Ich weiß ja, dass deine Nichte sehr krank war«, flüsterte Elli Auguste zu, nachdem sie allen ein Glas gegeben hatte. »Ich wusste aber nicht, dass sie die Stimme verloren hat … das arme Kind.«

»Verzeihung«, murmelte Paula beschämt. »Danke – für alles.« Sie nippte an dem Glas. »Ich bin nur so … überwältigt.«

»Hier ist mehr Schein als Sein, mein gutes Kind. Lass dich nicht blenden. Aber das Orchester ist hervorragend, und auch die Sänger sind ganz gut.« Sie wandte sich Auguste zu. »Bei der ›Königin der Nacht‹ darf man aber gespannt sein, ob sie die Koloraturen schafft. Das ist ja schon recht anspruchsvoll.«

Langsam, aber sicher füllten sich die Ränge. Nur die königliche Loge blieb leer. Paula war sich nicht sicher, ob sie erleichtert oder enttäuscht darüber war.

Auguste stellte sich an die Brüstung und schaute sich um.

»Da vorne ist Bamberger«, sagte sie. »Und die Lessings – Otto und sein Onkel Carl Robert.«

Elli war zu ihr getreten. »Die Töchter der Arnim sind auch da, ich habe sie vorhin getroffen. Ich glaube, sie sitzen auf der anderen Seite. Graf Harrach ist ebenso gekommen, und ich glaube auch Robert Koch gesehen zu haben.«

Paula lauschte. Die meisten Namen sagten ihr etwas. Belustigt stellte sie fest, dass Tante Auguste dem Tratsch nicht ganz abgeneigt schien, auch wenn sie sich sonst selten über andere äußerte.

»Schau mal, sie trägt ein Kleid mit einer Turnüre – wie altmodisch, da kann sie ja auch gleich mit einem Reifrock erscheinen.«

»Und das dort soll ein Frack sein? Da war der Schneider wohl sehr sparsam«, fügte Elli hinzu.

Dann ertönte der erste Gong. Bevor der zweite erklang, öffnete sich die Tür der Loge, und die beiden noch fehlenden Damen traten ein. Elli reichte ihnen schnell auch ein Glas Champagner, man unterhielt sich flüsternd, das Licht wurde gelöscht.

Paula durfte vorne an der Brüstung sitzen. Obwohl die Sessel gepolstert waren, konnte sie durch das Korsett und das eng geschnittene Kleid kaum bequem sitzen. Doch dann begann die Ouvertüre, und schon bald war alles um sie herum vergessen.

Einzelne Stücke hatte sie schon gehört, aber nie von einem so großen Orchester. Überhaupt hatte sie Musik noch nie so gehört.

Zuerst die getragenen Töne, dann das Juchzen und Hüpfen der Streicher, die das Motiv spielten, dann setzten die anderen Instrumente ein, und schließlich vereinte sich das Orchester wie zu einem großen, stimmigen Klangbild, das Paula ganz und gar zu erfüllen schien.

Dann ertönten die Holzbläser – drei Mal hintereinander riefen sie wie zur Jagd. Und wieder setzte das Orchester an, steigerte sich, wurde lauter und lauter – bis es zur Ruhe kam, die Holzbläser die Melodie aufnahmen. Es war so, als würde die ganze Geschichte, die Paula ja gelesen hatte, einmal schnell erzählt.

Und dann trat Tamino auf – im Hintergrund eine riesige Schlange aus Holz oder Stoff.

»Zu Hilfe, zu Hilfe«, sang er, »sonst bin ich verloren …«

Paula zitterte fast, so sehr litt sie mit, erleichtert atmete sie auf, als die drei Damen ihn, den Helden, retteten.

Und so ging es weiter. Sie spürte die Enge des Kleides nicht mehr, das schnürende Korsett. Sie sah nicht das Glas mit dem lustig spritzenden Champagner, das Auguste ihr hinhielt. Sie war eins mit den Figuren auf der Bühne.

Hin und wieder brandete Applaus auf, dann klatschte Paula mit, aber eigentlich sehnte sie nur die nächsten Töne herbei. Das lustige Liedchen des Papageno – der ein hübsches Kostüm mit lauter Federn trug. Und dann trat die Königin der Nacht auf, beschwor Tamino. Und weiter ging es. Es war gar wunderbar.

Nach dem ersten Aufzug fiel der Vorhang zur Pause. Manche gingen auf den Gang oder ins Foyer. Auguste erkannte aber, dass Paula nicht nach Plaudern zumute war.

»Wir gehen kurz vor die Tür in den Gang«, sagte sie zu Paula. »Bleib du ruhig hier. Ich komme auch gleich wieder.«

Paula lehnte sich zurück und schloss die Augen. So hatte sie Musik noch nie erlebt. Aber es war nicht nur die Musik – es waren auch die Worte. Ja, es war ein Märchen, eine Zaubergeschichte – aber eine Geschichte, die sie wahrhaftig verzauberte.

Nach der Pause ging es mit dem zweiten Aufzug weiter. Papageno und seine Papagena, die ja beide weniger singen als schauspielern mussten, hatten die ganze Sympathie der Zuschauer auf ihrer Seite – sie machten es auch ganz wunderbar und beschwingt. Die Königin hatte ein paar Töne bei ihrer Arie nicht getroffen, was ihr Pfiffe einbrachte – unnötig, wie Paula fand, denn es waren nur die ganz hohen Töne, alles andere traf sie wunderbar und sang mit viel Kraft und Ausdruck – anders als Sarastro, dessen Bass nicht wirklich tragend war. Aber er bekam viel Applaus.

Weil er ein Mann ist?, fragte sich Paula. Weil man bei ihm die falschen Töne gar nicht so wahrnimmt?

Doch dann hob sich der Vorhang wieder, und es ging weiter, und wieder tauchte sie in die Musik ein, es war wie ein Schwimmen, ein Gleiten, ein Tauchen, ein Auftauchen und Sichmitnehmenlassen.

Natürlich ging es so aus, wie es ausgehen musste – Tamino bekam seine Pamina, Papageno seine Papagena. Die Königin der Nacht verlor – und auch wenn sie zur Bösen geworden war, hatte Paula ein wenig Mitleid mit ihr.

Der Applaus war tosend erst, aber schon nach dem zweiten Vorhang verließ das Publikum die Spielstätte, eifrig plaudernd. Nun begann die Nacht der Feiernden.

»Ich habe ein kleines Essen vorbereitet«, sagte Elli von Eulenburg. »Ihr kommt doch auch?«

Auguste sah Paula an, deren Wangen glühten.

»Ich fürchte, heute müssen wir darauf verzichten«, sagte sie bedauernd. »Meine Nichte war sehr krank in diesem Winter, wir haben um ihr Leben gefürchtet. Die Vorstellung war schon aufregend genug für sie. Aber das nächste Mal gerne, sehr gerne, meine Liebe.«

Herzlich verabschiedete man sich.

»Du wärst gerne noch gegangen«, sagte Paula und schämte sich.

»Ja, das wäre ich. Aber es gibt sicher noch mehr Gelegenheiten dazu, also gräm dich nicht.«

»Aber du könntest doch …«

»Das könnte ich natürlich«, unterbrach Auguste sie. »Und wenn es mir wichtig gewesen wäre, dann würde ich es auch tun. Doch du bist mir wichtiger.« Sie tätschelte Paulas Arm. »Außerdem bin ich froh, wenn ich aus dem engen Korsett befreit bin. Else hat uns ein leichtes Essen bereitet, das wartet schon auf uns – ohne Korsett, und wenn es dir nichts ausmacht, gerne auch im Morgenrock.«

»Du wusstest es also, wusstest, dass wir anschließend gar nicht mitgehen.«

»Nein, wie konnte ich das wissen? Ich habe mir verschiedene Möglichkeiten offengelassen. Eine davon war, mit dir nach Hause zu fahren. Und nun sag, wie fandest du es?«

»Ich … ich finde noch keine Worte. Das muss erst in mir zur Ruhe kommen. Nur eins – es war der schönste Abend meines Lebens … bisher.«

Dann wurde es Zeit, zu packen. Endlich ging es an die Ostsee. An die See, dachte Paula. Sie waren schon mal für einen halben Tag an der Küste gewesen, aber das war lange her. Das Meer kannte Paula nur aus Erzählungen und Büchern. Sie würden an die ruhige Ostsee fahren, nicht an die Nordsee, die wilder und aufgeregter war. Aber das war auch besser so, spürte Paula. Allein die Reise dorthin war ja schon aufregend genug. Eine wirkliche Vorstellung von den nächsten Wochen hatte sie nicht, aber sie freute sich ungemein darauf.

Auch die Köchin und Minna kamen mit, Fred brachte sie und das meiste Gepäck schon eine Woche früher hin, kam dann aber wieder zurück. Während ihrer Abwesenheit würde die Zugehfrau mit einigen Mädchen als Hilfe einen gründlichen Frühjahrsputz vornehmen, und Fred würde das Ganze überwachen.

Bisher hatte sich Toni noch nicht entschieden, ob sie mit den Kindern folgen sollte.

»Bitte, Mutter«, sagte Paula, als sie sich verabschiedeten, »komm auch. Es wäre doch schön, wenn wir alle zusammen an der See sein könnten. Du brauchst auch mal ein wenig Erholung, und die Luft ist doch so gut – auch für dich bestimmt.«

»Das sage ich ihr die ganze Zeit.« Elise verzog das Gesicht. »Ich habe ihr auch versprochen, dass ich mich ganz viel um Carl kümmere, damit sie sich erholen kann. Aber sie will ja nicht.«

»Nicht dieser Tonfall deiner Mutter gegenüber«, ermahnte Vater Elise. »Mutter wird es sich überlegen. Es ist ihre Entscheidung und nicht deine.«

»Leider.«

»Fräulein – noch ein Wort, und du fährst auf keinen Fall.«

Elise biss sich auf die Lippen.

»Wir werden sehen«, meinte Mutter und küsste Paula auf die Wange. »Pass gut auf mein Kind auf.« Sie zwinkerte Auguste zu. »Ich weiß, dass du das in jedem Fall tust.«

»Viel zu viel für meinen Geschmack«, seufzte Paula. »Ich bin ja schließlich nicht invalid, werde aber so behandelt.«

»Du sollst dich erholen und nicht überanstrengen. Hab eine gute Zeit, Kind.« Auch Julius küsste Paula zum Abschied.

Von Franz hatte sie sich vor einigen Tagen schon verabschiedet, er war früher nach Freiburg aufgebrochen. Gegen Augustes Anraten war Paula mit zum Hauptbahnhof gegangen.

»Ich schreibe dir von meiner Reise«, hatte Franz versprochen. »Ich werde dir ganz viel schreiben. Es wird so sein, als würden wir miteinander reden.«

»Nicht ganz«, sagte Paula und versuchte die Wehmut wegzulächeln. »Aber ein wenig. Und ich will alles, alles wissen.«

»Ich werde dir alles, alles berichten, wenn du die Briefe unter Verschluss hältst.« Er zwinkerte ihr zu und drückte sie an sich. »Du bist meine Seelenschwester für immer und immer.«

»Und du bist mein Seelenbruder.«

Sehnsüchtig hatte sie dem Zug hinterhergeschaut, der ihren Bruder in die weite Welt, in sein neues Leben brachte. Und dann war der Tag ihrer eigenen Abreise gekommen. Obwohl schon viel Gepäck vorgeschickt worden war, hatten sie dennoch zwei Koffer und ein paar Taschen. Fred hatte sie mit der Kutsche zum Bahnhof gebracht, verstaute nun alles in ihrem Abteil. Es war die zweite Klasse – die gepolsterten Sitze und kleinen Tischchen machten das Reisen angenehm. Es dauerte eine Weile, bis der schrille Pfiff ertönte, dann setzte sich die Eisenbahn langsam und schwerfällig in Bewegung.

Das Wetter war immer noch verlockend frühlingshaft, als sie Berlin verließen. Paula hatte zunächst gar keine Zeit, um nach draußen zu schauen. Sie mussten sich erst einrichten, auch wenn die Fahrt bis nach Rostock nur fünf Stunden dauern würde. Dennoch hatte Auguste auf Kissen und leichten Decken bestanden, damit sie es sich bequem machen konnten. Außerdem gab es einen Picknickkorb mit Proviant. Den hatte Esther, die Köchin der Oppenheimers, gefüllt, denn Else war ja schon in dem Haus an der See.

Dann aber hatte Auguste alles so, wie sie es haben wollte, stopfte das Kissen in ihrem Rücken noch einmal zurecht und lehnte sich zurück. In ihrem Abteil saßen nur wenige Leute.

»Es gibt keine erste Klasse in diesem Zug«, sagte Auguste und klang schon fast beleidigt. »Das würde sich nicht lohnen, hat mir der Schaffner gesagt, als ich die Karten gekauft habe. Wir bezahlen den Preis der ersten Klasse, sitzen jedoch in der zweiten. Aber dafür haben wir diese vier Sitze für uns.« Nun schaute sie triumphierend. »Das ist fast wie die erste Klasse.«

»Ich bin noch nie in der ersten Klasse gereist«, sagte Paula nachdenklich und sah sich um. »Auch noch nie in der zweiten. Wenn wir mal mit dem Zug gefahren sind, dann in der dritten Klasse. Franz wird sogar manchmal in der vierten Klasse reisen müssen.« Sie zog die Stirn kraus. »Wie ist die vierte Klasse?«

»Ich habe keine Ahnung. Aber warum muss der arme Junge denn die Klassen wechseln? Das hat mir Toni gar nicht gesagt.«

»Es gibt ja keine direkte Strecke von Berlin nach Freiburg im Breisgau, und Franz musste schauen, dass er Verbindungen bekam, die zeitlich passten – so habe ich das verstanden. Also musste er nehmen, was er kriegen konnte. Und natürlich weder erste noch zweite Klasse – das wäre einfach zu teuer gewesen.«

»Deine Eltern hätten etwas sagen können …«

»Du weißt genau, dass sie das nicht machen würden, Auguste. Das weißt du doch.« Paula verkniff sich das Lächeln.

»Ich will nur helfen.«

»Das weiß Mutter auch. Und sie wird dich dann bitten, wenn es wirklich nötig ist.«

Auguste seufzte, nahm die Zeitung aus ihrer Tasche. »Fünf Stunden werden wir hier sitzen. Wir sollten es uns so angenehm wie möglich machen.«

»Was ist, wenn wir in Rostock sind?«

»Dann wird uns eine Kutsche abholen und zu dem Haus bringen, das ich gemietet habe.« Auguste zog die Stirn kraus. »Ich hatte überlegt, uns in eines der Seebäder einzumieten, aber der Gedanke gefiel mir dann doch nicht. Dort trifft sich vor allem der Adel, es ist weniger Erholung als eine Art Sommersaison. Wir fahren an die See, um uns zu erholen.« Sie nickte Paula zu. »Du musst dich erholen.«

»Was ist das für ein Haus? Kennst du es?«

»Ich habe es auf Empfehlung gemietet. Dort war ich noch nicht, aber zwei meiner Freundinnen waren mit ihrer Familie in der Nähe und kennen das Haus. Es ist eine Art ausgebautes Fischerhaus in der Nähe eines Dorfes. Ahrenshoop heißt das Dorf.«

»Eine Fischerkate.« Paulas Mut sank. Sie hatte wenig nachgefragt, was ihr Sommerdomizil anging – aber insgeheim hatte sie gehofft, dass sie in einem der schicken Seebäder unterkommen würden. Vor allem nach dem Besuch in der Oper. Nun lechzte sie nach Aufführungen, nach Musik. Aber ihr zukünftiges Ziel klang eher nach Einsamkeit.

»Nein, eine Kate ist es nicht. Es ist schon größer und komfortabler, meine Liebe. Aber wir werden sehen. Zusätzlich zum Haus gibt es noch Nebengebäude. Dort könnten Toni und die Kinder unterkommen. Es wäre ideal für uns alle.«

Im Haus, das wusste Paula schon, gab es natürlich keinen Flügel. So sehr sie sich auf die Zeit am Meer freute, monatelang nicht spielen und üben zu können, bedrückte sie sehr. Aber das würde sie auf keinen Fall sagen.

Paula schaute aus dem Fenster. Inzwischen hatten sie Berlin verlassen und fuhren durch die Prignitz. Wälder und Felder säumten die Gleise. Der Zug ruckelte und zuckelte, schnaufte wie eine alte, übergewichtige Dame, und hin und wieder erklang ein schriller Pfiff. Der Dampf der Lokomotive zog immer wieder an dem Fenster vorbei, tauchte die Landschaft in einen nebligen Schleier. Und dann zog sich der Himmel zu, und es begann zu regnen. Die Landschaft war grau und braun, nur wenige grüne Tupfen waren bisher zu sehen, und als der Regen an das Fenster tropfte, schlierte und hinablief, konnte Paula kaum noch die Bäume und Büsche erkennen.

Auguste hatte sich in die Tageszeitung, die zum Glück noch vor ihrer Abfahrt gekommen war, vertieft. Sie las die Artikel, schnalzte hin und wieder mit der Zunge, lachte manchmal leise auf.

Mit der Zeitung hatte sie auch der erste Brief von Franz erreicht, und Paula zog ihn nun aus ihrer Handtasche und begann zu lesen.

Meine liebe Paula, mein Seelchen,

ich habe mir überlegt, dass ich Dir in Etappen schreibe – so wie ich auch reise –, dann bist Du auf diese Weise ein wenig bei mir. Gerade ist der Zug abgefahren, hat Berlin verlassen. Laut stampfend und qualmend die Lokomotive, die den Zug zieht. Der Blick aus dem Fenster war aufregend. Ja, wir sind schon mit der Bahn gefahren, aber noch nie habe ich es so wahrgenommen, aufgenommen. Ich fahre durch die Stadt, durch Siedlungen, die wir sonst selten sehen – Hinterhöfe, hohe Gebäude, Fabriken. Überall ist es grau und braun und schwarz und dreckig. Die Luft ist schwer. Der Dampf der Eisenbahn kommt dazu. Wie mag es sich in diesen Hinterhäusern leben? Es ist so anders als bei uns. Ja, wir wohnen in Berlin – aber so sehr am Rand, dass es fast schon auf dem Land ist. Der nächste Nachbar nach Osten ist ein Bauer, der seine Felder bewirtschaftet. Und hier sitzen die Nachbarn quasi nebeneinander, eng an eng gepfercht. Doch die Kinder stehen an den Gleisen, winken und hüpfen. Der Lärm scheint sie nicht zu stören, der Dreck ebenfalls nicht. Weil sie es nicht anders kennen, frage ich mich?

Sei's drum. Wir haben die Stadt verlassen und fahren nun durch die Felder und Wälder. Der Frühling ist zwar da, die Sonne scheint, aber die Natur erwacht gerade erst.

Ich hoffe, wir werden einen schönen Sommer haben.

Du wirst Dich an der See erholen, und ich … ich werde ein neues Leben beginnen. Natürlich gestehe ich es nicht gerne – aber etwas Sorge mache ich mir schon, und mein Herz pocht schneller als gewöhnlich. Aber ist es nicht normal, aufgeregt zu sein, wenn man in eine Zukunft fährt, die unbekannt ist? Eine Reise in das Unbekannte – ja, für mich ist es das. Doch so fremd wird alles nicht sein. Ich komme bei Freunden der

Familie unter, bis ich ein Zimmerchen für mich gefunden habe. Ich bleibe in Deutschland, muss keine fremde Sprache erlernen. Sicher wird es ungewohnte Dinge geben – aber nichts völlig Fremdes. Wie mag es den großen Entdeckern gegangen sein, die ins Ungewisse gesegelt sind? Wie mag Alexander von Humboldts Herz gepocht haben, als er sich auf den Weg machte? Christoph Columbus und all die anderen? Sie hatten weitaus größere Abenteuer vor sich, als ich sie habe.

Ich ziehe nur in eine andere Stadt, um mein Studium zu beginnen, und dennoch plagt mich die Unruhe.

Es gibt immer noch Entdecker, und es gibt immer noch einiges zu entdecken. Werden wir – Du und ich – auf die eine oder andere Weise dazugehören?

Nun schaue ich wieder hinaus. Die Fahrt bis Hannover wird noch einige Stunden dauern. Meinen Notizblock und den Stift habe ich griffbereit, so dass ich mir alles, was von Wert und Interesse ist, notieren werde.

Schreib Du mir auch, Schwesterherz,

Dein Franz

Paula seufzte. Die Fahrt durch das Bahnhofsviertel hatte sie nicht mitbekommen, die Hinterhöfe hatte sie nicht gesehen. Diese Gedanken hatte sie sich auch nicht gemacht.

Ich bin so viel oberflächlicher als Franz, dachte sie betrübt. Mir waren Kissen und Decken, das Gepäck und andere Dinge wichtiger, als den Anfang dieser Fahrt in mich aufzunehmen. Dann aber straffte sie ihre Schultern. Sie konnte ja jetzt noch Eindrücke sammeln. Doch der Blick aus dem Fenster zeigte nur die Regenschlieren und die eilig vorbeihuschende Landschaft.

Enttäuscht lehnte sich Paula zurück. Es regnete, ein satter Landregen, so schien es ihr. Die Schauer tanzten Reigen mit dem Dampf, den die Lokomotive ausstieß. Immer wieder wurden die Schwaden, die nach oben strebten, heruntergezwungen. Ein seltsamer Tanz. Das Grau und Braun und seltene Grün der Natur vermischten sich zu einem Flickenteppich, hin und wieder tauchte ein Dorf oder ein

Hof auf, verschwand schnell aus dem Blickfeld, verwischte sich mit den Feldern und Wäldern.

An manchem Bahnhof hielten sie an. Leute stiegen aus und andere ein. Wohin wohl ihre Reise führen mochte?, fragte sich Paula flüchtig. Waren sie auch auf dem Weg in die Sommerfrische? Wenn sie die Leute, die den Bahnsteig entlangeilten, so ansah, glaubte sie das kaum. Zu geschäftig erschienen ihr die Menschen. Sie hatten Koffer, Körbe, Kästen dabei, manch gefüllten Rucksack obendrein. Sie waren unterwegs, um ihr Tagwerk zu erfüllen, und nicht, um in die Erholung zu fahren.

Es war wie mit den Kindern in den Hinterhäusern, die Franz gesehen hatte – diese Menschen führten ein ganz anderes Leben als sie.

Ich möchte nicht so leben müssen, aber ich möchte mich einfühlen können. Wie mag das sein, so zu leben? Diese Menschen haben doch hoffentlich auch glückliche Momente, sind manchmal zufrieden und sicherlich auch hin und wieder traurig. Darüber hatte sie sich bisher kaum Gedanken gemacht.

Die Fahrt zog sich hin. In Schwerin hatten sie einen längeren Aufenthalt. Sie verließen das Abteil und vertraten sich die Beine auf dem Bahnsteig. Dort gab es Händler mit Karren, die auf kleinen Öfen frischen Kaffee und Tee kochten und diesen anboten. Auguste kaufte ihnen beiden Kaffee und auch Plundergebäck. Es gab belegte Brote und kalten Braten, Würstchen, die aber nicht besonders appetitlich wirkten.

»Wann werden wir da sein?«, fragte Paula, nachdem sie wieder eingestiegen waren. Sie schaute nach draußen. Klarte es wirklich auf? Jedenfalls schien es heller zu werden.

Auguste zog ihre Uhr aus der Tasche. »Es dauert leider noch zwei Stunden, bis wir in Rostock sind. Und von da aus müssen wir mit der Kutsche fahren.« Sie schaute besorgt. »Hoffentlich bessert sich das Wetter. Ansonsten können wir auch in Rostock Quartier nehmen und am nächsten Morgen weiterfahren.«

Paula schob die Unterlippe nach vorne. »Ich würde schon gerne heute ankommen«, sagte sie leise.

»Ich auch«, lachte Auguste. »Wir werden sehen. So eine Reise ist immer ein Abenteuer.«

Es war schon früher Nachmittag, als sie Rostock erreichten. Sie hatten ihre Kissen und Decken wieder verpackt, einen Träger für das Gepäck gefunden, der alles auf einem kleinen Wagen verstaute.

»Ich habe eine Kutsche bestellt«, sagte Auguste.

»Dann wirdse wohl vorm Bahnhof sein«, meinte der Träger gelassen und schlurfte zum Ausgang.

Vor dem Bahnhof standen einige Mietdroschken, aber auch ein Landauer mit geschlossenem Dach. Als der Kutscher sie wahrnahm, sprang er vom Bock.

»Frau Arnheim?«, rief er und sah sich um. »Kutsche für Frau Arnheim?«

Auguste schritt energisch auf ihn zu. »Das bin ich!«

Er nickte, nahm das Gepäck und lud es hinten auf den Landauer, dann half er ihnen beim Einsteigen.

Es regnete immer noch. Nicht mehr so kräftig wie zuvor, aber stetig. Der Kutscher trug einen weiten Umhang und einen Hut mit breiter Krempe, den er tief über die Ohren zog. Dann schnalzte er, und die Pferde setzten sich in Bewegung.

Sie sahen nicht viel von der Stadt, schon bald wurde die Bebauung spärlicher, und schließlich rollte der Wagen durch die Felder. Hier oben im Norden war die Natur noch nicht so weit erwacht wie in Berlin. Es standen noch die letzten vertrockneten Halme auf den Feldern, die Knospen an den Zweigen der Büsche ließen sich gerade mal erahnen, und selbst das vorwitzige Grün der Narzissen und Schneeglöckchen am Wegesrand sah man kaum.

Wieder hatte Auguste die Kissen und Decken ausgepackt, hatte sie beide darin eingewickelt. In der Kutsche war es deutlich kälter als im Zugabteil, auch pfiff der Wind durch die Ritzen, obwohl der Landauer Glasfenster hatte und das Dach geschlossen war.

Immer wieder schaute Auguste besorgt zu ihrer Nichte. »Ich hoffe, das Wetter bessert sich.«

»Ich stelle mir vor, dass es an der See immer schön ist«, meinte Paula. »Selbst wenn es regnet und stürmt. Solange man in ein warmes und trockenes Zuhause zurückkehren kann nach einem Spaziergang am Strand.«

Der Wagen schaukelte und hüpfte über die matschigen Straßen. Sie stießen aneinander und wurden ordentlich durchgeschüttelt.

»Wie lange dauert die Fahrt?«, fragte Paula nach einer Weile verzagt. Obwohl sie sich so gut wie möglich abstützte und festzuhalten versuchte, war es doch sehr unbequem. Auch kroch die nasse Kälte von unten in ihre Glieder.

»Ich fürchte, noch fast zwei Stunden«, gab Auguste zurück. »Sollen wir Rast machen?«

»Nein, ich möchte ankommen.«

»Minna wird sofort Badewasser aufsetzen müssen«, meinte Auguste nachdenklich. »Und ich hoffe, dass Else eine heiße Brühe für uns bereithält.«

Nach vorne war eine nicht verglaste Öffnung zum Kutschbock. Der Kutscher drehte sich zu ihnen um. »Es klart auf«, sagte er vergnügt und wies mit der Peitsche zum Horizont. »Wird gleich aufhören zu regnen.«

»Ihr Wort in Gottes Ohr«, murmelte Auguste.

Tatsächlich ließ der Regen nach. Der Wind blies die Wolken davon – erst nur einige Fetzen, dann wurden die Lücken größer, und schließlich ließ sich auch die Sonne blicken. Unter ihren Strahlen schien die Erde auf einmal zu dampfen.

Paula hob schnuppernd den Kopf, es roch herrlich würzig nach Erde, und ein Hauch von Frühling lag auch in der Luft, da war sie sich sicher.

Als der Nebel und Dampf sich lichteten, schien alles plötzlich heller und frischer zu sein. Hier und dort meinte Paula ein kleines, grünes Blatt, eine Grasspitze zu sehen.

»Als hätte Mutter Natur einen Frühjahrsputz gemacht.« Paula konnte nun wieder lachen, das klamme Gefühl in ihren Füßen und Beinen war fast verschwunden.

Und endlich erreichten sie das Haus. Auguste hatte einige Schwierigkeiten auszusteigen, und auch Paula tat der Rücken vom langen Sitzen in der Kutsche weh.

Paula nahm den Arm ihrer Tante, und gemeinsam gingen sie zum Haus. Minna öffnete die blaue Eingangstür, und wohlige Wärme strahlte ihnen entgegen.

»Du musst den Badeofen sofort anheizen«, sagte Auguste. »Wir sind beide durchgefroren. Paula darf sich nicht verkühlen.«

»Das Wasser ist schon heiß, Gnädigste«, sagte Minna zufrieden. »Und auch eine gute Hühnerbrühe steht bereit.«

»Du bist die Beste, Minna.« Erleichtert ließ sich Auguste von Paula aus dem Mantel helfen. »Bist du nicht neugierig, wie es hier aussieht, Paula?«, neckte sie. »Nun geh schon und schau dich um.«

Paula übergab die Mäntel Minna und ging dann zur Tür, die wohl ins Wohnzimmer führte. Auguste folgte ihr, drängte sie fast in den Raum. Und dann sah Paula das Klavier. Es stand ein wenig eingezwängt zwischen Sofa und dem Ausgang zur Veranda.

Paula blieb stehen, sah das Klavier an, drehte sich zu Auguste um. »Ich dachte … ich dachte …?«, stotterte sie.

Auguste strahlte über das ganze Gesicht. »Du hast in den letzten Wochen mit einer solchen Hingabe geübt und gespielt, da musste ein Klavier her. Wie sollst du sonst die nächsten Wochen hier überstehen?« Sie lachte. »Ich habe Himmel und Hölle in Bewegung gesetzt, und zu guter Letzt hat es noch geklappt. Freust du dich?«

Paula konnte nicht antworten. Sie ging zum Klavier, klappte den Deckel hoch, schlug ein paar Töne an. Es hatte einen guten Klang, der Transport schien ihm wohl nicht geschadet zu haben.

»Es ist … ich bin unfassbar froh. Danke!«, sagte sie und versuchte die Tränen zu unterdrücken. »Jetzt habe ich gar keine Noten mitgenommen …«

»Ich habe sie eingepackt. Vor allem deine geliebte Moldau habe ich dabei. Und wenn du weiterhin so übst wie in den letzten Wochen, kannst du am Ende des Sommers ein Konzert geben, da bin ich mir sicher.«

Paula fiel Auguste um den Hals. »Danke! Danke! Ich werde sofort anfangen.«

»Nichts da«, bremste ihre Tante sie. »Du isst jetzt etwas heiße Suppe, nimmst ein Bad und gehst ins Bett. Ich möchte dich nicht morgen krank daniederliegen haben.« Ihre Stimme war streng geworden.

»Aber schau nur«, sagte Paula nun völlig begeistert und zeigte nach draußen. »Es hat doch aufgeklart, und da vorne ist der Strand. Da ist das Meer. Wollen wir nicht wenigstens einen Spaziergang machen?«

»Nein, mein Mädchen. Heute nicht. Heute wärmst du dich auf und ruhst dich von den Strapazen der Reise aus. Und ich ebenfalls – ich bin schließlich nicht mehr die Jüngste. Wir werden schließlich einige Wochen hier sein, du wirst das Meer oft genug sehen.«

Paula senkte den Kopf, aber sie fügte sich. Sie merkte, dass die Reise sie angestrengt hatte. Und so konnte sie immerhin in Ruhe Franz schreiben.

Mein lieber, liebster Seelenfranz, begann sie, als sie im Bett lag.

Heute sind wir an der See angekommen. Es ist ein kleiner Ort an der Ostsee. Unser Haus liegt außerhalb der Ortschaft. Ganz zauberhaft ist es hier – das glaube ich zumindest, denn viel habe ich noch nicht gesehen.

Wir haben unsere Reise an einem Tag gemeistert – schneller, als du reist. Aber es war doch sehr anstrengend, und Guste hat mich früh ins Bett gescheucht. Sie hat Angst, dass ich einen Rückfall erleide.

Paula schloss kurz die Augen. In ihrem Zimmer war ein kleiner Ofen, der eine herrliche Wärme ausstrahlte. Auch hatte sie ein wunderbar weiches Daunenbett, in das sie sich hüllen konnte.

Zum Glück hat mir Guste zum Lichterfest diese Schreibunterlage aus Leder geschenkt, so dass ich Dir schreiben kann, obwohl ich schon im Bett liege, fuhr sie fort. *Mein Zimmer ist im ersten Stock, und vom Fenster aus kann ich das Meer sehen. Gischt und die Wellen, das Kreischen der Möwen – mir scheint, ich bin im Himmel.*

Die Reise war indes eine wahre Strapaze – die Zugfahrt war ganz annehmbar, aber in Rostock mussten wir in die Kutsche umsteigen und noch weitere drei Stunden fahren. Es hat geregnet, und wir wurden gerüttelt und geschüttelt, die Kälte kroch uns durch Mark und Bein. Über die Felder tanzten die Nebelfrauen Reigen mit den Regenschauern – immer abwechselnd –, und erst kurz vor der Ankunft brach die Sonne durch und tauchte alles in ihr wärmendes Licht, so als wolle sie uns willkommen heißen an diesem schönen Ort.

Das Haus ist schlicht. Der Dielenboden ordentlich geschrubbt, die Fenster wie glänzende Augen in dieser windigen und sandigen Welt. Gleich morgen früh werde ich zum Strand gehen. Ich werde das Meer begrüßen und es mich hoffentlich auch. Hören und riechen kann ich es schon – ein würziger, salziger Geruch und das Rauschen in der Ferne, ein gleichmäßiges, beruhigendes Geräusch, fast einschläfernd – und nicht so hart wir das dumpfe Klopf-Klopf-Klopf der Eisenbahnräder, wenn sie über die Schwellen sausen.

Ein Kopfsteinpflasterweg führt holterdiepolter in das kleine Städtchen, was auch noch von uns erobert werden muss. Es liegt auf der anderen Seite dieser Landzunge, am Bodden, geschützt vor dem Meer – dort ist auch der Hafen – das alles hat mir Minna erzählt, die ja schon einige Tage hier ist. Ich werde es doch wohl morgen sehen.

Die Räume im Haus sind allerliebst eingerichtet. Es gibt eine Badestube mit Ofen und Wanne und zwei Abortkammern. Da die Köchin mitgekommen ist, duftet es aus der Küche, die im Erdgeschoss liegt (einen Keller gibt es nicht), gar herrlich.

Das Meer rauscht, und der Wind singt, und ich merke, dass mir die Augen zufallen.

Liebster Lieblingsfranz, ich werde wieder schreiben und bin gespannt, wie Deine Reise verlief.

Salzige, windige, wogende Grüße

Paula

Am nächsten Morgen überflog sie das Schreiben nur schnell, legte es dann auf das kleine Silbertablett auf der Kommode in der Diele. Dorthin kam die eingehende Post, und die ausgehende nahm der Bote direkt mit.

Noch war das Tablett leer, und auch die Tageszeitung war noch nicht angekommen.

»Die kommt hier erst mittags, Gnädigste«, erklärte Minna Auguste.

»Wie ärgerlich – aber wir sind hier an der See und weitab der nächsten größeren Stadt, da muss man mit solchen Ungelegenheiten wohl rechnen«, seufzte Auguste. Sie sah Paula, die gerade die Treppe herunterkam, und eilte ihr entgegen. »Wie hast du geschlafen, Kind? Wie geht es dir?«

»Du wolltest mich doch nicht mehr Kind nennen«, tadelte Paula neckisch.

»Ach ja, ach ja.« Auguste fächelte sich verlegen Luft zu. »Schlechte Angewohnheiten sind schwer oder nie zu besiegen, das weißt du doch. Ich meine es ja nicht so. Nun sag, wie geht es dir?« Sie musterte Paula. »Wangen rosig, Augen klar«, murmelte sie zufrieden.

»Ich habe ganz wunderbar tief und fest geschlafen. Die See scheint mich gewiegt zu haben, sanft und stetig – so fühlte es sich jedenfalls an.«

»Das freut mich. Hast du Hunger?«

»Und wie!«

»Ich war mir unsicher, wo Sie Ihre Mahlzeiten einnehmen wollen, Gnädigste«, sagte Minna daraufhin. »Wir haben ein Esszimmer, aber es ist in südwestlicher Richtung. Dort hat man mittags und abends einen herrlichen Blick auf die Dünen und schönes Licht. Aber morgens sitzt es sich meiner Meinung nach im Wintergarten, der in östliche Richtung geht, schöner.«

Anerkennend sah Auguste sie an. »Die Jahre, die du bei mir bist, waren offensichtlich nicht fruchtlos.« Sie wandte sich zu Paula. »Was meinst du?«

»Der Wintergarten klingt sehr verlockend. Lass ihn uns ansehen.«

Gestern waren sie zwar einmal durch das Haus gegangen, hatten alle Türen geöffnet, aber wirklich aufgenommen hatte Paula davon nichts – ihre Aufregung war zu groß gewesen. An den Wintergarten konnte sie sich noch nicht einmal erinnern.

Minna führte sie nun durch das Wohnzimmer und von da aus in die kleine Bibliothek. Dort prasselte schon das Feuer in dem gusseisernen Ofen. Die Sonne schien an diesem Tag, doch auch Wolken zogen über den Himmel. Es war noch früh im Jahr, und die Sonne hatte noch nicht die Kraft, die sie im Sommer haben würde.

Von der Bibliothek aus kam man in den verglasten Wintergarten – er war ein Teil der Veranda, die die ganze Rückfront des Hauses entlangging.

Dort standen ein Holztisch und weiße Korbstühle, die mit Kissen ausgepolstert waren. Von hier aus hatten sie einen wunderschönen Blick auf die Dünen und den Strandzugang, sogar das Meer konnten sie sehen. Es war licht und hell, die Sonnenstrahlen tanzten auf dem Holzboden und glitzerten im Sand.

»Die Frage ist beantwortet«, sagte Paula lachend und setzte sich in einen der Korbsessel. »Wie wunderschön es hier ist.«

Durch die geöffnete Tür zur Bibliothek kam die Luft des Ofens wie eine warme Umarmung zu ihnen.

Paula sprang wieder auf. »Ich helfe dir, Minna, das Frühstück zu holen«, sagte sie und schob Auguste den Stuhl zurecht.

»Das müssen Sie nicht«, sagte Minna verlegen.

»Ich weiß«, lachte Paula und nahm Minnas Arm. »Aber ich habe Hunger. Was hat uns Else denn Leckeres bereitet? Gibt es Eier? Ich würde für ein Frühstücksei nahezu sterben.« Plappernd ging sie mit Minna zur Küche, und bald schon kamen die beiden mit zwei großen Tabletts zurück. Auguste hatte es sich bequem gemacht und schaute in die Landschaft.

Schnell war der Tisch gedeckt, und natürlich gab es perfekt wachsweiche Eier, dazu süßes Weißbrot, Marmelade und noch andere Köstlichkeiten.

Paula schenkte Kaffee ein, gab Sahne dazu und reichte Auguste eine Tasse.

»Es ist wunderschön hier. Wir werden uns ganz famos erholen«, schwärmte sie.

»Falls die Zeitung irgendwann kommt«, murmelte Auguste. »Wenn ich hier keine Post und keine Zeitung bekomme, werde ich vor Langeweile vermutlich eingehen.«

Den Vormittag verbrachten sie damit, ihre Zimmer einzurichten. Das meiste hatte Minna mit Hilfe des Mädchens aus dem Dorf bereits ausgepackt, nun musste es nur sortiert werden. Mittags, als die Sonne hoch am Himmel stand und sich die Morgenwolken verzogen hatten, machten sie den ersten Gang zum Strand. Es gab Galoschen in verschiedenen Größen im Haus, und sie fanden passende.

»Nimm dein Umschlagtuch«, mahnte ihre Tante. »Nicht, dass ...«

»Du dich verkühlst«, beendete Paula seufzend den Satz. »Aber du kannst mich nicht einsperren wie ein Äffchen, Auguste. Die frische Luft wird mir doch guttun. Das hat auch der Arzt gesagt.«

Ein Pfad führte durch die Dünen zum Strand. Auf den Dünen wisperte und wippte das scharfkantige Gras. Der Strand war mit weichem, weißem Sand bedeckt. Das Meer schien flach und sanft. Wie das Wasser einer Badewanne, das sich hob und senkte, wenn man mit den Füßen wackelte. Ein wenig war Paula enttäuscht, sie hatte sich das Meer ganz anders – wilder, größer, höher vorgestellt.

Die Möwen zogen kreischend ihre Kreise über ihnen. Paula hob lauschend den Kopf. Der Wind schien zu singen, die Gräser waren seine Instrumente, aber da war noch ein anderes Geräusch, etwas, was sie nicht sofort einordnen konnte. Es war ein Trompeten, ein triumphaler Gesang. Paula sah einen v-förmigen Schwarm großer Vögel am Himmel entlangfliegen.

»Kraniche«, sagte Auguste und hielt sich die Hand vor die Stirn, schaute den Vögeln nach. »In Japan gelten sie als Glücksbringer. Ein gutes Omen, findest du nicht?«

»Was machen sie hier?«

»Kraniche sind Zugvögel. Sie verbringen den Winter im Süden, und im Frühjahr kommen sie zurück, ziehen weiter nach Norden und Osten. Aber mir wurde gesagt, dass auch einige hierbleiben und hier brüten.«

»Ich hoffe, wir bekommen noch mehr von ihnen zu sehen.«

Paula hatten die großen Vögel mit ihren lauten Rufen beeindruckt.

Eine Weile gingen sie am Strand entlang, dann kehrten sie zurück in die Wärme des Hauses.

»Ich brauche eine Ruhezeit«, sagte Auguste. »Ich werde mich hinlegen.« Den verstohlenen Blick, den sie Paula zuwarf, sah ihre Nichte jedoch.

»Ja, Auguste, ich weiß. Ich soll und werde mich schonen.«

Obwohl es ihr gegen den Strich ging und sie gern aktiver gewesen wäre, spürte Paula dennoch, dass ihre Tante recht hatte.

Während Auguste sich in ihr Zimmer zurückzog, setzte sich Paula mit ihrer Schreibmappe in den Wintergarten. Das Mädchen aus dem Dorf hatte Holz nachgelegt, und das Feuer in der Bibliothek prasselte fröhlich. Die Wärme reichte auch für den kleinen Wintergarten.

Paula schob die beiden Korbstühle zusammen und legte ihre Füße hoch. Für eine Weile schaute sie nach draußen, genoss das Farbenspiel des hellen Sandes, der silbrigen Gräser, des leuchtenden Himmels und des Meeres, das mal grün, mal blau und dann wieder grau zu sein schien. In ihren Fingern zuckte es, und zu gerne hätte sie sich an das Klavier gesetzt, wenigstens ein paar Tonleitern gespielt, aber sie wusste, dass es besser war, wenn sie sich für den Moment ausruhte.

Wir werden einige Wochen hier sein. Hier gibt es nicht viel Ablenkung, und ich werde mich noch oft genug an das Klavier setzen können, tröstete sie sich. Auguste hatte eine ganze Kiste mit Büchern hergeschickt. Minna und das Mädchen hatten sie in eins der Regale geräumt, und sie würde die Bücher nachher sortieren.

Das Mädchen, dachte sie. Das Mädchen aus dem Dorf – so nannte sie es in Gedanken. Es mochte in ihrem Alter sein, vielleicht etwas jünger, und ganz sicher hatte es einen Namen.

Ich werde sie fragen, sagte sich Paula, wenn ich sie das nächste Mal sehe. Ich werde sie nach ihrem Namen und nach ihrem Leben fragen. Was macht man hier so als junge Frau? Hatte sie Pläne? Hoffnungen? Wünsche? Woher kam sie? Hatte sie Geschwister? War sie vielleicht eine kleine Papagena, die auf ihren Papageno wartete? Vögel gab es hier schließlich genug. Der Gedanke entzückte sie, und leise summte sie die Melodie des Vogelfängers.

Paula nahm ihr Schreibzeug, tauchte die silberne Feder in die Tinte, begann zu schreiben.

Mein liebster Lieblingsbruder,

wie geht es Dir wohl? Wo bist Du jetzt? Du musst Freiburg längst erreicht haben. Fühlst Du Dich wohl dort? Wie war die Reise, was hast Du noch erlebt? Lauter Fragen, die ich Dir gerne persönlich stellen würde – von Angesicht zu Angesicht. Aber das ist ja nicht möglich.

Ich stelle mir vor, dass Du hier bei mir sitzen würdest, im Sessel gegenüber. Es sind keine gepolsterten Sessel, sie sind aus Korb geflochten und weiß gemalert. Dicke Kissen polstern sie aus. Man sitzt sehr bequem, wenn auch wenig damenhaft darin.

Bei diesen Worten musste Paula grinsen.

Dieses Haus liegt am Ende einer kleinen Straße – ein Weg ist es eher. Nachbarhäuser habe ich bisher nicht entdeckt. Doch wir waren schon am Strand für einen Spaziergang. Noch ist die »Sommer«-Frische weit entfernt, der Frühling zieht gerade erst ins nördliche Land. Wir haben Kraniche gesehen, sie flogen über das Land, weiter nach Norden. Einige, meinte zumindest Auguste, brüten auch hier. Es sind so großartige, so stolze und anmutige Vögel, aber ihre Rufe klingen wie aus einer verrosteten Trompete geschmettert.

Da fällt mir ein, dass ich Dir das Großartigste noch gar nicht geschrieben habe: Auguste hat irgendwoher ein Klavier organisiert und hier aufstellen lassen. Ein Klavier! Es ist so wunderbar, ich kann mich hier erholen und gleichzeitig auch üben und spielen. Ich freue mich so unsagbar darüber.

Sie knabberte nachdenklich an dem Stiel der Schreibfeder. Eigentlich würde sie gerne mit Franz reden. Jetzt. Sofort. Mit ihm reden, sich ihm anvertrauen. Aber es würde nur über die Schrift gehen. Also nahm sie sich ein Herz und schrieb weiter. Schrieb das, was sie beschäftigte.

Minna und die Köchin sind aus Berlin mitgereist. Auguste hat auch noch ein Mädchen aus dem Dorf angestellt, um ihnen unter die Arme zu greifen. Das Mädchen mag etwas jünger sein als ich – ich kenne noch nicht einmal ihren Namen. Das werde ich aber in Erfahrung bringen. Und auch einiges mehr – wie sie lebt … Das habe ich mir vorhin jedenfalls vorgenommen, bis mir klar wurde, dass ich einsam bin. Ich bin so unendlich einsam. In Berlin hatte ich zumindest Dich noch – Du bist mein Seelenbruder, mit Dir konnte ich immer reden. Aber sollte ich nicht Freundinnen haben? Mädchen in meinem Alter? Vertraute? Ich habe keine Freundinnen. Das werde ich ändern müssen.

O Franz, ich fühle mich gerade uralt und verkümmert. Mindestens wie dreißig fühle ich mich – vertrocknet und alt. Dabei bin ich doch erst neunzehn. Ist das die Melancholie, die mich erfasst hat? Dabei ist hier doch alles so wunderschön. Ich sollte glücklich sein.

Betrübt legte sie die Schreibmappe zur Seite, zog die Decke bis zum Kinn hoch und schloss die Augen. Bald schon schlummerte sie ein.

KAPITEL 7

Ostsee, Frühjahr 1881

Paula blieb keine Zeit für melancholische Gedanken. Bald schon spielte sie jeden Tag Klavier, unternahm kräftigende Spaziergänge am Strand und im Hinterland. Sie beobachtete die erwachende Natur, schrieb viele Briefe an Franz, aber auch an Mutter und Elise – wenn auch weniger offen als mit ihrem Bruder.

Auch in das Dorf, nach Ahrenshoop, gingen sie fast täglich. Es war ein kleines Fischerdorf, aber es gab dort einen Krämer, und mehrere Familien vermieteten inzwischen im Sommer Zimmer für Gäste. Dafür zogen sie meist für einige Wochen in den Stall, erfuhr Paula von Marie – dem Mädchen, das Auguste eingestellt hatte. Es gab noch ein paar Häuser, die Küste rauf und runter, die vermietet wurden, aber das war eher die Ausnahme bisher.

»Euer Haus gehört einem Kapitän, aber er ist nach Heiligendamm gezogen. Er hatte das Haus für sich und seine Frau gebaut«, erzählte sie. »Aber dann ist sie im Kindbett gestorben, und er konnte nicht mehr hier wohnen.«

»Oh«, sagte Paula betroffen. »Das ist traurig.«

»Er hatte ihre Mitgift und konnte sich ein noch größeres Haus in Heiligendamm deshalb leisten«, sagte Marie schulterzuckend. »Inzwischen ist er wieder verheiratet und hat weitere Kinder. Ihm geht es nicht schlecht. Er hing nicht an dem Haus. Sie schon.«

»Woher weißt du das so genau?«

Marie lachte bitter auf. »Das hier ist ein Dorf, gnädiges Fräulein. Hier weiß jeder alles vom anderen. Und die erste Frau des Kapitäns war meine Tante. Er kam aus Lübeck, hat sich hier nie wohlgefühlt. Er ist nur wegen ihr hierhergezogen.«

Paula hatte sich ein wenig mit Marie angefreundet, aber sie wusste, dass sie Welten trennten. Marie war niemand, mit dem sie sich austauschen konnte. Dennoch tat es gut, hin und wieder unbeschwert ein wenig zu plaudern. Meist begleitete sie die Magd, wenn sie ins Dorf ging, um Einkäufe für Else zu tätigen. Sie kauften Eier, Kartoffeln, Wurzelgemüse und hin und wieder auch ein Huhn. Fleisch bekam Else entweder direkt von einem der Bauern oder aus der nächsten Stadt – Zingst oder Graal-Müritz. Den frischen Fisch holte Else selbst frühmorgens, wenn die Fischer mit ihrem Fang zurückkamen.

Das Essen hier war sehr viel schlichter als in Berlin, aber Paula und Auguste fanden es herrlich. Sie zogen sich auch nicht zum Essen um, was das Leben sehr viel freier und einfacher machte.

»Nun ist bald Schluss mit dem Lotterleben«, sagte Auguste, als sie drei Wochen an der See waren.

Paula sah sie erstaunt an. Auguste hob einen Brief hoch, der neben ihrem Teller lag. »Deine Mutter hat geschrieben. Sie kommt mit Elise und Carl. Nächste Woche schon. Und sie bringen noch einen weiteren Hausgast mit.«

»Wen?«

»Die Tochter einer Bekannten, glaube ich. Ich werde noch einmal nachfragen müssen.« Auguste runzelte die Stirn. »Wir werden eine Menge zu tun haben, fürchte ich. Das können Minna und Marie sicherlich nicht allein bis nächste Woche schaffen.«

Im Haupthaus gab es nur noch ein weiteres Schlafzimmer. Aber es gab zwei Nebengebäude, die Auguste und Paula bisher jedoch noch nicht betreten hatten – es bestand kein Grund dafür. Jetzt aber schon.

»Mir wurde gesagt, dass in den Nebengebäuden auch noch Schlafzimmer sind. Komm, lass uns nachsehen, wie es dort aussieht.« Auguste stand auf und nahm den großen Schlüsselbund vom Bord. Sie sah Paula unternehmungslustig an. »Wer weiß, vielleicht entdecken wir ja einen Schatz? Es soll hier ja eine Kapitänsfamilie gelebt haben.«

»Was soll ein Fischer schon für Schätze finden?«

»Nein, nein. Er war kein Fischer. Er hatte ein Kapitänspatent und segelte über die Weltmeere. Er war wohl nur sehr selten zu Hause, und als seine Frau starb, ist er weggezogen.«

»Das hat mir Marie auch erzählt. Die Frau war ihre Tante.«

»Wie aufregend. Vielleicht weiß sie ja noch mehr zu berichten. Ich liebe diese alten Geschichten. Aber nun gehen wir erst einmal nach drüben und schauen uns das an.« Als sie den Hof überquerten, der mit feinem Kies bedeckt war, wurde Augustes Gesicht allmählich skeptischer. »Was, wenn die Zimmer nicht bewohnbar sind?«, murmelte sie. »Habe ich Toni zu viel versprochen?«

Das eine Häuschen stand rechts vom Haupthaus, das andere links, so dass die Häuser insgesamt eine U-Form zum Land bildeten. Unschlüssig blieb Auguste in der Mitte stehen. »Erst links oder erst rechts?«

Paula sah sich die Häuschen genauer an. Auch sie hatten, wie das Haupthaus, ein Reetdach. Nur waren sie eingeschossig, und die Fenster waren kleiner. Das rechte Haus war ein wenig größer als das linke. »Erst rechts«, sagte sie entschlossen und ging vor.

Der Hauptschlüssel passte in das Schloss der Tür. Sie traten ein, eine Wolke an Staub kam ihnen entgegen, und eine Maus huschte über den Boden. Es roch leicht modrig, aber nicht feucht, stellte Paula fest. Im Eingangsbereich lagen Fliesen, die Möbel, die an den Wänden standen, waren mit Leinentüchern abgedeckt. Auguste öffnete die erste Tür, die von der Diele abging. Sie führte in ein Zimmer mit dem Fenster zum Hof. Hier standen ein Bett, ein Schrank und eine Waschkommode – wie sie feststellten, als sie die Laken abnahmen. Es waren schlichte, aber funktionale Möbel. Paula drückte auf die mit Stroh gefüllte Matratze – ein Schwall Staub hob sich in die Luft, und beide Frauen mussten niesen. Auguste öffnete schnell das kleine Fenster.

Dann gingen sie weiter zum nächsten Raum – dieses Zimmer ging nach hinten raus. Das Zimmer war ähnlich eingerichtet wie der erste, nur, dass hier ein Doppelbett stand. Im Schrank wohnte eine Mäusefamilie, und es roch entsprechend scharf.

»Das kann man mit viel heißem Essigwasser sicher wegbekommen«, meinte Auguste, zog aber die Nase kraus. Im hinteren Teil des Hauses gab es eine kleine Küche mit einem schlichten Ofen, aber auch ein Badezimmer – wohl nur mit einer Zinkwanne. Von dem Badezimmer aus führte eine Tür nach draußen, dort stand ein Plumpsklo. Dann öffneten sie die Türen, die auf der anderen Seite der Diele waren. Sie waren ähnlich eingerichtet wie die anderen.

»Es gibt keine Öfen in den Räumen«, sagte Paula und zog fröstelnd die Schultern hoch. »Die Abende sind immer noch recht kalt.«

»Ich habe in der kleinen Küche Kohlebecken gesehen und kupferne Wärmepfannen für die Betten.« Auguste zog nun die Laken von den Möbeln in der Diele, die alle an die Wand geschoben worden waren. Es gab einen Tisch mit vier Stühlen, eine Kommode und einen Schrank.

»Man muss gründlich reinigen, und ich fürchte, die Matratzen müssen neu gefüllt werden.« Auguste stemmte die Hände in die Hüften. »Aber ansonsten steht doch einem Besuch nichts im Wege, oder wie siehst du das?«

»Werden die Kohlebecken ausreichen?« Paula schaute durch die geöffnete Tür über den Hof zu dem anderen Haus. »Wie es wohl dort aussieht? Vielleicht haben dort die Zimmer Öfen.«

Sie gingen über den Hof, öffneten die Tür. Auch hier huschten Mäuse über den Boden, und Spinnweben hingen von der Decke. Es war kühler und zog auch. Auguste schaute nach oben, hier hatte man den direkten Blick auf das Reet des Daches, es gab keine eingezogene Decke so wie drüben.

In der Mitte der Diele stand ein großer, langer Holztisch mit vielen Stühlen – die Möbel waren hier nicht abgedeckt, und die Staubschicht lag wie dicker Flaum darauf. Die Zimmer waren kleiner, in jedem standen zwei schmale Betten, zwischen ihnen ein Waschtisch – aber ohne Krug und Schüssel.

Auch hier gab es eine kleine Küche, aber kein Badezimmer. Das Plumpsklo erreichte man durch die Hintertür der Küche.

»Das war das Haus der Dienstboten«, stellte Auguste fest. »Das können wir gleich wieder verschließen. Hier können wir keine Gäste unterbringen.«

»Wofür hat man wohl so viele Dienstboten gebraucht?«, fragte sich Paula. »Es sind ja acht Betten – zwei in jedem Zimmer.«

»Die Haushalte früher wurden anders geführt. Man hatte einen großen Gemüsegarten, da hinten sind ja noch Schuppen – wahrscheinlich hielt man sich ein Schwein oder zwei, hatte etwas Landwirtschaft. Ein Kapitän, auch wenn er die meiste Zeit nicht zu Hause war, führte ein repräsentatives Leben. Dafür spricht ja auch das Gästehaus. Das man natürlich brauchte, wenn man so weit ab von jeder Stadt lebte.«

»Er hat das Haus für seine Frau gebaut, hat mir Marie erzählt. Er muss sie sehr geliebt haben.« Paula lächelte verträumt. »Das ist so romantisch – er baut ihr hier ein Haus, in der Nähe ihrer Familie.«

»Wer weiß, ob es dafür nicht weniger romantische Gründe gab«, murmelte Auguste.

»Ach – ich finde die Vorstellung einfach schön. Ein Haus aus Liebe gebaut.« Paula wollte sich nicht beirren lassen.

»Befass dich lieber mit der Vorstellung, was wir in den nächsten Tagen alles zu tun haben. Es ist eine Menge Arbeit.« Auguste schloss die Tür hinter ihnen wieder ab und ging energisch zurück zum Haupthaus. »Minna«, rief sie schon, bevor sie im Haus war. »Minna, wir müssen etwas besprechen.«

Sie erläuterte Minna ihr Vorhaben und was alles zu tun war.

»Wo?«, fragte Minna überrascht.

»Im Nebenhaus. Im Gästehaus.« Auguste nickte ihr zu und ging mit ihr nach drüben. Paula folgte den beiden.

Schweigend sah sich Minna um, öffnete jede Tür, hob die Laken an. »Bis nächste Woche, Gnädigste?«, fragte das Dienstmädchen dann ungläubig. »Marie und ich?« Minna schüttelte den Kopf. »Das ist nicht zu schaffen.«

»Paula und ich werden natürlich auch helfen, wo wir können.«

Minna kniff die Augen zusammen. »Dennoch ist es nicht zu schaffen. Wir müssen das Haus ausräumen – alles. Und dann alles schrubben – die Wände, die Böden. Die müssen mit Sand geschrubbt werden. Die Möbel müssen auch ausgewaschen und danach mit Wachs poliert werden. Die Matratzen brauchen neue Füllungen – ich weiß nicht, wer das hier macht, es ist auch eigentlich nicht die Zeit dafür – es gibt kein frisches Stroh im Frühjahr. Die Fenster müssen geputzt werden. Ich würde mein Hemd darauf verwetten, dass der Kamin vom Ofen verstopft ist. Und was ist mit der Abortgrube? Ist die noch benutzbar?« Sie holte tief Luft. »Und dann – wer kümmert sich auch noch um dieses Haus? Der Ofen wird versorgt werden müssen. Da er sehr klein ist, muss man ständig Holz nachlegen. Die Kohlenbecken müssen gefüllt werden. Jemand muss Wasser aus dem Brunnen pumpen und zum Haus bringen … das ist nur ein Teil der ganzen Aufgaben.« Sie sah Auguste an und zog die Augenbrauen hoch.

»Du kennst meine Schwester und ihre Kinder. Es sind anspruchslose Gäste.«

»Das mag sein, Gnädigste, aber es sind vier Personen mehr, die zu versorgen sind.« Minna verschränkte die Arme vor der Brust. Das war kein angemessenes Verhalten für eine Dienstmagd – aber Minna war schon so lange bei Auguste, dass sie quasi zur Familie gehörte. Außerdem schätzte Auguste ihre Ehrlichkeit.

»Dann müssen wir uns behelfen«, sagte Auguste und lächelte. »Ich werde noch ein Mädchen einstellen, das für das Gästehaus zuständig sein wird. Und für den Hausputz werden wir doch sicher auch Hilfe bekommen können. Marie kennt bestimmt Leute, die froh um einen Zusatzverdienst sind.«

Minna ließ die Arme sinken und nickte. »Ja, mit mehr Personal kann es gehen«, sagte sie. »Ich werde Marie gleich ins Dorf schicken. Und dann werden wir heute schon hier anfangen. Wann kommt Ihr Besuch, Gnädigste?«

»In einer Woche – ich werde es noch ganz genau erfahren, wir müssen dann eine Kutsche nach Rostock schicken.«

Auguste und Paula gingen zurück zum Haus, während Minna sich noch einmal genauer im Haus umschaute.

»Ich möchte tatsächlich helfen«, sagte Paula enthusiastisch. »Was kann ich tun?«

»Wir werden Minna fragen. Sie hat den besseren Überblick als ich«, sagte Auguste. »Aber wir beide sollten, bevor deine Mutter kommt, noch nach Stralsund fahren.«

»Wieso?«

Auguste lächelte milde. »Weil wir sicherlich noch dies und das kaufen sollten. Wir sind jetzt seit drei Wochen hier, und du bist sichtlich aufgeblüht. Aber wir haben auch nur in den Tag hineingelebt. Wir haben geschlafen, gegessen, waren spazieren, haben gelesen, du hast Klavier gespielt, und dann haben wir wieder geschlafen.«

»Das ist so herrlich«, gestand Paula. »Ich habe mich tatsächlich ganz wunderbar erholt.«

»Das ist auch gut so, und so soll es auch weitergehen mit dir. Dennoch wird sich unser schlichtes Leben nun ein wenig ändern, wenn wir Besuch bekommen – auch wenn es Familie ist. Elise und Carl werden sich mit diesen Tätigkeiten bestimmt nicht zufriedengeben.« Auguste überlegte. »Und so nett es hier auch ist – man kann es sicherlich noch ein wenig verschönern.« Sie biss sich auf die Lippen, schmunzelte dann. »Zudem habe ich gehört, dass Stralsund ein ganz zauberhaftes Städtchen sein soll, in dem es bestimmt das ein oder andere zu sehen und vielleicht auch zu erwerben gibt, so dass wir uns und dieses Haus noch ein wenig verschönern können. Was meinst du?«

»Das klingt sehr verlockend«, lachte Paula.

»Dann ist es abgemacht. Ich werde mit dem Kutscher sprechen. Und Minna und Else sollen mir Listen schreiben – sie haben bestimmt auch Wünsche, und für den Haushalt gibt es immer etwas zu besorgen.«

An diesem Tag räumten Minna, Marie und Maries Brüder, die zum Helfen gekommen waren, die Möbel aus dem Häuschen und stellten sie in die Scheune. Jemand aus dem Dorf kam und überprüfte den Kamin des Ofens. Er war verstopft, wie Minna vermutet hatte, und es gab jede Menge Dreck, als er ihn reinigte. Aber danach zog der kleine Ofen wieder ordentlich und verbreitete eine gemütliche Wärme.

Abends bat Auguste Minna zu ihnen an den Tisch. »Jetzt hattest du den Tag über Zeit, um dir alles genau anzuschauen. Was brauchen wir alles? Und was muss noch gemacht werden?«

»Oh, da gibt es viel«, sagte Minna.

Auguste hatte sich Papier und Stift zurechtgelegt, das hatte sie sich schon gedacht. Erwartungsvoll sah sie Minna an.

»Drei Frauen aus dem Dorf werden in den nächsten Tagen kommen, um uns zu helfen. Wir werden alles gründlich sauber machen. Im Haus hier gibt es genügend Bettwäsche und Handtücher, aber die müssen natürlich gewaschen und getrocknet werden – ich hoffe, das Wetter hält.« In den letzten Tagen war es windig, aber sonnig gewesen.

»Für die Wäsche möchte ich noch zweitere Helferinnen verpflichten, sonst ist das nicht zu schaffen«, erklärte Minna. »Es gibt zwar hinten am Hühnerhaus, wo auch das verfallene Backhaus steht, einen großen Waschkübel, den man befeuern kann – aber ich glaube, der ist nicht mehr intakt. Es gibt in Richtung Wustrow einen Gutshof. Mit der Mamsell werde ich morgen sprechen, und ich hoffe, dass wir die Wäsche dort machen können.« Sie sah Auguste fragend an.

Auguste nickte zustimmend. »Das klingt nach einer sehr guten Idee.«

»Dort werde ich auch nach dem Matratzenmacher fragen. Vielleicht haben sie noch genügend Stroh oder Heu. Ansonsten weiß ich nicht, wie wir das Problem lösen sollen.« Minna zuckte mit den Schultern. »Marie hat eine Cousine, die willig wäre, hier zu arbeiten. Sie gehört zu den drei Frauen, die zum Putzen kommen. Wenn sie sich ordentlich anstellt, könnte sie das Gästehaus übernehmen. Sie wohnt fußläufig von uns, genau wie Marie auch. Das wäre erst einmal gut, aber wenn die Gäste länger bleiben, sollten wir überlegen, das Haus für das Personal auch herzurichten. Aber das hat ja noch Zeit. Wissen Sie schon, wie lange sie bleiben?«

»Ein paar Wochen nur«, sagte Auguste. »Das werden wir sehen. Wer weiß, ob es ihnen gefällt. Deshalb fände ich es auch besser, wenn wir nicht noch Zimmer für das Personal einrichten müssten.«

»Ich möchte einen Boten zum Krämer in Wustrow schicken, denn wir werden einige Eimer grüner Seife brauchen. Auch Else hat etliche Dinge, die noch besorgt werden müssen. Ein Bruder von Marie – ihre Familie ist groß – würde sich bereit erklären, zwei Mal die Woche nach Wustrow oder Zingst zu fahren, um Einkäufe zu besorgen. Es gibt hier leider keinen fahrenden Händler, der regelmäßig kommt. Das brauchen die Fischer und Bauern nicht. Dieser Christian – Maries Bruder – übernimmt Boten- und andere Dienste für die Leute hier, das trifft sich ganz gut.«

»Er wird sicher einen Obolus dafür haben wollen, aber das ist es mir wert«, murmelte Auguste.

In den nächsten Tagen stellte sich heraus, dass tatsächlich eine Menge zu tun war. Minna hatte alles gut im Griff und herrschte mit strenger Hand über die Frauen, die zum Helfen kamen.

»Sie haben gedacht, dass sie sich hier einen schnellen Taler einfach verdienen können«, flüsterte Minna Paula zu und schmunzelte. »Da haben sie sich getäuscht.«

Maries Cousine Lotte war von einfachem Gemüt, aber sie war ein fröhliches und fleißiges Mädchen und freute sich sehr, dass sie die Arbeit bekam. Für Mädchen hier war es schwer, sich etwas Geld dazuzuverdienen. Und erst in den letzten Jahren waren hin und wieder Gäste gekommen, die hier die Sommerfrische verbringen wollten. Doch es wurden immer mehr, erfuhr Paula von Marie.

»Wenn das so bleibt, wird Vater den Schuppen ausbauen, hat er gesagt. Dann können wir auch Sommergäste nehmen. Ich kann mir aber nicht vorstellen, dass Leute wirklich hierherkommen wollen. Hier gibt es doch nichts.«

»Genau das lockt die Menschen aus den Städten ja an.« Paula lachte. Sie saß mit Marie an einem Tisch, den sie in den Hof in die Sonne gestellt hatten, und polierte das Silber. Es gab viel Silberbesteck und Geschirr im Haus, und durch die salzige und feuchte Luft lief es schnell an. Einige Stücke, so mutmaßte Paula, waren schon seit Jahren nicht mehr poliert worden. Gern hätte sie auch im Gästehäuschen geholfen, aber das erlaubte Auguste ihr nicht.

»Es ist zu staubig, und du sollst dich körperlich nicht so anstrengen«, gab sie zu bedenken.

Also polierte Paula das Silber, eine eintönige Tätigkeit, bei der sie wunderbar nachdenken konnte. Franz und sie schrieben sich fast täglich, sie schätzte die Briefe ihres Bruders sehr und fieberte immer schon dem nächsten entgegen, wobei er meistens nur eine Karte mit wenigen Zeilen schrieb. Sein Leben hatte sich grundsätzlich geändert. Während Paula hier nun die Ruhe und Einsamkeit genoss, sich ganz auf sich selbst konzentrieren konnte, schrieb ihr Franz begeistert von seinem Studium und vor allem von den Kameraden und der schlagenden Verbindung, der er beigetreten war. Seine Tage waren angefüllt von hektischer Betriebsamkeit, und ständig erlebte er etwas Neues.

Viele Dinge verstand sie nicht, hinterfragte sie, aber seine Antworten waren oft nur kurz und wenig erkenntnisreich.

War er wirklich glücklich dort im Breisgau? Paula wusste es nicht und hatte tief in sich Zweifel. Aber Franz, das wurde ihr auch deutlich, hatte kaum Zeit, sich Gedanken zu machen. Sie war sich auch sicher, dass er ihr bei Weitem nicht alles schilderte.

So möchte ich nicht leben, dachte Paula. So unstet – auch wenn es sicherlich eine Weile Spaß macht. Aber ich möchte auch nicht immer so leben, wie wir es gerade tun. Für den Moment war es gut. Sie schätzte die Ruhe. Dennoch fehlte etwas – der Austausch mit anderen und auch Impulse, die von außen kamen. Guste ließ jede Woche neue Bücher kommen, und auch die Zeitung wurde geliefert – wenn auch immer mit zwei Tagen Verspätung. Aber Konzerte oder ein Theater gab es hier nicht. Auch literarische Treffen vermisste Paula. Natürlich diskutierte sie viel mit ihrer Tante über die Nachrichten und die Bücher, die sie lasen – doch ein Austausch mit anderen fehlte.

Es ist nur dieser Sommer, dachte Paula und hob den Kopf in die Sonne. Ich werde die Ruhe genießen und im Herbst gestärkt wieder am kulturellen Leben teilnehmen können.

Morgen würden sie nach Stralsund fahren, darauf freute sich Paula mehr, als sie zugeben wollte. Die Listen, die Auguste schrieb, wurden immer länger.

»Ob wir das alles bekommen werden?« Paula hatte Zweifel.

»Was wir nicht bekommen, werden wir bestellen. Wenn alle Stricke reißen, wird es eben aus Rostock oder gar Berlin geliefert werden«, meinte Auguste mit ihrer unerschütterlichen Zuversicht.

An diesem Abend brachte Maries Bruder die Post, wieder war ein Brief von Franz dabei. Diesmal war es tatsächlich ein längerer Brief. Paula hob ihn sich für später auf, sie wollte ihn in Ruhe lesen.

Es hatte sich als vorteilhaft erwiesen, das Frühstück und, nach Wetterlage, auch das leichte Mittagessen im Wintergarten einzunehmen, das größere Abendessen aber im Esszimmer. Dort war ein Kamin, der Raum war größer und lag nach Südwesten. Sie konnten von hier aus oft den Sonnenuntergang beobachten.

Das Feuer im Kamin prasselte, denn obwohl die letzten Tage

freundlich und sonnig gewesen waren, wurde es abends kühl. Und immer blies ein Wind von der See. Doch in diesem Raum war es gemütlich und warm.

Auguste sah sich um. »Ich kann mir gar nicht vorstellen, hier zu frühstücken«, seufzte sie. »Wir haben es im Wintergarten so schön.«

»Warum sollten wir da nicht weiterhin morgens essen?«

»Ach, Paula, es ist dort doch viel zu klein. Für uns beide ist es herrlich – aber mit vier weiteren Personen wird es nicht gehen.«

»Man könnte das kleine Regal und die beiden Tischchen am Fenster wegräumen und einen größeren Tisch hinstellen. Für sechs Leute sollte das passen. Das Frühstück könnte in der Bibliothek als Buffet angerichtet werden – so dass sich jeder nehmen kann, was er will. Das würde auch Else und Minna entlasten.«

Auguste sah Paula nachdenklich an. »Du hast recht. So machen wir das. Das ist eine sehr gute Idee.«

»Auch das Mittagessen könnten wir dort einnehmen. Und abends sitzen wir dann hier.« Paula lächelte. »Aber wer weiß, wie sich das alles gestaltet und was Mutter und die Kinder unternehmen wollen. Sie haben ja auch drüben eine Küche – klein, aber für einfache Mahlzeiten wird es reichen. Und auch eine Kaffeekanne kann dort auf dem Herd stehen.«

»Kaffeekanne«, murmelte Auguste und zückte ihren Stift, schrieb etwas auf die Liste, die jetzt immer neben ihrem Platz lag. Sie sah auf. »Der Kutscher kommt morgen ganz früh – so gegen sieben. Dann sind wir um neun in Stralsund. Morgen ist dort Wochenmarkt, und Else würde gerne mitkommen.«

»Nehmen wir noch eine zweite Kutsche mit für all die Einkäufe?« Paula schmunzelte.

»Du magst lachen, aber ich habe das tatsächlich überlegt. Ich werde einen Karren schicken.«

»Was machst du mit all den Sachen? Das Haus hier hast du doch nur gemietet – und jetzt willst du es mit Kissen und Vasen füllen und vielen anderen Sachen.«

»Ich habe mir das Haus schon für den nächsten Sommer reserviert«, sagte Auguste.

Paula war überrascht.

»Was nicht heißt, dass wir tatsächlich fahren. Ich möchte nur die Option haben. Und falls nicht, wird sich sicher eine andere Lösung für all die Sachen finden. Wenn wir überhaupt das bekommen, was mir vorschwebt.« Auguste schob den Teller mit dem Nachtisch zur Seite. »Wir sollten auf jeden Fall früh zu Bett gehen. Morgen wird ein anstrengender Tag.«

»Ich gehe noch einmal zum Strand«, sagte Paula. »Nur kurz. Die Luft ist so herrlich, und ich kann dann immer so viel besser schlafen.«

Manchmal begleitete Auguste Paula, die fast jeden Abend noch einen Strandgang machte, aber nicht immer. Oft war es ihr zu mühsam, durch den nassen Sand zu gehen und die Röcke dabei zu raffen, damit die Säume nicht nass wurden. Paula, die nur ein leichtes Korsett trug, machte das nichts aus. Im Gegenteil, sie liebte diese Spaziergänge ganz allein. Der Himmel färbte sich, als wäre Wasser in einen Tuschfarbenkasten gelaufen. Später dann, wenn der Mond sich nicht zeigte, verschwommen Wasser und Himmel tintig ineinander. Und war der Himmel klar, konnte sie die Sterne leuchten sehen, ein milchiger Fluss dort oben, voller Geheimnisse und Sehnsüchte.

Auch an diesem Abend schlüpfte sie also in die Galoschen, die in dem kleinen Kämmerchen neben der Tür standen, nahm das dicke, wollene Umschlagtuch vom Haken und wickelte es fest um sich. Sie ging hinaus, umrundete das Haus und lief über den Kies bis zu den Dünen. Der Wind flüsterte im Gras, und das Meer rauschte – als würden sie ein Gespräch führen, dachte sich Paula. Inzwischen war ihr der Pfad vertraut und von ihr auch weiter ausgetreten. Sie ging durch die Dünen bis an den Strand und dann nach Norden. Rechts von ihr lag das Fischerdorf, sie sah die Lichter der Petroleumlampen und Kerzen hinter den Dünen flackern. Manchmal konnte sie einen Blick auf ein Haus werfen, die Fenster voller heller Wärme.

Doch sie wusste inzwischen, dass das Leben der Leute hier im Dorf nicht einfach war. Sie mussten schwer arbeiten, hatten schlichte Wohnverhältnisse und in manchem harten Winter wenig zu essen.

Fast jeder Mann hier war Fischer, und es gab immer auch noch etwas Landwirtschaft, meist durch die Frauen geführt. Jede Familie hatte einen großen Gemüsegarten, und es gab Erdkeller, damit Vorräte eingelagert werden konnten. Doch das Geld war knapp, und wenn die Ernte schlecht war oder die Vorräte verdarben, konnten sie nicht einfach auf den Markt fahren und Lebensmittel kaufen.

Als Paula jetzt darüber nachdachte, was Auguste morgen alles kaufen wollte, regte sich in ihr das schlechte Gewissen. Sie waren hierhergefahren, um das einfache, schlichte Leben zu genießen. Sie hatten Ruhe und frische Luft gesucht und gefunden. Mutter wusste, dass sie hier irgendwo im Nirgendwo waren und nicht in einer Stadt. Auch Mutter würde vor allem die Ruhe genießen wollen.

Vielleicht kann ich morgen ja noch mal mit Auguste reden, dachte Paula. Es wird wieder dieser innere Wettstreit sein, den Auguste mit Mutter ausführt. Dabei meint sie es gar nicht böse – sie möchte, dass sich ihre Schwester hier wohlfühlt, vielleicht auch ein wenig Luxus hat. Aber dafür ist das nicht der richtige Ort. Die Ruhe, sich nicht um den Haushalt kümmern zu müssen, die frische Luft und auch einfaches, aber gutes Essen werden Mutter sicherlich genug sein. Dazu die Muße, in der Sonne zu sitzen und ein Buch zu lesen oder etwas Klavier zu spielen.

Noch einmal schaute sie auf das Meer, sah die weiße Gischt der Wellen, die lustig zu tanzen schien, dann drehte sie sich um und schlenderte zurück.

In der Haustür traf sie Marie, die gerade gehen wollte.

»Soll ich Ihnen noch beim Auskleiden helfen?«, fragte das Mädchen. Hin und wieder half sie Paula bei der Kleidung – immer, wenn Auguste meinte, dass sie sich ein bisschen zurechtmachen sollten.

»Nein danke. Geh du ruhig nach Hause«, sagte Paula. »Das schaffe ich schon allein.«

»Gute Nacht.« Schnell machte sich Marie auf den Weg. Für die Familie war es bestimmt ein Segen, dass sie diese Anstellung gefunden hatte, denn Auguste bezahlte gut. Aber Marie hatte Paula berichtet, dass sie, wenn sie nach Hause kam, dort auch noch helfen musste. Ihr Tag war lang und voller Arbeit.

Minna und Else erledigten noch die letzten Dinge in der Küche, zumindest konnte Paula noch Geschirr klappern hören. Bevor Minna sich zu Bett begeben konnte – ihre und die Kammer der Köchin lagen neben der Küche –, ging sie noch einmal durch das Haus, löschte die Lichter und überprüfte die Öfen. Marie hatte dafür zu sorgen, dass immer genügend Holz und Späne an den Kaminen lagen, so dass in der Früh die restliche Glut schnell wieder entfacht werden konnte.

Es gab eine Menge zu tun, damit der Haushalt reibungslos ablief, und nächste Woche würde es noch mehr werden.

Paula ging langsam nach oben. In ihrem Zimmer herrschte eine angenehme Wärme, die Vorhänge waren zugezogen, und das Bett war schon aufgeschlagen. Sie stieg aus dem Kleid, öffnete die Schnüre des Korsetts und zog sich Schicht für Schicht aus. Dann schlüpfte sie in ihr Nachthemd, öffnete die Vorhänge ein wenig, so dass sie vom Bett aus nach draußen schauen konnte, und kuschelte sich in ihr Bett.

Nun nahm sie sich Franz' Brief vor. Ja, diesmal war es wieder ein längerer Brief, darüber freute sie sich sehr.

Meine liebste Lieblingspaula, ich hoffe, es geht Dir gut und Du kannst Deine Sommerfrische genießen. Von Mutter hörte ich, dass sie Euch besuchen kommt. Ist das gut, oder ist das eher ungewollte Aufregung?

Ich kann mir vorstellen, dass Guste nun in große Betriebsamkeit ausgebrochen ist und wie ein Huhn laut gackernd durch den Hof läuft und alle anderen Hühner aufscheucht – dabei ist Mutter doch gar kein Fuchs, noch nicht mal ein Hahn. Paula schmunzelte. Wie recht ihr Bruder doch hatte – er kannte die familiären Auswüchse gut.

Das Stichwort Fuchs bringt mich zu etwas, was ich dir schon lange schreiben wollte – aber ich hatte die Zeit nicht dafür. Ich schrieb dir ja, dass ich nun ein Fuchs bin, und Du fragtest nach der Erklärung.

Hier an der Universität gibt es die Studentenverbindung »Alemannia«, und dieser durfte ich beitreten. Da ich aber noch neu bin und natürlich erst im ersten Semester, muss ich mich erst beweisen – man nennt die Erstsemester Füchse. Die Farben der Verbindung sind Blau-Weiß-Grün mit Silber. Als Fuchs trage ich nur Blau-Weiß bisher. Aber ich bin stolz auf meine blaue Mütze und dass ich nun ein Mitglied einer Burschenschaft bin.

Die Burschenschaft hat viele Regeln – als Fuchs muss man diese »Comment« genannten Regeln erst einmal lernen. Außerdem tragen wir Mensuren aus – das ist wichtig für die Bildung eines aufrechten, ehrlichen und mutigen Charakters.

Mach Dir aber keine Sorgen – es wird streng darauf geachtet, dass man sich nicht allzu schwer verletzt.

Warum, fragst Du Dich nun vielleicht, ist es mir so wichtig, in dieser Burschenschaft zu sein? Ich will versuchen, es Dir zu erklären. Als Fremder bin ich hier angekommen, und es ist wirklich vieles sehr fremd für mich. Ich habe eine Studentenbude gefunden, die sehr schlicht ist. Vater schickt mir Geld – doch viel ist es nicht. Ich kannte keinen Menschen hier – zuerst musste ich mich allein einrichten, herausfinden, wo es günstig nahrhafte Suppe gibt, welche Vorlesungen zu besuchen sind, und vieles mehr. Durch die Burschenschaft habe ich Kameraden gefunden, die auch schon älteren Semesters sind und ihre Erfahrungen mit mir teilen. Sie nehmen mich an die Hand und zeigen mir, ohne Überheblichkeit, das Studentenleben. Hier bilden sich Lebensverbindungen und Freundschaften heraus – und das ist wichtig, sehr wichtig in der heutigen Zeit.

Unser Motto ist: Freiheit-Ehre-Vaterland! Ein Motto, das ich sehr gut unterstützen kann. Und auch dass ich Jude bin, interessiert hier niemanden.

Man hat Rechte, man hat Vorteile, aber man hat auch Pflichten. Doch die Burschenschaft ist sehr daran interessiert, dass die Füchse nicht zu viel Unfug treiben, sondern ein großes Augenmerk auf das Studium legen. Ich bin als Fuchs einem älteren Semester – Hans von Ehrenhof – zugeteilt. Ich stehe ihm zur Seite, ja, ich muss ihm »dienen« und so manch einen Auftrag erfüllen. Aber auch zu den Mensuren, die er ausficht, habe ich ihm zur Seite zu stehen. Als Fuchs darf ich selbst noch keine Mensur bestreiten – aber bald schon werde ich es dürfen, und ich werde, da bin ich mir sicher, dort meinen Mann stehen, ganz im Sinne unseres Mottos.

Verwundert magst Du meine Zeilen lesen – denn mein Leben hier ist so verschieden, so völlig neu und anders als das eines Schülers in Berlin. Es ist ein herrliches Leben – aber Berlin vermisse ich mehr, als ich gedacht hätte. Dabei habe ich durch die Alemannen eine neue, eine zweite Art von Familie gefunden. Dennoch ist es nicht dasselbe. Sie sprechen hier anders, verhalten sich anders, selbst die Erbsensuppe schmeckt hier nicht so wie in Berlin – dabei meine ich noch nicht einmal Esthers Erbsensuppe, an die sowieso keiner herankommt.

Ich habe Freunde, ich habe ein gesellschaftliches Leben – ich habe mein Studium, das interessant ist, aber nicht so, wie ich es mir vorgestellt habe. Ich werde noch darüber nachdenken müssen, warum ich mich nicht ganz wohlfühle. Einfaches Heimweh kann es ja nicht sein.

Du hattest Heimweh nach der Familie, als Du zu Guste gezogen bist. Vielleicht kannst du mir berichten, wie das für Dich war.

Ansonsten will ich natürlich alles, alles, alles wissen, was bei euch vorgeht. Wie geht es Dir? Du spielst wieder Klavier – das finde ich großartig. Und natürlich musst Du mir jedes Fitzelchen von Mutters Besuch berichten … Du wirst wissen, was ich meine.

Es schellt. Das ist Hans, der mich abholt. Wir haben heute die Aufgabe, das Bier für unser Burschentreffen zu holen – eine wichtige, ver-

antwortungsvolle Aufgabe, das verstehst du sicherlich. Deshalb muss ich jetzt schließen, erwarte deinen nächsten Brief voller Ungeduld.

Fühl dich herzlichst von mir gedrückt und auf beide Wangen geküsst, dein Bruder Franz

Paula legte den Brief zur Seite. Sie würde antworten, natürlich. Doch zuerst musste sie sich seine Zeilen durch den Kopf gehen lassen. Er hatte zwar einiges erklärt, aber nun waren neue Frage aufgetaucht, Fragen einer eher diffusen Natur, die sie noch einordnen musste.

Obwohl diese Fragen in ihrem Kopf kreisten, schlief sie schnell ein und wurde am nächsten Morgen von Marie geweckt, die ihr einen Krug warmes Wasser brachte.

»Sie müssen sich beeilen«, sagte Marie und lächelte schelmisch. »Ihre Tante ist schon auf den Beinen und möchte so bald wie möglich aufbrechen.«

»Das kann ich mir vorstellen.« Paula streckte sich. »Aber Stralsund wird uns ja nicht davonlaufen.«

»Die Köchin läuft auch rum, als hätte man ihr ins Sitzfleisch gepikt. Auch sie kann es kaum erwarten.«

Paula lachte und stand auf. »Ich werde mich beeilen«, versprach sie.

Nach einem schnellen Frühstück brachen sie auf. Da es morgens noch sehr frisch war und Nebel über der See und den Feldern lag, durfte Else bei ihnen in der Kutsche sitzen und musste nicht auf den Kutschbock, obwohl dort ihr standesgemäßer Platz gewesen wäre.

»Ich dank och sehr«, sagte Else. »Is ja schonen Abenteuer, inne Stadt zu fahrn. Ham ja nix gesehen als Wasser un Sand, wa?« Sie grinste breit.

»Hast du deine Liste, Else?«, fragte Guste. »Hier ist eine Börse mit Geld.«

»Ich gloob es nich, kommen Sie nich mit aufen Markt, Jnädichste?« Else bekam ihren Mund vor Staunen kaum zu.

»Nein. Wir wollen noch andere Geschäfte aufsuchen. Du machst das schon. Der Markt in Stralsund wird sich ja nicht von dem Wochenmarkt in Berlin unterscheiden, denke ich. Wir treffen uns dann zur Mittagszeit.«

»Famos, so machen wir det.« Else rutschte hin und her auf ihrem Platz, bis sie eine bequeme Stellung gefunden hatte, und schloss dann zufrieden die Augen. Bald darauf konnten sie ein leises Schnarchen hören, und das, obwohl die Kutsche ordentlich schaukelte und wankte.

Paula fand es etwas unglücklich, dass Else bei ihnen saß, denn sie wollte doch unbedingt mit ihrer Tante sprechen, aber natürlich nicht vor Personal. Doch Else schien tief und fest zu schlafen.

»Bedrückt dich etwas?«, fragte Auguste belustigt. »Oder findest du bloß keine angenehme Position? Die Wege hier sind aber auch ziemlich … ruppig.«

»Beides«, gestand Paula und versuchte irgendwie Halt zu finden, um nicht immer gegen Auguste oder die Seitenwand geschleudert zu werden. Sie stemmte ihre Absätze in den Boden und hielt sich am Türknauf fest. Dann sah sie ihre Tante an.

»Was hast du denn?«

»Deine lange Liste, Auguste. Die Einkaufsliste. Wir sind hier aufs Dorf gefahren, hierher, wo sich Fuchs und Hase Gute Nacht sagen, eben weil das so ist. Weil wir am Meer sind, aber nicht an der rauen See, und weil es hier … nichts gibt. Wir sind für die Ruhe gekommen und die Erholung. Und das haben wir auch gefunden.«

Erstaunt lehnte sich Auguste zurück.

»Das haben wir gefunden, und ich finde es wunderbar«, fuhr Paula fort, bevor Auguste auch nur etwas sagen konnte. »Wir haben Erholung gefunden – jedenfalls bis jetzt. Und jetzt kommen Mutter, Elise und Carl. Ich weiß, du willst, dass alle sich wohlfühlen – aber Mutter weiß auch, wo wir hier sind und warum.« Sie holte tief Luft.

»Was genau willst du mir sagen, mein Kind?« Auguste verschränkte die Arme vor der Brust. Auch sie hatte die Absätze in den Boden gestemmt, und nun schnaufte sie ein wenig vor lauter Anstrengung, ihr Gleichgewicht auf den unebenen Wegen zu halten.

»Ich meine das doch gar nicht böse, liebste Auguste – ich glaube nur, dass du deine Pläne überdenken solltest. Mutter wird es nicht stören, wenn sie in ein sauberes, aber schlichtes Haus kommt. Sie braucht keine Kissen und glänzenden Leuchter, sie braucht kein besonderes Geschirr – sie stört sich nicht an angeschlagenen Tellerrändern des Steinguts. Sie braucht keine langstieligen Kelche, für sie tut es ein dickwandiges Wasserglas – auch daraus schmeckt der Wein, wenn er wohltemperiert ist.« Paula schöpfte Atem, so sehr ereiferte sie sich. »Mutter möchte sich entspannen. Vielleicht genau so, wie wir es in den letzten Wochen taten. Ich glaube, sie hat noch nie in ihrem Leben in den Tag hineingelebt, so wie wir es gemacht haben.«

»Das kann sie gar nicht.«

»Ich habe es vorher auch nicht gekonnt – jedenfalls nicht so wie hier. So in aller Ruhe und in diesem Frieden.« Paula sah nach draußen, sah die Nebelfelder, die sich lichteten. Sie empfand einen tiefen Frieden. Nun schaute sie ihre Tante wieder an. »Das Gästehaus ist sauber, sie werden frische Betten haben, Kohlebecken. Es gibt Essen, um das sich Mutter nicht kümmern muss. Bücher, die sie lesen kann. Ein Klavier – sie kann spielen oder zuhören. Sie kann spazieren gehen und ausruhen – sie kann es halten, wie sie will. Wir haben vielleicht ein wenig mehr zu tun, weil wir uns um Elise und Carl kümmern müssen und um … dieses Mädchen. Aber das tun wir doch gerne, weil es Mutter entlastet. Sie braucht es nicht schick, denn dann würde sie nicht hierherkommen.«

»Grundgütiger«, sagte Auguste leise, kaum hörbar. Sie senkte den Kopf und schwieg.

Paula tat es ihr gleich. Sie hatte gesagt, was sie sagen wollte, und nun war es an der Tante, sich zu äußern.

»Hättest du das nicht eher sagen können?« Auguste klang sehr verärgert, dann aber stieß sie Paula in die Seite und lachte. »Ich hätte mir all die Listen ersparen können. Du hast natürlich recht. Ahrenshoop ist nicht Sanssouci und wird es auch nie sein. Es ist noch nicht mal wie mein Haus in Berlin, aber das ist auch gut so.« Sie nickte und nahm Paulas Hand. »Deine Mutter erwartet keinen Luxus. Ich bin einmal wieder auf mich selbst hereingefallen, und du hast mir gerade einen Spiegel vorgehalten. Es geht darum, dass wir eine schöne Zeit haben – das hängt jedoch nicht an Äußerlichkeiten. Ein schönes Haus kann einen glücklich machen, aber es garantiert keine Erholung. Nein, das tut es nicht.« Wieder schwieg sie für eine Weile. »Eigentlich«, fuhr sie fort, »können wir umkehren. Else kann all ihre Bestellungen aufgeben und sich schicken lassen.«

»Aber …« Paula schnappte nach Luft. »Ich würde so gerne …« Sie schnaufte enttäuscht. Stralsund wollte sie sehen. Eine Stadt und Menschen.

Auguste schmunzelte. »Natürlich fahren wir weiter. Die Listen lassen wir in der Kutsche und schauen nur, was wir Schönes für uns finden. Du brauchst ein neues Kleid, und vielleicht bekommt man ja auch irgendwo Noten …« Sie sah Paula an, die Lachfältchen waren wie Wagenspeichen um ihre Augen und machten ihr Gesicht fröhlich.

»Danke! Noten wären famos. Und vielleicht … finden wir ja doch eine schöne Petroleumlampe für das Gästehaus, die dort ist schon so angeschlagen …«

Nun mussten sie beide lachen.

Mehr als vier Stunden dauerte die Kutschfahrt nach Stralsund. Bei Bresewitz mussten sie auf eine Fähre, die auf Ruf fuhr, um über den Bodden zu setzen. Sie wurden ordentlich durchgeschüttelt, und Paula war froh, dass sie sich endlich wieder strecken und bewegen konnte. Sie hatten Decken mitgenommen, dennoch war es kühl gewesen, also führte Auguste Paula zu einem Gasthaus, wo sie heißen Tee und ein ausgiebiges Frühstück bestellten.

Else hatte genügend Handgeld bekommen, um sich in einer der Garküchen auf dem Markt versorgen zu können. Vergnügt und mit einem großen Korb bewaffnet machte sich die Köchin auf den Weg. Sie hatten sich für halb eins wieder an dem Gasthaus, wo die Pferde untergebracht waren, verabredet.

Auguste und Paula warteten dort zur abgemachten Zeit schon, als eine keuchende Else etwas verspätet und mit vollbeladenem Korb ankam. Paula lief ihr entgegen und half ihr beim Tragen.

»Du liebe Güte«, sagte Paula, »hast du Backsteine auf dem Markt gekauft?«

Else sah sie verwundert an. »Backsteine kann man doch nicht essen.«

Paula lachte laut auf. »Wohl wahr!«

Der Kutscher half nun auch und nahm den Frauen den Korb ab.

»Hast du alles bekommen?«, fragte Auguste.

»Fast«, sagte Else und nickte zufrieden. Sie schaute die Straße hinunter. Dort kamen zwei Burschen mit Säcken und Körben. »Ich hoffe, et passt alles inne Kutsche.«

»Grundgütiger, was ist das alles?«, fragte Auguste.

Else runzelte die Stirn. »Dat hatten wir doch besprochen. Ich sollte mich mit allen wichtigen Dingen eindecken, die ich aufm Dorf nich so eben mal bekomme, wa? Und das hab ich gemacht. Muss ja schließlich ab nächste Woche viele Münder stopfen.«

Auguste schaute den Kutscher zweifelnd an. »Werden wir das alles unterbekommen?«

Er grinste nur. »Klar doch.« Hinten auf der Ablage hatte er schon die zwei Kisten mit den Sachen verstaut, die Paula und Auguste gekauft hatten. Natürlich hatten sie das ein oder andere gefunden. Stoff für ein paar neue Kleider, ein kleiner Teppich für das Gästehaus und zwei hübsche Lampen waren auch dabei. Außerdem hatten sie Bücher und Noten erstanden. Auf die Kisten stellte der Kutscher nun den Korb und band ihn an, die Säcke hievte er auf das Dach und zurrte sie fest. »Wat hasse denn da gekooft?«, fragte er die Köchin. »Nen janzes Schween?«

»Ne, aber Mehl und so.«

Als sie alles verladen hatten, spendierte Auguste allen noch ein heißes Würstchen.

Das Wetter war gut, die Sonne strahlte vom blauen Himmel, und Else beschloss, sich nach vorne auf den Kutschbock zu setzen. Guste und Paula stiegen hinten ein und machten es sich gemütlich. Nun hatten sie ja auch etwas mehr Platz. Paula schaute nach draußen. Stralsund war eine schöne alte Stadt. Der rote Backstein der Häuser schien im Sonnenlicht zu glühen. Sie fuhren durch ein altes Tor in der dicken Stadtmauer Der Abstand zwischen den Häusern wurde immer weiter, die Gärten immer größer, und bald schon fuhren sie wieder durch die Felder, auf denen eifrig gearbeitet wurde. Überall grünte und blühte es jetzt. Unter den Duft der frischen Frühlingsluft mischte sich der Mief der Gülle und des Mists, die auf die Felder ausgebracht wurden. Auguste rümpfte die Nase, zückte ihr Taschentuch und beträufelte es mit Parfüm, um es sich dann vor die Nase zu halten. »Echt Kölnisch Wasser.« Sie bot Paula die Flasche an, doch Paula schüttelte den Kopf und schmunzelte.

»Der Mief wird vergehen, und ich finde, es riecht so lebendig und nach Frühjahr – für eine Weile halte ich das gut aus. Außerdem ist das immer noch besser als der Qualm und Rauch, der sich wie eine Decke über die Stadt legt – da habe ich eher Beklemmungen.«

»Du bist noch so jung und voller Enthusiasmus«, lachte Auguste. »Ich schätze an dir, dass du in so vielen Dingen das Gute siehst.«

»Das versuche ich zumindest. Es gelingt mir auch nicht immer.«

Eine Weile hing jeder seinen Gedanken nach. Vom Kutschbock konnte Paula Gemurmel hören, die Köchin und der Kutscher schienen sich eifrig zu unterhalten.

Am Wegesrand schienen die Singvögel in den Büschen und Bäumen miteinander zu tanzen. Hin und wieder sah sie einen Zug

Wildgänse oder gar Kraniche, die entweder hier haltmachten, bevor sie weiter in den Norden und Osten zogen, oder gar hierblieben, um zu brüten. Die Kraniche waren imposante Vögel, und ihre trompetenden Rufe schallten über die Felder. Aber auch Schwärme von Staren und anderen Vögeln, die sie nicht identifizieren konnte, zogen durch die Luft. Wie dunkle Wolken wirkten sie, Wolken, die sich drehten und wendeten, hoch und nieder flogen. Wie schaffen die das nur, fragte sich Paula. Wieso stoßen sie nicht aneinander?

Bald schon fuhr die Kutsche durch weite Wiesen. Der Mief hatte sich verzogen, es duftete nach frischem grünem Gras. Kühe und Pferde weideten friedlich im Sonnenlicht, trotteten gemütlich über die Weiden, suchten nach jungen Kräutern und frischen Trieben.

Paula schloss für einen Moment die Augen, sie wollte sich nur kurz ausruhen, doch schon bald war sie eingeschlafen und wachte erst wieder auf, als die Kutsche anhielt. Erstaunt sah sie sich um – sie waren noch nicht wieder zu Hause, sondern vor einem kleinen Bauernhaus, das von einer Reihe Bäume umzäunt war.

»Wir machen eine kleine Rast«, erklärte Auguste und öffnete die Kutschentür, stieg aus und streckte sich. »Die Pferde brauchen Wasser, und mir werden ein paar Schritte guttun. Außerdem ist da vorne die Fähre, und der Fährmann ist gerade unterwegs. In einer halben Stunde ist er wohl wieder da.«

Paula schloss sich ihr an. Der Knecht des Hofes pumpte Wasser aus dem Brunnen in einen Eimer und brachte ihn dann zu den Pferden. Die Bäuerin war ins Haus gegangen und kam bald darauf mit einem Tablett mit einem Krug Apfelsaft und einem Teller mit Schmalzbroten zurück.

»Danke«, sagte Auguste und schenkte sich ein.

»Is von unseren Bäumen.« Die Bäuerin klang stolz und lächelte breit. Ihre Haut wirkte wie altes Leder, und ihr fehlten schon einige Zähne, doch ihre Augen waren klar und wach und die Haare noch nicht weiß.

Wie alt mochte sie sein, fragte sich Paula. Das Sauerteigbrot schmeckte herrlich, und die leichte Säure des Apfelsaftes war erfrischend. Der kleine Hof war u-förmig gebaut, links lagen die Stallungen, rechts der Speicher. Hinter dem Haus befand sich ein großer Gemüsegarten. Auguste und Paula spazierten am Garten vorbei und kehrten dann um. Inzwischen waren die Pferde getränkt, und die Fahrt konnte weitergehen.

Auguste gab der Bäuerin ein paar Taler und bedankte sich herzlich, dann stiegen sie wieder ein.

»Wie lange müssen wir noch fahren?«, fragte Paula.

»Zwee Stunden bestimmt«, brummte der Kutscher. »Wajen is schwerer, und es is wärmer, da können die Pferde nich so schnell.«

Noch zwei Stunden, dachte Paula und versuchte, eine bequeme Stellung auf der Sitzbank zu finden. Aber auch die Zeit wird vorübergehen.

Es war inzwischen Nachmittag, die Sonne hat den Zenit längst überschritten – aber der Himmel war immer noch fast wolkenlos.

»Das Leben auf dem Land ist hart, nicht wahr?«, fragte sie Auguste.

»Wie kommst du darauf?«

»Die Bäuerin – ihr Gesicht und die Hände sahen aus wie bei einer alten Frau – aber ihre Haare und Augen waren noch jung.«

»Wettergegerbt, ja. Es ist sicherlich kein leichtes Leben. Ich möchte es nicht führen.«

»Dennoch sind wir darauf angewiesen, dass es jemand tut«, entgegnete Paula nachdenklich.

Die Dämmerung hatte schon eingesetzt, als die Kutsche schließlich auf den Hof vor ihrem Haus fuhr. Es dämmerte hier an der See anders als in Berlin. Der Himmel war weiter, die Landschaft flacher. Im Moment veränderte sich das Licht gegen fünf Uhr – vorher schon nahm die Strahlkraft der Sonne ab – aber das Licht blieb noch gleich. Dann war es, als würde ein dünner Schleier nach dem anderen über den Himmel gezogen werden, eine ganz allmähliche Veränderung. Um sieben Uhr dämmerte es dann deutlicher, und um acht schließlich wurde es dunkel. Jeden Tag ein wenig später, dachte Paula und schaute in den Himmel. Noch war er blau, aber nicht mehr so leuchtend wie vor einer Stunde.

Der Kutscher lud die Einkäufe ab, und Else eilte ins Haus.

»Ich hoff ja ma, dass die Marie dat getan hat, was ich ihr gesagt hab. Sonst ham wir kein Essen«, murmelte sie besorgt.

»Eine Suppe oder ein Eintopf wird reichen«, rief ihr Auguste hinterher.

Else drehte sich nur kurz um. »Zu mehr komm ich och nich.«

Auguste lachte. »Was möchtest du jetzt tun?«, fragte sie Paula. »Ein heißes Bad nehmen, um die steifen Glieder zu erwärmen?«

»Ich würde gerne an den Strand gehen. Nach den vielen Stunden in der Kutsche wird mir Bewegung guttun.«

»Bleib nicht zu lange und nimm das feste Umschlagtuch mit, nicht, dass du dich verkühlst. Es sieht schon so frühsommerlich aus, aber der Wind von der See ist immer frisch.«

»Ja, Auguste. Natürlich, Auguste.« Paula lachte.

»Ich meine es ja nur gut, Kind.«

»Ich weiß, Tantchen.«

»Nenn mich nicht Tantchen!«, murrte Auguste.

Paula zog die Augenbrauen hoch und zuckte mit den Schultern. »Und du mich nicht ›Kind‹.« Sie tänzelte an Auguste vorbei ins Haus, nahm sich das dicke, wollene Umschlagtuch von der Garderobe und lief hinter das Haus bis zu den sanften Dünen. Hier war es relativ flach, hatte sie festgestellt, denn dieser Teil des Strands hatte eine kleine, natürliche Bucht. Ging man südwestwärts, wurde der Hang immer steiler und die Uferböschung höher. An manchen Stellen war es so steil, dass man kaum hinaufklettern konnte. Es gab kleine Pfade, die den Hang hinuntermäandrierten, aber auch die waren schwer zu begehen.

Unser Haus hat den perfekten Platz, dachte Paula beglückt. Nicht weit vom Meer, aber weit genug, um geschützt zu sein. Höher gelegen als der Strand, aber nicht so hoch, dass es problematisch gewesen wäre, den Strand zu erreichen oder gar zurückzukommen.

Sie ging nordwärts, dort wurde es noch flacher. Das abnehmende Licht glitzerte rötlich auf den Wellen, bald schon würde sich die Sonne verabschieden und im Meer versinken. Sie wusste natürlich, dass die Sonne nur am Horizont unterging und nicht im Meer versank, aber die Vorstellung war irgendwie mystisch, und sie liebte sie. Als würde die Sonne zur Nacht ein Bad nehmen. Ein kaltes Bad allerdings, dachte Paula, nachdem sie die Fingerspitzen in die Wellen getaucht hatte. Sie leckte sich das Meerwasser von den Fingern, schmeckte das Salz und den reichhaltigen Geschmack, den nur das Meer hatte. Es war Zeit umzukehren. Im Haus würde das Feuer im Kamin brennen, es wäre warm und würde nach Essen duften, denn entweder Marie oder Elsa hatten irgendetwas Leckeres auf den Tisch gezaubert.

Die nächsten Tage waren von morgens bis abends angefüllt mit hektischer Betriebsamkeit und vergingen wie im Flug. Paula wurde nun schon frühmorgens vom Rufen der Frauen geweckt, die immer noch im Gästehaus zugange waren. Die Wände waren frisch gekalkt worden, undichte Stellen im Dach ausgebessert, die Senkgrube geleert, das Plumpsklo erneuert worden. Der Kamin war gereinigt worden und zog nun wieder. Alles nahm seinen Lauf, aber es brauchte seine Zeit.

»Morgen ist es so weit«, sagte Auguste zu Paula. »Morgen kommt deine Familie.« Sie sah Paula erwartungsvoll an, so als müsste Paula nun etwas sagen oder tun, aber Paula schwieg. »Sollen wir rübergehen und es uns ansehen?«, fragte Auguste schließlich.

»Oh, natürlich. Ist denn alles fertig?«

»Das will ich wohl hoffen«, murmelte Auguste nur und stand auf. Zwei große Körbe warteten in der Diele schon auf sie – darin waren Kissen, Deckchen, Bücher und die beiden neuen Petroleumlampen, die sie in Stralsund gekauft hatten.

Auguste sah sich zufrieden in der Diele des Gästehauses um. Alles wirkte größer, weil die Wände weiß leuchteten. Von den Spinnweben war nichts mehr zu sehen. In der Mitte des Raumes stand ein Tisch mit einer Kerze auf einem Messingteller und sechs Stühlen. Auguste nahm eine der Petroleumlampen aus dem Korb und stellte sie auf die kleine Kommode neben dem Eingang, wo bereits ein Kästchen Streichhölzer lag. Nachdem sie ein Spitzendeckchen auf den Tisch gelegt hatte, sah sie sich um und nickte zufrieden.

»Ich pflücke morgen noch ein paar Blumen«, meinte Paula. »Aber jetzt schon sieht es gemütlich und einladend aus. Schön, dass der Spiegel nicht mehr abgehängt ist – die Laken über all den Sachen hatten die Räume gespenstisch gemacht. Jetzt ist es wohnlich. Schade nur, dass es keinen Kamin in diesem Raum gibt.«

»Der Kaminabzug geht dort drüben durch die Wand, der Ofen in der kleinen Küche ist daran angeschlossen. Siehst du dort den Schieber in der Wand? Das kleine eiserne Türchen? Das kann man öffnen, und dann kommt Wärme auch hier in den Raum. Außerdem können sie auch die Tür zur Küche offen lassen.«

»Das ist ja famos.« Paula sah sich den Mechanismus genauer an. »Das hatte ich noch gar nicht bemerkt.«

»Drüben gibt es das auch – aber das habe ich erst erfahren, als Hein da war und den Kaminschacht gesäubert hat.«

Sie gingen von einem Raum zum anderen, schüttelten die Kissen auf, legten schöne Wolldecken auf die Betten und ein, zwei Bücher auf die Nachttische und Kommoden. Überall standen Kerzenhalter. Die Kohlebecken waren geputzt und poliert worden und warteten nun in der kleinen Küche auf ihren Einsatz. In allen Zimmern waren die Matratzen frisch befüllt worden, und es duftete nach Stroh und den Kräutern, die unter die Füllung gemischt worden waren.

»Hier wird Mutter schlafen«, sagte Paula und drehte sich in dem kleinen Raum im Kreis. Es war ein adrettes Zimmerchen, sauber und freundlich. »Sie wird sich bestimmt wohlfühlen.«

Auguste sah Paula an. »Wie fühlst du dich? Hast du Bedenken?«

»Weshalb?«

»Nun ... wegen deiner Familie. Wir werden einige Wochen zusammenleben.«

Auguste sprach aus, was Paula verdrängte. Natürlich hatte sie immer engen Kontakt zu ihrer Familie gehalten – aber mehrere Wochen mit ihnen verbracht hatte sie zuletzt vor fast vier Jahren. Wie würde es werden? Würde Toni ihr gegenüber wieder die Mutterrolle einnehmen wollen? Zu lange schon war Paula bei Auguste, und Auguste erzog sie zur Selbstständigkeit, zu einem eigenen Denken. Ja, dachte Paula, das tut sie, und das werde ich auch weiterhin machen. Mutter wird es wohl akzeptieren müssen, hoffentlich tut sie es auch.

»Es wird schon gut gehen.« Paula senkte den Kopf, hob ihn dann wieder und streckte das Kinn energisch nach vorne. »Ich freue mich sogar darauf. Sicherlich hat das Ganze einiges an Herausforderung, aber wir wollen doch auch keinen langweiligen Sommer.«

Auguste lachte. »Das ist meine Paula!«

Sie gingen weiter durch die Räume. Sauber war es, aber ein wenig karg.

»Hier wird Carl schlafen, dort drüben Elise«, überlegte Paula. »Und hier ... »Sie sah ihre Tante fragend an. »Wer ist das eigentlich, wen bringt Mutter mit? Ich wollte dich immer und immer fragen und habe es jedes Mal vergessen, weil etwas anderes dazwischengekommen ist.«

»Die Tochter von irgendjemanden aus der Gemeinde, schrieb mir Toni. Eine Phine – kennst du sie?«

Paula überlegte, schüttelte dann den Kopf. »Phine wer?«

»Das muss ich nachschauen. Ich habe es auch vergessen. Sie ist etwa so alt wie du.«

»Dann werde ich sie kennen. Warum nimmt Mutter sie mit?«

»Das hat sie nicht gesagt.«

Paula schaute sich noch ein Mal um. Die beiden Körbe waren leer, das Gästehaus sah wohnlich aus. Lotte, die Cousine von Marie, die sie für das Gästehaus eingestellt hatten, räumte noch das Geschirr in der Küche ein. Hinter dem Haus gab es einen ordentlichen Stapel Feuerholz, und im Erdloch lagerten Kohlen für die Öfen. Ein paar Blumen und der Duft von frisch gebrautem Kaffee, und das Gästehaus würde bereit sein, die Ankommenden zu empfangen.

Natürlich gab es am nächsten Tag immer noch viel zu tun. Nur Kleinigkeiten, aber sie kosteten Zeit. Lotte kam zu spät, was Auguste durchaus bemerkte und mit einem Stirnrunzeln quittierte.

»Sie hat sich sehr angestrengt, um diese Stellung für den Sommer zu bekommen – war pünktlich, eifrig und hilfsbereit. Wenn sich das jetzt ändert, werde ich sehr wütend«, sagte Auguste und pustete in ihren Kaffee.

»Es ist bisher nur dieses Mal vorgekommen«, beruhigte Paula sie und schaute nach draußen. »Wolken ziehen auf.«

Auguste folgte ihrem Blick. »Der Himmel ist doch blau und strahlend. Da sind nur einige Schäfchenwolken, wie jeden Tag.«

»Siehst du das nicht dahinten? Ganz am Horizont? Dort, wo das Meer auf den Himmel trifft? Da ist eine seltsame, dunstige Linie.«

Ihre Tante kniff die Augen zusammen. »Du meinst, das wären Wolken? Ich weiß nicht. Aber das ist auch egal, hier weht immer ein Wind, und das Wetter ändert sich ständig.« Womit sie recht hatte.

Paula versuchte Minna zur Hand zu gehen und ansonsten den Leuten möglichst wenig zwischen die Füße zu kommen. Auguste machte sich erst gar nicht die Mühe. Sie setzte sich in den Wintergarten, ließ die Fenster öffnen und genoss das milde Wetter und die Sonne, während sie all die Zeitungen und Magazine, die sie aus Stralsund mitgebracht oder die mit der Post gekommen waren, in Ruhe studierte. »Wer weiß, wann ich in der nächsten Zeit noch dazu komme.«

Immer wieder schaute Paula auf die Uhr – in der Diele des Gästehauses stand eine auf der Anrichte, eine Großvateruhr im Wohnzimmer des Haupthauses, und außerdem hatte ihr Auguste zum Lichterfest eine kleine Uhr an einer Kette geschenkt, die sie um den Hals trug – aber die vergaß sie meist.

Sie wusste, die Kutsche würde erst gegen Abend kommen.

Nach dem kleinen Imbiss, den es zum Mittag gab, nahm Paula ihren Schal und ging an den Strand. Es war ein warmer Tag, aber natürlich blies immer eine frische Brise vom Meer. Paula ging eine Weile, blieb dann stehen und schaute zum Horizont. Sie täuschte sich nicht, von dort zogen Wolken auf. Noch schienen sie weit weg zu sein, aber sie waren da. Ein dunkler Strich am Himmel, der immer breiter wurde und sich näherte.

Ich bin nicht abergläubisch und glaube nicht an schlechte Omen, sagte sich Paula, dennoch hatte sie ein mulmiges Gefühl. Was, wenn der Besuch der Mutter nicht so positiv sein würde, wie es sich alle erhofften? Was, wenn sich keiner erholen konnte, sondern sie sich an kleinen Dingen, die oft schmerzhafter waren als große Streitigkeiten, aufreiben würden? Paula schüttelte unwillig den Kopf. Das liegt an uns, an mir. Ich darf das einfach nicht zulassen. Ich möchte das auch nicht zulassen. Ich will meinen Frieden mit Mutter bewahren, eine gute Beziehung zu ihr haben – und auch zu Elise. Carl machte ihr kein Kopfzerbrechen.

Carl war der kleine, liebenswürdige Bruder, dessen meistgenutztes Wort »warum?« war. Er hinterfragte alles – auf eine nette, neugierige Art.

Und dann war da noch Phine. Die große Unbekannte. Ein Mädchen, etwa so alt wie sie selbst. Das machte Paula am meisten Kopfzerbrechen. Ich habe keine Freundin in meinem Alter, dachte sie. Ich weiß gar nicht, wie ich mit ihr umgehen muss und soll. Vermutlich werde ich alles falsch machen. Aber auch diesen Gedanken schüttelte sie ab, wie den Sand in ihrem Rocksaum. Wenn ich es will, wird es auch gut gehen, beschloss sie. Und ich will, dass es gut geht.

Damit drehte sie sich um, zog das Umschlagtuch energisch um ihre Schultern und stapfte zurück zum Hof. Sie nahm sich die Noten vor, die sie in Stralsund gekauft hatten. Partituren von der Zauberflöte. »Der Vogelfänger« war eine leichte und einprägsame Melodie, die sie schnell beherrschte. An die Arie der Königin der Nacht traute sie sich noch nicht.

Stunden später hörte sie endlich das Geklapper der Hufe auf dem Kopfsteinpflaster.

»Sie kommen!«, rief Paula. »Sie kommen.«

»Contenance«, murmelte Guste, lächelte aber, als sie ebenfalls in den Hof hinaustrat.

Die Kutsche hielt an. Hein sprang vom Bock und öffnete die Tür. Ein dünnes Mädchen in einem dunklen Kleid sprang heraus, sah sich um und stürzte dann zu dem Gebüsch, das den Hof umgab.

Toni stieg aus dem Wagen, sah ihr hinterher und schnalzte leise mit der Zunge. »Nun wirklich«, murmelte sie.

Elise rannte auf Paula zu und sprang ihr in die Arme. »Wir sind da, wir sind da, wir sind da!«

»Ja, das seid ihr«, lachte Paula, und alle Anspannung fiel auf einmal von ihr ab. Dies war ihre Familie, es gab nichts, worüber sie sich Sorgen machen musste. Mit ein wenig Mühe schob sie Elise von sich und ging zu ihrer Mutter, umarmte sie. »War es eine anstrengende Fahrt?«

Toni drückte ihre Tochter an sich. »Du duftest nach Meer«, sagte sie leise. »Und du siehst gut aus.« Sie rückte ein wenig ab, musterte Paula wieder, lächelte. »Die Fahrt war ganz in Ordnung … bis auf Phine. Sie ist reisekrank.«

»Reisekrank?« Auguste war zu ihnen getreten und umarmte nun ihre Schwester. »Seid ihr mit dem Schiff gekommen?«, fragte sie amüsiert.

»Man könnte es fast meinen.« Toni lachte, aber sie klang nicht belustigt. »Ich hoffe, ich habe da keinen Fehler gemacht …«

»Nun seid ihr erst einmal hier, und alles andere wird sich fügen«, meinte Auguste und sah zum Gestrüpp. Sie holte tief Luft und räusperte sich.

»Ich mach das schon«, sagte Paula und versuchte sich Carl vom Hals zu pflücken, der ihr in die Arme gesprungen war.

»Wo ist das Meer?«, fragte er aufgeregt. »Gibt es hier Tiere? Haben wir ein Boot? Wo werden wir schlafen?«

»Ich zeige euch jetzt erst mal eure Unterkunft.« Auguste nahm Carl an die Hand. »Und wenn du brav bist, gehen wir gleich noch an den Strand. Spätestens morgen jedoch.«

Carl seufzte erleichtert auf. »Kann man das Meer von meinem Zimmer aus sehen?«, hörte sie ihn noch fragen, bevor er mit Auguste im Gästehaus verschwand.

Paula schaute ihnen kurz hinterher, wandte sich dann dem jungen Mädchen zu.

»Alles in Ordnung?«, fragte sie. Phine saß auf einem Baumstamm und rang keuchend nach Luft. Ihr Gesicht war bleich und verschwitzt, die Haare strähnig. Mit finsterem Blick sah sie Paula entgegen.

»Hallo, ich bin Paula.« Vorsichtig näherte sie sich dem Mädchen. Dann musste sie über sich selbst lachen. Sie ist eine junge Frau, kein wildes Tier. »Im Haupthaus gibt es ein Badezimmer mit Badewanne und Kohleofen – möchtest du vielleicht ein Bad nehmen? Mir hilft das immer, wenn ich mich schlecht fühle.«

»Mir wird nichts helfen«, stöhnte Phine. »Gar nichts. Nicht, solange ich hier bin.«

Paula setzte sich auf einen Baumstumpf in ihrer Nähe. »Ich glaube, ich kenne dich gar nicht. Dabei hat meine Tante gesagt, du wärst aus der Gemeinde.«

Phine strich sich die Haare aus der Stirn, setzte sich auf und schnaufte. »Meine Tante ist in der Gemeinde. Ich komme aus Landsberg. Dort ist mein Onkel Willi Rabbiner. Er kennt wohl deinen Vater gut.«

»Aha«, sagte Paula, die nichts verstand. Onkel und Tante und dieses Mädchen, das irgendwie verloren wirkte.

»Ich habe bis vor zwei Jahren bei meinem Onkel Willi und seiner Familie gewohnt. Dann bin ich zu meiner Tante Anna nach Berlin gezogen«, erklärte Phine.

»Ach so.« Paula war immer noch verwirrt. »Und deine Eltern?«

»Die sind tot.« Phine senkte den Kopf, ließ das lange offene Haar über ihr Gesicht fallen.

»Das tut mir leid.« Paula räusperte sich. »Du heißt Phine?«, fragte sie unsicher.

Das Mädchen nickte stumm.

»Das ist ein interessanter Name.«

»Eigentlich heiße ich Josephine – aber wer will schon so heißen?« Nun stahl sich doch ein Lächeln auf ihre Lippen.

»Wir sollten hineingehen«, beschloss Paula.

Phine stand auf, strich ihr Kleid glatt.

»Komm, ich zeige dir dein Zimmer. Es ist schlicht, aber hübsch. Während du auspackst, könnte ich das Bad fertig machen lassen.« Langsam gingen sie in Richtung Hof. »Unsere Köchin hat sich überschlagen und wird sicherlich ein gutes und reichhaltiges Abendessen anbieten … aber du hast ja einen schwachen Magen … herrje, das hatte ich ganz vergessen. Es gibt bestimmt auch eine Brühe.«

»Mein Magen ist ganz in Ordnung«, sagte Phine. »Ich will bloß einfach gar nicht hier sein.«

»Du willst zurück nach Berlin? Aber ihr seid doch nur ein paar Wochen hier. Die Zeit verfliegt im Nu.«

»Ich möchte zurück nach Landsberg«, flüsterte Phine fast unhörbar. »Aber das soll ich nicht.«

Darauf wusste Paula nichts zu antworten. Dieses Mädchen trug einen großen, unsichtbaren Rucksack mit sich durchs Leben, das spürte Paula. Aber sie hatte ganz zaghaft die Hand genommen, die Paula ihr gereicht hatte. Nun galt es, Vertrauen aufzubauen, damit ihr die Finger nicht wieder entglitten.

Nachdem Paula Phine ihr Zimmer gezeigt hatte, ging sie zu ihrer Mutter.

»Hast du sie ins Haus bekommen?«, fragte Toni, die Stimme voller Zweifel.

»Sie packt ihre Sachen aus. Ich habe ihr angeboten, gleich ein Bad zu nehmen, sie sieht ganz elend aus.«

»Wenn ich gewusst hätte, dass es so kompliziert wird, hätte ich sie nicht mitgenommen. Ich wollte Anna nur einen Gefallen tun.«

»Wie alt ist sie?«

»Fast siebzehn. Aber sie benimmt sich, als wäre sie zwölf. Ich habe keine Ahnung, warum Anna ihr alles durchgehen lässt.«

»Vielleicht kommt sie ja hier zur Ruhe«, sagte Paula. »Möchtest du auch ein Bad nehmen? Hier gibt es eine Zinkwanne – sie ist recht groß. Drüben haben wir eine Wanne aus Emaille. Sicherlich bist du auch ganz erschöpft von der Fahrt.«

Unsicher sah Toni ihre Tochter an. Carl lief um den Holztisch in der Diele und sang. Paula verstand den Blick.

»Ich nehme Carl mit nach drüben. Vielleicht zeige ich ihm noch schnell den Strand, bevor es dunkel wird.«

»Ich möchte lieber ans Meer als in die Wanne.« Phine stand plötzlich hinter Paula. Sie hatten sie nicht kommen hören.

»Hast du schon ausgepackt?«, fragte Toni. Das Mädchen nickte.

»Dann darfst du gehen.« Bevor sie das Zimmer verließen, wechselte Toni einen schnellen Blick mit Paula. »Pass auf!«, las Paula in dem Blick.

»In der Diele stehen Galoschen in verschiedenen Größen, da finden wir bestimmt etwas Passendes.« Paula nahm Carl an die Hand. »Aber nur kurz, Carl, es wird heute Abend noch ein Unwetter geben. Und du musst aber auf mich hören.«

Carl nickte ernsthaft. »Wie ist das Meer?«

»Es ändert seine Laune von Tag zu Tag«, erklärte Paula, während sie zum Haupthaus gingen. »Mal ist es sanft wie ein Lämmchen. Auf den leise schaukelnden Wellen sitzen dann Schaumkrönchen, wie weiche Wolle. Aber es kann auch wild und gefährlich sein. Wie ein ungezähmtes Tier, das seine Fänge nach dir schlägt und dich zu sich ziehen will. Dann ist es grau und grün, laut und tosend. Es kann auch verschlagen sein, dann tut es sanft, aber plötzlich kommt eine Welle und will dich fangen. Man muss immer aufpassen.«

»Wir waren mal am Meer, hat Mutter erzählt. Aber da war ich noch klein. Ich erinnere mich nicht mehr daran. Es war auch nur für ein paar Stunden. Hier werden wir länger bleiben. Ist das nicht schön?« Mit einem großen Augenaufschlag sah er Paula an.

»Es ist wunderbar, dass ihr jetzt hier seid.«

»Nicht für jeden von uns«, murmelte Phine bockig.

Auguste trat aus dem Wohnzimmer. »Na, habt ihr euch schon eingerichtet?«, fragte sie fröhlich.

»Ich habe ein Zimmer nur für mich allein«, krähte Carl begeistert. »Es ist so schön hier, ich will nie wieder weg.«

»Du bist noch keinen halben Tag hier – ich würde an deiner Stelle noch etwas abwarten.« Auguste schmunzelte. Dann sah sie Phine an. »Ich hoffe, es wird dir hier auch gefallen.«

Phine musterte sie mürrisch.

»Manchmal wird es dann am schönsten, wenn man das Schrecklichste erwartet«, sagte Auguste mit einem Lächeln.

»Wir wollen kurz an den Strand.« Paula schob Carl in Richtung Hinterausgang.

Nachdenklich sah Auguste Paula an. »Seid vorsichtig, du hattest recht, was den Wetterwechsel angeht. Über dem Meer türmen sich dunkle Wolken auf.«

Tatsächlich hatte es aufgefrischt, und von der See blies ein kräftiger Wind, den sie auf dem geschützten Hof gar nicht bemerkt hatten. Paula zog ihr Umschlagtuch fest, nahm Carl an die Hand. Ein wenig besorgt schaute sie zu Phine. Das Mädchen stapfte vor ihnen her durch die Dünen.

»Pass auf!«, rief Paula. »Der Weg führt steil nach unten. Es sieht zwar nicht so tief aus, doch der Sand ist locker, und man kommt schnell ins Rutschen.«

Phine warf ihr einen verächtlichen Blick über die Schulter zu und lief los. Im nächsten Moment rutschte sie weg, fiel. Sie schrie kurz auf. Verärgert schüttelte Paula den Kopf, dann packte sie Carls Hand ganz fest. »Wir gehen jetzt gemeinsam zum Strand«, instruierte sie ihn. »Langsam und bedächtig.«

»Hat sich Phine wehgetan?«, fragte er leise.

»Das werden wir gleich sehen.« Entschlossen ging Paula weiter.

Phine hockte im Sand und rieb sich den Knöchel. Als sie Paula kommen sah, stand sie auf und ging weiter. Das Humpeln versuchte sie zu kaschieren.

Sie hat sich wehgetan, dachte Paula, wieso ist sie nur so dickköpfig? Dann wurde ihr klar, dass dort ein Mensch ging, der in seiner Seele tief verletzt zu sein schien. Mit Verärgerung war Phine nicht geholfen. Ihr nachzurufen war sinnlos, Phine wollte keine Hilfe und keine Nähe, deshalb folgte Paula ihr einfach.

»Ist das das Meer?« Carl war stehen geblieben, staunte nur. »Das ist das Meer?«

Wild schäumte es, der Wind trieb die Wellen ans Ufer. Dort, wo normalerweise noch meterweit Sandstrand war, tosten die Wellen. Die Gischt sprang schaumig hoch, kleine Wölkchen flogen durch die Luft, flockig, weich und harmlos wirkten sie, aber Paula wusste, es war der Geifer des Meeres. Sie griff noch einmal fester nach Carls Hand.

»Ja, das ist das Meer. Und es ist wütend. Hörst du es?«

Carl nickte. Er wirkte aber nicht verängstigt, sondern abenteuerlustig. »Es schmeckt salzig.« Carl leckte sich über die Lippen, streckte die Zunge heraus. »Ich möchte es probieren.«

Und bevor Paula reagieren konnte, hatte er sich losgerissen und war zur Brandung gelaufen, die plötzlich unendlich hoch erschien. Er streckte die Hand aus, tauchte sie in die Welle, zog die Hand zurück und leckte an seinen Fingern. Doch die Welle wanderte weiter, schien noch weiter zu wachsen. Sie umspülte seine Knie, und er bekam es gar nicht mit, dann stand er bis zur Hüfte im kalten

Wasser – überrascht blickte er auf, und im selben Moment zog die Welle sich zurück und riss ihn mit sich.

»Carl! Carl!«, schrie Paula und rannte zur Brandung.

Carl strauchelte im Sog, fiel hin, wurde vom Wasser überspült.

»Carl!«

Paula lief durch den nassen, soggenden Sand, stolperte, fing sich wieder. Sie ließ ihren Bruder nicht aus den Augen. Er versuchte sich aufzurichten, aber die nächste Welle kam schon, schlug über ihm zusammen.

Aus den Augenwinkeln sah Paula eine Bewegung. Von der Seite stürmte Phine an ihr vorbei und stürzte sich, ohne zu zögern, ins kalte Wasser. Sie bekam Carl am Arm zu fassen, riss ihn hoch und drückte ihn an sich. Keuchend erreichte Paula die beiden, legte ihren Arm um Phines Schultern und zog sie mit sich zum Strand.

Carl hustete, schüttelte sich, dann strahlte er über das ganze Gesicht. »Das ist eine Urgewalt«, sagte er verblüfft. »Stärker, als ich es bin.« Wieder hustete er, spuckte das Salzwasser in den Sand. »Das war grandios.«

»Nein, das war es nicht«, sagte Paula bibbernd. »Das war gefährlich.« Sie nahm Carl auf den Arm, dann rannten sie die Böschung hinauf. Oben angekommen, musste Paula innehalten und nach Luft schnappen.

»Ich nehme ihn.« Es war keine Frage. Phine riss Carl aus Paulas Armen und stapfte mit ihm durch die Düne und zum Haus.

Auguste hatte im Wintergarten am Fenster gestanden und kam ihnen nun entgegen.

»Was ist passiert?«, rief sie hektisch.

»Carl ist ins Wasser gefallen«, sagte Phine, und ihre Stimme klang erstaunlich ruhig. Sie sah Carl an, ihre Augen blitzten. »Er war an Paulas Hand, aber diese Welle baute sich plötzlich so hoch auf, da ist er nass geworden – Paula hatte einfach keine Chance. Nicht wahr, Carl?«

Der Junge schluckte, hustete und nickte dann. Er schielte verlegen zu Paula, die erschöpft das Haus erreichte.

»Paula hat mich die ganze Zeit festgehalten«, sagte er röchelnd, hustete wieder.

»Der Junge sollte ein Bad nehmen«, meinte Phine. »Und Paula auch. Wir alle brauchen trockene Sachen. Das ist ein ganz schönes Wetterchen da draußen.«

»Danke, Kind«, sagte Auguste und schaute Phine durchdringend an. Dann nahm sie Carl in ihre Arme.

»Was ist passiert?« Minna eilte ihnen entgegen. »Gute Güte, ist er ertrunken?«, jammerte sie.

Carl hustete. »Noch nicht«, sagte er dann und grinste.

»Er braucht ein heißes Bad, aber die Mädchen auch«, sagte Auguste. »Sie sind alle drei nass geworden …« Fragend sah sie die Mamsell an.

»Der Ofen im Gästehaus ist an und heizt. Lotte hat die Wasserhexe gefüllt, dort kann der Junge baden.« Sie schaute zu Phine und Paula. »Wir haben genügend heißes Wasser im Badezimmer für ein Bad – und auch nur eine Badewanne. Aber wir haben auch eine Zinkwanne im Haus, die könnte ich ins Badezimmer stellen. Dann gibt es erst einmal zwei halb volle Wannen.« Sie musterte Paula, dann Phine. »Wenn die gnädigen Fräulein sich nicht zu fein sind, einen Raum zugleich zu benutzen. Dort ist ein Paravent …«

Phine schlotterte inzwischen. »'nen Paravent brauch ich nicht.«

»Ich auch nicht«, sagte Paula, eilte nach oben und zog Phine mit sich. Die Wannen waren noch nicht gefüllt, aber im Raum waberten die Dampfschwaden, und langsam wurde ihnen wärmer. Nachdem Minna das Wasser eingelassen hatte, schob sie neues Holz in den Ofen, dann sah sie Paula an.

»Du weißt, wie es geht? Hier ist der Hahn, aus dem das heiße Wasser kommt, wenn die Anzeige dort steht, aber Achtung, es ist wirklich heiß, verbrüht euch nicht.« Paula und Phine hatten schon begonnen, sich aus ihren nassen Kleidern zu schälen. »Ich denke, ihr werdet es bewältigen. Ansonsten müsst ihr klingeln.« Sie strich sich mit den feuchten Händen über die Schürze und verließ den Raum.

Paula glitt in die Wanne, die bisher nur zu gut einem Viertel gefüllt war – aber das Wasser war heiß und tat so gut. Am Rand lag ein Schwamm, den sie nun eintauchte und über sich ausdrückte …

Auch Phine war in ihre Wanne gestiegen, seufzte wohlig.

»Danke«, sagte Paula leise. »Du hast meinem Bruder das Leben gerettet.«

»Du warst nur wenig hinter mir, du hättest es auch allein geschafft.«

»Das mag sein. Aber du warst da.« Paula schwieg für einen Moment. »Du warst da und hast gehandelt. Warum?«

»Warum?« Phine wiederholte die Frage ungläubig. »Was hätte ich denn sonst tun sollen?«

»Nichts. Du hättest nichts tun können. Es war schließlich auch für dich gefährlich …«

»Aber …?«

»Offensichtlich bist du nicht freiwillig hier. Du willst nicht hier sein, du willst nicht bei uns sein …«

»Das stimmt, aber das macht mich doch nicht zu einem Unmenschen.«

»Aber warum bist du hier?« Paula schaute auf die Anzeige, wieder war etwas Wasser aufgeheizt. Sie ließ das Wasser in den Eimer laufen und teilte die Menge zwischen ihnen auf.

Phine zog die Beine an und tauchte unter – bis zum Kinn ging ihr das Wasser nun, wenn sie ganz flach auf dem Rücken lag. Ausstrecken konnte sie sich nicht, dazu war die Wanne zu klein. Sie setzte sich wieder auf.

»Warum ich hier bin?«, fragte sie, eher in den Raum hinein als zu Paula. »Weil ich allen zu lästig bin, schätze ich.« Es klang gleichmütig, aber das war es nicht, das spürte Paula.

»Und weil meine Tante nicht mehr wusste, wie sie mit mir umgehen sollte, denke ich.«

»Bist du so aufmüpfig?«

Phine überlegte. »Wahrscheinlich sehen das alle so. Ich möchte es aber gar nicht sein.«

»Sondern?«

»Ich möchte ich sein.« Phine holte tief Luft und verschwand im Wasser. Nur ihre Knie ragten durch die Dampfschwaden nach oben. Ein seltsamer Anblick, dachte Paula amüsiert, wie kleine Gipfel, die aus dem Nebel tauchen. Sie nahm wieder den Schwamm, drückte das heiße Wasser über sich aus – das erschien ihr einfacher, als abzutauchen und sich in der engen Wanne zu verrenken.

Phine tauchte wieder auf.

»Wenn es dir darum geht, du selbst zu sein, dann bist du hier richtig«, sagte Paula leise. »Meine Tante unterstützt das sehr. Aber …«, sie stockte, »stell dir das nicht so einfach vor.«

»Was? Was soll daran schwer sein?«

Paula sah sie an, das erste Mal, seit sie im Badezimmer waren. Vorher hatte sie beschämt jeden Blick vermieden. »Weißt du denn, wer du bist?«

»Ich bin ich!«, schnaubte Phine.

»Natürlich bist du du – aber bist du so, wie du sein willst? Oder wie andere wollen, das du bist? Und verhältst du dich so, wie du dich verhältst, weil du meinst, dass du dich so verhalten musst? Oder eben im Gegenteil – machst du Dinge, weil du glaubst, dass andere sie nicht von dir erwarten?«

»Moment!«, sagte Phine und hob eine Hand. »Anhalten.« Sie holte tief Luft. »Das ist mir zu viel und zu schnell. Ich bin ich – ich bin ich, wie ich sein will.« Sie dachte nach. »Nein. Ich möchte ich sein. Bisher durfte ich das nicht.«

»Weil?«

»Weil die Menschen Erwartungen haben. Ich soll anders sein, als ich bin.«

»Wie bist du denn?«

»Ich … deine Fragen machen mich schwindlig.«

»Die Menschen erwarten also, dass du irgendwas bist, was du aber nicht bist – oder nicht sein willst.«

Phine schwieg.

Noch einmal tauchte Paula den Schwamm ein, drückte ihn über sich aus. Das Wasser wurde langsam kälter. Sie kletterte aus der Wanne und griff nach dem Handtuch, das auf dem Stuhl lag, und hüllte sich darin ein. Ein zweites Handtuch wickelte sie um die feuchten Haare.

»Es ist eine lange Geschichte«, sagte Phine und stieg ebenfalls aus der Wanne. Viel anmutiger als sie, wie Paula feststellte.

Noch war der Raum mit Dampf gefüllt, aber durch die Fensterritzen zog die kalte Luft, verdrängte die wabernden Wolken. Der Wind hatte zugenommen, heulte um das Haus. Plötzlich prasselten dicke Regentropfen auf das Dach und klopften gegen die Fenster. In der Ferne grollte es – ein Sturm zog auf.

Schaudernd zog Paula die Schultern hoch. Sie schlüpfte in ihren Morgenmantel, dann winkte sie Phine zu. »Mein Zimmer ist auf der anderen Seite des Flurs. Komm!«

»Ich habe nichts anzuziehen«, sagte Phine ratlos.

»Aber ich. Drüben. Nun komm schon!« Paula lief über den Gang in ihr Zimmer. Die liebe gute Minna hatte natürlich den Ofen angeheizt, er glühte förmlich und strahlte eine wohlige Wärme aus. Paula öffnete ihren Schrank, griff nach Wäsche, nach Röcken und Strümpfen, warf sie aufs Bett. »Das sollte dir passen.«

Phine war in der Tür stehen geblieben. »Was für ein schöner Raum«, sagte sie leise. »Es ist … dein Zimmer.«

»Ja, natürlich ist es mein Zimmer«, meinte Paula zerstreut. Sie zog sich saubere Wäsche an, dicke Strümpfe, ein warmes Kleid und dann noch eine Strickjacke. Was sie nun gar nicht gebrauchen konnte, war, sich zu verkühlen.

Phine drehte sich langsam um ihre Achse, begutachtete jeden Winkel.

»Zieh dich an!«, drängte Paula. »Nun mach schon. Nicht, dass du dich erkältest.«

»Ich erkälte mich nie«, entgegnete Phine leichthin.

»Das ist beneidenswert«, schnaubte Paula. »Aber trotzdem, Wäsche liegt auf dem Bett. Ein Kleid kannst du dir aussuchen. Ich bin ein wenig stämmiger als du, aber das wird schon passen.«

Paula trat ans Fenster, sah nach draußen. Finsterschwarz war es, nur hin und wieder zuckte ein Blitz gleißend über dem Meer auf, und dann sah man den Geifer der Gischt, den Schaum der tobenden Wellen, die hungrig nach dem Land griffen. Der Regen trommelte wütend auf das Dach und gegen die Fenster, im Hof spritzte der Kies auf.

Phine hatte sich schnell angezogen, irgendein Kleid aus dem Schrank genommen und trat nun neben Paula.

»Das ist gewaltig«, sagte sie. »Angsteinflößend.« Sie schauderte. »Wo ist das Haus, in dem wir schlafen?«

»Von hier aus sieht man auf die See«, erklärte Paula. »Das Gästehaus liegt zur Landseite hin.« Nachdenklich musterte sie das Mädchen. »Dein Zimmer im Gästehaus ist nicht viel anders als meines hier. Du hast leider keinen Ofen, aber eine Kohleschale, und ich bin mir sicher, dass Lotte sie angeheizt hat. Du wirst es auch warm haben.«

»Oh, natürlich. Darüber mache ich mir keine Gedanken. Aber ›mein‹ Zimmer ist ganz sicher nicht wie deines hier. Ich war ja drüben und habe meine Sachen ausgepackt.«

Paula schüttelte verständnislos den Kopf. »Was meinst du?«

»Schau hier, die Wolldecke, die du so scheinbar achtlos über das Fußende geworfen hast. Und da der Nachttisch. Die Petroleumlampe – alles schlicht und so wie drüben. Aber du hast Bücher auf dem Tischchen liegen, einen Bleistift, ein Notizbuch, oder ist es gar dein Tagebuch?« Phine schaute kurz zu Paula. »Postkarten. Hier ein Stuhl – darauf Kissen. Es sind aber nicht irgendwelche Kissen, das glaube ich nicht. Du hast sie ausgewählt und bewusst dorthin gelegt. Das graue zuunterst, das blaue im Rücken. Und die Decke, die so filigran über der Lehne hängt, sie wartet darauf, von dir genommen zu werden, will dich umschmeicheln.« Phine drehte sich weiter. »Und hier, das Bücherregal. Ein einfaches Regal, aber die Bücher sind geordnet, von dir. Sie haben eine Bedeutung – für dich, und das sieht man. Es ist nicht ein beliebiges Regal, das in irgendeinem Haus steht – es ist dein Regal. Dort liegen ein paar Muscheln, die du am Strand aufgehoben hast – weil ... weil? Sie haben dir wohl gefallen. So wie auch die Steine, die du auf dem Fensterbrett angeordnet hast. Daneben der Kerzenhalter – den du vielleicht irgendwo in diesem Haus gefunden hast. Du hast ihn genommen und auf deine Fensterbank gestellt. Ihn so dahin gestellt, wie er nun da steht.« Sie sah Paula an. »Verstehst du? Du hast aus diesem Zimmer dein Zimmer gemacht. Es mögen nur Kleinigkeiten sein, aber sie spiegeln dich wider. Das Zimmer passt zu dir.«

Paula sah sie verblüfft an. Dann sagte sie:

»Das kannst du mit deinem Zimmer doch auch machen. Kissen und Decken gibt es hier reichlich. Steine und Muscheln auch.«

Phine schüttelte den Kopf. »Ich kann es nicht«, sagte sie traurig. »Natürlich kann ich Kissen in meinen Stuhl legen und Muscheln sammeln – aber das so herrichten, so wie du, das kann ich nicht. Du kannst das, weil du weißt, wer du bist. Ich wette um einen Pfennig mit dir, dass die Steine, die so wahllos auf der Fensterbank zu liegen scheinen, von dir genau angeordnet sind. Du hast sie nicht einfach hingelegt. Du hast sie verschoben, wieder und wieder. Bis sie so lagen, wie sie es jetzt tun. Weil das für dich eine Ordnung ergibt, eine Symmetrie – oder vielleicht auch das Gegenteil davon – eine gewollte Unordentlichkeit.«

Paula biss sich auf die Lippe. Phine hatte recht. Die Steine, die Muscheln, die kleinen vom Meer geschliffenen und von der Sonne gebleichten Äste hatte sie sorgfältig ausgewählt und wieder und wieder arrangiert. Ohne jedoch darüber nachzudenken. Das tat sie jetzt.

»Ich habe es gelernt. Ich habe gelernt, aus einem Zimmer mein Zimmer zu machen«, gestand sie Phine. »Es war kein leichter Prozess – im Gegenteil. Es hat Kraft gekostet und viele Fehlversuche.«

»Wie aber hast du das gelernt?«

»Oh, da reicht ein halbes Jahr Zusammenleben mit meiner Tante«, lachte Paula. Sie bemerkte Phines fragenden Blick. »Sie hat es mir beigebracht. Das und noch vieles mehr. Sie ist eine besondere Frau, aber nicht immer einfach.«

»Dann ist es ein Geschenk, dass du bei ihr wohnen und dich entfalten kannst«, sagte Phine.

»Ganz sicher ist das so – aber stell dir das ›Entfalten‹ nicht so romantisch vor. Auguste hat ihre ganz eigenen Vorstellungen und ihre Grenzen – die sollte man nicht überschreiten.« Paula ging zum Waschtisch. Zum Glück waren ihre Haare nur ein wenig feucht und nicht wirklich nass. Sie kämmte sie aus und fasste sie im Nacken zu einem Knoten zusammen. Von unten war das Geklapper von Töpfen und Geschirr zu hören, sicherlich würde es gleich Essen geben.

»Vielleicht schauen wir, ob wir ein Kleid finden, das dir besser passt«, sagte Paula nachdenklich, nachdem sie Phine aufmerksam gemustert hatte.

»Ich mag die Farbe«, entgegnete Phine.

Paula drehte den Docht der Lampe höher, hob das Licht an. »Tatsächlich steht dir die Farbe, das Blau ist fast wie das deiner Augen. Nur ist das Kleid viel zu weit. Wir könnten einen Gürtel nehmen …«

Phine sah an sich herunter. »Ja, einen Gürtel.«

Das leise Lachen perlte aus Paula heraus. »Du hast es in dir, weißt du? Das Dich-selbst-Finden. Du hast dieses Kleid gewählt, weil es zu dir passt, zumindest die Farbe. Die Kunst ist es, Sachen, die zu einem passen, auch passend zu machen. Das kann ein Kleid sein oder ein Zimmer.«

Phine sah Paula an. »Du hast recht«, sagte sie zögernd. »Aber ich weiß nicht, wie das geht. Und ich weiß auch nicht, wer ich bin.«

»Nun, du hast ja ein paar Wochen hier, um es herauszufinden.«

Da war noch ein Geheimnis, etwas, was Phine umgab und was Paula noch nicht greifen konnte. Wie eine dunkle Wolke schien es zu sein, eine Wolke, die die Sicht auf das Mädchen versperrte. Doch ihre Neugierde und ihr Interesse waren geweckt, sie wollte herausfinden, was dahintersteckte. Und sie wollte Phine helfen, sich zu finden und glücklich zu werden.

Von unten erklang der Gong, der das Essen ankündigte. Aber es war erst der erste, sie hatten noch einen Moment Zeit. Paula kämmte Phines Haar, das ihr feucht und wirr vom Kopf stand.

»Wenn ich sie hochstecke, sehen sie ordentlich aus, aber werden kaum trocknen. Trag sie doch einfach offen, mit einem Haarband. Ich habe eines, das zum Kleid passt. Das Kleid binden wir mit einem Gürtel zusammen, damit es nicht wie ein Kartoffelsack um deinen Körper hängt«, beschloss Paula. Gerade als sie zufrieden mit Phines Aussehen war, erklang der zweite Gong.

Phine biss sich auf die Lippen. »Ich glaube nicht, dass deine Mutter mich mag«, sagte sie. »Ich habe mich auf der Fahrt nicht gut benommen. Ich wollte einfach nicht mit. Und deine Tante wird mich auch nicht mögen.«

»Jeder Mensch hat mehrere Chancen – so hält es meine Familie. Komm und nimm die nächste wahr, mach es besser. Aber verstell dich nicht, wenn beide etwas nicht mögen, dann sind es falsche Menschen – sei du selbst.«

»Das war ich schon so lange nicht mehr.«

»Dann ist jetzt ein guter Zeitpunkt, um wieder damit anzufangen.« Sie zwinkerte Phine zu und nahm sie bei der Hand. »Sei nicht ängstlich, sei einfach nur …«

»… du selbst«, beendete Phine den Satz. »Wie lange hast du gebraucht, um zu wissen, wer du bist?«

Paula lachte leise. »Ich suche mich immer noch, und vielleicht dauert es ein ganzes Leben. Mein ›Ich‹ heute ist ja auch ganz anders als das vor zwei Jahren. Vielleicht muss man sich immer wieder selbst suchen und finden.«

»Suchen und finden … das klingt schön, aber auch erschreckend.«

Sie gingen nach unten, die Tür zum Esszimmer war schon geöffnet. Auguste und ihre Mutter standen am Tisch. Von Elise und Carl war nichts zu sehen.

»Was ist mit Carl?«, fragte Paula und eilte zu ihrer Mutter. »Wie geht es ihm?«

Toni sah ihre Tochter für einen Moment an. »Er sagt, er hätte sich losgerissen von deiner Hand.«

»Das stimmt!«, rief Phine.

Toni warf ihr einen kalten Blick zu, wandte sich dann wieder an Paula. »Du hättest ihn gewarnt und festgehalten.«

»Ich wusste nicht, wie wild das Meer schon war. Natürlich hätte ich erst gar nicht mit ihm zum Strand gehen sollen. Die Wellen waren noch nicht hoch – nur die eine, sie war einfach plötzlich da.«

»Ja, ja, so isse, die See. Ist nich vorherzusehen. Kann immer eine hohe Welle kommen«, pflichtet Marie ihr bei. »Konnte Paula nich wissen. Hätte ich auch nich gewusst in dem Moment. Kaventsmänner nennen wir das. Se schleichen sich an un schlagen zu …«

»Dich habe ich nicht gefragt«, fuhr Toni sie an.

»Aber sie hat doch Wissen, das wir nicht haben«, schaltete sich nun Auguste ein. »Es ist doch gut, dass Marie uns erklärt, wie das passieren konnte.«

»Die See ist also unberechenbar. Selbst hier, an diesem Strand, der so friedlich sein soll«, schnaubte Toni. »Ich glaube, es ist besser, wir packen unsere Sachen und fahren wieder nach Hause – bevor ich das Leben meiner Kinder aufs Spiel setze.« Wütend schnappte sie nach Luft.

»Nein!«, rief Phine. »Wir sind doch gerade erst angekommen. Und es war ein schrecklicher Zufall, dass das Wetter heute so umgeschlagen ist – von einem Moment auf den anderen. Das konnte doch niemand ahnen. Bitte, überlegen Sie sich das noch mal, Frau Oppenheimer.«

Erstaunt sah Paula Phine an. Hatte sie nicht vorhin noch gesagt, dass sie sofort wieder zurückwollte?

»Setz dich erst einmal«, sagte Auguste ruhig. »Und iss etwas.« Sie schenkte ihrer Schwester ein Glas Rotwein ein. »Trink, das ist gut für die Nerven.«

Toni ließ sich erschöpft auf den Stuhl sinken, nahm das Glas, trank. »Ich muss wieder nach drüben. Die Kinder brauchen Essen und … ich muss mich um sie kümmern.«

Paula trat zu ihr, legte ihr die Hand auf die Schulter. »Lass mich hinübergehen. Ich kann ihnen das Essen bringen. Ich will auch nach Carl sehen und mit ihm sprechen. Bleib du hier und ruh dich erst einmal aus.«

»Ich begleite dich«, sagte Phine.

»Schau, das klingt doch gut, Toni. Die beiden Mädchen gehen hinüber, kümmern sich um die Kinder, und du kannst dich einen Augenblick erholen und in Ruhe essen. Meine Köchin hat sich wirklich ins Zeug gelegt, das solltest du genießen.«

Toni schaute Paula zweifelnd an. »Du musst aber wirklich aufpassen. Und wenn etwas ist, sagst du mir sofort Bescheid.«

»Mutter, es ist nur über den Hof und nicht Kilometer entfernt.«

»Du warst ja auch nur mal eben mit Carl am Strand …«

Paula zuckte zusammen, der Stich saß.

»Was soll schon passieren?«, sagte nun Auguste. Mit einem Blick gab sie Paula zu verstehen, rasch das Zimmer zu verlassen.

Bevor es sich Mutter wieder anders überlegt, schlussfolgerte Paula. In der Küche sah Else sie erstaunt an.

»Wo issn Marie? Essen kommt jetzt, beeil mich doch schon«, brummte sie.

»Hast du schon etwas für die Kinder drüben fertig gemacht?«, fragte Paula. »Ich nehme es mit.«

»Wat?«

»Na, ich bringe ihnen das Essen«, erklärte Paula, »drüben, ins Gästehaus.«

»Bei dem Sauwetter?« Else schüttelte den Kopf. »Kann Marie machen.«

»Nein, ich gehe. Ich will sehen, wie es Carl geht.«

»Wie solls ihm denn gehen? Hat nen bisschen Wasser geschluckt un is nass geworden. Bringt keen Jung um.« Else schüttelte den Kopf.

»Ich gehe trotzdem.«

»Und ich auch!«, bekräftigte Phine.

Else sah von der einen zur anderen, stemmte die Arme in die Hüften. »Wollt ihr dann och drüben essen?«

Paula nickte.

»Na, ihr seid mir zwee«, seufzte die Köchin und stellte einen Korb auf den Tisch. »Hab schon das Essen fürse drüben gepackt, kann jetzt noch für euch was dazutun.«

Paula wollte erst ihre Hilfe anbieten, hielt sich aber dann zurück. Sie wusste, manchmal war es besser, die grummelnde Köchin nicht zu stören.

Minna kam in die Küche und brachte die Suppenschüssel. »Die Damen haben die Suppe gegessen. Hast du den nächsten Gang fertig?«

»Kann ick zaubern? Ne, kann ick nich! Jetz sin erst mal die Kinders dran, wa?«

Minna zog den Kopf ein, zwinkerte Paula zu. Sie wussten beide, wann es besser war, sich zurückzuhalten.

In Wachsjacken gehüllt, öffneten die Mädchen die Küchentür, die zum Hof führte. Es schüttete tatsächlich. In Böen blies der Wind den Regen vor sich her, trieb ihn geradezu. In der Ferne grollte es, und am düsteren Himmel sah man Wetterleuchten die Nacht durchzucken.

»Es sind nur ein paar Schritte.« Paula versuchte, sich selbst Mut zu machen. Sie warteten einen Moment, dann schien es, als ob der Regen eine kurze Pause machte. »Jetzt!«

Sie lief los, es waren nur ein paar Meter, aber der Wind pfiff. Als sie das Haus erreichte, stieß sie erleichtert die Tür auf.

»Mutter?« Elise kam in die Diele. Sie sah Paula und Phine. »Wo ist Mutter?« Ihre Stimme klang skeptisch.

»Mutter ist drüben bei Auguste. Und da bleibt sie auch erst einmal.« Paula stellte den Korb auf den Tisch, zog den Südwester aus und auch die Galoschen. Sie hängte den Mantel an die Haken neben der Tür, schüttelte sich einmal. »Was für ein Wetter!«

In der Diele war es anheimelnd warm. An der Seite stand eines der Kohlebecken, und die Tür zur kleinen Küche war offen. Überhaupt wirkte der Raum im Licht der Lampen ganz anders als zuvor. Phine ließ sich auf einen der Stühle fallen, auf denen gemütliche Kissen lagen. Es roch nach Rauch, nach Petroleum – aber auch nach Menschen und Leben, nicht mehr muffig und staubig.

»Wo ist Carl?«, fragte Paula. »Wie geht es ihm?«

»Mir geht es gut!« Carl kam aus der Küche geschossen. Er trug schon sein Nachthemd, darüber eine Strickjacke, und an den Füßen hatte er dicke Wollsocken. Fröhlich umarmte er Paula, dann sah er zu ihr hoch, und sein Gesicht verzog sich. »Es tut mir leid, Paula. Ich wollte das nicht. Das Meer war so spannend, und ich habe die Welle nicht gesehen.«

»Ich weiß.« Paula strubbelte ihm durch das Haar.

»Mutter ist furchtbar böse«, flüsterte er und drückte seinen Kopf in ihr Kleid.

»Das weiß ich auch.« Sie fasste ihn unter den Armen, hob ihn hoch. »Mutter ist aber nicht da«, sagte sie und gab ihm einen Kuss auf die Nase. »Nur wir sind hier, und wir sollten jetzt etwas essen. Oder hast du keinen Hunger?«

»Wie ein Wolf«, lachte Carl erleichtert.

Elise hatte inzwischen den Korb in die Küche gebracht.

»Wie schön, dass wir alleine essen«, murmelte sie jetzt. »Mutter war wirklich aufgebracht. Sie will zurückfahren.« Elise senkte den Kopf. »Dabei sind wir doch gerade erst angekommen.«

»Gefällt es dir hier?«

Elise nickte. »Möchtest du mein Zimmer sehen? Es ist so hübsch. Klein, aber fein.« Sie zog die Schwester mit sich. Tatsächlich sah das Zimmer, das bisher nur ein Raum mit einem Bett, einer Kommode und einem Waschtisch gewesen war, im Kerzenlicht ganz anders aus. Elise hatte einen Stuhl an das Fenster gestellt, auf dem Fensterbrett lagen zwei Bücher. Ihre Schreibmappe war auf dem Nachttisch. Und auch zwei Steine lagen schon dort, sie waren wohl vom Hof. Paula schmunzelte. Sie sah sich die Steine an, beide hatten Löcher in der Mitte. »Man nennt sie Hühnergötter.«

»Was für Götter?«, fragte Elise.

»Steine mit Löchern nennt man Hühnergötter. Ich weiß auch nicht, warum, aber es ist so. Die Leute sammeln sie.Du wirst dich hier wohlfühlen, denke ich.«

»Ich möchte auch so gerne hierbleiben.«

»Das werden wir.« Phine war ihnen unbemerkt gefolgt.

Überrascht drehte sich Elise um und runzelte dann die Stirn. »Du willst doch zurück«, sagte sie abfällig.

»Ich habe meine Meinung geändert.« Phine lächelte zaghaft.

»Du findest uns doch aber scheußlich.« Elise rümpfte die Nase. »Und ich glaube, ich finde dich auch nicht besonders famos. Die Fahrt mit dir war jedenfalls sehr anstrengend.«

Phine sah sie an, blinzelte mit den Augen, dann fasste sie sich wieder. »Ja, das war sie sicherlich. Ich entschuldige mich dafür. Jetzt. Einmal.«

Elise musterte sie. »Ich nehme deine Entschuldigung an, wenn du dich ab jetzt anders benimmst. Wenn du uns nicht magst, solltest du fahren.«

»Ich kenne euch doch gar nicht«, sagte Phine leise und traurig.

Elise öffnete erstaunt den Mund, schloss ihn dann wieder. »Da hast du recht. Wir kennen dich ja auch nicht. Aber das können wir ja ändern.« Sie lächelte. »Und jetzt habe ich wirklich, wirklich Hunger. Was gibt es denn?« Schnell ging sie zurück in die Diele, wo Lotte schon den Tisch gedeckt hatte.

Paula sah Phine an und nickte. »Du machst das gut.«

»Ich habe eine Heidenangst.«

»Wovor?«

»Vor mir selbst am meisten, glaube ich.«

Draußen donnerte es so heftig, dass das Häuschen zu erzittern schien. Sie duckten sich erschrocken. Paula hob den Blick. »Das klang wie ein Ausrufezeichen«, sagte sie belustigt.

»Ein großes Ausrufezeichen«, seufzte Phine, grinste aber auch. Sie gingen in die Diele, setzten sich an den Tisch. Lotte trug das Essen auf – zuerst einen Topf mit einer reichhaltigen Suppe.

Carl löffelte sie schnell in sich hinein, es sah so aus, als hätte er am liebsten den Teller hochgenommen und daraus getrunken.

»Wir sind am Tisch und nicht im Stall«, wies ihn Paula zurecht. »Es ist genügend da, du kannst noch nachnehmen. Wo sind deine Manieren geblieben?«

»Ich glaube, die hat die See mitgenommen«, antwortete Carl verschmitzt. Dankbar ließ er sich den Teller ein zweites Mal füllen.

Dann gab es Huhn, herrlich kross ausgebacken, dazu Klöße und eine sämige Soße, gelbe Erbsen und Bohnen.

»Hast du schon gegessen?«, fragte Paula das Mädchen.

Lotte schüttelte verschämt den Kopf.

»Dann geh in die Küche und nimm dir, es ist doch genügend da.«

»Aber … aber …« Lotte sah unschlüssig auf den Tisch.

»Wir können uns selbst nehmen, keine Sorge«, beruhigte Paula sie.

Immer wieder krachte der Donner, es blitzte, und obwohl die Fensterläden geschlossen waren, war die Diele für einen kurzen Moment hell erleuchtet. Blitz und Donner folgten dichter und dichter aufeinander, der Regen trommelte nieder, die kleinen Kiessteine im Hof schleuderten krachend an die Hauswand. Der Wind heulte, fing sich unter dem Reetdach, verursachte ein seltsames Sirren.

Unsicher schaute Elise immer wieder zum Dach. »Wird es halten?«, flüsterte sie.

»Das ist sicher nicht der erste Sturm hier. Es wird halten«, versuchte Paula sie zu beruhigen, doch ganz wohl fühlte auch sie sich nicht.

»Ist es immer so stürmisch hier?« Elise zog die Schultern hoch.

»Bisher war es mal regnerisch, manchmal ein wenig windig, so einen Sturm habe ich auch noch nicht erlebt. Aber das Dorf hier steht schon ein paar Hundert Jahre, Lieschen. Es klingt schlimm, aber morgen ist alles vorbei.«

Zum Nachtisch gab es eine Eiercreme, die locker, luftig und süß war, aber davon schaffte Carl nur noch wenige Löffel. Immer wieder fielen ihm die Augen zu, obwohl der Wind weiterhin das Haus umtobte.

»Komm, ich bringe dich ins Bett«, sagte Paula und nahm ihn auf den Arm. »Du bist schon so groß und schwer«, stöhnte sie belustigt. »Lange werde ich dich nicht mehr tragen können. Früher warst du so leicht wie ein Küken.«

»Bin schon groß«, murmelte er. Paula steckte die Bettdecke fest um ihn, löschte die Kerze in seinem Zimmer. Sie war noch nicht aus der Tür, als er schon tief und fest schlief.

Gemeinsam deckten die drei Mädchen den Tisch ab, Lotte hatte schon angefangen zu spülen. Elise und Phine griffen nach den Trockentüchern, Paula räumte die Sachen weg – so waren sie schnell fertig. Lotte legte Holz nach, überprüfte die Kohlebecken in den Zimmern – überall glommen die Kohlen noch, und die Räume waren warm, wenn nicht gerade wieder eine kalte Windböe das Haus traf und durch die Ritzen pfiff.

Der Sturm schien nicht nachzulassen, auch der Regen prasselte weiterhin auf Haus und Hof. Lotte öffnete vorsichtig die Hintertür, die ihr der Wind beinah aus der Hand riss. Sie schaffte es gerade noch, sie wieder zu schließen.

»Oje«, murmelte sie. »Wie soll ich bloß nach Hause kommen?«

»Wo wohnst du denn?«, fragte Elise und gähnte.

»Im Dorf. Die Straße runter. Is nich weit, aber …«

»Ich befürchte, da kommst du heute nicht mehr hin«, sagte Paula. »Du wirst hierbleiben müssen. Marie ist ja auch noch da … auch sie wird es nicht bis nach Hause schaffen. Dazu ist es zu stürmisch.«

»Aber … ich muss doch nach Hause.«

»Heute nicht«, sagte Elise und schüttelte den Kopf. »Niemand kann bei dem Wetter rausgehen. Das ist zu gefährlich.«

»Aber … was mach ich denn dann?«

»Erst einmal wartest du hier«, sagte Paula entschlossen. »Ich gehe rüber und spreche mit meiner Tante.« Sie sah ihre Schwester an. »Du solltest jetzt auch zu Bett gehen, meinst du nicht?«

Unschlüssig sah Elise zu ihrem Zimmer. »Ich glaube, ich schlafe heute lieber bei Carl. Er wacht sicher gleich auf und hat dann Angst.« Sie räusperte sich und schaute zu Boden.

»Das klingt nach einer guten Idee.« Paula lächelte. »Würde es dir etwas ausmachen, wenn Lotte dann in deinem Zimmer schläft?«

Elise schüttelte sofort den Kopf. »Natürlich nicht. Das ist eine gute Idee.«

»Lotte kann auch bei mir im Zimmer schlafen, da ist noch ein Bett«, sagte nun Phine. »Wir müssten es nur noch beziehen – aber Decke und Kissen sind da, das habe ich gesehen.«

»Bei Sie im Zimmer? Mit Sie zusammen?« Lotte sah Phine erstaunt an.

»Warum denn nicht? Sind noch irgendwo Laken und Bettwäsche?«

Paula ging zu dem alten, geschnitzten Schrank, der in der Diele stand, und öffnete ihn. »Schaut mal«, sagte sie. »Hier ist reichlich, und alles ist frisch gewaschen.«

»Wunderbar«, sagte Phine und nickte Lotte zu. »Du schläfst bei mir, Elise bei Carl.« Sie klang erleichtert.

»Soll ich auch hierbleiben? Dann wären wir alle zusammen.«

»Würdest du?«, flüsterte Elise und nahm Paulas Hand.

»Mutter kommt bestimmt gleich …«

»Mutter könnte doch dann drüben bleiben, dann muss sie nicht durch den Sturm laufen.«

»Einer von uns muss auf jeden Fall noch einmal raus …« Paula straffte die Schultern. »Ich gehe. Wenn Mutter einverstanden ist, komme ich wieder.«

»Dann wirst du aber nass, Paula«, sagte Elise zweifelnd. »Und wir müssen doch auf deine Gesundheit aufpassen.«

»Ist doch nur Regen.«

»Es stürmt, Paula, hör doch!«, sagte Elise eindringlich. »Du kannst nicht gehen.« In diesem Moment blitzte es, und der Donner war wie ein Trommelschlag direkt auf das Haus. Eine Windböe schien fast das Dach anzuheben, und die Lichter flackerten bedrohlich.

»Ich gehe!« Phine hatte sich schon Galoschen und Südwester angezogen, nahm den Korb mit den Töpfen und drückte ihn an sich, Sie wartete gar nicht auf eine Antwort, sondern schlüpfte nach draußen, gerade als die Böe nachließ. Verblüfft sahen sie ihr hinterher, die Tür flog krachend ins Schloss.

Es dauerte nicht lange, da kehrte Phine zurück, streifte den Mantel ab und schüttelte sich wie ein nasser Hund. Elise reichte ihr schnell ein Handtuch, flüchtig trocknete sich Phine ab, schlang sich das Handtuch um die nun wieder feuchten Haare. Sie strahlte die anderen an. »Eure Mutter bleibt im Haupthaus, und du bist herzlich eingeladen hierzubleiben, Lotte. Marie bleibt ebenfalls über Nacht.«

Ein lauter Donner schien ihre Worte zu unterstreichen – sie alle zuckten zusammen, lachten dann erleichtert. Doch die Müdigkeit übermannte sie schnell, und so machten sie sich fertig für die

Nacht. Paula löschte alle Kerzen, kontrollierte den Ofen und drehte die Lampen herunter. Dann legte sie sich auch hin. Der Sturm schien unverändert stark zu toben, aber zwischen Blitz und Donner wurden die Abstände allmählich größer, und auch das Heulen des Windes veränderte sich.

KAPITEL 8

Am nächsten Morgen hatte der Sturm sich gelegt, und auch Toni hatte sich beruhigt. Auguste und Maries Vater, der extra aus dem Dorf gekommen war, gingen um das Haus und die Nebengebäude, um nach Sturmschäden zu schauen. Ein paar Reetbündel hatten sich am Dach gelockert, aber ansonsten hatten sie Glück gehabt. Im Dorf waren zwei Bäume umgekippt, in eine Scheune hatte der Blitz eingeschlagen. Aber es war eine alte Scheune, die leerstand, und der Regen hatte den Brand schnell gelöscht.

Wohl lagen überall Äste, Zweige und Blätter – es sah verheerend aus.

»Hätte schlimmer kommen können«, meinte der alte Fischer und strich sich über den Bart.

»Schlimmer?« Auguste schüttelte den Kopf. »Das war eine der schlimmsten Nächte, die ich je erlebt habe.«

»Da hamse noch nich viel erlebt, Jnädichste. Schlimm is ’ne Flut – aber da ham wa ja Jlück jehabt.«

»Dann will ich mal hoffen, dass ich nie eine Flut erlebe«, seufzte Toni.

»Wir bleiben also hier?«, Carl strahlte seine Mutter an. »Ganz sicher?«

»Nach dieser Nacht wäre es mir zu anstrengend, sofort wieder zu fahren. Aber du musst mir versprechen – hoch und heilig –, dass du nicht wieder so nahe an die Wellen gehst. Und dass du immer auf alle anderen hörst. Auf Paula und auch auf Elise.«

»Das verspreche ich. Hoch und heilig. Und ich höre auch auf Phine. Auf alle. Vor allem natürlich auf dich.« Er setzte seinen treuen Augenaufschlag ein, und Toni hatte Mühe, sich das Lachen zu verkneifen.

»Ob du auf Phine hören solltest, wird sich noch zeigen«, sagte sie dann leise und warf dem Mädchen einen skeptischen Blick zu.

Paula sah, dass Phine die Worte sehr wohl gehört hatte, jedoch nicht reagierte.

Nach dem Frühstück, das eher schlicht und ein wenig chaotisch war, setzten sie sich zusammen. Auch Carl und Elise hatten bei ihnen zu bleiben. Es war eng im Wintergarten.

Als alle saßen, stellte Auguste sich in die Tür zur Bibliothek, räusperte sich. »Die gestrige Nacht war für uns alle ein – nun, nennen wir es Erlebnis, das hoffentlich einmalig bleiben wird.«

»Ja!«, bekräftigte Toni die Worte ihrer Schwester. »Es war eine schlimme Nacht. Ich habe mir so große Sorgen um euch gemacht und wollte mehr als einmal zu euch laufen ...« Sie zog ihr Taschentuch aus ihrem Ärmel und tupfte sich über die Augen.

Mutter sieht müde aus, stellte Paula erschrocken fest. Müder, als es nur eine schlaflose Nacht verursachen würde. Sie wirkt abgekämpft. Plötzlich hatte sie großes Mitleid mit ihrer Mutter, die wahrscheinlich vor lauter Ängsten nicht geschlafen hatte. Sie trägt eine große Verantwortung für uns alle, wurde Paula klar. Auch für mich und Franz, selbst wenn wir nicht mehr bei ihr wohnen. Und gestern das Malheur mit Carl – es hätte schlimm ausgehen können. Mutter hat ein Kind verloren, ich weiß, wie sehr sie sich davor fürchtet, dass einem von uns etwas passiert. Demütig senkte sie den Kopf.

»Die Nacht haben wir ja überstanden«, sagte Auguste mit ihrer stoischen Unerschütterlichkeit, die manchmal sehr anstrengend war, aber nun im richtigen Moment kam. »Und jetzt warten wir ab, was die nächsten Tage bringen werden.« Sie schaute Carl eindringlich an. »Was wir auf keinen Fall noch einmal brauchen, ist ein Unfall, ein Unglück – ja, noch nicht einmal ein Missgeschick.« Sie schwieg kurz. »Regeln sind dazu da, eingehalten zu werden.« Sie schaute von Carl zu Elise, dann zu Phine und schließlich auch zu

Paula. »Und ich verlange von euch allen, dass ihr unsere Regeln einhaltet. Immer.«

Betretenes Schweigen füllte den Raum wie eine Wattewolke.

»Niemand geht allein irgendwo hin. Niemand geht irgendwo hin, ohne es uns vorher gesagt zu haben. Keiner von euch wird sich Gefahren aussetzen. Ist das klar?«

Sie nickten.

»Über weitere Regeln werden wir noch nachdenken. Was Toni und ich sagen, gilt – ohne Widerwort.« Sie holte tief Luft, sah ihre Schwester an. »Dieser Tag ist dem Aufräumen gewidmet. Auf dem Grundstück, dem Hof und auf der Straße liegen Äste und andere Dinge, die der Sturm herbeigeweht und abgerissen hat. Ihr schließt euch den Leuten an und helft. Lotte und Marie werden genug damit zu tun haben, sauber zu machen. Eure nassen Sachen werden von euch auf den Dachboden gebracht und zum Trocknen aufgehängt, damit sie keine Stockflecken bekommen. Waschen können wir erst später. Auch das Essen wird heute etwas magerer ausfallen, aber damit können alle sicherlich leben.« Sie nickte zufrieden. »Ein paar grundsätzliche Dinge noch. Wir sind hier, um uns zu erholen. Das gilt vor allem für eure Mutter und Paula. Deshalb bitte ich euch um einen friedlichen Umgang miteinander.« Diesmal sah sie Phine ernst an. »Wir haben ein paar Leute«, fuhr sie fort, »die uns helfen. Die Köchin, Minna, Marie und Lotte. Doch wir sind mit sechs Personen ein großer Haushalt, der sich auch noch auf zwei Häuser verteilt. Deshalb erwarte ich von euch, dass ihr mit anfasst und euch nicht bedienen lasst.« Wieder schweifte ihr Blick über die Anwesenden. »Gibt es dazu Fragen?«

»Kann ich an den Strand?«, rief Carl aufgeregt. »Ich möchte sehen, was der Sturm angerichtet hat.«

»Hast du mir zugehört?«, fragte Auguste verblüfft. »Toni, hat dein Sohn Probleme mit den Ohren?« Sie wandte sich wieder an ihren Neffen. »Nein, du darfst heute nicht an den Strand. Du darfst dir gleich einen Korb nehmen und im Hof die Blätter und Äste einsammeln.«

»Aber … aber …«, muckte Carl auf. »Ich habe noch nie einen Strand nach einem Sturm gesehen. Vielleicht sieht es dort jetzt ganz anders aus.«

»Du hattest auch noch nie einen Strand vor einem Sturm gesehen, bis gestern«, sagte Elsie und schüttelte den Kopf. »Was soll da schon anders sein?«

»Das möchte ich ja herausfinden.«

»Carl, der Strand wird morgen und nächste Woche noch da sein«, versuchte Paula den Jungen zu beruhigen. »Wir kommen schon wieder hin.«

»Aber vielleicht hat der Sturm einen Schatz an das Ufer gespült … oder ein Meeresungeheuer …« Carls Augen waren ganz groß geworden.

Toni lachte leise. »Ich muss zugeben, Carls Ausführungen entbehren nicht einer gewissen neugierigen Logik. Oder sagen wir: Interessiert und nicht neugierig. Das entspricht seinem Geist.« Sie sah ihre Schwester an. »Dennoch hast du recht, liebe Guste – Pflichten gehen vor. Erst die Pflicht, dann das Vergnügen. Also wird zuerst aufgeräumt, und dann schauen wir, was das Wetter macht und ob man einen Blick auf das Meer werfen könnte. Könnte, Carl – könnte. Das ist kein Versprechen, hast du das verstanden?«

Als Paula an Auguste vorbeiging, nahm die Tante ihre Hand. »Warte kurz«, sagte sie und zog Paula in die Bibliothek. Sie musterte ihre Nichte. »Wie geht es dir?«

»Gut«, lachte Paula.

»Wirklich?«

»Aber natürlich. Ich habe herrlich geschlafen, trotz Sturm. Es war sogar recht gemütlich dort drüben.« Sie biss sich auf die Lippen, flüsterte ihrer Tante dann zu: »Aber Mutter sieht schlecht aus. Sie muss sich ausruhen.«

»Das sehe ich ähnlich, aber ich kann es ihr ja nicht befehlen.«

»Wenn es einer kann, dann du.« Wieder lachte Paula. Sie gab ihrer Tante einen Kuss auf die Wange und folgte dann den anderen nach draußen.

Immer noch war der Wind frisch, die Luft feucht. Aber es lag auch eine Reinheit in der Luft, leicht süßlich, mit einer salzigen Note. Schnuppernd hob Paula den Kopf. Der Himmel war blank gewaschen, die weißen Wölkchen nur Tupfen auf dem Blau.

Paula schloss sich Phine an, die emsig Blätter und Zweige aufsammelte. Zwischendurch schaute sie ab und an wieder zu Carl. Er arbeitete ebenfalls fleißig, doch sein Blick wanderte immer wieder in Richtung Strand.

»Was hat dich gestern dazu gebracht, deine Meinung zu ändern?«, fragte Paula Phine.

»Du warst es. Du bist mir eine Inspiration, du scheinst so sehr in dir zu ruhen. Entweder hast du dich gefunden – oder nie verloren. Jedenfalls nicht so wie ich.«

»Warum hast du dich verloren? Du hast das jetzt schon mehrfach gesagt, aber ich verstehe es nicht.«

Phine senkte den Kopf. »Das ist schwer zu erklären. Ich will es versuchen, aber dazu … brauchen wir Ruhe. Und Zeit.« Sie bückte sich, hob weitere Blätter auf.

»Gut. Dann später.«

Eifrig gingen sie zu Werke. Besonders Carl bemühte sich, fleißig zu sein. Als zum Mittag geläutet wurde, sah der Hof fast wieder so aus wie vor dem Sturm. Nur die Blüten der Tulpen und Narzissen, die helle und leuchtende Punkte im Kies gewesen waren, waren verschwunden.

»Schau nur«, sagte Phine, »die Natur hat dem Unwetter dennoch getrotzt. Überall sind Knospen, dick und prall. In den nächsten Tagen werden sie aufplatzen, und alles wird rosig und bunt blühen.«

Auguste und Toni zeigten sich beeindruckt von ihrem Eifer. Paula stellte beruhigt fest, dass ihre Mutter den Tag in einem gemütlichen Lehnstuhl im Wintergarten verbracht hatte und nun viel ausgeruhter aussah als am Morgen. Mit gutem Appetit aß sie die kräftige Hühnersuppe, die Else gekocht hatte.

»Eine Hühnersuppe ist gut für Leib und Seele!«

»Amen«, murmelte Auguste, und Paula, die neben ihr saß, gluckste belustigt auf.

»Ich habe mich wirklich angestrengt«, sagte Carl emsig. »Darf ich denn nun …?«

»Ich weiß nicht.« Toni war voller Zweifel, das sah Paula ihrer Mutter an.

»Mich würde es auch interessieren«, sprang sie für ihren Bruder in die Bresche.

»Mich auch.« Elise schob das Kinn nach vorne. »Ich war noch gar nicht am Meer.«

»Ich würde ebenfalls gerne mitgehen«, meldete sich Phine leise.

»Dann sind wir ja zu fünft, denn das möchte ich mir nicht entgehen lassen – es könnte ja wirklich Strandgut geben«, meinte Auguste gut gelaunt.

»Also, ich weiß nicht«, sagte Toni, noch immer unentschlossen.

»Du bleibst hier«, beschloss Auguste. »Du ruhst dich weiter aus, und ich habe ein Auge auf die Jugend. Es wird schon nichts passieren.«

Und so machten sie sich nach dem Essen voller Spannung auf. Das wilde und wütende Meer hatte einen Teil des Strandes geschluckt, hatte seine Wellen bis an das Ufer geworfen, von dem Weg, der bisher nach unten geführt hatte, war nichts mehr zu sehen.

Nun brach das Ufer viel steiler ab, zwei Meter oder mehr waren es bis auf den Sandstrand, der mit angeschwemmten Dingen bedeckt war.

»Wie kommen wir hinunter?«, fragte Carl aufgeregt. »Oh, schaut mal, da vorne – ist das ein Korb? Und dort – eine Kiste?« Er sprang hin und her, und Paula, die ihn an der Hand hielt, hatte Mühe, ihn festzuhalten.

»Beruhige dich, oder möchtest du, dass wir abstürzen?« Carl zuckte zusammen, besann sich dann.

»Tut mir leid, Paula.« Seine Stimme war voller Reue.

»Schaut mal«, sagte Elise und zeigte nach links. »Dort vorne scheint es flacher zu sein.«

Tatsächlich hatte sich der Hang dort etwas abgesetzt, und sie konnten langsam und vorsichtig, einer nach dem anderen, nach unten gehen.

Am Strand angekommen, nahm Auguste ihren Neffen an die Hand. »Du bleibst jetzt bei mir. Du sagst mir, wo du schauen willst, aber du gehst mit mir zusammen.«

»Ja, Tante Guste«, seufzte der Junge und bückte sich. Auf dem Sand schwebten Schaumwölkchen. »Was ist das?«, fragte er erstaunt. »Es fühlt sich leicht an, wie Eischnee.«

»Das ist die Seife von Neptun, dem Meeresgott.« Phine gluckste.

»Das glaube ich nicht«, sagte er. »Neptun gibt es doch gar nicht, oder, Paula?«

»Nein, es gibt nur einen Gott und keinen Meeresgott. Aber was der Schaum ist, weiß ich auch nicht.« Sie wandte sich zu Phine. »Er hinterfragt alles. Sicherlich wird er einmal ein Wissenschaftler werden.«

»Dein großer Bruder wird Arzt, dann passt das doch«, sagte Phine.

»Kennst du Franz?«

»Flüchtig. Aus der Gemeinde. Ich habe ihn dort gesehen. Er kennt aber Felix und Georg, sie korrespondieren.«

»Wer sind Felix und Georg?«

»Meine Cousins aus Landsberg.«

»Woher kennt Franz sie denn?«

Phine sah Paula an. »Man kennt sich halt, oder?«

Paula schluckte die Antwort, sagte nichts. Irgendetwas verheimlichte Phine vor ihr.

Einen Schatz fanden sie an diesem Mittag nicht. Der Korb war kein Korb, sondern eine Reuse, die der Sturm losgerissen hatte. Darin waren aber nur kleine Krebse und Tang. Was ausgesehen hatte wie eine kleine Truhe, war ein großes Stück Holz, verwittert und von der See geschliffen.

Aber sie fanden Bernstein und manche Hühnergötter, Treibholz, seltsam geformt und abgeschliffen. Auch einen Schuh, einen Topf und andere Kleinigkeiten hatte das Meer an Land gespült.

Jeder hatte einige Dinge, die er mit sich nahm – selbst die nüchterne Auguste hatte Steine und Muschelschalen aufgesammelt, wie Paula belustigt feststellte.

War der Weg nach unten schnell und von rieselndem Sand begleitet gewesen, erwies sich der Aufstieg als deutlich mühsamer. Der Sand war noch nass, aber nicht gefestigt. Immer wieder rutschten sie ab und aus. In Schlangenlinien kämpften sie sich nach oben. Doch irgendwann war es geschafft. Auguste seufzte erleichtert auf.

»Wenn du mir versprichst, dass du nicht allein ans Meer gehst, dann lass ich dich jetzt los, Carl. Ich möchte mich aber auf dich verlassen können.«

»Ich verspreche alles«, sagte Carl treu.

»Das weiß ich.« Auguste lachte. »Aber wirst du dein Versprechen halten?« Sie schüttelte den Kopf. »Wir wollen dich nicht überfordern. Du kannst draußen bleiben, wenn du willst – aber du bleibst auf dem Hof. Diesem Hof. Zwischen den Häusern. Hast du das verstanden?«

Carl nickte.

Auguste sah in die Runde. »Ich denke, wir alle können ein wenig Ruhe gebrauchen.«

»Ja, der gestrige Tag, die Nacht und auch der Spaziergang, so schön er war, haben Kraft gekostet. Ich werde mich, wenn das in Ordnung ist, für ein Weilchen zurückziehen«, sagte Paula, die die Erschöpfung nun doch spürte.

»Ich bin nicht müde«, meine Phine. »Ich werde Minna fragen, ob ich irgendwo noch helfen kann.«

»Ich auch«, sagte Elise fröhlich. »Aber erst werde ich meine Muscheln und Steine waschen.«

Auguste sah die beiden Mädchen an. »Es ist schön, dass ihr helfen wollt. Bitte habt einen Blick auf Carl.«

»Das machen wir«, versprach Elise.

Paula war froh, als sie auf ihrem Bett lag.

Ich will es nicht wahrhaben, musste sie sich eingestehen, aber ich bin noch nicht wieder vollständig genesen. Es fällt mir schwer, mich zurückzunehmen, aber nur so kann ich gesund werden.

Der kurze Schlaf tat ihr gut. Danach erfrischte sie sich und ging nach unten. Ihre Mutter saß immer noch im Wintergarten, fest in eine Decke gemummelt, und las. In der Bibliothek hatte Phine es sich auf einem Sofa gemütlich gemacht und studierte die Magazine, die Auguste mitgebracht hatte.

»Wo sind Carl und Elise?«, fragte Paula.

»Drüben. Sie spielen ein Brettspiel.« Ihre Mutter lächelte. »Ich glaube, die Köchin hat ihnen ein paar Süßigkeiten zugesteckt, und sie genießen es, für den Moment unbeaufsichtigt zu sein.«

Paula ging ins Wohnzimmer und setzte sich an das Klavier. Sie nahm die Noten hervor, spielte aber erst ein paar Tonleitern, um ihre Finger geschmeidig zu machen. Dann begann sie »Die Moldau« zu spielen. Das leise Plätschern, das schnelle Dahineilen des Baches über die Kiesel – und dann das erste Mal das Motiv – das konnte sie inzwischen fast mit geschlossenen Augen. Voller Energie spielte sie das sich wiederholende Motiv. Doch dann stoppte sie und begann von vorne.

Diesmal achtete sie genauer auf die Noten, wiederholte Passagen, die nicht ganz so flüssig liefen, übte die Klangfolgen.

»Bitte spiele es noch ein Mal am Stück«, hörte sie plötzlich jemanden sagen. Es war Phine, die in der Tür stand und lauschte. »Es war so … berührend.«

»Es ist noch nicht perfekt, und ich habe es noch gar nicht ganz bis zum Ende gespielt.« Paula sammelte sich. Dann holte sie tief Luft und begann. Sie versetzte sich ganz in das Stück – das Wasser, das aus der Quelle kam, vom Felsen tropfte, zu einem Rinnsal wurde, munter über die Kiesel lief – größer und breiter, wilder – und schließlich zu einem Fluss wurde.

Als die letzten Töne verklungen waren, nahm Paula die Finger von den Tasten und blieb einen Moment regungslos sitzen.

Phine stand immer noch in der Tür, sah sie an, sagte aber nichts.

»Es sind immer noch Fehler drin«, gab Paula leise zu.

»Das war so wunderschön, so ergreifend, so mitreißend. Es klingt wie ein … ein Fluss, wie Wasser – wie fließendes Wasser. So etwas habe ich noch nie gehört.«

»Das Stück heißt ›Die Moldau‹, Smetana hat es geschrieben«, sagte Paula. »Und ja, es soll ein Fluss sein – eben die Moldau. Ich liebe es so sehr und wünschte, ich könnte es noch besser.«

»Du spielst es hervorragend. Famos und beeindruckend. Du solltest Pianistin werden, alle würden dir zu Füßen liegen.«

»Nein, dafür bin ich nicht gut genug«, sagte Paula leise. »Bei Weitem nicht.«

»Man merkt, dass es deine Leidenschaft ist«, sagte Phine und kam nun zum Klavier. »Du bist ganz in der Melodie aufgegangen. Ich kann leider kein Instrument spielen.«

»Möchtest du es lernen?« Paula spielte eine einfache Tonfolge, sah Phine erwartungsvoll an. »Es ist nicht schwer.«

»Doch, das ist es. Es sieht nur bei dir so leicht aus, weil du schon jahrelang übst.« Phine lachte leise.

Wieder begann Paula zu spielen, eine fröhliche Melodie – der Vogelfänger aus der Zauberflöte. Und dann spielte sie ein weiteres Stück.

»Was ist das?«, fragte Phine. »Hast du dir das ausgedacht?«

Paula lachte. »Nein. Das ist der Kanon in Dur von Johann Pachelbel. Eigentlich braucht es eine Begleitung – denn es ist ja ein Kanon –, zwei Instrumente, die die Tonfolgen wiederholen, sich gegenseitig zuspielen.«

»Es ist auch so schön. Spiel noch etwas.«

Paula überlegte kurz, dann fing sie wieder an. Ein langsames und getragenes Stück.

»Das ist wunderschön, Paulakind«, hörte sie ihre Mutter sagen, die nun auch dazugekommen war. »Aber die Mondscheinsonate von Beethoven ist doch sehr traurig, findest du nicht?«

Paula unterbrach sich, legte die Finger auf die Tasten und begann erneut. Langsame Töne erfüllten den Raum, dann wurde es immer dramatischer, furioser, bis das Spiel sich wieder beruhigte, nur um zum Schluss wieder an Dramatik zuzunehmen.

»Vivaldis Winter, das Stück konntest du schon mit zehn Jahren spielen«, sagte Toni anerkennend.

»Der Frühling ist ja eigentlich fröhlicher – aber ich mochte den Winter lieber.«

»Ich mag den Frühling von Vivaldi«, sagte Auguste, die unbemerkt zu ihnen getreten war. »Rutsch mal.« Sie setzte sich neben Paula auf die Klavierbank und spielte den Frühling.

Als sie das Stück beendet hatte, klatschten alle.

»Möchtest du wieder, Paula?«, fragte Auguste.

Paula schüttelte den Kopf. »Ich glaube, für den Moment reicht es.«

»Vielleicht können wir ja nach dem Essen noch einmal musizieren«, schlug Auguste vor und musterte Paula. »Hast du dich ausruhen können?«

»O ja. Es hat gutgetan.«

»Du wirst immer besser bei der ›Moldau‹ – ich habe es gehört. Aber du musst weiterhin üben.«

»Ja, Tante«, sagte Paula lachend und stand auf.

Auguste sah sich um. »Wo sind denn die Kinder?«

»Im Gästehaus. Ich kann sie holen gehen«, schlug Phine vor.

»Es gibt sicher gleich Essen. Sie sollen sich die Hände waschen, und schau, ob Carl auch ordentlich angezogen ist«, bat Toni.

Phine ging in den Flur, zog sich Schuhe über und nahm eins der Umschlagtücher, dann ging sie nach drüben.

»Was hat sie so verwandelt?«, fragte Auguste nachdenklich, während sie dem Mädchen hinterhersah.

»Das frage ich mich auch. Sie ist heute ja ganz umgänglich. Kein Vergleich zu dem Verhalten, das sie während der Fahrt an den Tag gelegt hat«, seufzte Toni. »Ich kann gar nicht glauben, dass es so bleibt. Ihre Tante hatte mir gesagt, dass Phine mitunter sehr schwierig sein kann.«

»Ich finde, wir sollten ihr Zeit geben«, sagte Paula. »Sie bemüht sich doch.«

In den nächsten Tagen richteten sie sich ein, es dauerte ein wenig, bis sich alles fügte. Im Dorf wurde weiter aufgeräumt, aber die Schäden, die der Sturm angerichtet hatte, hielten sich zum Glück in Grenzen.

Nach ein paar Tagen klappte auch das Frühstück ganz gut, nachdem alle sich daran gewöhnt hatten, ihren Teller in der Bibliothek zu füllen, denn dort stand das Essen als Buffet angerichtet.

Else hatte gute Kontakte zu den Bauern und Fischern der Umgebung, was sicherlich daran lag, dass Auguste großzügig bezahlte und die Bauern über die zusätzlichen Einnahmen froh waren. So gab es immer frische Eier, herrlich salzig schmeckenden geräucherten Speck, Milch, Sahne und Butter und andere Köstlichkeiten. Je weiter die Natur voranschritt, umso mehr frische Sachen kamen auf den Tisch. Eine leckere Suppe aus Giersch fehlte ebenso wenig wie Strandspargel, die ersten kleinen Radieschen und Rübchen und natürlich frischer Hering.

Das Erlebnis am ersten Tag hatte einen bleibenden Eindruck bei

Carl hinterlassen. Er hielt sich an die Regeln und ging nie allein zum Ufer, nie allein hinunter zum Strand. Aber nach ein paar Tagen streifte er recht ungezwungen durch die Wiesen und manchmal sogar bis zum Dorf. Dort traf er ein paar Jungen in seinem Alter, die die Schafe hüteten und Carl in ihrer Mitte aufnahmen.

Paula unternahm oft ausgedehnte Spaziergänge, und manchmal begleitete Elise sie. Aber ein wirklich inniges und vertrauensvolles Verhältnis wollte sich nicht einstellen. Sie redeten zwar über dies und jenes, doch wirklich nahe fühlte sich Paula ihr nicht.

Dennoch hatten sie Spaß. Auch Elise spielte leidlich Klavier, und manchmal versuchten sie sich an vierhändigen Stücken. Vormittags wurde oft musiziert oder gesungen – manchmal kamen sie dafür alle zusammen. Die Nachmittage verbrachten sie meist im Freien, nur ihre Mutter saß am liebsten im Wintergarten und las.

Abends nach dem Essen versammelten sie sich meistens im Wohnzimmer, vergnügten sich mit Rätseln oder Charade, führten kleine Theaterstücke auf oder lasen sich gegenseitig etwas vor. Es war eine friedliche und meist sehr entspannte Atmosphäre mit mehr Harmonie, als Paula und Auguste anfangs zu hoffen gewagt hatten.

Doch am schönsten waren für Paula die Zeiten, die sie allein mit Phine verbringen konnte. Es hatte ein wenig gedauert, erst bei einem langen Spaziergang hatte Phine sich endlich geöffnet.

»Es ist wunderbar, hier zu sein«, gestand sie. »Das Meer, die Landschaft … selbst das Kreischen der Möwen empfinde ich als schön.«

»Ich weiß nicht, ob ich dir beim letzten Punkt zustimmen kann.« Paula schmunzelte.

»O doch!« Phine breitete die Arme aus und drehte sich im Kreis. »Es ist wunderschön, ganz wundervoll!«

»Dabei wolltest du gar nicht hier sein.«

»Da wusste ich ja auch noch nicht, wie schön es hier ist. Wie frei man sich hier fühlen kann. Und ich wusste nicht, wie deine Familie ist. Ich kannte sie zwar von ein paar Besuchen mit meiner Tante – aber das ist ja immer etwas anderes.« Sie blieb wieder stehen. »Ich beneide dich um dein gutes Verhältnis zu deiner Mutter. Überhaupt – wie ihr euch alle versteht.«

Paula lachte. »Auguste und ich hatten so unsere Bedenken. Denn Mutter und sie verstehen sich nicht immer so gut. Sie sind in vielem sehr verschieden. Vielleicht ist es tatsächlich die frische Luft und das Ambiente, was uns alle so friedlich stimmt.«

»Ich wünschte, ich hätte so eine Familie.« Phine biss sich auf die Lippen. »Du lebst gerne bei deiner Tante, nicht wahr?«

»Du nicht bei deiner?«

Phine runzelte die Stirn. »Tante Anna ist nett, ohne Zweifel. Und sie hat mich aufgenommen, als ich in einer … schwierigen Lage war … aber ich wollte nie bei ihr sein, wollte nie in Berlin leben.«

»Du möchtest zurück nach Landsberg, das hattest du schon mal erwähnt.«

»Ja. Auch jetzt noch. Aber ich darf nicht.«

»Warum nicht?«

Phine schüttelte den Kopf. »Dort lebt mein Herz, ein Teil meiner Seele …«

Paula schwieg, gab Phine Zeit, sich zu erklären.

»Weißt du, nach dem Tod meiner Eltern habe ich bei meinem Onkel Wilhelm und seiner Frau gelebt. Zusammen mit seinen Kindern. Sie haben mich großzügig aufgenommen und mich wie ihr eigenes Kind behandelt. Ich war neun.« Phine war unwillkürlich schneller geworden, so dass Paula etwas Mühe hatte, ihr zu folgen.

»Mit neun bin ich zu ihnen gekommen, aber natürlich kannte ich sie alle schon vorher. Meine Cousins und Cousinen. Onkel Wilhelm ist der Bruder meiner Mutter.«

Es fiel ihr schwer, darüber zu reden, merkte Paula.

Abrupt blieb Phine stehen, schlang die Arme um sich, so als müsse sie sich selbst schützen. »Ich habe mich dort immer sehr wohlgefühlt.« Sie schluckte.

»Warum musstest du weg?«

»Weil … nun … weil Georg und ich … also … er ist mein Herz, meine Seele, mein Leben.« Sie senkte den Kopf, wischte sich über die Augen. »Wir standen uns immer schon nahe, sehr nahe. Ich kann nichts dagegen tun und er auch nicht.«

»Wer ist Georg?«

»Mein Cousin, meine andere Hälfte, ein Teil meiner Seele.«

»Du bist in deinen Cousin verliebt?« Nun erst begriff Paula die Situation.

Phine schüttelte den Kopf. »Ich bin nicht in ihn verliebt – ich liebe ihn, und er liebt mich. Wir möchten zusammen sein, aber das dürfen wir nicht.«

»Oh.«

Langsam ging Phine weiter, schnäuzte sich, strich sich durch die Haare. »Ich kann das nicht erklären. Es ist so ein tiefes Gefühl, so ein inniges Gefühl. Es zerreißt mich, dass ich nicht bei ihm, nicht in seiner Nähe sein darf. Die erste Zeit war am schlimmsten, inzwischen habe ich mich an diesen dauernden Schmerz beinahe gewöhnt. Aber ich befürchte, dass er mich nie wieder ganz verlassen wird.«

Paula ging schweigend neben ihr her. Sie wollte Phine nicht durch Fragen unterbrechen.

»Ich wache morgens auf mit dem Gedanken an ihn, gehe abends mit dem Gedanken an ihn schlafen. Georg ist immer da – in meinen Sehnsüchten, Hoffnungen und Träumen.«

»Immer?«, musste Paula nun doch fragen. »Das klingt ja schrecklich.«

Phine nickte. »Es ist schrecklich, ganz und gar.«

»Wie lange bist du nun schon in Berlin?«

»Fast zwei Jahre.«

»Und wann hast du Georg das letzte Mal gesehen?«

»Vor ein paar Wochen zum Pessachfest. Da sind wir nach Landsberg gefahren. Und danach war es wieder so schlimm wie am Anfang.« Phines Augen schwammen.

»Was sagt Georg denn dazu?«, fragte Paula vorsichtig.

»Er leidet genauso wie ich.«

»Wie alt ist er denn?«

»Sechzehn, ein Jahr jünger als ich.«

»Und ihr seid euch seit Jahren sicher, dass ihr euch liebt?«

Wieder nickte Phine. »Wir wollen unser Leben miteinander verbringen. Aber mein Onkel möchte das nicht. Deshalb hat er mich weggeschickt.«

»Vor zwei Jahren bist du zu deiner Tante gezogen. Da warst du fünfzehn und er vierzehn. Wie kann man so jung schon wissen, dass man jemanden für den Rest seines Lebens liebt?«, fragte Paula verblüfft.

»Wenn du den Menschen triffst, der dir alles bedeutet, dann wirst du das wissen«, sagte Phine leise. »Es ist einfach so. Daran wird sich auch nie etwas ändern, auch wenn alle das glauben.«

»Ich kann es mir gar nicht vorstellen«, sagte Paula leise. »Solche Gefühle sind vielleicht auch zu groß für mich.«

»Das glaube ich nicht. Ich spüre, dass du ganz viel Empathie hast, ganz viel … Gefühl in dir trägst. Du bist ihm einfach noch nicht begegnet, dem Einen … aber das wirst du irgendwann, und dann wirst du es wissen.«

Paula nahm Phines Hand. »Es tut mir leid, dass du dich so grämst, so leidest. Das muss schlimm sein.«

»Das ist es.« Phine sah Paula an und lächelte verzagt. »Aber es gibt ja auch schöne Momente in meinem Leben. Diese Wochen hier – die sind wunderbar. Ich wünschte nur, ich könnte sie mit Georg teilen.«

»Schreibst du ihm nicht?«

Phine schüttelte den Kopf. »Georg meinte, dass wir uns für eine Weile nicht schreiben sollten. Früher haben wir das natürlich getan. Es verging fast kein Tag ohne einen Brief. Aber er meinte, wir sollten uns Zeit geben, um unsere Gefühle zu prüfen.«

»Das klingt vernünftig.«

»Ich schreibe trotzdem – in mein Tagebuch. Ich schreibe mein Tagebuch für ihn. Ich werde es ihm geben, wenn wir uns wiedersehen – dann kann er es lesen, und vielleicht wird es ein wenig so sein, als hätten wir die Zeit gemeinsam verbracht.«

»Ein wunderschöner Gedanke«, sagte Paula.

Aber hatte sie damit recht? Würde sie auch einmal so empfinden? Sie wusste es nicht. Die Gefühle, von denen Phine sprach, waren ihr fremd.

Dennoch hatten die beiden eine schöne Zeit zusammen, wurden mehr und mehr zu Vertrauten und Freundinnen.

Fünf Wochen blieben ihre Mutter und die Kinder, dann reisten sie wieder ab. Es war ein ordentliches Tohuwabohu, bis alle Dinge verstaut und eingepackt, bis die Kutsche beladen war und alles an Ort und Stelle war.

Noch einmal gingen sie durch das Gästehaus, schauten unter die Betten, in die Kästen und Schränke. Natürlich fanden sich noch eine einsame Socke, ein Kamm und einige Blatt Papier – aber die wichtigen Sachen hatten sie alle beisammen.

»Gehen wir noch ein Mal zum Strand?«, bat Toni ihre Schwester. »Nur du und ich.«

Paula zuckte zusammen, zog sich dann zurück. Sie ging zur Kutsche, wo Carl schon ungeduldig seinen Platz eingenommen hatte. Elise war noch einmal zum Deich gelaufen, um sich von den Lämmchen zu verabschieden, und Phine schaute aufs Meer, die Augen voller Tränen. Sie schluchzte auf, als sie Paula kommen sah.

»Ich möchte nicht fahren«, sagte sie und fiel Paula um den Hals. »Ich möchte hierbleiben.«

»Du wolltest auch nicht herkommen.« Paula schob sie ein wenig von sich, sah Phine an, wischte ihr dann die Tränen von den Wangen. »Du bist aber hergekommen und angekommen. Hast du dich gefunden?«

»Ich weiß noch, wie du mir die Frage gestellt hast – die Frage nach meinem Ich. Damals wusste ich nicht, was du meinst. Jetzt schon.« Sie hielt inne, holte Luft. »Ja, ich habe mich gefunden – zumindest zum Teil. Ein Stück. Es ist wie ein Puzzle, es fehlen noch Teile. Aber auch die werde ich finden.« Sie sah Paula voller Ernst an. »Sind wir Freundinnen?«

»Aber natürlich sind wir das!«

»Bleiben wir auch Freundinnen? Werden wir in Kontakt bleiben?« Phines Stimme war unsicher geworden.

»Ja natürlich!« Paula nahm sie in den Arm, drückte sie fest an sich. »Eine Freundin wie dich habe ich immer gesucht, ich werde dich doch jetzt nicht wieder aufgeben. Schreib mir! Ständig. Schreib MIR und nicht deinem Tagebuch. Ich will sofort Teil deiner Gefühle, Gedanken und deines Lebens sein, nicht erst in Monaten, wenn wir wieder in Berlin sind.«

»Versprochen!« Phine küsste sie – auf den Mund. Erst wollte Paula zurückschrecken, aber dann fühlte es sich ganz normal an – es war ein Versprechen, das besiegelt wurde.

»Paula?« Die Stimme ihrer Mutter klang dünn. Paula ging zu ihr, der salzige, würzige Duft des Meeres lag noch auf Tonis Kleidung, in ihrem Haar.

»Paula!« Sie drückte ihre Tochter an sich, hielt sie fest umarmt. »Es fällt mir schwer, zu fahren.«

Paula rückte ab von ihr, sah sie an. »Ihr könnt doch bleiben.«

»Ich mag Vater nicht länger allein lassen. Und die Kinder müssen wieder in die Schule.«

»Dafür gibt es sicherlich Lösungen.«

»Für alles gibt es eine Zeit, so steht es schon in der Bibel. Und wir hatten eine schöne Zeit hier. Es hat mir gutgetan. Sehr gut.« Toni sah ihre Tochter an. »Du bist gereift. Du bist eine Frau geworden, eine junge Frau, auf die ich sehr stolz bin. Ich bin froh, dass ich diese Zeit mit dir und Guste hatte, dass wir sie hatten.« Sie nahm Paulas Gesicht in die Hände, musterte sie, küsste sie dann. »Ich freue mich auf den Herbst, wenn ihr zurückkommt. Spiele und übe weiter Klavier, du bist so gut.«

»Ich wäre gerne noch länger mit dir zusammen gewesen«, sagte Paula leise.

Toni sah sie an. »Du hast doch Guste«, sagte sie und stieg dann in die Kutsche.

Der Satz war wie ein scharfes Messer, das unter die Haut drang und wehtat.

Paula holte tief Luft. Ja, dachte sie, ich habe Auguste, aber du bist meine Mutter. Du hast eine andere Wertigkeit für mich als sie – aber du siehst nur den Zwiespalt und die Konkurrenz, die es gar nicht mehr gibt.

Traurig sah sie der Kutsche hinterher, die erst langsam, dann immer schneller die Allee entlangfuhr.

Auguste nahm sie in den Arm. »Jetzt sind wir wieder unter uns«, sagte sie. »Ich weiß, du fühlst dich nicht nach einer Feier, aber wir sollten es trotzdem tun. Ich habe Champagner – aber du musst ihn suchen.«

»Mir ist nicht nach Champagner.«

»Also wirklich, meine Liebe, es ist immer Zeit für Champagner – ob man glücklich oder traurig ist. Und diesmal hast du keine Wahl – du musst ihn finden, bevor die Flut kommt.«

»Die Flut? Die kommt in einer Stunde.«

»Richtig, deshalb musst du jetzt und sofort suchen gehen. Es ist Champagner, echter Champagner und kein billiger Schaumwein. Wo kann er sein?« Auguste stieß Paula an.

»Wenn es von den Gezeiten abhängt, kann er nur am Strand sein«, schlussfolgerte Paula.

»Lass uns nachschauen gehen.« Auguste lachte.

Gemeinsam, Arm in Arm, gingen sie zur Steilküste. Inzwischen hatten sie einen neuen Pfad hinunter angelegt – steiler und kurviger als der, der vor dem Sturm hier gewesen war. In ein paar Monaten oder Jahren, wurde Paula klar, wird auch unser Weg verschwunden sein. Aber andere Leute werden einen neuen angelegt haben. Das ist der Lauf der Zeit.

»Sie sind weg«, sagte Auguste wieder. »Wie fühlst du dich damit?«

Paula überlegte. »Wie ist es für dich?«

Auguste lachte auf. »Das ist geschickt von dir – du drehst die Frage um.«

»Mutter hat zuletzt mit dir gesprochen. Ich hatte die Wochen über das Gefühl, dass ihr euch ganz gut versteht.«

»Ja, das war auch so.« Ihre Tante blieb stehen, schaute nachdenklich in den grauen Himmel. »Ich hatte Streit erwartet, Zank – aber alles blieb aus.«

»Ich hatte Erwartungen befürchtet.«

»Erwartungen deiner Mutter an dich?«

Paula nickte.

»Die hat sie doch.«

»Ich weiß, aber sie hat sie nicht jeden Tag geäußert. Sie schien zufrieden. Zufrieden mit dem Leben hier, mit uns, mit allem – auch mit unserem Zusammenleben.«

»Tatsächlich habe ich das auch so empfunden.«

»Bis heute, bis sie in die Kutsche stieg, da hat sie ihre Eifersucht gezeigt.« Paula senkte den Kopf. »Dabei hat sie es doch nicht nötig. Sie ist meine Mutter, und ich liebe sie.«

Auguste blieb stehen, schnaufte. »Grundgütiger«, murmelte sie.

»Bitte?« Paula sah sie fragend an.

Auguste schüttelte sich. »Das Wasser steigt schneller, als ich dachte. Wir müssen uns beeilen.« Sie nahm Paula an die Hand, und juchzend liefen sie die Düne hinunter zum Strand. Es dauerte nicht lange, bis Paula die Flasche gefunden hatte, die in einem kleinen Priel an einem dicken Felsen lehnte. Sie nahmen sie mit sich, kehrten zum Haus zurück, das nun viel stiller schien.

Else hatte Häppchen vorbereitet, Brote mit Gurke und dem frischen Käse, der fast noch Quark war – gut gesalzen und gepfeffert.

Andere, dick mit Butter bestrichen und mit frischen Krabben belegt, die die Kutter am Morgen an Land gebracht hatten. Und dann welche mit dem fetten, eingelegten jungen Hering, dem Matjes, zusammen mit Zwiebelscheiben, die die Augen zum Brennen brachten.

Minna hatte ihnen den Tisch im Hof gedeckt. »Champagner und Matjes. Das ist eine seltsame Zusammenstellung«, sagte Auguste. »Aber es schmeckt.«

»Warum ist Liebe so schwierig?«, wollte Paula wissen. »Warum kann Liebe nicht einfach Liebe sein?«

Auguste sah sie fragend an.

»Mutter liebt mich. Ich liebe Mutter. Das ist doch klar. Ich liebe dich auch – nicht so wie Mutter, anders … warum ist sie darauf eifersüchtig?«

»Nun, weil du mich auch liebst. Liebe ist sehr schlecht teilbar.«

»Aber Mutter liebt mich, Franz, Elise und Carl – und natürlich auch Vater. Das sind fünf. Warum darf ich dann nicht dich und sie lieben?«

»Das darfst du doch.« Auguste seufzte auf. »Ich weiß nicht, was Toni so umtreibt, warum sie eifersüchtig auf mich ist. Fünf Wochen lang war sie es nicht, aber nun, zum Schluss … sie wollte von mir, dass ich dich mit ihr fahren lasse … nach Berlin.«

»Wann?«

»Jetzt. Heute. Sie wollte nicht ohne dich fahren.«

»Aber … warum?«

»Weil sie merkt, wie gut wir uns verstehen.« Auguste füllte die Gläser erneut. Der meergekühlte Champagner kitzelte am Gaumen und in der Nase.

»Was ist daran verkehrt?«

»Nichts. Aber sie wäre gerne an meiner Stelle.«

Paula trank, nahm noch einen Schluck, dachte nach.

»Phine liebt ihren Cousin Georg. Georg liebt auch Phine. Sie dürfen aber nicht zusammen sein, sagt die Familie. Liebe ist schrecklich, glaube ich.«

Auguste seufzte auf. »Die beiden sind siebzehn und sechzehn. Sie sind quasi noch Kinder, was wissen sie von der Liebe?«

»Du weißt von den beiden?«

»Natürlich. Deine Mutter hat es mir geschrieben, bevor sie gekommen sind.«

»Du hast immer so getan, als wüsstest du nichts von Phine«, empörte sich Paula.

»Ich wollte, dass sie von dir ohne Ressentiments angenommen wird, und das hat doch auch funktioniert. Ihr seid Freundinnen geworden.« Sie stockte. »Ich mag Phine. Ihre Art, ihre Leidenschaft … natürlich musste ich mir erst ein Bild machen. Du solltest erkennen, was für ein Geist hinter dem armen Mädchen steht, das sich so verloren fühlt. Und du hast dich ihrer angenommen.«

»So war das nicht.« Paulas Stimme klang dünn.

»Doch, du hast sie als Freundin angenommen, trotz ihrer … ihrer … Leidenschaften.« Auguste lächelte. »Sie ist ein wenig exaltiert – ganz das Gegenteil von dir.«

»Du glaubst nicht, dass ihre Gefühle echt sind?«

»Sie ist siebzehn. Er ist sechzehn. In einigen Jahren werden sie beide über diese Schwärmerei lachen.« Sie räusperte sich. »Der Junge wohl schon eher.«

»Phine hat mir versichert, dass sie beide in inniger Liebe verbunden sind.«

»In dem Alter ist das einfach – aber ich weiß, dass er sich schon anderweitig umschaut. Das hat seine Mutter deiner Mutter geschrieben – ich habe den Brief gelesen. Sie hat sich sehr bedankt, dass wir uns Phines annehmen.«

»Sie täuscht sich«, sagte Paula entschlossen.

»Und was, wenn nicht?«

»Das kann nicht sein. Es wäre der Untergang für Phine. Außerdem … er hat ihr doch gesagt, dass er sie liebt. Ist Liebe so vergänglich?«

»Mit sechzehn ist Liebe wie der Samen der Pusteblume – vergänglich. Schnell vergänglich.«

Paula senkte bedrückt den Kopf. »Aber bei Phine scheint es nicht so zu sein, sie vermisst ihn jeden Tag.«

»Liebe …« Auguste schaute zum Meer, das leise wogte. »Das ist alles nicht so einfach. Meist liebt einer mehr als der andere. Ich würde annehmen, dass Phine Georg mehr liebt. Georgs Liebe vergeht – er ist jung – es gibt so viel, was er noch nicht kennt und weiß. Er mag seiner Cousine mit tiefen, innigen Gefühlen verbunden sein …«

»Aber nicht für immer«, resümierte Paula enttäuscht. »Gibt es denn keine ewige Liebe?«

»Doch, natürlich. Deine Eltern – sieh sie dir an. Sie lieben sich immer noch – nach all den Jahren, auch nach Schicksalsschlägen und Schwierigkeiten.« Auguste stockte. »Werner und ich haben uns auch geliebt.«

Paula schaute ihre Tante an. »Ja, ich weiß – aber das war nicht so wie das, was Phine mir schilderte.«

Auguste lachte leise. »Natürlich nicht. Die beiden sind jung, naiv. Sie glauben an das ewige Glück und sehen das Leben mit seinen Schwierigkeiten nicht. Eine immerwährende leidenschaftliche Liebe habe ich noch nie gesehen und erlebt schon gar nicht.« Wieder stockte sie. »Ich befürchte, auch die Verbindung zwischen Phine und Georg ist endlich, er ist noch jung, und vielleicht orientiert er sich gerade um.«

»Das wäre furchtbar für sie«, flüstere Paula.

»Sie wird es überleben«, entgegnete Auguste pragmatisch. »Es ist eine Erfahrung, die sie weiterbringen wird.«

»Werner hat dich mehr geliebt als du ihn?« Paulas Frage war kaum hörbar, sie senkte den Kopf. Hatte sie eine Grenze überschritten?

»Hmm.« Auguste sah Paula an. »Die Frage tut mir ein wenig weh, aber das hast du selbst gemerkt, nicht wahr?«

»Es tut mir leid.«

»Ich finde es gut, dass du mir solche Fragen stellst. Manchmal tut es eben weh.« Sie nahm den letzten Schluck des Champagners. »Am Anfang war das so. Werner hat mich mehr geliebt als ich ihn. Ich mochte ihn sehr, aber leidenschaftliche Liebe war mir fremd. Ich habe praktisch gedacht. Da war ein Mann, ordentlich, sauber, adrett, jüdisch – er hatte eine gute Arbeit, verdiente Geld, versoff es nicht. Was wollte ich mehr?« Sie lächelte traurig. »Erst später habe ich erkannt, was für ein guter Mensch er war. Da haben sich meine Gefühle für ihn verändert, und so wirklich bewusst ist es mir geworden, als er starb – seit er nicht mehr da ist. Ich merke erst jetzt, was ich an ihm hatte und wie sehr ich ihn liebte.«

»Es tut mir leid«, wiederholte Paula.

»Bei deinen Eltern ist es anders – sie lieben sich auf eine andere Art. Das habe ich lange sehr vermisst und mir auch gewünscht. Bis ich erkannt habe, dass Liebe viele Facetten hat.«

»Liebt immer einer mehr als der andere? Ist Liebe so? Im Ungleichgewicht?«

»Immer. Nie. Das sind Worte, die passen nicht. Manchmal, vielleicht, zu diesem Zeitpunkt … es ändert sich ja auch. Liebe … ist da oder eben nicht. Eine Ehe sollte man mit Liebe führen – aber diese kann sehr unterschiedlich sein.«

»Wie soll ich wissen, ob ich jemanden liebe? Er mich? Ob wir uns gleich lieben oder der eine mehr und der andere weniger?«

»Ob du jemanden liebst, wirst du wissen, weil du es spürst. Alle anderen Fragen wird die Zeit beantworten.«

»Vielleicht ist es dann besser, sich nicht zu verlieben«, meinte Paula nachdenklich.

»O nein! Nein, Paula. Und du wirst lieben, irgendwann. Das weiß ich ganz sicher.« Sie lächelte. »Darauf sollten wir anstoßen!«

KAPITEL 9

Berlin, Herbst 1882

»Ich will in die Berge«, rief Franz. »Ich will wandern und klettern, will die Gipfel bezwingen.«

»Solltest du nicht zuerst dein Studium beenden?«, fragte Paula und streckte sich auf der Chaiselongue aus. Sie waren im Haus von Auguste, die den Frühherbst mit einer Freundin in Bayern verbrachte. Sie hatte Paula das Haus anvertraut, hatte ihr Minna zur Seite gestellt und der Nichte erlaubt, Gäste zu empfangen. »Im Rahmen«, sagte sie zum Abschied. »Im Rahmen. Du kennst deinen Bruder und seine lebhaften Studiengenossen. Kommen dürfen sie, aber das Haus sollte intakt sein, wenn sie wieder gehen.«

»Oh, Auguste«, sagte Paula, »dann darf ich ihnen nicht die Tür öffnen, denn ich kann für sie nicht garantieren.«

»Sprich mit Franz, appelliere an seine Ehre und an die Vernunft, die ja noch irgendwo in ihm stecken muss. So ein Studentenleben mag sehr lebhaft sein, aber ein paar ruhige Stunden haben noch niemandem geschadet. Du wirst das schon regeln.« Auguste tätschelte die Wange ihrer Nichte, lächelte und ging. In der Tür drehte sie sich noch einmal um. »Ich möchte mich ja nicht einmischen, und Franz wird seine Gründe haben – aber dieser Richard, sein Leibfuchs – pass auf, dass er hier nicht zu viel Unfug anstellt. Ich weiß, die beiden sind unzertrennlich, aber Franz ist vernünftig und dieser Richard … nun, wer weiß, was er ist.« Sie schüttelte den Kopf und verließ das Haus.

In den letzten Monaten war Auguste gealtert. Erst war es nur eine Magenverstimmung gewesen, die aber nicht mehr ganz zu weichen schien. Hatte die Tante vorher zu Tisch immer reichlich zugelangt, kostete es sie nun Überwindung, auch nur ein weiches Ei zu essen. Paula sorgte sich sehr um sie und hoffte, dass der Wechsel in das alpine Klima ihr guttun und sie aufbauen würde.

»Du hättest sie doch einfach begleiten können«, sagte Paula nun leichthin. Vor zwei Wochen war die Tante abgereist, und heute waren Franz und sein bester Freund Richard das erste Mal zu Besuch bei ihr.

Franz hatte im Wintersemester nach Berlin wechseln können. Er war nun in zwei Studentenverbindungen, hatte ein kleines Zimmer in der Nähe der Charité, kam aber oft nach Hause zu den Eltern oder besuchte Paula. Richard begleitete ihn häufig. Paula war sich nicht sicher, was sie von ihm halten sollte, mal war Richard still, zu still, antwortete kaum oder gar nicht auf Fragen, mal war er überschwänglich und äußerst lebhaft. Dann rezitierte er Gedichte, schweifte über Themen aus, redete ohne Punkt und Komma.

Aber immer war er hungrig. Und er sah auch hungrig aus, mit seinen dunklen Augen, die durch das Zimmer schweiften, der hohen Stirn und den wallenden Haaren. Doch er konnte auch fröhlich und humorvoll sein.

»Wohin ist deine Tante gereist?«, fragte Richard nun, während er auf und ab tigerte.

»Nach Bayern, in die Berge«, antwortete Paula. »Nun setzen Sie sich doch hin, Sie machen mich ganz nervös.«

Richard senkte betreten den Kopf, setzte sich neben Franz auf das Sofa. »In die Berge möchte ich auch fahren. Gerade jetzt im Herbst, wo die Nebel durch die Täler tanzen. Die Luft ist klar und rein, und man hört das Röhren der Hirsche in den Wäldern«, sagte er sehnsuchtsvoll.

»Wenn du Natur erleben willst, brauchst du doch nur zu deinen Eltern nach Cremmen zu fahren«, spottete Franz.

Richard warf ihm einen bösen Blick zu. »Ja, lach du nur über mich. Nicht jeder hat so gütige Eltern wie ihr beide.«

Paula blickte von einem zum anderen. »Haben Sie Ärger mit Ihren Eltern, Richard?«

Er winkte ab, stand auf und wanderte wieder durch das Zimmer, die Hände hinter dem Rücken verschränkt.

»Sein Vater ist nicht gut auf ihn zu sprechen«, erklärte Franz. »Er meint – wohl auch zu Recht –, dass Richard sein Studium nicht ernst genug nehmen würde.«

»Das sagt der Richtige«, lachte Paula. »Ich höre von dir immer nur Geschichten über die Hevellia. Man mag meinen, dass die Burschenschaft wichtiger sei als alles, was ihr im Hörsaal lernt.«

»Das stimmt nicht«, beteuerte Richard nun. »Nur habe ich noch nicht das Thema gefunden, das mich so fesselt wie ein Kameradschaftstreffen.«

»Dann haben Sie vielleicht nicht gründlich genug gesucht.« Paula schmunzelte.

»Ich höre Vorlesungen bei Virchow und Ehrlich«, sagte Franz. »Ich werde mein Studium sicherlich fast zeitgerecht beenden.«

»Virchow fand ich erst interessant, aber dann konnte ich mich doch nicht mit seinen Theorien auseinandersetzen. Die Pathologie ist so ein bedauerliches Thema.« Richard schüttelte den Kopf. »Im Sommer habe ich Physik bei Helmholtz gehört, Ethik bei Paulsen …« Er knetete seine Hände. »Die Ansätze sind gut, interessant – aber ist es das, womit ich den Rest meines Lebens verbringen will? Du bist dir da sicherer, Franz – und darum beneide ich dich.«

»Ich weiß nicht, ob ich Arzt werden will oder mich der Forschung verschreiben soll«, meinte Franz nachdenklich. »Jedenfalls werde ich das Medizinstudium abschließen.«

»Weil du den Bereich gefunden hast, der dich ausfüllt«, sagte Paula.

Franz sah sie an, verzog dann sein Gesicht. »Nein, Schwesterherz. Ich bin zwar nicht ganz so unentschlossen wie unser guter Richard, aber sicher – sicher bin ich mir da nicht. Ich tue es, um das Studium zu einem Ende zu bringen.« Er blickte zu Richard. »Manchmal ist es einfach vernünftig, etwas zu Ende zu bringen, was man angefangen hat.«

»Aber wenn ich mich doch zu Tode langweile?«, jammerte Richard. »Das Leben hat so viel zu bieten, ich will von allen Blüten naschen, bevor ich mich entscheiden muss.«

»Dass Ihr Vater das nicht gut findet, kann ich verstehen«, sagte Paula lachend.

»Liebes Fräulein Paula – jetzt, im Wintersemester, werde ich sicherlich mein Lebensthema finden. Ich habe es mir zumindest fest vorgenommen.«

»Eigentlich hattest du dir fest vorgenommen, meine Einkäufe zu erledigen, du mein Leibfuchs«, neckte Franz ihn und zog die Börse aus der Tasche. »Wein – wie abgesprochen. Hol noch einen Laib Brot und etwas Speck dazu, du kannst es dann behalten. Auch wenn dein Vater nicht mit dir übereinstimmt, sollte er dich doch nicht so kurzhalten, dass du hungern musst.«

Richard nahm das Geld, verbeugte sich formvollendet. »Ich werde natürlich nach deinen Wünschen handeln.«

»Wir sehen uns heute Abend bei meinen Eltern.«

»Ich freue mich schon darauf. Küss die Hand, Fräulein Paula. Werde ich Sie heute Abend auch sehen?«

»Einen von euch gestalteten literarischen Abend werde ich mir ganz bestimmt nicht entgehen lassen. Zumal ich ja auch ein wenig Klavier spielen soll.« Paula wollte aufstehen und ihn zur Tür begleiten, aber Richard winkte ab.

Die Geschwister warteten, bis er das Haus verlassen hatte, dann lehnte sich Franz seufzend zurück. »Ich liebe ihn wirklich. Wie einen Bruder – oder noch mehr. Aber ein wenig Beständigkeit täte ihm gut.«

»Muss er wirklich hungern?«

»Nein, das würde ich nicht zulassen.«

»Du hast doch auch kaum Geld, Franz.«

»Ich kann es mir besser einteilen und außerdem – wenn es sehr knapp bei mir wird, werde ich hier oder bei den Eltern immer noch versorgt. Richard hat niemanden in der Stadt, und zu seinem Vater kann er im Moment nicht.«

»Und die Mutter?«

»Sie schickt ihm hin und wieder heimlich Geld. Der Vater beruhigt sich schon wieder. Er war jetzt nur so aufgebracht, weil Richard beschlossen hat, doch kein Arzt zu werden.«

»Er könnte doch wenigstens das Medizinstudium beenden«, meinte Paula nachdenklich.

»Das verstehst du nicht, Paulalein. Richard ist nicht so wie ich. Er ist – um ehrlich zu sein – wie niemand, den ich kenne.«

»Aber er ist dein bester Freund.«

»Vielleicht, weil er so anders ist. So mitreißend, voller Gefühle – in die eine oder die andere Richtung. Er ist einfach er selbst ... vieles an ihm imponiert mir.«

»Willst du denn so sein wie er?«

»Das könnte ich nie. Dazu bin ich ... zu vernünftig.«

Nun musste Paula lachen und konnte gar nicht mehr aufhören. Tränen liefen ihr über die Wangen. »Du? Vernünftig?«

Franz sah sie an, schnaufte. Dann stand er auf, verschränkte die Hände hinter dem Rücken und stampfte durch den Raum. »Natürlich bin ich vernünftig.«

»Schau dich an – du hast schon wieder einen Schmiss auf der Wange. Der wievielte ist es? Der zehnte? Wie oft musst du dich denn bei einer Mensur beweisen, und ist das vernünftig?«

Franz tastete vorsichtig an der Wunde, die schon fast verheilt war. Tatsächlich war sein Gesicht von Narben überdeckt. »Du verstehst das nicht.«

»Weil ich eine Frau bin?«

»Ja, weil du eine Frau bist. Wir Männer müssen uns beweisen. Es ist ein Zeichen der Tapferkeit zum einen, aber auch ein Zeichen der Beherrschtheit. Richard hatte bisher eine Mensur, und sie ist nicht rühmlich für ihn ausgegangen.«

»Ich dachte, du bewunderst ihn?«

»Das tue ich auch, wegen anderer Dinge.«

»Dann erkläre es mir – was bewunderst du an Richard?«

Die Standuhr in der Diele schlug fünf Mal. Erschrocken sah Franz auf. »Es ist schon so spät. Ich muss los. Wir sehen uns später bei den Eltern.« Er beugte sich über seine Schwester, küsste sie auf die Wange. »Beobachte Richard heute Abend, vielleicht erkennst du dann das Feuer, das in ihm brennt.«

Er eilte hinaus, aber Paula blieb wenig Zeit, über seine Worte nachzudenken. Kaum war Franz gegangen, klingelte es, und Minna führte Phine herein.

Nach dem Urlaub vor anderthalb Jahren waren die beiden in enger Verbindung geblieben. Phine hatte ihr Versprechen gehalten und Paula geschrieben. Viele Briefe waren an der Ostsee angekommen. Nach Paulas und Augustes Rückkehr im Spätsommer hatte Paula sich mit Phine getroffen, sie hatten ihre Freundschaft vertieft und sahen sich inzwischen regelmäßig.

Nun ließ sich Phine seufzend auf das Sofa fallen. »Was für ein Tag«, sagte sie und sah Paula an. »Aber ich freue mich unglaublich auf heute Abend.«

»Ich auch.« Paula klang jedoch eher nachdenklich als begeistert. »Was war denn heute bei dir?«

»Ach – meine Tante hat wieder Migräne. Du kennst das ja. Sie liegt dann für Tage in ihrem verdunkelten Zimmer. Das wäre ja eigentlich nicht so schlimm«, sie kicherte, »aber letzte Woche hat doch unsere Käthe gekündigt, und nun soll ich mich zusammen mit der Köchin um den Haushalt kümmern, bis wir eine neue Mamsell haben.«

»Du?«

»Ja, nicht wahr? Das habe ich auch gedacht«, stimmte Phine ihr zu. »Ich – als ob ich Ahnung davon hätte. Nun ja, ich habe Käthe natürlich unter die Arme gegriffen und schon ein wenig mitbekommen, was gemacht werden muss. Aber so? Im Detail? Und für alles verantwortlich sein? Das kann nicht gut gehen, das habe ich dem Tantchen auch gesagt.«

»Was hat das Tantchen erwidert?«

»Nichts. Sie ist ja unpässlich und wollte nur weitere kalte Umschläge für ihre Stirn.«

»Weiß deine Tante, dass du heute Abend bei mir bist?«

»Natürlich nicht!«

»Aber wer kümmert sich dann um sie?« Paula setzte sich auf.

»Das Evchen, die Tochter von unserer Zugehfrau. Sie hat das schon häufiger gemacht und ist recht zuverlässig.«

»Ich weiß nicht«, meinte Paula gedankenvoll. »Meinst du nicht, du solltest für deine Tante da sein?«

»Paula, Pauline, Paulchen – natürlich sollte ich das«, Phine lachte. »Aber ich sollte auch mit dir zu deinen Eltern gehen und mir die wunderbaren Vorträge anhören.« Sie zuckte mit den Schultern. »Ich bin eben nicht so verantwortungsbewusst wie du. Du würdest deine Tante nie allein lassen.«

»Den Spieß hat Auguste ja nun umgedreht.«

»Leider würde Tante Anna das nicht machen. Sie würde mich nie ein paar Wochen allein zu Hause lassen.«

Paula zog die Augenbrauen hoch und schmunzelte. »Aus Gründen, Phine, aus Gründen.«

Minna kam herein. »Möchten die Damen jetzt etwas essen oder später?«

»Gut, dass du kommst, Minna«, sagte Paula. »Ich muss noch mit dir reden.«

»Natürlich.« Minna runzelte die Stirn. »Aber was soll ich der Köchin sagen?«

»Wir würden gleich sehr gerne essen«, sagte Phine und lächelte. »Eure Köchin ist so viel besser als die von Tante Anna. Hier schmeckt es immer köstlich – deshalb habe ich heute auch noch nichts zu mir genommen.«

»Else wird sich über das Lob sehr freuen«, sagte Minna. »Aber

Sie sollten das nie laut sagen, es würde die Köchin Ihrer Tante furchtbar verletzen. Sollen wir für das Gespräch in den Salon gehen?« Minna sah Paula fragend an.

»Nein, ich kann es auch direkt sagen.« Paula wurde rot. »Ich wollte nur darum bitten, dass Else einen Korb mit ein paar Lebensmitteln für meinen Bruder packt. Brot und Käse, vielleicht eine Flasche Wein? Ein paar Eier …«

»Für Franz?«, fragte Minna verblüfft.

»Eigentlich für seinen Freund Richard. Seine Eltern haben ihm den Geldhahn zugedreht, und nun unterstützt Franz ihn ein wenig – aber Franz hat doch auch nicht so furchtbar viel Geld … und meine Eltern wollte ich nicht fragen, sie … sie tun ja schon, was sie können«, stotterte Paula verlegen.

»Oh, für die jungen Herren – ja, da wird Else sicher etwas finden. Und wir müssen das auch keinem sagen.« Sie zwinkerte Paula zu. »Wenn der Zustand noch länger anhält, können wir es durchaus so einrichten, dass sie hin und wieder zum Essen kommen. Das ist kein Problem, Ihre Tante hat ein paar Gäste durchaus schon eingeplant.«

»Richard scheint immer hungrig zu sein«, sagte Paula verlegen.

»Das sind junge Männer in dem Alter.« Minna nickte ihnen zu. »Ich werde dann Else Bescheid geben. Brauchen Sie noch etwas?«

»Danke, Minna.«

»Wer ist denn dieser Richard?«

»Er ist Franz' Leibfuchs in der Hevellia – in seiner neuen Burschenschaft.«

»Oh, Franz hat einen Leibfuchs? Das ist so aufregend.« Phine klatschte in die Hände.

Paula war jedes Mal wieder verblüfft, wie leicht sich Phine inzwischen begeistern konnte.

»Das ist wohl so eine Regel in der Burschenschaft. Letztes Jahr war Franz selbst noch Leibfuchs«, lachte Paula. »Er geht völlig in dem Vereinsleben auf. Manchmal auf Kosten seines Studiums.«

»Dein Bruder ist ehrgeizig, er wird seinen Weg gehen«, meinte Phine voller Überzeugung. Dann schaute sie sehnsüchtig zur Tür. »Meinst du, es dauert noch lange, bis es Essen gibt?«

»Nein.« Paula lachte. Sie liebte die herrlich offene und manchmal auch sehr naive Art ihrer Freundin. Bei Phine konnte Paula völlig ungezwungen sein. Von dem melancholischen Mädchen war nicht mehr viel übrig geblieben. Sie war mal eine kleine schwarze Wolke in einem grauen Kleid, dachte Paula belustigt, jetzt ist sie ein bunter Schmetterling voller Fragen.

»Ich liebe diese Hühnersuppe«, seufzte Phine glücklich, als sie kurze Zeit später am reich gedeckten Tisch saßen. »Es ist ein Seelentrost, immer und immer wieder. Dabei kann es doch gar nicht so schwer sein, eine Hühnersuppe zu kochen – aber unsere Inge bekommt das nicht so hin.«

»Else kocht mit Liebe, das wird das Geheimnis sein.«

Danach gab es Braten und Gemüse. Phine schien gar nicht mehr aufhören wollen zu essen.

»Wenn du so weitermachst, fällst du gleich in einen tiefen Schlaf und bekommst von der Vorstellung gar nichts mehr mit«, amüsierte Paula sich.

»Was wird es denn geben?«, fragte Phine und nahm sich dennoch einen weiteren Nachschlag. »Diese Soße …«, sagte sie und schaute Paula entschuldigend an. »Die Soße ist ein Traum.«

»Wahrscheinlich nur, weil Else den guten Portwein verwendet hat, jetzt, wo Auguste nicht da ist.«

Nach dem Essen zog sich Paula um, dann fuhr Fred die beiden jungen Frauen zu Paulas Eltern.

»Soll ich warten?«, fragte er.

»Auf keinen Fall. Sie fahren jetzt zurück. Irgendjemand wird uns nach Hause begleiten, ansonsten nehmen wir eine Droschke, und wenn alle Stricke reißen, bleiben wir einfach hier«, sagte Paula fröhlich und holte den Korb, den ihr die Köchin gepackt hatte, aus der Kutsche.

Phine nahm sie am Arm, und gemeinsam gingen sie zum Haus. Der Eingang war mit Kerzen festlich erleuchtet, obwohl es gerade erst dämmerte. Die Flügeltür zum Wohnzimmer stand offen. Franz und sein Leibfuchs waren schon da, ebenso andere Freunde und Bekannte. Toni kam ihnen entgegen, begrüßte sie herzlich.

»Gut siehst du aus, Phine. Was für ein schönes Kleid. Kommt deine Tante auch noch?«

»Leider nein. Sie liegt danieder – Kopfschmerzen.«

»Oh, wie schade.« Toni drehte sich zu Paula um. »Du siehst auch reizend aus. Geht es dir gut? Wirst du spielen?«

»Danke. Ja und ja«, antwortete Paula lachend.

»Was ist denn in dem Korb?«

»Etwas für Franz«, sagte Paula und war froh, dass Else ein Tuch über die Leckereien gelegt hatte. Sie wollte ihre Mutter nicht in Verlegenheit bringen.

Erstaunt sah Paula sich um. »So viele Stühle … und es sind auch schon so viele Leute da …«

»Franz hat Freunde aus seiner Burschenschaft eingeladen. Aber es wird so zwanglos sein wie immer, Paulakind.« Toni tätschelte ihren Arm. Sie wollte fortfahren, aber Carl und Elise hatten Paula entdeckt und stürmten auf sie zu.

»Es sind ganz viele Leute hier«, sagte Carl aufgeregt. »Wie eine Versammlung.«

»Ich bin auch überrascht.« Paula sah Elise an. »Hast du das gewusst?«

Elise nickte. »Aber jetzt scheint es mir doch größer zu sein, als ich dachte.« Aufgeregt fuhr sie sich durchs Haar.

Immer schon hatten Oppenheimers zu künstlerischen Abenden eingeladen. Es wurden Musikvorführungen gegeben, kleine, selbst inszenierte Theaterstücke, Vorträge, Lesungen und Ähnliches mehr. Manchmal war nur die Familie da, und zwei oder drei Freunde. Manchmal kamen einige Leute aus der Gemeinde oder andere Bekannte. Es war nicht als literarischer Salon gedacht, der allerorts großen Zuspruch hatte, sondern als ein lockeres Zusammentreffen und Unterhaltung. Doch diesmal hatte der Abend nichts Intimes mehr.

Ihr Vater trat zu ihnen, auch er wirkte nervös. »Ich weiß nicht, ob wir genug Wein haben«, flüsterte er Toni zu.

Sie winkte ab. »Es ist reichlich da. Franz hat seiner Burschenschaft aufgetragen, Wein mitzubringen. Es gibt sogar Sekt – die Flaschen stehen im Garten in einem Kübel mit Wasser.«

Beruhigt drückte Julius ihren Arm, dann begrüßte er Phine und Paula. »Wie schön, dass ihr kommen konntet. Sicherlich wird dies ein ganz besonderer Abend werden.«

»Ich bin schon sehr gespannt«, sagte Phine strahlend.

Paula versuchte die aufkommende Nervosität zu verdrängen. Als Franz diesen Abend vorgeschlagen hatte, hatte sie nichts von der Dimension geahnt. Sicherlich waren mehr als zwanzig Gäste anwesend. Was hatte er sich nur dabei gedacht? Und warum hatte er sie nicht wenigstens am Nachmittag, als er bei ihr war, vorgewarnt? Sie suchte ihn in der Menge, natürlich stand er ganz vorne. Schnell löste sie sich von Phine, drängte sich durch die Gäste – immer höflich lächelnd. Doch als sie vor ihrem Bruder stand, veränderte sich ihr Gesichtsausdruck. »Was soll das werden?«, zischte sie ihm wütend zu. »Eine öffentliche Veranstaltung?« Sie drehte sich um, sah ihn dann wieder an. »Warum hast du so viele Leute eingeladen? Fremde! Dies war immer unser Familienabend.«

»Beruhige dich, Schwesterlein. Das sind Freunde – meine Freunde. Du wirst sie kennenlernen, und du wirst sie mögen, glaube mir.«

»Aber warum so viele? Da geht doch der Reiz verloren – dies ist eine Aufführung, kein privates Treffen.«

»Es ist ja nur heute, Paulalein. Verzeih mir, dass ich es dir nicht vorher gesagt habe, aber ich hatte meine Gründe. Du wirst nachher verstehen, warum.«

»Ich will es aber jetzt verstehen. Ich habe mich bereit erklärt, heute Abend Klavier zu spielen. Da wusste ich aber nicht, dass du halb Berlin eingeladen hast.« Die Wut stieg in Paula hoch.

»Halb Berlin?« Franz lachte und nahm ihren Arm, zog sie an sich. »Es sind nur ein paar Freunde. Du brauchst keine Angst zu haben, wirklich nicht. Was wirst du spielen?«

»Die Götterdämmerung!« Paula drehte sich abrupt um und ging wieder zu ihren Eltern zurück.

»Du siehst aufgebracht aus«, stellte Toni überrascht fest. »Geht es dir nicht gut?«

»Oh, Mutter, ich bin nicht krank, ich bin nur wütend.«

»Aber warum denn?«

»Franz hat mir nicht gesagt, dass all diese Leute kommen. Das ist ja fast eine öffentliche Veranstaltung, darauf war ich nicht vorbereitet.«

»Du wirst aber doch spielen? Alle freuen sich darauf, mein Kind.«

»Natürlich werde ich spielen, denn ich bin ja kein Kind mehr«, fauchte Paula und ging nach draußen. Auf der Veranda wehte ein kühler Wind, und Paula holte tief Luft.

»Lampenfieber?«, fragte eine tiefe, melodiöse Stimme plötzlich aus dem Dunkeln hinter ihr.

Paula fuhr herum. Dort stand Richard und lächelte.

»Wütend bin ich«, gab Paula zu.

»Damit hat Ihr Bruder gerechnet, er scheint Sie gut zu kennen.«

»Was machen Sie hier draußen?«

»Ich schnappe ein wenig frische Luft.« Richard lächelte.

Paula schüttelte den Kopf. »Das glaube ich nicht. Sind Sie nervös? Sie tragen heute etwas vor, nicht wahr?«

»Ich bin immer ein wenig nervös, bevor ich auftrete. Sobald ich aber auf der Bühne bin, ist es vorbei.«

»Darauf bin ich sehr gespannt.« Paula nickte ihm zu und ging wieder ins Haus. Sie wusste ihn nicht recht einzuschätzen, er wirkte oft verschlossen und geheimnisvoll.

Die Gäste waren nun alle da, hatten alle ein Glas Wein oder Sekt bekommen und nahmen jetzt ihre Plätze ein. Da das Wohnzimmer nicht groß genug war, hatten sie die Flügeltüren weit geöffnet und weitere Sitzplätze in der großen Diele errichtet.

Nachdem Franz die Gäste begrüßt hatte, gab er Paula ein Zeichen, und sie fing an zu spielen. Sie hatte sich ein leichtes Stück von Mozart ausgesucht, eingängig und fröhlich. Danach ein Stück von Chopin.

Das Publikum applaudierte begeistert. Paula verbeugte sich artig und räumte den Platz.

Nun führten Franz, sein Freund Carl Ludwig und ein weiterer junger Mann, den Paula nicht namentlich kannte, ein kurzes lustiges Stück auf. Auch Elise hatte eine kleine Rolle. Ihre Wangen waren hochrot, doch die Zeilen kamen ihr ohne Stottern oder Stolpern über die Lippen.

Carl durfte ein Gedicht vortragen. Voller Stolz stellte er sich vor dem Publikum auf und begann:

»Hier sieht man Fritz, den munteren Knaben,
nebst Huckebein, dem jungen Raben.
Und dieser Fritz, wie alle Knaben,
will einen Raben gerne haben …«

Weiter und weiter ging es mit der munteren Geschichte von Wilhelm Busch, die Carl sehr gewandt vortrug.

Die Gäste lachten und applaudierten, pfiffen und johlten voller Vergnügen.

Paula war verblüfft, wie gut er war. Der Text passte wunderbar zu seiner schelmischen Art.

Dann bat Franz sie noch einmal an den Flügel. Paula sammelte sich. Im letzten Jahr hatte sie viel an dem Stück gearbeitet, dennoch war sie nicht immer zufrieden mit sich. Trotzdem spielte sie heute »Die Moldau«.

Sie versank förmlich in der Musik, ließ sich von den Tonfolgen tragen, von der Melodie leiten. Als die letzten Töne verklungen waren, atmete sie tief ein. Um sie herum war Stille. Dann rief jemand: »Bravo!«, andere fielen ein. Der Applaus war groß. Paula verneigte sich, ging zurück zu ihrem Platz im Publikum. Sie und auch alle anderen warteten darauf, dass Franz nun wieder nach vorne ging und den nächsten Beitrag ankündigte. Doch Franz rührte sich nicht von seinem Platz. Stattdessen öffnete die Tür, die vom Wohnzimmer zum kleinen Salon führte, sich langsam, und Richard betrat die Bühne. Er trug einen Frack aus schwarzem Samt und ein rotes Halstuch. Seine Haare hatte er nach hinten gekämmt. Er blickte in die Runde, nein, dachte Paula – er sieht niemanden an, er schaut über uns hinweg, als sei dort die weite Ferne.

Dann begann Richard seinen Vortrag. Es war der *Belsatzar* von Heine – allen wohlbekannt.

»Die Mitternacht zog näher schon;
In stummer Ruh lag Babylon.
Nur oben, in des Königs Schloss,
da flackert's, da lärmt des Königs Tross ...«

Erst leise, dann lauter werdend, lachend, ernst, wütend – so trug Richard das Gedicht vor. Er schien es zum Leben zu erwecken. Das Flackern der Kerzen wurde zu dem Flackern der Fackeln im Königssaal.

Und Richard war der König. Er nahm einen silbernen Pokal, trank, wischte sich über den Mund und schaute mit wildem Blick umher. Dann starrte er auf die Wand, die Wand in der Diele. Paula wusste, dort konnte nichts mit Zauberhand geschrieben stehen, aber sie drehte sich um, genau wie alle anderen.

Derweil hatte sich Richard auf einen Hocker sinken lassen, er war totenblass geworden, wie auch immer er das angestellt hatte.

Die letzten Worte sprach er leise, mit Grabesstimme. Er verstummte, und es war kein Laut zu hören, bis Franz aufsprang.

»Bravo! Bravissimo!«

Alle sprangen auf, applaudierten. Es wurde gestampft vor Begeisterung. Richard verbeugte sich, wartete ab, bis es ruhiger war. Mit einer Geste bat er alle, sich wieder zu setzen.

Er rezitierte ein weiteres Stück von Heine, wechselte zu einem frivolen Gedicht von Busch, zitierte etwas von Lord Byron und Friederich von Hofmannsthal. Jedes Mal schaffte er es, die Zuschauer in seinen Bann zu ziehen, sie mitzureißen, zu fesseln. Zum Schluss gab Richard die *Nachtgedanken* von Heine wieder. Paula kamen bei den traurigen Zeilen, die Richard vollendet vortrug, die Tränen. Und nicht nur ihr ging es so. Überall wurden die Taschentücher gezückt.

»Gottlob! durch meine Fenster bricht französisch heitres Tageslicht;
Es kommt mein Weib, schön wie der Morgen,
und lächelt fort die deutschen Sorgen.«

Bei diesen letzten Zeilen sah Richard Paula an, suchte ihren Blick, ihre Augen, ließ sie nicht los. Erst einen Moment nachdem er geendet hatte, schaute er auf, schaute ins Publikum, lächelte und verbeugte sich.

Franz war wieder aufgesprungen, lief zu Richard, legte ihm den Arm um die Schultern. »Liebe Freunde – dies war Richard Dehmel! Ein wahrer Künstler!«

»Ein Name, den Sie sich merken sollten«, fügte Richard hinzu und zwinkerte, lachte dann und hob sein Glas. »Ein Prosit auf den Abend und ein Prosit auf die Gastgeber, Familie Oppenheimer!«, rief er.

»Prost!«

»Prosit!«

Für den Rest des Abends scharte sich alles um Richard, man buhlte um seine Aufmerksamkeit, und er schien sich darin zu sonnen.

Paula beobachtete es vom Rande aus. Sie fand es befremdlich, wie sehr er die Menge zu genießen schien.

»Bist du eifersüchtig? Neidisch?«, fragte Phine sie, die plötzlich an ihrer Seite stand und ihr ein Glas kalten Wein reichte.

»Eifersüchtig?« Überrascht sah Paula sie an, nahm dankbar das Glas und trank durstig.

»Er ist genial, keine Frage«, antwortete Phine. »Aber das bist du auch. Deine Moldau heute war … perfekt.«

»Nein, war sie nicht. Im zweiten Teil habe ich mit den Tempi geschludert.«

Phine sah sie einen Moment ausdruckslos an, dann prustete sie los. »Meine Güte, Paula, du bist immer so witzig, so komisch. Als ob das irgendwer merken würde, wie die Tempi waren.«

Paula biss sich auf die Lippe. »Das war nicht witzig gemeint, sondern mein voller Ernst.« Sie trank noch einen Schluck. »Aber du meinst, es hat keiner gemerkt?«

»Nein, niemand.«

»Wirklich?«

»Du warst hinreißend. Perfekt. Nur blöd, dass dieser Merlin dein Werk überschattet hat. Aber … bei Gott, was für ein Mann«, sagte Phine nun seufzend. »Diese Augen. Diese Stimme … er ist … grandios.«

»Ja«, gab Paula nachdenklich zu. »Er ist gut. Sehr gut.« Sie stockte. »Merlin? Wie kommst du auf den Namen? Er heißt Richard.«

»Er ist ein Zauberer, der alle in seinen Bann schlägt, findest du nicht? Ein Merlin. Wenn er spricht, scheint er mit seinen Händen alles zu unterstreichen, Akzente zu setzen.« Verträumt schaute Phine in den Pulk, der sich immer noch um Richard versammelt hatte.

»Merlin passt«, sagte Paula nachdenklich. Dann sah sie sich um, fand ihre Mutter und ging zu ihr. »Wo sind Elise und Carl?«

»Du hast ganz wunderbar gespielt«, sagte Toni und nahm ihre Tochter in den Arm. »Es war so schön.«

»Danke«, sagte Paula überrascht. »Aber Merlin … ich meine, Richard war so viel eindrucksvoller.«

»Merlin?« Toni runzelte die Stirn, nickte dann. »Das ist ein passender Name für ihn. Ja, er zaubert – er verzaubert. Aber das ist nur Schein.«

»Magst du ihn nicht?«

Toni sah sie an, senkte dann den Kopf. »Franz hält große Stücke auf ihn, aber ich bin mir nicht sicher, ob er nicht auch im richtigen Leben nur etwas vorgaukelt.« Sie lachte verlegen. »Aber das soll unsere Sorge nicht sein.«

»Ich suche eigentlich Elise und Carl. Sie haben ihre Sache sehr gut gemeistert. Besonders Carl hat mich überrascht.«

»Carl war grandios.« Nun strahlte Toni. »Das Gedicht passte aber auch perfekt zu ihm. Ich habe ihn ins Bett geschickt, es war spät genug für ihn.«

»Oh, Mutter, du hättest ihm einen Augenblick der Anerkennung und des Ruhmes gönnen sollen.«

Tonis Blick veränderte sich. »Wenn wir diese Abende veranstalten, geht es nicht um Anerkennung und Ruhm. Es geht darum, zu unterhalten und über Literatur und Musik – über Kunst – zu sprechen, sich auszutauschen. Franz hat den heutigen Abend zu einem Spektakel gemacht, und mir gefällt das nicht. Wir sind hier keine Bühne, kein Varieté.«

Paula zuckte zusammen, in der Stimme ihrer Mutter lag deutliches Missfallen. »Aber der Abend war doch ein Erfolg. Schau doch nur, wie angeregt alle miteinander reden.«

»Sie reden über … wie hast du ihn genannt? Merlin. Aber nicht über die Stücke, die er vortrug. Nein, das gefällt mir nicht.«

»Carl ist also im Bett. Und Elise?«

»Sie ist irgendwo hier unten, und wenn ich sie erwische, geht sie auch zu Bett.«

»Auch sie hat sich tapfer geschlagen.«

»Das hat sie, da hast du recht.« Toni versuchte zu lächeln und ging dann suchend durch die Menge. Für einen Moment war Paula versucht, ihr zu folgen, aber dann fand sie es albern. Sie wandte sich ab, sah Franz, der im Wohnzimmer stand und mit mehreren Leuten debattierte.

»Eine Burschenschaft ist eine freie Verbindung. Nichts steht so sehr für Freiheit wie die Burschenschaft. Ich bin aber ein wenig pikiert über die Töne, die in der letzten Zeit immer lauter werden«, sagte er gerade energisch.

»Das sind doch nur ein paar Leute, die sich darstellen wollen, Franz«, versuchte einer der Männer ihn zu beschwichtigen. »Das ist doch nicht die grundsätzliche Auffassung der Hevellia.«

»Es sind antisemitische Töne, nicht nur Töne. Es sind ganz deutlich judenfeindliche Ansichten, die dort vorgetragen werden. Sind wir den Zeiten nicht längst entwachsen? Warum muss es solche Sprüche noch geben?« Franz wurde laut. »Napoleon, der sicherlich viel Leid über Europa gebracht hat, hat eins gemacht – die Juden den anderen gleichgestellt, er hat uns Juden Rechte gegeben. Freiheit, Brüderlichkeit, Einheit – wir sind keine Franzosen, aber sollte das nicht überall gelten? Auf der ganzen Welt?«

»Du magst recht haben, aber die Zeit ist dafür noch nicht reif, Franz. Außerdem bist du ja auch keiner ›dieser Juden‹, nicht wahr?« Der Mann lachte.

»Was sind denn ›diese Juden‹?«, fragte Paula laut und trat zu der Gruppe.

Der Mann sah sie an, blinzelte. »Nun ja, diese typischen Juden halt – Schläfenlocken, Fellhut, Knoblauchatem. Ihr seid eine moderne Familie, gehört nicht zu den Urjuden, zu den … primitiven Juden. Dieser Abend hier hat doch gezeigt, wie gebildet diese Familie ist.«

»Gebildet …« Paula zog das Wort lang. Sie sah den Mann an. »Gebildet, obwohl wir Juden sind?«

»Ja, genau.« Er nickte und lachte. »Das meinte ich.«

»Oh.« Paula zog die Augenbrauen hoch. »Wie erbärmlich.« Sie blickte zu Franz. »Das sind deine Freunde? Wirklich?«

Er schüttelte den Kopf. »Nein«, sagte er bedenklich ruhig. »Ich werde daraus meine Konsequenzen ziehen.«

»Fräulein Oppenheimer«, säuselte nun der Mann, er hatte offensichtlich mehr als genug getrunken. »Sie haben wunderbar gespielt.«

»Und das, obwohl ich Jüdin bin«, sagte Paula leise und wandte sich ab. »Ich glaube, ich sollte gehen.«

»Nicht doch, Schwesterlein.« Franz griff nach ihrem Arm. »Du musst bleiben. Alle wollen dich kennenlernen. Meine begabte Schwester.«

»Aber ich will sie nicht kennenlernen, Franz. Ich überlasse sie deinem Merlin.«

»Merlin?«

»Deinem Zauberer Richard. Er hat sie alle in seinen Bann geschlagen.«

»Merlin – welch ein passender Name für Richard«, lachte Franz. »Komm, lass uns zu ihm gehen.«

»Nein. Danke. Ich glaube, mir reicht es für heute. Ich möchte nach Hause.«

»Dies ist doch dein Zuhause«, sagte Franz eindringlich. »Eigentlich ist hier dein Heim.«

Paula schaute sich um. »Das ist es nicht mehr. Ich fühle mich hier wohl, aber mein Heim ist woanders.« Sie lächelte ihrem Bruder zu. »Genieß den Abend noch. Wir sprechen uns die Tage. Bevor du gehst, geh bitte zu Line – sie hat etwas von mir für dich und deinen Merlin.«

»Aber …«, setzte Franz an, doch jemand zog ihn am Ärmel und weg von Paula.

»Paulakind.« Plötzlich stand ihr Vater neben ihr. »Du hast formidable gespielt. Grandios. Es macht mich glücklich, dass es dir so gut geht und dass du so spielen kannst.« Er drückte sie an sich.

»Danke, Vater. Aber nun bin ich müde. Ich würde gerne nach Hause gehen. Hast du Phine gesehen?«

»Sie steht dort drüben. Nimmst du sie mit zu dir?«

»Ja.«

»Das ist gut.« Er sah seine Tochter an. »Es war ein bewegender Abend, den sollte man nicht allein beschließen.«

»Findest du? Ist nicht die Ruhe das, was so einen Abend am besten ausklingen lässt?«

»Ich fand es immer erquickend, nach einem anregenden und auch vielleicht aufregenden Abend in Ruhe mit deiner Mutter ein Resümee zu halten.« Er lächelte. »Meist hat sie mir den Kopf zurechtgerückt.«

»Mutter dir?«

»Ja, sie hat eine nüchterne Art, Dinge zu beurteilen, das tut mir immer gut. Sie ist realistischer und bodenständiger als ich.« Er lächelte verlegen. »Aber über eins werden wir uns heute sicherlich einig sein – du hast hervorragend gespielt.«

»Du beschämst mich.«

»Nein, nein – das ist schon so. Gott hat dir einige Gaben mitgegeben. Du hast ganz sicher ein musisches Talent.« Er sah sich um. »Dort ist Phine. Lass uns zu ihr gehen.«

Phine hätte noch bleiben wollen, aber sie fügte sich Paulas Wunsch.

»Wie kommt ihr nach Hause? Wartet Gustes Kutscher?«

»Wir werden laufen, Vater«, meinte Paula. »Es ist ja nicht weit.«

»Das kommt gar nicht in Frage. Steffens sitzt in der Küche und wird dort von der Köchin verwöhnt, damit er Gäste fahren kann. Er bekommt dafür von uns einen Obolus, er wird euch heimbringen.« Ihr Vater wartete nicht auf einen Einwand, ging hinunter zur Küche und kam schon bald wieder. »Die Kutsche ist schon angespannt.« Er küsste Paula auf die Wange, nahm Phine zum Abschied in den Arm. »Kommt gut nach Hause, Mädchen.«

~

»Dein Vater ist so ein … Prachtstück«, sagte Phine, als sie in der Kutsche saßen. Weil der Abend frisch war, hatten sie Decken über sich ausgebreitet. Schon bald erreichten sie Augustes Haus in der Lothringer Straße.

Minna schien auf sie gewartet zu haben, sie öffnete die Tür, als die Kutsche vor dem Haus hielt.

»Danke, lieber Steffens«, sagte Paula und drückte dem alten Mann eine Münze in die Hand.

»Dat is aber nich nötig«, meinte er. »Ick kriech dat von Ihr'n Vater bezahlt.«

»Weiß ich doch. Aber das …«, Paula drückte seine alte, schwielige Hand über der Münze zusammen, »muss er gar nicht wissen. Danke fürs Fahren.«

»Für Sie imma.« Er schnalzte und wendete den Wagen.

»Du bleibst doch hier?«, Paula sah Phine erschrocken an. »Oder soll ich ihn zurückrufen, damit er dich zu deiner Tante fährt?« Sie hatte ganz vergessen, Phine zu fragen.

»Ich würde nichts lieber tun, als hierzubleiben, liebste Paula«, lachte Phine und stieg die Stufen zum Eingang empor.

»Und deine Tante?«

»Leidet. Das kann sie auch ohne mich. Evchen ist ja bei ihr.«

Nun stimmte Paula in ihr Lachen ein, aber ein kleiner Rest schlechten Gewissens blieb.

»Hatten die Damen einen schönen Abend?«, fragte Minna und musterte Paula prüfend.

»Jetzt bist du schon wie Auguste«, beschwerte sich Paula, die Minnas Blick bemerkt hatte. »Und wie meine Mutter. Mir geht es gut, wirklich.«

»Ihre Wangen sind gerötet, Fräulein Paula«, tadelte Minna. »Sie sollen sich nicht überanstrengen.«

»Es war ein schöner Abend. Und es geht mir gut.« Paula stapfte in das Wohnzimmer, goss sich einen Sherry ein. »Du auch?«, fragte sie Phine.

»Ich nehme alles, was du hast.« Phine ließ sich auf die Chaiselongue fallen und breitete die Arme aus. »Es war ein ganz herrlicher Abend, Minna«, sagte sie zu der Mamsell, die ihnen gefolgt war.

»Haben die Damen noch Hunger?«

»Nun lass doch die förmliche Anrede weg«, maulte Phine. »Wir sind doch hier nicht in einer Erziehungsanstalt.«

»Das nicht, aber wir verhalten uns so, wie es sich gehört.« Minna räusperte sich. »Habt ihr noch Hunger? Else hat Suppe warm stehen, und sie hat euch ein paar Schrippen geschmiert.«

»Gott segne Else«, sagte Phine und setzte sich wieder auf. »Können wir hier essen? Wir kleckern auch nicht.«

»Wie die Damen wünschen.« Minna zwinkerte ihr zu und ging in die Küche. Bald schon kehrte sie mit belegten Broten und zwei Schalen dampfender Hühnerbrühe zurück.

»Danke, Minna«, sagte Paula. »Du kannst jetzt wirklich zu Bett gehen. Ich hoffe, Else hat sich auch zurückgezogen. Die Lichter werde ich überall löschen, ich schwöre es.«

»Es macht mir nichts aus aufzubleiben.«

»Das weiß ich. Aber ich … ich befehle dir, dich zurückzuziehen!« Paula versuchte entschlossen zu klingen.

»Nun gut. Ihr wisst ja, wo ihr mich findet, sollte noch etwas sein.«

»Ach – Phine schläft hier …«

»Das habe ich mir schon gedacht und vorsorglich das Gästezimmer vorbereitet. Dort ist auch der Kamin an. Gute Nacht, die Damen.«

»Gute Nacht, Minna, und vielen Dank«, antworteten Phine und Paula gleichzeitig.

Phine stürzte sich auf die heiße Brühe, löffelte sie schnell aus, nahm sich dann eines der Brote und biss beherzt hinein. »Bist du nicht hungrig?«

»Doch.« Die heiße Suppe tat gut, stellte Paula fest. Sie hatte gar nicht gemerkt, wie anstrengend der Abend gewesen war. Dann nahm sie ein Brot, kaute nachdenklich.

»Einen Pfennig für deine Gedanken«, sagte Phine.

»Ach, ich weiß nicht – meine Gedanken wandern von hier nach da und überallhin. Ich muss mich erst sortieren.«

»Es war ein so beeindruckender Abend. Wie eine öffentliche Vorführung. Dein Bruder hat das so arrangiert. Für Richard. Das hat er mir gesagt.«

»Für Richard?«

»Ja, für den Merlin.« Phines Stimme klang schwärmerisch.

Überrascht sah Paula sie an.

»Was für ein Mann«, fuhr Phine fort. »Und wie er die Stücke vorgetragen hat. Fast wie ein Schauspieler, eigentlich sogar noch besser.« Ihre Wangen glühten, ihre Augen leuchteten.

»Er scheint dich ja wahrlich beeindruckt zu haben.«

»Dich etwa nicht?«

Paula dachte nach. »Doch. Er hat ein großes Vortragstalent. Aber er scheint mir auch ein eitler Schnösel zu sein. Möchtest du von so einem Mann als Arzt behandelt werden?«

»Aber sicher. Wahrscheinlich würde er mich so fesseln, dass ich alles um mich herum vergessen würde.« Phine kicherte.

Paula lachte. »Das ist vielleicht auch eine Art von Behandlung. Ach, er studiert ja gar nicht mehr Medizin, also werden wir nie wissen, wie er auf Patienten wirken würde.«

»Was studiert er dann?«

»Ich weiß es nicht genau. Physik? Ich glaube, er weiß es selbst nicht so recht.«

»Oh, ich denke, er wäre ein guter Seelenverwandter für mich«, seufzte Phine leise.

»Du kennst ihn doch gar nicht.«

»Das stimmt. Aber er ist noch auf der Suche nach seinem wahren Ich … so wie ich auch.«

»Ich meine, du hättest dich in den letzten anderthalb Jahren schon sehr gefunden. Auf jeden Fall wirkst du viel gefestigter.«

»Natürlich. Seit Georg und ich uns entsagt haben, geht es mir besser. Auch wenn es mir manchmal noch schwerfällt.«

»Ihr euch?« Verblüfft sah Paula sie an. »Gibt es da eine Entwicklung, von der ich noch nichts weiß? Ich dachte, der Vorschlag ging ganz und gar von Georg aus und wäre ziemlich einseitig.«

»Ich habe lange darüber nachgedacht und befunden, dass es besser für mich ist, wenn ich ihn freigebe. Also – wenn mein Herz ihn freigibt. Und tatsächlich hilft es. Wir können so Freunde bleiben, und ich muss ihm nicht hinterhertrauern.«

»So was!« Paula strahlte. »Das ist ja ganz wunderbar. Man merkt, dass es dir wirklich ernst damit ist, das freut mich!«

»Ja, das ist es. Um ehrlich zu sein, eine Weile habe ich mir in der Rolle gefallen, die Verlassene zu sein, die an der wahren Liebe festhält und allen Freuden entsagt. Aber das wäre auf Dauer doch sehr verdrießlich.« Sie lächelte schelmisch. »Deshalb habe ich mich dazu entschlossen, ihm auch zu entsagen. Es hat ja auch keinen Sinn, sich nach jemandem zu sehnen, der kein Interesse mehr hat.«

»Dabei war es doch deine ganz große Liebe.« Paula sah sie nachdenklich an.

»Das stimmt auch. Das war Georg – meine erste und bestimmt meine größte Liebe. Ich werde immer mit Frohmut und Wonne an ihn und die Gefühle, die wir füreinander hatten, denken. Ein wenig Schmerz ist natürlich auch dabei. Aber nun gilt es, nach vorne zu schauen und nicht in Verbitterung zu versinken.«

»Das klingt sehr vernünftig. Ich bin stolz auf dich und deine Erkenntnis.«

»Du hast mir sehr dabei geholfen.« Phine strahlte sie an. »Ich bin so froh, dass wir Freundinnen sind. Das gibt mir so viel.«

»Mir auch, Liebes.«

»Merlin ist doch der Leibfuchs deines Bruders«, fuhr Phine nun nachdenklich fort. »Weißt du, ob er sein Herz schon verschenkt hat?«

Nun konnte Paula sich nicht mehr halten und lachte laut auf. »Willst du dir etwa die nächste unglückliche Liebe antun?«

Phines Gesicht zeigte Empörung, doch dann lächelte sie wieder, und entzückende Grübchen zeigten sich auf ihren Wangen. »Wer sagt denn, dass es unglücklich sein muss? Ich könnte mir schon vorstellen, mich in ihn zu verlieben.«

»Ich halte das für keine gute Idee. Nicht, dass du nachher wieder so leidest.«

»Ach, Paula – ich verspreche, dass ich nicht mehr so leiden werde. Das werde ich nie wieder, es nützt nämlich nichts. Das habe ich gelernt. Doch mich auf mich selbst zu besinnen ist … trivial und gleichzeitig ermüdend.«

»Versprich mir einfach, dass du auf dich aufpasst. Aber ich glaube kaum, dass dieser Merlin im Moment Interesse an einer Liebschaft hat. Denn du hast völlig recht, er muss sich erst noch selbst finden, und wir beide wissen, dass es ein langwieriger Prozess sein kann.«

»Vielleicht möchte ich im Moment auch nur ein wenig für ihn schwärmen. Kannst du das nicht verstehen? Schwärmst du nicht auch für ihn?«

»Für Richard? Nein. Ich kenne ihn doch kaum. Lass uns ins Bett gehen, ich bin schrecklich müde.«

Paula hielt ihr Versprechen. Sie räumte das Tablett mit dem Geschirr in die Küche, löschte überall die Lampen und überprüfte, ob auch alle Türen und Fenster geschlossen waren. Sie horchte kurz an der Tür des Gästezimmers, aber dort war schon alles ruhig. In ihrem Zimmer zog sie sich langsam aus, wusch sich das Gesicht und die Hände, betrachtete sich im Spiegel. Müde sah sie aus, aber nicht blass oder krank. Sie lächelte sich kurz zu, schlüpfte dann in ihr Bett, drehte die Lampe herunter und zog sich die Decke bis zum Kinn.

Es war ein aufregender Tag gewesen. Mit ihrem Klavierspiel war sie sehr zufrieden und bedauerte es, dass sie ihren Klavierlehrer nicht auch eingeladen hatte. Warum hat Franz mir nichts gesagt? Für Richard hat er die vielen Freunde eingeladen, aber wieso? Wieso war es für Richard so wichtig, ein großes Publikum zu haben? Ohne Frage, er konnte die Texte wunderbar interpretieren. Er hat Charisma. Tatsächlich ist Merlin ein passender Name für ihn.

Da sich Franz so gut mit ihm versteht, werde ich ihn sicherlich noch häufiger zu Gesicht bekommen. Ich will versuchen, nicht zu voreingenommen zu sein, und ihm eine Chance geben. Obwohl er schon öfter Franz hierher begleitet hat, habe ich bisher noch kein tiefes Gespräch mit ihm geführt. Sie nahm sich vor, das zu ändern.

In den nächsten Wochen und Monaten sah Paula Franz und Richard jedoch nur selten. Im Dezember kam Auguste aus Bayern zurück, sie hatte sich deutlich erholt. Nun aber plagte Paula wieder der Husten. Aus Sorge vor einer erneuten, schweren Erkrankung blieb sie meist zu Hause und schonte sich. Auch Gäste empfingen sie nur selten. Paula spielte viel auf dem Flügel, übte fleißig. Alle zwei Wochen kam Herr Scharwenka zum Unterricht. Er war inzwischen ein hochangesehener Musiker und gab nur noch selten Stunden, doch für Paula machte er eine Ausnahme.

»Mein liebes Fräulein«, sagte er, »es ist immer wieder ein Genuss, zu Ihnen zu kommen. Jedes Mal werden Sie besser, wenn das so weitergeht, werden Sie mich bald überflügelt haben.«

Paula lachte fröhlich. »Das glaube ich kaum, aber trotzdem freue ich mich natürlich über das Lob.«

»Im Frühjahr plane ich ein Konzert der Schüler meiner Schule, und Sie müssen daran teilnehmen.«

»Das gilt es abzuwarten«, sagte Auguste, die in ihrem Sessel saß, dem Klavierspiel lauschte und dabei stickte. »Wir werden Paula nicht überstrapazieren. Bisher ist sie gut über den Winter gekommen, doch die kalten und nassen Monate sind noch nicht vorbei, und das Frühjahr ist noch weit.«

»Es wäre so eine Betrübnis, wenn nicht alle Welt Paulas Talent zu Gehör bekommen würde. Jedermann wird ihr und ihrem Spiel zu Füßen liegen.«

»Gesundheit geht über alles«, sagte Auguste mahnend, lächelte jedoch.

»Natürlich, natürlich, das lässt sich nicht bestreiten, aber Sie hören es doch selbst – Paula wird immer besser. Ihr Anschlag ist nahezu perfekt.«

»Ihre lobenden Worte freuen uns. Ja, und auch mir ist aufgefallen, welche Fortschritte sie macht. Wir werden das entscheiden, wenn es so weit ist.«

»Würdest du es wollen?«, fragte Auguste Paula später beim Abendessen.

»Was soll sie wollen?«, fragte Phine. Sie kam regelmäßig vorbei, gehörte fast schon mit zum Haushalt.

»Mein Klavierlehrer möchte im Frühjahr ein Konzert mit seinen Schülern veranstalten, und ich soll auch auftreten«, sagte Paula.

»Das ist ja wundervoll. Das musst du unbedingt machen.« Phine strahlte sie an. »Und dann wirst du berühmt. Alle Opernhäuser der Welt werden dich einladen.«

Paula lachte, es perlte aus ihr heraus. »Ich liebe dich und deinen schier unerschöpflichen Optimismus, Phine. Aber so gut spiele ich nicht.«

»Du stellst dein Licht immer unter den Scheffel. In dir steckt so viel – Musik und Poesie …«

»In mir sind sie auch gut aufgehoben«, entgegnete Paula und nahm sich noch etwas Kartoffelbrei. »Ich würde schon gerne teilnehmen, aber du hast natürlich recht, wir müssen schauen, was die Zeit bringt.« Sie schaute zum Fenster, der Regen klatschte in großen, schweren Tropfen an die Scheiben, lief schlierig nach unten. Paula zog die Schultern hoch.

»Ist dir kalt, Kind?«, fragte Auguste besorgt. »Das Mädchen soll Holz nachlegen.« Sie ging zur Tür und läutete.

»Mir ist nicht wirklich kalt, nur das Wetter lässt mich frösteln. Manchmal scheint es mir, als würden meine Lebensgeister sich in der dunklen Jahreszeit auch in mich zurückziehen, so wie die Säfte der Bäume aus den Blättern und Ästen in das Stammholz fließen, wenn die Kälte kommt.«

»Dagegen hilft ganz sicher eine Partie Karten nach dem Essen«, meinte Phine. »Da kommen deine Lebensgeister wieder zum Vorschein.«

Paula gluckste, und auch Auguste konnte sich ein Lachen nicht verkneifen.

»Das hört sich ganz vergnüglich an«, sagte sie und ging zum Fenster, schaute nach draußen und zog dann die Vorhänge zu. »Aber du wirst doch bald nach Hause müssen.«

»Aber Auguste«, sagte Paula mit gespieltem Entsetzen und zwinkerte Phine zu. »Bei dem Wetter jagt man keinen Hund vor die Tür. Du willst doch Phine nicht auf die Straße schicken?«

»Aber deine Tante, Phine …?«

»Tante Anna hat schon heute Mittag gesagt, dass ich hier übernachten sollte, wenn sich das Wetter nicht bessert«, sie stockte, wurde rot. »Und natürlich nur, wenn es dir nichts ausmacht …«

Auguste winkte ab. »Dann ist das ja geklärt.«

Das Mädchen kam und legte Holz nach, Auguste bat sie, das Gästezimmer für Phine herzurichten und nach den Öfen in den Schlafzimmern zu schauen.

Nach dem Essen setzten sie sich in die Bibliothek an den Kartentisch. Zwei Runden spielte Auguste mit, dann zog sie sich zurück.

Phine mischte und verteilte die Karten neu. »Hast du Franz in letzter Zeit gesehen?«, fragte sie fast nebenbei. Aber ihr Blick verriet sie.

»Meinst du Franz oder Richard?«, neckte Paula ihre Freundin.

»Beide …«

Paula schmunzelte. »Franz ein paar Mal, einmal war auch Richard dabei.«

Erwartungsvoll sah Phine sie an, doch Paula vertiefte sich in ihre Karten.

»Och, komm«, bat Phine mit dem treusten Augenaufschlag. »Erzähl …«

»Er hat mir und Franz ein Gedicht vorgetragen«, sagte Paula.

»Von wem?«

»Von sich selbst. Er hat es selbst geschrieben.«

Phine wartete auf weitere Informationen, und Paula wusste, so schnell würde ihre Freundin nicht lockerlassen.

»Es war ein Gedicht über die Natur. Ich könnte es nicht wiederholen, aber es hat mich berührt. Vielleicht auch wegen der Art, in der er es vortrug – voller Leidenschaft und Pathos. Franz ist ganz hingerissen von ihm.«

»Er ist ein Dichter …«, hauchte Phine andächtig. »Ein Poet.«

»Ich würde ihn noch nicht als Dichter bezeichnen. Aber er versucht sich in dem Metier.« Und er war gar nicht so schlecht, fand Paula, das sagte sie aber nicht, um nicht noch mehr Öl in Phines loderndes Herz zu gießen. Phines Gefühle für Richard waren schwärmerischer Natur, da war sie sich sicher. Sie flammten auf und würden wieder verglühen. Denn auch etwas anderes war Paula sehr bewusst – eine Phine, egal, wie sehr sie loderte, würde einen Mann wie Richard nicht entflammen können.

»Bist du nicht auch hochgradig begeistert von ihm? Ein Mann mit so vielen Talenten?«

»Doch, doch«, antwortete Paula kurz angebunden. »Sehr.« Dann legte sie ihre ersten zwei Karten auf den Tisch und schaute Phine erwartungsvoll an. »Spielen wir?«

Sie spielten noch ein paar Runden. Immer wieder versuchte Phine das Gespräch auf Richard zu bringen, aber Paula ließ sich nicht darauf ein.

Als Paula schließlich im Bett lag, dachte sie über Phine nach. Was hatte das Mädchen so sehr an Richard fasziniert? Ja, er war ein gut aussehender Mann, er hatte viel Ausstrahlung. Wahrscheinlich flogen ihm die Herzen nur so zu. Weshalb aber wollte sie nicht, dass Phine ihre Gefühle für ihn vertiefte? Er würde sie verletzen, dachte Paula. Richard war gerade zu sehr mit sich selbst beschäftigt, und eine weitere unglückliche Liebe würde Phine in ihrer nun so positiven Entwicklung zurückwerfen. Ich möchte nicht, dass sie noch einmal so ein Herzensleid erfährt. Aber war das wirklich alles? Da war noch etwas anderes, tief in ihr versteckt, aber heute war nicht der Zeitpunkt, um darüber nachzudenken.

Beim Abschied am nächsten Tag flehte Phine sie an, sie einzuladen, wenn Franz und Richard Paula wieder besuchen würden, und Paula versprach es ihr.

Vielleicht, dachte sie, tut es Phine ja gut, ihn zu treffen. Sie wird sehen, wie zwecklos ihre Avancen sind.

Es war bereits Anfang Februar, als sich endlich wieder die Gelegenheit ergab. Franz und Richard hatten sich angekündigt, Paula fragte Auguste, ob sie auch Phine dazubitten dürfe.

»Ich werde mit Minna und Else sprechen – es wird uns guttun, ein kleines Fest zu feiern, solange es dich nicht zu sehr anstrengt. Wir könnten auch Elise einladen, und vielleicht hat Franz ja noch einen netten Studienkameraden, den er mitbringen möchte.« Guste war plötzlich ganz in ihrem Element. Aus Rücksicht auf Paula schraubte sie im Winter ihre Aktivitäten zurück, lud kaum noch zu Treffen ein, hielt keinen Salon mehr ab. Aber das gesellschaftliche Leben fehlte ihr, das wusste Paula. Sie versuchte ihre Tante immer wieder dazu zu bringen, doch weiterhin tätig zu sein und ihre Salons zu halten, doch davon wollte Auguste nichts wissen.

»So krank wie vor zwei Jahren möchte ich dich nie wieder sehen«, sagte sie energisch. »Und auch mir tun ein paar Wochen

Ruhe gut. Sobald es Frühjahr wird, werde ich wieder vermehrt einladen, da kannst du dir sicher sein.«

Aber dies sollte ja nur ein Treffen, ein kleines Fest werden. Auch wenn Else immer klagte, wenn es mehr als üblich zu tun gab, merkte man ihr doch an, dass sie sich insgeheim freute, endlich mal wieder ihre Kochkünste unter Beweis zu stellen. Sie ging mehrfach auf den Markt, schrieb Listen, plante.

»Wir sind nur zehn«, sagte Auguste belustigt. »Das Essen soll gut und besonders sein, aber auch nicht zu sättigend, denn wir wollen ja auch noch ein paar Aufführungen genießen können, ohne in den Dämmerschlaf zu verfallen.«

»Wenn Se einschlafen, dann wird es nich gut genug gewesen sein«, meinte Else und lächelte schelmisch.

»Es wird ein Süppchen geben«, zählte Auguste später Paula auf. »Dann die ersten Rübchen – weiß Gott, wo Else die herbekommen hat – mit pochiertem Ei. Danach Seezunge. Als Hauptgang wahrscheinlich Lamm. Und natürlich noch ein Dessert und Kuchen.«

»Wir dürfen unser Korsett nicht zu eng schnüren«, meinte Paula belustigt. »Aber ich freue mich auf die Schlemmereien. Und Richard wird im siebten Himmel sein.«

»Dabei schicke ich Franz doch jede Woche einen Korb mit Lebensmitteln. Wo geht das bei den beiden nur hin? Sie sind gertenschlank.«

»Sie sind ja auch immer unterwegs«, gab Paula zu bedenken. »Studium, Burschenschaft. Franz und Richard wandern und klettern gerne. Sie reiten, und im Sommer gehen sie schwimmen.«

»Dass Franz seinen Studien ordentlich folgt, weiß ich. Aber dieser Richard? Studiert er wirklich? Mir scheint, als hätte er immer noch keinen Lebensplan entwickelt«, sagte Auguste nachdenklich. »Aber wir werden ihn ja fragen können.«

Der Tag kam. Vorher hatte ihre Tante noch gründlich reinemachen lassen. Es war noch zu früh im Jahr, draußen war es noch zu nass und feucht, um die Teppiche auszuschlagen – aber Staub wurde gewischt, die Fenster wurden geputzt und poliert und die Böden geschrubbt. Der frische Duft von Zitrone und Essig lag über allem, und Paula hatte das Gefühl, als läge der Frühling schon in der Luft. Der Blick aus dem Fenster belehrte sie eines Besseren. Der Regen ging wieder in Schnee über.

Auguste hatte schon für den späten Nachmittag eingeladen, damit sie ausreichend Zeit haben würden. Schon mittags kam Phine. Ihre Wangen glühten.

»Bist du krank, mein Mädchen?«, fragte Auguste besorgt.

»Es ist nur die Aufregung«, gestand Phine.

Auguste runzelte die Stirn, sie wusste nichts von Phines heimlichen Schwärmereien. Während Phine sich frisch machte, nahm Auguste Paula zur Seite. »Was ist denn mit dem Mädchen los? Sie scheint mir krank zu werden.«

»Krank vor Begeisterung und Eifer vielleicht.«

»Was weißt du, was ich nicht weiß?«

»Phine scheint sich in Richard verguckt zu haben.«

»Das Mädchen hat ein Talent dafür, sich den Falschen auszusuchen«, seufzte ihre Tante. »Und noch dazu so früh. Sie hat doch noch Jahre Zeit, bis sie sich binden sollte.«

»Das erklär ihr mal – ich habe schon vergeblich auf sie eingeredet.« Paula verzog das Gesicht. »Ich hoffe, dass der heutige Abend sie zur Vernunft bringt.«

»Ansonsten werde ich nachhelfen, da kannst du dir sicher sein«, sagte Auguste entschlossen.

»Wahrscheinlich wird es erst aufhören, wenn wir ihr einen vernünftigen Mann vor die Nase setzen, der sie unbedingt haben will.«

»Da bringst du mich tatsächlich auf Ideen«, murmelte Auguste, und Paula überlegte, ob sie nicht über das Ziel hinausgeschossen war, sie kannte ihre Tante. Hatte diese sich etwas in den Kopf gesetzt, war sie ähnlich wie Phine – es gab kein Halten.

Nun trudelten die Gäste ein. Elise kam und begrüßte Tante und

Schwester herzlich. Franz brachte einen Freund aus der Universität mit. »Carl Ludwig Schleich«, stellte er ihn vor. Der junge Mann verbeugte sich.

»Es ist mir eine Ehre, hier sein zu dürfen.«

»Die Freude ist ganz unsererseits«, sagte Auguste.

»Wo ist Richard?«, wollte Paula wissen.

»Ja, wo ist er?«, fragte Phine, die die Treppe heruntergeeilt war.

»Er wird schon noch kommen, die Uhr kann man jedoch nicht nach ihm stellen«, winkte Franz ab.

»Er ist noch nicht da, obwohl es gleich Essen gibt?«, wisperte Paula und stieß Franz leicht in die Seite.

Franz grinste. »Sei nicht so gemein mit ihm, er hat es nicht leicht.«

Paula zog Franz in die Bibliothek.

»Du musst mir helfen«, bat sie ihren Bruder.

»Immer. Jederzeit. Was soll ich stehlen? Wen soll ich hauen?«

»Es geht eben darum, dass nichts gestohlen wird.«

»Du erwartest Diebe?« Franz runzelte die Stirn.

»Es geht um Richard.«

»Er mag arm sein, aber er würde nie etwas mitgehen lassen«, empörte sich Franz. »Für ihn lege ich meine Hand ins Feuer.«

Paula lachte. »Verschon deine Hand, liebster Bruder. Es geht um Phine. Sie möchte sich unsterblich in Richard verlieben. Ich halte das für keine gute Idee.«

»Warum nicht?«, fragte er amüsiert. Dann aber wurde er ernst. »Nein, das ist tatsächlich nicht gut. Aber was kann ich tun? Sie umgarnen? Dann verliebt sie sich womöglich noch in mich … das wäre auch nicht besser für das liebe Mädchen.«

»Sprich mit Richard. Er soll ihr auf keinen Fall Hoffnungen machen. Ich bitte dich sehr.«

»Ich werde mein Bestes geben, Schwesterherz, aber versprechen kann ich nichts.«

Bald schon waren alle da, nur Richard fehlte noch. Sie hatten sich in der Bibliothek versammelt, nahmen einen Aperitif zu sich, als es schellte. Phine wollte zur Tür stürzen, aber Franz kam ihr zuvor und ging in den Flur. Minna hatte schon geöffnet und führte Dehmel herein.

Franz nahm ihn zur Seite, redete kurz mit ihm, das konnte Paula beobachten. Beruhigt wandte sie sich wieder Carl Ludwig zu, der ihr sehr sympathisch war.

Auch er studierte Medizin, berichtete ihr begeistert von den Forschungen, die an der Charité vorgenommen wurden.

»Ihr Bruder, gnädiges Fräulein, ist begnadet.«

In diesem Moment betrat Richard den Raum, und alle verstummten, obwohl er gar nichts gesagt hatte.

»Guten Abend«, grüßte er in die Runde und ging zu Auguste. »Ich möchte mich für meine Verspätung vielmals entschuldigen.« Ganz geknickt sah er aus.

Phine drängte sich zu ihm. »Oh, wie schön, dass Sie da sind«, sagte sie und lächelte. »Wir freuen uns so sehr auf Ihren Vortrag später.«

Auguste runzelte die Stirn. »Also wirklich«, murmelte sie, begrüßte dann den Gast und führte die Gesellschaft ohne weiteres Aufheben in das Esszimmer. Das polierte Silber und die Kristallgläser reflektierten das Kerzenlicht in den Leuchtern. Es sah ungemein festlich aus.

»Gibt es einen besonderen Anlass?«, fragte Elise Paula leise, aber irritiert. »Hätte ich ein Geschenk mitbringen sollen?«

»Nein, mach dir keine Gedanken. Auguste, Minna und Else sind ein wenig über das Ziel hinausgeschossen, weil sie so lange keine Gäste hatten – aus Rücksicht auf mich. Es macht mich, um ehrlich zu sein, ein wenig verlegen.«

Paula hatte die Tischkarten sorgfältig platziert. Phine sollte an dem einen Ende des Tisches sitzen, Richard am anderen. Aber Richard nahm die Karten und tauschte sie aus – er machte es noch nicht einmal heimlich.

»Ich würde gerne neben dieser wunderbaren jungen Dame sitzen«, sagte er nonchalant zu Auguste. »Sie haben doch nichts dagegen?«

Auguste war zu überrumpelt, um direkt zu antworten, Paula auch. »Natürlich nicht«, antwortete ihre Tante schließlich mit verkniffenem Mund und sah Paula an. Paula zuckte nur hilflos mit den Schultern.

»Lass ihn«, meinte Franz leise zu ihr, als er neben Paula Platz nahm. »Er weiß, was er tut.«

Paula nahm seufzend Platz. Rechts von ihr saß Franz, links Carl Ludwig.

Minna trug die Suppe auf.

Carl und Franz unterhielten sich über Paula hinweg über Forschungsergebnisse in der Pathologie.

»Ich suche ihn«, sagte Paula plötzlich mitten in ihr Gespräch hinein. »In Not und Gefahr greife ich ein, schmerzlich willkommen der Angst und der Pein; lies mich von vorn, lies mich verkehrt, immer der Gleiche, geschmäht und geehrt.« Sie sah von Franz zu Carl und zurück. Hob fragend die Augenbrauen.

Franz lachte. »Meine Schwester liebt Rätselreime. Sie will uns etwas sagen. Errätst du es, Carl?«

»Ein Rätselreim?«, fragte Richard vom anderen Ende des Tisches. »Ich liebe Reime. Können Sie ihn noch einmal wiederholen, Fräulein Paula?«

»Ich suche ihn:
In Not und Gefahr greife ich ein,
schmerzlich willkommen der Angst und der Pein;
lies mich von vorn, lies mich verkehrt,
immer der Gleiche, geschmäht und geehrt.« Paula lächelte. »Na, wer weiß es?«

»Einen Retter«, rief Richard. »Wer soll Sie retten und wovor?«

Franz räusperte sich. »Das war wohl an mich gerichtet, guter Freund. Danke für die Auflösung.«

»Haben Sie noch ein Rätsel?«, bat Heinrich.

Paula dachte kurz nach.

»Es ist etwas schwieriger. Zu erraten sind zwei Worte, die man zusammensetzt. Mein erstes Wort, im engen Raum genährt, strebt weit hinaus, dass es die Welt regiere; wir stäken noch im Dämmersinn der Tiere, hätte nicht Gott dem Menschen es gewährt. Mein zweites hat der Kaiser und der König, und ist es auch zumeist; fast jeder strebt es irgendwie zu sein, solang er lebt, und wer es ist, dem scheint es oft zu wenig. Der, der das Ganze ist, wirft manchen Blitz anfeuernd ins Gespräch und ins Gerede, ein wohlgelittner Schalk selbst in der Fehde; man lobt den Scharfsinn, freut sich an dem Witz.«

Sie schaute in die Runde, ihr Blick blieb an Richard hängen. Er hatte die Stirn gerunzelt, murmelte vor sich hin, hob dann den Kopf.

»Geist – reich.«

»Das ist richtig.« Paula applaudierte ihm, und die anderen stimmten ein. »Und so hoffe ich, dass wir viele geistreiche Gespräche an diesem Abend haben werden«, sagte sie und reichte Minna den geleerten Teller.

Beim zweiten Gang hatten sich die beiden Studiosi rechts und links von Paula besonnen und plauderten nett mit ihr.

»Nein!« Paula schüttelte den Kopf. »Nein, das will ich auch nicht. Ich möchte nicht über das Wetter reden – was gibt es da schon zu sagen? Auch der Tiergarten scheint mir kein Gesprächsthema in dieser Runde zu sein. Ihr könnt euch gerne über euer Studium unterhalten, aber bitte nicht so, als sei ich eine Wolke oder Nebelfrau – oder noch schlimmer – einfach Luft.«

Verblüfft sah Carl Ludwig sie an, Franz lachte nur. »So ist sie, meine Schwester.«

»Sie sind eine sehr gebildete und intelligente Dame, ich muss mich vielfach entschuldigen«, sagte Carl. Von nun an wurde es ein vergnüglicher Abend für Paula. Die beiden berichteten und erklärten ihr die Forschungen, an denen sie teilhatten, und auch einiges mehr. Paula fragte nach, ließ sich Dinge erklären. Aber immer wieder schielte sie auch zum anderen Ende des Tisches. Phine hatte voller Glückseligkeit Platz genommen, und Richard hatte sie sofort in ein Gespräch verwickelt. Doch dann war die Begeisterung aus Phines Gesicht gewichen. Als der Nachtisch gereicht wurde, schien sie fast erleichtert zu sein.

Nach dem Essen wechselte man in das Wohnzimmer, das Auguste hatte umräumen lassen. Die Sessel waren so aufgestellt worden, dass sie um den Flügel standen.

Paula setzte sich an den Flügel und begann den Abend mit einem leichten, fröhlichen Stück von Mozart. Dann trug Elise ein Gedicht vor.

Carl, Richard und Franz hatten ein kleines Stück eingeübt, das viel Belustigung und auch Applaus hervorbrachte.

Dann spielten Paula und Elise eine Sonate vierhändig – dafür hatten sie sich in den letzten Wochen getroffen und geübt. Als sie fertig waren, verließ Richard den Raum, kehrte kurz darauf in seinem samtenen Frack und mit dem roten Halstuch zurück. Er rezitierte Heine und Ibsen, schließlich ein Gedicht, das Paula nicht kannte. Es war, so gab er nach dem Beifall zu, aus seiner Feder – was noch einmal mit Applaus quittiert wurde.

Auguste fragte nun noch nach Getränkewünschen und ließ Minna Aschenbecher für die Männer bringen. Man saß zusammen, unterhielt sich.

»Ab dem ersten April werde ich meinen Militärdienst ableisten«, sagte Franz plötzlich.

»Du gehst zum Militär?« Paula war überrascht.

»Ich leiste den ersten Teil meines ›Einjährigen‹ ab, Schwesterchen. Als Mediziner in der 10. Kompanie des Gardefüsilierregiments. Der erste Teil des Dienstes geht bis Oktober. Den zweiten Teil werde ich nach meinem Staatsexamen beginnen.«

»Aber warum?«

»Weil es jetzt möglich ist. Das Regiment ist hier in Berlin – ich habe keine großen Kosten, und ich muss eben nur dieses eine Jahr und nicht zwei oder gar drei ableisten.«

»Ich gehe mit ihm«, sagte Richard. »Nicht als Mediziner, aber ich wurde auch im Regiment aufgenommen.«

»Braucht man dafür nicht einige private Mittel?«, fragte Auguste erstaunt.

»In der Tat«, gab Richard zu. »Mein Vater unterstützt das – auch wenn er mich ansonsten nicht als unterstützenswert befindet. Aber es ist Dienst am Vaterland, und da er im staatlichen Dienst als Förster arbeitet, meint er, ich solle meiner Pflicht folgen. Was ich demnach auch tun werde.«

»Was du nicht sagst, ist, dass dein Vater hofft, dass du durch Drill und Ordnung deinen Lebenswandel überdenkst. Vielleicht glaubt er sogar, dass du Geschmack am Soldatenleben findest und eine Militärlaufbahn einschlägst«, neckte Franz ihn.

»Mag sein. Ich aber werde einen anderen Weg einschlagen – das Ziel des Lebens findet man womöglich mit dem ein oder anderen Umweg. Und lieber das Einjährige ableisten, als sich mehrere Jahre zu verpflichten.«

»Das ist eine kluge Entscheidung«, bestätigte Carl Ludwig. »Ich werde den gleichen Weg gehen, allerdings erst im Herbst.«

»Dann werden wir euch im Sommer kaum zu Gesicht bekommen?«

»Vermutlich, Schwesterlein. Aber was sind schon ein paar Monate?«

»Welchen Weg wollen Sie einschlagen, Richard?«, fragte Paula.

»Ich sehe mich als Träger der Literatur, möchte Heine, Ibsen und Nietzsche folgen, möchte dichten und schreiben.«

»Das muss man sich leisten können«, sagte Auguste trocken. »Schriftstellerei ist eine brotlose Kunst.«

»Das stimmt nicht«, protestierte Franz. »Es gibt viele erfolgreiche Schriftsteller. Du liebst Bücher – du liest doch viel, Tante Guste.«

»Es dauert, bis man davon leben kann, das habe ich vielfach gehört.«

»Was, wenn es aber mein Lebenstraum ist?«, fragte Richard sie.

»Dann, lieber Richard, sollten Sie dennoch einen Beruf ergreifen, der ein Einkommen einbringt. Wenn Sie schreiben wollen, schreiben müssen – weil es Ihrem Seelenheil dient, werden Sie es tun – nach der Arbeit, aber mit sattem Leib und in einem warmen Zimmer, denn Sie sind ja ein vernünftiger Mensch.« Auguste lächelte milde. »Nicht wahr?« Bevor Richard noch etwas erwidern konnte, sah Auguste Elise und Phine an. »Es war ein schöner, ein anregender Abend. Aber nun ist es Zeit für euch, zu Bett zu gehen.« Da das Wetter immer noch schlecht war und sie geahnt hatten, dass der Abend länger fortschreiten würde, hatte Auguste die beiden Mädchen über Nacht eingeladen und ihnen die Zimmer richten lassen.

Phine stand ohne Murren auf, verabschiedete sich artig, aber ohne großen Überschwang. Richard reichte sie kurz die Hand, mit Franz wechselte sie ein paar Worte, ließ sich von ihm zum Lachen bringen. Erstaunt wechselten Auguste und Paula einen Blick.

»Was ist passiert?«

Nachdem alle Gäste das Haus verlassen hatten, waren Auguste und Paula noch einmal durch die Räume gegangen, in denen Minna und das Mädchen schon aufräumten. Am nächsten Morgen würde alles wieder so aussehen wie früher und nichts mehr von dem Abend zeugen. Die Fenster waren weit geöffnet, und die kühle, nasse Luft verdrängte die abgestandenen Dünste.

Auguste besprach sich noch mit Minna, während Paula nach oben ging. Vor der Tür zu Phines Zimmer war sie stehen geblieben und hatte geklopft. Phine war noch wach. »Was ist heute passiert?«, fragte Paula noch einmal und setzte sich auf den Bettrand.

»Nichts.« Phine zog die Decke bis zum Kinn, dann endlich sah sie Paula an. »Er ist ganz anders, als ich gedacht habe. Er ist nicht der starke, geistreiche, wundersame Mann – er ist jung und voller Zweifel – bis auf eine Sache. Er sucht eine Frau.«

»Ist das so?«

»Ja, da bin ich mir ganz sicher.«

»Aber … wäre das nicht in deinem Sinne?«

»Nun, er hat mich genau nach meinen Familienverhältnissen gefragt und vor allem nach meiner finanziellen Situation. Ist das zu fassen? Wir kennen uns doch kaum«, sagte Phine empört.

Paula musste tief Luft holen und sich auf die Lippe beißen. Sie war froh, dass die Petroleumlampe schon so weit heruntergedreht war.

»Es schien mir so, als würde er meine Situation prüfen – dabei war er jedoch sehr aufmerksam und interessiert. Als ich aber von mir selbst erzählt habe, schien er kaum zuzuhören. Ich fand das … unhöflich und taktlos.«

»Das klingt ein wenig schnöselig«, sagte Paula und musste sich sehr beherrschen.

»In der Tat!« Phine schnaubte. »Wie soll so ein Mann jemals romantisch lieben? Voller Inbrunst? Er denkt doch nur an den schnöden Mammon, weil er sich verwirklichen will.«

»Das ist wirklich unglaublich. Und … deine Gefühle …?«

»Welche Gefühle?«, fragte Phine. »Ich muss doch erst einmal zu mir selbst finden, bevor ich mich wieder in der Gefühlswelt verliere – findest du nicht?«

»Doch, doch. Das denke ich auch. Das ist ein ganz vernünftiger Ansatz. Dann kannst du ja jetzt bestimmt in aller Ruhe schlafen.«

Phine lächelte. »Ja, das kann ich. Aber … sein Gedicht, das war schon sehr gefühlvoll. Und vortragen kann Merlin wirklich gut.«

KAPITEL 10

Ahrenshoop, Sommer 1885

Wieder einmal waren Auguste und Paula nach Ahrenshoop gefahren. Das Haus stand für sie bereit, und auch Marie wartete schon auf sie.

Die Fahrt erschien Paula inzwischen vertraut, es war das vierte Mal, dass sie nun in das Kapitänshaus fuhren. Schon im Frühjahr waren sie für ein paar Wochen da gewesen, im letzten und vorletzten Jahr hatten sie auch mehrere Wochen hier verbracht.

»Es ist ein wenig wie nach Hause kommen«, sagte Paula, als sie es sich in ihrem Abteil gemütlich gemacht hatten. Minna und Elsa waren vorgestern schon vorausgefahren. Es war jedes Mal weniger Arbeit, weil die Küche schon eingerichtet war, Else die Händler kannte und schon Einkaufslisten geschickt hatte, außerdem war Marie da, die die Laken von den Möbeln zog, durchlüftete und anheizte.

»Ja, das stimmt.« Auguste hatte einen Stoß Briefe vor sich auf dem Schoß, die sie während der Fahrt durcharbeiten wollte. »Ich bin froh, dass wir das Haus gefunden haben.«

Paula spürte, dass Auguste nicht reden wollte. Auch Paula hatte noch Briefe zu lesen, doch das eilte nicht. Sie wollte lieber nachdenken. Vor zwei Jahren hatte ihr Bruder einen Teil seines »Einjährigen«, seines Militärdienstes, in Berlin abgeleistet. Ihm war Richard Dehmel gefolgt. Richards Vater hatte gehofft, dass der Dienst ihm endlich den Weg ins Leben zeigen würde.

Aber was sein Weg war, weiß der Liebe immer noch nicht, dachte Paula. Zum Teil belustigte sie die unstete Art, zum Teil aber auch sorgte sie sich um Franz' besten Freund. Ende 1883 hatte Richard seine Studien wiederaufgenommen. Er hatte Vorlesungen zu Ethik und zu Staatswissenschaften gehört, dann andere zu Wirtschaftswissenschaften. Wie ein Blatt auf dem Teich trieb er dahin – mal zur einen, dann wieder zur anderen Seite. Griechisch hatte er zusammen mit Franz belegt – sie faszinierten die Sprache und die Geschichte, und sie konnten sich nächtelang darüber austauschen und diskutieren.

Für Franz war das allerdings nur Amüsement, zusätzliche Bildung – er führte sein Medizinstudium zielstrebig fort und hatte im Frühjahr seine Doktorwürde in Chirurgie und Medizin erworben. Paul Ehrlich war sein Doktorvater gewesen. Seine Dissertation hatte er den Eltern gewidmet, die vor Stolz fast gewachsen waren. Franz ging seinen Weg, aber welchen Weg würde Richard einschlagen? Richard war und blieb der treue Gefährte an Franz' Seite, sie nannten sich Orest und Pylades – Namen, die Paula unangemessen schienen. Natürlich hatte sie auch Goethes Iphigenie gelesen, aber so ganz wollte ihr der Vergleich der beiden Freunde nicht zusagen.

Wahnsinnig ist keiner der beiden, dachte sie bei sich, todessehnsüchtig sollte auch keiner von ihnen sein. Richard hatte sich sogar inzwischen mit seinen Eltern versöhnt und durfte sie wieder in Cremmen besuchen. Eine innige Beziehung hatte er zu seiner Mutter, zu seinem Vater jedoch nicht. Dennoch war er froh, hin und wieder zur Familie kommen zu dürfen. Jedoch drängte sein Vater inzwischen nachdrücklich auf einen Studienabschluss.

Im letzten Jahr hatte Paula die beiden selten gesehen, aber nachdem Franz seinen Doktortitel erworben hatte, trafen sie sich wieder häufiger. Und bei jedem Treffen wurde Paula stärker bewusst, was Franz an seinem Orest so reizte und weshalb er ihn so sehr ins Herz geschlossen hatte.

Mehrfach hatten sich die drei im Garten der Eltern oder bei Auguste getroffen, hatten debattiert, sich gegenseitig etwas vorgelesen, philosophiert. Richard war in kleiner Runde – wenn er nichts darstellen musste – ein nachdenklicher, intelligenter und einfühlsamer Gesprächspartner. Sie hatte ihn zu schätzen gelernt, mehr noch – er war auch ihr Freund geworden.

Freund, fragte sich Paula nun nachdenklich, oder mehr? Ist es mehr, was ich empfinde? Auf jeden Fall nahm Richard einen gewissen Platz in ihren Gedanken ein – und es wurde eher mehr als weniger. Ist es das, was man als verliebt bezeichnet, fragte sich Paula. Bisher hatte ihr Herz an keinem Mann gehangen, sie hatte niemanden verehrt und sich nach niemanden verzehrt, so wie sie das von Phine oder anderen Freundinnen kannte.

Die Gefühle, die sie für Richard hatte, waren nicht leidenschaftlich oder drückend – sie freute sich, wenn sie ihn sah, wenn sie mit ihm reden konnte, freute sich auf den lebhaften Austausch, auf seine Gedanken, seine Äußerungen. Und ja, sie freute sich jedes Mal ein wenig mehr. Wenn sie wusste, dass sie sich nun eine Weile nicht sehen würden – wie jetzt, wo sie an die See reisten –, wurde ihr schon das Herz ein wenig schwer.

Sie würden sich schreiben, schrieben sich ja schon die letzten Monate – aber nun würde die Post einen längeren Weg zurücklegen müssen. Ein wenig zog der Gedanke an ihrem Magen.

Ist das Verliebtsein, bin ich in Richard verliebt? Ich schätze ihn, ich schätze ihn sehr. Und er hat sich verändert, ist an sich selbst gewachsen, ist erwachsener, reifer geworden.

Sie wusste, sein größter Traum war es, Literat zu sein. Ein Dichter, ein großer Dichter, anerkannt und beachtet. Er schrieb viel, verwarf etliches. Er war gut, einiges war sogar herausragend – aber war er wirklich ein Dichter?

Sie selbst schrieb auch, mehr und häufiger nun, seit sie in so engem Dialog mit Richard und Franz stand. Franz beschäftigte sich gleichfalls mit Literatur, auch er schrieb. Aber taten sie das nicht alle? Alle Freunde und Bekannte verfassten Texte – Tagebuch, Essays, Aufsätze und ja, Gedichte. Aber das machte sie doch noch lange nicht zu Schriftstellern, und Paula kannte auch niemanden, der dies ernsthaft anstrebte. Für sie war es einfach eine Art, ihren Gedanken Raum zu geben und sie mit anderen zu teilen.

Nur bei Richard war es anders. Er sah sich als Künstler.

Ja, dachte Paula, er hat Talent – sogar viel Talent. Aber würde das reichen? Konnte er diesen Weg tatsächlich gehen? Sie seufzte. Erst einmal ist es aber wichtig, dass er sein Studium beendet, doch dafür muss er sich endlich für einen Studiengang entscheiden und den dann auch beenden. Das würde sie ihm schreiben, denn er hatte sie wieder einmal nach ihrer Meinung zu einem seiner Gedichte gefragt.

Es ist ihm wert und wichtig, was ich denke. Mein Urteil, ein noch so flüchtig dahingeworfenes Wort konnte ihn aufbauen oder auch niederschmettern. Richard ist so unglaublich gefühlvoll und emotional. Einerseits finde ich das gut, andererseits, das muss ich mir ehrlich gestehen, irritiert es mich doch hin und wieder. Sollte er nicht gefestigter sein? Aber vielleicht macht eben das einen Künstler aus.

Sie schüttelte den Kopf. Sie machte sich einfach zu viel Gedanken um ihn. Ich will mich jetzt erst einmal auf die Wochen am Meer freuen. Die Luft dort tat ihr gut. In den letzten Wochen hatte eine heiße Schwüle wie eine dicke Decke über Berlin gehangen, der Qualm der Fabriken schien immer dichter zu werden, und Paula hatte sehr mit ihrer Luftnot kämpfen müssen. Doch nun würden sie in die Sommerfrische fahren, und ihre Lunge würde sich bestimmt erholen.

Als sie in Rostock aus dem Zug stiegen, wartete Hein, der Kutscher, schon auf sie. Er verstaute das Gepäck, half ihnen in die Kutsche.

»Und, Hein, ist alles gut im Dorf?«, fragte Auguste.

»Nu ja, ham Glück gehabt mittem Wetter«, sagte er und kaute auf seiner Pfeife. »Keen Sturm, keen Hochwasser bis jetzt. Kann ja noch kommen … weeß man nie.« Er schnalzte, und die Pferde setzten sich in Bewegung. Als sie auf der Allee waren, drehte er sich zu ihnen um. »Der alte Knut is tot un die Jette auch. Maries Schwester hat 'nen Blach bekommen – 'nen Mädchen, is dat fünfte jetzt. Dabei hat ihr Mann so aufn Jung gehofft. Na, nächstes Mal vielleicht.« Er nickte und sah wieder nach vorne.

»Ist der alte Jens wieder gesund?«

»Jo, hat gedauert, aber dem seine Frauen haben ihn gepflegt und behütet. Ick glaub, det konnte er nich mehr ertragen – so isser wieder gesund geworden.«

»Na, das ist doch mal eine gute Art der Genesung.« Auguste lachte. »Ach, wie ist es herrlich, wieder hier zu sein.« Sie blickte auf die blühenden Felder, das hoch stehende Korn.

»Es ist immer wieder schön, aber es ist auch gut, dass wir nicht so lange bleiben wie beim ersten Mal.«

»Jetzt sind wir zur Sommerfrische hier und nicht zur Genesung, Paula.«

»Hab noch was vergessen«, sagte Hein plötzlich. »Der olle Katen hoch nache Küste, da sin auch Städter drin. Sommerfrische, sagen se. Sin aba nich so wie Sie.«

»Ach?« Auguste lehnte sich neugierig vor. »Wie sind sie denn dann?«

Hein kaute nachdenklich auf seiner Pfeife, kratzte sich am Kopf. »Nich so vornehm, würd ich sagen. Aber werde Sie schon selber sehn, wa?« Er schnalzte wieder, trieb die Pferde an. Paula und Auguste konnten das zufriedene Lächeln auf seinem Gesicht sehen.

»Ich hatte gehofft, dass diese schöne Idylle noch eine Weile unser alleiniger Rückzugsort bleiben würde, aber natürlich sind wir nicht die Einzigen, die Ruhe und Erholung vom Stadtleben suchen. Es war abzusehen, dass andere folgen würden.«

»Wer mag das nur sein?«, grübelte Paula. »Die kleine Kate ist auf jeden Fall nicht so schön und so gut ausgestattet wie unser Kapitänshaus. Ich meine, sie hätte die letzten Jahre über immer leer gestanden.«

»Du weißt doch, wie schnell man mit ein paar fleißigen Händen so etwas instand setzen kann – das haben wir ja mit dem Gästehaus auch gemacht.«

»Wenn ich mich recht erinnere, ist es dort aber mit kräftiger Reinigung nicht getan. Die Fenster waren alle zugenagelt, weil die Scheiben gesprungen waren.«

»Zum Glück ist das nicht unser Problem«, lachte Auguste.

Die Fahrt zog sich wie immer, aber sie genossen die Landschaft und jubelten auf, als sie zum ersten Mal bei Müritz das Meer sahen. Von Dierhagen aus fuhren sie an der Küste entlang, das Kreischen der Möwen begleitete sie.

»Es ist herrlich, wenn man nachts zum Klang der Wellen einschlafen kann«, schwärmte Paula. »Und diese Luft – so klar und rein.«

Auguste lächelte. »Ich bin froh, dass du so voller Freude mitfährst. Ein wenig Sorge hatte ich, dass du diesmal lieber in Berlin würdest bleiben wollen.«

Verwirrt sah Paula ihre Tante an. »Warum?«

Auguste lachte. »Weil ich nicht blind bin und sehr wohl gesehen habe, dass du eine gewisse Freundschaft vertieft hast.«

»Mit Phine bin ich nicht enger befreundet als im Jahr zuvor«, sagte Paula. »Und es steht doch auch im Raum, dass sie uns besuchen kommt – was mich sehr freuen würde.«

»Phine meinte ich nicht. Deine Freundschaft zu Richard ist inniger geworden.«

Wie eine warme Welle schwappte das Blut durch Paula, färbte ihr Gesicht.

»Er wird erwachsener. Freunde sind wir doch schon lange – das hat sich nicht verändert.«

Auguste zog nur die Augenbrauen hoch und schmunzelte.

Schnell lebten sie sich wieder ein. Minna und Else hatten alles vorbereitet, Marie fügte sich inzwischen problemlos in den Haushalt ein.

Die ersten Tage vergingen wie im Flug – obwohl Paula das Gefühl hatte, dass sie nichts taten, außer die klare Luft, die einen leichten Salzgeschmack auf den Lippen hinterließ, den Strand und das Rauschen des Meeres, das immer zu flüstern schien, zu genießen. Frühmorgens, wenn der Tau noch auf den Hundsrosen lag und die Tropfen wie kleine Kristalle glitzerten, ging sie meist allein zum Strand. Auguste schlief aus – es wurde oft zehn, bis sie sich im Wintergarten zum Kaffee blicken ließ. Paula aber war schon früh wach.

Mein lieber Richard,

ich hoffe, es geht Ihnen gut, schrieb sie. *Heute Morgen haben mich wieder die Möwen geweckt. Ich glaube, dass sie sich zurufen, welcher Fischer als Erster am Hafen sein wird, und dann einen Wettflug veranstalten, um die dicksten Heringe zu ergattern, wenn die Körbe mit den sich noch windenden, schuppigen, glänzenden Fischen ans Ufer gehievt werden.*

Wenn mich also die Möwen wecken, haben die Fischer die Hälfte ihres Tagwerkes schon erledigt, dabei ist die Sonne gerade erst aufgegangen und das Licht noch milde und von einer sanften Färbung.

Das Gefühl des nassen, kühlen Sandes unter meinen Füßen ist wunderbar – als ob der Sand meine Füße aufnehmen, umarmen wollte. Und die lustigen Wellen begrüßen mich, springen auf mich zu, als wollten sie meinen Rocksaum fangen.

Paula hielt inne und las sich die Sätze durch. War das zu intim? Zu persönlich? War es gar zu süßlich? Richard und sie hatten sich die Aufgabe gestellt, ihren Tagesablauf, ihre Umgebung dem anderen so genau wie möglich zu beschreiben. Eigentlich hatte Richard sie gebeten, seine Beschreibungen, die er anfertigen wollte, sorgsam zu lesen.

»Die Beobachtung, die genaue Beschreibung ist eine gute Übung für Auge, Hirn und Feder«, hatte er gesagt. »Nur wenn man etwas trefflich wiedergeben kann, ist man fähig, Gefühle beim Leser zu wecken. Ich möchte mich darin üben, und Sie sollen es prüfen – mit kritischem Blick. Würden Sie das tun, Paula?«

Natürlich hatte sie zugestimmt, und nun wollte sie sich auch daran versuchen. Aber sie war keine Literatin, keine Künstlerin.

Deshalb, dachte sie nun und tauchte ihre Feder in die Tinte, muss ich auch nicht so gut sein wie er. Ich kann mich ausprobieren, eine Perfektion strebe ich nicht an. Richard ist so ehrlich, er wird mir sagen, wenn er es zu schmalzig findet.

Der Weg bis zum Hafen ist recht weit – er liegt gut geschützt auf der anderen Seite am Bodden, dort, wo auch das Dorf ist. Hin und wieder begleite ich Else, unsere Köchin, dorthin. Sie geht ganz früh los, um die besten und frischesten Fische zu ergattern. Während sie sonst meist das Mädchen zum Einkaufen schickt, lässt sie niemanden anderen Fisch kaufen – es ist ihr heilig.

Dann steht sie am Kai, schaut in die Körbe, nimmt diesen oder jenen sich noch windenden Leib, riecht an ihnen und prüft sie gut. Was genau sie prüft, will sie mir nicht sagen – als sei es ein Geheimnis, in das nur die Magier der Küche eingeweiht werden dürfen.

Sie prüft und feilscht, verwirft und wählt neu. Staunend stehen die Bäuerinnen daneben. Auch sie sind nicht auf den Mund gefallen, aber Else übertrifft sie alle. Ich stehe daneben, beobachte, sehe die Blicke und bin stolz und peinlich berührt zugleich. Es geht Else aber, das habe ich gelernt, nicht um den Preis – es geht ihr um die Qualität.

Gutes Essen, sagt sie, kann einfach und simpel sein, die Produkte machen es aus – gut müssen sie sein, frisch und unverdorben. Die beste Soße kann aus einem alten Fisch kein Festmahl machen.

Warum schreibe ich Ihnen über Fische und Kochen, mögen Sie sich vielleicht nun fragen. Aber ist es nicht auch beim Scheiben so? Die Worte müssen gut gewählt sein, das Thema muss das Herz berühren – auch ein wohltönender, gut gesprochener Vortrag macht aus einem schlechten Text keinen guten. Oder sind Sie da anderer Meinung?

Nun sitze ich hier, geschützt vor Wind und Wellen, im Wintergärtchen hinter den Glasscheiben, schaue auf die Dünen, den Strand. Die schaumigen Wellenkronen schlagen auf das Ufer, machen dort einen Purzelbaum und ziehen sich wieder zurück. Ich genieße den Blick, sehe die Wolken, die jemand auf den blauen Himmel getupft hat, und warte auf Ihre Antwort.

Mit herzlichen, etwas salzigen Grüßen

Paula

Nachdem sie den Brief eingeworfen hatte, kamen ihr Zweifel. War die Schreibweise nicht doch zu gewagt? Doch nun ließ es sich nicht mehr ändern.

Nach den ersten Tagen des Ankommens und Ausruhens fanden Paula und Auguste schnell in ihren alten Urlaubsrhythmus zurück. Mittags gab es eine leichte Mahlzeit, nachmittags gingen sie am Strand spazieren, liefen ins Dorf oder ließen sich in eins der umliegenden Dörfer fahren. Abends aßen sie genüsslich die guten Mahlzeiten, die Else ihnen zubereitete, lasen sich gegenseitig etwas vor oder spielten Karten.

»Das Essen ist grandios«, lobte Auguste die Köchin.

»Das kommt vonner frischen Luft, die macht hungrig«, lachte Else. »Is ja nüscht Besonderes, was ich kochen tu. Nich so wie in Berlin.«

»Mir scheint, die Speisen hier wären viel aufwendiger und raffinierter.«

Else lachte nur und deutete einen Knicks an.

Die ersten zwei Wochen vergingen. Jeden Tag schaute Paula nach der Post – es kamen viele Briefe – von Mutter und Vater, von Franz und Phine, Carl Ludwig schickte Ansichtskarten, er machte eine Tour durch Italien. Und endlich war auch ein Brief von Richard dabei.

Paula setzte sich auf die kleine Bank zwischen den Stockrosen im Hof, um ihn zu lesen.

Liebes Fräulein Paula,

ich muss mich entschuldigen, dass ich jetzt erst schreibe – doch ich war einige Tage in Cremmen bei meinen Eltern. Dort im Forst ist es eher kühl, und die Luft ist vom süßen Duft des Harzes gefüllt. Bienen und Hummeln stimmen im Garten meiner Mutter ein rauschendes Konzert an – es klingt wie die Bassgeigen, die an- und abschwellen, eine Art Grundgeräusch. Ist das mit dem Klang des Meeres zu vergleichen? Ich war zu lange schon nicht mehr an der Küste, ich kann mich nur vage erinnern.

Die Kinder hier laufen barfüßig durch das Moos, die Nadeln der Tannen und Fichten scheint ihren Füßen nichts auszumachen. Ihre Gesichter sind blauverschmiert, die Hände wie in Tinte getaucht – die Blaubeerernte ist im vollen Gange.

Wenn ich morgens durch den Garten meiner Mutter gehe, huschen die Mäuse schnell unter die großen Blätter der Kohlpflanzen. Im Sonnenlicht glitzern die goldenen und silbrigen Spinnenfäden, die durch die Luft gleiten. In den Netzen der fleißigen Tiere hängt der Tau, wie kleine Perlen. Der Hauskater – schon zu alt, um den Mäusen Einhalt zu gebieten – sitzt auf der Bank an der Hauswand und beobachtet das Treiben, dann gähnt er, rollt sich zusammen und schließt die Augen – so ein Leben möchte man manchmal haben.

Ich bin nun zurück in Berlin – heiß und stickig ist es hier, aber Ihre Zeilen waren wie eine kühle Meeresbrise, ein Labsal.

Während ich in meiner Bude hocke und mein Taschentuch schweißnass neben mir liegt, sehe ich Sie am Strand entlangspazieren.

Grüßen Sie die Möwen von mir.

Der Ihrige

Richard

Zweimal las sie den Brief, dann faltete sie ihn sorgfältig zusammen und drückte ihn kurz an ihre Brust. Meine Worte, dachte sie glücklich, waren für ihn ein Labsal – so wie seine es für mich sind. In der Post war auch ein Brief von Phine gewesen, den Paula nun öffnete.

Sie sprang auf und lief ins Haus. Ihre Tante saß im Wohnzimmer am weit geöffneten Fenster und studierte ihre Post.

»Phine hat geschrieben. Ihre Tante hat erlaubt, dass sie kommt. Sie darf doch ...?«, fragte Paula aufgeregt.

Auguste sah verwirrt hoch. »Bitte?«

»Phine – darf Phine uns besuchen kommen?«

»Aber ja doch.« Auguste schmunzelte. »Deshalb bist du so aus dem Häuschen?«

»Sie käme schon in drei Tagen, wenn du es erlaubst.«

»Ich erlaube.«

»Dann muss ich schnell jemanden nach Müritz schicken, um von dort aus nach Berlin zu kabeln.«

Auguste überlegte nicht lange. »Wir fahren zusammen – jetzt gleich. Dann können wir heute Nachmittag ein wenig im Seebad flanieren.« Sie stand auf. »Minna, schick Marie zu Hein, wir brauchen den Wagen.«

»Wirklich? Oh, wie schön. Ich werde mich schnell umziehen.« Paula sprang die Stufen nach oben, Auguste sah ihr amüsiert hinterher.

Nachdem sie das Kabel abgeschickt hatten, verbrachten sie einen schönen Nachmittag in Müritz. Seit einigen Jahren wuchs der Badeort an. Es gab inzwischen ein großes Hotel und eine Badeanstalt mit mehreren Badewagen.

»Baden im Meer soll ja förderlich für die Gesundheit sein.« Auguste besah sich das Treiben am Strand von der Promenade aus. Ihr Gesichtsausdruck war aber skeptisch. »An heißen Tagen finde ich es sehr erquicklich, mit den Füßen ins seichte Wasser zu gehen – aber schwimmen im kalten Meer?« Sie schüttelte sich.

»Ich stell mir das als erfrischend vor.«

»Deine Gesundheit ist zu fragil. Denk gar nicht erst darüber nach.«

Abends kehrten sie müde und hungrig, aber sehr vergnügt zurück in ihr Kapitänshaus. Durch das Haus zog ein köstlicher Duft. Der Tag war warm und windstill, und Auguste schaute sich im Hof um. »Minna, wäre es ein großer Aufwand, wenn wir einen Tisch in den Hof stellen würden, um hier zu speisen? Es ist so herrlich hier draußen …«

Minna sah ihre Dienstherrin zweifelnd an. »Möglich ist es schon, aber ob es so sinnvoll ist?« Sie wies auf die Stockrosen und den blauen Borretsch – die duftenden Blüten wurden von Bienen und anderen Insekten summend und brummend umkreist. »Sie werden die Mahlzeit teilen müssen … auch Wespen gibt es zuhauf.« Minna räusperte sich. »Wenn ich einen Vorschlag machen darf – nehmen Sie doch das Essen drinnen ein, so wie immer. Ich könnte dann die Korbstühle aus dem Wintergarten in den Hof stellen, dazu ein paar Kerzen oder Lampen, und den Kaffee und Sherry nehmen Sie dann hier draußen ein.«

Auguste klatschte begeistert in die Hände. »Das klingt ganz wunderbar, so machen wir es.«

Das Essen war köstlich, aber der Kaffee schmeckte im Halbdunklen bei Kerzenlicht und Meeresrauschen im Hintergrund noch viel besser. Die Möwen hatten sich zur Bettruhe begeben, und nur vereinzelt kreischte ein Nachzügler über der See. Nun aber kamen die Fledermäuse aus ihren Verstecken und drehten ihre zickzackigen Runden über ihren Köpfen.

»Ich freue mich so auf Phine«, sagte Paula.

»Das glaube ich.« Auguste zwinkerte ihr zu. »Ich denke, ihr werdet viel zu bereden haben.«

Erst wollte Paula nachfragen, aber dann ließ sie es doch, auch wenn sie ihre Tante sehr schätzte, manche Dinge besprach sie in der Tat lieber mit Phine.

Als Paula am Tag vor Phines Ankunft aus dem Fenster schaute, hatte der Himmel die Farbe von ausgewaschenem Schiefer, ein mattes Blaugrau. Die Sonne war kaum zu erkennen, und die Wellen wurden von einem lebhaften Wind zum Tanzen gebracht. Es kühlte ab, aber Paula war das willkommen, denn die schwitzige Hitze, die am vergangenen Tag auf ihrer Haut geklebt hatte, hatte ihr das Atmen schwer gemacht. Sie ging am Strand entlang, suchte nach schönen Muscheln und Steinen – sie wollte etwas Besonderes finden als Willkommensgeschenk für Phine.

Doch nichts schien ihr gut genug zu sein, also gab sie auf. Morgen, dachte sie, morgen ist Phine da, und dann werden wir sicherlich zusammen eine besondere Muschel finden.

Gegen Abend setzte ein leichter Regen ein, keine dicken Tropfen, sondern eher ein feiner Schleier, in der Nacht frischte der Wind auf und sang unter der Dachtraufe.

Hoffentlich gibt es kein Unwetter, sorgte sich Paula. Ein wenig lag sie wach, lauschte dem Wind, doch dann schlief sie wieder ein.

Am nächsten Morgen war die Landschaft wie frisch gewaschen. Der Staub und der Sand waren von Häusern, Bäumen und Blumen verschwunden, alles leuchtete hell und klar.

Ein vortrefflicher Tag, um Phine willkommen zu heißen, freute sich Paula.

»Darf ich mit Hein nach Rostock zum Bahnhof fahren?«, fragte sie Auguste.

»Du willst die Stunden hin in der schaukeligen Kutsche sitzen und dann auch noch die Stunden zurück? Bist du des Teufels fette Beute?«

»So kann ich Phine eher in die Arme schließen, und wir haben die Rückfahrt, um uns auf den neusten Stand zu bringen.«

»Wir sind doch erst seit drei Wochen hier – so viel wird ja nicht passiert sein.«

»Bei Phine weiß man nie …«

Auguste lachte. »Wenn du dir das zutraust, dann fahr. Aber nimm Kissen mit …«

»Mach ich!«, rief Paula fröhlich und lief nach oben, um sich umzuziehen.

Als Hein mit der Kutsche auf den Hof fuhr, stand Paula schon bereit.

»Bist du dir wirklich sicher?«, fragte Auguste noch einmal nach.

»Natürlich. Es wird ein Spaß werden!« Paula platzierte etliche Kissen und Decken in der Kutsche. »Jetzt sieht es fast aus wie eine fernöstliche Sänfte«, sagte sie zufrieden.

»Sänfte – das kommt von sanft. So würde ich eine Kutschfahrt auf diesen Straßen nicht bezeichnen. Sei's drum. Habt eine gute Fahrt. Ich sehe euch dann heute Abend.«

»Momentchen!« Else kam aus dem Haus gelaufen. Sie trug einen Korb, reichte ihn Paula. »Hab euch 'nen paar Schrippen, Eier gekocht, un Hühnerschlegel hatte ich auch noch – dit schmeckt auch kalt, wa? Un hier is Limonade zur Erfrischung für die Fräuleins.«

»Danke, liebe Else. Jetzt kann ja nichts mehr schiefgehen.«

»Un icke?«, beschwerte sich Hein mit einem Augenzwinkern.

»Na, sach ma«, empörte sich Else. »Als ob ick dir vergessen hätte – is genuch für euch alle.«

Und so rumpelte die Kutsche los.

Paula hatte sich ihre Schreibunterlage mitgenommen, sie wollte ihre Eindrücke möglichst zeitnah schildern – ohne groß darüber nachzudenken, aber bis nach Müritz waren die Straßen so uneben und schlecht, dass sie gar nicht erst versuchte, etwas zu Papier zu bringen, hatte sie sich überlegt.

Was würde Richard sehen, wenn er jetzt neben mir in der Kutsche säße? Paula schaute auf die Landschaft. Staubige Stoppelfelder, dachte sie. Sie warteten darauf, gepflügt zu werden, bereit, um die nächste Saat aufzunehmen. In der Sommerhitze waren einige Blätter an den Bäumen schon vertrocknet und schaukelten kupferbraun und gelb im Wind, wurden von ihm erfasst und davongeweht.

Noch ist der Sommer nicht vorbei, er ist auf seinem Zenit, aber die ersten Anzeichen des Herbstes sind schon zu erahnen.

Schön gepolstert saß sie in der Kutsche, die erst am Ufer entlang und dann durch die Alleen fuhr, wo die Bäume das pralle Sonnenlicht filterten. Wie strahlendes Wasser, das durch gespreizte Finger rinnt, dachte Paula schläfrig.

Auf der Hälfte der Strecke machten sie Rast, um die Pferde zu tränken – diesmal an einem Brunnen in einem kleinen Dorf. Paula reichte Hein ein paar der belegten Brote und eine Flasche der nun warmen, aber trotzdem erfrischenden Limonade, die Else immer aus Zitronen machte. Sie selbst trank nur etwas, Hunger hatte sie nicht.

Wie jedes Mal, wenn sie aus Ahrenshoop nach Rostock kam, war Paula erst ein wenig erschlagen von der Betriebsamkeit und der Hektik, den vielen Menschen und den lauten Geräuschen. Dort fuhr eine Pferdebahn, dazwischen Karren, auch einige Radfahrer schlängelten sich durch den Verkehr. Es wurde gerufen, geflucht, geschrien, gepfiffen, gekeift. Die Pferde wieherten, die Kutscher schimpften und knallten mit ihren Peitschen.

Und dann die Luft, die wie eine Glocke über der Stadt hing – sie schien Paula unerträglich stickig zu sein. Inzwischen wusste sie, dass das Gefühl nicht lange anhielt. Immer, wenn sie in das bedeutend größere Berlin zurückkehrten, hatte sie sich bald schon wieder an die Kakophonien, Gerüche und das Gedränge gewöhnt.

Hein hielt vor dem Bahnhof. Als das laute Pfeifen einer Lokomotive erscholl, nickerten die Pferde unruhig, aber Hein hatte sie mit seiner bedachten Art schnell im Griff.

Paula eilte in das Gebäude und zum Bahnsteig. Es fuhr gerade ein Zug ab – aber der Zug aus Berlin war noch nicht da. Paula fragte einen der Bahnhofswärter. Er wies auf die große Uhr. »Der wird schon pünktlich kommen, Fräulein. Wir ham ja noch ne halbe Stunde Zeit.«

Und dann endlich hörte sie das Stampfen und Schnaufen der Lokomotive, sah den Dampf, der wie eine große Wolke über den Waggons schwebte, schon von Weitem.

Als der Zug eingefahren war, strömten die Menschen auf den Bahnsteig. Paula suchte und schaute, und dann endlich sah sie Phine, die sich ein wenig verloren umschaute.

Die beiden Freundinnen fielen sich um den Hals, redeten aufeinander ein – auch wenn keiner das Wort des anderen verstand.

Ein Träger nahm Phines Koffer und brachte sie nach draußen.

»Da isses ja«, brummte Hein zufrieden. »Nu is unser Fröllein glücklich.«

Phine lachte. »Ich bin auch glücklich, Hein.« Und staunte, als sie in die Kutsche sah. »Was hast du gemacht, Paula? Ein Lager?«

»Auguste meinte, ich solle alles gut auspolstern – es ist schon eine lange Fahrt hin und zurück – und das habe ich getan.«

»Es sieht gemütlich aus. Darin kann man sicherlich eine Weile gut aushalten.«

Paula drückte ihre Hände in den Rücken und seufzte. »Es ist schon gemütlich, aber die Fahrt ist dennoch lang und die Wege … holprig.«

»Ich freue mich so, dass du gekommen bist, um mich abzuholen.« Phine hatte den Picknickkorb entdeckt, nahm einen der Hähnchenschenkel heraus und biss beherzt hinein. »Göttlich. Ich freue mich so auf Elses Gerichte. Sie kann kochen wie keine andere.« Sie trank einen großen Schluck Limonade. »Es wird so wunderwunderschön werden. Wie gut, dass Tante Anna mich doch hat fahren lassen.« Sie wischte sich Hände und Mund ab und stieg ein.

»Wollte sie nicht?« Paula sah ihre Freundin fragend an.

Phine winkte ab. »Erzähle ich dir gleich.«

Hein hatte das Gepäck verstaut, und sie machten sich auf den Rückweg. Die Kutsche holperte über das unebene Kopfsteinpflaster, und Phine erzählte ihr die Neuigkeiten der letzten Wochen. »Ich habe mich verliebt«, platzte es dann aus ihr raus. Sie sah Paula ernst an, doch das Grübchen auf ihrer Wange tanzte.

»Du verliebst dich ständig.«

»Diesmal ist es anders.«

»Das sagst du auch jedes Mal.« Paula lachte.

»Ich möchte nicht mehr so leiden wie damals.« Phine runzelte die Stirn. »Damals mit Georg – ich dachte wirklich, wirklich, wirklich, dass wir uns für immer und ewig lieben würden. Er mich und ich ihn. Das war natürlich ein Trugschluss, uns verband eine Backfischliebe, aber es hat dennoch unendlich wehgetan. Es hat mich fast umgebracht.«

Paula nahm ihre Hand. »Das weiß ich doch.«

»Deshalb suche ich jetzt ein wenig sorgsamer. Es ist ein wenig wie Fischen im Dunkeln, aber ich komme meinem Ziel näher – und diesmal, diesmal ist es wirklich anders, davon bin ich überzeugt.«

»Fischen … so habe ich das noch nicht gesehen …«

»Ein großer, trüber Teich – die Männer sind die Karpfen, und einen muss man an den Haken bekommen.« Phine legte den Kopf schief und kicherte. »So ähnlich hat mir das Tante Anna nahegelegt. Das ist natürlich Unfug.« Sie seufzte. »Wilhelm ist ein Bekannter von Franz. Sie haben zusammen studiert. Ich habe ihn durch Zufall kennengelernt.«

»Wilhelm? Ich kann mich nicht erinnern. Aber das ist auch kein Wunder, mein Bruder scheint ganz Berlin persönlich zu kennen, und mit der Hälfte ist er befreundet.«

»Wilhelm Hohenfels. Er ist auch mit Dehmel bekannt.«

»Wer Franz kennt, kennt auch Richard.« Paula sah Phine an. »Und in Richard warst du ja auch einmal verliebt.«

Phine winkte ab. »Für zwei Tage oder so – du weißt doch, das ist nicht ganz ernst zu nehmen.«

»Ja, ich weiß das. Aber woher weißt du, dass es diesmal anders ist?«

»Weil … nun, es fühlt sich anders an.«

»Wie denn?«, bohrte Paula nach. »Wie fühlt es sich an, wenn man verliebt ist?«

Phine lehnte sich in die weichen Kissen zurück. »Das ist schwer zu beschreiben«, sagte sie nachdenklich. »Warst du denn noch nie verliebt?«

Paula schüttelte den Kopf. »Ich fand mal diesen oder jenen Freund von Franz nett. Oder einen der Jungen aus der Gemeinde. Nett – aber nicht so sehr, dass es mir den Schlaf geraubt hätte.«

»Dir entgeht so viel. Du musst dich unbedingt verlieben, Paula. Das denke ich schon ganz lange.«

»Mir entgehen Herzschmerz und Tränen …« Paula schmunzelte.

»Nein, nein – es ist mehr. Es ist so viel mehr. Das Gefühl, dass dort jemand ist, der an einen denkt. Jemand, an den man selbst denkt – das Herz pocht … schneller, wie ein hungriger Specht. Tock-tock-tock. Plötzlich ist alles anders – man sieht alles mit anderen Augen – der Himmel ist blauer, das Gras grüner – alles ist so viel schöner und intensiver. Und all das will man mit ihm teilen. Man möchte bei ihm sein, ihn ansehen, und der Klang seiner Stimme bringt etwas in dir zum Schwingen, wie die Saite einer Harfe … es schwingt und brummt und … du spürst es … es ist zart und süß und ein wenig bitter zugleich.«

»Bitter?«

»Bitter, solange du nicht weißt, ob er denn auch so fühlt. Denn es wird immer stärker, dieses Gefühl, etwas beginnt in dir zu ziehen – eine Sehnsucht, ein Verlangen. Du willst in seiner Nähe sein, ihn sehen, hören, ja, sogar riechen … und der Druck seiner Hand zur Begrüßung ist wie süßer Kuchen am Ende der Fastenzeit.«

»Warm und klebrig?«

»Paula!«, empörte sich Phine. »Wie soll ich dir etwas erklären, wenn du mich nicht ernst nimmst?«

»Ich versuche ja, dich ernst zu nehmen. Das Beispiel mit dem Specht hat mir gut gefallen – aber Kuchen?« Paula kicherte.

»Ich bin nicht so gut mit Worten wie du.« Phine verzog den Mund. »Du musst dich deshalb aber nicht über mich lustig machen.«

»Ach, meine Liebe, nimm es mir nicht übel. Deine Beschreibung klang nur so drollig. Entschuldige.«

»Ich versuche nur anschaulich zu sein.« Phine holte tief Luft, dann runzelte sie die Stirn und sah Paula nachdenklich an. »Wieso fragst du eigentlich?«

Paula senkte ertappt den Kopf. »Aus Wissbegier«, murmelte sie verlegen.

»Wer ist es?«

»Niemand. Ich will nur … ich weiß ja nicht …«, stotterte Paula unsicher.

»Du musst mir doch nichts vormachen.« Phine schlang die Arme um ihre Freundin. »Mir doch nicht. Also«, sie rückte ab, sah Paula an. »Ist es Richard?«

»Woher …?«

»Das habe ich mir schon gedacht. Ihr tanzt umeinander wie bei einem komplizierten Stück. Seht euch an, aber so, dass keiner es sehen soll – verstohlen. Und auch voreinander – er betrachtet dich, aber hebst du den Kopf, schaut er weg. Du machst das genauso.« Sie lachte. »Schreibt ihr euch?«

»Hmmhmm«, brummte Paula zustimmend.

»Und du wartest jeden Tag auf die Post? Dein Herz klopft? Du kannst es kaum erwarten? Ist kein Brief von ihm dabei, wird dein Gemüt ganz schwer?«

»Woher weißt du das?«

»Weil ich Erfahrung habe. Nur ist es bei mir anders. Ich … ich übe nur. Ich verliebe mich, weil es sich so schön anfühlt. In dem Moment, in dem mir klar wird, dass es nur eine Träumerei ist – und das geschieht häufig schnell –, entliebe ich mich wieder. Bevor es schmerzhaft wird. Es ist keine echte Liebe, kein echtes Verliebtsein. Aber genauso fängt es an. Immer.«

Paula seufzte. »Ich kenne ihn nun schon einige Jahre. Er ist ein Hallodri, ein Träumer, ein Künstler. Aber in den letzten Wochen hat sich etwas zwischen uns verändert. Bei mir zumindest. Mein

Herz klopft anders, wenn ich an ihn denke, ihm schreibe oder ihn gar sehe. Meine Hände werden feucht. Die Freude ist dann immer so groß, und ich bin ganz glücklich. Doch … was, wenn es bei ihm nicht so ist? Was, wenn er mich nur amüsant findet?«

»Dann wirst du leiden.« Phine drückte ihre Hand. »Ich glaube, Richard hat ernstes Interesse an dir. Doch du solltest dir bewusst sein, dass er eine Erbin sucht – eine Frau mit Vermögen.«

»Was?«

»Weißt du nicht mehr? Er hat mich doch damals genau nach meinen Verhältnissen gefragt.«

Paula prustete los, das Lachen sprudelte aus ihr heraus, sie konnte es nicht aufhalten. »Ach das! Das war doch nur gespielt – keiner wollte, dass du dich ernsthaft in ihn verliebst, und es hat doch auch funktioniert.«

»Es war abgesprochen? Ihr hattet das ausgemacht?« Phine schnappte nach Luft. »Wie außerordentlich impertinent von euch. Pfui!«

»Es hat funktioniert. Du warst sofort geheilt.«

Phine streckte beleidigt das Kinn nach vorne, dann aber lächelte sie wieder. »Ja, das hat es. Und es war gut so.« Sie sah ihre Freundin an. »Aber du scheinst mir über den Punkt hinaus zu sein. Er hat dich am Haken … und so schnell kommst du nicht mehr los.«

»Hat er mich am Haken? Will er mich am Haken haben? Und wenn ja – will ich mich überhaupt befreien?«

»Nur gut, dass ich hier bin«, sagte Phine und streckte ihre Schultern. »Wir haben genügend Zeit, das alles in Ruhe zu erörtern. Du musst noch ganz schön viel lernen …«

Etwas mehr als drei Wochen blieben sie noch. Erst gegen Ende September reisten Auguste, Paula und Phine wieder nach Berlin. Es war eine herrliche und intensive Zeit. Phine und Paula hatten lange Strandspaziergänge unternommen, waren durch die Dünen gestreift oder hatten am Hafen die Fischer beobachtet. Sie hatten viel geredet, geplaudert, gelacht, geschwiegen und auch miteinander gezweifelt.

Tatsächlich waren Phines Gefühle für Wilhelm anders als die, die sie zuvor Männern gegenüber gehabt hatte. Wilhelm schrieb – nicht viel, aber regelmäßig. Auch bei ihm schien Interesse vorhanden zu sein. Auch von Richard kam Post, nicht so regelmäßig, aber das hatte Paula auch nie erwartet. Manchmal waren es lange Briefe, dann nur wieder eine Karte, ein flüchtiger Gruß – aber immerhin.

Wie würde es sein, wenn sie sich wieder träfen, fragte sich Paula. Was war das, was sich da zwischen ihnen entwickelte? Eine tiefe Freundschaft? Oder war es wirklich mehr?

Sie war gespannt auf die Zeit, die vor ihr lag.

KAPITEL II

Berlin, Januar 1886

Cremmen, Silvester 85

Du feierst doppelt heut die Jahreswende,
Die junge Göttin deines Lebens reicht
Dem altergrauen Zeitengott die Hände,
Da das Gestirn des alten Jahrs erbleicht.
Bang blickt ins erz'ne Antlitz sie dem Greise,
und ihrem Mund entbebt es zagend leise:
O lass mir, Unerforschlicher, die Eine,
Die Einzige, die ich besitzen kann!
Du nennst der Kinder ja so viele deine,
Nennst alle dein, die ihre Daseins Bahn
Auf den Gestirnen durcheinander schlingen
Und mit den Welten um die Welten schwingen.
Du siehst sie aus der Stoffe All erstehen,
Siehst, wie sie aus dir sind und in dir sind,
du siehst sie wieder in dem All vergehen,
und alles Lebende fühlt sich dein Kind!
Du bist Allvater, ewig mir gegeben
Ist nur die, – sie und ich ein Leben.
Und unsres Doppellebens Blüten sprossen
Aus jener dunklen Kraft, der alles Sein entspringt,
zur selben Stunde, – da sich selbst entflossen –
Dein ewig Sein zu neuer Kraft sich jüngt.
Der Menschheit feierlichste Jahresstunde
Rief auch das »werde« unsrem Doppelbunde.

O lass sie weiter blühn, die schöne Blüte
Des einen Lebens, welches mein sein darf!
O schone sie, die so in des Lebens Mitte
Des Schicksals deutungsvolles Lenken warf,-
Die mehr der Anderen denkt, als ihrer stets, die Reine -
O, lass mir, Unerforschlicher, die Eine«
So hörte ich dem grauen Gott der Zeiten
Die Göttin Deines jungen Lebens nahn
Und sah den Ew'gen wortlos fürder schreiten,
mit erznem Ernst das Angesicht umthan;
Nur seine Augen blinken wie von Zähren
Und sprachen laut von heimlichem Gewähren.

Die herzlichsten Glückwünsche zu dem zwiefachen Jahresfeste sendet
Ihr Freund
Richard Dehmel

Der Brief war noch am Abend des 31. Dezember im Haus der Oppenheimers abgegeben worden, wo Paula mit ihrer Familie ihren Geburtstag und die Jahreswende feierte. Sie hatte ihn kurz nach Mitternacht auf der Veranda bei Kerzenschein gelesen, während drinnen alle auf das neue Jahr anstießen. Seine Worte berührten sie. Sie wusste, wie sehr er jedes Mal mit den Wörtern kämpfte, damit sie genau das ausdrückten, was er empfand. Paulas Herz klopfte, ein wenig war ihr, als hätte er neben ihr gestanden, hätte ihr das Gedicht vorgetragen – mit seiner ausdrucksstarken Stimme. Ihre Hände zitterten, ihr Herz klopfte.

Richard hatte ihr ein Gedicht geschrieben. Ihr – ihr alleine. Wieder las sie die Zeilen, suchte und fand die Worte zwischen den Zeilen.

Die Tür öffnete sich, und Franz trat zu ihr, reichte ihr ein Glas Champagner.

»Ein frohes neues Jahr, Paulaschwester.« Er küsste sie auf die Wange. »Was es wohl bringen mag?« Er wies auf den Brief. »Das ist eine Nachricht von Orest, nehme ich an? Er schrieb mir auch, sagte, dass es mit seiner Orestschaft vorbei sei und wir nun beide Pylades sind.« Franz sah sie an. »Ist es so, wie ich vermute? Bist du seine Iphigenie?«

»Das wird dieses Jahr wohl zeigen«, sagte Paula langsam leise, und ein wenig verlegen. »Was denkst du darüber?«

»Was glaubst du denn?«, fragte er fröhlich. »Mein allerbester Freund hat sich in meine allerliebste Seelenpaulaschwester verliebt. Und anscheinend beruht das auf Gegenseitigkeit. Die beiden Menschen, die mir am nächsten stehen, wollen sich miteinander verbinden – wie könnte ein Jahr besser für mich anfangen?«

Er trat an das Geländer der Veranda und rief laut: »Hurra! Hurra! Hurra! Das neue Jahr ist da!« Lachend drehte er sich zu ihr um, nahm sie in die Arme und wirbelte sie im Kreis. »Ich freue mich für euch und für mich.«

»Pst«, machte Paula. »Lass es uns ein wenig für uns behalten. Noch ist es ein Herantasten, ein Versuchen, ein Austausch. Ich möchte nicht, dass die Eltern schon davon erfahren. Ich muss erst sicher sein.«

»Sicher? Welche Sicherheit fehlt dir?«

»Franz, du kennst doch Richard und weißt, wie unstet er ist. Wenn er wirklich ernsthafte Gefühle für mich hegt, dann muss er sich beweisen – muss sich vor der Welt beweisen.«

»Er muss sein Studium abschließen, willst du sagen?« Franz wurde ernst.

»Natürlich. Will er denn ewiger Student bleiben?«

»Nein, das würde schon sein Vater nicht zulassen. Aber du weißt doch, was Richard will, wirklich will – er will schreiben, dichten ...«

»Das mag er auch tun, aber davon leben kann man nicht.«

»Das weiß er, und ich bin mir sicher, er wird sich besinnen und alles daransetzen, einen Weg zu finden. Aber«, Franz sah Paula an, »leicht wird es nicht werden mit ihm. Das ist dir bewusst?«

»Was ist schon leicht im Leben? Und ist nicht das, was allzu leicht ist, nicht viel wert?«

Franz drückte sie an sich. »Ich werde immer an deiner und seiner Seite sein. Immer.«

»Das freut mich. Und jetzt sollten wir die Eltern beruhigen, die sich sicher schon Gedanken machen.« Paula führte ihren Bruder zurück in den warmen Salon, wo alle fröhlich beieinandersaßen und sangen.

Es war schon früher Morgen, als sie endlich ins Bett gingen.

Ein Jahr ist vergangen, dachte sie, und ein neues ist gerade eben geboren worden.

In den letzten Monaten hatte sie Richard immer häufiger getroffen. Erst mit Franz zusammen, dann aber suchte Richard sie auch allein auf.

Und jedes Mal war es intensiver geworden. Dieses leichte Ziehen und Kribbeln, wenn er den Raum betritt. Es scheint immer eindringlicher zu werden, und manchmal habe ich das Gefühl, dass es Funken stiebt, wenn wir uns die Hand geben. Fühlt er es auch? Ist es für ihn auch so?

Sie nahm das Gedicht hervor, las es noch einmal. Es war voller Kraft und Ausdruck. Und voller Gefühl. Richard hatte sich noch nicht erklärt, auch wenn sich Paula inzwischen doch recht sicher war, dass er ihr sehr zugetan war. Sie kuschelte sich in ihre Kissen.

1886 wird ein gar treffliches Jahr werden, sagte sie sich und spürte, wie ihr Herz glücklich pochte.

Schon bald flogen die Botschaften zwischen ihnen nur so hin und her.

Liebes Fräulein Paula,

ich würde Sie gerne heute aufsuchen. Sagen Sie mir doch, wann es passt.

Ihr Richard

Gerne dürfen Sie mich heute aufsuchen, aber nicht vor ein Uhr, bis dahin habe ich zu tun.
Herzlichsten Gruß, Paula

Paula sammelte die Billetts in einem kleinen Kästchen. Der Ton, das stellte sie im Laufe der Wochen fest, wurde immer herzlicher, persönlicher, vertrauter. Doch erklärt hatte Richard sich immer noch nicht.

Im Februar musste sie ihn wieder und wieder vertrösten und getroffene Vereinbarungen absagen, da Auguste immer wieder Probleme mit dem Magen hatte. Kaum ging es ihr ein wenig besser, war am nächsten Tag der Rückfall da. Der Arzt war ratlos und verordnete Schonkost und viel Ruhe.

Fräulein Paula, schrieb Richard verärgert, nachdem ihm Paula wieder abgesagt hatte, *man möchte meinen, dass Sie kein Zusammentreffen mit meiner Person mehr wünschen. Sollte dies so sein, bitte ich um eine ehrliche Antwort.*
Gruß, Richard Dehmel

Paula las seine Zeilen und seufzte. Natürlich war Richard impulsiv, und ganz sicher sehnte er sich nach einem Treffen, so wie sie auch. Aber er musste doch auch Verständnis für ihre Situation haben. Weder konnte sie das Haus verlassen noch Besuch empfangen, solange Auguste daniederlag. Bevor sie ihm jedoch eine Antwort geschrieben hatte, kam ein weiterer Brief, in dem er sich entschuldigte.

… so lange haben wir uns nicht gesehen, liebe Paula, dass ich schon fast nicht mehr weiß, wie Ihre Stimme sich anhört. Und Ihre Stimme ist mir doch so wichtig. Bitte verzeihen Sie meine Ungeduld.
Ihr ergebenst wartender Richard

Paula überlegte nicht lange, sie antwortete ihm, schrieb jedoch in dritter Person – ein Spielchen, das sie manchmal spielten.

Also unser lieber Trotzkopf hat sich wieder auf sich selbst besonnen! Aber heute können wir ihn dennoch noch nicht gebrauchen, denn die Tante quält immer noch der Magenkatarrh. Also müssen wir, der Trotzkopf und ich, uns noch ein wenig gedulden. Besagter Herr darf aber nicht wieder so empfindlich sein, denn sonst verliere ich allen Respekt vor ihm, und das wäre doch jammerschade! Sagen Sie ihm das, lieber Freund, und bestellen Sie ihm die allerherzlichsten Grüße

von Ihrer Paula

Obwohl Auguste immer noch schwächelte, konnte Paula Richard im März endlich wiedersehen.

Sie verabredeten sich zu einem Spaziergang durch die Felder.

Paula wartete schon ungeduldig, als Richard kam. Sie sahen sich an, fassten sich bei den Händen.

»Ich konnte es kaum noch erwarten«, stammelte Richard. »Ich hätte nie gedacht, dass … dass …«

»Dass?«

Statt ihr zu antworten, zog er sie an sich, sacht und vorsichtig, hielt sie dann fest. Seine Hände waren warm, und er duftete so gut nach Seife und Leder. Paula schloss die Augen und lehnte den Kopf an seine Brust. Für einen Moment standen sie da, rührten sich nicht, dann hob Paula den Kopf, sah Richard an.

»Du meine Liebe«, sagte er. Er nahm ihre Hände, Paula trat einen Schritt zurück. »Muss ich dir noch sagen, was ich für dich empfinde? Du bist mein Du – du bist mein Ein und Alles.«

»Und du meins.«

Hand in Hand gingen sie durch die Felder am Rande der Stadt. Viele Gedanken gingen Paula durch den Kopf, Fragen und Vorstellungen und vieles mehr. Nun, da es ausgesprochen war, war sie unendlich glücklich, aber ihr war bewusst, dass noch eine aufreibende

Zeit vor ihnen lag, bevor sie wirklich und endlich zusammen sein konnten. Vieles musste noch geklärt werden, aber für den Moment reichte es, schweigend neben Richard zu gehen. In seinem Kopf arbeitete es, auch, das konnte Paula erkennen. Manchmal drückte er ihre Hand ein wenig fester, so als wollte er seinen stummen Gedanken ein Ausrufezeichen geben.

Es ist neu für uns beide – aber es fühlt sich richtig an, das spürte Paula.

»Du … ich …«, fing plötzlich Richard an. Er blieb stehen, drehte sich zu ihr um. »Wir … wir sind ein Wir?« Es klang ein wenig hilflos, zaudernd.

»Wenn du es willst – ja.«

»Ich will, will, will. Ich will dich, nur dich. Ich will immer bei dir sein, mit dir reden, mit dir schweigen.«

»Das will ich auch.«

Richard nickte, runzelte kurz seine Stirn, als ob er überlegen müsse, was jetzt zu tun sei, dann ging er weiter, zog sie mit sich.

»Lieber Richard«, sagte Paula und lächelte. »Ich bin so froh, dass es nun ausgesprochen ist. Dass es klar ist zwischen dir und mir.«

»Aber war es das nicht schon immer? Warst du nicht schon immer meine Iphigenie? Ich dachte, ich sei ein Orest, aber nein, ich bin ein Pylades und habe es erst jetzt erkannt. Du warst immer da, immer an Franz' Seite, immer bei ihm – er ist dir so nahe, und deshalb … deshalb bist du es mir auch. Nur auf eine andere Art – auf die wirkliche, die richtige Art. Du bist mein Sinn des Lebens.« Es sprudelte aus ihm heraus. »Ich bin so voller Gefühle, voller … Worte, aber sie wollen sich nicht aufreihen. Jetzt nicht. Aber später. Später werde ich das alles zu Papier bringen. Oh, ich bin so ergriffen, so … so … so …«

»Glücklich?«

»Ja. Was wäre ich ohne dich? Du findest die Worte, die mir fehlen«, sagte er erleichtert. »Ich möchte mein Glück hinausschreien in die Welt, möchte, dass alle wissen, was ich fühle – dass ich die

Frau gefunden habe, die zu mir gehört, die mein Leben vollkommen macht.« Er nahm sie an beiden Händen, strahlte.

Paula holte tief Luft und sah ihn an, sah seine leuchtende Augen, sein schönes, ausdrucksvolles Gesicht. Sie wollte ihn halten, ihn küssen, ihn anfassen – aber das war noch zu früh, zu schnell.

»Schrei es noch nicht heraus, lass es unser süßes Geheimnis bleiben, lass noch ein wenig Zeit vergehen – mit dem Wissen, das nur du und ich nun haben.«

»Ja! Ja, natürlich. Unser süßes Geheimnis. Es ist unser Schatz, unser beider Mysterium! Das macht es umso bedeutungsvoller!«

»Ja, so sehe ich das auch, mein Liebster.«

Richard brachte sie zurück zur Lothringer Straße. »Wann sehen wir uns wieder? Bald, es muss bald sein.«

»Das wird es, ich werde dir eine Nachricht schicken. Aber du musst dich fangen und ordnen.«

»Ich verspreche es dir, ich verspreche dir alles, was du willst.«

»Ich will, dass du glücklich bist«, sagte Paula aus tiefster Überzeugung. »Für immer und immer und immer.«

»Mit dir werde ich das sein.«

Beschwingt ging Paula ins Haus. Minna stand im Flur, sie sah Paula an, lächelte. »Das scheint ja ein schöner Spaziergang gewesen zu sein.«

»Es tat so gut, die frische Luft, die Vögel, der Wind.« Paula lachte und eilte nach oben in ihr Zimmer, nahm ihr Tagebuch. Sie wollte ihre Gedanken festhalten, sofort und unmittelbar.

Jetzt endlich hatte sich alles geklärt, alle Zweifel, alle Bedenken waren verschwunden. Richard, ihr Merlin, ihr Herz, ihre Seele – er liebte sie so, wie sie ihn liebte. Alles würde gut werden.

Von nun an war es anders, wenn Richard zum Tee kam oder für eine Vorlesestunde. Manchmal wurde er auch zum Essen eingeladen, und an einigen Abenden mit der Familie durfte er auch teilnehmen. Ihre Blicke tauchten ineinander. Sie wichen sich nicht mehr aus, und wann immer es ging, berührten sich ihre Hände. Zufällig sollte es wirken. Doch obwohl sie sich sehr bemühten, nicht zu offensichtlich zu sein, wusste Auguste schon nach ein paar Wochen, was passiert war.

»Richard also«, sagte sie zu Paula. »Ich habe es gespürt, mich vor der Entscheidung gefürchtet.«

»Gefürchtet? Warum, Auguste? Ich hatte immer den Eindruck, dass du seinen Dichtergeist, seinen Intellekt magst.«

»Ich bewundere Richard für seine Leidenschaft, die er so vielen Dingen entgegenbringt – nun auch dir.« Sie stockte, dachte nach. »Ich weiß, dass er anders ist als die meisten Menschen, dass er anders denkt – in anderen Sphären vielleicht. Ja, das bewundere ich.« Sie musterte Paula nachdenklich. »Du bist mir lieb und teuer, das weißt du doch? Ich habe mir so sehr für dich gewünscht, dass du jemanden findest, dem du dein Herz schenken kannst. So wie du es tust, wie du es immer tun würdest – voll und ganz und mit aller Hingabe und deiner ganzen Leidenschaft.« Sie holte tief Luft.

»Aber nicht Richard«, sagte Paula leise.

Auguste sah sie an, ihr Blick war umschattet. »Ich würde mir wünschen, dass er uns alle eines Besseren belehrt, dass er sein Leben in geordnete Bahnen führt. Deinetwegen und für dich.«

»Er ist ein Künstler, ein großer Künstler«, sagte Paula entschlossen. »Ich sehe, was alles in ihm schlummert. Er wird euch alle belehren – indem er zeigt, was er der Welt zu bieten hat.«

»Und …«

Paula wischte mit der Hand durch die Luft. »Ja, ich weiß, was du sagen willst, Auguste. Aber er wird sein Studium beenden und eine Anstellung finden.«

»Das hoffe ich sehr.«

Paula war sich sicher, dass ihre Liebe Richard auf den richtigen Weg bringen würde.

»Er ist ein armer Schlucker«, sagte ihre Mutter indigniert, als sie am Sonntag zum Essen bei ihren Eltern war. Sie zündete die Sabbatkerzen an und sprach die Gebete erst auf Hebräisch, dann auf Deutsch.

»Lass uns das später bereden«, bat ihr Vater und setzte sich.

»Warum?«, fragte Paula kämpferisch. »Wir können das sofort klären.«

»Du weißt, wie es uns ging, als dein Vater hier in der Gemeinde angefangen hat. Ich habe das immer unterstützt«, sagte Toni, »aber leicht war es nicht. Wie oft mussten wir Untermieter aufnehmen, um über die Runden zu kommen? Ich habe jeden Pfennig dreimal umdrehen müssen. Dabei hatte dein Vater eine feste Anstellung – und ein beendetes Studium.«

»Richard wird sein Studium beenden und einen Beruf ergreifen.«

»Als was?«, fragte der Vater nach und gab allen von der Suppe.

»Das wird sich in diesem Semester zeigen.« Paula streckte das Kinn vor. »Er wird seinen Weg gehen.«

»Ich hätte mir gewünscht, dass du einen jungen Mann aus der Gemeinde wählst«, sagte Toni. »Salomon Goldstern zum Beispiel. Er tritt jetzt in die Firma seines Vaters ein. Oder Joseph Degenhardt …«

»Mutter, bitte nicht«, unterbrach Paula sie. »Ist es, weil er kein Jude ist?«

»Nein«, entgegnete Julius und legte den Löffel zur Seite, sah sie an. »Nein, das ist es nicht. Mir ist jeder Mensch gleich, so er nur an Gott glaubt. Es gibt nur einen Gott, einen für uns alle. Und es ist mir egal, wie er genannt wird – Allah, Gott oder Jehova. Doch dein Richard, so sehr wir ihn auch als Franz' Freund schätzen … scheint ohne Glauben zu sein. Seine Sprache – denk an das letzte Gedicht, das er hier vorgetragen hat, es ist nur wenige Wochen her – erscheint mir verstiegen, überkandidelt. Er ist ein Rebell.«

»Er ist ein Künstler. Ja – seine Sprache scheint verstiegen zu sein, aber er sucht noch nach seinem Stil, seinem Ton – doch habt ihr es nicht gehört? Die Worte sind noch nicht ganz treffend, aber die

Aussagen – so tief und rein und voller Überzeugung!« Paula atmete tief durch. »Das müsst ihr doch auch erkennen.«

»Ist das wirklich der Mann, der dich beschützen und durchs Leben führen kann?«, fragte Toni. »Ein Künstler, der noch nach seinem Stil sucht? Wo bist du in seinem Lebensplan?«

»Ich bin an seiner Seite – bei ihm. Ich werde ihn unterstützen, für ihn da sein.«

»Das kannst du auch als gute Freundin, Paulakind. Du musst dich nicht an ihn binden.«

»Aber ich liebe Richard, und er liebt mich.«

»Nun, solange er kein abgeschlossenes Studium hat, wird diese Liebe eine auf Entfernung sein«, sagte Julius und griff wieder nach seinem Löffel.

»Vater, deine Worte haben mich sehr berührt«, sagte nun Elise, die bisher schweigend am Tisch gesessen hatte.

»Welche meiner Worte?« Julius sah seine jüngere Tochter skeptisch an.

»Dass es dir egal ist, ob ein Mensch Jude oder Christ ist.« Plötzlich klang Elise ein wenig unsicher. Sie schaute Hilfe suchend zur Mutter. Toni nickte ermutigend. »Ich habe jemanden kennengelernt, und er möchte morgen seine Aufwartung machen.«

»Kein Jude, nehme ich an?«, sagte Julius und seufzte.

»Doch, er ist Jude ... noch. Er denkt darüber nach, zu konvertieren.«

Julius atmete ein paar Mal tief ein und aus. »Wer ist es denn?«

»Sein Name ist Georg Steindorff. Ich habe ihn über Martha kennengelernt. Er hat in Göttingen Ägyptologie studiert und letztes Jahr promoviert.«

»Ein Forscher?«

Elise nickte. »Ägypten ist sein Fachgebiet. Er war auch schon zu Ausgrabungen in Kairo.«

»Das ist ja hochinteressant. Natürlich kann er seine Aufwartung machen. Seit wann kennst du ihn?«

Paula war froh, dass das Gespräch nun auf ein anderes Thema gelenkt wurde.

Sie hat mir nie etwas von diesem Georg erzählt, wurde ihr bewusst. Aber ich habe ja auch mit ihr nie über Richard gesprochen.

Im Juni fuhren Auguste und Paula wieder auf den Darß. Auguste hatte sich nicht so recht von der Magenentzündung erholt, die sie im Winter heimgesucht hatte, und sie hoffte, an der See Genesung zu erlangen.

So sehr sie sich auf die ruhigen Wochen an der See freute, so sehr schmerzte es sie auch, Richard für eine Weile nicht mehr sehen zu können.

Aber Auguste konnte hier deutlich besser entspannen, die täglichen Spaziergänge am Meer und die frische, kühle und klare Luft taten ihnen beiden gut.

Richard hatte Paula am Bahnhof verabschiedet, er schien untröstlich zu sein.

»Nun gräme dich nicht«, hatte sie ihm gesagt. »Schau lieber, dass du deine Studien vertiefst. Das hast du mir doch versprochen.«

»Ich stehe zu meinem Wort, und du wirst überrascht sein, was ich alles schaffen werde.«

»Ich freue mich auf die Überraschung.«

Ein wenig wehmütig war sie in den Zug gestiegen, aber dann kam die Vorfreude.

Und nun wartete sie jeden Tag auf die Post, und bald schon erreichte sie Richards erster Brief.

Berlin, Dienstag früh

Meine entflohene Seele,

ja, ich vernehme Deinen Gesang, immer, immer! Denn Du singst immer. Immer summt und braust und flüstert und jauchzt und schluchzt in Dir das große, ewige Jubellied, – und was in Deiner Seele tönt, das tönt in mir.

Bin ich denn ohne Dich? Bist du ohne mich? Nur ein winziges Stückchen wir vom All! Ja, und doch wir das All …

Nun schreibe ich Dir nicht mehr, oder nur noch ein Lied, das ich vielleicht in mir finde. Sonst ruft meine Sehnsucht zu laut nach Dir, meine Seele …

Wäre Dein Zuhause nur erst meins! Ich bin Dein Herz!

Paula las die Zeilen am Strand, am blaugrauen Meer, das sich sehr friedlich gab und nur vorsichtig an ihren nackten Füßen leckte. Sie las die Zeilen wieder und wieder, ihr Herz war wie ein kleiner Vogel, gefangen in der Brust, der fliegen wollte.

Er liebt mich, er liebt mich, er liebt mich – das sang in ihr bei jedem Schritt, bei allem, was sie tat. Er liebt mich so sehr, und ich liebe ihn.

Sie schrieb ihm zurück, versuchte ihn über die Trennungszeit zu trösten, erzählte ihm von Marie und Hein, von den Fischern und Bauern, vom Leben auf dem Darß.

Schon bald kam seine Antwort.

Liebste Paula, meine Liebste,

warum kann ich nicht bei Dir sein? Ja, warum nicht? Verrückte Menschenschrullen um mich herum. Tröste mich nicht. So ein Worttrost hilft nicht bei mir …

Er beschwerte sich über seinen Dozenten, die Universität, seinen Vater – überhaupt alles schien für Richard nur noch ein Jammertal zu sein.

Paula war froh, dass sie ihn schon so lange kannte und ihn einzuschätzen wusste. Diesmal nahm sie sich mehr Zeit für die Antwort.

Mein geliebter Trübsalspinner, schrieb sie,

trösten soll ich Dich nicht, und Du hast recht, es geht per Distanz auch herzlich schlecht, aber ein bisschen Auszanken geht besser. Also: Un-

dankbares, vom Schicksal verwöhntes Menschenkind! Muss Dir, gerade Dir allein, alles glattgehen, willst Du allein verschont bleiben von den kleinlichen Sorgen und Quengeleien des Alltagslebens? Denn die großen Schläge, die Du, wie Du mir schreibst, nicht so fürchtest, sind doch die bei Weitem selteneren, und gegen die nützt auch der stoische Gleichmut nicht, der uns gegen die Pechzwerge so gut verteidigt. Denn, mein Richard, nicht wahr, es sind Zwerge.

Vielleicht freust Du dich ja über diesen blumigen Brief und vergisst alles andere, nur nicht, dass ich Dich liebe, und das ist doch bei Weitem die Hauptsache, gelt? Ärgere Dich nicht, denn das ändert gar nichts.

Diese Weisheit stammt von

Deiner Paula

Sie legte dem Brief einen kleinen Strauß Blumen bei und wusste, er würde sich über ihre blumigen Grüße amüsieren.

Die Tage vergingen. Diesmal wollte Auguste nur ein paar Wochen bleiben, und Paula war das recht. Sie sehnte sich nicht in das stickige Berlin zurück, wohl aber zu Richard.

Auch mit Phine schrieb sie viel. Ihre Freundin konnte in diesem Jahr nicht kommen, sie musste die kränkelnde Tante unterstützen. Und dann war da noch Wilhelm.

Liebste Freundin, meine Seelenphine, schrieb Paula ihr,

ich bin so glücklich, dass du dein Glück gefunden zu haben scheinst. Und das zur gleichen Zeit wie ich. Das kann kein Zufall sein, liebste Phine.

Wie wunderbar, dass sich dein Wilhelm erklärt hat, dass ihr zueinandergefunden habt. Wie glücklich musst du sein? Mir geht es ebenso. Richard ist mein Ich, mein Du – mein Leben. Im letzten Frühherbst saßen wir hier am Ufer zusammen, beide mit bangem Herzen, mit Freude, aber auch voller Unsicherheit, und jetzt? Jetzt ist die Freude groß und die Unsicherheit verschwunden.

Natürlich gibt es noch dies und das zu klären, und die Verwandtschaft, ja, die Familie. Sie wünscht sich ja immer jemand anderen an der

Seite der Kinder … aber sollte die Liebe nicht siegen? Ich glaube an die Liebe, sie wird die Widrigkeiten bekämpfen und uns ins Ziel führen.

Liebste Phine, zu gerne hätte ich Dich hier, hier an meiner Seite. Aber Auguste ist unruhig, seit es ihr besser geht, und will zurück ins umtriebige Berlin. Das kommt mir nur zupass, denn Richard wartet voller Sehnsucht auf mich. Und so können wir uns – Du und ich – auch bald wieder von Angesicht zu Angesicht sehen, in die Arme schließen und reden.

Darauf freut sich

Deine Paula

»Was machst du?«, fragte Auguste, gerade als Paula den Brief zusammenfaltete. Sie setzte sich neben Paula auf einen der Korbsessel, die im Hof standen. »Dumme Frage, natürlich schreibst du.«

Paula sah ihre Tante lächelnd an. »Ich habe den Brief gerade beendet. Er ist an Phine. Sie fehlt mir hier.«

Auguste schaute auf das Meer, auf den weiten Horizont. »Ja, Phine ist immer eine Bereicherung. Aber werden wir jemals wieder gemeinsam hier sein?« Sie klang traurig.

»Weshalb sollten wir nicht?«

»Ihr geht jetzt euren eigenen Weg. Weg von uns Tanten und Eltern, auf zu neuen Ufern, in ein neues Leben.«

»Das bist du doch auch – damals.«

»Das bin ich. Und ich bin den Schritt voller Freude und voller Erwartungen gegangen. Ich wusste nicht, dass sich so viel verändert.«

»Es muss sich doch gar nicht so viel ändern. Wir können trotzdem noch zur Sommerfrische hierherfahren.«

»Können wir das?«

Paula schwieg nachdenklich. »Warum nicht?«, fragte sie dann leise. »Können wir nicht auch mit ihnen herkommen?«

»Als Ehepaare?«

»Ja.« Paula sah Auguste an.

»Natürlich würde das gehen. Wahrscheinlich wird es auch passieren – aber es wird eben nicht mehr so eine Sommerfrische wie bisher sein. Die Prioritäten verschieben sich ja jetzt schon.«

»Wie meinst du das?«

»Wärst du hier lieber mit Richard oder lieber mit Phine?«

»Oh. Das meinst du. Ja, das verschiebt sich gerade.«

»Deine Eltern sind nicht besonders glücklich über deine Wahl.«

»Es ist aber meine Wahl, nicht ihre.« Trotzig hob Paula den Kopf.

»Ich bin auch noch skeptisch …«

»Warum zweifelt ihr alle an Richard? Er ist der beste Mensch der Welt. Er liebt mich, er wird alles, alles, alles für mich tun.«

»Ich weiß, dass du ihn liebst. Du liebst ihn wahrscheinlich mehr, als ich meinen Werner jemals geliebt habe. Aber Werner hat für mich gesorgt, gut gesorgt. Wenn Richard das für dich auch tut, dann werde ich jedes Wort, jeden Zweifel und alle Kritik zurücknehmen.«

»Du klingst fast wie Mutter.«

»Das ist ein herber Schlag, Paula«, sagte Auguste und tat entsetzt. »Tja, wer hätte ahnen können, dass Toni und ich irgendwann einmal einer Meinung sein würden, was dich angeht.«

»Ich finde euch ungerecht und voreingenommen«, sagte Paula und stand auf.

»Das weiß ich, Liebes. Das macht auch nichts. Wenn wir so denken, dann ist es zu deinem Besten. Du musst auch nicht beleidigt sein. Vielleicht kühlst du dein Mütchen und bist dann bereit für ein vernünftiges Gespräch?«

»Worüber sollen wir denn vernünftig sprechen?«

»Über die Zukunft. Über Richards Pläne.«

»Das geht ganz schnell: Er will mich heiraten und mich glücklich machen.«

»Und wie?«

»Das lass doch seine Sorge sein.« Paula drehte sich um und stürmte davon. Der Strand, die Wellen, der weite Himmel und der Wind würden sie retten. Und dort sah auch niemand die Tränen, die ihr über die Wangen liefen.

Auch wenn sie es nicht zugeben wollte, verstand Paula die Sorge der Familie, ein wenig teilte sie sie auch. Richard hatte immer noch keine konkreten Pläne, was seine Zukunft anging. Und es ärgerte sie, dass sie ihn vor der Familie verteidigen musste. Es machte sie unruhig, dass von ihm dazu so wenig Antworten kamen, aber tief in ihr wusste sie, dass er nach Lösungen suchte und sie finden würde.

Nach dem Spaziergang ging es ihr besser, ihr Ärger war mit dem Wind verflogen.

Auguste saß im Wintergarten und winkte ihr entgegen.

»Wollen wir einen Sherry trinken?«, fragte Paula leise. Das war oft ihr heimliches Friedensangebot gewesen, wenn sie sich gestritten hatten.

»Gerne. Und ich hoffe, du weißt …«

»… dass du es nicht böse meinst, ja«, unterbrach Paula ihre Tante. »Ich weiß es. Und ich weiß auch, dass du immer für mich da bist. Vielleicht gibt mir das die Ruhe und die Stärke.«

»Morgen habe ich eine Überraschung für dich«, sagte Auguste, aber egal, wie sehr Paula fragte und sie bekniete, mehr verriet ihre Tante nicht.

Das Gästezimmer wurde vorbereitet, aber auch Minna wollte Paula nicht sagen, weshalb.

Am späten Nachmittag war es dann so weit, Hein fuhr mit der Kutsche auf den Hof, und Franz sprang aus dem Wagen. Er umarmte Auguste herzlich, nahm Paula in den Arm und wirbelte sie im Kreis.

»Endlich, endlich darf ich auch mal zu eurem Sehnsuchtsort!«, rief er fröhlich.

»Was verschafft uns die Ehre?« Paula hatte in die Kutsche gespäht, aber Franz war tatsächlich allein gekommen. Sie schluckte die Enttäuschung hinunter, bevor sie groß genug war, um Raum einzunehmen.

»Ich habe ein paar freie Tage und bin Gustes Einladung gefolgt.«

»Else hat dein Lieblingsessen vorbereitet«, sagte Auguste zufrieden. »Es ist schön, dass du da bist.«

Nach dem Essen saßen sie noch eine Weile im Hof, der Abend war mild und die Luft klar. Dann zog sich Auguste zurück.

»Warum bist du hier?«, fragte Paula erneut.

»Um ein wenig von der phantastischen frischen Luft zu schnappen, bevor mich das Arbeitsleben vollends in Beschlag nimmt. Ich habe gerade mein Staatsexamen abgelegt, werde noch ein wenig bei Paul Ehrlich forschen und im Herbst dann den zweiten Teil meiner Wehrpflicht erfüllen.« Er sah Paula an. »Richard wird mich begleiten.«

»Richard? Du bist wegen ihm hier?«, fragte Paula misstrauisch. »Willst du mich jetzt auch umstimmen?«

Franz zündete sich eine Zigarette an, inhalierte, atmete den Rauch aus, sah dann seine Schwester an. »Sie setzen dir ganz schön zu, nicht wahr?«

Paula lehnte sich zurück, schaute in den Sternenhimmel. »Ja. Aber ich kann es verstehen, auch wenn es mich kränkt.«

»Richard hat eine Kehrtwende gemacht. Er will und wird seinen Abschluss machen im nächsten Jahr. Er muss noch zum Dienst, genau wie ich auch, und nichts geht hoppla-hopp. Aber euch drängt doch nichts, oder?«

»Nichts, außer die Sehnsucht, endlich vereint zu sein. Miteinander zu leben. Doch ich will das nicht, bevor es keine Grundlage gibt, kein Leben – Richard würde mit mir durchbrennen, eher heute als morgen … aber … du kennst ihn.« Sie lächelte.

»Ich kenne ihn, und ich liebe ihn wie einen Bruder. Vielleicht mehr, weil es eine Wahlverwandtschaft ist. Richard und ich – er ist mein Waldmensch, mein ursprüngliches Ich. Er ist so … gewaltig in seinen Gedanken, so mitreißend. Und jetzt wird durch dich aus seiner unsteten Art ein gewissenhafter Mensch. Ich hätte es mir für ihn nicht besser wünschen können.«

»Du glaubst an ihn? An uns?«

»Selbstverständlich.«

»Auguste zweifelt. Mutter und Vater verzweifeln.«

»Lass sie. Er wird es allen zeigen.«

»Wie?«

»Er hört Vorlesungen in Wirtschaftswesen, hat schon ein Thema für seine Dissertation. Vom Sujet selbst versteht er nicht viel – aber du kennst unseren Merlin, er wird sie schon verzaubern.«

»Wirtschaftswesen?«

»Es geht um Feuerversicherungen. Das ist nicht brandgefährlich, sondern hitzesicher. Er hätte dort eine Zukunft.«

»In der Versicherungsbranche?« Paula schluckte. »Eine Schreibtischanstellung?«

»Eben nicht. Er wird reisen müssen, hierhin und dorthin – das liegt seinem unsteten Wesen. Und schreiben kann er dieweil immer noch.«

»Feuerversicherungen«, seufzte Paula. »Wer hätte das gedacht?«

»Erst muss er die Prüfungen bestehen, dann den Militärdienst ableisten. Es wird noch dauern. Seelenpaula, es wird noch dauern, so leid es mir tut.«

»Mich drängt nichts als die Sehnsucht. Aber ich möchte, dass er sich vorher ordnet. Er muss für uns beide einstehen.«

»Das weiß er, und das will er auch. Ich bin an seiner Seite und unterstütze ihn, wo ich kann.«

Die nächsten Tage verliefen ereignislos. Es war warm, der Wind blies mäßig, die Sonne schien von einem tiefblauen Himmel. Paula packte mit gemischten Gefühlen. Da war die Sehnsucht nach Berlin, nach Richard, nach ihrer Liebe. Da waren aber auch das Wohlfühlen, die frische Luft, das Meer und der Horizont, der Weite versprach. Am vorletzten Abend setzte sich Paula in den Hof, ihre Schreibmappe auf den Knien.

Mein Liebster,

hier ist es noch immer schön, wie zuvor. Die Natur scheint es uns Erdenkindern in diesem Jahr besonders schwer zu machen, von dem son-

nigen Himmel, den duftenden Wäldern und den weichen Lüften scheiden zu müssen, und winkt uns ihren lieblichen Abschiedsgruß zu.

Am Mittwochabend kommen wir nach Hause. Leb wohl, mein Herzliebster.

Bald sehen wir uns wieder, und darauf freut sich

Deine Paula

Einpacken, zuschließen, einladen, wegfahren … diesmal waren sie zu dritt auf dem Rückweg, das erste Mal mit Franz in der Kutsche.

»Wie haltet ihr jedes Mal die Fahrt aus?«, fragte er und streckte seinen Rücken, als sie haltmachten, um die Pferde zu tränken.

»Das ist nicht schwer. Jedes Mal winkt eine Verlockung am Ende der Reise«, sagte Paula. »Bei der Hinfahrt ist es unser Dörfchen, das Kapitänshaus und die Erwartung der Ruhe, die nur von den Rufen der Möwen unterbrochen wird. Und bei der Rückreise ist es … Berlin und alles, was damit zusammenhängt.«

»Das sind so große Gegensätze.«

»Ja, aber vielleicht macht es das aus. Wenn Ahrenshoop so ähnlich wäre wie Berlin, dann würden wir die Fahrt und alles andere nicht auf uns nehmen, nicht wahr?«

»Das ergibt tatsächlich Sinn.«

Richard wartete am Bahnsteig und nahm Paula fest in die Arme. Auguste wandte sich taktvoll ab und tat so, als würde sie das ungebührliche Verhalten nicht sehen.

»Ich hoffe, du hast ein Auge auf ihn und seine Zukunftsplanung, Franz.«

»Habe ich, Tante Guste, versprochen. Auch und wegen Paula.«

KAPITEL 12

Berlin, Frühjahr 1887

Paula wurde durch ein klackerndes Geräusch wach. Was war das? Klack, Klack-Klack. Etwas klopfte an ihr Fenster. Hagel? Es war April, aber das Wetter war in den letzten Tagen mild gewesen. Sie stand auf, trat zum Fenster. Im Mondlicht sah sie jemanden im Garten stehen, und wieder machte es »Klack« – ein kleines Steinchen flog gegen die Scheibe.

Richard!

Paula griff ihren Morgenmantel und eilte nach unten. Was machte er nur? War etwas passiert? Etwas, das keinen Aufschub erforderte? Sie ging durch den Wintergarten.

»Psst psst. Du weckst noch Auguste.«

»Paula, Paula, meine Herzpaula, mein Du, mein Ich ...«, Richard strahlte sie an.

»Was machst du hier?« Paula zog den Morgenrock enger um sich. Es war kühl, der Tau wurde immer noch in der nächtlichen Stunde zu Raureif. Wie eine Zuckerschicht legte er sich über das Gras.

»Ich habe gestern meine Prüfung abgelegt. Und ... bestanden. Cum laude. Ich habe mein Examen, Paulaschatz. Ich habe mein Versprechen gehalten und meine Pflicht erfüllt. Für dich.«

»Du hast bestanden? Dein Examen?«, fragte Paula ein wenig fassungslos. »Wann?«

»Gerade. Heute ... Gestern, es ist ja schon ein neuer Tag. Ich habe bestanden – für dich.« Er zog sie an sich, hielt sie fest. »Nun habe ich einen Abschluss und werde eine Arbeit haben. Ich bin ein Doktor der Nationalökonomie!«

»Du hast wirklich, wirklich, wirklich deinen Doktor?«

Richard nickte. Und dann lachte er laut und wild, lachte und lachte. Paula stimmte in das Lachen ein, dann aber legte sie die Hand über seinen Mund.

»Weck nicht Auguste und die Nachbarschaft.« Sie zog ihn zu sich, nahm die Hand von seinem Mund und küsste ihn. Ein langer erster Kuss, ein Versprechen und zugleich ein Gelöbnis. Richard erwiderte den Kuss, sanft und zart erst, dann hungrig. Schließlich löste er sich von ihr, schöpfte tief nach Luft.

»Liebste, ich habe nun mein Versprechen gehalten, ich habe die Grundlage für uns, für unser Wir geschaffen. Aber es wird noch dauern, bis ich einen finanziellen Grundstock erworben habe. Wirst du warten?«

Seine Haare hingen wirr um seinen Kopf, seine Augen aber leuchteten, und sein Herz, das spürte Paula, pochte eilig und ängstlich.

Sie sah ihn an, lächelte. »Hast du Zweifel an mir?«

»Nein! Nein«, rief er. »Aber an deiner Familie, die unsere Verbindung nicht unterstützt.«

»Du hast nun das getan, was sie wollten – du hast einen ehrenwerten Abschluss. Jetzt können sie sich nicht mehr sträuben.« Paula räusperte sich. »Aber ich sträube mich, noch länger hier auf dem kalten Rasen zu stehen. Mich friert.«

Erschrocken sah Richard sie an. »Geh, geh hinein. Jetzt gleich, sofort. Was bin ich für ein Dummkopf, dich in die kalte Nacht zu locken? Verzeih. Wir sehen uns. Wir schreiben uns. Wir werden unser Leben teilen, weil ich dich liebe und liebe und liebe.«

»Und ich liebe dich!« Noch einmal küsste sie Richard, dann lief Paula zurück ins Haus. Nichts rührte und regte sich, zum Glück.

Am nächsten Morgen beim Frühstück sah Auguste Paula fragend an. »Was hast du geträumt? Du siehst aus, als hättest du eine gute Fee gesehen.«

»Es war ein Feerich – und kein Traum. Richard war hier«, gestand Paula. »In der Nacht.«

»Grundgütiger, ich bitte dich«, sagte Auguste entsetzt.

»Nicht so, wie du befürchtest. Keine Sorge. Er hat gestern seinen Doktortitel erhalten und konnte nicht warten, musste es mir sagen.«

»Seinen Doktortitel in was?«

»In Nationalökonomie.«

»Ach so.« Auguste köpfte ihr Frühstücksei mit einem heftigen Schlag. »Kann man davon leben?«

Paula setzte sich entrüstet auf. »Seit einem Jahr, schon länger, sagt ihr: Soll er doch erst einmal sein Studium ordentlich beenden, dann wird das schon. Nun hat er es beendet, hat einen Doktor gemacht. Und es ist immer noch nicht genug?«

»Du musst dich nicht echauffieren, liebe Paula. Wir wollen doch alle nur dein Bestes.«

»Und das ist nicht Richard, das habt ihr offensichtlich beschlossen.« Wütend knüllte Paula ihre Serviette zusammen und stürmte aus dem Zimmer.

Auch am folgenden Sonntag, als sie zum Sabbatessen bei ihrer Familie war, hatte sich die Stimmung nicht verbessert. Dabei war Franz gekommen und hatte gerade ebenfalls von Richards Erfolg berichtet.

»Sozialökonom«, ihr Vater zog das Wort lang. »Was war denn das Thema seiner Dissertation? Und seit wann beschäftigt er sich damit?«

»Es ging um Sinn und Nutzen der Feuerversicherung«, erklärte Franz. »Und ja, auch wenn Richard noch vor einem Jahr nicht das Mindeste darüber gewusst hat, hat er sich doch in das Thema hineingekniet und seinen Abschluss gemacht. Er hat seinen Doktor erarbeitet, etwas, worauf er – und wir auch – stolz sein können.«

»Kann er damit eine Anstellung bekommen?«, fragte Toni.

Franz sah seine Mutter lange an, dann nickte er. »Man kann mit vielen Abschlüssen und Zertifikaten Anstellungen bekommen. Ich weiß jetzt nicht, warum du das so fragst.«

Mutter runzelte nur die Stirn und widmete sich dann wieder dem Essen.

Paula schluckte, sie war versucht etwas zu sagen, hielt sich aber dann zurück.

»Lass dich doch nicht verunsichern«, sagte Franz, als sie später gemeinsam auf der Veranda standen. Er zündete sich eine Pfeife an.

»Wie soll ich das abschütteln?« Paula schnaufte. »Sie mögen ihn als deinen Freund, aber ganz sicher nicht als meinen Zukünftigen. Georg Steindorff dagegen hofieren sie – dabei war er Jude und ist konvertiert.«

»Vater ist das egal, solange Glaube da ist. Ich muss zugeben, dass Richard sich in der Hinsicht nicht gerade glücklich äußert.«

»Richard ist ein Freigeist, nur dadurch kann er der Künstler sein, der er ist. Er lässt sich nicht durch Normen begrenzen.«

»Manchmal ist es aber vernünftig, wenigstens so zu tun, als würde man sich an Grenzen halten. Das wird er vermutlich noch bitter lernen müssen – zumal er eine Stellung braucht. Auch da wird er sich fügen müssen.«

»Ja, Franz – aber das weiß er ja, und das wird er auch machen. Er tönt nur manchmal recht groß.«

»So ist er, mein Waldmensch.« Franz grinste. »Er wird sich vermutlich auch nicht ändern. Aber deshalb lieben wir ihn ja auch.«

»Das tun wir!«

Anfang Mai kam Phine Paula wieder einmal besuchen. »Ich habe es gehört. Es ist großartig. Dein Richard hat seinen Doktor – das ist wundervoll.«

»Er hat eine Stelle in Aussicht. Ich hoffe, er wird genommen, dann steht unserem Glück nichts mehr im Wege.« Paula klang überzeugter, als sie war. Noch blieben ihre Eltern skeptisch.

»Deine Eltern werden sich schon an den Gedanken gewöhnen.« Phine lächelte, ein Lächeln, das so strahlend war, dass es Paula verblüffte.

»Du bist aus einem anderen Grund hier, nicht wegen Richard«, stellte sie trocken fest. »Was ist es?«

»Wilhelm hat um meine Hand angehalten, wie du weißt. Es hat einige Zeit gedauert, aber endlich hat mein Onkel, der ja mein Vormund ist, zugestimmt.«

»Oh, das ist ja phantastisch, phänomenal! Das ist ... ich freu mich so für dich.«

»Ja, ich freue mich auch!« Phine lachte. »Es ist so ... irreal. Wilhelm und ich ... ein Paar. Das sind wir ja schon, aber nun soll es wirklich und wahrhaftig offiziell werden. Wir feiern nur im kleinen Kreis, weil ich ja keine Ursprungsfamilie mehr habe.« Phine senkte den Kopf, ihre Stimme wurde dünn. »Nur meine Tante, mein Onkel und seine Frau werden an der Hochzeit teilnehmen – von meiner Seite aus.« Sie sah Paula an. »Ich habe keine große Mitgift und auch niemanden, der gewillt wäre, meine Hochzeit auszurichten. Wilhelms Familie ist da sehr großzügig, sie übernehmen viele Kosten – aber die Feier werden wir klein halten.«

»Oh. Das tut mir leid.«

»Nein, Paula, das ist nicht schlimm. Ich brauche keinen Prunk und keine Pracht, ich finde es so eigentlich schöner. Nur ... nur ... ich möchte, dass du kommst.«

»Wilhelm ist kein Jude ...«

»Nein, das ist er nicht. Aber er ist Christ, und mein Onkel erlaubt uns deshalb die Eheschließung.«

»Das ist gut.«

»Vielleicht denkt er, dass es ein Zeichen Gottes ist, dass mein Zukünftiger genauso heißt wie er, wie mein Onkel – Wilhelm.«

Paula schmunzelte. »Eine nette Idee.«

»Aber mein Onkel ist ja generell sehr aufgeschlossen, was Glaubensdinge angeht, da ist er wie dein Vater. Beiden reicht es, wenn der Mann gläubig ist – es ist ja eh derselbe Gott, an den wir glauben. Nur was materielle Dinge angeht …« Sie schnaubte.

»Das kenne ich«, seufzte Paula. »Aber Wilhelm hat doch eine ordentliche Anstellung?«

»Er wurde in den Staatsdienst übernommen und wird ein gesichertes Gehalt haben. Das war meinem Onkel und meiner Tante sehr wichtig.« Phine holte tief Luft. »Mir ist es wichtiger, dass wir uns lieben.« Sie sah Paula an. »Wir werden eine Zivilehe eingehen und danach eine jüdische Trauung haben. Willi ist damit einverstanden, auch wenn seine Eltern es etwas befremdlich finden. Sie werden teilnehmen – mir zuliebe. Kommst du auch? Es wäre mir so wichtig.«

»Natürlich komme ich. Selbstverständlich.«

»Die Trauung wird hier in Berlin stattfinden, in unserer Gemeinde – also in der Gemeinde, wo dein Vater Rabbiner ist.«

»Weshalb?«

»Onkel Wilhelm ist seit Februar in Bromberg Rabbiner – die Familie ist gerade dorthin umgezogen.«

»Das ist oben in Westpreußen …«

»Ja, und die Gemeinde ist sehr konservativ. Mein Onkel ist nicht so traditionell, ich glaube, er wäre lieber in einer freieren Gemeinde, aber Rabbinerstellen gibt es nicht wie Sand am Meer«, seufzte Phine. »Deshalb ist er sehr froh, dass Tante Anna die Trauung hier organisieren konnte.«

»Vater wird ihn kennen«, sagte Paula nachdenklich. »Er hat ihn aber noch nie erwähnt.« Sie schüttelte den Kopf. »Aber ich bin auch nicht mehr so oft bei meinen Eltern, und wenn, dann sprechen wir über andere Dinge. Wann ist denn die Hochzeit?«

»Die Trauung ist Anfang Juni.«

»Das sind nur noch vier Wochen«, sagte Paula überrascht.

»Es wird ja keine große Sache, deshalb müssen wir nicht viel vorbereiten.«

»Dennoch – das geht jetzt schnell.«

»Darüber bin ich sehr froh. Ich kann es kaum noch erwarten. Ich möchte für immer mit Wilhelm zusammen sein – rechtlich und vor Gott … und in unserer eigenen Wohnung.«

»Ohne Tante Anna«, fügte Paula schmunzelnd hinzu.

Phine lachte leise. »Ja, das ist mit einer der Gründe, warum es mir nicht schnell genug gehen kann. Wir haben eine Wohnung in Pankow in Aussicht. Mein eigenes Zuhause«, sagte sie schwärmerisch. »Natürlich haben wir erst mal nicht viel Geld, aber das brauchen wir auch nicht, um glücklich zu sein.«

Paula sah sie an, nahm dann ihre Hand. »Darf ich dich etwas fragen?«

Phine nickte.

»Liebst du Willi wirklich und wirklich? Oder willst du der Tristesse und den Einschränkungen bei deiner Tante Anna entfliehen?«

Phine sah sie nachdenklich an. »Die Frage habe ich mir auch gestellt. Ja, ich will der Tristesse entfliehen, meiner Tante sowieso – aber ja, ich liebe Willi wirklich und ehrlich.« Sie schluckte und lächelte dann. »Er ist meine Seele und mein Herz. Ich will mein Leben mit ihm teilen.« Sie seufzte. »Und jetzt wird es wahr werden.«

»Hast du noch einmal über Georg nachgedacht?«

»Wieso?«

»Er war deine große Liebe – deine allergrößte Liebe.«

»Ja, schon komisch, wie man sich in Träumen verlieren kann. Vermutlich war es für mich auch nur eine gedankliche Flucht, eine Flucht in ein Wunschleben, eine Wunschliebe. Ich war jung, unerfahren, kreuzunglücklich und habe mich so allein gefühlt. Ich brauchte einen Anker, und Georg war mein Anker, meine innerliche Rettung. Vermutlich fand er den Gedanken einer romantischen Liebe reizvoll – wir liebten uns ja auch auf eine … eher naive und kindliche Art.« Sie sah Paula an. »Aber jetzt ist es anders, ich habe erfahren, was echte, wirkliche und wahre Liebe ist. Willi nimmt mich so, wie ich bin – mit all meinen Fehlern und Sonderbarkeiten.«

»So soll das sein. Liebe ist ohne Fragen zu stellen und den anderen so anzunehmen, wie er ist.«

»Liebt ihr euch auch so?«

»Nein.«

Phine sah sie überrascht an. »Nicht?«

»Richard ist nicht so wie andere Menschen. Er ist ein Künstler, ein Dichter. Er ist voller Gefühle – guten – aber er ist auch schnell misstrauisch, verzagt, traurig, in sich gekehrt und dann wieder ... spontan, offen, fröhlich ... Richard ist alles. Er ist der April.« Paula sagte dies nachdenklich, aber sie leuchtete glücklich dabei. »Er ist Regen, Sonne, Gewitter – alles auf einmal oder schnell hintereinander.«

»Kannst du damit leben?«

»Ja, ich will es sogar. Es ist manchmal aufregend, hin und wieder anstrengend, aber die meiste Zeit mit ihm ist unendlich bereichernd. Er macht, dass ich mich lebendig fühle. Er hat mein Leben verändert, meine Sicht auf Dinge. Und er kann sich, bei all seinen Launen, so wunderbar ausdrücken.«

Phine nahm ihre Hand. »Aus dir spricht die Liebe, das hört man. Wann werdet ihr euch vermählen?«

Paula seufzte. »Richard hat zwar gerade seinen Doktor gemacht, aber das reicht meiner Familie ja nicht. Es sieht so aus, als würde er eine Anstellung bei der Feuerversicherung bekommen. Das wäre eine gute, eine sichere Anstellung mit einem ordentlichen Gehalt. Wenn er die hat, will er bei meinem Vater vorsprechen.«

»Und?«

Paula zuckte resigniert mit den Achseln. »Ich weiß es nicht. Meine Eltern haben Bedenken. Ich hoffe, Richard kann sie umstimmen. Im Grunde weiß ich, dass er es kann und wird – nur die unsichere Zeit bis dahin zermürbt mich.«

»Ich möchte Richard auch zu meiner Trauung einladen«, sagte Phine plötzlich entschieden. »In der Gemeinde. Dein Vater wird da sein, es wird eine heitere, eine festliche Stimmung herrschen. Der beste Zeitpunkt, um deine Eltern gnädig zu stimmen.«

»O Phine, natürlich. »Paula klatschte begeistert in die Hände. »Du hast recht. Das ist eine wunderbare Idee, das ist die Gelegenheit. Jetzt muss Richard bis dahin nur die Zustimmung für die Stellung bekommen – dann wäre alles perfekt.«

Sie planten und diskutierten, überlegten und verwarfen. Auch wenn es nur eine kleine Feier werden würde, sie sollte etwas Besonderes sein.

Noch oft trafen sie sich im Laufe des Monats, bereiteten vor und organisierten. Auguste half ihnen, sie ging sehr darin auf.

»Warum machst du das alles?«, fragte Paula sie eines Abends kurz vor der Hochzeit.

»Weil es mir Freude macht. Und vielleicht auch, weil es der verbitterten und verknöcherten Anna nicht nötig erscheint, etwas für ihr Mündel und ihre Nichte zu tun. Mich hat das arme Dinge, so überkandidelt sie früher oft war, schon immer gedauert. Erst hat sie die Eltern verloren, und dann wurde sie in der Verwandtschaft umhergeschoben, als wäre sie eine Schachfigur.« Auguste schnäuzte sich, sah Paula dann an. »Ihre Tante hat sie doch nur bei sich aufgenommen, um eine billige Hilfskraft zu haben, eine Art Gesellschafterin, die wenig kostet, aber auch nur Haushaltsdinge erledigen soll.«

»Liebste Auguste«, sagte Paula schmunzelnd. »Ich bin mit ähnlichen Voraussetzungen in deinen Haushalt gekommen. Als Gesellschafterin, als Hilfe für Minna bei einigen Tätigkeiten.«

Auguste sah ihre Nichte an, schüttelte dann den Kopf und schaute aus dem Fenster nach draußen in den Garten. Ein feiner Regen lag wie ein dünner Schleier in der Luft. Auguste musste sich sichtbar sammeln. »Ist das so für dich?«, fragte sie schließlich. »Ich meine – ja, ich habe dich damals aufgenommen unter der Prämisse, dass du hier als Gesellschafterin quasi … ausgebildet wirst. Um dann später Chancen zu haben, dein Auskommen zu erwirtschaften.« Sie hielt inne, zückte ihr Taschentuch, tupfte sich die Stirn ab. »Fühlst du dich als … Angestellte?« Das letzte Wort flüsterte sie nur. Nun endlich schaute sie auch wieder zu ihrer Nichte.

Paula stand hastig auf und ging zur Tante, hockte sich vor sie und nahm ihre Hände.

»Auguste, nein, nein – nie. Ich habe mich nie als Angestellte gefühlt. Wohl aber als Teil des Haushalts. Ein Teil, der auch Pflichten hat und sie erledigen muss. Doch ich habe das nie als Belastung gesehen, sondern als Bereicherung. Ich habe mich hier … gebraucht gefühlt, angenommen, nie als Bedienstete.« Sie hielt inne, grinste. »Wobei deine Bediensteten vermutlich gar keine schlechte Position haben – hier in diesem Haushalt und bei dir.« Sie sah Auguste an. »Du bist einer der herzensbesten Menschen, die ich kenne. Großzügig, freigiebig, und vor allem bist du offen – offen dem gegenüber, was andere sagen und meinen. Das ist sehr selten, und ich bin so froh, dass ich das erleben darf. Ich hoffe, es prägt mich für mein Leben.«

»Grundgütiger, Paula«, hauchte Auguste, ihr Gesicht war rot angelaufen, und sie fächerte sich mit der Hand Luft zu. »Ich weiß gar nicht, was ich zu solchen Lobeshymnen sagen soll …?«

»Dann sag doch mal ausnahmsweise gar nichts.« Paula lachte. »Dass du mich zu dir genommen hast, war zuerst nicht einfach für mich. Es hat mein Leben von heute auf morgen verändert. Aber vor allem hat es mich geöffnet – für die Sicht auf viele verschiedene Dinge, Ansichten, Lebensweisen. Durch dich habe ich mich selbst kennengelernt, noch mehr als bei meinen Eltern Kunst erleben dürfen. Konzerte, Opern, aber auch Literatur und bildende Kunst. Du hast mich an all das herangeführt, mir aber die Freiheit gelassen, selbst darüber zu entscheiden, ob ich diese Interessen weiterverfolgen möchte. Du hast mich zu einem neuen Menschen gemacht – mir sehr, sehr viel mitgegeben, und ich hoffe, ich kann es alles umsetzen in meinem Leben.« Sie schluckte. »Ich bin dir sehr dankbar.«

»Kunst, Kultur, Literatur … ja, das war und ist mir immer wichtig. Aber es hat dich in die Arme von Dehmel getrieben.«

Paula stand auf, strich ihren Rock glatt, wandte sich dem Fenster zu und schaute nach draußen. »Das klingt so, als würdest du das sehr bereuen.«

Auguste schwieg eine Weile, dann stand sie auch auf, trat hinter ihre Nichte und legte ihr die Hand auf die Schulter. »Du weißt«, sagte sie langsam und leise, »dass du das Kind bist, das ich nie hatte, aber immer haben wollte. Könnte ich mir ein Kind ermalen, erdichten, erfinden, es wäre so wie du. Mit allem, was du bist und hast, sein kannst und worin du fehlst. Du bist du, und ich liebe dich so, wie du bist. Mit meinem ganzen Herzen.« Sie hielt inne. »Und auch so, auch mit meinem ganzen Herzen, habe ich Angst um dich, mache mir Sorgen, die oft nicht berechtigt, aber dennoch da sind.« Wieder stockte sie, holte Luft. »Ich sehe die Liebe zwischen dir und Richard. Diese große, diese einzigartige Liebe. Eine Liebe, die über Worte hinausgeht. Es ist eine Art der Leidenschaft, die ich nie erfahren habe und nie erfahren werde.« Diesmal war die Pause etwas länger, Auguste sammelte sich. »Ich sehe die Größe und auch die Schönheit, die Innigkeit, die dich mit ihm verbindet. Und ich sehe die Gefahr – die du nicht siehst, nicht sehen kannst, denn sonst könntest du ihn nicht so lieben.«

Paula drehte sich zu ihr um. »Welche Gefahr? Er liebt mich. Ich liebe ihn. Ich verstehe dich nicht, dich und die Eltern. Weshalb habt ihr solche Ressentiments ihm gegenüber? Er tut doch alles, was ihr wollt, was ihr erwartet, verlangt. Er hat seinen Doktor gemacht, er wird die Stellung bei der Versicherung bekommen mit einem guten Gehalt. Eine sichere Anstellung, ein sicheres Leben. Er tut alles, aber euch ist es nie genug. Was soll Richard noch tun?«

Auguste schüttelte den Kopf. »Ich erkenne das alles an, was er tut und getan hat. Mit Hochachtung sogar. Richard macht so viel für dich … dafür, dass er dich bekommt, dich ehelichen kann.« Sie sah Paula an.

»Das wünscht ihr euch doch auch von ihm. Er kommt dem nach.«

»Ja, Paula, Liebes – denn das sind die Grundvoraussetzungen dafür, dass ihr gemeinsam leben könnt. Er muss eine Sicherheit für euer Leben schaffen.«

»Trotzdem bist du nicht zufrieden. Und die Eltern auch nicht.« Paula sagte das trotzig, streckte das Kinn vor.

»Komm, setz dich wieder«, sagte Auguste, ging aber nicht zu ihrem Sessel, sondern zur Anrichte, schenkten ihnen beiden einen Sherry ein. Sie nahm die Gläser, reichte Paula eins und nahm dann wieder Platz.

Auguste sah sie an, nippte an ihrem Glas. »Nimm es mir, oder deinen Eltern nicht übel. Wir mögen Richard – doch, in der Tat, wir mögen ihn. Er ist ein besonderer Mensch, kein Allerweltsmann, aber so einen hättest du auch nicht gewählt.« Sie lächelte, doch ihr Lächeln war dünn. »Wir mögen ihn als Mensch, sehen, dass er etwas Besonderes, ein Künstler ist.« Sie pausierte, Paula spürte ihren eindringlichen Blick. »Aber dich lieben wir. Ich liebe dich. Ich liebe dich so sehr, dass es mir wehtut, wenn ich mir Sorgen um dich mache.«

»Aber, aber Richard hat doch …«, empörte sich Paula, doch Auguste hob die Hand, brachte ihre Nichte zum Schweigen.

»Er hat, und er tut … und er ist nun mal er selbst. Meine Sorge ist, dass er nicht immer diesen Weg gehen wird, den er jetzt eingeschlagen hat – Anstellung und geregeltes Leben. Richard ist ein Freigeist, er wird auch irgendwann frei leben wollen. Er wird schreiben wollen, vortragen, sich inszenieren. Wo bleibst du dann?«

»An seiner Seite. Natürlich.«

»Und was ist, wenn ihr Kinder habt?«

Der Satz fiel in das Gespräch wie ein Stein in tiefes Wasser.

»Aber …«, setzte Paula an, stockte. »Aber … wir haben keine Kinder. Noch nicht. Was ist, wenn ich mir jetzt tausend Gedanken mache und dann gar keine Kinder bekomme, so wie es dir erging?«

Auguste nickte. »Ja, das könnte passieren. Ich hatte nicht damit gerechnet. Ich habe viele Geschwister, deine Mutter hat fünf Kinder geboren … ich habe erwartet und auch erhofft, eigene Kinder zu haben. Der Traum hat sich nicht erfüllt. Aber grundsätzlich und eigentlich kommen Kinder in einer Ehe.« Sie räusperte sich. »Du weißt doch, wie das funktioniert?«

Paula schlug die Augen auf, sah ihre Tante groß an. »Nein. Willst du es mir erklären?«

»Also … das … ich weiß nicht, vielleicht sollte deine Mutter …«, sagte Auguste scheinbar verlegen.

Paula prustete los. »Liebe Auguste. Ich bin quasi neben einem Bauernhof aufgewachsen. Wir hatten Kaninchen und Hühner zu Hause. Mein Bruder ist Mediziner. Die grundlegenden Dinge der Fortpflanzung sind mir durchaus bekannt. Und ich gehe davon aus, dass es mit Richard – was die Physiognomie angeht – nicht viel anders sein wird.«

»Kind!« Auguste atmete heftig aus. »Musst du mich immer in solche Situationen bringen?«

»Ich bin kein Kind mehr«, sagte Paula leise. »Ich bin eine erwachsene Frau. Und ja – Richard ist eigen. Aber er will mich ehelichen, und ihm ist bewusst, dass er dann für mich und mögliche Kinder einstehen muss. Deshalb hat er seinen Doktor gemacht und sich um diese Stellung bemüht. Um für mich und die vielleicht entstehende Familie zu sorgen. Es ist sein Wunsch und meiner auch. So ähnlich wie bei Willi und Phine.«

»Nur, dass Willi sich nicht als Künstler sieht.«

Paula seufzte. »Er sieht sich nicht nur so. Er ist ein Künstler, ein großer Dichter, und das wird er auch beweisen. Aber natürlich geht der Lebenserwerb erst einmal vor. Niemals wird er seine Wünsche vor die einer Familie stellen. Einer Familie, die es ja bisher noch nicht einmal gibt«, sagte Paula mit Nachdruck.

»Dein Wort in Gottes Ohr«, murmelte Auguste.

Der Tag der Trauung rückte immer näher. Es war ein Dienstag, denn nach der standesamtlichen Trauung würde die jüdische Eheschließung erfolgen. Paula war schon früh aufgestanden. Sie hatte in den letzten Tagen bei den Vorbereitungen geholfen.

Jetzt, dachte sie, heiratet Phine – meine liebste Phine. Wann werden Richard und ich auch heiraten können? Bald? Ich hoffe es so sehr, aber nun freue ich mich erst für die beiden.

»In der Thora steht für den Dienstag: Und Gott sah, dass es gut war«, erklärte Julius. »Deshalb ist das der bevorzugte Tag für Trauungen bei uns. Die Trauung wird in unserer Synagoge stattfinden, und danach hat die liebe Tante Guste alle zu sich eingeladen – was ich überaus großzügig finde.«

»Ich weiß nicht, warum Guste das tut«, sagte Toni ein wenig spröde. »Wir sind mit dem Mädchen nicht verwandt oder verschwägert. Die Eltern des Bräutigams wohnen hier in Berlin – sie könnten doch die Feier ausrichten. Oder Phines Tante.«

Paula sah ihre Mutter an. »Ich finde es großartig von Auguste, dass sie das anbietet. Wirklich. Phine ist eine arme Seele – sie hat keine Eltern mehr, und ihre Tante Anna zählt schon die Tage, bis Phine das Haus verlässt.«

»Immerhin hat sie ihre fast mittellose Nichte für Jahre bei sich aufgenommen. Sie hat somit ihr Soll erfüllt.«

»Das hat Auguste mit mir ja auch getan«, sagte Paula leise.

»Die Umstände sind doch wohl ein wenig anders«, schnaubte Toni. »Oder willst du dich mit Phine vergleichen?«

»Ich kann mich nicht mit Phine vergleichen – mir geht und ging es bei Auguste immer schon wesentlich besser als ihr, bei ihrer Tante. Was sicherlich daran liegt, dass ich gar nicht zu Auguste hätte gehen müssen. Sie hat es mir freiwillig angeboten, wollte, dass ich komme. Phines Tante hat sie nur aufgenommen, weil Phine sonst keinen Ort mehr hatte, wo sie hinkonnte – außer einem Waisenhaus.«

»Phine war nun nicht so ein pflegeleichtes Kind, wie du es bist«, sagte Toni. »Sie war anstrengend, sie hatte Allüren.«

»Sie hat ihre Eltern verloren. Ich habe meine noch – euch, sorgende und fürsorgende Eltern, die mir Liebe schenken, für mich da sind. Das hat Phine nicht, seit Jahren nicht. Und ihre Tante ist froh, dass sie sie endlich verlässt. Sie will keine Feier … aber Auguste tut es, weil Auguste ein großes Herz hat und Gottes Wort folgt. Sie ist mildtätig und großherzig. Das finde ich wundervoll.« Paula holte tief Luft. »Ihr seid auch wundervoll. Du bist eine gute Mutter, das warst du immer. Immer und immer und immer. Ich liebe dich, weil du meine Mutter und weil du so bist, wie du bist.« Sie sah Toni in die Augen. »Ich liebe auch Auguste, aber anders. Ich weiß, was du jetzt denkst, Mutter. Ich weiß es. Denk es einfach nicht.«

»Was denke ich denn?«, fragte Toni schmallippig.

»Du stellst dich immer in Konkurrenz zu Auguste, aber das musst du gar nicht. Ihr beide macht verschiedene Dinge unterschiedlich – jeder nach seinen Möglichkeiten. Du bist unsere Mutter. Meine, Franz', die von Elise und Carl – und du kümmerst, sorgst dich unser Leben lang um uns. Du schenkst uns deine Liebe, und es ist viel Liebe.« Sie schluckte. »Auguste hat keine Kinder. Sie ist inzwischen verwitwet. Viele Dinge, die du hast, hat sie nicht. Du hast Vater. Und du hast uns. Du hast Aufgaben in der Gemeinde – all das hat Auguste nicht. Sie hat mich, ja – aber ich bin trotz allem nicht ihre leibliche Tochter. Sie hat mehr Geld … aber ist es nicht schöner, all die anderen Dinge zu haben? Geld macht nicht wirklich glücklich. Man kann sich damit einiges erleichtern und erkaufen, ja. Und man kann es verschenken, es für gute Zwecke benutzen, und das tut Auguste. Sie verschenkt es nächste Woche für Phine – um Phine zu helfen, um Phine glücklich zu machen. Und sicherlich macht Auguste sich damit selbst auch ein wenig glücklich.« Nun musste Paula tief Luft holen.

»Das hast du sehr gut gesagt«, Julius nahm seine Tochter in die Arme. »Aber du musst dich nicht so echauffieren, Schatz. Das tut dir nicht gut.«

»Das hast du wirklich gut gesagt.« Toni zückte ihr Taschentuch, wischte sich über die Augen. »Ich hatte überlegt, ob ich Phine die Feier hier bei uns anbieten soll … aber … es ist so viel Arbeit, und ja, es würde Geld kosten.«

»Lass Auguste das machen«, sagte Paula. »Es macht ihr Freude, und sie kann es sich leisten. Dann fühlt sie sich wenigstens ein bisschen gebraucht. Und vielleicht auch geliebt.«

»Grundgütiger«, sagte Toni leise. »Wir müssen Auguste mehr Wertschätzung zeigen. Unsere Rivalität ist wirklich albern und unnütz. Ich weiß das im Grunde ja …«

»Sehr gut«, sagte Julius. »So wird es geschehen, und mit Gottes Hilfe wird alles gut.«

Auguste spendierte Phine auch das Hochzeitskleid – ein weißes Kleid, so wie es jüdische Tradition war. Willi trug einen dunklen und keinen weißen Anzug – nun, er war ja auch kein Jude. Seine Eltern fanden das weiße Kleid befremdlich, aber sie nahmen alles hin, auch wenn sie viele Dinge merkwürdig fanden. Willi kam aus einem einfachen Haus, sein Vater war ein niedriger Beamter, und er war der Erste der Familie, der studiert hatte. Aber sie liebten ihren Sohn abgöttisch und akzeptierten seine jüdische Braut.

Am Montag kam die Schneiderin zu Auguste und änderte die letzten Dinge am Kleid. Blumen wurden gebracht und arrangiert. Else hatte sich Hilfe für die Küche geholt, und es duftete schon köstlich.

Eine hektische Betriebsamkeit herrschte im Haus, aber Auguste hatte die Schneiderin in den kleinen Salon gebeten und die Tür geschlossen.

Phine war still und bleich – ganz ungewöhnlich für sie. Auguste musterte die junge Frau nachdenklich.

Die Schneiderin musste nur noch Kleinigkeiten abändern, dann saß das Brautkleid perfekt.

»Ich schicke Ihnen die Rechnung«, sagte sie und ging zur Tür, drehte sich noch einmal um. »Empfehlen Sie mich bitte weiter, aber erwähnen Sie nicht, dass das Kleid weiß war. Das ist doch sehr ungewöhnlich …«

Phine zuckte zusammen.

»Ich finde, dass Sie das sehr hübsch gemacht haben. Und das Kleid steht der Braut ausgezeichnet. Überhaupt finde ich, dass Brautkleider alle immer in Weiß sein sollten – ein Zeichen von Reinheit und Unschuld ...«

»Aber so weiß kann man es nicht zu anderen festlichen Anlässen anziehen«, sagte die Schneiderin skeptisch. »Meine Kundinnen haben meist braune oder dunkelblaue Kleider – auch festlich, aber mit wenigen Stichen kann man sie ändern und dann auch zu anderen Gelegenheiten tragen.«

Auguste lächelte. »Dies ist ein Brautkleid. Und eine Hochzeit sollte eine einmalige Sache sein. Da passt doch ein einmaliges, wunderschönes Kleid um so besser. Ich danke Ihnen für Ihre Arbeit und Mühe. Sie haben das ganz hervorragend gemacht.«

Nachdem sich die Tür hinter ihr geschlossen hatte, sank Phine in einen der Sessel und schluchzte.

»Na, na, Kind«, sagte Auguste streng. »Wir wollen doch jetzt auf den letzten Metern nicht die Nerven verlieren? Steh auf! Paula, hilf ihr aus dem Kleid, das soll ja jetzt nicht noch kurz vor dem Termin zerknittern.«

Die beiden jungen Frauen taten, was die Tante sagte. Ihr strenger Ton bot keine Möglichkeit, um nachzudenken oder gar Paroli zu bieten.

Als Phine den Morgenrock übergezogen hatte und das schöne Kleid auf einem Bügel hing, kauerte sie sich wie ein Häufchen Elend in den Sessel.

»Was ist so schrecklich?«, fragte Auguste.

»Alles. Meine zukünftigen Schwiegereltern haben die gleichen Gedanken über das Kleid wie die Schneiderin. Alle aus seiner Familie werden so denken. Wer heiratet schon in Weiß?«

»Wir Juden«, sagte Paula nüchtern. Sie ging zur Anrichte, schenkte drei Sherry ein. »Ein Glas nur, für die Nerven.«

»Eine gute Idee. Hast du deine Sachen schon oben verstaut?«, fragte Auguste. Phine würde hier übernachten.

»Ja. Danke. Danke für alles.«

Auguste nickte nur. »Kommt zur Besinnung. Ich weiß, alles ist sehr aufregend, aber wir werden den morgigen Tag in Würde überstehen. Ich lasse euch jetzt allein.«

Kurze Zeit später brachte Minna eine kräftige Hühnersuppe. »Mit liebem Gruß aus der Küche.«

»Eine gute Hühnersuppe stärkt Nerven und Seele«, seufzte Phine, aber sie konnte schon wieder lachen.

Paula jedoch blieb nervös, auch wenn sie sich noch so sehr darum bemühte, es nicht zu zeigen. Morgen war der Tag – morgen würde Phine heiraten. Ihre Familie würde da sein, und auch Richard war eingeladen. Er wollte einen günstigen Moment abpassen und dann ihren Vater um ihre Hand bitten.

Eigentlich war das der ideale Zeitpunkt – alle waren in guter und feierlicher Stimmung, wohlgesinnt ob des jungen Glückes. Aber dennoch war ihre Familie immer noch skeptisch, was Richard anging.

Würde es gut gehen? Paula wusste es nicht.

KAPITEL 13

»Ich habe eine Anstellung als Sekretär beim Verband der Deutschen Privatfeuerversicherungen«, sagte Richard mit belegter Stimme. Er stockte, zog seinen Arbeitsvertrag hervor und reichte ihn Julius Oppenheimer.

Im Nebenraum wurde laut und ausgelassen gefeiert. Bei der standesamtlichen Trauung waren nur die Eltern von Wilhelm, Phines Tante Anna und ihr Onkel Wilhelm zugegen gewesen. In der Synagoge hatten sich dann auch die Oppenheimers und einige Freunde des Brautpaares eingefunden. Nachdem der Segen gesprochen, das Glas zertreten und ein lautes »Masel Tov!« gerufen worden war, war die Gesellschaft zu Augustes Haus aufgebrochen. Das Wetter spielte mit, es war ungewöhnlich warm und sehr sonnig. So hatten sie auch die Türen zum Garten hin geöffnet, wo ebenfalls Tischchen und Stühle für die Gäste standen.

Nach dem Festmahl, das Else zubereitet hatte, hatte Richard die Gelegenheit genutzt und Julius in die Bibliothek gebeten.

Paula hatte die beiden gehen sehen, wartete unruhig. Eine ganze Weile schienen sie miteinander zu sprechen. Was würde dort an Worten fallen? Leicht würde Vater es Richard nicht machen, das wusste Paula. Die Eltern hatten Ressentiments gegen den jungen und impulsiven Mann – an dem aber ihr Herz so sehr hing. Ihre Hände waren feucht, und immer wieder schaute sie nervös zur Tür der Bibliothek. Dann öffnete sie sich, und Julius kam nach draußen. Er wandte sich aber nicht der Gesellschaft zu, sondern ging, ganz in Gedanken versunken, in den hinteren Teil des Gartens.

Paula sah ihn gehen, schaute in die Bibliothek, wo Richard immer noch stand. Sie lief zu ihm. »Hast du …?«

Er nahm sie in seine Arme, drückte sie an sich. »Ich habe.« Er holte Luft. »Ich habe ihm meinen Vertrag gezeigt, meine Lohnabrechnung, so, wie du es vorgeschlagen hast.«

»Und? Und?«, fragte Paula ungeduldig.

»Er hat zugestimmt.«

Paula löste sich von ihm, sah ihn an. »Ja? Das sagst du so kalt und nüchtern. Gibt es ein Aber?«

Richard schüttelte den Kopf, lächelte. »Nein.« Er nahm sie in die Arme, schwenkte sie. »Nein. Vermutlich bin ich nur selbst so überrascht, wie leicht es war. Du und ich. Ich und du. Mein Duling – wir werden für immer vereint sein.«

»Oh! Oh!« Paula schniefte. »Wirklich? Wirklich, wirklich? Er hat zugestimmt?«

»Ja, das hat er. Ja!«, rief nun Richard laut. »Ja, ja, ja!«

»Wann? Oh, das ist so aufregend. Oh, ich möchte auch eine schlichte Hochzeit, so wie Phine. Wann … habt ihr darüber auch gesprochen?«

»Lass uns noch warten«, sagte Richard. »Ein wenig. Ich muss für die Arbeit erst einmal nach Süddeutschland. Für ein paar Wochen nur, danach können wir über den Termin reden.« Er küsste sie, erst sanft und zärtlich, dann hungrig. »Es wird nicht mehr lange dauern, vielleicht einige Monate. Aber wir warten jetzt schon so lange, was macht es noch aus?«

»Das stimmt.« Paula nahm seine Hände, drehte sich mit ihm im Kreis. »Du und ich, ich und du. Du mein Duling – wir werden vereint sein, für immer, für den Rest unseres Lebens. Wir werden das pure Glück finden und haben – wir haben es jetzt schon.« Sie blieb stehen, schnappte nach Luft. »Ich möchte es hinausrufen, es allen sagen, der ganzen Welt. Mein Glück, mein größtes Glück – es ist heute wahr geworden – oder in greifbarer Nähe.

»Ja, lass es uns allen sagen, lass es uns feiern. Du und ich!« Richard wollte sie zur Tür ziehen, aber Paula hielt ihn zurück.

»Nein! Das geht nicht. Nicht heute.«

»Was?«

»Wir können es heute nicht verkünden, Richard. Nicht heute und jetzt. Heute ist Phines Tag. Und Willis. Es ist ihre Hochzeit, ihre Feier. Es wäre nicht fein, wenn wir uns jetzt in den Mittelpunkt stellen würden.«

»Aber …«

»Nein! Das möchte ich nicht. Heute freuen wir uns an ihrem Glück, und schon bald können sich alle an unserem Glück erfreuen.«

»Du bist … unglaublich. Nun gut, ich werde mich fügen. Weil du es so wünschst. Aber wenn ich könnte, würde ich es in die Welt hinausschreien.«

»Der Tag wird kommen. Bald, mein Liebster, bald.«

Vor Phine und Auguste konnte Paula es jedoch nicht geheim halten. Phine erriet es, als sie Paulas strahlendes Gesicht sah. »Dein Vater hat zugestimmt?«

Paula nickte.

Phine fiel ihr um den Hals. »Das ist großartig, das ist wundervoll. Komm, lass es uns allen sagen und feiern.«

»Nein!«, sagte Paula ernst. »So sehr ich mich freue, aber dies ist dein Tag. Es ist deine Feier. Wir werden uns Zeit lassen, und es wird noch eine Weile dauern, bis wir uns vermählen – genügend Zeit, um uns zu freuen. Dies ist aber dein Tag.«

Phine sah sie an. »Du bist so unendlich großmütig, das ist famos. Danke. Ich freue mich so für dich.«

»Jetzt freuen wir uns aber erst einmal für dich. Und schau nur, dein Angetrauter wartet schon, er will mit dir tanzen.« Sacht schob sie Phine in die Mitte der Gesellschaft, wo sie mit Jubel und lauten Rufen begrüßt wurde. Auguste hatte eine kleine Kapelle engagiert, die nun einen Walzer anspielte.

Paula war stehen geblieben, Auguste trat neben sie. »Bist du glücklich?«, fragte sie leise.

Paula horchte in sich hinein, nickte dann. »Ja.« Sie sah ihre Tante an. »Du aber nicht.«

»Ich freue mich für dich. Ich freue mich, dass du dich freust.« Sie senkte den Kopf. »Du bekommst das, was du dir erwünscht und ersehnt hast. Ich verliere … viel.«

»Was verlierst du denn?«

»Dich.«

»Aber du verlierst mich doch nicht, nur weil ich Richard heiraten werde«, empörte sich Paula. »Ich bleibe doch deine Nichte, deine Vertraute. Ich bleibe ich.«

»Du bleibst meine Nichte«, sagte Auguste langsam und leise. »Ja. Für immer. Aber du wirst ausziehen, nicht mehr bei mir wohnen. Du wirst dein Leben mit Richard führen, ein anderes Leben, als du es hier mit mir hast. Werden wir dann noch so vertraut sein? Ich glaube nicht.« Sie schüttelte den Kopf. »Ich freue mich für dich, sehr. Aber für mich ist es … niederschmetternd.« Sie lachte leise, legte ihre Hand auf Paulas Arm. »Wie erbärmlich – ich tue mir gerade selbst leid.«

Paula sah sie an, schluckte. »Ich wollte nicht …«, stotterte sie.

»Mein liebes Kind, meine liebste Paula – das kannst du weder wissen noch bedenken, noch sollte es für dich eine Rolle spielen. Du musst dein Leben leben, nicht meins. Ich bin für mich selbst verantwortlich. Du musst glücklich werden, und ich hoffe, du wirst es.«

»Du bist es nicht«, stellte Paula fest. »Wirst du Richard irgendwann akzeptieren? Ihn mögen?«

Auguste schwieg einen Moment, dann lächelte sie. »Ich schätze ihn. Ich schätze ihn sehr. Er ist ein großer Schriftsteller, ein Poet, ein Wortkünstler. Ein wenig empfindlich – aber gehört das nicht dazu? Er ist begnadet.«

»Danke!« Paula nickte. »Du bist die Erste in der Familie, die das sagt. Bis auf Franz, natürlich. Aber Franz glaubt schon immer an Richard und sein Können.«

»Richard als Künstler – das werden deine Eltern auch sehen und anerkennen. Zweifellos, auch wenn sie seinen Stil nicht … na ja, mögen.«

»Das müssen sie ja auch nicht«, sagte Paula hitzig. »Er ist einzigartig, aber das zu erkennen, wird noch eine Weile dauern.«

»Paula, Liebes – vielleicht wird die Welt deinen Richard als den Künstler erkennen und begreifen, so wie du es tust. Vielleicht aber nicht. Aber das tut ja für uns nichts zur Sache. Deshalb mögen wir ihn nicht mehr oder weniger.«

»Ihr mögt ihn gar nicht, zumindest nicht als den Menschen, der mich heiraten wird«, stellte Paula traurig fest. Sie schaute über das Treiben, suchte Richard, er stand neben Franz, unterhielt sich mit ihm. Aber auch Richard strahlte nicht das Glück aus, das sie hätten empfinden müssen. Auch er wirkte bedrückt. Was hatte Vater ihm wirklich gesagt? Offensichtlich hatte er Richard nicht freudestrahlend in die Arme geschlossen. Es lag nicht daran, dass Richard kein Jude war – das war Vater egal, solange ein Mensch an Gott glaubte. Es lag daran, dass Richard so war, wie er war. Ein Künstler, ein Poet – Paula wusste, dass er das war, doch die Eltern glaubten nicht daran.

Er wird es euch zeigen, dachte sie plötzlich. Er wird euch zeigen, was in ihm steckt – welche großartigen Worte und Gedanken. Er wird euch alle, alle, alle überraschen und beeindrucken, und nicht nur euch.

Sie richtete sich auf, streckte die Schultern. Er wird berühmt werden, ein großer Schriftsteller. Und er wird für mich sorgen. Wir beide zusammen werden das Leben meistern.

»Ihr mögt ihn nicht, weil ihr ihm nicht zutraut, für mich zu sorgen. Nun, er wird es beweisen«, sagte sie kühl.

»Das hoffe ich sehr.«

Kurz nach Phines Trauung brach Richard zu einer mehrwöchigen Reise auf. Er musste verschiedene Standorte in Süddeutschland besuchen und Erhebungen machen. Etwas, was ihm schwerfiel. Paula schrieb ihm fast täglich, er antwortete oft. Detailliert und gründlich beschrieb er ihr jede Etappe der Reise, beschrieb die Landschaft, die Dörfer, die Städte und die Menschen, die er traf. Er ging wandern in der wenigen freien Zeit, die er hatte. Auch die Wanderungen beschrieb er. All das, das war Paula klar, war zum einen, damit sie dabei sein konnte, bei ihm, in seiner Gefühlswelt. Zum anderen, auch das war Paula bewusst, waren es Fingerübungen, Schreibaufgaben, um zu lernen, sich noch präziser auszudrücken. Das fand sie nicht schlimm, im Gegenteil, er nahm sie mit – auf eine Reise in seine Innenwelt und auch auf seine sprachliche Entwicklung.

Jetzt weiß ich, schrieb ihr Richard, *ich besitze endlich, was ich so lange gesucht, den Grundstein für das Leben. Ich besitze ihn durch Dich und mit Dir. Was ich darauf bauen werde, weiß ich noch nicht, aber fest wird es immer stehen. Ich werde immer bauen, ich werde nicht bloß behaglich wohnen wollen, ich kann nicht anders.*

Aber Du, meine Liebste, hältst mich an der einen Hand, hältst mich fest, während ich mit der anderen klimme, dass ich nicht in die Tiefe stürze und an meiner eigenen Grundfeste mein Hirn zerschmettere. Schlaf wohl. Meine Gedanken sind bei Dir.

Dein
Richard

Paula las den Brief und las ihn wieder. Sagte er nicht, dass er sein Leben für sie ändern wollte? Dass er alles tat, damit sie eine Zukunft hatten?

Ihre Eltern hatten der Verbindung zugestimmt, aber sie blieben Richard gegenüber reserviert und skeptisch. Auguste blieb liebevoll zurückhaltend, aber auch bei ihr war eine gewisse Abneigung nicht zu verleugnen. Das und der ungewöhnlich feuchte Sommer nahmen Paula mit. Sie grämte und sehnte sich. Warum? Warum war ihre Familie nur so unnachgiebig? Was sollte Richard denn noch alles tun? Er hatte seinen Doktor, er hatte eine Stellung – eine Anstellung, die ordentlich bezahlt wurde und sicher war. Er war ja kein Fabrikarbeiter, der die Nächte in den Kneipen verbrachte. Aber das sahen die Eltern nicht. Sie sahen nur seine unkonventionelle Art, die ihn aber so sehr ausmachte – die Paula liebte.

Sie wusste, dass Richard merkte, wie skeptisch und unnachgiebig ihre Eltern ihm gegenüber waren, und es dauerte sie. Er musste schon sein Leben lang um die Anerkennung seines Vaters kämpfen – und nun erlebte er das Gleiche bei den Schwiegereltern.

Natürlich liebte sie ihn tief und fest, nichts konnte ihre Liebe zu ihm erschüttern – aber es kostete sie Schlaf und Kraft, die Gedanken zehrten an ihren Nerven.

Ich will mich nicht zwischen Richard und meiner Familie entscheiden müssen, dachte sie voller Sorge. Ich möchte doch einfach nur glücklich sein.

Zu Phines Hochzeit war es noch warm und sonnig gewesen, doch dann wurde es kalt und nieselig, neblig, und die Sonne durchbrach die Wolken nur selten. Es war ungewöhnlich kalt und feucht für die Jahreszeit. Paula hustete wieder, ein fester, schmerzender Husten. Der Nebel hatte sich auf ihre Lunge gelegt.

»Du gefällst mir gar nicht«, sagte Auguste nachdenklich. Inzwischen war es Juli, aber die Erholung, die Paula gewöhnlich im Sommer erfuhr, wollte sich nicht einstellen. Ihr Husten blieb hartnäckig und schwächte sie. »Wir sollten an die Küste fahren, das hat dir bisher immer geholfen.« Auguste verzog das Gesicht. »Was ärgerlich ist, weil ich in diesem Sommer drei Salons geplant und die Leute schon eingeladen habe.«

»Ich bin kein kleines Kind mehr«, sagte Paula schwach. »Ich werde den Sommer hier schon überstehen.«

»Das sieht mir aber nicht so aus. Nein, du musst fahren. So schnell wie möglich. Marie ist vor Ort, sie kann mittlerweile sicherlich einen eingeschränkten Haushalt führen, aber auf Else kann ich hier nicht verzichten. Ich brauche sie, für die Salons.« Auguste runzelte die Stirn. »Aber wir haben doch dieses Küchenmädchen, die Käthe, sie scheint ganz gut zu sein.«

»Ich kann doch nicht nach Ahrenshoop fahren, wenn du deine musischen Salons abhältst.« Paula war erschüttert. »Ich kann dich doch nicht bei allem allein lassen.«

Auguste lächelte. »Du wirst demnächst heiraten und dann deinen eigenen Haushalt führen, dann bist du auch nicht immer zugegen.«

Paula senkte geknickt den Kopf. »Ich werde immer da sein und dir zur Seite stehen.«

»Das weiß ich doch. Aber erst einmal müssen wir dich wieder auf die Füße bekommen.« Nachdenklich sah sie Paula an. »Und die Seeluft hat dir bisher gutgetan. Wir haben das Haus zur Miete, also fährst du dahin. Basta!«

Es wurden einige Gespräche geführt, Toni entschied sich, die erste Woche mitzufahren, Elise sollte sie begleiten. Käthe wurde von Else instruiert und bekam lange Listen mit.

Als die Reisegesellschaft ankam, war schon alles vorbereitet.

»Ich kann nicht in Augustes Zimmer schlafen«, sagte Toni betreten. »Ich möchte mein Zimmer im Gästehaus, auch wenn ich weiß, dass es große Umstände macht.«

Paula hatte die Reise sehr ermüdet, ihr ging es schon seit Wochen nicht gut, und nun fühlte sie sich noch schwächer. »Warum?«, fragte sie erschöpft.

»Guste ist meine Schwester. Ich stehe ihr nahe – aber warst du schon mal in ihrem Schlafzimmer hier?«

»Mehrfach«, sagte Paula müde. »Aber immer nur kurz.«

»Dann komm mit, schau es dir an.«

»Mutter, bitte – was soll das?« Paula schleppte sich nach oben, war froh, dass Marie noch ein Mädchen als Hilfe geholt hatte, die nun das Gepäck auspackte.

Toni öffnete die Tür zu Augustes Zimmer. Die Fensterläden waren geöffnet, die Vorhänge zur Seite gezogen, die milde Abendsonne schien in den Raum. Ein Raum, der auf den ersten Blick schon Augustes war. Dort lagen Steine, Federn und Muscheln im Sekretär aus Nussholz, den Auguste hatte hierherbringen lassen, Bücher stapelten sich auf dem Boden und in den Regalen. Dort stand eine Kerze, hier eine Lampe. In der Ecke ein Schaukelstuhl, den Paula noch nie gesehen hatte. An den Wänden hingen Bilder, die Paula nicht kannte. Sie war immer nur ganz kurz in dem Zimmer gewesen, hatte sich nie umgeschaut. Dies war Augustes Raum, sie hatte ihn ganz und gar nach ihrem Gusto eingerichtet. Es war ein persönliches, ein intimes Zimmer.

»Ich verstehe, was du meinst«, sagte Paula und zog die Tür wieder zu. »Du kannst in meinem Zimmer schlafen, und ich nächtige mit Elise zusammen im Gästezimmer. Morgen überlegen wir dann, wie es weitergeht.«

Toni sah ihre Tochter an, umarmte sie. »Mein armes Kind, du bist krank, das sehe ich. Wie dumm von mir, dich so zu belasten. Ich werde mit Elise heute im Gästezimmer schlafen.«

Else hatte einige Gläser mit Brühe mitgeschickt, Käthe bereitete daraus eine heiße, nahrhafte Suppe zu.

Nach dem Essen zog sich Paula erschöpft in ihr Zimmer zurück. Sie war einerseits froh, hier zu sein, andererseits wäre sie lieber in Berlin geblieben. Doch ihre Gesundheit ging vor.

Schon nach der ersten Woche fühlte sie sich wesentlich besser, und sie überlegte, mit ihrer Mutter zusammen wieder abzureisen.

»Sei nicht dumm«, tadelte Toni Paula. »Es mag dir ein wenig besser gehen, aber genesen bist du noch nicht. Hier, in der Ruhe und mit der frischen Seeluft, wirst du wieder zu Kräften kommen. Du musst dir aber Zeit geben.«

Paula wusste, dass sie recht hatte, und fügte sich. Elise beschloss, bei ihr zu bleiben und ihr Gesellschaft zu leisten.

In den letzten Monaten waren sich die beiden Schwestern nähergekommen, hatten sich über ihre Heiratspläne ausgetauscht.

Elises Verlobter, Georg Steindorff, wurde von den Eltern besser gelitten als Richard. Georg war ein ernster Mensch, ein Wissenschaftler durch und durch.

»Ich freue mich, dass du hiergeblieben bist«, sagte Paula jetzt zu ihrer Schwester. »Aber wärst du nicht lieber in Berlin bei Georg?«

Elise lachte leise. »Georg arbeitet gerade an einem Artikel über koptische Schriften, er hätte nicht viel Zeit für mich. Wir schreiben uns ja, das finde ich schön. Ich habe das Gefühl, dass wir uns so immer mehr kennenlernen. Das geschriebene Wort ist so viel klarer als solche, die nur flüchtig dahingesagt werden. So kann ich in Ruhe und wieder und wieder seine Zeilen lesen und ihn besser verstehen.«

»Ja, das stimmt«, sagte Paula nachdenklich. »Dennoch sehne ich mich danach, Richard zu sehen, seine Hände anzufassen, sein Lachen zu hören …«

»Wir werden ja nicht ewig hier sein«, meinte Elise. »Und ich kann mich so schon einmal darauf einstellen, wie es später sein wird. Georg hat fest vor, nach Ägypten zu reisen und dort an den Ausgrabungen teilzunehmen. Es ist sein größter Wunsch, sein Lebenstraum, und den will ich ihm nicht verderben, indem ich jammere.«

»Habt … habt ihr schon über ein Datum gesprochen?«

»Nein, noch nicht. Es eilt ja nicht. Georg will sich auf jeden Fall noch habilitieren. Doch ich denke, dass das einige Jahre in Anspruch nehmen wird, und so lange werden wir sicherlich nicht warten. Er hat jetzt diese Stelle an der Universität und hofft auf einen Lehrstuhl – das ist auch den Eltern wichtig, denn er muss uns ja versorgen können.«

Paula seufzte. »Richard hat nun diese Anstellung, aber das reicht den Eltern noch nicht.«

Überrascht sah Elise sie an. »Ja, würdest du ihn denn jetzt schon ehelichen wollen?«

»Sofort, wenn es ginge. Auf der Stelle. Ich möchte für immer mit ihm vereint sein.«

»Aber Richard muss sich doch auch erst einmal in seinem Beruf etablieren. Und ich finde, der Austausch zwischen zwei Liebenden ist doch so viel eindringlicher und bedeutungsvoller, als er zwischen anbandelnden Freunden war. Ist dir das nicht wichtig?«

»Doch, aber dieser Austausch kann, muss und soll doch auch während einer Ehe geschehen.«

»Aber was, wenn du später feststellst, dass ihr ganz unterschiedliche Einstellungen zu Dingen habt?«

»Das kann nicht passieren. Zum einen kenne ich Richard schon so lange, zum anderen sind wir uns so nahe und lieb, es könnte nie Missverständnisse oder Zerwürfnisse zwischen uns geben. Niemals.«

»Ich bewundere dich für deine innere Sicherheit«, sagte Elise. »Bei mir muss sie wohl noch wachsen.«

»Aber das liegt doch in der Natur unserer Männer«, erklärte Paula lachend. »Richard ist wie ein gewaltiges Naturereignis, ein Sturm, ein Gewitter. Alles sprudelt voller Kraft aus ihm heraus. Er kann sich nicht gut zurücknehmen. Dein Georg wiederum ist stiller, verhaltener, ein nebliger Morgen, über dem aber schon die Sonne lacht. Sie wird den Nebel bald auflösen. Georg ist nachdenklich, in sich gekehrt. Du wirst ihn erkunden müssen.«

»Du kannst dich immer so schön ausdrücken. Das wirst du auch müssen, als Frau eines Dichters. Denn Richard wird ja immer Dichter bleiben, auch wenn er jetzt bei der Versicherung arbeitet.«

»Immer und immer, ja. Es ist seine Berufung, davon bin ich überzeugt.«

Einige Wochen blieben sie. Paula kam zu Kräften, aber richtig und ganz genesen war sie nicht, als sie und Elise schließlich nach Berlin zurückkehrten.

Auguste und Paulas Eltern waren besorgt, sie berieten sich und zogen mehrere Ärzte zurate.

»Mit Doktor Schmidt haben sie sich getroffen«, sagte Elise und ging langsam durch Augustes Wohnzimmer. Sie war gekommen, um Paula zu besuchen.

Paula lag auf der Chaiselongue und sah ihre Schwester verblüfft an.

»Die Eltern und Tante Guste. Und danach haben sie noch mit einem anderen Arzt gesprochen.«

»Über mich?«

Elise nickte.

»Was haben sie gesagt?«

Elise setzte sich auf den Sessel gegenüber ihrer Schwester, sah sie an. »Sie machen sich Sorgen, Paula. Um dich. Alle machen sich Sorgen um dich.«

»Es ist nur momentan«, sagte Paula und schöpfte nach Luft, fasste sich an die Kehle und sah nach draußen. »Warst du etwa auch bei dem Gespräch dabei? Wird jetzt über mich diskutiert, als wäre ich ein Gegenstand? Ein beschädigter Tisch oder Sekretär?« Sie runzelte verärgert die Stirn.

»Der Treppenabsatz …«, sagte Elise und grinste. »Ich habe gelauscht.« Dann wurde sie wieder ernst. »Sonst hast du dich immer an der See erholt. Jedes Mal. Und es waren ja nun wirklich ruhige Tage, die wir dort gemeinsam verbracht haben, das musst du zugeben.«

»Dieses Jahr ist anders. Schon das Frühjahr war zu nass und zu kalt. Die Kälte bin ich nicht losgeworden.«

»Die Ärzte schlagen eine Kur in den Bergen vor, und die Eltern befürworten das.«

»Was?« Nun sprang Paula auf, schnappte nach Luft, musste sich wieder setzen. »Zur Kur? Ich war doch gerade erst so lange fort aus Berlin. Nein, ich fahre nicht noch einmal weg, weg von Richard. Hier habe ich wenigstens die Chance, ihn hin und wieder zu sehen, solange die Eltern einer Hochzeit nicht zustimmen.«

»Ja«, druckste Elise herum. »Ja, das verstehe ich …«

Paula schaute sie an. »Aber? Es gibt doch ein Aber – das höre ich genau. Nun spuck es aus!«

»Sie glauben, dass eben Richard an deinem Zustand mitschuldig sei. Dass er dich schwächt ...«

»Ich sehe ihn doch kaum, wie soll er mich schwächen?«, empörte Paula sich.

»Weil ... weil ...« Elise stand auf, hob die Arme. »Himmel noch mal – weil er so ist, wie er ist. Das weißt du doch selbst, Paula!« Sie drehte sich wieder zu ihrer Schwester um. »Er ist sprunghaft, impulsiv. Wie nennt ihr ihn? Den Merlin, den Zauberer. Und ja – er kann Menschen verzaubern, das gebe ich zu. Aber kann er auch besonnen und nüchtern sein? So wie Georg es ist?«

Paula öffnete den Mund, schloss ihn dann wieder. »Wie kannst du Georg nur mit Richard vergleichen?«, sagte sie schließlich. »Die beiden sind so unterschiedlich wie Tag und Nacht.«

»Die Eltern tun es, Paula. Sie vergleichen Richard mit Georg ... es tut mir leid, aber so ist es.«

»Vergleichen sie uns auch? Dich und mich? Ich bin nicht so wie du, und du bist nicht wie ich – deshalb haben wir uns ja auch in ganz verschiedene Männer verliebt – was nun auch zum Familienfrieden beiträgt.« Paula versuchte zu lächeln, aber sie spürte, wie gekränkt sie war. Was sollte Richard denn tun, um endlich die Anerkennung der Eltern zu gewinnen? Er konnte sich nun mal nicht in einen nüchternen und – nun ja – langweiligen Mann wie Georg verwandeln.

»Sie machen sich Sorgen, Paula, so musst du das sehen. Sie sorgen sich um dich, um deine Zukunft, um deine Gesundheit. Und deshalb halten sie es für das Beste, wenn du zur Kur in die Berge fährst.«

»Weit weg von Richard.« Ermattet ließ sich Paula wieder auf die Chaiselongue sinken.

»Ich an deiner Stelle würde fahren«, sagte Elise und setzte sich neben Paula, nahm ihre Hand. »Fahr. Vater will mit dir fahren.«

»Vater?«

»Ja, er ist auch erschöpft, der Arzt hat ihm einige Anwendungen angeraten. Ich glaube, er ist noch nie weggefahren – in keine Sommerfrische oder sonstige Erholung.«

»Vater ist immer noch besser als Mutter«, sagte Paula und biss sich auf die Lippen. »Aber dennoch … warum gönnen sie mir mein Glück nicht?«

»Sie gönnen und wünschen dir alles Glück der Welt, sie sehen es nur nicht in Richard. Wenn ihr euch wirklich liebt, müsst ihr beständig bleiben«, sagte Elise und klang so sachlich wie immer. Ihr Händedruck war aber warm und mitfühlend.

»Was?« Richard stand auf und ging zum Fenster, starrte nach draußen. »Zur Kur? Nach Bad Reichenhall? Wirklich?«

»Die Ärzte halten es für erforderlich«, sagte Paula. Er war das erste Mal zu Besuch, seit sie von der See zurückgekommen war.

»Dann bist du wieder wochenlang weg.« Seine Stimme war tief und leise. »Und wir werden uns nicht sehen können. Wieder einmal.«

»Es ist doch nur auf Zeit, auf eine absehbare Zeit. Und wenn ich wiederkomme, bin ich ganz genesen, das stellen die Ärzte in Aussicht. Du willst doch auch, dass ich gesunde.«

Richard drehte sich zu ihr um, kam zu ihr, kniete vor ihr nieder und nahm ihre Hände in seine. »Natürlich will ich das. Ich will nichts anderes. Du musst gesund werden. Vollständig gesund. Ich würde alles dafür tun.«

»Du musst nur Geduld mit mir haben, mehr musst du nicht tun. Ein wenig abwarten musst du noch – kannst du das?«

»Für dich, mein Herz, meine Seele, kann ich alles, alles und alles.«

»Das ist gut. So soll es sein.« Sie drückte seine Hände. »Und wenn ich wiederkomme, habe ich alles dafür getan – alles, was ich konnte. Und dann werden wir heiraten. Egal … egal, was ist. Ja?«

»Was soll denn sein?«, fragte Richard arglos. »Natürlich werden wir heiraten.«

Meine Eltern, dachte sie, aber bevor Paula antworten konnte, kam Auguste in den Salon. »Lieber Richard«, sagte sie und lächelte. »Wie schön, Sie zu sehen. Sie bleiben doch hoffentlich zum Essen?«

Erstaunt sah er sie an. »Natürlich. Gerne.«

Während des Essens war Auguste überaus freundlich zu Richard, immer wieder betonte sie, wie angetan sie von seinen Dichtungen sei. Als er sich verabschiedete, sah sie ihn an. »Paula wird zur Kur fahren. Das ist wichtig für sie, für ihre Gesundheit. Ich denke, dass sehen Sie auch so, nicht wahr?«

»Natürlich. Unsere Paula soll genesen und ganz gesunden.«

Auguste nickte eifrig. »Ja. Ich weiß ja, dass Ihre Familie etwas weiter weg wohnt. Fühlen Sie sich frei, mich weiterhin aufzusuchen, während Paula auf Kur ist. Wirklich. Ich würde das sehr schätzen.«

»Das ist ein sehr großzügiges Angebot«, sagte Richard unsicher.

Paula lachte und nahm seine Hand. »Sie ist so, und sie meint es auch so. Du kannst das Angebot tatsächlich annehmen, und Else wird immer schön für dich kochen.«

Richard lachte laut auf. »Elses Kochkünste machen das Angebot umso verlockender … ich werde es annehmen.«

An diesem Abend saßen Paula und Auguste noch eine Weile zusammen im Wintergarten und schauten hinaus auf die Wiese, wo ein Igel nach Futter suchte. Im Mondschein war er gut zu erkennen. Es war ein putziges, wenn auch stachliges Tier, und die beiden erfreuten sich an dem Anblick.

»Vater fährt mit mir nach Bad Reichenhall. Warum?«, fragte Paula. »Warum nicht du oder Mutter?«

»Dein Vater hat auch einige gesundheitliche Probleme und will sie dort behandeln lassen«, sagte Auguste. »Mich zieht es gerade nicht in die Berge, sonst hätte ich euch begleitet.«

»Und Mutter?

»Einer muss ja zu Hause bleiben und sich um alles kümmern. Toni war ja schon mit an der See.«

»Ich und meine vermaledeite Lunge bringen alles durcheinander«, sagte Paula. »Warum kann ich nicht so robust sein wie Elise? Sie hat nie etwas.«

»Weil du du bist und Elise Elise ist. Das muss man nicht in Frage stellen, das bringt nichts. Glaube mir, ich spreche aus Erfahrung. Warum hat deine Mutter Kinder, und ich nicht? Ja, die Frage habe ich mir jahrelang gestellt, aber es gibt keine Antwort.«

Paula trank einen großen Schluck aus ihrem Glas, sah ihre Tante an. »Wenn ich gesund bin – und das werde ich werden –, dann will ich Richard heiraten, egal, was die Eltern dazu sagen.«

»Werde erst einmal gesund. Denk über dich nach und über dein Leben. Lass dich nicht von anderen unter Druck setzen – weder von deinen Eltern noch von Richard. Ich werde hier schon auf ihn aufpassen.« Sie lächelte ihrer Nichte zu. Dann wurde ihr Blick ernst. »Du sagst, wirklich glücklich ist Richard mit seiner Beschäftigung nicht …«

»Natürlich nicht, er will schreiben, er ist ein Künstler.«

»Und was ist mit dir? Du spielst großartig Klavier … in dir steckt so viel mehr. Was machst du mit deinen Talenten?«

Paula überlegte nur kurz. »Ich glaube nicht, dass ich die körperliche Kraft habe, um Konzerte zu geben – nicht immer. Ich kann so etwas also nur tun, wenn es mir gut geht.« Sie sah Auguste an. »Nach der Kur wird es mir gut gehen – davon bin ich überzeugt. Ich werde ganz und gar geheilt sein. Aber wenn ich das bin, werde ich Richard heiraten. Das ist meine Bestimmung.«

»Eheweib zu sein?«

»Richards Frau zu sein.« Paula hob ihr Kinn. »Ich werde ihn unterstützen, damit er das werden kann, was er ist – ein großartiger Schriftsteller. Ich werde für ihn da sein, ihn begleiten – ihn trösten, wenn es nötig sein wird, denn der Weg ist steinig, und ihn bejubeln, wenn er mehr und mehr Erfolg haben wird. Und das wird er. Und niemand – auch die Eltern nicht – werden mich davon abhalten.«

Zwei Wochen lang wurde gepackt, geplant, verworfen. Die Schneiderin kam, passte an, nähte um. Kisten wurden verschickt, und dann gingen Paula und ihr Vater selbst auf die Reise. Es ging in die Berge. Erst reisten sie mit dem Zug, dann mit der Kutsche – so war es auch immer, wenn sie an die See fuhren. Nur war diese Reise sehr viel länger. Sie fuhren morgens los und waren erst am späten Abend in Nürnberg, wo sie übernachteten. Am nächsten Morgen ging es weiter bis nach München und von dort bis an den Chiemsee. Dort blieben sie wieder eine Nacht, um dann die Kutsche nach Bad Reichenhall zu nehmen.

Mein lieber Duling!, schrieb Paula an Richard.

Berge, Berge, Berge und Wolken, so groß wie Berge. Ja, ich kenne den Ausdruck, aber hier wird er leibhaftig, gewaltig für mich sichtbar.

Mein Herz erschauert, und es blutet – so weit bin ich von Dir entfernt. So weit war ich noch nie in der Fremde. Vater ist bei mir, hält mich. Das ist gut, und ich bin froh darum. Mein Herzallerliebster, die Reise war anstrengend, die neuen Impressionen sind es auch. In Gedanken bin ich dennoch bei Dir

Deine Paula

Sie richteten sich ein – das Kurhaus war behaglich und die Zimmer waren schön. Paula konnte sich an den Bergen kaum sattsehen.

»Das ist eine gewaltige Natur«, sagte sie leise zu ihrem Vater, der neben ihr stand und auch die Gipfel bestaunte.

»Gott hat es uns geschenkt. Manchmal sehen wir seine Größe, seine Allmacht. Hier ist sie ersichtlich.«

In den ersten Tagen musste Paula die Ärzte aufsuchen, sie wurde untersucht, verschiedene Tests wurden gemacht. All das strengte sie an, aber sie schrieb ihrem Liebsten, und er schrieb ihr. Fast täglich wechselten sie Briefe, und das gab ihr Kraft.

Mein Duling, mein Du, schrieb ihm Paula in der ersten Woche,

Dein Brief wurde heute schon in der Früh gebracht, und wie süß hast du mich aus dem Schlaf geweckt, Du liebstes Du, mit deinen lieben Worten! Meine Genesung wird voranschreiten – sorge Dich nicht. Heute hat der Arzt mir täglich zu nehmende Bäder und etwas Eisen verordnet.

Der liebe Franz hat mir geschrieben – er ist so sehr mit der Einrichtung seiner Praxis beschäftigt und grämt sich, dass er Dich nicht sehen und ablenken kann. Er lässt Dich herzlich grüßen, aber sicher hast du inzwischen auch ein Wort von ihm empfangen.

Über Dein gutes Einvernehmen mit den Herren Direktoren der Versicherung freue ich mich natürlich mehr als Du selbst, Du liebster Du. Ach, wenn es uns doch bald ein traulich Nestchen einbrächte! Hast du Auguste gesehen? Sie fragt nach »meinem Jungen«. Bist Du »mein Junge«? Ich weiß nur, dass Du mein geliebter, einziger Richard bist.

Deine Sonne küsst ihre Welt an diesem Morgen

Nur wenige Tage später kam seine Antwort. Paula hatte einen Platz auf der Veranda gefunden, an dem auch noch spät einige Sonnenstrahlen die Luft erwärmten, wenn die Wolken es zuließen. Dort setzte sie sich nieder und las seine Zeilen.

Meine geliebte Paula, Du mein Du,

die Finken spielen nicht mehr, und der späte Flieder scheint ohne Dich duftlos zu sein. Aber auch so bin ich voller Freude: Nun bist Du mein einzig Licht, und Wärme. Sieh Dich nur recht vor, pass recht auf Dich auf, dass Du es mir auch immer bleiben kannst … werde wieder recht stark und gesund und kräftig … für Deinen Liebsten, Deinen Richard.

Sie las seine Zeilen, sah in die Berge, die nun vom Nebel verhüllt wurden. Es wurde kalt, und im Haus erklang der Gong zum Essen.

Zögernd stand Paula auf, ging hinein. Ihr Vater hatte sie schon gesucht. Sie aßen gemeinsam, aber ihre Gedanken waren weit entfernt. Nach der Mahlzeit eilte Paula in ihr Zimmer, setzte sich an den kleinen Sekretär. Dort lag schon ein weiterer Brief, er musste mit dem anderen zugleich angekommen sein.

Mein, Mein, Mein … ich finde keine Worte, um Dich zu nennen, Du Herzlieb, Schmerzlieb! Nun bin ich aber wieder froh, dass es Dir so gut geht. Nicht wahr, mein Lieb, Du schreibst mir nichts Falsches, um mich in trügerischer Ruhe zu wiegen? Aber warum immer zweifeln! Deine Handschrift ist ja so fest – die lieben, vertrauten Züge. Sie liegen vor mir. So schwer, so bang ist mir immer wieder. Die Abreise – unser Treffen bei der Tante. Deine Krankheit, wie kann ich da glücklich sein? Ich bin es aber doch, denn Du bist Mein, Mein, Mein,

Dein Richard

Paula ließ das Blatt sinken. Er quälte sich, die Ungewissheit, seine Unsicherheit, war zu lesen, auch wenn er es nicht offen benennen wollte. Er wusste, der Vater wollte sie umstimmen, wollte sie von ihm abbringen, hatte er doch immer die unterschwellige Ablehnung der Eltern gespürt. Wie konnte sie ihm Halt geben? Klarheit?

Sie nahm Papier und Feder.

Mein Duling Du,

die bösen, hohen, schweigsamen Berge vor meinem Fenster, sie erzählen mir immerfort, wie weit mein Du von mir fort ist, wie lang ich noch warten muss, ehe ich ihn wiedersehe, und wie allein ich hier bin! Es regnet immer in kurzen Unterbrechungen, der Nebel hüllt die Berge in einen traurigen Schleier, alles grau, selbst die Fichten und Tannen – sind sie nicht immergrün? – kommen mir grau vor. Nun, mein Liebster Du, was machst Du, ach, mein Richard, wäre ich doch erst wieder bei Dir.

Vater ist so lieb zu mir, aber ich bin doch immer voller Sehnsucht, voller Trauer … und auch das Essen ist mir fad, aber es ist nahrhaft und gut, und so esse ich und esse – aber komme ich so zu Kräften? Das will ich doch – zu Kräften kommen und genesen zurückkehren. Das will ich. Zu meinem Du – zu Dir.

Doch alles ist so leer, so öde ohne Dich, so kalt.
Deine Sonne hat ohne Dich keine Strahlen.
Schreib mir recht, recht, recht bald, sonst friere ich zu sehr.
Deine ohne Dich nicht Seiende

Sie gab den Brief in die Post, ging dann wieder auf ihr Zimmer. Gesunden sollte sie, aber die Sehnsucht nach Richard verzehrte sie. Doch sie musste die Zeit hier ertragen, um zu gesunden, denn am Ende der Reise stand endlich die Vereinigung mit ihrem Liebsten, mit Richard. Nur deshalb war sie hier.

KAPITEL 14

Bad Reichenhall, Herbst 1887

»Liebes Kind«, sagte Julius morgens zu Paula. »Wollen wir heute nicht zu einer kleinen Wanderung aufbrechen? Der Arzt sagt, dass deine Gesundheit große Fortschritte macht, du fast genesen seist.«

Paula schaute aus dem Fenster des Frühstücksraums in die Berge. Die Sonne schien, die Bäume leuchteten in allen Farben. »Ich weiß nicht«, sagte sie leise.

»Ein wenig Bewegung und frische Luft würden dir guttun.«

»Ich bekomme Anwendungen und Bäder, Vater. Ich lieg ja nicht die ganze Zeit im Bett.«

»Du wirst aber zunehmend melancholischer.«

»Was ja auch Gründe hat«, sagte sie knapp und faltete ihre Serviette zusammen. »Wenn du mich nun entschuldigen würdest?«

»Ich möchte, dass du mit mir mitkommst. Wir müssen nicht weit gehen, nur ein Stückchen.«

Paula seufzte. »Gut, wenn dich das glücklich macht, werde ich mich fügen.«

Julius nickte. »Danke, mein Kind. Ich werde gleich noch mit den Ärzten sprechen, sie haben mich zu einem Gespräch gebeten.«

Paula sah ihn an. »Ein Gespräch über mich?«

Sie wartete schon im Eingang auf ihn, als er schließlich kam. Er nahm sie beim Arm, ging mit ihr schweigend durch den Park, der das Kurhaus umschloss. Der Frühherbst zeigte sich an diesem Tag von seiner schönsten Seite.

»Ist es nicht schön hier?«, fragte ihr Vater.

»Ich wäre lieber in Berlin.«

»In Berlin ist es jetzt nass und kalt. Ich habe einen Brief von Mutter bekommen, es regnet seit Tagen.«

»In Berlin ist aber auch so viel Schönes …«, sagte Paula voller Sehnsucht.

Julius räusperte sich. »Ich hatte ja gerade ein Gespräch mit deinen Ärzten«, begann er zögerlich.

»Ja?«

»Sie sind recht zufrieden mit deinem Gesundheitszustand. Du machst gute Fortschritte.«

»Werde ich jemals wirklich ganz gesund sein und keine Asthmaanfälle mehr haben?«

»Das … weiß ich nicht. Es sollte möglich sein. Aber Doktor Gruber hat mir ganz klar gemacht, dass es nicht nur an der Luft liegt. Die Lunge reagiert auf verschiedene Dinge empfindlich. Wie alles andere spiegelt die Lunge auch unseren seelischen Zustand.«

»Dann ist es ganz einfach – lass uns nach Berlin fahren, da bin ich glücklich, und dann geht es mir auch besser.« Sie blieb stehen und sah ihren Vater an. »Ich habe Richard jetzt seit Wochen nicht gesehen. Ich vergehe vor Schmerz und Sehnsucht.«

»Der … Doktor Gruber möchte auch mit dir darüber sprechen, möchte dir aufzeigen, was er denkt. Warum er glaubt, dass es dir im Moment so schlecht geht – warum du so fragil bist.«

Sie gingen weiter, schwiegen beide nachdenklich.

»Mutter hat dir geschrieben?«, unterbrach schließlich Paula die Stille. »Ich habe heute keinen Brief von ihr bekommen.«

»Wir haben … ja … wir mussten … wir haben … etwas klären müssen. Ich wäre jetzt nämlich auch lieber zu Hause und würde es persönlich mit ihr besprechen«, stotterte ihr Vater unsicher.

»Dann lass uns doch fahren, was hält dich hier?«

»Du hältst mich hier. Du und deine Gesundheit – von der dein Leben abhängt, Paula. Ich weiß nicht, ob dir das nicht bewusst ist, aber du bist etwas Besonderes für mich – mein erstes Kind und eine so hübsche und begabte Tochter. Ich wünschte, ich hätte dir ein besseres Leben bieten können. Ein perfektes Leben. Das konnte ich aber nicht. Und nun bist du krank, mal wieder – und ich bin froh, dass es mir möglich ist, jetzt hier Zeit mit dir zu verbringen. Die Zeit, die du brauchst, um vollständig zu genesen.«

»Mir ging es schon schlechter«, sagte Paula. »Jetzt zieht es sich nur hin, dabei hat mir eine Luftveränderung sonst immer geholfen.«

»Das stimmt. Vielleicht solltest du eben auch noch mit Doktor Gruber sprechen, er kann dir die Zusammenhänge sicherlich noch besser erklären als ich – aber ich sehe, dass du dich seit einiger Zeit in einem … wie soll ich es sagen? Nervösen Zustand befindest. Ein Zustand der Seele, der sich auf deine Gesundheit schlägt.«

»Richard …«

Julius blieb stehen, nahm ihre Hände. »Mein liebes Kind, meine liebe Paula – ich will nur eins in meinem Leben, ich will dich glücklich sehen.«

»Richard macht mich glücklich. Er liebt mich. Ich liebe ihn.«

»Macht er dich glücklich? Wirklich? Warum bist du dann so nervös? So aufgeregt? So unruhig? Wo ist deine Gelassenheit geblieben? Deine innere Zufriedenheit?« Ernst musterte er sie. »Ich weiß, du denkst, wir mögen ihn nicht, aber das ist so nicht richtig. Richard ist Franz' Freund, und als sein Freund war er uns immer willkommen, das weißt du auch.«

»Ja, Vater, das weiß ich«, sagte Paula. »Dennoch wollt ihr ihn nicht als meinen Mann.«

Julius seufzte. »Was dich glücklich macht, würde uns auch glücklich machen. Aber macht er dich wirklich glücklich? Bist du dir da sicher?« Seine Stimme war leise geworden.

»Er hat alles getan. Alles!«, rief Paula empört aus und lief weiter. »Alles hat er getan, um euch zufriedenzustellen, Mutter und dich! Aber ihr seid nicht zufrieden! Was soll er denn noch tun? Was? Was kann er machen, damit ihr ihn akzeptiert?«

Julius hatte sie schnell eingeholt, hielt sie fest und sah sie an. »Paula, es geht um dich und nicht um ihn. Wir wollen – deine Mutter genauso wie ich und auch Guste –, dass es dir gut geht.«

»Ich liebe Richard. Wenn ich mit ihm zusammen bin, dann geht es mir gut.«

Julius zog die Augenbrauen hoch. »Ist das wirklich so?«

»Er hat seinen Doktor gemacht, er hat eine Stellung angenommen. Er wird bald genügend verdienen, um eine Familie zu ernähren. Das hat er für euch gemacht, damit ihr ihn endlich anerkennt. Warum tut ihr das nicht?« Verzweifelt sah sie ihren Vater an.

»Das hat er für uns gemacht?«, fragte Julius langsam. »Wirklich?«

»Natürlich!«, empörte sich Paula.

»Aber warum? Warum hat er das für uns gemacht?«

»Damit ihr ihn akzeptiert.«

»Paula, liebes Paulakind – denk einmal nach – er hat es für uns getan? Für Mutter, für mich? Für Guste? Damit wir ihn akzeptieren?«

Paula sah ihren Vater an, schweigend, etliche Minuten lang standen sie so da, und dann drehte sich Paula um, stapfte weiter den Hang hinauf, den Park um das Kurheim hatten sie inzwischen verlassen. Julius folgte ihr.

»Versteh doch. Als deinen Ehemann würden wir uns jemanden wünschen, der für dich sorgt. Langfristig.«

»Das wird er ja«, murmelte Paula. »Das will er ja.«

»Will er das wirklich? Ich meine das nicht böse, aber ich, als dein Vater, muss doch abwägen, was für dich gut ist und was nicht. Richard sieht seine Zukunft doch nicht in der Feuerversicherungswirtschaft. Er sieht sich nicht als Beamter, oder doch? Hat er sich da geändert?«

»Er macht es doch«, sagte Paula fast trotzig.

»Er macht es für uns, sagst du. Ist das die richtige Motivation für eine Stellung, die man sein Leben lang ausführen muss?«

»Als du Mutter geheiratet hast, als ihr eine Familie gegründet habt, hattet ihr auch nicht viel Geld. Solange ich denken kann, war Geld immer ein Thema, und immer war es knapp.«

»Das ist richtig«, gestand Julius ein. »Und ich bin deiner Mutter von Herzen dankbar, dass sie diese Jahre so mitgetragen hat. Es war bestimmt nicht einfach für sie und für euch Kinder auch nicht.« Er seufzte. »Sie hat es gemacht, weil sie mich liebt.«

»Und ich liebe Richard.«

»Sie hat es gemacht«, fuhr Julius unbeirrt fort, »weil sie mich liebt und immer wusste, dass ich das tat und tue, was mein Herz erfüllt. Was ich bis an mein Lebensende tun will. Ich bin Rabbiner in einer recht neuen Gemeinde, und ich habe keine Sicherheiten, bis auf den Rückhalt in der Gemeinde – und natürlich den Rückhalt von Gott. Mein Gott schützt mich und ist für mich da. Der Gedanke und das Wissen haben uns die ganzen Jahre getragen. Und siehe – es ist gut ausgegangen. Inzwischen bekomme ich ein gutes Gehalt, von dem ich die Familie ernähren kann.« Er blieb wieder stehen, griff nach Paulas Hand, zwang sie, sich zu ihm umzudrehen. »Ist für Richard der Beruf als Sekretär der Feuerversicherung auch so erfüllend?«

Paula sah ihn an, senkte dann den Kopf. Sie waren aus dem Park hinaus und durch die Wiesen gelaufen, bis zum Waldrand hin. Die dichten Tannen rauschten leise im Wind, es hörte sich fast an wie ein mildes Meeresrauschen. Der würzige Duft der Nadeln und des Harzes lag in der Luft. Hier, unter den Bäumen, die dicht an dicht standen, war es merklich kühler.

»Wenn er den Beruf nur für uns ergriffen hat – wie soll ihn diese Arbeit die nächsten Jahre erfüllen?«

»Ihn erfüllt das Schreiben ...«

»Ja, das weiß ich. Das wissen Mutter und Tante Guste. Du weißt es auch. Aber kann er davon leben? Euch ernähren?«

»Noch nicht ...«

»Wird er es können?«

»Er hat doch eine Anstellung.«

»Die ihn aber nicht glücklich macht. Versteh doch bitte, was ich dir sagen will – wir haben doch gar nichts gegen Richard, überhaupt nichts. Aber wir haben Angst, dass er mit seiner jetzigen Anstellung nicht glücklich wird, dass er sie aufgibt und er dir dann keine Sicherheit mehr geben kann. Oder sie gegen seinen Willen beibehält. Wirst du glücklich sein können mit einem Mann, der etwas tut, was er für dich – für deine Eltern – erwählt hat und nicht für sich?« Julius holte tief Luft. »Deine Mutter war mir immer lieb und wichtig und teuer. Immer. Ich liebe sie sehr. Dennoch hätte ich meine schlecht bezahlte Stellung als Rabbiner nicht aufgegeben, um irgendetwas anderes zu tun, etwas, das mehr Geld eingebracht, aber mich unglücklich gemacht hätte.« Wieder nahm er die Hände seiner Tochter. »Ich möchte, dass du weißt, dass wir dich lieben. Und ich möchte, dass du weißt, dass wir Richard nicht aus … irgendwelchen Gründen ablehnen. Wir lehnen ihn nicht ab, wir sind uns nur nicht sicher, ob er dich wirklich glücklich machen kann. Ob er wirklich die Verantwortung für dich übernehmen kann und dann ein Leben führt, das auch ihn glücklich macht.«

Nachdenklich sah Paula ihn an. »Du hast viel gesagt, was mir nicht so bewusst war. Darüber muss ich mir Gedanken machen.«

»Mach das. Nimm dir Zeit dafür. Denk darüber nach. Du magst es auch mit Richard besprechen – das wirst du ohnehin tun. Aber du solltest auch mit den Ärzten sprechen, auch sie haben ihre Sichtweise.«

»Was denken sie?«

»Das sollen sie dir selbst erklären. Ich fürchte, ich kann das nicht so gut in Worte fassen.« Wieder sah er sie eindringlich an. »Du weißt, dass wir, dass ich dich liebe? Dass ich nur das Beste für dich will?«

Paula nickte. »Lass uns zurückkehren. Ich bin plötzlich sehr müde.«

Am Abend, sie hatte inzwischen auch mit Doktor Gruber gesprochen, setzte sich Paula an ihren kleinen Sekretär und nahm ein frisches Blatt Papier. Ihr Kopf war voller schwerer Gedanken.

Sicher wäre es besser, dachte sie, bis zum nächsten oder übernächsten Tag zu warten. Zu überlegen, zu werten, darüber zu schlafen – aber ich will Richard sofort schreiben, meine frischen, neuen, meine sorgenvollen Gedanken mit ihm teilen. Ich kann sie nicht alleine tragen. Ich liebe, liebe, liebe ihn – aber hat Vater nicht recht? Ist es nicht verwegen, eine Liebe auf solchen Füßen aufzubauen? Ich weiß, Richard will schreiben, will Dichter sein, ein Poet – er ist es doch schon. Aber davon können wir nicht leben, nicht gemeinsam. Nicht jetzt. Soll ich warten, bis er erkannt wird? Seine Genialität erkannt wird? Soll ich warten, oder gibt es schon vorher einen gemeinsamen Weg für uns?

Bin ich dieses Jahr wirklich so krank, weil mich meine Sorgen um die Zukunft nervös machen und so sehr mitnehmen? Die Ärzte haben schon recht – ich ängstige mich, wünsche mir so sehr eine gemeinsame Zukunft mit ihm, sehe aber die Schwierigkeiten. Finanziell ist es im Moment noch nicht machbar, das weiß ich, und das weiß er auch. Es macht uns beide unglücklich, wollen wir doch so sehr zusammenkommen, ein gemeinsames Leben führen.

Aber ist das vielleicht der falsche Weg? Wenn ich ihn nun freigebe, ihn seinen Weg als Dichter, als Künstler gehen lasse – ohne die Verantwortung für mich als seine Frau – vielleicht ist es dann einfacher für ihn.

Ich weiß es nicht, ich werde ihm schreiben …

Mein einzig lieber Richard, schrieb sie nachdenklich und sorgenvoll,

vorhin habe ich mit Doktor Gruber ein Gespräch geführt. Er hat mich für den Moment körperlich für genesen erklärt, er glaubt, mir garantieren zu dürfen, dass ich in diesem kommenden Winter keinen Asthmaanfall überstehen brauche … Es ist so, sagt der Arzt hier, eher rein ner-

vöser Natur, und er fand es selbstverständlich, dass ich während unserer Verlobungszeit mehr als sonst davon zu leiden hätte.

Vater hat mir heute auch so ergreifende Vorstellungen gemacht! (Sein Vaterauge sieht mehr, als wir ahnen können.)

So bin ich nun ganz erschüttert, und mir steht die Notwendigkeit klar vor Augen, dass wir unser Zusammensein doch noch mehr beschränken müssen. Unsere Liebe können und wollen wir nicht beschränken.

Ach, Du mein Liebster, mein lieber, lieber Richard, warum?

Warum Du so wild und ich so weich?

Was die Dichter als das Schönste in der Liebe besingen, dass streng und zart sich gatten, warum ist es uns ein solches Weh?

Doch warum schreibe ich Dir so, dass Du Dich, fern von mir, wieder erregst? Tu es nicht.

Paula schaute aus dem Fenster, wo inzwischen die Dunkelheit wie ein Vorhang aufgezogen war. Sie schloss die Augen, dachte an den Park, die leuchtenden Farben der Blätter bei ihrer Wanderung am Vormittag.

Ich will Dir lieber sagen, fuhr sie den Brief fort, *dass ich mich glücklich hier in der herrlichen Natur fühle, dass ich Kraft sauge aus ihrer Kraft und Liebe aus der großen Schöpferliebe, Liebe zu Dir, aber auch Liebe zu den anderen, entsagungsfreudige, ernste Menschenliebe.*

Du wirst mich verstehen, so wie immer. Mein Du, mein Alles, mein Gott. Und Du wirst mich auch später verstehen und mich lieben, ebenso lieben, wenn ich auch dieser Liebe folge, nicht wahr?

Oh, sage Ja, falte mit mir die Hände und sage Ja!

Ach Gott, Richard, ich bin ganz außer mir!

Und doch bin ich ganz froh in diesem siegenden, vernünftigen Bewusstsein!

Schreibe mir recht bald, ich bin doch immer selig, wenn ich Nachricht von Dir habe!

Lebe wohl, mein Edelwild! Viele Grüße – auch von Vater!

Heftig atmend hatte Paula den Brief beendet, ohne die Zeilen noch einmal zu lesen, zusammengefaltet und in die Post gegeben. Doch schon am nächsten Tag bereute sie ihre Zeilen. Wie würde Richard reagieren?

Er ist wild und ungestüm, dachte Paula, er besteht nur aus Gefühlen – sie treiben ihn hoch und runter, wie Wellen im peitschenden Meer.

Unruhig wartete sie auf seine Antwort. Schon zwei Tage später kam ein Brief von ihm. Paula zog sich in ihr Zimmer zurück, setzte sich mit dem Brief an das Fenster. Es brauchte etwas Mut, bis sie das Siegel aufbrach und den Brief öffnete.

Meine Du!, schrieb Richard.

Was ist das? Was soll mir das? Diese Versteckerei! Warum tust Du mir das an?

Was ist das, was dieser Brief vorbereiten soll – trotz aller schönen Worte? Was sind das für ›ergreifende Vorstellungen‹ Deines Vaters, die Dich ganz erschüttert haben?

Was faselst du da von ›entsagungsfreudiger, ernster Menschenliebe‹?!

Was ist denn Deine Liebe zu den Menschen? Die Liebe zu den wenigen, die nicht zu mir passen!

Wenn ich mich darüber langsam verzehre, daran denkst Du wohl nicht!

Du musst ja ›entsagen‹, um Dir das sagen zu können: Ich habe entsagt, weil Vater und Mutter mich lieb haben!

Ist das Menschenliebe, Paula? Ist es das?

Dass eine große Kraft untergeht, um eine kleine in ihrer Kleinheit zu erhalten … Wenn Du ganz die Menschen liebtest und entsagen wolltest ihretwegen, so müsstest du zuerst dem ruhigen Altersleben entsagen, welches Du ja einzig zu erstreben scheinst … Und wenn Du den kleinlichen Menschen, die uns umgeben, damit ein Leid antätest, auch diesen Kummer müsstest Du mit freudigem Mut ertragen, denn endlich würden wir beide, wir, ›wir‹ doch alle zwingen, uns zu lieben, um unse-

rer Liebe willen, unserer großen Liebe willen, die uns mit dem ganzen All verknüpft und die mich groß macht, all meinen Menschenbrüdern mein eigenes Fühlen veredelt mitzuteilen. Denn das ist mein Sinn im Leben.

Solange mich die Kleinen nicht darin stören, will ich sie liebevoll dulden und ihnen alles nachsehen, wie in der letzten Zeit bei Deinen Angehörigen, aber – bis hierher und nicht weiter!

Besinn dich. Besinn dich auf uns und auf unsere Liebe.

Richard

Paula las den Brief, die Zeilen zerrissen sie. Hatte er nicht recht? Waren nicht seine Worte so viel wahrer als die ihres Vaters? Ja, ihr Vater sprach voller Sorge und auch voller elterlicher Liebe – aber die Liebe, die Richard und sie teilten, war eine andere, eine stärkere.

War ihre Familie kleinlich, oder war Richard anmaßend? War er überheblich, oder hatte er recht? Seine Worte trafen sie, und die Sehnsucht, ihn wiederzusehen, ihm gegenüberzustehen, wurde immer quälender.

In ihrer Verzweiflung schrieb sie Phine.

Liebste, allerliebste Phine,

oh, Du fehlst mir so sehr. Ich sitze hier in den Bergen, schaue das kraftvolle Panorama an und bin innerlich ganz zerrissen und zerstört. Es schmerzt mich, dass ich Dich in dieser für Dich so wunderbaren Zeit mit meinen Worten belasten muss – aber ich muss meine Gedanken mit jemandem teilen.

Vater ist hier mit mir, und es freut mich, dass wir hier durch Gespräche so nah zueinandergefunden haben.

Viele Dinge, die ich bisher nicht begriff, wurden mir durch seine einfühlsamen Worte klarer. Und dennoch wäre es mir wohler, hätte ich sie nicht gehört.

Meine Lunge hat sich erholt, der Arzt sprach sogar von einer vollstän-

digen Genesung. Dennoch bleiben wir weiterhin hier, denn mein Befinden ist noch angegriffen. Ich soll kräftiger werden, meine Nerven stärken – als wenn das so einfach wäre.

Ich fühle mich wie in einem Wirbelsturm – hierhin und dahin gerissen. Tue ich das eine, dann kränke ich meine Familie, tue ich das andere, so zerstöre ich meinen Geliebten.

Warum kann es nicht einen Weg geben, der beide Seiten zufriedenstellt? Warum muss und soll ich mich entscheiden?

Mein Herz schlägt für Richard, es schlägt so sehr, so kraftvoll, aber auch so ängstlich. Es vergeht keine Minute, da ich nicht an ihn denke. Ich sehne mich nach ihm, so sehr, so sehr.

Und doch nehme ich mir auch die ernsten und sorgenvollen Worte meines Vaters und auch des Arztes zu Herzen.

Mein Vater meint, dass diese Liebe, so groß und stark und machtvoll sie auch sein mag, meiner Gesundheit und Konstitution schadet. Und der Arzt ist sich sicher, dass Aufregung und seelische Überreizung dazu führen, dass es mir wieder schlechter geht.

In ruhiges Fahrwasser soll ich mein Leben lenken, soll mich zurücknehmen und schonen.

Die Wurzel allen Übels – Du ahnst es sicherlich schon – ist natürlich Richard. Und ja – er ist ein Wilder, kraftstrotzend, mitreißend. Mit ihm geht es durch die hohe See und nicht durch einen Kanal.

Wenn ich mich nun binde, dann wird, so sorgen sich die Eltern, mein Leben äußerst unruhig verlaufen, und das wäre meiner Konstitution nicht zuträglich.

Warum, warum nur, liebe ich dann diesen Mann so sehr? Ist es wirklich so, dass er mir nicht guttut? Mich ins Verderben führen wird? Ich will und mag das nicht glauben.

Aber ja – er ist ein Künstler, er wird nie mit einer Schreibtischarbeit erfüllt sein. Ihm ist es gegeben, andere zu erschüttern und zu erregen – allein durch seine Worte.

Doch um das zu können, kann er niemals ein stiller Geselle, ein gleichmütiger und gelassener Mensch sein.

Er muss toben, jauchzen, trauern und feiern … Richard ist der April, immer im Wechsel, nie sanft und gemäßigt.

Aber das, genau das liebe ich so an ihm.

Was mache ich nun, meine Freundin? Was mache ich mit mir, ich arme, geschundene Seele?

Ach, wüsstest du doch einen Rat.

Deine sich quälende Paula

Es hatte ihr gutgetan, ihre Gedanken und Sorgen auf Papier zu bringen, eine Lösung hatte sie dadurch nicht erreicht.

Sie wusste, sie musste Richard schreiben, denn auch er war nun verzweifelt. Doch schreiben konnte sie ihm erst, wenn sie eine Entscheidung getroffen hatte.

Als Phines Brief kam, öffnete sie ihn hastig.

Du meine liebe Paulafreundin,

es schmerzt mich, Dich so zerrissen zu sehen. Ja, die Gefühle kenne ich – man möchte niemanden verletzen und wird es doch tun. Einer ist der Verlierer, muss der Verlierer sein, wenn sich beide Seiten nicht einigen und annähern können.

Und ja, ich verstehe die Sorgen Deiner Familie. Zum jetzigen Zeitpunkt ist Richard in seinem Ungestüm ein Ungetüm für deine Nerven. Doch muss und wird das so bleiben?

Ich will Dir etwas erzählen – vor ein paar Tagen waren Willi und ich bei deiner lieben Tante Auguste. Sie hatte einen netten Salon eingeladen, auch Schleich und Franz waren anwesend. Richard kam dazu. Und dann las er vor – seine Zeilen, seine Gedichte – nicht von anderen, nein, aus seiner Feder waren die Worte, die uns alle mitrissen, erregten und eine große Begeisterung auslösten.

Ja! Er ist es! Ein Poet! Ein Dichter! Ein Künstler, der mit Worten malen, mit Worten aufrühren, berühren kann. Nicht wenigen standen nach seinem Vortrag die Tränen in den Augen, und oh!, begeistert wurde geklatscht. Man wollte gar nicht damit aufhören.

Er wird, er muss schreiben. Und ja! Er wird damit Erfolg haben, da bin ich mir sicher. Doch dauern wird es – so etwas geschieht nie von heute auf morgen.

Er braucht Dich, seine Muse, seinen Gegenpart, den ruhigen, sanften Teil seines Lebens. Er braucht Deine Liebe und Deine Zuversicht. Das ist mir klar, und auch Auguste hat das ganz und gar begriffen. Sie lud ihn zum Essen ein, als alle gingen. Franz ging zu Deiner Mutter und hätte Richard auch mitgenommen, doch das wollte unser Merlin nicht – er weiß, dass er bei Deiner Mutter nicht gut gelitten ist. Wie bitter muss das für ihn sein?

Doch Guste wird sich seiner annehmen, wird ihn stützen und vielleicht auch ein wenig besänftigen.

Du musst und wirst Deine Entscheidung treffen. Ich weiß schon jetzt, meine Guteste, wie sie ausfallen wird. Aber auch Richard wird Zugeständnisse machen müssen. Ein Künstlerleben ist oft sehr brotlos – wenn er das wählt, dann kann er keine Familie haben. Das weiß er aber auch, da bin ich mir sicher.

Liebste, süße Paula – bitte, bitte, bitte erhole Dich weiterhin. Dein Körper braucht Kraft, Du brauchst Ruhe und Erholung – und das bekommst Du in den Bergen. Stärke Dich, gesunde!

Verzweifle nicht!
Alles wird sich finden, glaubt
Deine Dich drückende Freundin
Phine

Paula beruhigte Phines Brief, doch wirklich kam sie dadurch zu keinem Entschluss. Was sollte sie tun? Wie sollte sie sich verhalten? Der Vater war immer an ihrer Seite – zärtlich besorgt und fürsorglich. Mit ihm konnte sie nicht sprechen. Und Richard wartete sicherlich immer noch unruhig auf ihre Antwort. Sie fühlte sich schrecklich, furchtbar. Dazu kamen Kopfschmerzen und das Gefühl, eine Beklemmung zu haben. Hatten sich die Ärzte getäuscht? War das Asthma wirklich geheilt? Paula glaubte das nicht.

Zögernd schrieb sie Richard, zerknüllte das Papier, schrieb erneut, zerriss es. Sie wusste nicht, welchen Weg sie einschlagen sollte.

Zum Glück lag am nächsten Tag ein Brief von Auguste in der Post. Auguste – ihr Fels in der Brandung, ihr Halt. Paula hatte sich nicht getraut, sich mit ihrem Konflikt an die Tante zu wenden, da sich auch Auguste schon mehrfach gegen Richard ausgesprochen und Zweifel geäußert hatte.

Aber hatte nicht Phine auch geschrieben, dass sie Richard empfangen hatte? Ihn aufgenommen und sogar zum Essen eingeladen hatte? Vielleicht war das ein gutes Zeichen. Sie ging hinaus. Im Park war ein Pavillon. Bei gutem Wetter spielte sonntags hier manchmal eine Blaskapelle, doch nun war niemand hier. Sie setzte sich, holte tief Luft. Wenn sie ihren Kopf nur ein wenig wendete, konnte sie die Gipfel der Berge sehen, die mit Schnee bedeckt waren. Sie nahm den Brief und erbrach das Siegel.

Paula, meine Paula,

ich hoffe, du siehst es mir und Phine nach – aber sie kam zu mir, als sie Deine so sehr verzweifelten Zeilen bekommen hatte. Sie musste mit mir reden.

Du hättest auch mir schreiben können. Warum hast Du es nicht getan? Ach, müßig ist diese Frage, so müßig – Du hast es nicht getan, weil Du Angst und Sorge hast, dass ich auf der Seite der »Kleinlichen« stehe – dabei solltest du mich doch besser kennen, mein liebstes Paulakind.

Ja, ja, ja – Richard ist nicht gut für Deine Nerven, für Deine Gesundheit – im Moment! Jetzt!

Richard ist ein getriebener, ein ungestümer Mann, ein Mann der großen und noch größeren Worte und Empfindungen. Alles ist bei ihm wahrhaftig und kraftvoll, manches erscheint auch vernichtend, so unumstößlich scheinen seine Empfindungen und Worte zu sein.

Doch Richard liebt Dich – er will Dir nicht schaden, mein liebes Kind. Nur kann er nicht aus seiner Haut, kann nicht anders sein, als er ist.

Und das ängstigt Deine Eltern, zu denen ich ja auch in regem Kontakt stehe, wie Du wohl weißt.

Sie wollen dein Bestes, Dein Allerbestes. Sie sehen nicht den großen Dichter, den Wortkönner, der in Richard steckt, sondern nur den armen Schlucker, der Dich ins Verderben reißt.

In fast jeder Ansicht steckt ein Körnchen Wahrheit. Auch hier. Richard ist nicht der Mann, der sich eine Stellung sucht und sein Glück darin findet, eine Familie zu ernähren und nach und nach ein wenig Wohlstand zu erreichen. Er will! Er will schreiben! Er will sich ausdrücken! Der Menschheit, den anderen gegenüber. Er will seine Gedanken und Gefühle in die Welt schreien, laut und unnachgiebig!

Und er kann es, kann es gut.

Das ist sein Leben, und das wird es immer sein.

Und dann gibt es Dich. Die liebe und sanfte, die zärtliche, die leise, die lustige Paula. Die Muse, die ihn küsst, ihn auf den Boden der Tatsachen holt, mit wenigen, gezielten Worten – denn, ja, das kannst Du. Du inspirierst ihn, treibst ihn an, verbesserst ihn. Ohne Dich würde er nicht so schreiben, wie er es tut, da bin ich mir sicher.

Aber was macht das aus euch? Aus euch Liebenden?

Da steht Deine Gesundheit an erster Stelle! Sic!

Darüber gibt es kein Vertun und Verzagen, das steht außer Frage. Dein Leben, Deine Gesundheit sind das Wichtigste, mehr als jedes Wort!

Ist damit schon die Entscheidung gefallen, so wie es Deine Eltern glauben? Ich sage – nein, das ist es nicht. Nicht jetzt. Noch nicht.

Wie soll das gehen, das fragst Du Dich und wirst dich unruhig in den Kissen gewälzt haben in den letzten Nächten. Ja, Paula, ich kenne Dich gut.

Ich habe aber auch Richard kennengelernt, mit all seiner stürmischen und unbändigen Leidenschaft für das Wort, das Leben als Poet und … für Dich. Ohne Dich, ohne Liebe, wird Richards Genialität in sich zusammenfallen wie ein schlechtes Soufflé. Er braucht Dich, er braucht Dich zum Leben, Schreiben, Atmen. Er braucht Deine Liebe und Unterstützung.

Und … das ist das Entscheidende – Du brauchst ihn, mein Paulakind.

Er mag Dich zur Verzweiflung treiben, mag Dich fordern und auslaugen – ja, das tut er, ich weiß es wohl –, aber ohne ihn würdest Du verkümmern wie ein Blümchen ohne Wasser.

Du liebst ihn, Du liebst ihn sehr – und aufgeben wirst Du ihn nicht können.

Und nun? Fragst Du Dich das? Natürlich!

Ich kann Dir kein Versprechen geben, weiß keine Lösung, die jetzt und hier greift – aber ich weiß, es wird eine geben.

Richard will Dich, will kein Leben ohne Dich – deshalb wird er sich fügen, wird sich anstrengen – im Beruf genauso wie bei seiner Berufung. Auch wenn er noch den schnöden Mammon verhöhnt, jung und unwissend, wie er ist, und sein Tun und seine Schriften über alles andere setzt, so weiß er doch tief im Inneren, dass er Verantwortung übernehmen muss und es tun wird. Er wird sich bemühen, wird sich hocharbeiten, wird irgendwann – bald hoffentlich – ein besseres Gehalt erreichen, eines, was für euch beide reicht.

Und er wird schreiben, ja, das wird er auch.

Du und er, er und Du – ihr gehört zusammen. Daran glaube ich nun fest.

Und nun? Fragst Du wieder. Was ist mit den Eltern?

Ja, was ist mit ihnen? Sie sorgen sich, sorgen sich sehr. Sie sind nicht gegen Richard (nun gut, bei Deiner Mutter würde ich da keine Hand ins Feuer legen – aber Du kennst uns ja, kennst unsere Rivalität und die Schwierigkeiten, die sich daraus ergeben – sei's drum), sie sind nicht gegen Richard, sondern a priori für Dich! Du und Dein Wohlergehen stehen für sie an erster Stelle.

Du wirst sie besänftigen, überzeugen – das kannst Du, weil Du es immer konntest. Du wirst Dich ein wenig zurücknehmen, was Richard angeht, Dich zurückhalten. Du wirst nicht drängen, nicht eifern, nicht eilen, Du wirst abwarten. Abwarten müssen. Und dann, dann liegt es in Richards Hand. Er muss zeigen, wie ernst es ihm ist, wie ernst er es meint und wie gut er es vermag, für Dich zu sorgen.

Sag das Deinem Vater, schreib das Deiner Mutter – sag, dass Du abwarten wirst, gelassen und ohne Eile. Dass Du an Richard festhältst, aber mit langen Zügeln. Dass Richard sich beweisen muss.

Ja, ja, ja! Ich kann Deinen Ausruf bis hierher hören: Beweisen? Abermals beweisen? Er hat es doch schon, hat seinen Doktor gemacht, hat …

Das hat er, aber es war und ist halbherzig – und wenn Dein Vater das erkennen kann, dann ist es für alle offensichtlich. Das weißt Du, das weiß ich auch.

Dein Vater ist ein lieber und guter Mensch, der immer und immer erst das Gute in anderen Menschen sehen will, der immer die bejahenden und fruchtbaren Dinge in den Menschen sieht und sehen will – aber auch er scheitert daran, an Richards Ernsthaftigkeit zu glauben.

Es liegt in Richards Hand, sich zu beweisen, es ihnen zu beweisen. Das vermag er, er muss es nur tun und wollen.

Gib ihm die Zeit. Gib Richard die Zeit und Deinen Eltern auch, dann wird es gehen – das wirst Du sehen.

An mir, meine liebe, liebe Paula, wird es nicht scheitern.

Ich grüße Dich und küsse Dich.

Deine Dich liebende

Auguste

Die Nebelwolken, die den Morgen verdüstert hatten, hatten sich aufgelöst. In der Ferne glitzerte der Schnee auf den Gipfeln der Berge, und die Luft war klar und rein. Paula stand auf, zog den Mantel fest um sich. Sie musste den Kopf freibekommen, musste nachdenken.

Erst marschierte sie strammen Schritts durch den Park, dann weiter in den Wald, der sich ausdünnte und zu einer Wiese wurde. Dort hinten grasten die Kühe mit großen Glocken um den Hals. Das blecherne Bimmeln in der Ferne hatte einen beruhigenden Klang, es war etwas Verlässliches, was sie seit ihrer Ankunft immer im Hintergrund gehört hatte.

Auf der Wiese blieb Paula stehen. Zwischen den Bergen bildeten sich dunkle Wolken. Hier oben schien das Wetter fast ebenso schnell zu wechseln wie an der See. Aber die Luft hier war anders. Sie war rein und klar, nicht so salzig wie in Ahrenshoop natürlich – dafür schien sie leichter zu sein.

Hier rauschte der Wind durch die Bäume, fing sich der Hall des Windes in den Bergen – es war ein anderes Geräusch als das Meeresrauschen, auch nicht so gleichmäßig, aber dennoch konstant.

Eine leichte Brise wehte, fuhr ihr durch die Haare. Paula schloss die Augen, lauschte und atmete tief ein und aus.

Augustes Worte hatten sie berührt, noch mehr, als es Phines getan hatten. Langsam kehrte die innere Ruhe, die sie vor ein paar Tagen verloren hatte, zurück.

Ich liebe ihn ja, mein Gott, ich liebe ihn. Er ist mein Leben. Ein Leben ohne Richard ist nichts wert.

Aber ich darf daran auch nicht krank werden, nicht siechen.

Ich liebe Richard und werde ihm meine Liebe versichern, aber er muss sich nun mir und uns beweisen. Das wird er schon verstehen. Wir werden warten müssen. Noch mehr Geduld haben – auch wenn es schwerfällt, so schwer. Aber damit haben sie recht – es nutzt nichts, sich in ein Abenteuer zu stürzen, wenn der Ausgang ungewiss oder eher schlecht sein wird. Richard kann und wird uns eine Grundlage schaffen – es mag dauern, aber es wird ihm gelingen. Das werden auch die Eltern verstehen.

Gefestigt und beruhigt machte sie sich auf den Rückweg. Sie saß kaum an ihrem Sekretär, als schon die ersten, dicken Regentropfen gegen das Fenster prasselten.

Mein Liebster, mein Allerliebster, mein Duling Du, schrieb sie,

die Versteckerei hat ein Ende. Ja! Ich habe mich entschieden, mich festgelegt, habe es für mich besiegelt – Du bist mein Du, und Du wirst es immer und immer sein. Was bin ich ohne Dich? Nichts.

Und deshalb werden wir, wir beide – Du und ich –, eins bleiben. Du und ich.

Aber – ja, da ist es, das Aber – doch das musst Du hinnehmen, Du musst es aufnehmen und verstehen, wirklich und wahrhaftig verstehen, auch wenn Du es nicht willst.

Meine Eltern, die Kleinlichen, wie Du sie nennst – und sicherlich hast Du ein wenig recht damit – sie fühlen und handeln, sie äußern und entscheiden sich für MICH! Für mein Wohl und Wehe.

Sie wollen nur das Allerbeste für mich, wollen mich gesund und munter, glücklich und fröhlich – und das willst Du doch auch, nicht wahr?

Nimm es ihnen nicht übel, trag es ihnen nicht nach – es ist nicht gegen DICH, was sie denken, sondern für MICH.

Und tust Du das nicht auch, Liebster? Willst Du das nicht ebenso wie sie und ich? Ein Leben in Zufriedenheit, einer gewissen Sicherheit, ein Leben vor allem mit Gesundheit – und dazu gehören eben auch die anderen Dinge.

Verstehst Du das, mein Herz? Verstehst Du es, so wie ich es jetzt verstehe?

Es ist kein »Nein« für immer, keine Absage, kein Verzicht – es ist ein Warten, ein wenig länger warten, bis, oh, bis sich die Verhältnisse gebessert und geklärt haben. Denn dann, ja, dann werden sie zustimmen, dann werden sie einstimmen in unseren Gesang der Freude.

Wir versagen uns nicht, wir werden nur die Bedingungen für unser gemeinsames Leben ein wenig verbessern. Ich – indem ich weiterhin gesunde und Kräfte sammle, und Du – Du weißt schon, was Deine Aufgabe ist, und ja! Du wirst sie erfüllen – weil Du es weißt und willst und schaffen wirst, auch wenn es mühselig und dumm und kleinlich erscheint.

Ich will und will und will Dich, nur Dich. Ich will ein Leben mit Dir, an Deiner Seite, bei Dir, für Dich.

Ich will und will immer bei Dir sein, aber lass uns das gut bereiten, den Weg ebnen. Wirst Du das tun, so wie ich es tun werde? Für mich, Deine Paula? Wirst Du mich weiterhin lieben? Was für eine Frage – natürlich! Ich muss nicht fragen, denn ich weiß es. Unsere Liebe, mein Duling, steht fest und unerschütterlich, und so wird es immer und immer sein. Auf ewig.

Phine schrieb mir, Du mein großer Wortschöpfer, Du mein Dichter und Denker – sie schrieb mir von dem Treffen bei der Tante. Wie Du alle begeistert, wie Du geglänzt hast.

Ja!

Ja, das ist es, das ist Deine Kunst – und JA! Sie hat einen Platz in unserem Leben, und er wird größer und größer werden, wie Du auch.

So, mein Liebster, nun beende ich diese Zeilen – aufgewühlt und doch beruhigt. Ich hoffe, Du bist es auch, Du auf ewig Meiner.

In Liebe

Paula

Als seine Antwort kam, war Paula nervös. Wieder ging sie nach draußen. Wohin sollte sie sich wenden? Sie erinnerte sich an die Weide, die Alm, auf der die Kühe weideten. Der Klang ihrer Glocken hallte beruhigend zwischen den Gipfeln hin und her, warf immer wieder Echos. Als sie den Ort erreichte, fand sie eine schlichte Holzbank und setzte sich, dann öffnete sie den Brief voller Zuversicht. Richard würde ihre Zeilen richtig verstanden haben, er hatte ihr gewiss ihre Unsicherheit verziehen.

Mein Schutzengel, begann er den Brief. Paula jauchzte erleichtert auf.

Breit aus die Flügel beide! O, Du schwebst schon um mich, allüberall.

Nun habe ich Dich wieder, meine Seele, weil ich mich wieder habe … Nur bei Dir, mein Herz, finde ich alles und alles und alles, was ich sonst bei anderen Menschen einzeln suchen muss, denn Deine Seele hat meine ganz getrunken.

Natürlich hast Du recht, natürlich werden wir uns fügen – kleinlich ist sie dennoch – Deine Familie, aber das ist meine auch. Wir werden es ihnen zeigen, werden aus der Kleinlichkeit emporstreben, werden aufsteigen in den Olymp, mein Herz. Du und ich.

Ja, Deine Gesundheit, Deine Konstitution, ist sanft und fragil, zart wie Deine Seele – aber Du bist auch hart wie die Schale einer Nuss. Du bist biegsam wie der Weidenzweig, und Du wirst allen Widrigkeiten wider-

stehen und sie besiegen. Und ich werde das weiche, sanfte und sichere Bett dafür schaffen.

Meine Ungeduld ist groß, aber ich werde sie bezähmen, werde mich zähmen und zügeln – denn das Ziel steht fest vor meinen Augen – fest und sicher. Du und ich, ich und Du. Mein Duling Du!

Ich bin hier in Greifswald, ein Gast bei Carl Ludwig Schleich. Er hat sich hier behaglich niedergelassen und gestern seine Bekannten eingeladen. Ich sollte ihnen aus meinen Werken vortragen. Und das habe ich getan. Erst waren sie skeptisch, die Strohseelen, hatten sie doch noch nie von mir gehört oder gelesen. Doch dann merke ich bald, wie sie ergriffen wurden von meinem Feuer, das noch heller loderte als sonst, da Deine Worte mich beflügelten. Und es prasselte aus ihnen heraus, Ah! Und Oh! Wunderbar, großartig! Ein Pole – ich kenne seinen Namen nicht, doch er war der herzfähigste unter ihnen allen – rief mir zu: »Hören Sie auf, sonst heule ich los!«

Kannst Du das fassen?

Tausend Küsse, nein, einen nur, meine Seele. Der eine ist für eine Welt, die ich erfülle mit meiner Liebe nur für Dich!

Deiner, durch Dich für alle.

Gleich antwortete sie ihm, denn sie hatte ihre Schreibmappe mitgenommen. Wo besser als hier, in den Bergen, in der Freiheit der Natur, könnte sie ihm antworten?

Liebster Lieber, Du mein,

ach, was habe ich mich über Deinen Greifswalder Brief gefreut! Das bist Du, aus jedem Zug sehe ich Dein liebes Gesicht! Ja, Du bist ein Künstler, mein Richard, mein Merlin, mein Du! Und wenn Du dein eigenes Schaffenkönnen nicht durch unmutiges Zweifeln und seelisches Sichgehenlassen untergräbst – ein großer Künstler. Mir wird erst jetzt, nun ganz allmählich, das Wesen der Kunst offenbar, weil ich Dich und in Dir Dein Künstlertum fühle.

Deine Dich liebende Paula, Dein Edelweiß

Sie hatte auf der Wiese ein Edelweiß gepflückt und legte es nun dem Brief bei, verschloss ihn.

Mit ihrem Vater hatte sie eine Übereinkunft getroffen – lange Gespräche hatten sie geführt in den letzten Tagen. Sie würde ihre Verlobung mit Richard aufrechterhalten, aber er würde erst gefestigter und auch finanziell bessergestellt sein müssen, bevor die Eltern einer Eheschließung zustimmen würden.

Paula wusste wohl, dass der Vater hoffte, dass einem von ihnen die Luft ausginge – oder sich ein anderes Licht am Horizont zeigte.

Er täuscht sich, dachte sie nun. Er täuscht sich in mir und in Richard. Unsere Liebe ist stark, und wir werden uns vereinen, auch wenn es noch einige Zeit dauert.

Die Sicherheit, die sie nun fühlte, machte sie glücklich. Und sie würde diese Entscheidung tragen, auch wenn es ihre Eltern unglücklich machen würde.

KAPITEL 15

Berlin, Mai 1889

»Nun, endlich hast du das Ziel erreicht«, sagte Auguste mit einem Lächeln zu Paula. »In zwei Tagen wirst du Richard heiraten.«

»Endlich, ja, endlich.« Paula lehnte sich in ihrem Sessel zurück und blickte zu der Kleiderpuppe, die ihr Hochzeitskleid trug. Heute waren die letzten Änderungen vorgenommen worden, und nun war es perfekt.

Paula hatte ein weißes Kleid gewählt, ein schlichtes Kleid, und einen Schleier aus Spitze.

»Was für ein Jahr liegt hinter uns – es schien endlos lang zu sein, in manchen Monaten zog sich die Zeit wie Sirup, dann aber verging es auch wieder schnell wie der Flug der Schwalbe.«

»Das Jahr der drei Kaiser«, sagte Phine und strich glücklich über ihren prallen Bauch. »Er tritt.«

»Dein Kind wird sich ja hoffentlich noch Zeit lassen bis nach der Trauung«, sagte Auguste ein wenig skeptisch.

»Ich rede ihm gut zu, Auguste – jeden Abend. Aber nächste Woche darf er dann doch kommen. Ich möchte mich wieder bewegen können. Im Moment bin ich so fett wie ein Pottwal. Ich beneide Elise so sehr, sie hat das schon hinter sich.«

Bei der Erwähnung ihrer Schwester verzog Paula das Gesicht. Lange war es ihr schwergefallen, sich damit zu arrangieren, dass die Eltern der Eheschließung zwischen Georg und Elise so schnell zustimmten – schon im März, kurz vor dem Tod Kaiser Wilhelms, gaben sie sich das Jawort, und vor einem Monat, nur ein Jahr später, hatte Elise ihren Sohn Ulrich geboren. Noch befand sie sich im Wochenbett und würde nicht an Paulas Hochzeit teilnehmen. Ihren

Neffen fand Paula entzückend, aber ihrer Schwester grollte sie immer noch ein wenig.

Dabei, dachte sie nun, kann Elise ja nicht wirklich etwas dafür. Georg hatte eine feste und gut bezahlte Anstellung an der Universität, er betrieb ernsthafte Studien und arbeitete an seiner Habilitation.

Auguste erriet ihre Gedanken. »Richard hat durchgehalten, er hat es geschafft. Er hat seine Stellung etabliert, und sein Gehalt ist nun auch so, dass deine Eltern es akzeptieren können. Georg hatte dies eher erreicht, aber er ist auch kein Künstler. In ihm lodern nicht die Flammen, die Richard erhellen. Das weißt du, und deshalb war es wert, auf Richard zu warten.«

»Das stimmt natürlich, liebste Auguste, dennoch ist da der kleine Stachel Neid, den ich noch nicht habe ziehen können«, gab Paula zu.

»Es ist auch kindisch von mir, so kindisch.« Paula lachte leise. »Ich werde, ich muss, ich will darüberstehen.« Sie atmete tief aus, konnte dann auch wieder lächeln. »Richard hat mir ein Gedicht geschrieben. Vor einem Monat, als feststand, dass die Eltern nun wirklich, endlich zustimmen, und wir das Datum festsetzen konnten. Soll ich es euch vorlesen?«

»Natürlich! Das wollen wir hören!« Auguste klatschte begeistert in die Hände.

Paula räusperte sich. »Ich kann es nicht so vortragen wie er«, sagte sie schmunzelnd. »Ihr müsst euch jetzt einfach vorstellen, er stände hier. Er – mit seinen glühenden, begeisterten, wilden Augen, seinem wehenden Haar und der Stimme, die alle erreicht.«

Paula stand auf und holte ein Blatt Papier von ihrem Schreibtisch, stellte sich in Pose.

»Sieg!
Nun haben wir den schwersten Kampf gerungen, im heil'gen Krieg um unsres Wesen Einheit, als heiß wir rangen mit der eigenen Kleinheit,

bis einer im Andern uns bezwungen,
bis endlich von den Herzen uns gesprungen
das letzte Band selbstsüchtiger Allenheit,
bis meiner Starrheit ganz von deiner Reinheit,
Dein zager Trotz von meiner Kraft verschlungen.
Und ob wir nur mit Mühe uns gefunden,
und ob sich blutig unsre Herzen stießen im harten Streite in dieser wehen Stunden:
so gläub'ger dürfen wir des Siegs genießen,
denn in der Tiefe sahn wir durch die Wunden
die vollen Pulse unsrer Liebe fließen.«

Paula hielt inne, schaute Auguste und Phine an. »Dein Richard«, hauchte sie dann.

»Oh, wie wunderbar!« Phine zückte ihr Taschentuch. »Wie kraftvoll und gut!«

»Er liebt dich«, sagte Auguste nachdenklich. »Aber er ist auch sehr von sich selbst überzeugt.«

»Ist das nicht wunderbar? Endlich beginnt er auch an sich zu glauben. Er wird immer häufiger eingeladen, um Vorträge zu halten, andere Dichter zu rezitieren, aber immer öfter darf er auch eigene Stücke vortragen. Und kann damit sogar einen kleinen Obolus dazuverdienen.« Paulas Augen leuchteten. »Viel ist es nicht, aber ein Anfang, immerhin«, sagte sie leise.

»Der Anfang eines Weges, da sei dir gewiss«, sagte Auguste.

Es klopfte zaghaft an Paulas Zimmertür. »Ich bin es, darf ich hereinkommen?«, fragte Franz.

»Du darfst, und du sollst«, antwortete Paula und eilte zur Tür. »Mein liebster, bester, mein Seelenbruder! Du bist immer herzlichst willkommen.«

Franz nickte Auguste und Phine zu, er hielt etwas hinter dem Rücken versteckt, das er nun hervorzog. »Tataaa!« In der rechten Hand hatte er eine Flasche Champagner, in der linken vier Gläser.

»Wir müssen feiern, von jetzt an und bis in alle Ewigkeit.« Er ließ sich laut lachend auf die Chaiselongue fallen, die vor dem Fenster stand. Paula nahm ihm schnell die Gläser ab, und Franz entkorkte die Flasche mit einem lauten Plopp. Gerade so eben konnten Paula und Auguste die Gläser hinhalten und füllen lassen, so munter sprudelte der Champagner.

»Wir feiern in zwei Tagen«, ermahnte Auguste ihn ein wenig spöttisch.

»Nein, nein! Wir fangen jetzt an und werden nie wieder aufhören. Meine liebste und beste Paula, meine Seelenschwester, mein Ein und Alles, heiratet den Wildling, den Wortling – meinen besten Freund Richard! Es ist nicht nur ein Tag, den wir feiern sollten, es ist diese Epoche, die nun beginnt – eine grandiose, eine gnadenreiche Epoche. Phantastisch und famos! Ein Hoch auf das Brautpaar! Hipp, hipp, hurra!« Er nahm das Glas und trank, sah seine Schwester an. »Wären wir in Russland, würde ich das Glas jetzt an der Wand zerschellen lassen!«

»Zum Glück sind wir nicht in Russland«, entgegnete Auguste trocken und nahm ihm schnell das Glas ab. »Wir sind in meinem Haus, und auch wenn dies Paulas Zimmer ist, werden hier keine Gläser an die Wand geworfen.«

»Wie bedauerlich«, sagte Franz und zwinkerte seiner Tante zu. »Aber du darfst mein Glas erneut füllen, und ich garantiere dir, dass ich mich zu benehmen weiß.«

Phine hatte nur am Champagner genippt, aber Paula hatte ihres ebenfalls geleert und reichte es der Tante.

»Lasst uns trinken! Lasst uns feiern! Ja! Eine neue Zeit beginnt. Ich bin so froh, so froh, so unsagbar froh!« Sie drehte sich beglückt im Kreis, setzte sich dann neben ihren Bruder. »Endlich. Endlich werden Richard und ich vereint sein.«

»Ich freue mich so sehr für euch. Ihr habt so lange warten müssen.« Franz küsste sie auf die Wange.

»Viel länger als Elise und Georg …«

»Nun hör auf mit den Sticheleien.« Franz stieß sie sacht in die Seite. »Das hast du nicht nötig. Unsere Elise ist so glücklich, wie sie nur sein kann. Georg ist ein anständiger Mensch – wenn auch für meinen Geschmack viel zu ernst. Ich glaube nicht, dass man ausgelassen mit ihm feiern kann.«

Aus Paula perlte das Lachen.

Phine stemmte sich aus dem Sessel. »Ich werde mich nun verabschieden. Drückt mir die Daumen, dass ich entweder zur Hochzeit kommen kann oder bis dahin eine unkomplizierte Geburt hinter mir habe – mir ist beides recht«, sagte sie seufzend.

»Du musst noch ein wenig aushalten, noch ein wenig länger. Eine Hochzeit ohne dich, ohne meine liebste Phine – das kann ich mir nicht vorstellen, das darf nicht sein«, sagte Paula. Sie stand auf, brachte Phine zur Tür, küsste sie innig auf die Wange. »Ich danke dir, danke, dass du für mich da bist, dass es dich gibt.«

Phine nickte.

»Ich ziehe mich auch zurück«, sagte Auguste. »Ihr beide würdet gut daran tun, nicht die ganze Flasche zu leeren.« Sie zog die Augenbrauen hoch und sah sie an. »Und es werden keine Gläser geschmissen.«

Nachdem sich die Tür hinter ihr und Phine geschlossen hatte, setzte sich Paula wieder zu Franz, legte ihren Kopf an seine Brust.

»Nun wird es wahr. Wird es auch gut werden?«

»Natürlich wird es das. Warum sollte es nicht?« Er setzte sich auf, brachte Paula dazu, ihn anzusehen. »Hast du Zweifel? Zweifel an Richard? Zweifelst du? Du? Nach all der Zeit der Sehnsucht?«

»Ich verletze die Eltern. So sehr sie es zu verbergen suchen – im Grunde ihres Herzens lehnen sie die Verbindung zu Richard ab. Ich tue ihnen weh.«

»Vielleicht tust du das – aber du folgst deinem Weg, du gehst den Weg, den du gehen musst und schon so lange gehen wolltest. Richard ist deine Bestimmung, daran glaube ich fest.« Er lächelte plötzlich. »Ich habe mich immer gefragt, wie das passiert.«

»Was?«

»Dass man sich verliebt – in diesen einen Menschen. Woher weiß man, dass er es ist, der für einen bestimmt ist? Woher wusste es Elise?«

Paula biss sich auf die Lippe. »Das fragst du nicht ernsthaft«, sagte sie leise.

»Doch!« Er sah sie an. »Doch, natürlich. Was hat sie aneinander gefesselt, fasziniert, begeistert?«

»Nichts, Franz. Den beiden fehlen diese Emotionen. Sie sind genügsam – beide. Sie sind ernsthaft, in sich gekehrt, bescheiden. Und sie haben einander gefunden – wie Topf zu Deckel. Elise hat einen Ernährer gesucht, Georg eine Frau, die sich nicht daran stört, wenn er sein halbes Leben in der Fremde verbringt und im Dreck wühlt.« Paula senkte den Kopf. »Ich bin so gemein.«

Franz prustete los, er musste sein Glas abstellen, lachte, bis ihm die Tränen kamen. »Ja, du bist gemein. Das war wirklich nicht nett. Aber vermutlich ist es wahr. Elise ist unsere Schwester … aber ich habe nie einen Weg zu ihrem Herzen gefunden.«

»Weil sie keins hat!« Paula nahm die Flasche, schenkte ihr Glas noch einmal voll. »Nun reicht es aber«, sagte sie. »Ich bin jetzt alle Gemeinheiten losgeworden, die in mir schlummerten. Alle Gehässigkeit. Neid macht hässlich. Neid ist hässlich, und ich war so lange voller Neid, was Elise angeht.« Paula trank einen weiteren Schluck.

»Nun hast du es ausgesprochen. Ist es jetzt weg?«

Paula hielt kurz inne. »Ich glaube schon. Gerade eben bemerke ich ein leichtes Bedauern, dass Elise nicht bei der Feier dabei sein wird.«

»Sie wird's auch bedauern, denn die Feier wird famos werden, legendär.« Er räusperte sich. »Aber zurück zum Thema. Wann, wie hast du es gewusst?«

»Dass Richard der Eine ist? Der Eine, Große – der Einzige? Das kam nach und nach, schleichend, immer ein wenig mehr. Bis er schließlich in meinem Kopf gehaust hat. Er war beständig in meinen Gedanken, und das hat nie aufgehört. Wenn ich ihn sehe, pocht mein Herz, höre ich seine Stimme im Nebenraum, pocht mein Herz, lese ich seine Zeilen, pocht mein Herz … natürlich, lieber Bruder und Doktor der Medizin, pocht mein Herz immer, solange ich lebe«, sie zwinkerte ihm zu. Sie musterte ihren Bruder. »Woher das plötzliche Interesse?«, fragte sie, dann lachte sie auf. »Du hast dich verliebt. Wer ist sie? Wie heißt sie? Wo hast du sie kennengelernt? Kenne ich sie schon?«

Franz senkte den puterroten Kopf. »Du kennst sie, wenn auch nur flüchtig, Ich habe sie bei Schleich getroffen, bei Carl Ludwig.«

»Ihr Name, guter Franz, ihr Name?«

»Martha …«

»Martha Amalie? Die Sängerin?«, unterbrach Paula ihn.

»Woher weißt du?«

»Weil sie – sie ist so wunderbar, so wunderschön, so klug und ihre Stimme. Oh, Franz – das freut mich sehr.«

»Es ist noch kein Wort gesprochen«, entgegnete er leise.

»Warum nicht? Was hält dich davon ab?«

»Was, wenn sie anders empfindet als ich?« Plötzlich war ihr Bruder, der große und stattliche, der sportliche und tüchtige Mann, der Arzt, der eine eigene Praxis führte und sogar im letzten Jahr zur Erkrankung des Kaisers zurate gezogen worden war, klein und unsicher.

»Ja, was wenn?«, fragte Paula neckend. »Ihr seht euch? Ihr redet miteinander?«

Er nickte.

»Ist sie freundlich, offen? Entgegenkommend?«

Er nickte wieder.

»Schreibt ihr euch?

»Ja, natürlich.«

»Und woran sollte es scheitern?«

Franz senkte den Kopf. »Und wenn sie nur freundlich ist?«

»Nun, wahrscheinlich ist sie nur freundlich.« Paula verschränkte die Arme vor der Brust. »Oder sie wartet darauf, dass du deutliche Avancen machst.«

»Aber …«

»Du wartest doch nicht etwa darauf, dass sie sich dir erklärt? Dann kannst du warten bis zum Sankt-Nimmerleins- Tag. Herrje, Franz – trau dich!«

»Ich werde es tun. Vielleicht schon übermorgen, denn sie kommt zu deiner Hochzeit.«

»Wirklich? Wie schön!«

»Und mach dir keine Sorgen«, sagte Franz. »Die Eltern werden es überstehen. Sie wissen ja inzwischen, dass sie dich als Tochter behalten, auch wenn du gehst.«

Noch eine Weile redeten sie über dies und das, dann verabschiedete sich Franz. Seine Bemerkung, dass die Eltern ja wüssten, dass sie die Tochter bliebe, tröstete sie. Hoffentlich würde mit der Zeit die Ablehnung der Eltern verschwinden.

Richard war evangelisch erzogen und getauft worden, doch mit dem christlichen Glauben hatte er wenig am Hut. Er glaubte an das Leben, an die Natur als Schöpfung, an sich – und er wollte sich keiner Religion fügen. Dennoch war er damit einverstanden, dass es eine kleine jüdische Trauung gab, und sei es nur um ihrer Eltern willen.

Im letzten Jahr hatte sie Richards Eltern kennengelernt, sie war zweimal in Cremmen gewesen, gemeinsam mit ihrem Verlobten. Die Eltern hatten sie höflich und freundlich aufgenommen, aber es war schnell klar, dass man in unterschiedlichen Welten lebte.

Selbstbewusst, ohne den irritierten Blicken ihrer zukünftigen Schwiegermutter angesichts ihres weißen Brautkleides Beachtung zu schenken, schritt Paula an der Seite ihres Vaters zum Amt, wo sie im Kreise ihrer engsten Verwandten getraut wurden. Nachdem sie die Urkunden unterschrieben hatten – das erste Mal schrieb sie *Paula Dehmel*, und es erfüllte sie mit Stolz und Freude –, fuhren sie in die Synagoge. Dort sollte sie Julius ein zweites Mal nach dem Ritus der Gemeinde trauen. Alle saßen erwartungsvoll da, als Julius sich anschickte, die Traurede für seine Tochter zu halten. Paula holte tief Luft, sie hatte so lange auf diesen Zeitpunkt gewartet, hatte ihn so sehr herbeigesehnt.

Der Saal war mit Blumen geschmückt, es duftete nach Lilien – ein intensiver Duft. Sie warf einen verstohlenen Blick zur Seite zu ihrer Mutter. Antonie lächelte – hatte sie sich endlich, endlich mit Richard abgefunden? Paula wollte es so gerne glauben.

Julius trat nun nach vorne, doch Richard ging zu ihm. »Setz dich, lieber Schwiegervater, ich habe die Rede vorbereitet, ich werde sie halten.« Ein Raunen ging durch den Raum.

Auch Paula war überrascht, sie hatte davon nichts gewusst. Doch so war er, ihr Hitzkopf, ihr Richard, der Künstler, der seine eigene Trauung gestaltete – durch und durch …

Julius sah unsicher zu seiner Frau, dann zu Paula. Man merkte ihm an, dass er eigentlich Einspruch erheben wollte. Paula lächelte, zog die Augenbrauen und die Schultern entschuldigend hoch. Julius seufzte und setzte sich wieder auf seinen Platz. Was würde nun passieren, fragte sich Paula.

Richard sammelte sich, sah sie an, bat sie, neben ihn zu treten.

»Trauschwur!« Er sprach das Wort laut, zu laut, fast, denn viele zuckten zusammen. Paula aber streckte das Kinn. Sie stand neben ihrem Mann, der ihr rechtlich schon angetraut war.

Richard fuhr fort:

»Nun wollen wir zur Andacht uns bereiten, nun leg in meine deine Hand.« Kurz unterbrach er sich, sah Paula an, nahm ihre Hand, lächelte, »und höre den Schwur der Treue, den ich heut schwöre, dir schwöre – vor dem Geist der Ewigkeiten!«

Ihr Vater nickte zustimmend, sah Paula.

»Und was die Völker Heiligstes gesprochen, zu meiner Sprache wird's in dieser Stunde und wird ein neu Gesetz in meinem Munde, und jede alte Deutung sei zerbrochen!«

Richard hielt inne, lachte breit, schaute in die Runde. »Und also frevl'che ich an der heiligen Sage, dass heiliger noch ich meinem Ernst dir künde, denn ich bin größer jetzt als meine Sünde, denn Schöpfer bin ich, während ich zerschlage!«

Seine Stimme wurde lauter und lauter, er rezitierte nun, ging ganz darin auf.

»Ich bin der Herr, dein Gott! – Du sollst mich ehren:« Wieder pausierte Richard. Die Gemeinde schwieg entsetzt. Paula sah ihre Eltern einen verzweifelten, unglücklichen Blick tauschen, auch sie musste ob der Worte schlucken, verbarg das aber unter ihrem Lächeln.

»Auf meine Kraft dein ganzes Leben bauen, in Glück und Not voll Demut mir vertrauen, nach keiner Hilfe außer mir begehren! Du sollst mir glauben!«

Wieder hielt Richard inne. Nun sah er sie an, ihre Blicke tauchten ineinander. »Sollst vor den Gewalten, die in mir kreisen, dich anbetend beugen, von meiner Sanftmut selig allen zeugen, vor meinem Zorn fromm die Hände falten!«

Es war ein Spiel, es war Richards Spiel mit Worten, seine Macht, die er ausüben konnte. Paula faltete fromm die Hände.

»Du sollst mir dienen, deinem Schicksalswalter: Mit deiner Klarheit meinen Geist erfüllen, mit deiner Reinheit schmückend mich umhüllen, der Ich dein Herr, dein Gott und dein Erhalter!«

Und wieder zuckte Julius zusammen. Beinahe, das sah Paula aus den Augenwinkeln, wäre er aufgestanden, aber Mutter hielt ihn zurück.

»Denn du bist meine Welt! – Dich will ich hüten, will mit dir sein, will eins sein deinen Bahnen – belauschen, stillen dein geheimstes Ahnen, umkränz dich mit meinen reichsten Blüten. Und will dich heilige! Was Lautres, Reines mit dunkler Macht ich immer fühle reifen, das will in dir ich fassen und begreifen! Und all mein Wirken sei versenkt in Deines! Und will mich selber heiligen: meine Fehle an unserem Bund entsühnen und versöhnen, mich mit dir immerfort verschönen du meine Welt, du deines Gottes Seele!«, schmetterte Richard die letzten Zeilen, dann sah er sie erwartungsvoll an.

Paula beugte sich zu ihm, küsste ihn.

Im Saal war es still, Entsetzen war zu fühlen.

Julius sah seine Tochter an, seine Augen voller Tränen, er schüttelte leise den Kopf, strich sich dann über die Augen und verließ den Raum. Paula straffte die Schultern, die Anwesenden schienen wie versteinert. Dann erhob Franz sich, drehte sich zu den Gästen um und begann in die Hände zu klatschen.

»Bravo! Bravo! Ein Liebesschwur, eine Treueschwur, wie ihn nur ein Dichter geben kann!«

Und nun fingen sie an zu applaudieren, verzagt erst, dann lauter und lauter. Jemand legte das Tuch vor Richard, er trat darauf, und klirrend zerbarst das Glas darin. »Masel Tov!«, riefen sie nun. »Masel Tov!«

Selbst Richards Eltern stimmten in den Ruf ein, vielleicht auch nur getragen von der fröhlichen, ausgelassenen Stimmung, die herrschte. Paula ließ sich beglückwünschen, sie war nun verheiratet, hatte ihren Liebsten geehelicht. Aber tief in sich wusste sie, dass sie ihre Eltern verloren hatte.

Die Hochzeitsgesellschaft ging die wenigen Schritte bis zur Auguststraße.

Carl Ludwig, Franz und andere Freunde hatte sich zusammengefunden und spielten für das Brautpaar ein Ständchen. Dann trat Martha vor und begann zu singen. Die ersten Töne von Robert Schumanns »Im Mai« erklangen, und alle waren sofort gefesselt.

»Im wunderschönen Monat Mai
Als alle Knospen sprangen
Da ist in meinem Herzen
Die Liebe aufgegangen.«

Paula hörte Marthas klare, reine Stimme und musste die Augen vor Ergriffenheit schließen. Dann schaute sie zu Auguste, die ihr lächelnd zunickte.

Sie hatten Glück mit dem Wetter, die Sonne strahlte von einem blauen Himmel. Im Garten waren Tische und Bänke aufgebaut, lange Tische und Bänke. Der Wind blies die Blütenblätter vom Apfel- und vom Kirschbaum durch den Garten – ein sommerlicher Schneefall, der sich zwischen die polierten Gläser und die glänzenden Teller mit dem Goldrand legte. Toni und Auguste hatten das gute Silberbesteckt aus den mit Samt gepolsterten Kästen geholt, und die Mädchen hatten es tagelang mit weichen Tüchern und einer Paste aus Natron und Zitronensaft geputzt. Nun glitzerte es in der Sonne. Auf den Tischen lagen Blumenranken – Rosenblüten und Vergissmeinnicht, mit Efeu zusammengeflochten. Alles sah fröhlich und festlich aus.

Die Gäste versammelten sich an den Tischen.

Die beiden Köchinnen Else und Esther hatten gemeinsam das Essen besprochen und bereitet, natürlich mit lauter Lieblingsspeisen. Es gab eine klare Hühnersuppe, danach frischen Salat, Braten mit der köstlichen Soße – die Richard so liebte – wurde aufgetragen. Und als Nachtisch gab es Erdbeeren mit Schlagsahne und natürlich Buttercremetorte. So köstlich alles aussah und duftete, Paula bekam kaum einen Bissen hinunter. Immer wieder sah sie Richard an, ihren nun angetrauten Mann. Sie konnte ihr Glück gar nicht fassen, wie kleine Champagnerperlen prickelte es in ihrem Körper.

Es wurde bis tief in die Nacht gefeiert, der Mond stand hoch am Himmel. Unter dem Walnussbaum sangen ein paar von Franz' Freunden, auf der Veranda wurde zu der Musik getanzt, die Stimmung war ausgelassen und fröhlich. Richard nahm Paula an der Hand und zog sie in Richtung des Gemüsegartens. Als sie ein wenig abseits der Feiernden waren, holte er einen Schlüssel aus der Westentasche und überreichte ihn ihr lächelnd. »Meine Liebste, mein Licht, mein Leben – nun sind wir endlich vereint. Und nun dürfen wir gemeinsam sein, für immer und immer.«

Paula nahm den Schlüssel, sah ihn sich an. »Ist er von unserer Wohnung?«, fragte sie unsicher.

Richard nickte. »Sie ist nicht groß, sie ist noch nicht besonders schön – aber ich habe sie für uns gemietet, und du wirst daraus ein Heim machen, das weiß ich.«

Paula hatte die Wohnung bereits gesehen, obwohl Richard sie erst in den letzten Tagen angemietet hatte, Wohnraum wurde immer knapper in Berlin. Auguste hatte, großzügig, wie sie war, dem jungen Paar angeboten, in ihrem Haus zu bleiben, bis sie eine adäquate Unterkunft gefunden hatten, aber Richard lehnte das vehement ab. Er wollte mit Paula allein sein – einen eigenen Anfang machen.

»Das Tantchen hat uns ein besonderes Hochzeitsgeschenk gemacht – ein Bett. Es steht schon in der Wohnung. Mit Kissen und Decken.« Er zog sie an sich, küsste sie leidenschaftlich, hungrig. »Lass uns gehen«, sagte er heiser.

»Wollen wir uns nicht verabschieden?«

»Nein!«

Die Droschke wartete schon. Eng zog er sie an sich, hielt sie in der Dunkelheit der Nacht, der Droschke.

»Nun, endlich … werden wir …« Und dann küsste er sie.

Paula schloss die Augen. Natürlich hatten sie sich schon geküsst, hatten sich umarmt, erforscht – ein wenig, aber nie über das sittliche Maß hinaus. Und nun würden sie … nun war der Tag gekommen. Sie war voller Vorfreude und verdrängte die Unsicherheit.

Als sie an dem Wohnhaus ankamen, einem Wohnblock, wenigstens lag ihr neues Zuhause im Vorderhaus und nicht im dunklen Hinterhof, entlohnte Richard den Kutscher und zog Paula mit sich. Die Tür sträubte sich erst ein wenig, doch mit ein wenig Druck konnte er sie öffnen, und gemeinsam schritten sie über die Schwelle.

Drei Zimmer, eine Küche, die nach hinten lag, daneben die Kammer für das Mädchen, schmucklose Decken und nackter Dielenboden.

Richard entzündete die Petroleumlampe, die auf dem Tischchen am Eingang stand, drehte sie aber nicht auf. Er nahm ihre Hand, zog sie hinter sich her, eilig, drängend. Im Schlafzimmer stand das Bett, ein großes, breites Bett. Üppige Kissen, Daunendecken. Es stand mitten im leeren Zimmer. Richard stellte die Lampe ab, drehte sich zu Paula um, nahm ihren Kopf in beide Hände und küsste sie, küsste sie innig, hungrig, er löste die Haarnadeln, seine Hände fuhren durch ihre dichten, langen Haare.

Paula befreite sich aus dem Mantel, streifte Richards Mantel ab. Die Kleidungsstücke ließen sie einfach fallen. Ihre Hände wanderten über Knöpfe und Schlaufen, lösten hier, öffneten dort, die Münder aneinander, saugend, schmeckend, forschend. Die Hüllen fielen und sie taumelten, immer noch küssend, suchend, die Hände forschend – vorsichtig erst, dann neugieriger, begieriger. Sie fielen auf die Daunendecken, hoben sie nicht an, versanken darin. Nebeneinander erst, und dann schob sich Richard zwischen Paulas Schenkel. Sie schloss die Augen, wartete, doch er zögerte.

Paula erkannte seine Unsicherheit, zog ihn zu sich, in sich. Kurz zuckte sie zusammen, dann aber bewegte sie sich mit ihm rhythmisch – wie Wellen, kam ihr kurz in den Sinn –, bevor sie sich in dem Gefühl verlor und sich aufbäumte, gegen ihn drängte.

Nach einer Weile zogen sie die Decke über sich, Haut an Haut, Herz an Herz.

»O meine Liebste«, seufzte Richard. »Ich bin der glücklichste Mensch der Welt. Der allerglücklichste.«

»Das kann nicht sein«, murmelte Paula, »denn das bin doch ich.«

Eng aneinandergeschmiegt schliefen sie ein, wurden noch vor Tagesgrauen wach, liebten sich erneut, diesmal langsamer und zärtlicher, ohne den großen Hunger der vergangenen Nacht.

Als das Tageslicht durch die Fenster in das Zimmer drang, legte Paula ihren Kopf auf Richards Brust. »Nun sind wir eins, ganz und gar.«

»Bist du mir böse?«, fragte er leise.

»Wegen der Traurede?«

»Ich musste sie halten, so halten – ich musste es tun.«

»Ich weiß – ich bin dir auch nicht böse, nein, überhaupt nicht. Ich habe verstanden, was du sagen wolltest. Dafür muss ich mich bedanken und verneigen, denn du huldigst mir. Aber …«, sie stockte.

»Die Kleinlichen werden mich nie verstehen. Doch soll ich mich ihnen beugen? An diesem Tag? An einem Tag, der vielleicht der wichtigste meines Lebens ist?«

»Meinen Eltern war der Tag auch wichtig.«

»Doch es war unserer, nicht ihrer.«

Paula dachte nach, dann hob sie den Kopf und küsste ihn. »Das stimmt. Versuche trotzdem, dich mit ihnen zu arrangieren. Sie bleiben meine Eltern, auch wenn ich jetzt deinen Namen trage.«

»Sie werden darüber hinwegkommen, sie werden mich ja jetzt einige Zeit nicht sehen.«

»Musst du wirklich in die Schweiz? Schon übermorgen?«

»Meine Direktoren lassen sich nicht erweichen. Ich werde wohl müssen«, seufzte Richard, dann grinste er. »Das gibt dir genügend Zeit, die Wohnung zu einem Heim zu machen.«

»Das werde ich!«

Und tatsächlich, als Richard ein paar Wochen später wiederkam, hatte sie die Wohnung recht hübsch eingerichtet.

Käthe, das Küchenmädchen, hatte bei Else inzwischen gut gelernt, und nun überließ Auguste sie Paula. Auch eine Zugehfrau war schnell gefunden.

Groß waren die Mittel nicht, über die das junge Paar verfügte. Auguste schoss einen kleinen, monatlichen Betrag zum Haushaltsgeld dazu, und Paula hatte früh gelernt, zu rechnen. Sie fügte sich immer besser in das Leben als Hausfrau ein und genoss es.

Liebe, liebste Phine, schrieb Paula bald darauf an ihre Freundin,

ich wollte Dich besuchen, doch ich hörte, dass Ihr aufs Land in die Sommerfrische gefahren seid, was sicherlich eine kluge Entscheidung war.

Hier über der Stadt hängt die staubige Hitze und drückt uns alle nieder. Wie geht es dem süßen kleinen Spatz, der lieben Lilith? Und wie geht es Dir? Als wir uns zuletzt sahen, war ich erstaunt darüber, wie sehr die Mutterschaft Dich verändert hat – Du sahst so gefestigt aus, in Dir ruhend – als hättest Du nun das gefunden, was Du schon immer suchtest.

Ich habe auch mein ganzes Glück gefunden, bin so unendlich glückselig, dass es kaum Worte gibt, dies zu beschreiben. Mir jedenfalls fehlen die Worte, Richard fliegen sie zu.

Dies hat er gedichtet:

»Ob wir verdienen, dass wir glücklich sind?
Wirf nicht dein Zweifel in dein Glück hinein!
Des Menschen Glück ist seines Wesens Kind.
Wer glücklich ist, verdient es auch zu sein.«

Und ja, wir sind glücklich, laben uns an uns, an unserer Liebe und Gemeinschaft, an kleinen Dingen – denn die machen doch oft recht viel glücklicher als eine ganz große Sache.

In den letzten Wochen sind wir oft nach Friedrichshagen zu Wilhelm Bölsche und Bruno Wille gefahren. Eine blumenwiesebunte Gesellschaft trifft sich dort, und interessante Gespräche werden geführt. Richard hat sich mit den Brüdern Hart, Julius und Heinrich, angefreundet. Ich glaube, du hast sie auch schon getroffen. Carl Ludwig ist dort zu finden, Arno Holz und Gerhart Hauptmann. Auch Franz schaut oft vorbei, wenn er kann – die Praxis nimmt ihn jedoch sehr in Anspruch und dann die Liebe.

Ist es nicht lustig, dass Martha, seine Angebetete, den selben Nachnamen – Oppenheim – trägt wie meine Familie auch? Dabei sind wir keinesfalls miteinander verwandt – nur hoffentlich bald verschwägert.

Das Trüppchen aus Friedrichshagen trifft sich nun auch bald bei uns, da ich endlich das Klavier geliefert bekommen habe, das Vater mir schenkte.

Ist es nicht herrlich? Nun kann ich meinen eigenen »Salon« führen – mit Richard natürlich.

Du fragtest nach meinen Eltern und wie sie sich schicken – nun, einfach ist es nicht, aber Mühe geben sie sich schon. Richard belächelt sie, nennt sie kleinlich – aber dennoch lieben sie mich und versuchen zu akzeptieren, dass ich in ihm, der ihnen so fremd ist, mein großes Glück gefunden habe.

So, genieße Du nun die Sommerfrische auf dem Lande, die hoffentlich frischer ist als die glühende Stadthitze – und ich genieße mein eigenes Heim und alles, was dazugehört. Im Herbst werden wir uns wiedersehen, aber schreib mir nur recht fleißig.

Deine Dich liebende Freundin

Paula Dehmel (ja, es macht immer noch große Freude, so zu unterschreiben)

KAPITEL 16

»Wir sollten ein Gästebuch haben«, sagte Paula. Ihre Wangen glühten, denn am nächsten Abend kamen die Freunde sie das erste Mal besuchen. »Jeder Gast muss einen Spruch hinterlassen, und so können wir später immer nachlesen, wer alles anwesend war.«

»Das ist eine wunderbare Idee«, stimmte Richard zu und suchte eine noch unbeschriebene Kladde.

Er setzte sich an seinen Schreibtisch, der von Blättern, Notizen und Heften übersät war, dachte einen Moment nach. »Ich wünsche mir fröhliche Runden im Haus, ernste, beflügelnde Gespräche, Geistesblitze und Ideen, dass wir uns gegenseitig befruchten.«

Langsam und bedächtig tauchte er die Feder in das Fass, schrieb auf die erste Seite:

An alle:
Brauchst dich nicht erst zu besinnen,
lass uns sprudeln, lass es rinnen,
was dir aus dem Herzen quillt!
Mancher Tropfen wird dann fließen,
manche Wette sich ergießen,
drin die volle Seele schwillt.
Lass sie achtlos nicht zerwallen,
lass sie in dies Büchlein fallen,
schöner Augenblick Bild!

Zufrieden las er die Zeilen, dann nickte er, tauchte die Feder erneut ein.

An die Künstler:
Nur kein ängstliches Besinnen,
lass doch sprudeln, lass doch rinnen,
was im Herzen wogt und quellt!
Aber dass es nicht zerfließe,
in das engste Maß es gieße:
in den Augenblick der Welt!

Er wartete einen Augenblick, bis die Tinte anfing zu trocknen, dann drehte er sich zu Paula, die neben ihm stand, um. »Und nun du.«

»Wirklich? Ich kann nicht so dichten wie du.«

»Das kann ja auch keiner außer mir«, sagte Richard schmunzelnd. »Aber auch du findest immer treffliche Worte. Es ist auch dein Haushalt, es werden auch deine Gäste sein.« Damit überließ er seiner Frau den Platz.

Paula überlegte kurz, dann nahm sie die Feder.

Scheint euch der Heiland der Welt
Als Gott nur wert der Verehrung?
Gilt euch ein menschlicher Gott
Mehr als ein göttlicher Mensch?

Richard lachte laut. »Das sollten deine Eltern nie zu Gesicht bekommen, dann würden sie dich verstoßen.«

»Mutter vielleicht«, gab Paula zu. »Vater hat mehr Humor als sie, er würde es bestimmt verstehen.«

Und so begannen die regelmäßigen Treffen im Hause der Dehmels, die mitunter sehr lustig und überschwänglich wurden. Schon bald hatte sich der Freundeskreis etabliert. Und am Ende des Jahres feierten sie alle zusammen ein rauschendes Weihnachtsfest. Obwohl Oppenheimers nie Weihnachten gefeiert hatten, sondern das Lichterfest, war Paula mit den Sitten vertraut und freute sich darauf, das Fest auszurichten. Da aber die Mittel des Paares überschaubar waren, brachte jeder etwas mit – meist eine Flasche Wein, aber auch ein frisches Brot oder ein paar Eier, die Käthe flugs in der Küche briet.

Ein paar Wochen später luden sie die Freunde zu einem Menü ein. Richards Schriftstellerkollege Wilhelm Bölsche war zu Besuch, als Paula mit Käthe die Gänge besprach.

Er griff nach seinem Skizzenblock und einem Bleistift. Mit schnellen Strichen zeichnete er Karikaturen der Brüder Hart, von Paula und Richard und den anderen. Darüber schrieb er:

»Wirtshaus zur idealen Bohème der Gebrüder Hart bei Paula und Richard Dehmel«

Paula klatschte belustigt in die Hände. »Wir sollten eine Menükarte entwerfen.« Sie zog die Stirn kraus, kicherte dann. »Was meint ihr zu: ›Was sollen wir tun? Ein Mittagessen zur Lösung der soziAalen Frage‹ – denn es wird Aal geben.«

»Warte«, mischte sich Richard lachend ein. »Es könnte heißen: ›Ein Mittagessen zur Lösung der soziAalen Frage und zur Verständigung über den ReAalismus‹.«

»Herrlich! Weiter – was gibt es noch, Paula?«, fragte Wilhelm.

»Natürlich eine Brühe. Mit Markklößchen.«

»Wie passend, da doch dein Bruder in letzter Zeit immer wieder aus ›Das Kapital‹ zitiert ... also: Brühe von Tyrannenfleisch und Kapitalistenknochen mit Marxklößchen«, schrieb Richard.

Paula lachte laut auf. »Wir können noch verlorene Eier servieren – so soll es allen von der Jeunesse dorée ergehen!«

»Ja – ein wunderbarer Gang«, lachte Wilhelm.

»Und danach: Gebackener Stangenspargel – Liebes- und Verbrüderungsessen nach altchristlichem Rezept, neu erfunden von Tolstoi.« Richard wischte sich Lachtränen von den Wangen.

»Natürlich müsst ihr dann noch ›Gulasch mit neuen Kartoffeln, scharf gepfeffert mit Nitroglyzerin, blutigrot wie Richards Lyrik‹ auftischen«, schlug Wilhelm vor.

»Und als Nachtisch Stachelbeerkompott, ein grünlich-graues Durcheinander von Zucker, Wasser und ausgequetschten Schalen aus der Küche Bleibtreu, Conradi, Alberti und Bahr!«, feixte Richard. Nun war kein Halten mehr. Sie lachten, bis ihnen die Tränen kamen.

Am nächsten Tag legte Wilhelm die Menükarten, die er mit Karikaturen verziert hatte, auf den schön gedeckten Tisch und sorgte bei allen Gästen für große Heiterkeit.

Doch am nächsten Tag ging es Paula schlecht. »Ich muss mir den Magen verdorben haben«, murmelte sie und beugte sich wieder über die Waschschüssel, würgte.

»Mir geht es gut«, wunderte sich Richard. »Ich habe doch das Gleiche gegessen wie du – und alle anderen auch. Aber du bist ja auch eine empfindsamere Person. Leg dich hin und ruh dich aus. Ich werde meinen Koffer später packen.«

»Ich ertrage es nicht, dass du schon wieder reisen musst. Immer diese Konferenzen«, seufzte Paula. »Ständig bist du unterwegs, fährst durchs ganze Land, und ich muss hier einsam mein Dasein fristen.«

»Das stört mich auch sehr«, murmelte Richard. »Und nicht nur das.«

Paula wusste sehr wohl, wie ungern Richard seinem Beruf nachging, wie ungern er die Tage und Stunden entweder am Schreibtisch, auf Reisen oder bei quälend langweiligen Konferenzen verbrachte. Für ihn war es verschwendete Zeit – Zeit, die er nicht nutzen konnte, um zu schreiben. Nur wenn er schrieb, wenn er seine Gedanken und Gefühle zu Papier brachte, war er wirklich glücklich.

Während der letzten Treffen hatten die Freunde immer wieder überlegt, eine neue Literaturzeitschrift herauszugeben – Interessenten aus dem Friedrichshagener Kreis gab es zur Genüge. Doch Richard wusste auch, selbst wenn er dort veröffentlicht wurde, würden die Zahlungen niemals ausreichen, um ihr Leben zu finanzieren.

So packte er also seinen Koffer und ließ Paula allein zurück, der es auch am nächsten Morgen immer noch schlecht ging.

KAPITEL 17

Frühsommer 1890

Es war ein sommerlicher Sonntagmorgen, und Paula und Richard lagen noch gemütlich im Bett. In der Küche, die nach hinten lag, hörten sie schon Käthe mit den Tellern und Töpfen klappern, aber das störte sie nicht. Richard hatte die Vorhänge beiseitegeschoben, so dass sie, in den Kissen liegend, den Himmel und die zarten Wölkchen betrachten konnten.

»Ich habe wieder ein Gedicht im ›Pan‹ untergebracht«, sagte Richard voller Stolz. »Und nächsten Monat wollen sie noch zwei nehmen.«

»Das ist wunderbar.« Paula lächelte. »Du wirst immer bekannter, und du wirst auch immer besser.«

»Ja, nicht wahr?«, sagte er und seine Augen leuchteten. »Wenn es doch nur mehr würde. Wenn ich doch nur ein ganzes Buch herausbringen könnte – ein Buch voller Gedichte – vielleicht, vielleicht … wenn wir uns dann ein wenig einschränken würden, die Wohnung ist doch recht groß, es ginge auch mit einem Zimmer weniger, meinst du nicht?«, fragte Richard. »Wenn wir uns zurücknähmen, dann könnte ich eventuell nur noch schreiben. Schreiben und schreiben … und nicht an diesem elenden Schreibtisch versauern.«

»Wenn, wenn, wenn …«, sagte Paula nachdenklich und richtete sich auf, sah ihn an. »Und wenn das nicht möglich wäre? Wenn wir uns nicht verkleinern, sondern gar vergrößern müssten? Wenn du weiterhin für Lohn und Brot ins Kontor gehen müsstest, uns dafür aber etwas geschenkt würde?«

Er erwiderte ihren Blick, ein wenig verwirrt.

Sie lächelte. »Ein großes Geschenk … vielleicht das größte?«

»Was … was willst du mir sagen?«, stotterte Richard, doch dann öffnete er erstaunt den Mund. »Nein! Es ist nicht das, was ich denke? Ist es das? Wirklich?«

Nun musste Paula lachen. »Ich kenne dich gut, sehr gut – aber deine Gedanken kann ich noch nicht lesen. Gib mir noch ein paar Jahre, vielleicht kann ich's ja dann …«

Richard zog sie an sich, küsste sie zärtlich, legte dann seine Hand auf ihren Bauch. »Ist es das?«, fragte er leise, kaum hörbar.

Paula nickte. »Wir werden ein Kind haben. Du und ich. Ein Kind, entstanden aus unserer Liebe.«

Für einen Moment fürchtete sie, dass Richard das Bewusstsein verloren hatte, doch er hielt nur die Luft an, die plötzlich mit einem lauten »Ah!« aus ihm herausströmte. Dann sprang er auf und tanzte durchs Zimmer.

»Ich werde Vater, Vater, Vater! Wir werden ein Kind haben, einen Sprössling, ein Wesen, das aus unserer Liebe entstanden ist! Heureka!« Er zog Paula aus dem Bett, umfasste sie – gemeinsam tanzten sie durch das Schlafzimmer, sie lachten und jubelten.

»Für mein Kind«, sagte Richard später, als sie gemeinsam am Esstisch saßen und frühstückten, »für mein Kind und seine Mutter, meine geliebte Frau, werde ich alles, alles, alles tun – selbst wenn ich bis zum Sankt-Nimmerleins-Tag am Schreibtisch sitzen und seltsame langweilige Vorgänge bearbeiten muss. Für euch werde ich immer sorgen.«

»Das weiß ich. Und dennoch wirst du auch schreiben. Und dein Erfolg wird größer werden, davon bin ich fest und ganz überzeugt.«

Richard nickte, dann sah er seine Frau an, und plötzlich war sein Gesicht sorgenvoll. »Aber wie steht es um deine Gesundheit? Wird die Schwangerschaft dich nicht zu sehr belasten?«

»Das Kind wird im Herbst kommen. Ich werde mich schonen und Kraft sammeln. Aber ich fühle mich blendend. Und übel war mir schon eine Weile nicht mehr.«

»Daher kam dein Unwohlsein«, sagte Richard nun lachend. »Das hätte ich mir ja irgendwie denken können.«

»Ich habe es ja auch nicht vermutet. Erst Phine hat mich darauf gebracht … die gute Phine. Sie weiß ja nun, wie es ist, sie bekommt nun schon das zweite.«

»So habt ihr wieder etwas, das ihr teilen könnt.«

Am Nachmittag besuchte Paula ihre Eltern. Richard blieb zurück, er wollte schreiben, und obwohl er und seine Schwiegereltern eine Art stillschweigende Waffenruhe eingegangen waren, besuchte er sie nur ungern.

Auguste war auch dort, ebenso Elise mit Georg und dem kleinen Ulrich, der nun schon eifrig durch das Wohnzimmer lief und plapperte.

Paula betrachtete das muntere Treiben amüsiert. Nach einer Weile ging sie auf die Veranda, um ein wenig Luft zu schnappen. Auguste folgte ihr, sie musterte ihre Nichte.

»Wenn ich dein Lächeln und deine Blicke richtig deute«, sagte sie, »dann werden hier bald weitere Kinderbeine durch das Haus laufen. Oder täusche ich mich?«

Paula sah sie überrascht an. »Wie gut du mich kennst, Auguste. Ja, ja – wenn alles gut geht, werden Richard und ich im Herbst Eltern.«

Auguste umarmte ihre Nichte. »Das freut mich, das freut mich sehr. Und Richard?«

»Er ist ganz hin und weg, ganz außer sich vor Freude. Er musste sich gleich an den Schreibtisch setzen, um seine Gedanken niederzuschreiben.«

Auguste lachte. »Ja, so ist er, unser großer Dichter.« Dann wurde sie nachdenklicher. »Ich hatte überlegt, das Haus in Ahrenshoop aufzugeben, konnte mich bisher aber noch nicht dazu durchringen. Nun bin ich froh darüber, meinen Entschluss verschoben zu haben. Du solltest den Sommer an der See verbringen, um Kraft zu schöpfen, für das Kind und für den Winter.«

»Tatsächlich, liebste Auguste, habe ich auch darüber nachgedacht und würde das sehr gerne tun, auch wenn es mir im Moment so gut geht wie lange nicht mehr. Ich fühle mich stark und kräftig, vollkommen gesund.«

»Und so sollte es auch bleiben.«

Den Sommer verbrachte Paula in Ahrenshoop, zum Teil mit ihrer Mutter, Elise und dem kleinen Ulrich, zum Teil mit Auguste. Sie genoss die Tage am Meer, die Gesellschaft und den wachsenden Bauch. Doch sie vermisste Richard schmerzlich. Viele Briefe wanderten zwischen ihnen hin und her.

Mein liebstes Du, schrieb ihr Richard,

mein Herz, mein Leben. Wie sehr ich Dich vermisse, können keine Worte beschreiben. Traurig gehe ich jeden Tag zur Arbeit, noch trauriger kehre ich abends in unsere leere Wohnung zurück, und wäre da nicht Käthe, durch die ich wenigstens warmes Essen bekomme, würde ich innerlich ganz erfrieren, trotz der schwülen Hitze. Aber mein Leiden ist nicht wichtig, wichtig ist nur, dass es Dir – Euch – gut geht. Dass Du Dich gut erholst, kräftig bist und bleibst.

Wie wunderbar es sein wird, wenn wir unser Kind in den Armen halten. Ein Gedanke, der mich durch und durch freudig stimmt.

Dein Dich vermissender und liebender

Richard

Mein Duling, antwortete sie.

Der Wind bläst fröhlich von der See. Ein kühles Lüftchen. Uns geht es gut, nur unförmig werde ich mehr und mehr – ach, gut, dass Du mich nicht sehen kannst. Doch sehen wirst Du mich bald schon – noch eine Woche, dann kommen wir zurück, und ich kann es kaum erwarten.

Küsse, viele Küsse

Paula, Deine!

Als Paula Anfang September zurückkehrte, hatte Richard ihr eine große Überraschung bereitet. Einen Teil des Wohnzimmers hatte er mit einem Paravent und Regalen abgetrennt und dahinter seinen Schreibtisch aufgebaut. Das Zimmer, das bisher sein Arbeitszimmer gewesen war, wurde nun zum Kinderzimmer.

Paula wusste, dass es ihn große Überwindung gekostet hatte, denn bisher war ihm sein Schreibbereich heilig gewesen, und sie hatte sich insgeheim schon eine andere Lösung überlegt.

Nun ging der Sommer, in diesem Jahr mit Brausen und Toben – ein Sturm nach dem anderen wehte die bunten Blätter, die sonst so friedlich von den Bäumen taumelten, mit einem Rutsch davon. Die Tage wurden kürzer, die Nächte länger und kälter.

»Ich fürchte mich vor der Geburt«, vertraute Paula eines Nachmittags Phine an. »Auch wenn es mir in diesem Jahr so gut, so, so gut geht. Doch was, wenn ich keine Luft bekomme?« Sie senkte den Kopf. »Ich kann mit gar niemandem darüber reden und mit Richard schon gar nicht. Er sorgt sich genug und macht sich Vorwürfe, mich in diese Situation gebracht zu haben.«

»Du siehst so rosig aus, so lebendig und gut«, beschwichtigte Phine sie. »Und du wirst sehen, die Hebamme ist gut, sie wird dich leiten. Du hast doch auch die Großnitz beauftragt? Sie war bei meinen beiden Geburten dabei und hat mir sehr geholfen.«

Paula nickte. »Ich habe schon mit ihr gesprochen, und sie hat mir versichert, dass sie kommen wird. Franz meint aber, es wäre besser, wenn ich in die Charité gehen würde, wenn die Wehen einsetzen. Dort gibt es ja auch eine Entbindungsstation …«

»Würdest du das wollen?«, fragte Phine skeptisch. »In ein Krankenhaus gehen? Dort auf einem Tisch liegen, im grellen Licht und mit all den Menschen? Einen Arzt zu haben, der dich … untersucht?« Ihre Stimme war leise geworden. »Ich habe bei beiden Malen gesagt, in die Charité lasse ich mich nur bringen, wenn meine Hebamme es befürwortet.«

»Ja«, sagte Paula, »das sehe ich auch so. Wenn es mir schlecht geht, dann vielleicht. Aber ansonsten … ist es doch zu Hause besser.«

»Hab keine Angst – eine Geburt ist kein Spaziergang, aber du wirst es schaffen, und wenn du dein Kind erst in den Armen hältst, dann … dann weißt du, wofür du das getan hast.«

Paula nickte. Phines Worte hatten sie beruhigt, und auch die Gespräche, die sie mit der Hebamme führte, machten sie wieder zuversichtlich.

Dann, am Morgen des 22. Oktober, setzten die Wehen ein. Richard war schon ins Kontor gegangen, und obwohl er ihr das Versprechen abgenommen hatte, ihn zu rufen, unterrichtete sie ihn nicht. Sie schickte Käthe zur Hebamme und zu Auguste. Auch Toni hatte Paula angeboten, ihr zur Seite zu stehen. Doch obwohl Auguste selbst nie ein Kind zur Welt gebracht hatte, fühlte sich Paula in ihrer Gegenwart beruhigter.

Die Hebamme kam und untersuchte Paula, nickte zufrieden. »Das Kind kommt heute, aber es wird noch dauern. Ich gehe jetzt noch einige Wöchnerinnen besuchen, dann komme ich wieder. Hier sind die Adressen, falls etwas ist und du mich brauchst, Kind.«

Klara Großnitz war schon älter und hatte viel Erfahrung, und das spürte Paula. Ohne zu fragen und vermutlich auch ohne groß nachzudenken, hatte sie Paula von Anfang an geduzt, dadurch fühlte sie sich geborgen und sicher.

»Sie gehen wieder?«, fragte Auguste verdutzt.

»Nur für einen Moment. Ich muss noch nach anderen Frauen schauen, die schon entbunden haben. Paula ist nicht die Einzige, die in Berlin ein Kind bekommt.« Sie lächelte. »Du solltest dich bewegen, wenn es geht – laufe durch die Wohnung, das hilft.«

»Soll sie das Kind im Laufen bekommen?«, fragte Auguste kopfschüttelnd.

Die Hebamme zog nur die Augenbrauen hoch, nicke Paula zu und verließ die Wohnung.

Paula folgte ihrem Rat, ging den Flur entlang bis zur Küche und wieder zurück, zweimal durch das Wohnzimmer, eine Runde im Schlafzimmer und wieder zurück in den Flur. Wenn eine Wehe kam, blieb sie stehen, spürte in sich hinein, fühlte die Kraft, die in ihr arbeitete.

In den ersten zwei Stunden kam sie immer bis ins Schlafzimmer, bevor die Wehen einsetzten, dann aber wurden die Abstände kürzer, die Schmerzen heftiger.

Wann, fragte sie sich und wischte sich den Schweiß von der Stirn, sollte ich die Hebamme wieder rufen? Muss das so sein? Wie schlimm wird es? Für einen Moment bedauerte sie, ihre Mutter nicht an ihrer Seite zu haben, denn Toni hatte das alles fünfmal durchgestanden und würde ihr sicherlich sagen können, was normal war oder ob sie sich Sorgen machen musste.

Sollte sie sich vielleicht doch in die Klinik bringen lassen? Paula wusste es nicht, und die Unsicherheit setzte ihr zu.

Doch dann schellte es, endlich war die Hebamme wieder zurück.

»Das machst du fein, Kindchen. Ganz fein. Es wird auch nicht mehr lange dauern. Nun gehen wir noch ein paar Schritte gemeinsam, und ich schaue, wie gut die Wehen sind.«

Käthe hatte immer wieder Holz und Kohlen nachgelegt, Auguste hatte sie dazu angehalten.

»Warum ist es in der Wohnung so heiß?«, fragte die Hebamme und öffnete die Fenster im Wohnzimmer weit, ließ die frische, klare Herbstluft in den Raum.

»Muss es nicht warm sein, wenn ein Kind kommt?«, wollte Auguste irritiert wissen. »Und was ist mit dem Wasser? Müssen wir nicht Wasser kochen?«

»Ich brauche nur einen kleinen Topf mit kochendem Wasser«, sagte die Hebamme. »Und ein paar saubere und gebügelte Laken – aber die liegen ja schon bereit, das habe ich gesehen.« Sie schmunzelte. »Der Ehemann ist ja nicht da. Wäre er hier, würde ich ihn in die Küche schicken und das Wasserkochen beaufsichtigen lassen. Da hätte er eine Aufgabe und würde nicht zum Schnaps greifen …«

Auguste lachte laut.

Im Schlafzimmer lüftete Frau Großnitz einmal durch, dann schloss sie die Fenster wieder. »Hier soll es schon warm sein«, erklärte sie. »Aber Luft bekommen wollen wir ja trotzdem.« Sie wusste über Paulas Asthma Bescheid und half ihr immer wieder, richtig Luft zu holen und tief in den Bauch zu atmen. Nach zwei weiteren Stunden brachte sie Paula ins Schlafzimmer. »Nun dauert es nicht mehr lange«, sagte sie. »Und es läuft alles gut.«

Ihre ruhige und bestimmte Art gab Paula Vertrauen. Sie ließ sich ganz auf die Hebamme ein. Die Wehen überrollten sie, waren schmerzhaft, aber nie hatte sie das Gefühl, keine Luft zu bekommen.

Als Richard abends nach Hause kam, war seine Tochter schon geboren. Die Zimmer waren aufgeräumt, die blutigen Handtücher und Laken, die Nachgeburt und alles, was von diesen intimen Dingen zeugte, weggebracht worden.

Richard konnte es nicht fassen. »Ich bin Vater? Ich bin wirklich und wahrhaftig Vater?«

»Ja«, sagte Auguste und schob ihn ins Schlafzimmer. »Und nun geh und preise deine tapfere Frau.«

Nervös und ein wenig unsicher trat Richard an das Bett, in dem Paula lag, das Neugeborene in ihrem Arm.

»Es ist ein Mädchen, Richard. Sie ist ganz gesund und hat eine kräftige Stimme. Sie hat sofort nach Luft geschnappt und ihre Ankunft verkündet – laut und stark.«

»Wie geht es dir, meine Liebste? Warum hast du mich nicht holen lassen?«

Paula lächelte. »Ich bin glücklich, so glücklich – es ist unbeschreiblich.« Sie sah ihn an, schmunzelte. »Du wärst hier keine Hilfe gewesen. Aber es ist alles gut verlaufen, viel besser, als ich gedacht hätte.«

»Ihre Frau hat das sehr gut gemacht. Eine schnelle Geburt, eine leichte Geburt, dafür, dass es das erste Kind ist und ihre Lunge angeblich so schwach«, sagte die Hebamme. »Aber nun braucht sie Ruhe.«

Richard küsste Paula zärtlich, dann nahm er das Bündel, das fest in Tücher gewickelt war, vorsichtig hoch. »Meine Tochter«, sagte er ehrfürchtig. »Meine Tochter. Mein Kind. Mein wahres Kind.« Er sah Paula an. »Vera Dehmel. Vera – die Wahre.«

Sie hatten sich vorher über Namen unterhalten, hatten einige aufgeschrieben, die ihnen beiden gefielen. Aber sie hatten abwarten wollen, das Kind erst sehen wollen, bevor sie eine Entscheidung trafen.

Paula nickte zufrieden. »Vera. Ja, sie ist eine Wahre. Ein Zeichen unserer wahren Liebe!«

So waren sie nun eine Familie, eine glückliche Familie. Paula hatte nicht geglaubt, dass die Mutterschaft sie so sehr beglücken würde. Doch das herzige Kind füllte ihre ganze Seele. Eine Amme kam nicht infrage, Paula stillte Vera.

Und so zog Richard in den ersten Wochen doch auf die Liege ins Kinderzimmer. Auch er ging auf in der Rolle des Vaters, fühlte sich angekommen, beglückt mit seinen Lieben.

Oft, wenn er nach der Arbeit nach Hause kam, fand er Paula mit dem Kind auf dem Arm vor, sie sang leise oder sprach Reime, die sie sich ausdachte. Kleine, lustige Kinderreime.

Eines Abends, es war kurz nach dem Beginn des neuen Jahres, setzte sich Richard mit einem Notizbuch hin. Vera hatte Bauchschmerzen und jammerte. Paula trug sie durch die Wohnung, schaukelte Vera und reimte vor sich hin.

»Aus heißem See, über Sternen und Schnee rauschen die Schäume, lauschen die Träume … mein Veralein, mein liebes Kind, nun schließ die Augen doch geschwind.«

Dann summte sie wieder, rieb dem Kind sanft über den Bauch.

»Leise, Veralein, leise, der Mond geht auf die Reise,

hmm, hmmm hmmm … So sei doch nun auch leise, mein liebes Verakind.«

»Das ist gut«, sagte Richard. »Das ist wirklich gut. Ich habe es aufgeschrieben.«

Verdutzt schaute Paula ihn an. »Was ist gut? Was hast du aufgeschrieben?«

»Deine Kinderreime.«

»Das sind doch keine Reime – das ist das, was mir gerade so in den Sinn kommt.«

»Du hast ein Gespür für Sprache, für diese Art von Reimen. Das ist wunderbar, Paula. Du solltest das notieren, daran arbeiten!«

Sie warf ihm einen langen Blick zu. »Wann? Wann soll ich es notieren und daran arbeiten?«

Richard senkte den Kopf. »Wenn du es willst, wird sich dafür sicherlich eine Gelegenheit finden.«

Vera war endlich eingeschlafen. »Pst«, machte Paula und trug das Kind ins Schlafzimmer, legte es behutsam in die Wiege.

Kann ich das, fragte sie sich, als sie endlich im Bett lag. Hat er recht? Kann ich dichten?

Sie hatte immer schon viel geschrieben, aber dichten, so wie Richard es tat und so gut konnte, das lag ihr nicht, das wusste sie. Doch Kinderreime waren etwas anderes. Auch Rätselgedichte waren ihr immer schon leicht aus der Feder gekommen. Vielleicht sollte sie wirklich anfangen, etwas davon aufzuschreiben.

Im Juli packte sie ihre Sachen und die kleine Vera, Auguste hatte sie für ein paar Wochen nach Ahrenshoop eingeladen, und auch Richard drängte sie, an die See zu fahren.

Sie solle sich dort erholen, solle dort Kraft schöpfen, denn Paula war wieder guter Hoffnung. Dass die zweite Schwangerschaft so schnell auf die erste folgte, damit hatten sie nicht gerechnet. So sehr sie Vera auch beglückte, so sehr sie in der Elternschaft aufgingen – ein weiteres Kind kaum ein Jahr nach dem ersten war doch etwas, was ihnen Sorge bereitete.

»Du musst auf dich achtgeben«, sagte Richard. »Du musst bei Kräften bleiben. Ich habe einige Reisen vor mir, da ist es gut, dich in Augustes Obhut zu wissen.«

Diesmal war es ein wenig mehr Gepäck, das sie nach Ahrenshoop schickten, als sonst.

Die lange Reise mit dem kleinen Kind war anstrengend, aber als Hein mit der Kutsche vor dem Bahnhof stand, lachte Paula erleichtert auf.

»Es ist jedes Mal ein wenig wie nach Hause kommen, nicht wahr?«

Auguste nickte. »Aber die Kutschfahrt wird sich noch ziehen. Wie immer.« Sie nahm Paula das quengelnde und übermüdete Kind ab, stieg ein. »Doch auch das werden wir schaffen.«

Zu ihrer Überraschung und Erleichterung fand Vera die Kutschfahrt besser als die lange Zeit im Zug, und das Schaukeln und Rütteln schienen sie sogar schläfrig zu machen.

Wieder hatten Minna, Else und Marie alles vorbereitet, das Gästezimmer wurde zum Kinderzimmer.

Ein paar Tage später schrieb Paula an Richard.

Liebster!

Grau, grau, grau, trüb ist's. Heute. Gestern hatten wir herrlichen Sonnenschein. Unsere Vera ist seelenvergnügt, freut sich an allem Neuen, mit Hund, Katz, Kuh, mit Gras, Blumen und mit den holprigen Wegen, die, wie sie wohl glauben mag, nur zu ihrer Lust erschaffen sind. Nur mit dem Schwein will sie nichts zu tun haben: Das Grunzen ist ihr, so glaube ich, unangenehm. Sie zieht Schippchen, wenn sie in die Nähe von diesem nützlichen Wurst- und Schinkenspender kommt.

Ich habe aus dem Dorf ein Wägelchen bekommen und kann so mit Veralein umherfahren, und sie liebt es, liebt den Sand, den Wind, das Rauschen des Meeres. Auch mir geht es hier sehr gut, wenn nur das Wetter wieder umschwingen möchte – ein wenig Sonne und Wärme würden mir noch besser gefallen.

Sandige Grüße
von Deiner Dich liebenden
Paula

Zwei Tage später erhielt sie einen Brief von Richard. Zu ihrem Erstaunen kam er aus Cremmen, Richard war bei seinen Eltern zu Besuch und nicht in Berlin.

Es war ein langer Brief, und Paula war froh, dass Marie ihr das Kind abnahm. Sie setzte sich in den Wintergarten. Hatte Richard ihr neue Texte geschickt? War er fleißig gewesen, nun, da er allein war? Immer, wenn er etwas Neues geschrieben hatte, gab er es ihr zur Prüfung. Ihre Meinung war ihm wichtig.

Mein einziges Herz!, schrieb er, und sie wurde stutzig. Seine Schrift, die sonst immer so klar und deutlich war, sah aus, als hätte er nun die Worte in aller Eile, gehetzt, geschrieben. War etwas vorgefallen?

Denn alles, was mir ins Gefühl tritt, bewegt mich so, als wird es erst von Dir mir zugetrieben und flösse wieder auch zu Dir zurück. Und so weiß ich immer gewisser – oft selig, manchmal furchtsam schmerzlich –, dass ich ohne Dich nicht leben kann …

Beunruhigt las sie weiter, las seine Zeilen, konnte erst nicht fassen, was er ihr schrieb. Richard war, das wusste sie, von einer manchmal sehr schmerzlichen Ehrlichkeit. Er sprach aus, was er dachte und fühlte. Aber eben das machte ihn aus, machte ihn zu etwas Besonderem.

Und nun erfuhr sie, dass er litt, dass er unter den vielen Trennungen litt – wenn sie an der See war oder er auf Reisen.

Er hat mich hierhergeschickt, wollte, dass ich fahre, dachte sie. Er hat mich ja gedrängt. Und nun ist es ihm zu viel?

Du weißt, las sie weiter, *dass mein Herz schwach und leicht entflammbar ist. Ich bin schwach – ja, das bin ich. Aber meine Liebe zu Dir ist stark.*

Nur manchmal – manchmal, da geht es mit mir durch. Mit Liebe hat das rein gar nichts zu tun, es ist die Sinnlichkeit der Frau, die mich treibt, in ihre Arme treibt.

Paula senkte den Brief, schaute nach draußen, sah jedoch nichts, denn ihre Augen hatten sich mit Tränen gefüllt. Es brauchte eine Weile, bis sie sich wieder gefasst hatte und seine Beichte weiterlesen konnte.

Käthe, die kleine Käthe – ihr Hausmädchen –, hatte ihn, so schrieb er, mit ihrer Sinnlichkeit verführt. Nein, Liebe war es nicht, er liebte nur sie – Paula …

Ich will doch nun versuchen, meiner Triebe wieder Herr zu werden. Verdamm sie nicht, das arme Mädchen. Sie wusste es nicht besser.

Denn mir ist es Natur, dir treu zu sein, wie man eben seinem eigenen Leibe treu ist, auch wenn man ihm Übles antut. Das weiß ich jetzt, vorher ahnte ich es nur, und das war wertlos. Und das Einzige, was mich schmerzt, ist: Dass ich dieser Erfahrung bedurfte und Du nicht, Du Reinere …

Der immer noch Deine!

Paula kannte ihren Mann, sie kannte ihn gut. Er war ein Charmeur, und er lechzte nach Aufmerksamkeit und Lob. Hatte sie ihm das in den letzten Monaten zu wenig gegeben?

Sie hatte, das wurde ihr nun bewusst, gedacht, dass auch Richard in seiner Rolle gewachsen sei. Dass er, als Vater, ein wenig Abstand nehmen würde von seiner Eitelkeit. Dass auch ihn das Leben mit dem Kind erfüllte – so wie sie. Doch darin hatte sie sich getäuscht. So sehr er Vera auch liebte, und dessen war sie sich sicher, er brauchte dennoch das Lob und die Aufmerksamkeit, die sie nun zwischen ihm und Vera aufgeteilt hatte.

Bald schon, im späten Herbst, würde ein weiteres Kind dazukommen, welches auch ihre Aufmerksamkeit brauchte.

Würde er sie dann verlassen? Fallen lassen? Würde er sich anderen Frauen zuwenden?

Der Schmerz traf sie tief. Waren sie nicht glücklich gewesen? Zufrieden mit dem, was sie hatten? Richard hatte so lange auf sie gewartet, darauf gewartet, dass die Eltern der Verbindung endlich zustimmten, und nun betrog er sie mit dem Küchenmädchen?

Nie in den letzten Jahren, Monaten oder Wochen hatte sie seine Liebe angezweifelt, hatte sich darüber Gedanken gemacht. Sie waren die Dehmels – sie versammelten Künstler und Intellektuelle um sich, diskutierten über Kunst, Literatur und die Gesellschaft. Eine neue, eine lebendige, eine interessierte Gruppe von Malern, Bildhauern, Literaten – aber auch einige Juristen, Ökonomen und Ärzte waren darunter.

Die meisten von ihnen waren verheiratet. Ja, es gab Strömungen, die von Freiheit sprachen, von einem freien Miteinander, der freien Liebe und Lust, Paula hatte dies bisher für einen eher theoretischen Diskurs gehalten. Natürlich kannte sie Männer und Frauen, die sehr offen miteinander umgingen, Lou Andreas-Salomé gehörte zu ihnen, aber es waren nur wenige. Das hatte sie zumindest angenommen. Aber nun auch Richard?

Paula nahm ihren Mantel, schlüpfte in ein Paar Galoschen und ging zum Strand. Der Juli war in diesem Jahr eher kühl und windig. Heute kam ihr das gerade gelegen, hoffentlich würde der Wind die wirren Gedanken aus ihrem Kopf pusten und sie wieder klar werden lassen.

In ihr bohrte und schmerzte es aber, auch der Spaziergang brachte keine Erleichterung. Wie sollte sie sich verhalten? Was sollte sie tun?

An dem Abend überließ sie Marie das Kind und zog sich früh zurück. Die Nacht verbrachte sie schlaflos.

Auguste musterte sie am nächsten Morgen, als sie gemeinsam das Frühstück einnahmen. »Muss ich mir Sorgen machen? Soll ich den Arzt rufen?«

»Mir geht es gut«, murmelte Paula schwach.

»Unfug, ein Blinder mit einem Krückstock kann sehen, dass es dir nicht gut geht. Du bist blass, du hast Ringe unter den Augen, du isst nichts – und ich habe dich die ganze Nacht in deinem Zimmer umherwandern hören. Also los, was ist es, wir sind doch unter uns, Paula. Ist etwas mit dem Kind? Hast du Schmerzen?«

Paula sah sie an, dann senkte sie den Kopf. »Ja, ich habe Schmerzen, aber keine körperlichen.« Stockend erzählte sie der Tante von Richards Beichte.

»Er ist also mit dem Küchenmädchen ins Bett gestiegen?« Auguste schnaufte. Sie stand auf, stemmte die Fäuste in die Hüften und ging zum Fenster. Nach einer Weile setzte sie sich wieder. »Nun gut«, sagte sie dann. »Was willst du jetzt tun?«

»Was kann ich denn tun?«, schluchzte Paula verzweifelt. »Ich habe ein kleines Kind, erwarte das nächste. Mein Tag ist angefüllt von morgens bis abends. Soll ich ihn denn jetzt noch jeden Abend verführen? Ihm hübsche Augen machen und die Anfänge unserer Verliebtheit wieder aus dem Hut zaubern?«

»Nein, das sollst du nicht. Das wäre deiner unwürdig«, antwortete Auguste bedächtig.

»Aber was mache ich denn nun? Werfe ich mich heulend und schmollend auf das Sofa, werde zur eifersüchtigen Furie? Auch das bin doch nicht ich. Ich liebe Richard, liebe ihn von ganzem Herzen, mit jeder Faser meines Körpers ... Es tut so weh!«

Auguste ging zu ihr und nahm sie in die Arme, wiegte sie. »Weine, komm, weine. Tränen sind gut, sie waschen den Kummer von der Seele. Jammer ruhig, hier kann dich keiner hören und sehen. Du darfst verzweifelt sein, so verzweifelt, wie du es bist und drüber hinaus.«

»Und dann?«, fragte Paula schniefend.

»Danach wäschst du dir das Gesicht, richtest den Kopf und streckst die Schultern. Richard liebt und braucht dich – das tut er, das weiß ich genau. Du bist seine Muse und gibst ihm Kraft. Und dein Wort und deine Meinung über seine Schriften sind ihm heilig.

Und genau das ist dein Vorteil. Du bist klug, du bist blitzgescheit, und du verstehst genau, was Richard sagen will – und kannst ihn sogar verbessern.«

»Ich bin aber nicht mehr so jung und nicht so anmutig wie das Küchenmädchen. Meine schlanke Taille habe ich verloren und … nun ja … meine Haut hat gelitten.«

»Das ist der Lauf der Dinge«, sagte Auguste. »Es bedeutet aber nicht das Ende der Welt, Paula. Er ist mit diesem jungen Ding ins Bett gegangen, aber nicht, weil er sich in sie verliebt hat. Nein. Ein Richard verliebt sich nicht in einen Körper, er verliebt sich in den Geist, die Klugheit und die Seele – und da kann eine Käthe nicht mit dir mithalten. Es ist nicht Liebe, es ist nur Lust, die Richard getrieben hat. Bedauerlicherweise sind manche Männer so …«

»Werner war nie so!«

»Doch, das war er wohl. Und ich möchte nicht wissen, wie viele Liebschaften und amouröse Abenteuer er auf seinen Touren gehabt hat. Es werden einige gewesen sein.«

»Du wusstest davon?«

Auguste nickte. »Natürlich. Geschickt war er nicht – da fand sich ein Taschentuch, blumig duftend, in seinem Koffer und noch manch anderes Beweisstück.«

»Was hast du getan?«

»Ich habe darüber hinweggesehen, natürlich. Er kam schließlich immer zu mir zurück. Und so habe ich ihm klargemacht, dass er gefälligst diskret sein soll, wenn er schon nicht von anderen Brüsten lassen könne. Eine dauerhafte Liebschaft hätte ich ihm jedoch nicht verziehen, und das wusste er wohl.«

Paula senkte den Kopf. »Mir vorzustellen, dass Richard immer und immer wieder das Vergnügen bei anderen Frauen suchen wird, ist unerträglich«, wisperte sie.

»Richard ist nicht Werner«, entgegnete Auguste. »Und die Zeiten heute sind anders, als sie damals waren. Richard hat sich ausprobiert, und nun schämt er sich.«

»Zu Recht!«

»Das stimmt schon, nur solltest du weder schmollen noch ihn zappeln lassen. Du musst dich natürlich entschieden gegen diesen Seitensprung aussprechen, aber danach würde ich an deiner Stelle kein Wort mehr darüber verlieren.«

»Großmütig verzeihen«, sagte Paula nachdenklich.

Auguste nickte. »Du wirst dafür schon die richtigen Worte finden, mein Kind – das weiß ich.«

»Käthe muss gehen. Was hat sie sich nur dabei gedacht?«

»Richard wird ihr imponiert haben, und träumt nicht jedes Küchenmädchen vom Aufstieg aus der Hinterstube ins eheliche Schlafzimmer? Aber selbstverständlich wird sie gehen. Ersatz ist schnell gefunden – Mädchen gibt es wie Stroh in der Scheune, nur diesmal werden wir bei der Wahl andere Kriterien zugrunde legen. Ein hübsches, junges Ding sollte dir nicht mehr ins Haus kommen.«

Paula hörte die Worte ihrer Tante, sie waren klug, aber es fiel Paula dennoch schwer, sich mit der Situation abzufinden. Trost fand sie wieder einmal in der Musik. Im Regal neben dem Klavier lagen noch die Noten, die sie damals, als sie das erste Mal im Kapitänshaus gewesen waren, gekauft hatten. Es waren die Partituren der *Zauberflöte*. Paula blätterte in den Noten, nahm dann ein Stück heraus und setzte sich an das Klavier. Langsam fing sie an zu spielen. Ihre Finger waren nicht mehr so geschmeidig wie früher. Sie hatte sich das Duett von Papageno und Papagena ausgesucht – die vielen Triller am Anfang brachten sie erst fast zur Verzweiflung, doch sie ließ nicht locker, spielte wieder und wieder, summte mit und dachte an den lustigen Text.

Damals, als sie in der Königlichen Oper gewesen waren, da wusste sie noch nicht, was ihr das Leben bringen, wohin es sie führen würde. Richard existierte zu der Zeit noch nicht in ihrem Leben. Und doch hatte sie schon damals das heitere Liedchen sehr angesprochen.

Papageno hatte seine Papagena gefunden, und die beiden träumten von der gemeinsamen Zukunft und vielen Kindern.

»Erst ein kleiner Papageno, dann eine kleine Papagena … es ist das höchste der Gefühle, wenn viele, viele … der Eltern Segen werden sein.« So lautete der Text, und wieder kamen Paula die Tränen.

Hatten nicht Richard und sie auch von einer Familie geträumt? Von Kindern, der Krönung ihrer Liebe?

Wieder spielte sie das Stück, nun gelangen ihr die Triller schon besser. In ihrem Bauch regte es sich, ein kleiner Tritt hier, ein leichter Schlag da – das ungeborene Kind schien die Musik auch zu mögen. Vielleicht tanzte es ja zur Melodie.

Paula legte die Hand auf den Bauch, spürte die Bewegungen. Dort lebte es, wartete darauf, geboren zu werden – das Kind ihrer Liebe. Es hatte Glück verdient, eine glückliche Familie – Paula liebte es jetzt schon.

Ich werde dich immer und immer lieben, dachte sie. Dein Vater sicherlich auch, selbst wenn er gerade vom Weg abkommt.

Am nächsten Tag setzte sie sich mit ihrer Schreibmappe in den Wintergarten, sie musste eine Antwort finden, Worte, die klug genug waren, um Richard nicht von ihr wegzutreiben, aber die dennoch zeigten, wie verletzt sie war. Doch die Worte ließen sich nicht finden.

Wieder setzte sie sich an das Klavier, nahm sich nun das Lied vom Vogelfänger vor. Die Tonfolge seiner Flöte war so munter, so heiter. Ihr fielen die Reime ein, die sie Vera vortrug, mit der sie ihre Tochter unterhielt. Kitzel- und Anziehreime, kleine Verschen, die sich in Paulas Kopf fanden und den Weg nach draußen suchten.

Nun nahm sie Papier und Feder, schrieb einige der Verse auf. Laut las sie sich die Reime vor, hier stimmte der Vers noch nicht, da der Reim – aber es machte ihr Vergnügen, daran zu feilen und zu arbeiten. Schon bald hatte sie ein paar Seiten gefüllt. Und nun flossen auch die Worte wieder. Sie würde Richard schreiben, sie würde Worte benutzen, so wie er es tat, denn das konnte sie – wurde ihr klar –, wenn auch anders als er. Ich muss es mit Witz machen, mit Leichtigkeit, ich muss eine Papagena sein.

Lieber Richard,

ich habe Deine Zeile natürlich gelesen. Käthe werde ich auch schreiben, will auch gerne noch einmal mit ihr verkehren und versuchen, ihren Weg zu ebnen – aber in unserem Haus darf sie nicht bleiben. Da würde mir ja Angst und Bange, denn sie würde mich wohl, trotz all der besten Vorsätze, glaub ich, vergiften, erdrosseln oder sonst etwas tun, um mich loszuwerden. Denn wie sie nun mal ist, würde sie schrecklich eifersüchtig sein, da sie Dich doch auf eine Art lieben muss – oder nicht? Aber – Scherz beiseite – das wirst Du mir doch nicht zumuten?

Ich hoffe, wir können dieses Ereignis schnell ad acta legen.

Hier ist jetzt ein toller Sturm. Die Bäume biegen sich, am Strand weht uns der feine Sand in die Augen, dass man schnell kehrtmacht, aber kräftig und stärkend ist die Luft, dass ich mich hier sehr abhärten werde. Ich bin, trotz der seelischen Aufregung der letzten Zeit, kerngesund und hoffe es auch zu bleiben!

Unsere Kleine ist ein wahrer Ausbund von Übermut, sie ist von früh bis spät vergnügt, mir lacht das Herz, wenn ich sie sehe.

Dir fehlt sie wohl gar nicht, Du Rabenvater?

Wie weit bist Du mit Deiner Korrektur? Dein Märlein vom Engel, das Du mir mitgegeben hast, ist sehr zart und schön – ich aber bin keiner und möchte auch um keinen Preis einer sein …

Nun will ich einen dicken Strich ziehen ____________ so,

Deine Paula

KAPITEL 18

Im August kehrten sie nach Berlin zurück. Obwohl sie sich viele Briefe geschrieben hatten und Richard ihr immer wieder seine Liebe versicherte, war Paulas Herz schwer. Die zweite Schwangerschaft, so kurz nach der ersten, zehrte zudem an ihrer Konstitution. Käthe hatte den vereinsamten Haushalt – Richard hatte meist bei Freunden oder seinen Eltern in Cremmen gewohnt, oder er war auf Tagungen gewesen – in Schuss gehalten. Nun stand sie mit gepackten Koffern und tränenüberströmt in der Küche.

Paula dauerte das Mädchen. Sie schrieb ihr ein gutes Zeugnis und verhalf ihr zu einer neuen Anstellung bei einem alten Ehepaar ohne Kinder.

Auguste hatte inzwischen Minna auf die Suche geschickt, und schon wenige Tage später war ein neues »Mädchen« da. Tilde war deutlich älter als Paula und hatte ein großes Feuermal auf der linken Gesichtshälfte. Nach zwei Tagen berichtete Paula ihrer Tante begeistert: »Minna hat hervorragend gewählt! Tilde kocht beinahe so gut wie Else, zudem ist sie ein Sparfuchs. Außerdem liebt Vera sie. Die beiden haben sich sofort ins Herz geschlossen.«

Wenigstens diese Sorge war Paula nun genommen. Mit bangem Herzen jedoch sah sie der Rückkehr ihres Mannes entgegen.

Als Richard zu später Stunde kam, schlief Vera bereits. Er schlich in das Kinderzimmer, schaute seine Tochter lange an. Dann schloss Richard Paula in die Arme.

»Mein Herz, meine Sonne – es ist so gut, dich wiederzuhaben!« Er küsste sie zärtlich, zog sie ins Schlafzimmer. Paula hatte mit ihm reden wollen, doch sie fügte sich und folgte ihm.

Am nächsten Morgen tat er, als sei nichts passiert. Als ihm Paula Tilde vorstellte, zog er nur amüsiert die Augenbrauen hoch.

»Heute Abend«, kündigte er an, »kommt Besuch. Wie du weißt, habe ich schon lange mit Detlev von Liliencron korrespondiert, in diesem Sommer haben wir uns endlich kennengelernt. Er ist ein großer Mann, ein wahrer Künstler. Du kennst einige seiner Schriften und wirst ihn sicherlich mögen. Wahrscheinlich kommen noch ein paar andere Freunde. Es wäre schön, wenn einiges zu speisen und genügend Getränke da wären – aber darum wirst du dich ja sicherlich kümmern.«

»Richard, wir sind gerade erst angekommen ...«, warf Paula ein.

»Und alle haben dich vermisst. Liliencron brennt darauf, meine reizende Frau kennenzulernen.«

Eine feste Zahl an Gästen, die er geladen hatte, konnte Richard ihr nicht nennen.

»Es wird kein Menü geben«, erklärte Paula Tilde. »Nur eine Art Buffet, von dem sich jeder nehmen kann. Und vielleicht eine Suppe.«

»Is jut«, sagte Tilde und nickte. »Wolln Se einkaufen gehn, Gnädigste? Ick pass solang auf das Blach auf. Wir verstehn uns ja gut, wa?«

Gemeinsam überlegten sie, was sie servieren könnten, dann zog Paula los. Der Nachbarsjunge war bereit, gegen einen kleinen Obolus, die Einkäufe zu tragen. Tilde rührte, kochte, schnippelte den ganzen Nachmittag, während Paula versuchte, die Wohnung einigermaßen hübsch herzurichten und gleichzeitig Vera im Zaum zu halten.

»Du vermisst das Kapitänshaus, den Strand und das Meer, meine Zuckerschnute, nicht wahr? Tröste dich – ich auch. Morgen gehen wir in den Park, das verspreche ich dir. Da gibt es keine Kuh, aber auch kein Schwein!«

Vera gluckste und lachte, und Paulas Herz ging auf. Das kleine Mädchen war ihre größte Freude.

Der Tisch war gut gefüllt, als Richard wiederkam. Er brachte Detlev von Liliencron direkt mit, stellte ihn Paula kurz vor und ging dann sich frisch machen und umziehen.

Früher hätte Paula Richards Verhalten amüsant gefunden, hätte sich mit dem noch unbekannten Gast zwanglos unterhalten, an dem heutigen Abend wollte ihr das nicht recht gelingen.

Sie versuchte sich kläglich in Konversation, aber ein Funke wollte nicht überspringen, und Liliencron betrachtete sie voller Skepsis, wie sie sehr wohl bemerkte.

Doch dann schellte es, und Paula konnte zur Tür eilen. »Julius! Heinrich! Wie schön, euch zu sehen!« Sie spähte über die Schulter der beiden, die sie herzlich begrüßten, entdeckte ihren Bruder. »Franz!« Nun konnte sie erleichtert aufatmen. Jetzt gingen ihr die lustigen und leichten Worte schnell über die Lippen, und bald schon schienen alle sich köstlich zu amüsieren.

Hedwig Lachmann hatte sich dem Friedrichshagener Freundeskreis in diesem Sommer angeschlossen, und Heinrich Hart hatte sie spontan eingeladen. Auch Bertha von Suttner schaute kurz vorbei, aß etwas von der Suppe, nahm sich zwei Brote, legte Richard einen Stapel Papiere auf den Schreibtisch und ging wieder.

»Noch eine Woche«, neckte Paula Franz, »dann bist du kein Junggeselle mehr. Bist du aufgeregt?«

»Gar nicht«, sagte Franz, zeigte seine Hände vor, die übertrieben zitterten. »Ich soll euch schön von Martha grüßen und Vera soll ich küssen. Martha wollte auch kommen, aber ihre Mutter hat alle Planungen wieder einmal umgeworfen. Gefühlt das fünfzigste Mal.«

»Ich hoffe«, sagte Richard zu Franz, »du hast es dir gut überlegt. Noch hast du Zeit, um davonzulaufen. Noch. Ist deine Martha wirklich so wie meine Paula? Mein Weib gehört nämlich zu den wenigen, mit denen eine Ehe möglich ist – ich meine, eine freie, ungezwungene Gemeinschaft des Fühlens, Strebens, Glaubens und Begreifens, die keine sinnliche Erfahrung erschüttern kann.« Er sah stolz lächelnd in die Runde.

»Das ist wunderbar, ganz wunderbar, Richard – Glückwunsch zu dem Weibe! Ich habe bisher keine solche Frau gefunden, aber ich bin auch erst bei der zweiten«, lachte Liliencron. Dann sah er Franz an. »Um Gottes willen – heiraten Sie nicht!«

»Außer deine Martha ist so eine Freundin der Instinkte, wie es mir Paula ist«, wandte Richard ein. »Aber solche Frauen sind rar.«

»Wie das mit Marthas Instinkten bestellt ist, werde ich wohl frühestens in zwei Wochen berichten können«, sagte Franz und zwinkerte Richard zu. »Was ich jetzt schon sagen kann – ich hätte zu gerne so ein Hausmädchen wie ihr. Was ist mit Käthe passiert? Wurde die Neue hypnotisiert und hat nun alle Rezepte von Tante Gustes begnadeter Köchin Else im Kopf? Das Essen ist gar köstlich.«

»Käthe musste uns leider verlassen«, sagte Paula und wusste, dass ihre Stimme ein wenig spitz klang, sie hätte sich zugleich dafür ohrfeigen können. »Auguste hat uns ein neues Hausmädchen besorgt.«

»Ich wusste es – ich muss Tante Guste fragen, sie hat die besten Beziehungen«, sagte Franz lachend. Dann stutzte er, sein Blick wanderte besorgt zu seiner Schwester, dann zu seinem besten Freund. Doch Richard war inzwischen wieder ins Gespräch mit Liliencron vertieft.

Die Stimmung war gut, keiner schien bemerkt zu haben, dass der Haussegen schief hing. Paula bemühte sich auch sehr, es keinen spüren zu lassen. Statt ihren Kummer zu pflegen, unterhielt sie sich lange mit Hedwig Lachmann, die erst seit Kurzem in Berlin war. Die beiden Frauen waren sich von Beginn an sympathisch und versicherten sich, in Kontakt zu bleiben.

Beim Abschied nahm Franz seine Schwester in den Arm. »Wenn du reden willst, weißt du ja, wo du mich findest«, raunte er ihr ins Ohr. Schnell zwinkerte Paula die plötzlich aufkommenden Tränen weg. Dann zwang sie sich zu einem Lächeln.

»Ich freue mich auf eure Hochzeit.«

Die Feier fand im Familienkreis statt. Richard konnte nicht teilnehmen, er musste wieder in die Schweiz reisen und machte danach noch einen Halt bei Freunden in München. Vielleicht war das Fest deshalb so schön, friedlich und harmonisch, überlegte Paula anschließend. Aber sie verschloss ihre Sorgen und Gedanken, versteckte sie tief in ihrem Inneren.

Die nächsten Wochen und Monate verliefen ruhig. Paula hatte mit Richard gesprochen, er sah ein, dass seine begeisterte Einladung der Freunde doch ein wenig zu viel für Paula gewesen sein könnte. Natürlich sahen sie weiterhin Freunde, aber es gab keine »offenen« Zusammenkünfte mehr, denn Paula wurde das Leben mit Kleinkind und wachsendem Bauch immer schwerer.

Tatsächlich veränderte Richard sein Verhalten ihr gegenüber sehr. Er war fürsorglich, besorgt, kümmerte sich um Vera, wann immer er konnte. An den Wochenenden fuhr er oft mit ihr zu seinen Eltern, die neue Zugverbindung machte es möglich, so dass Paula Zeit bekam, sich auszuruhen. Sie nutzte die Tage und schrieb Verse nieder. Wieder meist die Kinderreime, die ihr in den Kopf kamen, wenn sie sich um Vera kümmerte. Es waren manchmal nur ein paar Zeilen, aber sie sammelte sie, versuchte, daran zu arbeiten.

Dann kam Veras erster Geburtstag, Richard hatte die Brüder Julius und Heinrich Hart eingeladen, die Vera ein Buch mitbrachten; den Struwwelpeter von Heinrich Hoffmann.

Mit gerunzelter Stirn blickte Paula auf das Geschenk. »Es ist das erfolgreichste Kinderbuch – ist das zu glauben?«, empörte sie sich.

»Sieh einmal, hier steht er, pfui! der Struwwelpeter! An den Händen beiden ließ er sich nicht schneiden seine Nägel fast ein Jahr; Kämmen ließ er nicht sein Haar. Pfui! ruft da ein jeder: Garst'ger Struwwelpeter«, rezitierte Julius nachdenklich. »Was erregt dein Gemüt an den Geschichten?«

»Sie sind grausam, Julius. Sie sind furchtbar. Da verbrennt die Pauline, der böse Friedrich wird vom Hund gebissen …«

»Es sind erzieherische Geschichten, Paula – sie sollen die Kinder zum Denken anregen und dazu, auf Regeln zu achten, sich zu benehmen«, meinte Heinrich.

»Natürlich. Erziehung ist wichtig, das weiß ich besser als ihr«, sagte sie und schmunzelte. »Aber hier ist es Graus und Blut und Tod – die Kinder sind so böse – reißen Fliegen die Flügel aus, das tut doch niemand.«

Alle drei Männer senkten ihre Köpfe und schwiegen.

»Ihr habt Fliegen die Flügel ausgerissen?«, fragte Paula fassungslos. »Ihr alle?«

»Dein Bruder bestimmt auch«, sagte Richard. »Ich denke, das tut jeder Junge – es sind Fliegen, meine Sonne, Fliegen – du schlägst sie mit der flachen Hand tot, schneller, als man gucken kann.«

»Aber ich quäle sie nicht«, sagte Paula leise. »Ich schlage schnell zu.«

Richard lachte. »Wir haben aber weder Katzen noch Hunde gequält – oder habt ihr?«

Die Brüder schüttelten den Kopf.

»Ein Nachbarsjunge, der war so wie der Friedrich im Buch«, sagte Julius. »Es gibt solche Kinder.«

»Der Hans«, stimmte Heinrich zu. »Ein grausiger Mensch. Ich glaube, er ist nun Bestatter.«

Alle lachten, aber Paula war sich nicht sicher, ob es ein Scherz war.

»In letzter Zeit habe ich angefangen, meine Reime aufzuschreiben. Sie sollen auch erzieherisch sein, natürlich. Aber nicht mit Gewalt, mit Blut und Grausen und Tod. Man kann Kindern doch auch auf eine nette und sanfte Weise vermitteln, was richtig ist und was falsch.«

»Ein Beispiel?«

Paula suchte in ihrer Kladde. »Es ist noch unrein – aber …«

»Nun los«, ermunterte Richard sie.

Paula holte tief Luft und begann.

»Wer strampelt im Bettchen? Versteckt sich wie'n Dieb? Es ist das Verachen, wir haben sie alle lieb! Was guckt da für'n Näschen?

Ein Mädchen sitzt dran, das ist das Veraleinchen, die ziehn wir jetzt an! Erst wird sie gewaschen, vom Kopf bis zum Zeh, sie weint nicht, sie greint nicht, es tut ja nicht weh! Schnell her mit dem Hemdchen, da schlüpfen wir fein, erst rechts dann links, in die Ärmchen rein. Fix an unsre Strümpfchen, fix an unsre Schuh! Kommt's Händchen, schnürt's Bändchen, schon sind sie zu. Nun Leibchen und Höschen, ein Röckchen kommt auch, sonst friert dem Veraleinchen ihr kleiner, runder Bauch! Das Kämmchen kämmt sachte, aber still muss man stehn, zuletz noch das Kleidchen, o Vera, wie schön!«

Als sie geendet hatte, traute sie sich kaum aufzuschauen.

»Das hast du geschrieben?«, fragte Julius. »Du allein?«

Paula nickte. »Ja, das und einiges andere auch. Es sind schlichte Kinderreime, aber Kinder brauchen keine Literatur, keine großen Gefühle und Gewalten – aber auch keine Drohungen.«

»Es ist … berückend«, sagte Heinrich leise. »Das ist wunderbar. Paula – du bist eine Dichterin!«

»Es sind Kinderreime. Keine Dichtungen«, sagte Paula.

»Das sind Kinderreime, ja. Aber das sind Reime, wie sie die Welt braucht.« Julius stand auf und klatschte. »Bravo!«

Heinrich und Richard schlossen sich ihm an, standen auch auf und klatschten.

»Dafür müssen wir einen Verlag finden.«

»Nein, nein«, wehrte Paula ab. »Ich habe nur ein paar Reime. Gebt mir Zeit. Es werden unvermeidlich immer mehr.« Lächelnd strich sich Paula über ihren Bauch. »Aber die Verse sind noch roh, noch nicht wirklich bearbeitet. Das geht noch besser. Und ich möchte auch nicht Vera als Namen nehmen – nur hier tue ich es natürlich. Ich hätte gerne einen Allerweltsnamen. Einen, der für jedes Kind passt.«

»Da wird uns schon etwas einfallen«, sagte Richard. »Aber erst einmal sollten wir uns auf einen Namen für unser zweites Kind einigen. Viel Zeit haben wir wohl nicht mehr.«

»Nennt ihn Heinrich – ein guter deutscher Name«, sagte Heinrich und grinste schelmisch.

»Julius ist besser – das Geschlecht der Julier stammt von den Göttern ab – das wäre passend für euren Sohn«, feixte Julius.

»Willst du ihn nicht nach dir nennen?«, wollte Heinrich nun wissen.

Richard schüttelte den Kopf. »Er soll ein eigener Dehmel werden und nicht in meine Fußstapfen treten müssen.«

»Und wenn es ein Mädchen wird? Was dann? Juliane? Henrieke?« Paula stemmte sich mühsam aus dem Sessel hoch. »Es wird Zeit für euch zu gehen, meine Herren. Die Walfischdame muss zu Bett.«

Eilig verabschiedeten sich die Freunde.

»Heinrich oder Julius«, sagte Richard nachdenklich, nachdem sie gegangen waren. »Beides sind gute Namen.«

»Mir hat Heinrich schon immer gut gefallen, schon lange bevor ich die Brüder Hart kannte.«

Richard sah sie an, lachte dann. »Eine Henrieke kommt mir nicht ins Haus, wenn, dann will ich eine Liselotte.«

»Ich werde sehen, was sich machen lässt«, sagte Paula schmunzelnd.

Zwei Wochen später, am 15. November 1891, brachte Paula einen kleinen Jungen zur Welt. Auch diesmal war die Hebamme Großnitz dabei, half Paula und unterstützte sie gut. Die Geburt war wieder leicht und schnell.

Paula hatte Vera schon am Tag zuvor zu ihren Eltern geschickt. Diesmal ging es in der Nacht los, und Richard war ganz außer sich vor Aufregung.

»Fahr zu Franz oder zu den Harts«, bat Paula ihn. »Bitte. Geh. Du machst mich ganz nervös, und helfen kannst du eh nicht.«

Zähneknirschend war er gegangen. »Aber du lässt sofort Nachricht schicken, wenn es vorbei ist?«

»Es fängt doch erst an – die Geburt ist ein Anfang, mein Lieber, kein Ende. Zumindest hoffe ich das.«

»Natürlich, natürlich.«

»Es ist diesmal ein Sohn«, begrüßte Auguste Richard, als er am Nachmittag nach Hause zurückkehren durfte. Obwohl Auguste von den Eheproblemen wusste, mischte sie sich nicht ein und blieb Richard gegenüber so herzlich wie zuvor.

»Du warst wieder dabei?«, fragte er zögernd.

»Natürlich. Und es ist alles gut gegangen. Ich habe gezählt – an jedem Fuß fünf Zehen, an jeder Hand fünf Finger. Die Lunge ist noch besser als die von Vera. Du wirst deine Freude haben.«

»Solange er gesund ist, ist alles gut.« Richard eilte ins Schlafzimmer. »Ein Sohn. Mein Sohn.«

»Es ist auch der meinige«, sagte Paula und lächelte schwach. »Es ist unser Kind. Das Kind unserer Liebe.« Sie sah ihn an, suchte seinen Blick, doch er hatte das kleine Bündel schon genommen, hielt es zärtlich in den Armen.

»Wie soll er heißen?«, fragte Paula leise.

»Heinrich. Aber nicht nach Heinrich Hart – sondern nach Heinrich dem Löwen. Oder nach Heinrich dem Achten von Shakespeare. Oder gar nach Heinrich Heine ... Heinrich. Was meinst du?« Nun sah er sie an, fragend.

»Ja. Heinrich. Ein guter Name. Stark und kräftig.«

Das Wochenbett war anstrengend für Paula, ein Kleinkind, kaum ein Jahr alt, und ein Säugling. Richard war wieder häufig auf Reisen, auch nach Hamburg fuhr er regelmäßig, um sich dort mit Detlev von Liliencron zu treffen, die beiden Männer hatten eine tiefe Freundschaft geschlossen.

Paula indes hatte auch eine neue Freundin gewonnen – Hedwig kam sie oft besuchen, nahm ihr Vera ab, oder trug den kleinen Heinrich durch die Wohnung, tätschelte seinen Rücken, bis er einschlief.

Phine war, zu Paulas Bedauern, mit ihrem Mann nach Bayern gezogen. Sie schrieben sich, aber Paula fehlten die Zeit und die Ruhe für lange und intensive Briefe. So nahm Hedwig mehr und mehr den Platz der besten Freundin bei ihr ein.

Immer noch kümmerte sich Richard rührend um Vera, wenn er zu Hause war – aber diese Zeiten wurden immer weniger.

Das Weihnachtsfest, das sie vor zwei Jahren noch so rauschend mit all ihren Freunden gefeiert hatten, war in diesem Jahr sehr ruhig und still. Silvester feierte Richard in Friedrichshagen bei den Freunden, Paula blieb mit den Kindern daheim. Der 31. Dezember war auch ihr Geburtstag, und am Morgen, bevor er aufbrach, hatte Richard ihr ein Gedicht ans Bett gebracht, hatte sie geküsst, doch dann war er gegangen.

Jede Zeile, die Paula las, machte sie fassungsloser. Hatte er es für sie geschrieben? Waren das seine Abschiedsworte an sie?

Heimweh in die Welt
Blieb es doch so lang' vor Liebe stumm;
kann ich doch mein Herz, mein Herz nicht töten.

Was meinte er damit, fragte sich Paula und ahnte es. Richard sehnte sich weg von Wiegen und Windeln, wollte feiern und laut sein, wollte wieder leben wie einst.

War ich Dein, nur Dein in Glut und Nöten;
weißt warum?
Weil mein Herz so wild;
weil es Meere braucht,
wenn der Sturm ins Blut mir taucht;
weil es Deine Tiefen so gefühlt.

Er brauchte sie, ihre Tiefe – ihre Gespräche. Aber natürlich war das weniger geworden, auch wenn Paula sich bemühte, Zeit für Richard zu finden. Doch sie spürte seinen Vorwurf.

Doch wenn nun der Frühling wieder sprießt,
o ich fühl's, ich fühl's, so stumm ich blieb,
und im warmen Sturm der junge Trieb
schwillt und schießt:
wird mein Herz so wild,
weil es Meere braucht,
wenn der Sturm ins Blut mir taucht,
weil es so in alle Weiten fühlt.

Seufzend senkte Paula das Blatt Papier. Es las sich so, als würde er ihr die nächste Liebschaft schon ankündigen. Gab es in Friedrichshagen eine Frau, die ihn anzog? War es wieder eine Küchenmagd? Tilde war es nicht, da war sich Paula sicher. Und wenn es eine Frau mit Geist und Verstand war? Wenn er nicht nur einen jungen Körper suchte, sondern auch ein geistiges Pendant? Oder gar schon gefunden hatte? Ihr Magen krampfte sich zusammen.

Hast es doch gewußt. Es war im Mai:
als der schreckende Blitz uns rot umlohte,
als ich meinem Bruder Donner drohte,
wild und frei:
gabst mir deine Hand,
mein in Glut und Schmerz,
sankest mir ans junge Herz,
unten tief das ferne deutsche Land.
Und wenn nun der Frühling blühen will
und die wilden Blitze wieder glühn
und im Sturm die Meere wieder sprühn:
dann, oh still!
gieb mir deine Hand,
Einmal noch ein Schmerz,
Einmal noch ein deutsches Herz.
Dann – leb wohl, mein Weib, mein Vaterland.

Jedes Jahr hatte Paula den Frühling herbeigesehnt, doch Richards Gedicht kam ihr wie eine Ankündigung, eine Drohung vor. Würde er im Frühjahr ausbrechen aus der Familie? Sie legte das Blatt beiseite und schloss verzweifelt die Augen.

KAPITEL 19

Trotz aller Befürchtungen ging das nächste Jahr ruhig seinen Lauf. Paula versorgte nun zwei kleine Kinder, machte den Haushalt, schrieb nebenbei ihre Verse.

Immer wieder legte Richard ihr seine Gedichte vor, die er jedoch inzwischen ebenfalls Liliencron schickte. Auch Liliencrons Dichtungen bekam sie zu lesen, zu hören, und tatsächlich waren beide Männer an ihrer Meinung interessiert, lechzten fast danach.

»So schlimm«, sagte Paula zu Auguste, »kann es um uns ja nicht bestellt sein, wenn er nach meiner Meinung fragt, sie für so wichtig hält, dass ich mein Hauswerk unterbrechen muss, sobald er etwas Neues zu Papier gebracht hat.«

»Nun, das wollen wir doch hoffen«, sagte Auguste nur. »Ich hoffe, du fährst im Sommer wieder mit mir an die See.« Sie musterte ihre Nichte gedankenvoll. »Die Seeluft kannst du gut gebrauchen, und auch für die Kinder wäre es nicht schlecht, nicht wahr?«

»Ja, ich glaube, wir sollten fahren.« Paula wusste, dass sie die Seeluft brauchte, um wieder zu Kräften zu kommen. Für Richard wäre die Abwesenheit der Familie eine gute Zeit, um sich seinen Werken in Ruhe widmen zu können. Und dennoch verspürte Paula Angst – Angst davor, dass sie sich wieder entfremden, dass Richard wieder auf Freiersfüßen wandeln würde.

Ich könnte so glücklich sein – habe ich doch alles, was ich mir erwünscht habe. Ich habe Richard, die Kinder, die Verse, die Literatur – es ist alles da. Wäre er nur auch zufrieden damit.

Immer öfter wurde er in Salons eingeladen, um seine Dichtungen vorzutragen. Er bekam viel Beifall. Aber das reichte ihm noch nicht.

Im Mai weilte Richard in Baden-Baden, wo Konferenzen abgehalten wurden. Sie schrieb ihm dorthin.

Mein liebster Richard-Du,

kennst Du die reizende Erzählung von dem Veilchen, das immer höher hinaus wollte? Es sehnte sich nach dem höchsten Gipfel, von dem es die ganze Welt übersehen könnte, und als es endlich oben war, starb es – vor Kälte ... Ach, die viel geschmähte Unvernunft ist, glaub ich fast, ein köstliches Geschenk einer mitleidigen Gottheit. Ebenso wie der Glaube! Wer nicht mehr Zorn und Hass, nicht mehr Glaube und Eifersucht fühlt, dem geht auch die Liebe, die »Stärkste« verloren, oder wird so allgemein, dass sie kein Glückseligkeitsgefühl mehr spendet!

Siehst Du, jetzt bin ich schon wieder in der leidigen Philosophie drin, es ist herzvernichtend.

Hier ist alles beim Alten. Unsere liebe Vera nennt sich selbst weiterhin ›Detta‹. Also habe ich begonnen, sie auch so zu rufen – anscheinend hört sie dann besser, was mir recht sein soll.

Morgens rennt sie immer und ruft, sie wolle »Vater« gehen, mit großen Augen sieht sie dann deinen leeren Schreibtischstuhl ...

Du, mein Herz, lass Dich nicht verstimmen durch mein Gemurmel, Du kennst mich ja – ein Sonnenstrahl, und ich bin wieder die alte, Dich anbetende ... Paula!

Richard, das wusste sie, wurde immer unglücklicher mit seinem Broterwerb. Zumal seine Dichtungen immer mehr anerkannt wurden und er viel Zuspruch dafür bekam.

Hedwig, die Paula zur lieben Freundin geworden war, verstand sich auch außerordentlich gut mit Richard. Auch sie dichtete und schickte ihm oft ihre Versuche. Er hatte begonnen, mit ihr zu korrespondieren, was Paula sehr freute. Sie hoffte auf ruhige Harmonie.

Im Sommer fuhr sie wieder nach Ahrenshoop. Diesmal begleitete sie Tilde, die sich ausgezeichnet in den Haushalt einfügte.

Auguste, die schon seit einiger Zeit wieder unter ihrer leidigen Magenverstimmung litt, blieb schweren Herzens in Berlin. »So gut dir das Reizklima tut und deine Lunge kräftigt, so schlecht scheint es sich auf meinen Magen auszuwirken. Ich bleibe lieber hier, lasse mir von Else Schonkost vorsetzen. Damit sie nicht ganz das gute Kochen verlernt, werde ich Richard zu mir einladen und auch seinen Freund Liliencron, ohne den er ja oft nicht zu sein vermag.«

Paula wusste, dass Richard den geistigen Austausch mit Gleichdenkenden suchte und brauchte, und so nett Liliencron auch meist ihr gegenüber war, so war ihr die enge Freundschaft der beiden doch etwas suspekt. Liliencron lebte sehr unkonventionell, seine zweite Ehe war gerade gescheitert, und da er gern spielte, hatte er hohe Schulden – kein Einfluss, den Paula gern sah.

Aber sie freute sich auf das Kapitänshaus und die Zeit am Meer. Hedwig versprach, sie besuchen zu kommen.

Veradetta – wie sie ihre Tochter nun nannte – entwickelte sich prächtig. Auch der kleine Heinrich wurde zu einem putzigen Wonneproppen, der Paulas Herz mit Liebe erfüllte. Die Mutterschaft bekam ihrer Seele gut, auch wenn sie wusste, dass sie sich dadurch ein wenig von ihrem Mann entfernte. Richard liebte die Kinder zwar, aber es fiel ihm schwer, nun keine ungeteilte Aufmerksamkeit von Paula zu haben.

Sie wusste, die Anerkennung holte er sich von anderen, von den Brüdern Hart, von Liliencron und auch von Hedwig – und es war ihr recht, solange er damit zufrieden war.

Im August 1892 erreichte sie in Ahrenshoop ein Brief von Richard.

Mein Duling,

ich muss Dir mein neustes Stück vorlegen. Bitte beurteile es, beurteile es mit aller Ehrlichkeit.

Drückende Luft

Der Himmel dunkelte noch immer;
ich fühlte tief bis in mein Zimmer
der fahlen Wolken vollen Schoß.
Die Esche drüben drehte schwer
die hohe Krone um sich her;
zwei Blätter trieben wirbelnd los.

Laut tickte durch die schwüle Stube,
wie durch die stille Totengrube
der Holzwurm ticken mag, die Uhr.
Und durch die Türe hinter mir
klang dünn und schüchtern ein Klavier
über den Flur.

Der Himmel lastete wie Schiefer;
ihr Spiel klang immer trauertiefer,
ich sah sie wohl.
Dumpf rang der Wind im Eschenlaub,
die Luft war grau von Glut und Staub
und seufzte hohl.

Und blasser tönten durch die Wände
die tastenden verweinten Hände,
sie saß und sang;
sang sich das Lied, in sich gebückt,
mit dem sie mich als Braut entzückt;
ich fühlte, wie ihr Atem rang.

Die Wolken wurden immer dumpfer,
die wunden Töne immer stumpfer,
wie Messer stumpf, wie Messer spitz;

und aus dem alten Liebeslied
klagten zwei Kinderstimmen mit -
da fiel der erste Blitz.

Liebste Paula, schreibe mir doch, ob Dir der erste Vers gleich die Vorgewitterstimmung eingeflößt hat, oder kann man etwa auch an drohenden Regen denken? Das wäre von Übel.

Ferner: Ist die seelische Stimmung des Mannes deutlich genug herausgekommen? Mitleid mit dem verblühten Weibe, ohne sinnliche Liebe. Vor allem: Ist der Schluss (die zwei Kinderstimmen) seinem Sinne nach sofort deutlich? Hat man nicht etwa den Eindruck, die Kinder seien gestorben und die Frau trauere darum?

Oh, warum bist Du nicht hier, hier bei mir?

Eben nach Schluss der vorigen Zeile erhalte ich Deinen Brief ... bleib Du in Ahrenshoop, solange Du es irgend aushalten kannst. Jede Woche Seeluft, die Du mehr atmest, garantiert uns sechs Wochen Gesundheit im Winter.

Dein Richard

Paula legte den Brief zur Seite. Es schmerzte sie, dass er ihr solche Zeilen schickte. Auch wenn er so tat, als seien es nur gedichtete Worte, als wäre ihm nur die Wirkung wichtig, erkannte sie doch den Bezug auf sich.

Dass er sich das traut. Dass er mich so verletzen kann, mich so zu treffen vermag – und es sehr wohl weiß ... ist das noch Liebe? Ich liebe ihn, liebe ihn sehr. Immer noch, auch wenn er mich kränkt und quält.

Sie setzte sich an das Klavier, ihren großen Trost. Die Moldau erklang unter ihren Fingern, ohne dass Paula groß nachdenken musste.

Ich bin wie der Fluss, erkannte sie, ich fließe dahin – und nun durch diese Schluchten, die sich auftürmen, die meinen Lauf einengen und verwirbeln. Schneller und schneller fließt mein Leben dahin – ach, wie gerne würde ich in stille und ruhige Gewässer kommen.

Lieber Richard, antwortete sie in der folgenden Woche,

weißt Du, ich habe Dich noch schrecklich lieb, wenn Du mich auch als Mitleid erweckendes, verblühtes Weib betrachtest! Andere finden das übrigens ganz und gar nicht! Ich bin weder traurig noch böse – ich mache bloß Spaß! Küsse mich, wie ich Dich im Geist küsse.

Paula. Deine

Im September kam Hedwig. Paula freute sich sehr. So schön das schlichte Landleben mit den Kindern auch war, ihr fehlte der Austausch mit anderen. Einen Dialog, den zeitversetzte Briefe nicht ersetzen konnten.

»He-wich, He-wich«, rief Vera begeistert und rannte auf die Freundin zu, kaum war sie der Kutsche entstiegen. Paula kam auch angelaufen, einen weinenden Heinrich auf dem Arm.

»Oh, was hat er denn?«, fragte Hedwig besorgt, nachdem sie Vera und Paula begrüßt hatte.

Paula lachte nur. »Er hat zu viel von den Beeren und Kirschen genascht. Jetzt rumpelt und pumpelt es in seinem Bauch. Da musst du nun durch, du kleiner Rumpumpel.« Sacht stellte sie ihn auf die Beine, und zaghaft und unsicher tat er einige Schritte. Ganz verwundert sah er seine Mutter an, die herzlich lachte. »Siehst du, Rumpumpel, bist schon fast ein großer Junge, kannst laufen. Und darüber hast du sogar deine Bauchschmerzen vergessen.« Sie schloss die Freundin herzlich in die Arme. »Es ist so gut, dass du hier bist.«

»Ich … freue mich auch«, sagte Hedwig und klang ein wenig verlegen, aber vielleicht bildete sie sich das nur ein.

Abends saßen sie zum Essen zusammen, Marie hatte die Kinder ins Bett gebracht.

»Es ist wunderschön hier. Und so ruhig«, sagte Hedwig.

Paula reichte ihr ein Glas Wein. »Ja, das stimmt. Es ist ruhig, die

Luft ist klar. Ich kann mich hier wunderbar erholen – aber langweile mich doch.« Sie setzte sich ihrer Freundin gegenüber, sah sie an. »Und deshalb ist es so wundervoll, dass du hier bist.«

»Wie findet Richard es hier?«

Paula lachte. »Er hat mich noch nie begleitet. Hin und wieder hat er ein paar freie Tage, aber nie einen wirklichen Urlaub bisher. Und ich glaube, er würde hier eingehen, vollends. Außer er brächte seinen Tross an Freunden und Bewunderern mit – aber dann wäre es auch mit der Ruhe vorbei.«

»Er wird also nicht kommen?« Hedwig sagte es leise, fast unhörbar.

Paula kniff die Augen zusammen, musterte ihre Freundin. »Hast du das geglaubt?«

»Nein, ich wollte nur auch sichergehen.«

Paula wartete, ob Hedwig noch etwas hinzufügte, aber das tat sie nicht. Paula runzelte die Stirn, wollte noch etwas sagen, ließ es aber dann. Lieber wendete sie sich anderen Themen zu. Hedwig zeigte Paula einiges, was sie geschrieben hatte, Paula zog ihre Kladde mit den Kinderreimen hervor.

»Es ist ja keine große Literatur, es sind nur Kinderreime, aber mir macht es Spaß.«

»Ich finde sie hervorragend. Und wichtig.«

»Die ganze Zeit suche ich nach einem Namen für mein fiktives Kind. Weder Heini noch Veradetta sollen namentlich genannt werden. Aber mir ist nichts Passendes eingefallen – erst heute, erst als du kamst. Rumpumpel. Ich werde mein fiktives Kind Rumpumpel nennen.« Sie lachte fröhlich. »Was hältst du davon?«

»Rumpumpel.« Hedwig sprach den Namen so aus, als würde sie eine heiße Kartoffel im Mund bewegen. Aber dann nickte sie. »Ja, doch – ich kann es mir ganz gut vorstellen. Nur nicht in einem Gedicht.«

»Was guckt da für'n Näschen? Ein Bübchen sitzt dran, das ist der Rumpumpel, den ziehn wir jetzt an!« Paula hatte dies schnell aus ihrem Anziehgedicht gemacht, zuvor hatte es »Veralein« geheißen. Sie blätterte in ihrer Kladde. »Oder das hier, warte, lass es mich schnell ändern.« Der Bleistift flog über das Papier. Sie setzte sich zurück, las stumm, dann schaute sie Hedwig an.

»Rumpumpel tanzt, Rumpumpel tanzt, es blinken seine Schuh, der Kreisel und der Hampelmann sehn verwundert zu.«

»Ja«, Hedwig nickte. »Ja, du hast recht, das klingt gut. Wirklich und wahrhaftig. Du kannst das so gut, du musst diese Reime veröffentlichen.«

»Ich muss daran noch feilen und schleifen. Und dazu fehlt mir die Zeit.« Sie seufzte. »Außerdem müssen wir unbedingt umziehen. So, wie wir jetzt leben, geht es nicht mehr lange.«

»Die Wohnung ist zu klein.«

»Ja, die Wohnung ist zu klein. Richard hat kein vernünftiges Arbeitszimmer. Er kann nicht so schreiben, wie er möchte, wenn die Kinder wach sind. Und ich kann die beiden auch nicht immer in ihr Zimmerchen sperren. Auf der Straße nimmt der Verkehr zu, und der Park um die Ecke – du kennst ihn – ist nichts für kleine Kinder.«

»Wo wollt ihr hin?«

»Richard würde sofort nach Friedrichshagen ziehen, aber das liegt weit über unseren finanziellen Möglichkeiten. Ich würde gerne in die Nähe meiner Eltern ziehen – dort war es früher so ländlich, dörflich fast, aber nun wird ein großes Wohngebäude nach dem anderen gebaut, und die Bauern und Felder gibt es nicht mehr.« Sie seufzte. »Am liebsten würde ich nach Pankow ziehen, doch noch ist Richard dagegen.«

»Warum denn nur?«

»Es ist ihm zu weit außerhalb, zu weit weg von Friedrichshagen und zu weit für seine Freunde …« Paula war ganz bedrückt. »Dabei gibt es dort ganz hübsche Häuschen und Wohnungen, für die Kinder wäre es famos.«

»Richard ist ja nicht unvernünftig, er wird sich bestimmt umstimmen lassen«, meinte Hedwig.

Die Tage mit der Freundin genoss Paula, auch wenn Hedwig ihr nicht ganz so unbeschwert erschien wie sonst. Aber alles zarte Nachfragen brachte keine Antwort, und so dachte Paula bei sich, dass Hedwig wohl ein Problem ausbrütete und es mit sich selbst ausmachen wollte.

Jeden Tag kam viel Post. Hedwig bekam etliche Briefe von Richard, mehr als Paula.

Sie tauschen sich aus, sie schreiben über ihre Gedichte und über Literatur, dachte Paula. Er fragt mich ja auch noch, legt großen Wert auf meine Meinung.

Am letzten Tag, sie saßen bei einem Glas Wein im Wintergarten, sah Hedwig Paula an. »Du bist meine Freundin und mir lieb und teuer, das weißt du doch?«

»Ja, das weiß ich.« Paula holte tief Luft. »Gibt es etwas, was du mir sagen solltest? Schon längst hättest sagen sollen?«

Hedwig senkte den Kopf. »Er … er schmeichelt mir. Er schmeichelt mir sehr.«

»Weil er deine Lyrik schätzt?«, fragte Paula, obwohl sie es besser wusste, aber sie musste es hören.

»Das auch, obschon er mich recht hart kritisiert. Nein, er macht mir Avancen, die sich, wie ich finde, nicht gehören …«

Paula fasste ihre Hand, drückte sie. »Arme Hedwig, du arme, arme Hedwig. Warum hast du mir nicht eher etwas gesagt?«

»Ich konnte nicht … ich wusste nicht, wie …«

»Seid ihr euch … nahegekommen?«

Entsetzt rückte Hedwig von ihr ab. »Um Gottes willen – Nein! Er ist mit dir verheiratet, er ist dein Mann.«

»Ja, das stimmt.« Nun senkte Paula den Kopf. Sie hatte es geahnt, hatte den Gedanken aber nicht zulassen wollen. Sie hatte Richards Blicke gesehen, mit denen er Hedwig folgte, und hatte sich vorgemacht, dass er nur ihre Texte verehrte.

»Er ist dir doch in Liebe verbunden … das habe ich immer fest geglaubt.«

»Ich auch. Und ich glaube es auch jetzt noch.« Paula seufzte. »Aber ich habe eine andere Position in seiner Vorstellung eingenommen. Ich bin die Mutter seiner Kinder, eine treue Gefährtin, eine Begleiterin und seine beste Kritikerin.« Für einen Moment hielt sie inne, dachte nach. »Aber ich bin nicht mehr das Objekt seiner sinnlichen Begierde. Nicht mehr die Jungfrau, die er erobern muss. Ihm fehlt die Lust, mich zu verführen, denn er weiß, es wird ihm ja gelingen, denn es steht ihm zu – ich bin schon sein, um mich muss er nicht kämpfen, um mich muss er sich keine Gedanken mehr machen.«

»Aber … er liebt dich doch …«

»Als Gefährtin, ja. Nicht als Geliebte, Begehrte …«

»Und nun?«

Paula zuckte mit den Schultern. »Ich hatte gehofft, dass er seine Begierde besiegt, sich glücklich schätzt mit dem, was er hat, aber das scheint mir ja nicht der Fall zu sein.« Sie nahm das Taschentuch hervor, tupfte sich über die Augen. Ihr Magen zog sich zusammen. Das, was sie schon am Jahresanfang befürchtet hatte, schien sich nun zu bewahrheiten. Es war nicht eine Küchenmagd, der Richard nachstellte, es war eine Person auf Augenhöhe, die ihm Paroli bieten konnte, die Sinn und Verstand hatte. Aber musste es Hedwig sein? Ihre Freundin Hedwig? Der Gedanke schmerzte umso mehr. Noch war ihre Freundin standhaft, aber es war ja schwer, Richard zu widerstehen, dem großen Umschmeichler, dem Charmeur, dem Merlin der Worte.

»Ich bewundere Richard«, gestand Hedwig. »Ich schätze …«, sie stockte, »ja, ich liebe den Austausch mit ihm. Er ist so klug, so pointiert, so belesen. Aber … er ist verheiratet. Und selbst wenn du es nicht wärst, die an seiner Seite ist, könnte ich mich nie auf eine Liaison mit ihm einlassen. Das könnte und wollte ich nicht.« Nun nahm sie Paulas Hand und drückte sie. »Du bist mir lieb und teuer. Viel lieber und teurer, als er es ist.«

»Danke.«

»Wenn du möchtest, breche ich den Kontakt zu Richard ab.«

»Ich weiß nicht, was ich will«, sagte Paula matt und war auf einmal froh, dass sie am nächsten Tag fahren würden.

Alles war gepackt, verstaut, manches schon vorausgeschickt worden. Paula kontrollierte das Kapitänshaus noch einmal, schloss dann ab und stieg in die Kutsche. Die Fahrt würde lang werden.

»Detta hierbleiben«, sagte Veradetta traurig. »Heini auch.«

»Wir werden wiederkommen, Detta. Ganz sicher. Nun wink dem Haus zum Abschied, dem Mariechen, dem Tor, dem Hund und den Katzen, siehst du dort die Katzen auf der Wiese?«

»Detta Kassen ham …«

»Ich weiß. Irgendwann werden wir auch eine Katze haben, das verspreche ich dir. Einen Kater haben wir schon, und der lässt das Mausen nicht.«

Hedwig fuhr zusammen, ihr Gesicht glühte. Paula lächelte schwach, winkte ab. »Nimm dir meine Sprüche nicht zu Herzen, Liebes. Sie gehen nicht gegen dich.«

Die Fahrt verlief ruhig. Hedwig war blass und still. Als die Kinder schliefen, wandte sich Paula zu ihrer Freundin.

»Ich habe darüber nachgedacht und – nein – ich will nicht, dass du den Kontakt zu Richard abbrichst. Ihr beide gebt euch so viel durch euren Austausch. Du lernst von Richard, er von dir, auch wenn er das nie eingestehen würde.« Ihr Lächeln war dünn. »Und er braucht das. Er hasst seine Kontorarbeit mehr und mehr, das weiß ich. Was ihn aufbaut, ist sein Erfolg und der Kontakt zu anderen, zu Gleichgesinnten. Das braucht er wie Wasser, Brot und Luft.« Sie überlegte kurz, dann sah sie ihre Freundin an – mit ernstem Blick. »Und wenn du dich zu ihm hingezogen fühlst, wenn die Versuchung stark ist, so stark, dass du dich ihr hingeben musst, dann denke nur an dich, entscheide du für dich. Willst du das? Willst du es wirklich und wahrhaftig? Wenn das so ist, werde ich es nicht ändern können. Nicht, wenn ich dich jetzt darum bitte, nicht, wenn ich dich später darum bitte. Es ist und bleibt deine Entscheidung. Richard hat seine wohl schon getroffen«, sagte sie traurig.

»Es würde dir nichts ausmachen?«, fragte Hedwig verblüfft, ja, fast entsetzt.

Paula sah sie nachdenklich an. »Doch, es würde mir etwas ausmachen. Natürlich. Ich bin ja kein Stein. Es würde mich tief treffen – aber ich könnte und kann es nicht ändern. Meine Liebe für Richard ist immer noch da, sie hat sich verändert, sie ist anders geworden, nicht mehr so rosenrot wie am Anfang. Nicht mehr so blütenzart wie damals. Sie ist stärker geworden, fester – auf der einen Seite. Ich dreh nicht mehr jedes Wort um und prüfe es. Manches macht mich immer noch unfassbar glücklich – viele Dinge in meiner Ehe machen mich sehr, sehr glücklich.« Sie sah Hedwig an. »Wenn wir – Richard und ich – zusammensitzen, uns austauschen, dann spüre ich immer noch die tiefe, tiefe Verbundenheit. Sie ist sogar gewachsen in den Jahren. Wenn er mir seine Werke vorlegt, mich aus der Arbeit reißt und ich sofort und dringend das lesen muss, was er geschrieben hat – dann weiß ich, dass ich ihm noch wichtig bin. Wenn er mich küsst, dann spüre ich seine Liebe. Das gibt mir viel. Ich hoffe noch, dass er sich nur austoben muss. Dass er nur das Erobern braucht, aber nicht die Liebe einer anderen. Verstehst du das?« Wieder sah sie Hedwig an. Hedwig biss sich auf die Lippen. »Ich kenne ihn, meinen Mann, ich weiß, ich kann ihn nicht ändern, seinen wilden Drang nicht bezwingen. Ich versuche damit zu leben. Ob das Gefühl, meine Liebe, für ihn unendlich ist? Ich weiß es nicht.«

Hedwig schwieg für einen Moment, dann sagte sie: »Richard hat mir gesagt, dass du großmütig bist. Ich konnte es nicht glauben, ich wollte es nicht glauben. Aber du bist es tatsächlich.«

»Auch meine Großmut hat Grenzen. Du bist mir – noch – eine liebe Freundin. Ich würde dich sehr bitten, immer ehrlich mit mir zu sein, das ist mir wichtig. Aber vielleicht wird deine Ehrlichkeit an eine Grenze meiner Großmut und somit an die Grenze unserer Freundschaft stoßen.«

»Das kann ich sehr gut verstehen. Du bist meine Freundin, und ich möchte, dass du es immer bleibst. Immer.«

Sie sahen sich an, sahen sich in die Augen – tiefe Seen, in beiden war irgendwo Richard. Dann nickte Paula, lächelte.

»Tu nichts für mich, Hedwig, denn das würdest du irgendwann bereuen. Tu alles nur für dich.«

KAPITEL 20

Pankow 1893

Im Frühjahr, nach langem Ringen, zogen die Dehmels in eine größere Gartenwohnung nach Pankow. Paula und auch Heinrich hatten im Winter lange mit Husten zu kämpfen gehabt. Die alte Wohnung ließ sich schlecht beheizen, war feucht und die Straßen voller Qualm und Rauch der Gewerbe um sie herum.

Pankow war grüner, ruhiger, die Luft klarer. Endlich hatte Richard wieder ein Arbeitszimmer. Und es gab ein kleines Gärtchen, das Paula sehr liebte.

In dieser Zeit hatte Richard Hedwig viel und oft geschrieben. Er lud sie auch mehrfach ein, wunderte sich, dass sie jede Einladung ausschlug.

»Was soll das?«, beschwerte er sich bei Paula. »Ist sie nicht mehr deine Freundin? Warum meidet sie uns? Dieses zarte Geschöpf, diese schöne Frau? Warum macht sie mir sittliche Vorhaltungen?«

»Ja, warum nur?«, spottete Paula und versuchte ihren Ärger herunterzuschlucken. »Sie ist mir eine liebe Freundin.«

»Mir ebenso!«

Paula sah Richard an. »Nein, nicht ebenso. Meine Gefühle für Hedwig sind wahrer, freundschaftlicher und keineswegs sinnlicher Natur!«

»Natürlich nicht! Aber du musst doch verstehen, dass ich mich zu ihr hingezogen fühle, mich nach ihr sehne. Das verstehst du doch? Das hat doch nichts mit dir zu tun, du bleibst doch mein Weib, das ich ehre und um das ich mich kümmere, wie ich mich auch um die Kinder kümmere. Aber ich bin ein Mann, ich habe

Verlangen nach … Lust und Sinnlichkeit, nach neuen Erfahrungen. Das brauche ich, als Inspiration, als Quelle meiner Schaffenskraft.«

Traurig sah Paula ihn an. »Du hast so viel, so viel. Du hast Detta und Heini – erfreuen sie dich nicht? Sind sie nicht ein Quell? Und … hier bin ich – dein Weib. Nein, ich mag dir keine törichten, stammelnden, naiven Liebesschwüre mehr geben, mag dich nicht anhimmeln wie ein kleines Madl ihren Bub.« Sie schüttelte den Kopf. »Je älter ich werde, je tiefer ich dich liebe, Du mein Du, mein Du-Ich, umso mehr fühle ich, dass man es nicht sagen, ja, nicht einmal denken, sondern nur fühlen kann. Man kann es nur fühlen, dieses Unerklärliche, was in einem vorgeht, dies Weinen und Lachen zugleich, das sehnsüchtige Freuen an sich selbst und was allmächtig über einem schwebt … nein, ich kann dir keine Liebesschwüre mehr vorsäuseln, ich kann sie dir küssen.« Sie trat zu ihm, küsste ihn, zärtlich, drängend, verlangend und bestätigend. Richard erwiderte den Kuss, nahm sie mit. Über Hedwig sprachen sie nicht mehr, bis er wieder einen Brief von ihr bekam. Wortlos legte er ein Blatt Papier vor Paula. Sie kannte Hedwigs Schrift gut.

Lieber kein Glück, nur lauter sein,
Nur keinen Schritt abseits vom Recht.
Nur keine Schuld, lieber kein Glück!
O Gott, ich stürbe, würd' ich schlecht.

Paula las die Zeilen und schloss für einen Moment dankbar die Augen. Hedwig blieb standhaft und gab sich Richard nicht hin. Doch Richard stürmte wütend aus dem Haus.

»Was ist mit Ahrenshoop?«, fragte Auguste, die Paula in Pankow besuchen kam. Sie hatte den Kindern neue Kreisel mitgebracht, und Detta und Heini spielten vergnügt und juchzend auf der Veranda. »Willst du nicht fahren?«

Paula schüttelte den Kopf. »Mein Platz ist hier. Dieses Jahr ist es besser, wenn ich bleibe. Richard ist unruhig, besessen von seinen Texten. Er schreibt und schreibt, fast fiebrig, und es ist gut, was er schreibt. Dennoch möchte ich hierbleiben. In Pankow ist die Luft auch nicht so schlecht wie in der Stadt.«

Auguste tätschelte ihren Arm. »Ist schon recht, ich versteh dich. Nur musst du auch auf dich achten …«

»Richard wird einige Texte veröffentlichen, er wird nun überall in den Salons gefeiert. Ist das nicht großartig?«, fragte Paula, doch ihre Stimme war matt.

»Das ist wunderbar. Aber es reicht ihm ja nicht«, sagte Auguste, ehrlich, wie sie war.

»Nein, er will immer mehr. Und mehr.«

Ende Oktober feierten sie Veras dritten Geburtstag. Tilde hatte eine Torte gebacken, es gab Geschenke. Im November wurde eine weitere Torte gebacken – für Heini, der nun zwei Jahre alt war.

An diesem Abend konnte Richard keine Ruhe finden. Selbst als die Kinder im Bett waren, lief er immer noch durch die Wohnung.

»Das kann es nicht sein! Das kann nicht mein Leben sein. Nein, so sollte ich nicht leben müssen. Jeden Tag ins Kontor, der Kopf voller Vorgänge, und komme ich nach Hause, Kindergebrüll und Windeln, überall Spielzeug und die Tischplatte klebrig.«

»Nimm halt einen Lappen«, sagte Paula müde. »In der Spüle liegt einer.«

Richard sah sie an. »Verdammt!«, rief er. »Das ist nicht mein Leben!« Er griff hektisch nach seinem Mantel, lief hinaus, ließ die Tür knallend ins Schloss fallen. Paula zuckte zusammen und lauschte. Hatte er die Kinder geweckt? Aber sie hörte nichts, die beiden waren vom heutigen fröhlichen Tag so erschöpft, sie schliefen tief und fest.

Stöhnend erhob sich Paula, holte den Lappen und wischte den Tisch ab. Sie setzte sich an das Fenster, schaute nach draußen.

Dichter Nebel hing über der Straße, wie der Rauch von den Feuern an der Küste, wenn das letzte, feuchte Stroh verbrannt wird, nur roch es nicht so, es roch schon ein wenig nach Winter. Sanfte Regentropfen mischten sich in die weichen Schleier, die über die Straße tanzten. Von Richard war nichts zu sehen.

Eine Weile saß sie da, wartete. Dann löschte sie die Lampen, bis auf die eine im Flur, schaute nach den Kindern, die friedlich schliefen, und ging endlich zu Bett.

So erschöpft und ermattet sie war, in den Schlaf konnte sie nicht finden. Wohin war Richard gegangen? Jetzt? Zu dieser Stunde? Zu Hedwig? Würde sie ihm, dem Verzweifelten, die Tür öffnen? Würde sie ihn hereinlassen?

Sicher war sich Paula nicht, auch wenn die beiden schon seit Wochen kaum noch Kontakt hatten. Richard glaubte, über seine Verliebtheit hinweg zu sein – zumindest hatte er das gesagt.

Aber nun, in seiner Verzweiflung – an wen würde er sich wenden? Gab es noch eine andere Frau, für die er Gefühle hegte? Nein, das hätte er ihr mit schonungsloser Offenheit gesagt, überzeugt davon, dass Paula es verstehen würde.

Und sie verstand es auch, verstand, dass er es brauchte, angehimmelt zu werden, sich wieder und wieder neu zu verlieben, um immer wieder diese großen Gefühle, die den Körper in Wallungen und den Geist auf neue Gedanken brachten, zu empfinden. Er brauchte das, meinte er, um diese Gefühle zu Papier zu bringen, um am Leben zu bleiben, neue Gedanken zu haben, Worte und Töne – glutvoll und mitreißend.

War er bei einer Frau? Oder war er bei einem der Freunde? Seine innige Verbindung zu Franz war abgekühlt. Franz lobte immer noch Richards Texte, aber sein Verhalten hieß er nicht mehr gut, zu nahe stand er seiner Schwester, obwohl sich Paula nie bei ihm beklagt hatte.

Merkt man es mir an, fragte sie sich verzweifelt. Bin ich die verhärmte Ehefrau, das Weib am Herd? Gut genug, um in kalten Winternächten Füße zu wärmen, aber nicht mehr gut genug, um eine feurige, hitzige, sinnliche Glut zu entfachen?

Tötet die Gewohnheit die Liebe? Nein, denn ich liebe ihn immer noch, stetig, tief und innig. Ich kann es, warum kann er es nicht?

Sie hoffte immer noch, dass Richard ruhiger, gelassener und zufriedener werden würde – zufrieden mit all dem Schönen, was sie hatten. Er hatte doch mehr und mehr Erfolg mit seiner Dichtkunst, auch wenn es natürlich immer noch nicht genügend einbrachte, um die Familie zu ernähren.

Er schreibt und schreibt, hält Lesungen und Vorträge. Ja, um das Kontor kommt er nicht herum, noch nicht – vielleicht nie. Aber hat er nicht genug im Leben, um glücklich zu sein?

Die Nacht blieb unruhig für Paula, und auch am nächsten Morgen gab es kein Zeichen von Richard. Sie sorgte sich sehr.

Auch an diesem Abend kam er nicht zurück, eine weitere Nacht verbrachte sie allein im Schlafzimmer, schlief nur unruhig, schreckte immer wieder auf.

Am nächsten Tag kam endlich ein Lebenszeichen.

Mein liebstes Wesen!

Das fühle ich erst seit heute Nacht ganz und gar. Und gräme Dich nicht um mich und nicht um Dich, darum schreibe ich Dir! Ich habe es nicht mehr aushalten können in dieser Knechtschaft, das hast Du wohl gemerkt. Aber glaube darum nicht an eine Tat der Verzweiflung. Ich bin jetzt, heute, ganz gefasst und sicher über uns und unsre lieben Kleinen.

Nur einmal los, endlich heraus, musste ich, und mit einem Ruck – sonst wär's doch nie geschehen. Und denke nicht an Wahnsinn oder dergleichen. Wenn ich wahnsinnig werden könnte, so wäre ich es vorgestern Abend geworden, als ich von Euch wegrannte, in die Felder hinein, und mit den Lokomotiven um die Wette heulte … usw. … wie lieb Ihr mir seid, Du, mein einziges Herz, und unsere Detta und Heini, das weiß ich jetzt erst, nach dieser halb entsetzlichen, halb wunderbar beglückenden

Nacht von Träumen und Halluzinationen … Du, Lieb, es ist ja so sicher, so selbstverständlich sicher, dass alles ein glückliches Ende nehmen muss. Nur Freiheit, nicht mehr Arbeit in diesem goldenen Käfig, dann wirst Du erst sehen, was ich kann. Freiheit, ein paar Wochen Erholung, und dann ein neues Leben! – Detlev, der Gute, will mir Gesellschaft leisten auf einer Wanderfahrt. Bei Liliencron bin ich nun, er hat mich aufgenommen und will mich begleiten. Eine Wanderfahrt – nur zu Fuß und frei wie der Vogel.

Und nun bitte ich Dich – schick mir umgehend an Liliencrons Adresse Folgendes: Kamm und Zahnbürste, ein paar Unterhosen, meine guten Stiefel, den großen Wind- und Wetterkragen meines Mantels, ein halbes Dutzend Taschentücher und – weiter nichts. Strümpfe hat Detlev genug. Wohin wir gehen, weiß ich nicht. Ob nach Norden, Süden oder Westen, die Welt steht überall offen. Unterwegs schreibe ich Dir ›Teutsche Tichterbulletins‹. Und nun weine nicht, Liebling, Du sollst sehen, wie leicht ich uns mit freier Feder ernähren werde, freilich: Etwas einschränken wollen wir uns, und es wäre gut, wenn wir einfach die Hälfte von unsrem Möbelkram (samt meinen geliebten Kunstsachen und Deinem Klavier – sei ehrlich, Du hast eh keine Zeit mehr zu spielen), wenn wir all das Überflüssige, den Luxusballast, kurz entschlossen versilberten! Dadurch kriegen wir gleich ein kleines Anfangskapital: 1500–2000 Mark können wir wohl daraus herausschlagen.

Richard

Paulas Herz zog sich zusammen, als sie den Brief las. Sie war fassungslos. Sie las ihn ein zweites Mal, aber die Aussage der Zeilen änderte sich nicht, auch wenn sie vor ihren Augen verschwammen. Richard war ausgebrochen und seine Vorstellungen waren absolut utopisch. Nun brach es aus Paula heraus – die Sorgen und die Verzweiflung der letzten Tage – aber auch Monate. Es gab kein Halten mehr, die Tränen strömten wie ein Wasserfall, laut schluchzte sie.

Die beiden Kinder liefen verstört um sie herum, aber Paula bemerkte sie nicht – zum ersten Mal in ihrem Leben.

Tilde erkannte schnell, dass Not am Mann war. Auch sie konnte Paula nicht beruhigen oder trösten, das wusste sie wohl. Aber sie nahm die Kinder mit in die Küche, gab ihnen Teig zu kneten und Naschwerk, als Ablenkung. Dann rief sie den Nachbarsburschen, schickte ihn zu Auguste und zu Franz. Eilen sollte er sich, trug sie ihm auf, es sei dringlich. Und schließlich setzte sie einen großen Topf mit Wasser auf, schickte das Zugehmädchen zum Bauern und ließ sich zwei Hühner bringen. Eine gute, kräftige Hühnersuppe war immer gut bei seelischen und körperlichen Leiden, das hatte ihr schon ihre Großmutter beigebracht.

Bis die Suppe fertig war, vergingen ein paar Stunden. Aber Paula war sowieso nicht in der Lage, etwas zu sich zu nehmen. Sie schluchzte und heulte, klagte und schrie ihren Kummer hinaus, bis Franz und Auguste plötzlich vor ihr standen.

»Was ist passiert?«, fragte Franz atemlos. »Guter Gott, du bekommst ja kaum Luft. Etwas mit den Kindern? Detta? Heini? Hatten sie einen Unfall?«

Auguste hatte nur kurz in die Stube geschaut, dann war sie eilig in die Küche gegangen. Dort spielten die Kinder friedlich. Erleichtert und mit dem Duft der Brühe in der Nase ging sie zurück.

»Die Kinder sind bei Tilde, ihnen fehlt nichts«, sagte sie kurz. Sie war immer noch nicht in der Lage zu sprechen, inzwischen lag sie atemlos und nach Luft schnappend auf dem Sofa. Franz öffnete das Fenster, ließ die abgestandene Luft hinaus und kühle, frische hinein. Auguste hatte den Brief gefunden, gelesen und reichte ihn wortlos Franz. Dann ging sie ins Schlafzimmer, holte die Waschschüssel und einen Lappen und wusch Paulas heißes, verklebtes Gesicht immer und immer wieder mit dem kalten Wasser. Sie kühlte ihr die Stirn und den Nacken. Endlich kam die verzweifelte Paula zur Besinnung.

»Ist er wahnsinnig geworden?«, fragte Auguste Franz leise.

»Du brauchst nicht flüstern«, krächzte Paula. »Es betrifft ja auch mich.«

»Nimmt er irgendetwas? Schlafmohn? Trinkt er Absinth?«, fragte Franz besorgt. »Irgendwelche Mittel?«

»Ich glaube nicht«, sagte Paula heiser, drückte sich das kalte Tuch gegen die verquollenen Augen. »Die Kinder …?«

»Sie sind bei Tilde in der Küche, spielen dort friedlich«, konnte Auguste sie beruhigen.

»Was mache ich denn jetzt?« Paula sah ihren Bruder voller Entsetzen an. »Was soll ich bloß tun?«

»Du musst vor allem erst einmal die Nerven behalten.« Franz seufzte. »Wenn Richard es leider nicht tut.«

Auguste brachte Paula dazu, zu Bett zu gehen. Sie wachte über ihren Schlaf, während sich Tilde um die Kinder kümmerte. Franz hatte ihr eine leichte Gabe Morphium gegeben und versprach, am nächsten Tag wiederzukommen, dann wollten sie sich beraten.

Am nächsten Tag hatten sie Pläne geschmiedet, und Paula hatte sich so weit beruhigt, dass sie Richard schreiben konnte.

Mein Richard,

die schlimmste Aufregung ist vorbei, ich fange an, ruhiger über die Sache zu denken, und will stark sein und Dir nicht vorklagen. Ich habe durch Dein Gedrücktsein ebenso unter Deinen Kontortätigkeiten gelitten wie Du selbst, und wenn ich auch nicht todesmutig einer pekuniären Lage oder vielmehr einer Abhängigkeitslage ins Auge sehe wie Du, so will ich doch versuchen, diese so klein als möglich zu machen.

Vorher aber eines: Bierbaum und Franz waren bei Deinem Direktor, Bunk, der wirklich warmen Anteil an Dir nimmt, stellten ihm die Sache dar als Überreizung Deiner Nerven, worauf er jedes Mittel anzuwenden bat, Dich wiederherzustellen, Dich auf längere Zeit nach Italien zu schicken … etc.

Willst Du das Angebot doch bitte benutzen und nach mehrwöchiger Ausspannung Dein Amt bis zum Frühjahr noch ertragen?

Ich verspreche Dir feierlich, Dich nicht, nicht mit einer Miene zum Bleiben zu bitten.

Du hast dann den Vorteil, nicht wie ein Junge aus der Lehre gelaufen zu sein, Du kannst den Leuten anständig kündigen, Deinen Nachfolger etwas einarbeiten – kurz, gehst als Mann und nicht als Primaner aus der Affäre heraus.

Außerdem läuft unser Mietvertrag hier in Pankow erst im Frühjahr ab, und eine doppelte Miete würde uns sehr, sehr schwerfallen!

Bitte, bitte – ertrage es die paar Monate noch!

Auguste hat uns angeboten, dass wir dann die Pacht für das Kapitänshaus an der See übernehmen könnten – und dann nehme ich dort Sommergäste, wodurch wir wenigstens ein Mittagessen haben.

Deshalb verkaufe ich um keinen Preis meine Möbel und noch weniger das Klavier, das mir mein Vater zu unserer Hochzeit schenkte, denn man bekommt blutwenig dafür, und es bietet sich immer irgendeine Erwerbsquelle.

Ich werde es schon so einrichten, dass die Gäste Dich nicht stören. Auguste hat mir 3000 Mark als Anlagekapital angeboten. Es muss gehen – denn auf Deine Feder können wir nicht ausschließlich bauen.

Bierbaum, der mit seiner Gusti ja alleine ist (ohne Kinder), sagt mir, er hätte so nicht sorgenfrei leben können!

Nun kann ich nicht mehr schreiben, mein Lieb, ich bin tot vor Erschöpfung und will Dir bloß noch einen recht, recht lieben Kuss geben, Du mein Geliebtester!

Deine Freundin immer und immer!

Acht Tage nach seiner Flucht kam Richard wieder nach Hause und suchte das Kontor auf. Voller Freude und Erleichterung berichtete er Paula von dem Gespräch.

»Direktor Bunk war so verständnisvoll, wie ich es mir besser nicht hätte wünschen können. Ich hätte schon viel früher das Gespräch mit ihm suchen sollen«, sagte Richard. »Sieben Jahre arbeite ich nun für die Gesellschaft und habe nicht einen einzigen, bezahlten Urlaub gehabt. Aber ich habe auch nie danach gefragt. Von meiner Arbeit sind die Herren offensichtlich doch sehr überzeugt, denn sie wollen mich halten. Ist das nicht erstaunlich?«

Paula nickte nur still. Sie hatte ihm nicht erzählt, dass Direktor Bunk sie aufgesucht und lange mit ihr gesprochen hatte. Paula hatte dem Direktor ihre verzweifelte Lage dargelegt, und das mochte zu seiner Entscheidung beigetragen haben – aber es war besser, da war sich Paula sicher – Richard nichts davon zu sagen. Sollte er lieber weiterhin an seine großartigen Fähigkeiten glauben.

»Sie haben mir einen beliebigen Urlaub genehmigt – ob fünf Wochen oder drei Monate – und mir ein angemessenes Reisestipendium zur Verfügung gestellt. Ich werde also nach Italien reisen. Italien – das Land, in dem die Zitronen blühen«, schwärmte er. »Ist das nicht ganz großartig, Paula? Was für eine wunderbare Chance. Welch herrliche Eindrücke werde ich bekommen und welche Inspiration mir das sein wird. Das wird, warte es nur ab, mein großer Durchbruch werden.«

Und so packte Richard frohen Mutes seine Sachen und fuhr in den Süden. Er schrieb ihr oft, es waren begeisterte Briefe, in denen er sie an seinem Glück, an seiner Freude teilhaben ließ. Paula las die Briefe mit gemischten Gefühlen. Sie freute sich für Richard, freute sich, dass er neue Impressionen aufnehmen konnte, und hoffte, dass das seinen Hunger nach Abenteuern und Erlebnissen sättigen würde. Dennoch fühlte sie sich im Stich gelassen.

Franz kam nun wieder häufiger zu Besuch. Er machte aber kein Hehl daraus, was er von seinem ehemals besten Freund hielt, der Frau und Kinder gedankenlos zurückließ, um das Leben in freien Zügen zu genießen.

»Vielleicht war es ein Fehler«, sagte Paula zu ihrem Bruder. »Vielleicht hätte er niemals heiraten und schon gar keine Kinder in die Welt setzen sollen. Er liebt sie, ohne Frage liebt er die beiden – aber das Leben mit einer Kinderstube nebenan empfindet er als belastend. Er braucht Freiheit – möchte frei sein, um das zu schaffen, wofür er geboren wurde – zu schreiben.«

»Für solche Gedanken ist es jetzt doch wohl zu spät«, sagte Franz. »Und hat er sich nicht auch eine Familie gewünscht?«

»Sich etwas wünschen und es dann jeden Tag haben, können zwei verschiedene Paar Schuhe sein«, gab Paula zu bedenken.

»Dein Großmut und deine Liebe erstaunen mich immer und immer wieder, Schwesterlein. Wie überaus groß muss dein Herz sein?«

Paula versuchte tapfer zu lächeln, denn glücklich war sie natürlich nicht. Sie haderte mit Richard, wusste aber dennoch, dass Vorwürfe ihn nur noch weiter wegtreiben würden.

Franz musterte sie nachdenklich. »Du bist blass, und du hustest wieder«, stellte er fest. »Ich möchte dich untersuchen.« Er nahm seine Arzttasche und holte das Stethoskop heraus, hörte sie ab. »Du musst dich dringend schonen. Deine Lunge ist wieder angegriffen.«

»Mir geht es ganz gut«, wehrte Paula ab. »Die größte Last ist ja von mir genommen. Richard wird uns nicht im Stich lassen, er wird gestärkt zurückkommen und die Familie stützen.«

Zwar waren die akuten Sorgen geringer geworden, aber dennoch hatten die große Aufregung und der dadurch verursachte Kummer Paula schwer angegriffen, auch wenn sie es niemandem und auch nicht sich selbst eingestehen wollte.

Doch schon zwei Wochen später kamen das Fieber und die Erstickungsanfälle. Franz war sehr besorgt, er ließ sie in die Charité bringen und von seinem Doktorvater Ernst von Leyden untersuchen.

»Es steht nicht gut um Ihre Schwester, aber als guter Arzt wissen Sie das sicherlich selbst. Die nächste Nacht wird darüber entscheiden, ob sie überlebt.«

»Es ist eine Lungenentzündung, nicht wahr?«

Leyden nickte.

»Ihre Lunge war schon immer schwach, seit der Kindheit kämpft sie gegen Asthmaanfälle«, sagte Franz traurig. »Ich will ihren Mann informieren. Er sollte zurückkehren.«

Leyden zog die Stirn kraus. »Wo ist er denn?«

»In Italien, dort verbringt er ein paar unbeschwerte Wochen.« Franz konnte den Ärger nicht zurückhalten.

»Eine seelisch stabile Situation ist für so eine zarte Person, wie Ihre Schwester es ist, unerlässlich.«

»Das weiß ich. Ich hoffe, Richard begreift das nun auch.«

»Beten Sie, dass sie die Nacht überlebt – das ist das Wichtigste im Moment. Alles Weitere kann man dann klären.«

Franz schickte ein Kabel nach Venedig, wo Richard sich momentan aufhielt.

Auguste brachte die Kinder mit Tilde zu den Oppenheimers. Dann versammelten sie sich bang an Paulas Bett. Doch Paula überstand die Nacht.

Zwei Tage später traf Richard in Berlin ein und eilte zu seiner Frau. Sie war weit davon entfernt, wieder gesund zu sein, aber die lebensgefährliche Krise schien überwunden.

Viele bittere Tränen weinte er an ihrem Bett, gelobte, von nun an besser auf sie aufzupassen.

Nach einer Woche konnte Paula das Krankenhaus verlassen und nach Hause zurückkehren. Doch noch musste sie das Bett hüten und sich sehr schonen.

»Die Kinder«, sagte sie schwach, aber froh, »ich habe sie so sehr vermisst.«

»Eine halbe Stunde pro Tag dürfen sie zu dir.« Toni schaute sie streng an. »Und auch nur, wenn sie dich nicht zu sehr beanspruchen und erschöpfen.«

»Ach Mutter, die Kinder sind doch der Quell meiner Kraft.«

Es dauerte, bis Paula wieder auf die Beine kam. Richard hatte sich klaglos wieder in den Arbeitsalltag gefügt, ging jeden Tag ins Kontor, wenn auch nicht voller Freude. Doch die schwere Erkrankung seiner Frau hatte ihn getroffen. Er brauchte Paula, das war ihm bewusst geworden.

Ende Februar starb Auguste. Sie war lange krank gewesen, auch wenn sie es immer gut versteckt hatte. Ihr Tod erschütterte Paula sehr. Dazu kam, dass der feuchtkalte Winter in diesem Jahr nicht dem Frühjahr weichen wollte.

Mitte März erkrankte Paula erneut. Toni nahm die Kinder wieder zu sich, Hedwig zog in das Kinderzimmer und pflegte ihre Freundin, und Franz kam fast täglich vorbei, um nach seiner Schwester zu sehen.

Nach zwei Wochen endlich besserte sich Paulas Zustand wieder.

»Das Fieber ist gesunken«, berichtete Hedwig Franz. »Auch scheint es mir, als wären ihre Schmerzen beim Husten nicht mehr so entsetzlich wie in den Tagen zuvor.«

»Hast du ihr Morphium gespritzt?«

»Heute noch nicht. In den letzten Tagen aber sechs Mal«, antwortete Hedwig. Franz hatte ihr das Medikament gebracht und ihr gezeigt, wie sie die Spritzen aufziehen und setzen musste.

»Es hilft – es beruhigt ihren Geist und ihr Gemüt, es hilft ihr bei der Atmung, nur sollte es nicht zu regelmäßig gegeben werden, denn es macht abhängig. Und wir wollen sie nicht von einer Krankheit in die andere schicken.«

»Immer wieder ruft sie nach Auguste. Es dauert mich so.«

Franz senkte den Kopf. »Tante Guste war etwas Besonderes – für uns alle. Aber vor allem für Paula.« Er sah sich um. »Wo ist Richard?«

»In seinem Arbeitszimmer.« Sie sah Franz' Blick und die Frage darin. »Keine Sorge«, flüsterte sie, »er benimmt sich, und ich weiß ihn auch in die Schranken zu weisen. Ihn entsetzt Paulas Zustand, er fürchtet sich. ›Die Sense sirrt …‹, hat er mir vorgestern gesagt, als es ihr so schlecht ging und das Fieber immer weiter stieg.«

»Soll er sich ruhig fürchten«, gab Franz zurück.

Langsam kam die Besserung, sehr langsam. Aber dann ging es Paula stetig besser, und Hedwig konnte wieder aus dem Kinderzimmer ausziehen, die Kinder durften zurückkehren. Wie groß war Paulas Freude, sie endlich wieder um sich zu haben.

Dennoch bestand Franz darauf, dass sie zu einer Untersuchung in die Charité fuhr.

»Liebe Frau Dehmel«, erklärte Leyden, »Ihre Lunge ist arg angegriffen von den beiden sehr schweren Erkrankungen so kurz hintereinander.«

»Das weiß ich wohl. Doch wenn ich mich nun schone …?«

»Das allein wird nicht reichen, um eine vollständige Genesung herbeizuführen. Sie müssen zur Kur.«

Paula schluckte. »Würde nicht auch ein Aufenthalt an der See genügen?«

Leyden lehnte sich zurück, musterte sie. »Natürlich kann man auch an der See in Kur gehen.«

»Ich meine – nur ein Aufenthalt an der See – keine Anwendungen und nicht der strenge Kurbetrieb. Ich war schon einmal in Reichenhall und empfand es als anstrengend.«

»Sie wollen also auf eigene Faust an die See fahren?«

»Meine Tante hat seit Jahren ein kleines Häuschen in Ahrenshoop gepachtet. Dort verbringe ich meist den Sommer mit den Kindern. Auch sie können dort herrlich spielen und sich frei entfalten.«

»Nein, nein, nein! Wenn Sie gesund werden wollen, dann müssen Sie alle Last und Sorgen hinter sich lassen. Er sah sie an. »Ich sehe, ihr Mutterherz pocht – doch nun muss es um Sie gehen, um Sie allein. Sie müssen für sich selbst sorgen, bevor Sie sich wieder um andere kümmern können. Das ist das höchste Gebot. Denn wenn Sie es nicht tun, und das sage ich mit aller Klarheit, und erneut erkranken, kann es schlimm für Sie ausgehen. Es würde zum Äußersten führen, da bin ich mir gewiss.«

Tief in sich drin hatte Paula das bereits gewusst, doch die Worte ausgesprochen zu hören, trafen sie. »Wenn ich also ohne die Kinder, ohne Lasten und die täglichen Sorgen und Nöte an die See fahre, dann habe ich die Chance auf eine vollständige Genesung?«

»Ihre Lunge war schon schwach, nun ist sie geschädigt – da müssen wir uns nichts vormachen. Sie wird immer Ihr Schwachpunkt bleiben. Sie werden von nun an sehr viel mehr auf sich achten müssen.«

Paula nickte traurig.

Im Sommer wurden die Kinder zu den Großeltern nach Cremmen gebracht, wo sie rund um das Försterhaus viel Platz zum Spielen hatten. Auguste hatte, als ob sie ihren Tod erahnt hätte, die Pacht für das Kapitänshaus für drei Jahre im Voraus bezahlt. Zudem hatte sie Paula eine gewisse Summe Geld vermacht.

Also fuhr Paula diesmal allein nach Ahrenshoop. Es war eine seltsame Fahrt, sie hatte viel, worüber sie nachdenken musste. Außerdem nahm sie hier auf ihre eigene Art von Auguste Abschied und konnte um die liebe Tante, die ihr so wichtig im Leben gewesen war, trauern – denn das war in den Monaten der Krankheit und Sorge kaum möglich gewesen.

Hedwig würde sie wahrscheinlich für einige Wochen besuchen kommen, aber ansonsten würde Paula die Zeit mit Schlafen, Spazierengehen, Lesen und Musizieren verbringen. Es war einerseits eine schöne, eine beruhigende Vorstellung, andererseits war ihr das Herz schwer vor Sehnsucht nach den Kindern.

Und dann war da noch Richard.

Gestern hatte ich wieder mal furchtbare Sehnsucht nach Dir, Du mein Lieb!, schrieb sie ihm.

Der Himmel hatte sich einen zarten Schleier vorgebunden, und die lichte Bläue schimmerte und lachte durch, bis plötzlich Meer und Himmel unverhüllt in herrlicher Schöne vor mir lagen. Und da packte mich plötzlich das Sehnen wie Schüttelfrost. Ich lief zum Strand, legte mich fernab vom Treiben der Fischer in den Sand, die Hände unter dem Kopf, und da konnte ich ungestört an Dich denken … die Wellen kamen immer näher, wie zutrauliche Tierchen, und da kamen auch wirkliche Tierchen, kleine Strandläufer nennt man sie hier, und eine große graue Möwe setzte sich grade mir gegenüber, schaukelte sich auf den blitzenden Wellen, flog langsam einen kleinen Kreis und setzte sich wieder, und die Wasser schäumten und überschlugen sich, hinten am Horizont schimmerten ein paar Segel in der Sonne, Seeschwalben huschten pfeilschnell an mir vorbei, über meinen Kopf – und ich lag und träumte.

Was wohl die Kinder machen? Ob sie gar nicht nach ihrem Mütterchen fragen?

Heut heult wieder der Sturm ums Haus, trüb schaut der Himmel auf mich herunter, oh, wäre ich erst wieder bei Dir! … und nun küsse ich dich von Herzensgrund noch mal, noch mal! O Richard, wenn ich doch wieder ganz gesund würde!

Deine Paula

Paula wartete jeden Tag sehnsüchtig auf die Post, nahm die Briefe in Empfang. Am liebsten las sie im Wintergarten, in Augustes Sessel. Von dort hatte sie den Blick auf die Dünen und das Meer.

Liebe Paula, Du mein Weib,

gestern war ich in Cremmen bei den Eltern und habe die Kinder besucht.

Den Tag über haben wir gejachert wie die jungen Hunde. Es war so ein herrlicher Septembersonntag, so dass wir uns nach Herzenslust unter den Pflaumenbäumen wälzen konnten.

Die Kinder … von Dir konstatieren sie nur die Abwesenheit. Detta hat gestern allerlei Lieder und Psalmen gesungen und mit Händen und Haaren und Beinen dazu gefuchtelt. Unter anderem kam auch vor:

Wenn Mutter wieder da ist
dann gloni gloia glüh lala,
dann sind wir alle ganz gesund,
dann küss ich Mütterchen und Väterchen
und Puppchen und Herrn Dideldideldidel
auf den Mund!

Tatsächlich, genau so hat sie es gesungen. Es war ein richtiger Vers mit eigener Melodie. Ich bin ganz verliebt in das Balg!

Dein Richard

Ende September kam für ein paar Tage Hedwig. Die beiden Frauen schlossen sich herzlich in die Arme. Ihre Freundschaft war durch Paulas Erkrankung und die aufopferungsvolle Pflege durch Hedwig noch tiefer und inniger geworden.

»Nun sind wir das, was sich Richard immer gewünscht hat – wie Schwestern«, sagte Hedwig.

»Ja, das sind wir.« Paula lächelte schief. »Nur so hat er es sich nicht vorgestellt. Er wollte uns beide – nebeneinander und herzlich vereint.« Sie sah Hedwig fragend an. »Drängt er dich noch?«

»Nein. Das hat er schon länger nicht mehr getan, auch wenn er mir immer noch beteuert, mir herzlich zugetan zu sein.« Sie stockte. »Ich habe den Eindruck, dass deine Erkrankung ihn zur Besinnung gebracht hat. Dass er erkannt hat, wie sehr er dich liebt, braucht, verehrt und auch … begehrt.«

Paula lachte bitter auf. »Ja, er liebt mich – das ist so, und das weiß ich auch. Aber er begehrt mich nicht mehr. Er schätzt meine Meinung, hält viel von meinem Urteil – aber sinnliche Liebe? Nein, die bringt er mir nicht mehr entgegen.«

Für einen Moment schwiegen sie beide. Hedwig war etwas sprachlos.

»Kannst du so leben?«

»Im Moment sehe ich keinen anderen Weg. Ich kann ihn nicht dazu bringen, mich wieder zu begehren – ich darf es nicht. Die Ärzte haben uns sehr davon abgeraten, dass ich erneut schwanger werde. Mein Körper würde das nicht schaffen … und ich es nicht überleben«, sagte sie traurig. Dann sah sie Hedwig an. »Aber Richard hat mir gesagt, dass das seelische Zusammenwachsen die Hauptsache einer Ehe ist und dass uns dies ja gelinge.«

Hedwig legte tröstend die Hand auf Paulas Arm. »Du wirst wieder ganz gesunden. Und dann wird er dich auch wieder begehren.«

Paula lächelte müde.

Sie verbrachten ein paar schöne Tage am Meer, das Wetter meinte es gut mit ihnen, und sie konnten lange Spaziergänge unternehmen.

»Richard bekommt mehr und mehr Zuspruch. Immer häufiger wird in den Kreisen und bei den Salons über ihn gesprochen«, erzählte Hedwig. »In diesem Sommer ist er regelrecht gefeiert worden – alle loben ihn. Nicht nur die Besucher der Salons, die Besucher und Geladenen, nein, auch die gefeierten Schriftsteller wie Bierbaum, Arno Holz, Wilhelm Schäfer, Hannes Schlaf, Gustav Falke – und viele andere mehr. Er wird so berühmt werden, wie sie es schon sind, dein Richard.«

»Das ist so schön für ihn«, sagte Paula. »Und ich freue mich sehr.«

»Du klingst aber nicht … begeistert.«

»Oh!« Paula sah ihre Freundin an. »Das täuscht. Doch, doch – ich freue mich sehr für ihn. Sehr. Er hat es verdient, er hat es sich immer gewünscht, und nun, langsam aber sicher, geht sein Wunsch in Erfüllung. Er ist als Dichter anerkannt – wird bewundert.« Sie stockte. »Nur … viel Geld verdient er damit nicht. Und von Lob allein kann man kein Brot kaufen.« Nun seufzte sie. »Aber Richard mag seine Arbeit nicht mehr. Er hat mir angekündigt, dass er sie zum Ende des Jahres aufgeben wird.«

»Wie bitte? Und dann?«, fragte Hedwig entsetzt. »Was soll dann werden?«

»Zumindest flieht er diesmal nicht, läuft nicht davon und lässt uns zurück, um die Scherben aufzusammeln von allem, was er zerbrochen hat. Er hat ordentlich gekündigt, arbeitet seinen Nachfolger noch ein und geht zum Ende des Jahres.« Paula holte tief Luft. »Leben werden wir von meinem Erbe, von dem Geld, das Auguste mir vermacht hat.« Sie lächelte. »Auguste hat Richard geliebt und war eine seiner größten Bewunderinnen. Sie würde es so gewollt haben.«

»Und du? Wie findest du es?«

Paula zuckte mit den Schultern. »Ich werde rechnen müssen, aber das muss ich schon die ganze Zeit. Ein wenig Einnahmen bringen seine Veröffentlichungen ja, und vielleicht wird das noch mehr.«

»Du trägst es mit großer Fassung«, sagte Hedwig voller Bewunderung.

»Was soll ich sonst tun?«

Endlich kehrte Paula nach Hause zurück. Im Gepäck hatte sie eine ganze Kladde voller neuer Reime und Gedichte. Sie hatte viel Zeit gehabt, um zu genesen, um zu lesen, ein wenig Klavier zu spielen, aber auch, um zu schreiben. In den Kinderreimen hatte sie sich mit Veradetta und Heini verbunden gefühlt, denn sie hatte die beiden schrecklich vermisst. Doch endlich konnte sie ihre Kinder wieder in die Arme schließen. Richard küsste sie froh und zärtlich.

»Wie geht es dir?«, fragte er bang. »Hat dir die Reise Erholung gebracht?«

»Ich fühle mich gut. Ganz genesen bin ich noch nicht, und ich fürchte mich vor dem Winter. Vor den kalten und nassen Tagen.«

»Wir werden gut einheizen. Ich habe eine große Ladung Kohlen bestellt.« Er sah sie erwartungsvoll an.

»Das ist wunderbar, Richard. Ich danke dir.«

Paula war überglücklich, wieder bei den Kindern zu sein. Sie gaben ihr Lebensmut und viel Freude. In Ahrenshoop, in den stillen Nachmittagsstunden auf der Veranda, hatte sie viel an ihren Reimen gearbeitet und geschrieben. Richard las sie aufmerksam, schlug ihr Verbesserungen vor. Er selbst arbeitete an mehreren großen Gedichten, doch zufrieden war er mit seiner Arbeit nicht.

»Ich kann es besser! Ich weiß, dass ich es besser kann!«, rief er wieder und wieder und knüllte die beschriebenen Seiten zusammen, steckte sie in den Ofen.

Zum Ende des Jahres würde er die verhasste Arbeit aufgeben können, aber jeder Tag bis dahin verstimmte ihn und verschlechterte seine Laune. »Sie quetschen mich aus, meine Brotherren, sie quetschen auch noch die letzte Grütze aus meinem Gehirn.«

Paula hatte an manchen Tage Mühe, ihn dazu zu bringen, dass er doch ging, dass er seinen Vertrag erfüllte.

»Ich weiß, du willst das nicht hören«, sagte sie ernst zu ihm. »Aber wenn du anständig scheidest und nicht wegläufst, behältst du deinen guten Ruf. Und das willst du ja, nicht wahr? Zumal niemand weiß, wie es noch kommt.«

»Egal, was kommt, ich werde in die Quetschebude oder eine ähnliche niemals zurückkehren. Den Teufel werde ich tun!«

Dennoch fügte er sich.

Der 31. Dezember 1894 war ein Montag, und es war Paulas zweiunddreißigster Geburtstag.

Richard ging ein letztes Mal ins Kontor.

Abends hatten sie einige Gäste eingeladen. Franz und seine Frau Martha, Hedwig, die Brüder Hart und natürlich Liliencron.

»Drei Dinge feiern wir heute«, sagte Richard, als die Gäste am Tisch saßen und der Champagner eingeschenkt war. Er hob sein Glas, und alle taten es ihm nach. »Heute war mein letzter Arbeitstag bei diesen Gedankenausbeutern, diesen Quälgeistern. Mit dem Beginn des neuen Jahres, eines sicherlich aufregenden und phantastischen 1895, werde ich nunmehr ausschließlich Schriftsteller sein können. Ich werde meine Zeit und meine Kraft in die Worte legen.«

»Hipp-Hipp-Hurra!«, »Wundervoll!«, »Endlich!«, jubelten die Gäste mit ihm.

»Eine gute und überfällige Entscheidung«, sagte Liliencron. »Es wird für dein grandioses Werk nur gut sein. Was wirst du nicht alles der Menschheit vermachen können, nun, da du deine Zeit ganz auf das Schreiben verwenden kannst!«

Wieder hoben sie die Gläser, prosteten sich zu.

»Heute ist auch«, fuhr Richard dann fort, »Silvester. Wir feiern das Ende eines Jahres, das für einige gut, für andere sehr bedeutungsvoll und für wenige sehr anstrengend gewesen ist. Voller Angst und Sorgen. Doch dieses anstrengende Jahr ist nun vorbei. Lasst es uns würdevoll in den Ascheimer treten!«

Und wieder jubelten sie, prosteten Paula zu, denn die Freunde wussten, dass Richard auf ihre Krankheit anspielte. Alle hatten sich um Paula Sorgen gemacht, und alle waren froh, nun wieder mit ihr an der Tafel sitzen zu können.

»Und zu guter Letzt feiern wir natürlich Paulas Geburtstag. Ich habe ein Gedicht geschrieben, das ich nun vortragen werde. Es ist Paula gewidmet.

Befreit.

Du wirst nicht weinen. Leise, leise wirst du lächeln; und wie zur Reise geb ich dir Blick und Kuß zurück. Unsre lieben vier Wände! Du hast sie bereitet, ich habe sie dir zur Welt geweitet, o Glück! Dann wirst du heiß meine Hände fassen und wirst mir deine Seele lassen, läßt unsern Kindern mich zurück. Du schenkest mir dein ganzes Leben, ich will es ihnen wiedergeben, o Glück! Es wird sehr bald sein, wir wissens beide. Wir haben einander befreit vom Leide; so geb ich dich der Welt zurück. Dann wirst du mir nur noch im Traum erscheinen und mich segnen und mit mir weinen, o Glück!«

Er sah sich in der Runde um, die für einen Moment schweigend die Köpfe gesenkt hatte. Paula holte tief Luft und klatschte.

»Danke, liebster Richard! Das ist wunderbar! Das spiegelt deine Gefühle, deine Ängste in der schweren Not so sehr! Auf so besondere Weise. Es sind würdevolle Worte. Ich danke dir sehr dafür!«

Und nun klatschten die anderen auch. Mancher ein wenig verhaltener als der andere. Paula vermied es, den Gästen in die Augen zu schauen. Sie wollte niemanden zeigen, wie sehr sie die Worte ihres Mannes verletzten. Sieht er mich etwa schon im Grabe?, dachte sie bitter. Sehnt er den Augenblick herbei, weil er dann frei sein wird? Doch dies war nicht der Abend für düstere Gedanken, und so schob sie sie fort.

Das Essen wurde serviert, und schon bald lag ein fröhlicher, freundlicher Ton in der Runde. Ernsthaft wurde diskutiert, manchmal auch laut, dann aber wieder lachten sie, bis ihnen die Tränen kamen.

»Das vergangene Jahr war das Jahr voller Entdeckungen«, meinte Julius.

»Es werden noch viel mehr folgen«, sagte Franz. »Die Technik wird einen immer größeren Raum in unserem Leben einnehmen.«

»Meinst du wirklich?«, fragte Paula. »Mir reicht es schon jetzt, wenn ein Automobil durch die Straßen braust. Die Dinger sind ja lebensgefährlich. Da lobe ich mir doch die gute Droschke.«

»Ich glaube nicht, dass Automobile den Straßenverkehr übernehmen werden. Es wird sie geben – aber nur neben den Kutschen«, sagte Heinrich.

»Wer weiß, vielleicht gibt es irgendwann nur noch Automobile und gar keine Kutschen mehr«, warf Franz ein. »Wir haben uns auch an die Eisenbahn gewöhnt. Und an die Straßenbahnen – was wären wir heute ohne sie? Wer hätte das vor fünfzig Jahren gedacht?«

»Ich mag diese knatternden und stinkenden Automobile nicht«, sagte Martha. »Und sie sind so schnell.«

»Dennoch werden sie einen Platz in unserem Straßenbild einnehmen.«

»Und dann die Cinematographie, die bewegten Bilder«, sagte Richard begeistert. »Die werden auch einen Platz in unseren Leben finden.«

»Das sind doch nur Spielereien, auch wenn es schon öffentliche Vorführungen gab. Das hat aber doch keine Zukunft«, meine Julius.

»Doch, irgendwann werden diese bewegten Bilder ganze Geschichten erzählen – wie Bücher«, sagte Liliencron.

»Niemals! Nichts kann Bücher ersetzen. Und wer will schon bewegte Bilder ansehen, wenn man ein gutes Buch lesen kann?«

»Das wird die Zukunft zeigen, liebe Paula.«

Und so ging es hin und her.

Nach dem Nachtisch reichte Paula Kaffee und Cognac, die Zigaretten und Zigarren wurden entzündet, und man hob die Tafel auf.

Paula füllte die Gläser auf, sprach mit diesem, mit jenem. Es war ein lustiger Abend, und um Mitternacht verteilte Paula die in Fett ausgebackenen Pfannkuchen. Sie öffneten die Fenster und lauschten den Kirchenglocken, die das neue Jahr einläuteten.

Man stieß an und feierte ausgelassen. Julius setzte sich an das Klavier, spielte auf, und alle tanzten.

Gegen zwei lichtete sich die Runde. Zurück blieben Franz, Martha war schon mit den Harts gegangen, und Liliencron.

Richard zückte ein Blatt Papier, räusperte sich, er war ein wenig angeheitert. »Ich habe noch ein Gedicht geschrieben. Eins für das neue Jahr. Magst du es hören, mein guter Freund, mein lieber Liliencron?«

»Ich will und werde alles hören, was aus deiner Feder quillt!«

»Nun denn. Ich habe es ›Der gesunde Mann‹ genannt.« Richard räusperte sich.

»Meine Frau ist krank, sie wird wohl bald sterben;
dann kann ich lachen, dann werd' ich was erben.
Oh, wie lieb mir das Leben im Leibe schlägt,
wenn ihr Husten mir das Herz zersägt, o Gott!
Da sitzt sie am Ofen und lächelt ins Feuer;
die Flammen röcheln so ungeheuer.
Es kocht die Glut, ein Scheit zerspringt,
und eine ferne Glocke klingt. O Gott!«

Schweigen lag über dem Raum. Hedwig sah Paula entsetzt an. Franz stand auf, die Stirn in Falten gezogen, er ballte die Fäuste und ging langsam auf Richard zu.

»Wie kannst du nur …«

»Ruhig, Franz«, fuhr Paula dazwischen. Sie war aufgestanden und hielt ihren Bruder am Arm fest. »Es ist schon sehr spät.« Sie lachte auf. »Eigentlich ist es früh. Früh in diesem Jahr.« Dann sah sie ihren Bruder beschwörend an. »Kannst du bitte Hedwig nach Hause begleiten? Und du auch, lieber Detlev? Es wird Zeit, dass ich ins Bett komme … der Tag war lang, die Nacht ist kurz.«

»Detlev kann doch noch bleiben«, meinte Richard und verzog das Gesicht. »Wir leeren noch eine Flasche Wein, führen ein Gespräch …«

»Der Tag war lang, mein Liebster. Gespräche könnt ihr ja nun noch und nöcher führen, da du nicht mehr ins Kontor musst.«

»Ja, wir gehen«, sagte Franz. »Du auch, Liliencron.« Er zog den Mann aus seinem Sessel.

»Schon jetzt?«

»Ja!« Franz ließ keine Gegenrede zu, und die Gäste verabschiedeten sich.

Paula räumte noch ein wenig auf, während Richard zu Bett ging. Als sie endlich unter die Decke schlüpfte, sagte Richard: »Warum hast du sie alle so schnell verjagt? Es hat keiner etwas zu meinem Gedicht sagen können. Dabei ist es so gut, findest du nicht? Oder meinst du, es sei zu ehrlich? Ich muss doch ehrlich sein, wahrhaftig. Das muss ich doch, das verstehst du, Paula, nicht wahr?«

»Ja, das musst du wohl, Richard. Das ist nun mal dein Wesen. Gute Nacht.«

KAPITEL 21

Berlin 1896

»Sagt dir der Name Ida Auerbach etwas?«, fragte Paula Hedwig. Sie hatten sich auf einen Nachmittagskaffee getroffen.

»Frau Konsul Auerbach?« Hedwig hob eine Augenbraue. »Sie führt einen Salon in Tiergarten.«

»Ich weiß, ich war schon dort«, sagte Paula.

»Sie hat dich eingeladen?«

»Richard. Ich war nur … Begleitung. Sie korrespondiert seit dem letzten Jahr mit Richard.« Paula verzog das Gesicht.

»Worüber? Schreibt die Dame etwa auch? Das hatte ich noch nicht gehört. Nur, dass ihr Gatte ein wenig seltsam ist. Die Ehe scheint nicht sehr glücklich zu sein.«

»Dann habe ich ja schon zwei Dinge gemeinsam mit ihr.«

»Was ist das andere?«

»Was wohl? Sie liebt Richard.« Paula stockte. »Und er sie.«

»Sie hat doch gerade erst ein Kind bekommen. Im letzten Dezember …«

»Das stimmt. Aber offensichtlich ist ihr die Mutterschaft nicht so abträglich wie mir – jedenfalls nicht in Richards Augen.«

»Sie trägt weite, exaltierte Kleider, wurde mir berichtet – er weiß ja nicht, was sich darunter verbirgt.«

»Und das ist vielleicht auch das Geheimnis ihrer Anziehung. Richard hat sich in sie verliebt, da war sie hochschwanger. Er fand sie überaus lieblich und anziehend.«

»Woher weißt du das?«

»Du kennst doch Richard. Er hat es mir gesagt. Seine Grundehrlichkeit, die er für eine hohe Tugend hält, wird mich noch ins Grab bringen.« Plötzlich zückte Paula, die bisher ganz ruhig geblieben war, ihr Taschentuch und schluchzte auf. »Du wirst nicht glauben, was die Frau über mich gesagt hat. Es ist unfassbar …«

»Was in aller Welt hat sie denn gesagt?«

Paula stand auf, reichte ihr einen Brief, den ihr Richard geschrieben hatte.

Meine liebe Paula,

ich weiß, Du bist nicht gut auf Frau Auerbach zu sprechen, aber willst Du nicht dennoch versuchen, ihr eine Freundin zu sein? Sie ist eine wundervolle Frau – sie ist klug. Wie klug sie ist, zeigt ihre Erkenntnis, ihr Begreifen.

Sie sagte zu mir, nachdem wir beide dort das erste Mal gemeinsam waren: ›Als du mit ihr den Raum betratst, dachte ich zuerst, du hättest deine Mutter mitgebracht. Eine kleine, verblühte, nach Atem ringende Frau in fast farbloser Kleidung. Doch nach längerer Betrachtung ist mir klar geworden, wie edel dieses Gesicht war, wie klar die Stirn, wie klug und gütig die Augen.‹ – Siehst Du? Siehst Du es? Isi hat Dich erkannt, hat erkannt, was Dich ausmacht – was Du für mich bist! Klug und gütig! So sei ihr doch bitte – und sei es nur mir zuliebe – eine treue Freundin. Willst Du das versuchen? Für mich? Es wäre mir sehr wichtig.

Dein Richard

Hedwig ließ den Brief auf den Tisch fallen und sah Paula an. »Das ist … unerträglich. Warum gehst du nicht? Warum verlässt du ihn nicht?«

»Weil … ich ihn immer noch so sehr liebe, Hedwig. Und die Kinder, was ist mit den Kindern? Außerdem sind wir uns in den letzten Monaten wieder ein wenig nähergekommen, unser Verhältnis wurde wieder herzlicher, das möchte ich nicht ändern.« Sie lächelte gequält. »Richard braucht die Bewunderung von anderen. Er braucht diese Frauen, die ihn umschwärmen. Wenn ich nun gegen sie wettere, treibe ich ihn nur noch mehr in ihre Arme und wieder weg von mir.«

»Sie ist verheiratet, sie hat einen Säugling. Sie dichtet noch nicht einmal – Richard wird schnell wieder von ihr lassen.« Hedwig schüttelte den Kopf. »Isi … was für ein Kosename.«

»Im Moment weilt Richard in Köln, dann fährt er weiter nach München. Die Zeitschrift beschäftigt ihn sehr, und darüber bin ich gottfroh.«

»Letztes Jahr, als das erste Exemplar des ›Pan‹ herauskam, befürchtete ich, es sei eine Eintagsfliege – aber nein, das Blatt wird gekauft, geschätzt und besprochen.«

»Es ist ja auch mehr als eine schnöde Literaturzeitschrift. Ich bin froh, dass die ersten Exemplare so gut angenommen wurden, der Preis ist ja nicht ohne.«

»Dafür gibt es ja aber auch etwas – Bilder, Drucke, geschriebenes Wort – alle Künste vereint.« Hedwig sah Paula an. »Rechnet es sich wenigstens?«

»Für Richard als Mitherausgeber?« Sie schüttelte den Kopf. »Gewinn macht er noch nicht. Aber es macht ihm Freude.« Sie biss sich auf die Lippen. »Und er hat ein neues Werk begonnen. Eine Ballade. In jeder freien Minute arbeitet er daran.« Dann ging sie in sein Arbeitszimmer, holte eine Kladde. »Dies Stück hat er auch geschrieben. Du kannst es dir in Ruhe durchlesen. Es ist Prosa, eine Art Burleske, ein Schwank, oder auch nicht. Es geht um einen Mann, der einen Brief von seinem nun verstorbenen Bruder bekommt. Der Bruder schreibt – sieh hier …« Paula zeigte Hedwig die Stelle ganz am Anfang, »… ›Wenn die Frau, für die ich meine eigene verlassen wollte, mit mir von ihrem Manne sprach, kam sie mir immer hässlich vor …‹ und dann weiter unten: ›Freilich hatte sie ein Kind von ihm. Aber das fasste sie nicht gerne an, trotzdem sie es sehr lieb zu haben glaubte. Mit meinem Töchterchen spielte sie lieber und sehnte sich nach einem Sohn von mir.‹ Und noch weiter, schau hier, da schreibt er das: ›Der Morgen kam. Ich saß mit meiner Frau beim Kaffee; wir besprachen unsre Trennung. »Wenn du mit Bestimmtheit fühlst«, sagte sie mit ihrer treuen Stimme, »dass die andre für dein Glück geschaffener ist als ich, darf ich dich nicht halten«‹.« Wieder füllten Tränen ihre Augen. »Ich bin es, über mich schreibt er. Und über sie, seine Isi.«

»Musst du dir das gefallen lassen? Musst du nicht jetzt, jetzt endlich aufstehen und gehen? Liebste Paula, bitte, denk an dich. Denk daran, was die Ärzte gesagt haben – zu viel Aufregung tut dir nicht gut.«

»Das weiß ich«, sagte Paula dumpf. »Aber weiß er es auch? Und warum tut er mir das an? Warum?«

»Weil er Richard ist.«

Auch Hedwig lernte Ida Auerbach bald kennen. Ida versuchte um jeden Preis in den Friedrichshagener Freundeskreis aufgenommen zu werden. Doch sie war keine Künstlerin. Sie vermochte Kunst und Literatur zu bewerten und zu besprechen, und darin war sie gut. Außerdem war ihr Mann wohlhabend – durch ihre Mitgift. Sie führten ein offenes Haus, und jeden Donnerstag gab es einen Jour fixe, der bald schon sehr angesehen in den Berliner Kreisen war.

Richard, der Hedwig immer noch sehr schätzte, stellte sie Ida vor. Doch die beiden Frauen wurden nicht miteinander warm, was Richard sehr bedauerte.

»Ich würde mir wünschen, dass alle Frauen, die mich umgeben, Freundinnen sind«, sagte er zu Hedwig. »Ich habe dich sehr begehrt, begehre dich noch – manchmal. Nicht mehr so innig wie früher, dazu hast du mir zu oft die kalte Schulter gezeigt und mich abgewiesen.«

»Du bist ja auch immer noch verheiratet, lieber Richard. Mit meiner Freundin. Deshalb konnte ich diesen Schritt nie gehen.«

Paula hatte das Gespräch gehört, unabsichtlich, denn sie wusste, es war nicht für ihre Ohren bestimmt gewesen. Schnell verließ sie den Raum und trat auf die großzügige Veranda der Auerbach'schen Villa.

Hedwig hat Richard auch verehrt, vielleicht auch begehrt, aber ja, sie war und ist meine Freundin. Deshalb ist sie nie diesen Schritt gegangen. Wenn ich mich mit Ida anfreunde, wenn ich ihr eine Freundin werde, vielleicht hemmt sie das dann auch, dachte Paula. Wenn ich aber böse über sie spreche, wird Richard sie verteidigen wollen. So ist er nun einmal. Es ist bitter, denn ich würde dieser Frau am liebsten die Augen auskratzen. So aber mache ich gute Miene zum bösen Spiel. Ich darf niemals zur rachesinnenden Königin der Nacht werden, denn das würde Richard mir nie verzeihen – dann hätte ich ihn endgültig verloren.

Und schließlich bin ich immer noch die Frau an seiner Seite, bin mit ihm verheiratet. So schnell lasse ich mich nicht vertreiben. Und sollte er eine Affäre mit Ida beginnen, so hätte das doch keine Zukunft – denn es gab da noch den Konsul Auerbach, Idas Gatten. Dieser würde sich sicherlich nicht ohne Weiteres Hörner aufsetzen lassen.

In den nächsten Monaten gab sich Paula freundlich und gelassen. Hin und wieder besuchte sie Ida, Richard beeindruckten die Stärke seiner Frau, ihr Großmut. Er schrieb und traf Ida weiterhin, warb um sie, aber nicht mit der anfänglichen Vehemenz.

Und wieder feierten sie Paulas Geburtstag zusammen mit dem Jahreswechsel. Die Freunde kamen – aber Ida nicht, obwohl Richard sie sehr darum gebeten hatte. Sie hatte andere Verpflichtungen, gemeinsam mit ihrem Gatten, antwortete sie bedauernd.

Paula zeigte das Billett ihrer Freundin Hedwig. »Schau, sie kommt nicht, sie bedauert es. Richard hat gegrumpft und gebrummt, dann ist er in sein Arbeitszimmer verschwunden. Doch nun steht er kreuzvergnügt neben Schleich am Klavier und singt ruppige Lieder. So sehr scheint es ihn nicht zu treffen.« Paula lächelte verschmitzt.

»Dass du das aushältst – es wundert mich immer wieder«, sagte Hedwig.

»Ich glaube, ich habe es nun begriffen. Er braucht das – diese Liebe, diese unerfüllte Liebe. Er braucht dieses Sehnen, diese Sehnsucht, das Hoffen und Bangen. Es ist seine Muse, sein Antrieb. Mit mir hat das nichts zu tun, auch wenn es in seinen Texten immer wieder so klingt. Wir lieben uns ja, wir sind uns nahe.« Paula schmunzelte. »Vielleicht wäre es sogar vorbei, wenn sie sich darauf einließe. Dann hat er ja keinen Kampf mehr, die Sehnsucht wäre erfüllt. Aber das muss ich nicht wirklich wissen, und er sollte es nicht wirklich ausprobieren. So stark bin ich eventuell doch nicht, auch wenn ich es versuchen würde.«

»Du strahlst, weißt du das?«, sagte Hedwig und nahm ihre Freundin bei den Händen. »Du strahlst Glück aus. Es kommt von tief aus dir – aus deinem Innersten. Die Erkenntnis, die du für dich gewonnen hast, macht dich schön. Schöner noch, als du es schon vorher warst.«

»Ich danke dir, meine Liebste. Aber bin ich nicht das verhuschte Mütterlein?« Sie zwinkerte Hedwig zu.

»Ida würde vor Eifersucht und Neid grün werden, wenn sie dich heute Abend sähe, das kannst du mir glauben.«

Die beiden Freundinnen lachten vergnügt und mischten sich unter die Freunde.

Tatsächlich geht es mir so gut wie schon lange nicht mehr, dachte Paula. In diesem Herbst und Winter war ich nicht einmal krank. Im Gegenteil, ich habe mich schon lange nicht mehr so lebendig gefühlt. Das anstrengende Familienleben hatte sich entspannt. Die Kinder waren größer geworden, Detta würde ab Ostern die Schule besuchen, und Heini würde ihr im nächsten Jahr folgen. Richard konnte nun seine Zeit frei einteilen. Und alle Tätigkeiten, so strapazierend sie auch waren – denn »Pan« nahm viel Zeit in Anspruch –, waren selbst gewählt und nicht von oben verordnet.

Auch Richard bemerkte den Unterschied. Bewundernd sah er seine Frau an, machte ihr Komplimente.

Und in den folgenden Monaten kamen sie sich wieder näher. Lange hatte Richard auf der Liege in seinem Arbeitszimmer geschlafen – zuerst, um die kranke Paula nicht zu stören und ihr Ruhe zu gönnen. Dann, weil er oft bis tief in die Nacht schrieb. Und natürlich auch, weil sie sich körperlich nicht mehr nahe waren. Seit dem Jahreswechsel änderte sich das wieder. Immer öfter teilte Richard mit Paula das Bett, zuerst vorsichtig, fast schon so, als täten sie etwas Verbotenes – und zudem auch so, als wäre es ganz neu und unbekannt – und das war es ja auch auf eine gewisse Art. Ihre Körper hatten sich verändert, ihre Gefühle auch. Doch nun entdeckten sie sich neu, erforschten einander, liebten sich innig. Es war nicht die heiße und hitzige junge Liebe, es war langsamer und erfüllender. Nun war Paula endlich wieder wirklich glücklich. Sie schrieb zusammen mit Richard an den Kinderliedern, die sie schon vor ein paar Jahren begonnen hatten, beendeten die Texte, die bald darauf im »Pan« veröffentlicht wurden.

Paula schrieb aber außerdem an ihren eigenen Reimen, an den Rumpumpel-Geschichten und an kleinen Märchen. Auch in dieser Tätigkeit fand sie Erfüllung. Sie merkte immer mehr, dass sie ein gutes Gespür für einfache, einprägsame Verse hatte, mit einem guten Rhythmus für Kinder. Es war nicht die Lyrik, die Richard schrieb, es waren ihre Worte. Und sie merkte mehr und mehr, wie gut sie das konnte.

Sie erinnerte sich noch gut an den Anfang, an die erste Zeit mit Detta, als das Kind nicht in den Schlaf fand und Paula versucht hatte, sie mit Reimen zu beruhigen. Danach hatte sie auch Heini in den Schlaf gewiegt und gesungen. Peter Heinrich war sein Taufname, und Peter war auch ein Name, auf den sich gut reimen ließ. Aber jetzt erst hatte sie die Zeilen zu Papier gebracht:

Leise, Peterle, leise,
Der Mond geht auf die Reise,
Er hat sein weißes Pferd gezäumt,
Das geht so still, als ob es träumt,
Leise, Peterle, leise.

Stille, Peterle, stille,
Der Mond hat eine Brille,
Ein graues Wölkchen schob sich vor,
Das sitzt ihm grad auf Nas und Ohr,
Stille, Peterle, stille,

Träume, Peterle, träume,
Der Mond guckt durch die Bäume,
Ich glaube gar, nun bleibt er stehn,
Um unser Peterle im Schlaf zu sehn -
Träume, Peterle, träume.

Und nun würde das Lied veröffentlicht werden – unter ihrem Namen. Das erfüllte sie mit Stolz. Auch sie würde veröffentlicht werden, nicht nur Richard hatte das geschafft. Die Reime hatten ihr immer Halt und Kraft gegeben.

Das Frühjahr kam, und Paula überlegte, ob sie mit den Kindern an die See fahren sollte. Das Kapitänshaus hatten sie letztes Jahr voller Bedauern aufgeben müssen, nachdem die Pacht wieder fällig wurde. Nun würde es teuer werden, in die Sommerfrische zu fahren, denn inzwischen war das en vogue – und die Reichen mieteten sich in Ahrenshoop ein. Mieten waren teuer, Unterkünfte waren rar geworden.

Ich werde den Sommer mit den Kindern in Cremmen verbringen, beschloss Paula. Mit ihrer Schwiegermutter vertrug sie sich gut, und Richards Eltern liebten die Kinder innig. Im Mai schöpfte Paula einen Verdacht, im Juni wusste sie, dass sie ein weiteres Kind erwartete.

Was würde Richard dazu sagen? Würde dieses Kind ihre Ehe belasten oder bereichern? Paula freute sich, sorgte sich aber auch. Wie würde ihr Körper die Schwangerschaft und die Geburt überstehen? Doch die Freude überwog. Es war ihr drittes Kind. Bei Vera hatte sie noch keine Erfahrungen gehabt, es war wie ein Sprung ins kalte Wasser. Und dann war sie direkt wieder schwanger geworden – ihr Körper war noch überlastet gewesen. Nach Heinis Geburt hatte sie kaum Zeit für ihn allein – Vera war noch so klein und brauchte sie noch so sehr. Jetzt waren die beiden schon groß. Dieses dritte Kind würde sie genießen können. Ein Schluckauf, ein Zähnchen und Bauchschmerzen würden sie nicht verunsichern und aus der Bahn werfen. Diesmal wusste sie damit umzugehen. Und außerdem, sagte sie sich vergnügt, hatte sie inzwischen für jede Situation den passenden Vers.

Richard reagierte verhalten, als sie ihm von der Schwangerschaft berichtete.

»Freust du dich nicht?«, fragte Paula ihn.

»Doch, doch«, antwortete er ausweichend. Dann sah er sie zerknirscht an. »Aber ich mache mir Sorgen – um dich. Wirst du es gut überstehen?«

»Aber ja doch. Sieh doch nur, wie gut es mir geht, uns geht. Es wird ganz einfach werden, viel leichter als bei den beiden anderen.«

Richard lächelte schief. »Das hoffe ich sehr.«

In den nächsten Wochen zog er sich jedoch wieder mehr zurück, schrieb viel. Er arbeitete an seiner Ballade, die ihn sehr beschäftigte.

Auch traf er sich wieder mehr mit Ida Auerbach. Er machte Ausflüge mit ihr, begleitete sie zu Ausstellungen und nahm sie mit, wenn er Lesungen hielt.

Paula nahm es hin, sie wusste, Richard verlor sich wieder in seiner Traumwelt, in seiner Sehnsuchtswelt. Es war seine Flucht aus der Wirklichkeit.

»Wann kommt das Kind?«, fragte Franz besorgt.

»Im Oktober, denke ich.«

Er lächelte. »Du kriegst sie alle im Herbst, nicht wahr?«

Paula lachte. »Ja, dann können wir in einem fort feiern.«

Doch dann wurde Franz wieder ernst. »Dieses Kind bekommst du in der Charité. Darauf bestehe ich.«

»Ich habe die Geburten zu Hause immer gut überstanden, Franz.«

»Das war davor – das war, bevor du so sehr erkrankt warst. Deine Lunge ist immer noch geschwächt. Vielleicht brauchst du schnelle Hilfe, eine andere Art von Hilfe, als sie hier zu Hause zu realisieren ist.« Wieder sah er sie an. »Vielleicht auch nicht, aber es wäre mir wohler, dich in der Charité zu wissen …«

»Mir geht es gut, besser als in den Jahren zuvor. Sieh mich an – bin ich nicht das blühende Leben?«

»Du siehst wirklich wunderbar aus, das stelle ich nicht infrage. Ich möchte ja nur, dass das auch so bleibt. Denk an Detta und Heini. Sie brauchen dich noch lange.« Er räusperte sich. »Ich brauche dich auch – also musst du auch an mich denken.«

»Du hältst es wirklich für nötig?«

»Ja! Nur zur Vorsicht. Nur … damit du auf der sicheren Seite bist.«

»Aber es ist das dritte Kind. Es kann schnell gehen. Und in einer Droschke auf dem Weg in die Charité möchte ich nicht entbinden.«

Franz nickte. »Doch wenn es die Zeit zulässt, dann …«

Es war Anfang Oktober, als bei Paula die Wehen einsetzten. Die Hebamme kam schnell, sie wusste von Paulas Sorgen und ihrem gesundheitlichen Zustand. Für eine Fahrt nach Berlin war es zu spät, doch die Geburt ging schnell und ohne Komplikationen.

»Ein Mädchen, eine Tochter«, sagte Paula schwach, aber glücklich, als Richard das Schlafzimmer betrat. »Sie soll Liselotte heißen.«

Richard nahm das Kind, schaute es an, küsste sanft den Kopf, wandte sich dann Paula zu. »Dann haben wir nun also eine Liselotte.«

Diesmal dauerte es, bis Paula sich im Wochenbett erholt hatte. Obwohl die Geburt schnell gewesen war, hatte sie sie doch merklich geschwächt. Aber das machte ihr nichts aus. Tilde versorgte die beiden Großen, und Paula lag im Bett, den Säugling an ihrer Seite. Sie konnte sich Zeit lassen, konnte die Zeit genießen.

Wie schön es war, noch einmal so ein kleines Menschlein in den Armen zu halten, es zu spüren, zu riechen. Es war auch anstrengend, denn auch diesmal stillte Paula das Kind, das aber genügsam war und viel und gut schlief.

Richard hatte sich wieder in seinem Arbeitszimmer eingerichtet. Auch war er oft unterwegs, beim Freundeskreis oder in Hamburg, bei Liliencron.

Obwohl Paula in der Mutterrolle erneut aufging, merkte sie, dass sich Richard abermals von ihr entfernte. »Frau Isi« wurde wieder wichtiger, wurde präsenter.

»Es sind Wellen«, sagte sie zu Hedwig. »Mal türmen sie sich hoch auf, dann ebben sie ab. Irgendwann wird es ganz vergehen. Noch muss sich Richard beweisen, sich abkämpfen und reiben. Soll er. Ich werde abwarten. Ich habe keine Not und keine Eile. Es wird so werden, wie es am Anfang dieses Jahres war – es wird immer wieder gut irgendwann.«

Die Feier, die sie zu Paulas Geburtstag und zum Jahreswechsel abhielten, war diesmal kleiner – das war dem Säugling geschuldet. Nach Mitternacht, nachdem die Kirchenglocken das neue Jahr eingeläutet hatten, verabschiedeten sich die Gäste, und auch Richard nahm Hut und Mantel. Paula sah ihn erstaunt an.

»Ich fahre noch nach Berlin und werde mit Freunden feiern. Dann kannst du morgen den Tag in aller Ruhe beginnen.«

Paula blickte ihm hinterher. Sie wusste, er würde zu Ida fahren, die eine große Gesellschaft gab. Liselotte war wach geworden, weinte leise, hatte Hunger.

»Nun, nun«, beruhigte Paula das Kind. »Er kommt gewiss wieder, gewiss wird er das tun. Er ist bisher immer wiedergekommen.« Aber ihr Herz tat ihr weh.

»Es ist ein großer Skandal!«, rief Hedwig, noch bevor sie den Mantel abgelegt hatte. »Hast du es schon gehört, Paula? Auerbach ist verhaftet worden!«

»Der erste April war vor zwei Wochen«, sagte Paula lächelnd. »Du willst mich wohl jetzt noch veräppeln.«

»Nein! Es macht überall die Runde. Er hat Geld veruntreut, Geld von Mandanten. Er wurde verhaftet.«

Paula sah Hedwig an. »Und sie? Was ist mit ihr?«

»Das weiß ich nicht. Wo ist Richard?«

»In München. Ob er es schon weiß?«

Zwei Tage später kam Richard nach Hause. Natürlich hatte er von dem Skandal gehört.

»Die arme Frau«, sagte er zu Paula. »Sie wusste ja nichts von seinen Machenschaften, und nun steht sie da – mit dem Kind und ganz allein.«

»Nun, sie hatte doch genügend Personal, mehr, als wir es jemals hatten.«

»Das musste sie entlassen. Arme Isi – sie weiß gar nicht, wo ihr der Kopf steht.«

»Aber du weißt recht genau über ihr Befinden Bescheid«, sagte Paula spröde.

»Ich bin sofort zu ihr geeilt, als ich von dem Malheur erfahren habe.«

»Ach so«, sagte Paula bitter. »Du bist zuerst zu ihr und dann zu uns?«

»Nun hab dich nicht so. Bei dir weiß ich ja, dass du mit allem fertig wirst, dass du alles gut regelst, aber sie – sie kann es nicht. Sie braucht mich.«

»Wir brauchen dich auch, Richard.«

»Kannst du nicht wenigstens jetzt ein wenig Mitleid mit ihr haben? Isi ist keine böse Person, auch wenn du manchmal so tust, als sei sie es. Mir wäre es so lieb, wenn ihr euch endlich wirklich anfreunden würdet. Kannst du das nicht wenigstens noch einmal versuchen? Für mich? Und für sie? Isi braucht nun verlässliche Freunde.«

»Ihr Haus war immer voll. Dort war ein Kommen und Gehen – sie wird doch Freunde en masse haben, nicht wahr? Dort haben sich doch alle wichtigen Leute die Klinke in die Hand gegeben.«

»Willst du jetzt schäbig werden, Paula? So kenne ich dich gar nicht. Immer warst du großherzig. Und du weißt doch, was ich für Isi empfinde. Sie ist ein Quell der Freude für mich, sie ist mir wichtig. Und ich würde mir sehr wünschen, sie wäre auch für dich wichtig.«

»Sie soll mir wichtig sein, weil du sie liebst?« Fassungslos schaute Paula ihren Mann an. »Das kann nicht dein Ernst sein.«

»Aber natürlich ist es mein Ernst. Was ist daran verkehrt? Kann ich nicht zwei Frauen zugleich lieben? Die eine so, die andere so? Wir leben in einer freien, modernen Welt. Öffne dich doch bitte endlich für neue Ideen.«

»Richard, hör auf mit dem Unfug.« Paula seufzte. »Nun gut«, sagte sie dann. Sie wusste, würde sie nicht mitspielen, hätte Ida gewonnen. Also blieb ihr nichts anderes übrig, als das böse Spiel mitzumachen, sosehr es sie auch an Überwindung kostete. »Deine Isi braucht also Hilfe. Was kann ich tun? Was können wir tun?«

»So ist meine Paula, so ist die Frau, die ich geheiratet habe. Und deshalb liebe ich dich«, sagte Richard freudig. »Sie braucht eine Bleibe. Und das recht bald. Nun ist doch das kleine Häuschen nebenan leer stehend. Wäre das nicht ideal für sie?«

»Das Gärtnerhaus? Das hat nur drei Zimmer und eine kleine Küche, soweit ich weiß«, sagte Paula. »Und es steht schon seit zwei Jahren leer.«

Richard nickte begeistert. »Wenn sie dort einziehen könnte,

dann könnten wir sie gut unterstützen. Ich werde mich darum kümmern.«

Ermattet setzte sich Paula auf das Sofa. In ihrem Kopf liefen die Gedanken im Kreis. Meinte Richard das ernst? Wollte er seine Angebetete tatsächlich hierherholen? Nebenan, in direkter Nachbarschaft? Nur ein Törchen trennte das eine Grundstück vom anderen. Wie stellte er sich das vor? Als selige Dreieinigkeit?

Obschon sich Paula alle Mühe gegeben hatte, herzliche Gefühle waren zwischen ihr und Ida Auerbach nie aufgekommen. Zu sehr unterschieden sich die beiden Frauen.

Paula ging ganz und gar in ihrer Mutterrolle auf. Sie liebte es, ihre Kinder um sich zu haben, sich mit ihnen zu beschäftigen, sie anzuleiten und mit ihnen zu lachen.

Ida mochte ihren Sohn auch lieben, doch sah sie ihn nur kurze Zeit am Tag – das Kindermädchen kümmerte sich um den Jungen.

Mehrfach hatte Paula versucht, mit Ida über die Mutterschaft zu reden, denn sie hatte erwartet, dass dies ein Thema war, welches sie beide verband. Doch Ida hatte nur spöttisch gelächelt.

»Noch ist er klein, da ist es doch gleich, wer ihn wäscht, wer ihn anzieht und wer ihn füttert«, hatte sie Paula erklärt. »Mit diesen aufreibenden Tätigkeiten muss ich doch meine Zeit nicht verschwenden, wenn ich sie doch anderweitig viel besser verbringen kann. Wir haben unsere feste Stunde, in der er zu mir kommt. Ich bin nicht seine Freundin – ich bin schließlich seine Mutter.«

»Aber soll er dich nicht lieben?«, fragte Paula erstaunt.

»Tut er das nicht unweigerlich? Und ist nicht Respekt eine bessere Grundlage?«

Darüber konnte Paula nur den Kopf schütteln. Es verwunderte sie, dass Richard Ida für ihre Einstellung verehrte, denn hatte er nicht mit ihr zusammen die Kinderlieder geschrieben? Moderne Lieder, in denen sie auf die Kinder eingingen? Und verbrachte er nicht auch gerne Zeit mit Vera, Heinrich und Liselotte? Aber ja – so war es natürlich einfacher. Das Kind wurde betreut, und Ida konnte sich Richard widmen, ihn anbeten und seine Launen pflegen.

Und nun sollte »Frau Isi« hierherziehen, in die direkte Nachbarschaft. Sie würden quasi zu dritt wohnen, getrennt nur durch eine Gartenpforte.

Nun wird sie meine direkte Rivalin, wurde Paula mit einem Mal bewusst. Und nun wird sich zeigen, wer den Kampf um Richards Gunst gewinnt.

Bin ich überhaupt dazu bereit, einen solchen Kampf zu führen? Nein, dafür war sie sich zu schade. Habe ich eine Wahl? Nein, wurde Paula klar. Nicht, wenn ich ihn nicht verlieren möchte.

Tatsächlich konnte das Häuschen angemietet werden. Richard sorgte dafür, dass es hergerichtet wurde, einen neuen Anstrich und einen neuen Ofen bekam.

Das alles, dachte Paula verbittert, bezahlt er von meiner Erbschaft. Das hätte Auguste sicher nicht gewollt. Doch sie hatte keine Handhabe dagegen, machte gute Miene zum bösen Spiel. Zwar hatte sie geerbt, aber Richard war ihr Mann, und somit konnte er über ihr Geld verfügen.

Idas Möbel wurden geliefert, Möbel, die eher in ein herrschaftliches Haus passten als in ein Gartenhaus. Aber Ida klatschte begeistert in die Hände, ließ Sofa und Anrichte, Tisch und Stühle hierhin und dorthin schieben, bis sie mit dem Anblick zufrieden war.

Ihr Schlafzimmer richtete sie orientalisch ein – mit vielen bunten Kissen, niedrigen Hockern, silbernen Tabletts und bunten Teppichen.

»Was meinst du?«, fragte sie Richard, Paula stand daneben. »Gefällt es dir?«

»Es lädt mich sehr ein, dort morgenländische, anregende Stunden zu verbringen.«

Paula zuckte zusammen. Ihr wurde schwindlig. Nun war es also ausgesprochen, eine Schwelle war überschritten. Sie versuchte, ruhig und langsam zu atmen, die Tränen zu unterdrücken. So schnell werde ich ihn nicht aufgeben.

Eine Köchin oder eine Zugehfrau hatte Ida nicht, aber das Kindermädchen zog mit ein.

»Du wirst viel zu tun haben mit dem Haushalt«, sagte Paula zu Ida. »Kannst du denn kochen?«

Ida schüttelte entrüstet den Kopf. »Nein, natürlich nicht. Das Mädchen wird mit anpacken müssen. Einfache Gerichte wird sie ja hinbekommen. Und so groß ist das Haus ja nicht, dass sie es nicht auch putzen könnte.«

»Mach dir keine Gedanken, Isi«, sagte Richard und nahm ihre Hand. »Bis all deine finanziellen und anderen Belange geklärt sind, wirst du natürlich unser Gast sein. Ob Tilde nun für fünf Mäuler oder für sieben kocht, macht ja keinen Unterschied. Und Paula wird dir sicherlich gerne unsere Zugehfrau schicken. Nicht wahr, Paula?«

Paula war so sprachlos, dass ihr keine Antwort einfiel.

Tatsächlich nahm Ida das Angebot schamlos an. Zu jeder Tageszeit kam sie herüberspaziert, aß gemeinsam mit der Familie – ihr Sohn hatte mit dem Mädchen drüben zu essen – für ihn war das trubelige Leben der Dehmels zu aufregend, befand seine Mutter.

Ida kam auch abends, wenn die Freunde zu Besuch waren.

Paula wurde von vielen für ihre Großzügigkeit gelobt, für ihre Großherzigkeit, und wie sie Ida so selbstverständlich in ihrem Haushalt aufnahm. Einige reagierten auch mit Unverständnis, was aber eher Richards Einstellung geschuldet war. Immer häufiger sprach er sich für Freiheiten und offene Liebe aus, doch nur Liliencron unterstützte ihn vehement.

Und dann ging er tatsächlich an manchen Abenden hinüber – durch das Gartenpförtchen und in das kleine Häuschen. Er verbrachte Stunden dort, manchmal auch die Nacht.

Für Paula wurde es immer schwerer zu ertragen. Manchen Abend, manche Nacht saß sie an ihrem Schreibtisch. Sie hatte angefangen, Märchen zu schreiben, schrieb sich in eine andere Welt, die glücklicher war, voller Zauber. Aber auch das Schreiben konnte sie diesmal nicht vor der Realität retten.

»Willst du das wirklich? Willst du wirklich so leben?«, fragte sie Richard eines Morgens.

»Warum denn nicht?« Ihr Mann wirkte überrascht. »Es ist doch wunderbar so. Ihr müsst euch nur ein wenig besser vertragen. Isi sagte, du hättest sie heute schon wieder so von oben herab behandelt. Das muss doch nicht sein. Siehst du nicht, wie die zarte Seele leidet?«

Ja, dachte Paula. Für dich ist alles gut so – du hast nun alles, was du dir gewünscht hast. Die Geliebte, mit der man ungezwungene, leidenschaftliche Stunden verbringen kann, und die Familie für die Geborgenheit.

Freundlicher soll ich sein? Freundlicher zu dieser Rivalin, die mir das Glück raubt, die mir die Luft nimmt, in mein Leben eingreift und es zerstört? Nein, so großmütig ist kein Mensch – ich bin es zumindest nicht.

Ida kam nun auch, wenn Richard unterwegs war. Während Paula Knöpfe annähte und Strümpfe stopfte, setzte sie sich an das Klavier und spielte, manchmal stundenlang. Schließlich wurde es Paula zu viel.

»Ich bitte dich, geh!«, sagte sie und biss die Zähne zusammen, um nicht zu schreien. »Geh in dein Häuschen. Geh, und komm nicht wieder, wenn Richard nicht hier ist. Mich musst du nicht besuchen. Dies ist mein Zuhause, deine ach so verzauberte und aufregende Welt ist dort hinten.«

»Oh, sind wir garstig?«, spottete Ida. Sie sah Paula an. »Ein wenig Verzauberung würde dir vielleicht auch gut zu Gesicht stehen, aber hier sehe ich nur abgetragene Wäsche …«

»Du … gehst jetzt. Auf der Stelle!« Nur mühsam konnte Paula sich beherrschen. »Und an mein Klavier wirst du dich nie wieder setzen. Es gehört mir, mir ganz allein, ein Geschenk meines Vaters.«

»Wie du meinst«, sagte Ida süffisant. »Das letzte Wort wird Richard haben.«

Und wieder schüttete sie ihm ihr Herz aus, als er von seiner Reise zurückkehrte, hatte ihm schon vorher tränenreiche Briefe geschrieben und gesagt, dass sie die Gemeinheiten Paulas nicht mehr ertrug. Sie forderte eine Entscheidung.

Richard legte schweigend ein Blatt Papier vor Paula und zog sich in sein Arbeitszimmer zurück.

Wirrsal, musste Paula lesen.

Weine nicht, mein treues Weib!
Jene andre, die mich auch liebt,
die beglückt wohl meinen Leib,
aber Du hast meine ganze Seele.

Und Du bist ihr nicht verhasst.
Musst du sie nicht mit mir lieben,
die so innig zu mir passt
wie mein ganzer Leib zu meiner Seele?

Sie beglückt doch diesen Leib,
den sie liebt und der sie auch liebt,
wie er Dich beglückt, mein Weib!
Und dann hat sie meine ganze Seele …

Paula schrie auf, sie stürmte in sein Zimmer, zerknüllte das Blatt Papier und schmiss es ihm ins Gesicht.

»Wie kannst du nur?«, schrie sie. »Wie kannst du das nur mir, deiner Ehefrau, der Mutter deiner Kinder, antun? Wie sehr willst du mich noch verletzen?«

»Ich will dich gar nicht verletzen«, versuchte Richard sie zu beruhigen. »Kannst du dich nicht an diese Rolle gewöhnen? Du bist ja meine Frau und als diese liebe ich dich von Herzen. Aber Ida liebe ich auch. Ihr nehmt unterschiedliche Plätze in meinem Leben, in meinem Herzen ein – doch brauche ich euch beide! Bitte, versuch darüber ruhig zu werden und freundlich zu sein. Sie nimmt dir nichts.«

»Sie nimmt mir meinen Mann!«

»Ich bin doch auch hier.«

»So sehr teilen – nein, das kann ich nicht. Nein, Richard, der Bogen ist überspannt. Sie muss ausziehen, wegziehen.«

»Das kannst du nicht verlangen!«

»Und doch tue ich es!«

Richard senkte den Kopf. »Du verlangst eine Entscheidung von mir? Ich bin nicht bereit, eine von euch beiden gehen zu lassen.«

»Dann werde ich es tun!« Paula wandte sich ab, ging ins Schlafzimmer und schloss die Tür hinter sich. Erst dann weinte sie bittere Tränen. Sie hatte ihn verloren, und sie wusste es.

Spät in der Nacht ging die Tür, Richard verließ das Haus. Ging er zu ihr? Ließ er sich von ihr trösten? Der Gedanke quälte die schlaflose Paula. Was sollte sie nur tun? Wie sollte sie sich verhalten? Nein, freundlich sein zu dieser Schlange, das konnte sie nicht. Sie ertrug sie nicht mehr, wollte sie nie, nie wieder sehen. Sie würde ihr die Augen auskratzen, sollte Ida es wagen, noch einmal die Schwelle der Wohnung zu überschreiten. Sie hoffte so sehr, dass Richard sich besinnen würde, dass er Ida verließ und zu ihr und den Kindern zurückkehrte, aber tief in sich wusste sie, dass er keine Entscheidung würde treffen können. Doch Paula hatte sich nun entschieden. Es schmerzte, es schmerzte sehr, aber es war richtig, das wusste sie.

Am nächsten Tag war ein Brief von Richard in der Spätpost. Er kam aus Altona, also war Richard mal wieder zu Liliencron geflüchtet.

Kurz vor Ostern, 1899 – kurz vor der Jahrhundertwende

Liebe Paula – ist dies auch unsere Wende? Ich musste gehen, ich konnte es einfach nicht mehr mit ansehen, wie Du innerlich blutest. So beruhige Dich doch, und vielleicht magst Du hier nach Altona kommen, zusammen mit Liselotte, unserem Sonnenschein? Ich würde sie gerne sehen, noch einmal sehen, da ich darüber nachdenke, für immer übers Wasser zu gehen. Das wird das Beste sein für uns alle.

Dein Unhold

Nein, Richard, ich werde nicht kommen. Schon gar nicht mit einem der Kinder. Du bist gegangen, es steht Dir frei zurückzukommen, schrieb sie ihm.

Nein, das kann ich nicht, antwortete er. *Die Wohnung ist mir nun verhasst. Lass uns eine neue Bleibe suchen – mindestens neun Kilometer weit weg von Berlin. Was meinst Du? Wenn Du Isi nicht mehr sehen musst, wird sich Dein Gemüt doch bestimmt beruhigen.*

»Er bricht nicht mit ihr«, sagte Paula verzweifelt. Franz war gekommen, um ihr beizustehen. »Er will nicht mit ihr brechen, will uns beide halten. Wenn es nicht nebeneinander geht, dann mit Distanz. Aber aufgeben will er keine von uns. Ist das zu fassen?«

»Und du?«, fragte Franz beklommen. »Was möchtest du?«

»Mein altes Leben zurück – aber selbst wenn Richard sich für mich entscheiden würde, es wäre nicht mehr wie zuvor. Nein, das ertrage ich nicht mehr. Ich werde mich trennen. Ein für alle Mal. Ich werde mit den Kindern meinen eigenen Weg gehen.«

Franz nickte. »Endlich. Ja! Das solltest du tun. Er war mein bester Freund, und ich bereue sehr, dass ich euch miteinander bekannt gemacht habe. Schon lange bereue ich das. Dein Leben wäre sonst sicherlich anders verlaufen, glücklicher.«

Paula sah ihn an, die Tränen rollten langsam über ihre Wangen, sie wischte sie nicht weg.

»Mein Leben war glücklich – ich war lange, lange Zeit sehr, sehr glücklich mit Richard. Ich liebe ihn noch immer, nicht mehr so wie früher, aber noch liebe ich ihn. Und deshalb muss ich gehen. Ohne Richard hätte ich nicht den Weg gefunden, zu schreiben – und das werde und will ich. Ohne Richard hätte ich die Kinder – mein größtes Glück – nicht. Ohne ihn hätte ich ein anderes Leben gelebt, ja – aber wäre es besser? Das weiß man nicht. Ich bereue nichts, ich bereue diese Ehe nicht. Mir habe ich nichts vorzuwerfen. Nun muss ich nur meinen eigenen Weg finden, ohne Richard. Ich muss aus seinem Schatten hinaustreten. Und das werde ich.«

NACHWORT

Ein neues Buch, eine neue Reihe – das ist immer sehr, sehr spannend – vor allem für mich. Auch über dieses Thema bin ich quasi gestolpert. Viele von Ihnen schreiben mir Mails – vielen Dank dafür. Viele schicken mir ihre Familiengeschichten, und ja – all diese Geschichten sind es wert, dass man sich an sie erinnert, dass man die Personen im Gedächtnis behält, dass sie nie, niemals vergessen werden. Ich kann aber leider nicht aus allen tollen, bemerkenswerten, erinnerungswürdigen Familiengeschichten Romane machen.

Im Oktober 2019 bekam ich eine eher kryptische Mail, sehr kurz, aber mit einem Anhang. Es wurde nur gesagt, dass die Geschichte der Großmutter erzählenswert sei. Im Anhang war eine kurze Zusammenfassung des Lebens der Großmutter.

Und manchmal ist das so – ich lese einige wenige Worte, ein paar Zeilen, ein paar Fakten, und schon habe ich einen Film im Kopf. Da entsteht sofort eine Geschichte in mir, eine Geschichte, die ich erzählen möchte. Ich habe mich also mit der Verfasserin der Mail in Verbindung gesetzt – mit Regina Polensky – eine ganz erstaunliche Frau, die ein privates Archiv an Daten, Dokumenten und Fakten über ihre Familiengeschichte gesammelt hat. Und ja – diese Geschichte ist erzählenswert.

Sie schickte mir etliche Informationen über ihre Großmutter Ursula … und in Nebensätzen fiel der Name »Paula« – die Urgroßmutter. Paula Dehmel. Ich habe viel über die ganze Familie gelesen, recherchiert, Regina hat unglaublich viel an Material, das sie mir dankeswerterweise zur Verfügung stellt – und schon schnell war mir klar, es geht um diese Frauen in dieser sehr besonderen Familie. Aber ich muss mit Paula anfangen. Das erste Buch muss über Paula sein.

Und jetzt liegt es hier vor mir – das erste Buch dieser spannenden Familiengeschichte, die über Generationen geht. In dieser Familie gibt es viele starke und besondere Frauen, und es macht mir Freude, darüber zu schreiben.

Angefangen habe ich also mit Paula – und wie immer ist es ein Roman, einiges ist wahr, anderes ist Fiktion.

Ich möchte kurz erläutern, was wahr ist und was ich erfunden habe. Die Sachen, die ich erfunden habe, habe ich, so wie in allen meinen Büchern, so geschrieben, wie sie hätten sein können. Ich habe versucht, mich in die Menschen, in Paula hineinzudenken, habe die Fakten, die mir bekannt waren, genommen und daraus eine Geschichte gemacht.

Dies ist keine wissenschaftliche Biographie. Dies ist ein Roman.

Wahr ist:

– Paula Oppenheimer war die erste Tochter des Rabbiners Julius Oppenheimer und seiner Frau Antonie

– Julius Oppenheimer war Rabbiner in der Neuen Jüdischen Gemeinde in Berlin, und die Familie lebte in der Auguststraße

– Ihr Bruder Franz und Paula hatten ihr Leben lang ein sehr enges Verhältnis – als Kinder haben sie sich oft nachts gegenseitig Gedichte vorgetragen

– Es gab tatsächlich das Mädchen Line und den Gärtner Steffens

– Es gab Elise und Carl

– Es gab auch Untermieter, die die Familie aus finanziellen Gründen aufnahm

– Paula hatte von Kindheit an Asthma und hat immer wieder darunter gelitten

– Es gab Tante Auguste, Paula ist mit 16 Jahren zu ihr gezogen. Die Tante war verheiratet, hatte aber keine Kinder. Sie war finanziell sehr viel besser gestellt und wohnte in der Lothringer Straße

– Paula hat von früh an musiziert, sie hatte tatsächlich Klavierunterricht bei Scharwenka, sie galt als sehr begabt
– Wahr ist auch, dass Richard Dehmel Franz Oppenheimers bester Freund und Leibfuchs war und Paula ihn durch ihren Bruder kennenlernte.
– Die Familie Oppenheimer war eine gebildete und sehr aufgeschlossene Familie. Sie unterstützten ihre vier lebenden Kinder (Georg war 1872 vermutlich an Typhus gestorben), so gut sie konnten. Franz Oppenheimer wurde ein bekannter Sozialökonom, Carl wurde ein berühmter Chemiker, Elise fand ihr Glück bei dem Ägyptologen Georg Steindorff, und Paula wurde schließlich eine renommierte Kinderbuchautorin.
– Die Oppenheimers haben immer wieder Zimmer untervermieten müssen – die Mieter habe ich allerdings erfunden.
– Ebenso erfunden habe ich das Personal bei Tante Auguste (es gab Personal – aber eben nicht Minna und Else)
– Tante Auguste war verheiratet – aber über ihren Mann weiß ich nichts. Alles, was ich über ihn geschrieben habe, ist erfunden
– Aufgrund ihrer geschwächten Lunge fuhr Paula oft im Sommer an die Ostsee – das Kapitänshaus in Ahrenshoop habe ich allerdings dazugedichtet. Auch das Personal gab es so nicht.
– Phine ist auch ein komplett fiktiver Charakter – aber so eine Freundin habe ich Paula gewünscht
– Elise heiratete Georg Steindorff – jedoch schon ein Jahr eher, also 1887

Paula hat als Jugendliche schon immer gerne gedichtet – sich Rätselgedichte auszudenken hat ihr viel Spaß gemacht. Sie hat später auch Kindergedichte geschrieben, die veröffentlicht wurden. Ich habe einige dieser Rätsel und Gedichte ein wenig umgeschrieben, um ihre Entwicklung darzustellen.

Paula und Richard haben sich viele Briefe geschrieben – von denen mir etliche aus dem privaten Archiv von Regina Polensky vorliegen. Einige habe ich ein wenig angepasst, ein paar stammen auch aus meiner Feder.

Aus dem privaten Archiv von Regina Polensky habe ich auch eine Festschrift, die Dorothea Thomann, eine Freundin von Vera Dehmel, zur Eröffnung der Paula-Dehmel-Schule in Berlin verfasst hat. Aus dieser privaten Biographie Paulas konnte ich viele Informationen gewinnen.

Wenn ich einen Roman über eine reale Familie schreibe, dann sind die Tatsachen – Briefe, Dokumente, Informationen –, die ich von der Familie erhalte, eine Art Kleiderpuppe aus Draht. Die Geschichte, die ich dann mit meinen Worten webe, ist das Kleid, das diese Puppe umhüllt. Das Unterkleid sind die wahren Informationen, die Lebensgeschichte, die ja immer irgendwo dokumentiert oder überliefert ist (manchmal eben nur durch Erzählungen innerhalb der Familie). Ich staffiere das dann aus – mit Spitzenkragen, Volants, Puffärmeln und glitzernden Knöpfen. Ich schmücke die Kleiderpuppe mit Samttaschen und Seidentüchern. Daraus entsteht dann eine Geschichte – ein Roman – ein Buch.

Zur Zeitgeschichte versuche ich mich möglichst genau zu informieren. Ich lese viel Sekundärliteratur und befrage Fachleute – dennoch unterlaufen mir Fehler. Diese sind dann ganz aus meinem eigenen Nähkästchen – man möge sie mir verzeihen.

Im Roman finden sich Rätsel, Reime und Verse von Paula Dehmel sowie Gedichte von Richard Dehmel:

Paula Dehmel, Rätselgedicht *Zeit*, Seite 8
Paula Dehmel, Rätselgedicht *Leiter*, Seite 8
Paula Dehmel, Rätselgedicht *Retter*, Seite 275
Paula Dehmel, Rätselgedicht *Geistreich*, Seite 276
Paula, Dehmel, *Das grüne Haus, Tine Brandhofer und die Rauschegeister*, Seite 412

In Anlehnung an: Paula Dehmel, *Anziehliedchen*, Seite 428
Paula Dehmel, *Leise, Peterle, leise*, Seite 479
Richard Dehmel, Unbenannt. Gedicht anlässlich Paulas Geburtstag am 31. Dezember 1885, Seite 302
Richard Dehmel, *Trauschwur*, Seite 390
Richard Dehmel, *Heimweh in die Welt*, Seite 432
Richard Dehmel, *Drückende Luft*, Seite 438
Richard Dehmel, *Befreit*, Seite 468
Richard Dehmel, *Der gesunde Mann*, Seite 470
Richard Dehmel, *Wirrsal*, Seite 489

Zitiert wird aus:
Wilhelm Busch, *Hans Huckebein der Unglücksrabe*, Seite 253
Heinrich Heine, *Belsatzar*, Seite 254
Heinrich Heine, *Nachtgedanken*, Seite 255
Hedwig Lachmann, *Motto*, Seite 449

DANKSAGUNG

Immer, wenn ein Buch entsteht, gibt es Menschen, die mich dabei begleiten, die mir helfen, die für mich da sind. Ohne sie könnte ich nicht so schreiben, wie ich es tue. Aber es muss auch LeserInnen geben, die meine Bücher lesen. Sie tun das, und dafür bedanke ich mich ganz herzlich!

Dieses Buch ist in einer seltsamen Zeit entstanden, einer Zeit, wie es sie zuvor noch nie so gab – nicht in meinem Leben, nicht global. Wir alle sind plötzlich Zeitzeugen – ein merkwürdiger Gedanke und ich wüsste gerne, wie spätere Generationen über diese Zeit schreiben werden.

Aber nun leben wir in dieser Zeit und müssen sie – hoffentlich gesund – überstehen.

Mein größter Dank gilt Regina Polensky. Ich schreibe die Geschichte ihrer Familie, einer spannenden, fesselnden Familie. Das könnte ich natürlich nicht ohne ihre – Reginas – Hilfe. Leider haben wir uns bisher nur einmal getroffen – aber wir schreiben und telefonieren – das ist mir sehr, sehr wichtig. Und schon ganz bald werden wir uns hoffentlich wiedersehen.

Liebe Regina – ganz herzlichen Dank!

Sehr, sehr glücklich bin ich auch über die wunderbare Zusammenarbeit mit meiner zauberhaften und so klugen und hilfreichen Lektorin Anne Sudmann, die einfach jedes Buch von mir noch ein wenig besser macht. Anne, du bist ein wahrer Schatz, und ich möchte noch ganz viele Bücher mit dir zusammen machen.

Herzlich bedanken möchte ich mich auch bei Reinhard Rohn vom Aufbau Verlag und auch dem restlichen Verlagsteam. Ich bin sehr froh, für den Verlag schreiben zu dürfen.

Lieber Gerald Drews – deine Agentur hat mir Tür und Tor und Möglichkeiten eröffnet – ohne dich wäre ich nicht da, wo ich jetzt stehe. Und Schalke wird wieder aufsteigen – gräm dich nicht zu lange!

Und natürlich, natürlich Conny Heindl – die weltbeste Agentin. Wir sollten dringend mal wieder telefonieren … aber noch dringender müssen wir uns sehen. Das muss demnächst einfach wieder klappen!

Und dann sind da noch »Hinz und Kunz« – Leute, die mir nahestehen. Wer das nicht lesen mag, darf jetzt das Buch zuklappen ;).

In Coronazeiten sieht man sich nicht – es sei denn aus der Ferne oder über Zoom oder so. Aber ihr seid da. Es gibt das Telefon und den Gartenzaun.

Ohne Freunde und soziale Kontakte verkümmert der Mensch, da bin ich mir sicher – aber außergewöhnliche Zeiten erfordern besondere Regeln.

Ich vermisse es, euch zu treffen – Susanne, Geli und Thomas –, aber man sieht sich ja zum Glück, und wenn es nur der kurze Gruß auf die andere Straßenseite ist.

Karina Loidl – ich finde, wir beide schlagen uns ganz tapfer gegen wehrhafte kleine Mangusten und seltsame Trolls in der urbanen Welt. Ich mag den Austausch mit dir – meine Liebe ;).

Dann gibt es noch die Feierabend-Wein-Truppe mit den Online-Treffen – Bärbel und Michael, Claudia und Andrea. Es wird Zeit, dass wir uns real wiedersehen, denn ich mag diese Online-Treffen nicht – da kann ich keinen bekochen.

Kirsten – meine Beste – du machst immer Mut, bist immer voller Optimismus – was wäre ich ohne deine Wettervorhersagen? Wie würde mein Garten ohne dich aussehen? Ein Dschungel. Und zusammen mit deinem Klaus und meinem Claus sind wir das beste Viererteam ever. Möge es noch lange so bleiben.

Alle meine anderen Freunde möchte ich auch – noch aus der

Ferne und im Lockdown – herzlich grüßen. Nach der Pandemie wird es ein großartiges Sommerfest geben – ich schwöre!

Familie kann man sich nicht aussuchen. Könnte man es – dann würde ich genau diese Menschen wählen.

Meine liebe Schwiegermutter Regina, die sich tapfer durch die schwere Zeit kämpft. Ich bin gespannt, ob du dich mit Alexa 2 anfreundest, und finde es grandios, dass du es mit 93 Jahren noch probierst.

Ina – du hast es echt nicht leicht manchmal, ich weiß das ganz genau. Hut ab für deine Geduld.

Dann ist da mein Lieblingsbruder Christian – ich liebe dich, Bruderherz, du Seelenbruder mein. Und ich bin froh, dass du mit deiner Ela so glücklich bist.

Mutti und Vati – ihr meine Eltern – schön, dass es euch gibt. Und die Eichhörnchen in eurem Garten – und natürlich auch die Vögel. Ich wünsche mir, dass ihr noch lange, lange Freude daran habt.

Und dann natürlich meine vier! Ich bin so stolz auf euch, und ich liebe, liebe, liebe euch. Philipp – dein Humor ist köstlich, nicht jeder versteht ihn, aber ich liebe ihn, vergiss die Organspender. Du hast bei uns noch einen Umzug gut. Und halte Yolanda an deiner Seite – ich mag sie sehr.

Meine allerliebste Lisa – »TikTok« … ich bin sehr stolz auf dich und auf alles, was du schaffst. Auch wenn es irgendwie nicht immer leicht ist. Für die Zukunft wünsche ich dir ein wenig mehr Gelassenheit (aber ich weiß – manchmal *MUSS* man sich aufregen, das muss man wirklich). Bitte zieh so schnell nicht mehr um. Und nie wieder während einer Pandemie.

Tim – du mein Großer. Du gehst deinen Weg so, so gut, das macht mich so froh! Und ich freue mich, dass du endlich wieder in der Nähe wohnst – aber auch du ziehe bitte nicht mehr so schnell und nie wieder während einer Pandemie um. Ich lieb dich sehr!

Und dann ist da noch mein Robin Christopher. Du gehst deinen

Weg – wie stolz bin ich darauf, was du geschafft hast. Geh ihn weiter, geh mit festen, tapferen Schritten. Auch du hast noch einen Umzug frei, aber ich würde mir wünschen, dass es noch eine Weile dauert. Du und Fox – das ist so schön! Danke! Harte Liebe für dich!

Claus … mein Mann, mein Geliebter, mein Seelenfreund, mein Zuhörer, mein Poolbauer, mein Testesser, mein Kritiker … mein Ein, mein Alles.

Lass es mich mit Dota sagen:

Und dann in Deinem Arm, alles gut, alles andre egal,
Alles Du, alles Dur, alles nur, ein Kitzellachen, fühl mich wohl,
Das sind Momente, wie Geschenke, wie Getränke mit Limettensaft und Alkohol.

LESEPROBE

CAROLINE BERNARD
DIE Frau VON MONTPARNASSE
Simone de Beauvoir
und die Suche nach
Liebe und Wahrheit
ROMAN
Von der Autorin des Nummer-1-Bestsellers
Frida Kahlo
und die Farben des Lebens
atb

Prolog

PARIS 1924

An diesem Abend kam es wieder zu einem Streit zwischen Simone und ihrem Vater.

Georges de Beauvoir säbelte ungeduldig an seinem Stück Fleisch herum. Er hatte sich bereits angekleidet, weil er ausgehen wollte.

Simone saß zu seiner Linken, neben ihrem Teller lag wie immer ein Buch, denn sie hatte keine Zeit zu verschwenden, wenn sie ihr ehrgeiziges Lesepensum schaffen wollte. Zurzeit las sie Paul Valérys *Eupalinos*.

»Es ist für eine junge Frau unwürdig, sich derart gehen zu lassen. Sieh nur deine dreckigen Fingernägel!«

Ihr Vater legte seine ganze Verachtung in seine Stimme, und das war nicht wenig, denn als Laienschauspieler war er geübt darin, Stimmungen zu transportieren.

Simone sah nicht einmal von ihrer Lektüre auf. Ihre linke Hand lag auf den Seiten, um das Buch geöffnet zu halten, die rechte hielt die Gabel, mit der sie auf ihrem Teller herumstocherte, in der Hoffnung, auch ohne hinzusehen ein Stück Karotte zu erwischen.

»Simone. Ich rede mit dir. Hat man dich in diesem Haus nicht gelehrt, was Tischmanieren sind?«

»Georges, lass sie doch. Sie ist sechzehn«, sagte ihre Mutter.

»Eben«, rief Georges. »Mit sechzehn wissen andere Mädchen längst, was sich gehört. Sie besuchen Matineen und gehen zum Tennis, um geeigneten jungen Männern vorgestellt zu werden.«

»Ich will keinen Mann, den ihr mir aussucht«, sagte Simone ungerührt und blätterte um.

»Ich kann mir auch keinen vorstellen, der dich nehmen würde. Einen Blaustrumpf, wie er im Buche steht. Männer mögen keine klugen Frauen.«

Simone zuckte zusammen. Blaustrumpf nannte ihr Vater sie? Dabei war er es doch gewesen, der sie zum Lernen angespornt hatte und der immer stolz auf ihre Bestleistungen gewesen war. Doch seit sie in die Pubertät gekommen war, fand er sie unansehnlich und plump. Seitdem galt seine ganze Aufmerksamkeit ihrer Schwester Poupette, die zwei Jahre jünger und hübsch war.

Auch ihr Vater hatte sich verändert. Was war aus dem Mann geworden, der allabendlich am Kamin gestanden und ihnen Monologe und komödiantische Szenen vorgespielt hatte, bis ihnen vor Lachen die Tränen über die Wangen gelaufen waren?

»Männer mögen auch keine Frauen ohne Mitgift«, sagte sie und hob für einen Moment den Blick, um zu sehen, wie ihr Vater reagierte.

Er wurde rot vor Zorn. »Aber du bist nicht nur arm, sondern auch hässlich.«

Simone stand wortlos auf. Sie hatte ohnehin keinen Appetit mehr.

Hinter ihrem Rücken hörte sie ihre Mutter sagen: »Simone hat doch recht, Georges. Hättest du etwas mehr Fortune in deinen Geschäften gehabt, wäre für meine Töchter eine Mitgift da gewesen. Was soll so aus ihnen werden, kannst du mir das sagen?«

Beim Rest hörte Simone nicht mehr zu. Sie kannte die Argumente der ewigen Streitereien ihrer Eltern zur Genüge. Georges habe das Geld, das Françoise mit in die Ehe gebracht hatte, verschleudert. Sie hätten in diese dunkle Wohnung im fünften Stock ohne Dienstboten in der Rue de Rennes ziehen müssen, und nun sei die Zukunft ihrer Töchter ruiniert.

Der Streit würde so lange weitergehen, bis ihr Vater aus der Wohnung flüchtete. Simone legte sich ins Bett und zog sich die Decke über den Kopf. Auch als Poupette kurze Zeit später ins Zimmer kam, reagierte sie nicht. Sie tat, als schliefe sie schon, dabei war sie in ihren Gedanken hellwach.

Wann hatte das angefangen, dass ihr Vater sie kritisierte, fragte sie sich. Dass er alles an ihr, was er früher für gut befunden hatte, ablehnte? Warum verachtete er plötzlich ihren Fleiß, ihre Erfolge in der Schule? Wann war seine Bewunderung für ihren Verstand, den er als den eines Mannes bezeichnete, in Ablehnung umgeschlagen? Wann war aus dem geliebten Mädchen, auf das er so stolz war, das ständige Ärgernis, der unansehnliche Blaustrumpf geworden?

Simone hatte in ihrem bisherigen Leben immer getan, was man von ihr verlangt hatte, und nun wurde ihr genau das zum Vorwurf gemacht. Sie war verunsichert, noch größer jedoch war ihr Zorn. Die Bemerkungen ihres Vaters trafen sie ins Mark, aber ihre Überzeugungen würden sich deshalb nicht ändern. Sie wunderte sich, dass ihr in diesem Moment keine Tränen kamen. Unter ihren Freundinnen war sie für ihre häufigen Tränenausbrüche berüchtigt und gefürchtet. Doch die Beleidigungen ihres Vaters wollte sie nicht an sich heranlassen. Seine Regeln galten für sie nicht mehr.

Neben ihr stöhnte Poupette im Schlaf auf. Simone brauchte nur den Arm auszustrecken, um ihre Schwester zu berühren, denn zwischen ihren beiden Betten blieb gerade so viel Raum, dass eine von ihnen dort stehen konnte. Für andere Möbel war das Zimmer zu klein, obwohl Simone sich nichts mehr wünschte als einen Platz zum Arbeiten, einen eigenen Schreibtisch. Sie überlegte, ob sie mit ihrer Schwester darüber reden sollte, was sie bewegte. Nein, entschied sie, Poupette würde das nicht verstehen. Sie liebte ihre kleine Schwester, die so voller Charme und Intelligenz war, der jedoch Simones Ehrgeiz und ihre Durchsetzungskraft fehlten.

Es war spät geworden, dennoch konnte Simone nicht schlafen. Sie horchte in die stille Wohnung. Ihre Mutter war ins Bett gegangen, ihr Vater würde erst in ein paar Stunden nach Hause kommen. Leise stand sie auf und tastete sich barfuß in sein Arbeitszimmer hinüber. Er hatte diesen Raum für sich, obwohl er sich so gut wie nie darin aufhielt. Es war selbstverständlich, dass ein Mann und Hausherr über ein Büro verfügte, obwohl er es so gut wie nie nutzte.

Simone setzte sich an Georges' Schreibtisch und nahm ein Blatt Papier aus der Schreibtischschublade. Hell leuchtete es im diffusen Licht der Straßenlaternen, wenngleich es hier oben nur noch schwach war. Simone nahm einen Stift zur Hand. Auf einmal war ihr, als würde ihr in diesem Augenblick die ganze Welt gehören. Weil sie aufschreiben konnte, wie sie diese Welt haben wollte. Sie konnte alles imaginieren, eine große Liebe, ein Abenteuer, eine neue Philosophie, die die Welt erklären würde.

Also gut, was sollte sie schreiben? Vor ein paar Monaten hatte sie begonnen, Tagebuch zu führen. Seitdem füllte sie Seite um Seite mit ihrer winzigen Schrift, weil die Hefte teuer waren und weil sie hoffte, dass ihre Mutter ihre Kritzelei nicht würde entziffern können. Dennoch beschrieb sie stets nur die rechte Seite des Heftes, auf der linken notierte sie Zitate, Buchtitel und Gedanken, die sie beeindruckt hatten und die sie nicht vergessen wollte.

Aber hier ging es um etwas anderes: Sie wollte ihr Leben aufschreiben. Wenn sie niemanden hatte, mit dem sie über ihre Sorgen und ihre Träume sprechen konnte, dann würde sie eben mit sich selbst ins Gespräch treten, um besser zu verstehen, was sie in diesem Leben wollte und wie sie es erreichen konnte. Sie wäre die folgsame Simone, die Tochter aus gutem Hause, die die Erwartungen ihrer Eltern erfüllte. Die andere Simone, die nichts mehr liebte als Widerspruch und die nichts als gegeben hinnehmen konnte, ohne es zu hinterfragen, würde ihr antworten. Welche der beiden würde die Oberhand behalten? In jedem Fall würde ihr das Schreiben guttun, dessen war sie sich gewiss; es wäre für sie wie ein selbst gewähltes Exil, in dem sie womöglich allein, jedoch nicht einsam wäre.

Simone hob den Stift und machte einige Schreibbewegungen in der Luft, während sie den Nachtfaltern draußen vor dem Fenster zusah, die sich bis hier oben verirrt hatten und im gelben Licht der Gaslaternen umherflatterten.

Dann legte sie den Stift sanft wieder an seinen Platz und das Blatt Papier zurück in den Schreibtisch.

Ich werde ein ganz besonderes Leben führen, versprach sie sich. Ein Leben, wie ich es will, nicht das kleine Leben, das meine Eltern für mich im Sinn haben. Ich werde Simone de Beauvoir sein, nicht Madame Soundso.

Und eines Tages werde ich eine berühmte Schriftstellerin sein.

Kapitel 1

FRÜHJAHR 1927

»*Plus vite,* Jacques, schneller«, rief Simone und lehnte den Kopf aus dem Fenster, damit der Fahrtwind ihr Gesicht streicheln konnte. Eigentlich war der Märztag zu kühl dafür, aber Simone konnte nicht widerstehen und hatte das Fenster heruntergekurbelt.

Sie wollte diesen Moment genießen. Am Vormittag hatte sie ihr Examen in Literatur bestanden, mit Auszeichnung, wie nicht anders zu erwarten gewesen war. Der Abschluss war ein weiterer Schritt hin zu ihrem Traum vom Schreiben, den sie in den vergangenen zwei Jahren zäh verfolgt hatte. Auf der Suche nach einem eigenen Ton ihres Erzählens und einem Thema hatte sie in jeder freien Minute des Tages gelesen. Nichts Geschriebenes war vor ihr sicher. Bei *Shakespeare & Company* in der Rue de l'Odéon lieh sie die Neuerscheinungen aus Amerika, gegenüber bei Adrienne Monnier die Franzosen aus. Manchmal, wenn sie ein Buch unbedingt besitzen wollte, jedoch kein Geld dafür hatte, stahl sie es auch. Bei den Bouquinisten an der Seine las sie im Stehen alles, was ihr in die Hände fiel. Was sie anderswo nicht bekam, bestellte sie in der Bibliothèque nationale, wo sie jeden Tag im Lesesaal arbeitete. Aber dort las sie eher Bücher, die sie für ihr Studium brauchte. Und neben der

Literatur studierte sie natürlich auch das Leben, das Paris, die Stadt des Lichts und der Künste, in all seiner Vielfalt zu bieten hatte. Sie hatte beinahe jede Ausstellung in den Galerien ihres Viertels gesehen und war Stammgast in den großen Museen. Wann immer sie Geld für einen Kaffee hatte, ging sie mit einer Freundin in eines der Cafés am Montparnasse, setzte sich an einen Tisch und hörte den Leuten zu, die dort saßen. Alles interessierte sie, nichts war vor ihrem Wissensdurst und ihrer Neugierde sicher.

Nun, mit der bestandenen Prüfung war sie ihrem Ziel ein gutes Stück näher gekommen. Zu ihrem Entzücken hatte ihr Cousin Jacques vor dem Institut Sainte-Marie auf sie gewartet und ihr mit einem Lächeln die Tür seines neuen Wagens aufgehalten.

»Wie ich sehe, kann auch eine Frau mit Examen attraktiv sein«, sagte er zu ihr. »Darf ich dich zur Feier des Tages zu einem Ausflug einladen?«

Simone war selig. Als Kinder waren Jacques und sie gute Freunde gewesen, später hatte sie den Älteren bewundert. Und jetzt war sie dabei, sich in ihn zu verlieben. Er war ein schöner Mann und kleidete sich in schicke Anzüge. Jacques wohnte mit seiner Schwester und einer Haushälterin in einer großen Wohnung am Boulevard Montparnasse, niemand machte ihm Vorschriften. Er war ein Mann von Welt, der viel ausging, alle angesagten *dancings* und Galerien kannte und Simone mit dem Surrealismus bekannt gemacht hatte. Stundenlang saßen sie zusammen und redeten über Kunst und Literatur. Ihre ansonsten so strenge Mutter erlaubte, dass sie mit Jacques einen Spaziergang machte oder ins Kino ging. Auch ihr Vater mochte ihn und schätzte es, wenn er Simone abends nach Hause brachte und auf einen Plausch mit ihm blieb.

Bei dem Gedanken daran verzog Simone das Gesicht. Ihr Vater und Jacques ergingen sich bei diesen Gelegenheiten in endlosen Erörterungen zu Literatur und Theater, wobei ihr Vater auf die Moderne schimpfte und seine Klassiker lobte. Simone hätte dazu durchaus etwas zu sagen gehabt, aber es war nicht erwünscht, dass sie sich einmischte, das gab ihr Vater ihr deutlich zu verstehen. Eine Frau hatte Männer nicht zu unterbrechen. Wenn Georges sich von ihr zu sehr gestört fühlte, legte er den Arm um Jacques' Schulter und zog sich mit ihm in sein Arbeitszimmer zurück, während Simone vor Wut kochte.

Doch heute gehörte Jacques ganz ihr. Simone klappte die Sonnenblende herunter, um sich im Spiegel zu betrachten. In der letzten Zeit hatte sich ihr Äußeres sehr zu ihrem Vorteil entwickelt, aus dem hässlichen Entlein war ein Schwan geworden.